KB022145

김수영 전집 2

산문

김수영 전집

2

산문

이영준 엮음

민음사

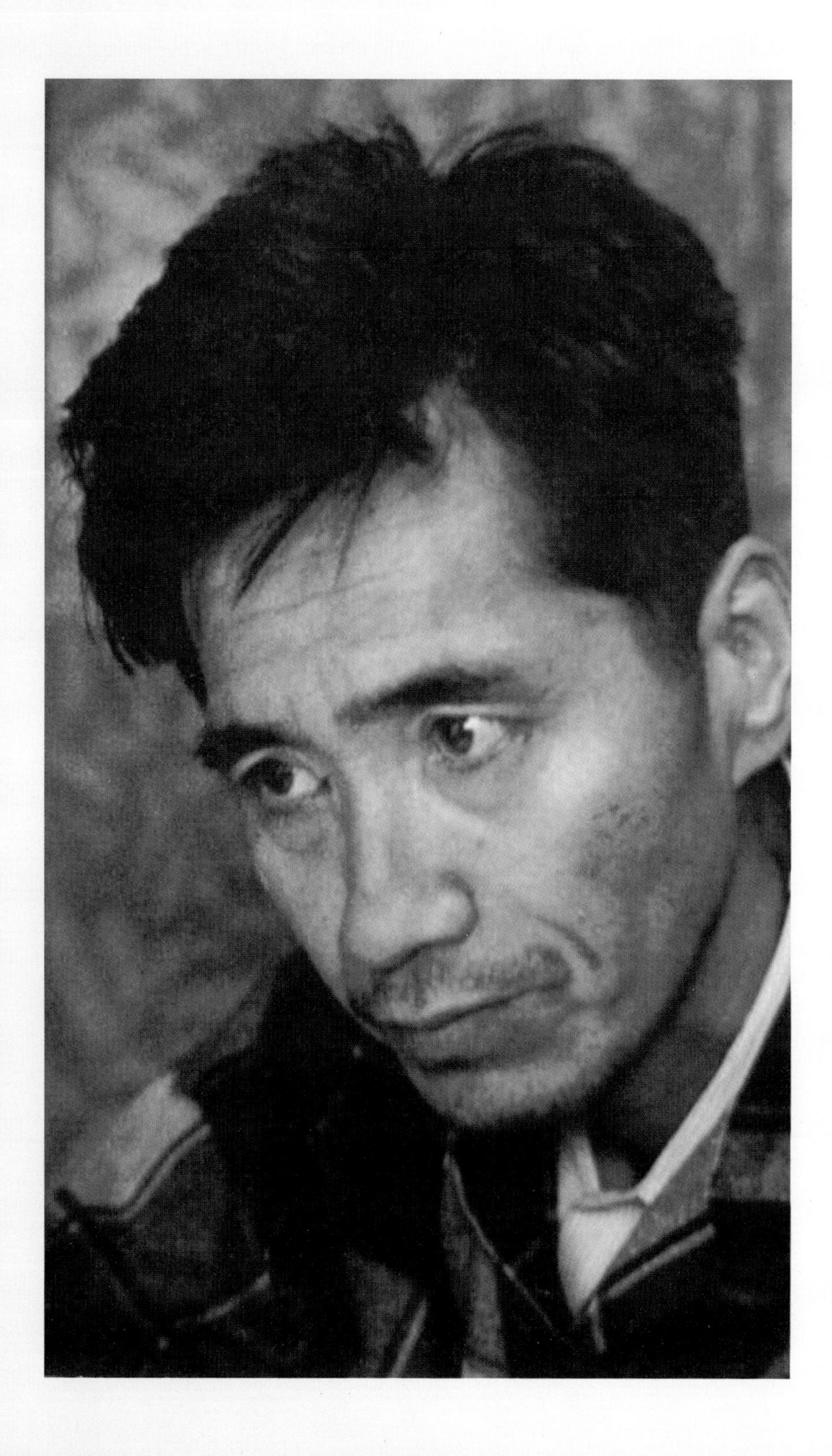

1936년. 선린상업학교 2학년 시절.
아랫줄 왼쪽에서 두 번째가 김수영

1944년. 만주 길림에서

1945년. 만주 길림 공회당에서 「춘수(春水)와 함께」라는 연극의 권 신부 역을 맡았다.

서울대에서의 특강 모습

시인 신동문과 함께

《조선일보》 작품 심사중

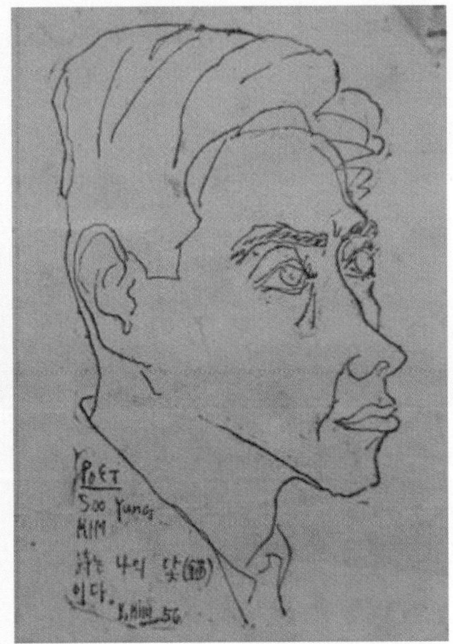

김영주가 그린 김수영 캐리커처

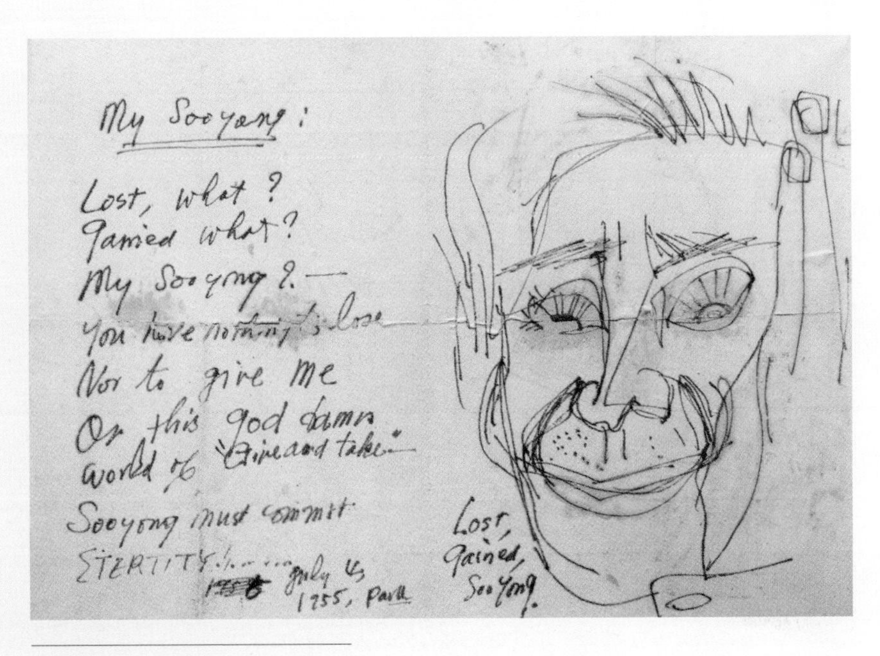

박일영에게 받은 초상과 메모

나는 무엇을 찾고 있는 것인가?
무엇을 찾으려고 본 [illegible] 도 아직 작아
건어 빈 덕수궁을 찾아서 들어왔나?

PEONIES
牡丹 이라는 [illegible] 빈 말뚝만
이 박혀 있는 박물관 뒷동산을 돌아서
아까 앉아 있는 벤취에 와서 다시
앉다.

중학생들이 [illegible] 사진기를 가지고
옆의 [illegible] 에서 작란을 치고 있는데
[illegible] 대단히 신경에 거슬린다.
(그들이 내는 소리가)

[illegible] 산책하는 애인들도 없는
[illegible] 선생의 생각이
난다. ----그리고 내일부터 또 계속
하여야 할 그 지긋지긋한 「번역일」하고…

PEONIES
牡丹 라는 간판을 보며

내일부터는 아침 일찍이 일어나서
도서관에를 통학을 할까 하는 생각이 들고
그러면 이 지체(遲滯)된 지금의 생
활에서 [illegible] 새로운 기운이 생길
것 같은 [illegible] 든다.

그러나 이것도 하나의 착각에 불과한
것이다.

PEONIES
牡丹
LIBRARY
圖書館

아아 무슨 [illegible]이 있어야 겠다.
[illegible] 같은 큰 [illegible]이 와야겠다.

오늘 아침 [illegible] 이 불속에서
나는 지나간 날 [illegible] 한 이
야기를 [illegible] 생각하여 보았다.

김수영이 쓴 일기(1955. 2. 8.)

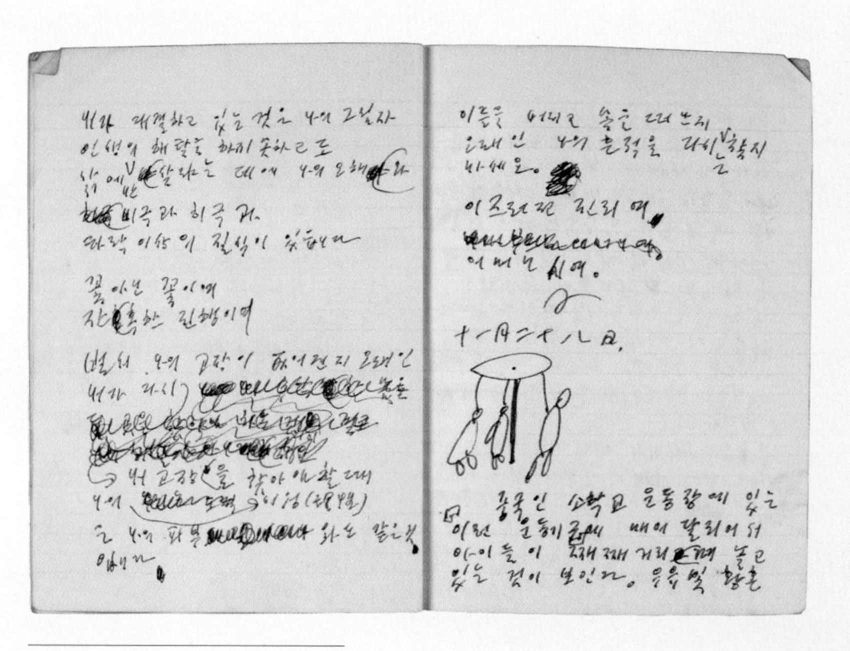

내가 재결하고 있는 것은 나의 그림자
인생의 해탈을 하지 못하고도
삶에 살려는 데에 나의 오해 [illegible]
[illegible] 비극과 희극 과.
타락 이상의 진실이 있습니다

꿈이 아닌 꿈이여
잔혹한 진행이여

[illegible] 나의 고장이 없어진지 오래인
내가 다시 [illegible]
[illegible]
[illegible] 내 고장을 찾아야 할 때
나의 [illegible] 이성(理性)
은 나의 피부 [illegible] 와도 같은 것
입니다.

이름을 버리고 속은 다시 보지
오래인 나의 흔적을 다시 [illegible] 지
마세요.

이즈러진 진리여
[illegible]
어떠한 시여.

十一月二十八日.

중국인 소학교 운동장에 있는
이런 운동기구에 매어 달리어서
아이들이 재재거리며 놀고
있는 것이 보인다. 음울한 황혼

1954. 11. 28.

방안에 앉을 때에 뭐라든
(절박한) 생각과 바깥에
나와 보고 느끼는 세계는
너무나 판이하다.
세상은 걷도는 것이다.

이런 거림이 아니다.
무슨 기계의 취하 같은 것이
나의 몸 우에서 돌아간다.
문행은 나의 복부(腹)에
[illegible]와 이 기계와의 사이에
있고 생각한다. 넓적다리가
기침이 나고
하고 학시 울리다 [illegible] 하에서는 의식
[illegible] 말씀 [illegible] 병을 생각
상관이 없으리라 [illegible]

一月七日(金)
冒險(아반출)
○ 매호부 집에 가서 그패스
포ー트ー를 (이것은 나의 [illegible])
身이란 말기고 작을 차고
나왔다.
생리적인 리택이 나로
하여금 여기에 힘을 시키는
것이 아니다.
옳은 冒險이 이것을 통하여 방생
된는 [illegible] 판조
로울 ー 너무나 란조로운
ー 생활을 하고 있는
나를 미혹하는 것이다.
○ 네가 쓰는 글은 모두가
거짓말이다.

(위) 1955. 1. 5.
(아래) 1955. 1. 7.

(4)

[illegible]

9/20

[illegible]

スベラ / 理念 / 数比 カラ
スベテ / 詩論 カラ 立テー!

西独 [illegible] ※ 勢力(路線)의 당면한
투쟁의 상대는
「소련圈」과
「暴力」이라고.
우리는 暴力의 抹殺을 —
共産主義로부터도 暴力의
抹殺을 —。

9/23

「허튼소리」를 쓰다.
이 作品은 言論의 自由의 犧牲者
[illegible] 圖解하고 나서라는 제스추어
의 詩에 不過하다.

九月二十五日

「詩잡꼬대」※를 쓰다. 나는 아무렇지도
않게 썼는데, [illegible]한테 보이(니) 發表해도
되겠느냐고 한다.
이 作品은 단순히 「言論自由」에 대
한 當局의 [illegible]인데, 세상의 誤解를 두려워하는
고사한 現代文學誌에서 받아줄런지가
疑問이다. 거기다가 超現實主義도 이맛살
을 찌푸리지 않을가?
※ 이 作品의 [illegible] 題目은 「[illegible]」.
詩集으로 내놓을 때는 十月[illegible]으로 하고 [illegible]다.

[illegible]에게

「美」는 善보다 強하다.

1961. 9. 25.

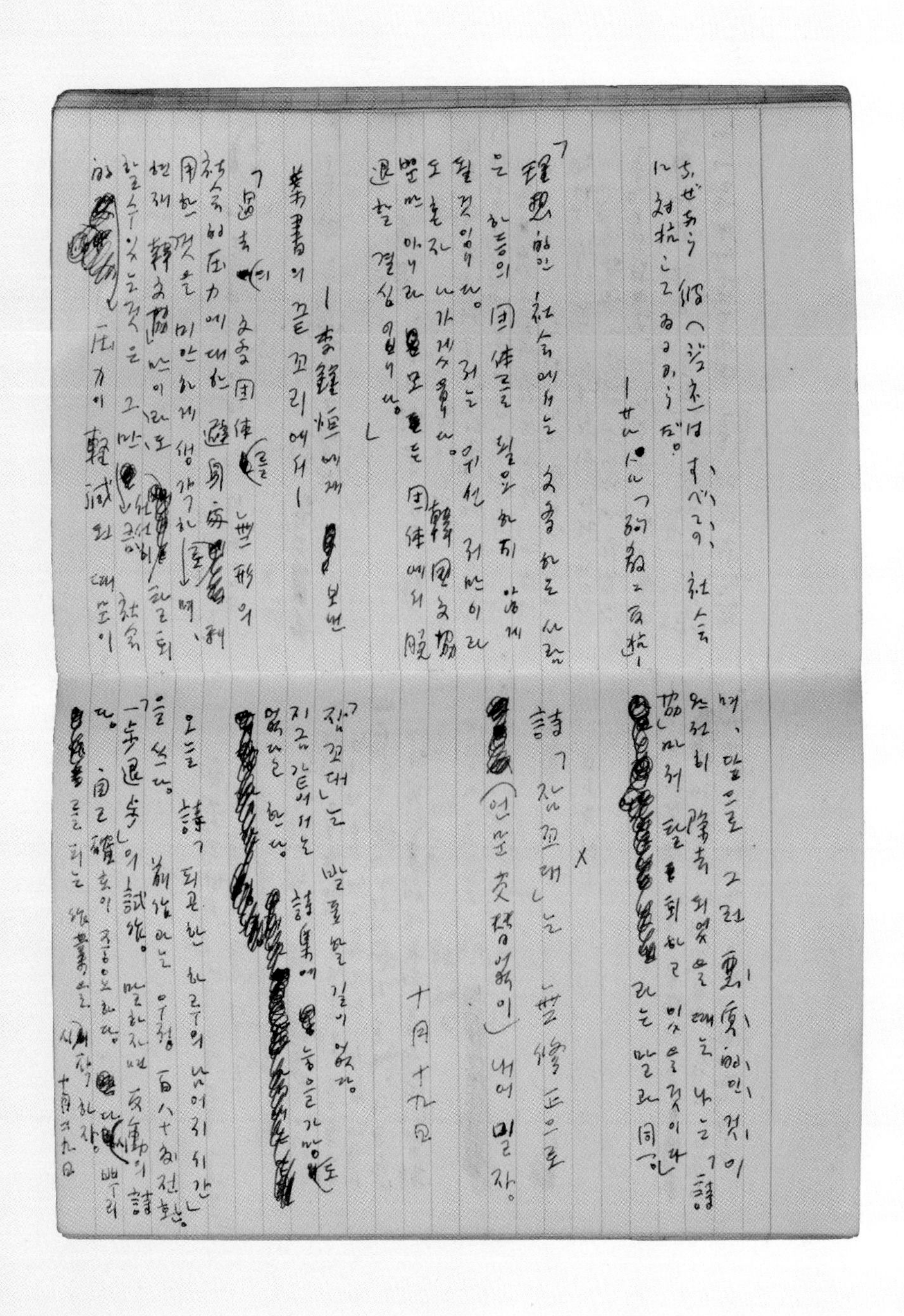

1961. 10. 19.
1961. 10. 29.

2

3

4

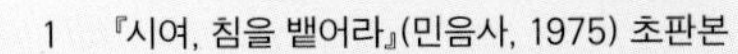

1 『시여, 침을 뱉어라』(민음사, 1975) 초판본
2 케이스 색깔을 바꾼 재판본(민음사, 1975)
3 시집 『달나라의 장난』(춘조사, 1959)
4 시선집 『달의 행로를 바꿀지라도』(민음사, 1976)
5 산문 선집 『퓨리턴의 초상』(민음사, 1976)
6 『시여, 침을 뱉어라』(민음사, 1977) 3판

1

6

5

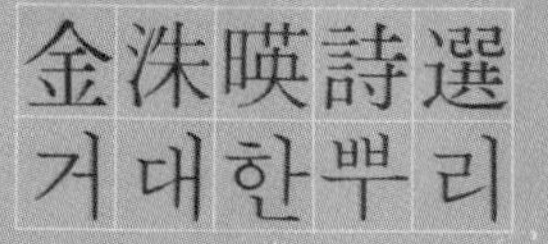
金洙暎詩選
거대한뿌리
오늘의 詩人叢書

1

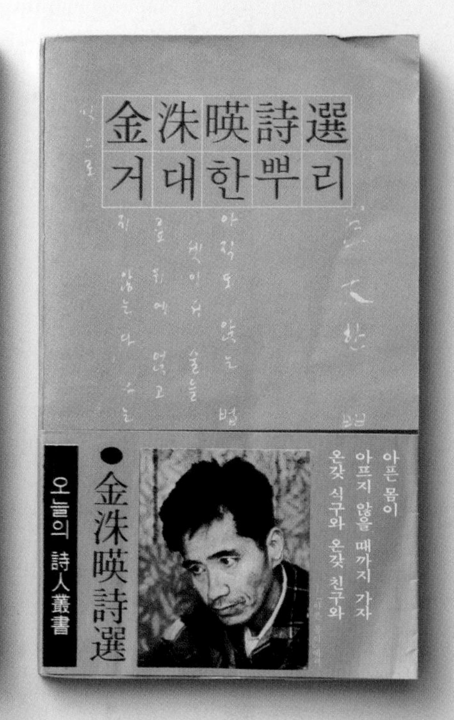
金洙暎詩選
거대한뿌리
金洙暎詩選
오늘의 詩人叢書
아픈 몸이
아프지 않을 때까지 가자
온갖 식구와 온갖 친구와

2

3

4

민음사 '오늘의 시인 총서' 1번은 김수영 시선집 『거대한 뿌리』다.
사진 1은 1974년 출간된 초판본이고 사진 2는 커버를 교체한 판본이다.
사진 3은 1995년 출간된 개정판으로 붉은색이 강조되었다.
현재 독자들과 만나고 표지는 사진 4와 같다.

1 김수영 전집(민음사, 1981) 초판본
2 한문을 한글로 고치고 표지 색에 변화를 주었다.
3 김수영 전집(민음사, 2003) 개정판

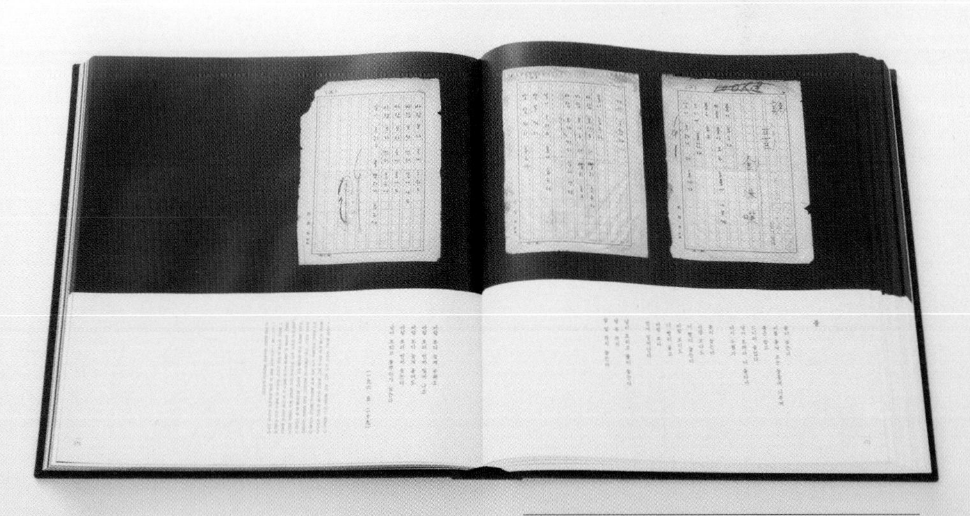

『김수영 육필시고 전집』(민음사, 2009)
기존의 원고뿐 아니라 초고에서 시상 메모까지
현존하는 354편의 육필 시 원고를 모두 담았다.

사망 1주기를 맞아 도봉산 선산 묘 앞에
세워진 시비(詩碑)

김수영 두상 조각상. 5회, 6회 김수영문학상
수상에 상패로 사용되었다.

서문

『김수영 전집』 초판이 발간된 것이 1981년이다. 그로부터 22년이 지나 2003년, 한자를 한글로 바꾸고 새로 발굴된 작품을 추가한 개정판이 출판되었다. 개정판으로부터 다시 15년이 지나 3판을 펴내는 심정은 벅차다. 여전히 부족한 부분이 있지만 시와 산문 모두 새로운 작품이 추가되었고 분명한 잘못은 고쳤다. 시인의 사후에 보관된 원고와 출판본을 대조하면서 최종본을 확정하여 여기에 제3판을 발간한다.

이 전집에서 현재의 독자를 고려해 원고나 발표 당시의 표기와 달라진 부분이 있다. 현재의 독자들이 읽기에 매우 어색한 표기는 현행 맞춤법에 맞도록 고쳤다. 하지만 시인이 사용한 원래의 표기를 지키기 위해 노력했다. 원래 한자로 표기한 것은 초판에서는 원고를 따랐으나 개정판과 3판에서 모두 한글로 바꾸었다. 정확한 이해를 위해 한자가 필요하다고 판단되는 경우에는 괄호 안에 넣었다. 『김수영 육필시고 전집』의 3부에서도 확인되는 바이지만, 시인 생존 당시 신문이나 잡지에 발표되었다고 해서 믿을 수 있는 판본인 것은 아니다. 신문이나 잡지의 편집자가 원고의 표기를 고쳐서 출판한 예가 상당히 많다. 그래서 본 전집을 편집하면서 원고가 남아 있는 경우 원고를 확인하는 절차를 거쳤다.

2003년 개정판이 나온 이후에 발굴되어 김수영의 작품으로 알려진 산문의 양은 매우 많다. 전쟁 직후의 초기 산문이 상당량 발굴된 것은 김수영의 의식 세계를 이해하는 데 큰 도움이 된다. 그중에서도 시인이 한국전쟁 중에 북으로 끌려가고, 거기서 탈출한 뒤 포로수용소에 수감된 사정을 설명하는 산문은 발견의 놀람에 값한다.

여러 산문의 발굴로 산문집의 두께가 두꺼워진 것은 뿌듯한 일이지만 그럼에도 불구하고 전집을 만들면서 넣지 못한 글들이 적지 않다. 전쟁 직후의 열악하고 혼란스러운 상황을 반영하듯 일부 산문은 김수영 시인의 이름으로 발표되었으나 저술이 아니라 번역으로 판단해서 제외했다. 그리고 「해운대에 핀 해바라기」「어머니 없는 아이 하나와」는 시인의 실제 생활에 대한 묘사가 아니라 허구적인 글로 판단해서 콩트라고 밝혀 놓았다. 신문에서의 좌담이나 시사에 대한 몇 줄짜리 조각글, 코멘트 등을 포함시킬 것인지를 두고 오래 고민했지만 결국 빠졌다. 번역서와 번역 후기 혹은 서문은 아직 정리가 미흡한 수준이고 그에 비해 내용은 방대하여 이 전집에서 제외되었다. 김수영의 번역 작품은 양도 많거니와 저작권의 문제가 걸려 있어서 자유롭지 않다. 번역 작품의 서문이나 옮긴이의 말도 언젠가는 연구자의 손길을 거쳐 정리될 때가 오리라 믿는다.

시인이 생존했더라면 넣지 않았을지도 모르는 글들도 모두 모아서 묶어 내는 것은 망자의 유지를 어기는 것이 아닐까 고민했다. 가령, 이중 시인의 시집 발문 「진정한 참여시」가 그것이다. 시인 자신이 그렇게 평한 것은 착오였다고 「참여시의 정리」에서 밝힌 바 있으므로 오해의 여지는 줄어들지만, 전후 사정을 전혀 모르는 독자는 오해할 수도 있겠다. 그럼에도 이 글을 빼지 않은 것은 김수영 시인이 참여시에 대해 가지고 있던 사유의 테두리를 파악하는 데 큰 도움이 되기 때문이다. 그리고 전쟁 직후의 초기 산문들은 문장이나 어휘 선택에 어색한 곳이 많지만 이 또한 우리 문학사의 생생한 모습이라 생각하고 그대로 두었다. 아무리 어색해도 김수영 산문 특유의 생생한 감각을 느낄 수 있으니 그것으로 수록의 명분은 충분했다.

이 전집을 만드는 작업은 엮은이 혼자의 힘으로 되지 않았다. 원고를 대조하는 일에는 김원경 시인이 노고를 아끼지 않았고 까다로운 전집 편집에는 김소연, 박혜진 두 분의 손길이 종요로웠다. 신문과 잡지 더미에서 김수영 시인의 시와 산문을 찾아내 전집의 형성에 기여한 연구자들이 한둘이 아니다. 여기에 몇몇 이름을 밝혀 고마움을 특별히 표하고자 한다. 한국문학연구에서 모두 큰 역할을 하고 계시는 김명인, 박태일, 방민호, 유성호, 박수연, 전상기, 김종욱, 오영식, 엄동섭, 이윤정, 문승묵 선생들이 그분들이다. 이 자리를 빌려 감사드린다. 이 전집을 꾸리는 일에 가장 큰 기여를 하신 분들은 두말할 필요조차 없이 유족이다. 특히 김수명 선생은 원고를 챙기고 한 글자 한 글자를 대조하며 마지막 순간까지 잘못을 바로잡는 편집자의 자세를 놓치지 않으셨다. 소중한 원고를 보존해 왔으며 각종 자료를 모아서 수시로 엮은이에게 전달한 유족의 노고를 독자들은 기억해 주길 바란다.

이 전집의 발간으로 거의 20년을 만져 온 작업이 일단락된다. 김수영 읽기의 새로운 세대가 시작되기를 기대한다.

2018년 새 해를 보며
엮은이 이영준

일러두기

1 『김수영 전집』 산문편은 한국 현대 시사에 커다란 문학적 성취를 남긴 김수영의 시와 사유의 세계를 독자들에 널리 소개하고 그 문학사적 의의를 정리하는 데 목표를 둔다.
2 『김수영 전집』 산문편 3판은 1981년 간행된 민음사 초판본에서와 같이 시인이 남긴 원고를 바탕으로 이루어져 있으며 원고가 없는 경우 발표된 지면을 바탕으로 이루어져 있다. 배열은 집필(탈고) 순서를 따랐고 집필일이 불확실한 경우 발표일을 기준으로 하였다.
3 각 글은 주제에 따라 1부 일상과 현실, 2부 창작과 사회의 자유, 3부 시론과 문학론, 4부 시작노트, 5부 시평, 6부 일기초·편지·후기, 7부 의용군 (미완성 장편소설)으로 구분하였으며 부록에는 번역 작품 목록을 실었다.
4 초판 간행 후 발굴된 시인의 산문 원고를 이번 개정판에 수록하였다. 수록된 원고는 「내가 겪은 포로 생활」 외 21편의 산문과 다수의 일기 및 편지다.
5 글의 집필 (혹은 발표) 연, 월, 일을 글의 끝 부분에 밝혔다. 연도는 확실하되 월, 일이 불확실한 경우에는 연도만 표기하였다.
6 맞춤법과 띄어쓰기는 현행 맞춤법 규정에 따라 고쳤다. 다만 어감이 현저하게 달라질 경우를 고려하여 당시의 표기를 그대로 살린 대목도 있다. 한글 표기를 원칙으로 하여 원본의 한자는 모두 한글로 고치면서 병기하였다. 다만 반복되어 나오는 경우는 한 번만 표기하였다. 외래어 역시 현행 표기법에 맞도록 고쳤지만, 어감이 달라지는 경우에는 그대로 두었다.
7 부가 설명된 주석이 원주(原註)일 경우 (원주) 표시를 달았다. 그밖의 각주는 모두 엮은이 주다.
8 대화와 직접 인용은 " "로, 간접 인용 및 강조는 ' '로, 단편소설과 시는 「 」로, 도서명과 장편소설은 『 』로, 잡지는 《 》로 표기하였다.

차례

1

일상과 현실

내가 겪은 포로 생활*

세계의 그 어느 사람보다도 비참한 사람이 되리라는 나의 욕망과 철학이 나에게 있었다면 그것을 만족시켜 준 것이 이 포로 생활이었다고 생각한다. 이야기책에서 읽고 간혹 활동사진에서 볼 정도인 포로 생활에 아무 예비지식도 없이 끌려들어 가게 한 것도 6·25 동란이 시킨 일이었지만 6·25 동란이 일찍이 우리 민족사상에 드문 일이었다면 이 위대한 50여 개 국의 소위 UN 포로로서 인간의 권리와 의무를 버리고 제네바 협정의 통치 구역으로 용감무쌍하게 몸을 던지게 되었다는 것은 나의 일생을 통하여 결코 잊어버릴 수 없는 지나친 괴변의 하나임에 틀림없는 일이었다.

그러면서도 나는 꼼짝달싹할 수 없는 순간순간을 별로 놀라는 마음도 없이 꾸준히 지내 왔다. 나는 벌써 인간이 아니었고 내일을 기약할 수 없는 포로의 신세가 되었다는 것, 포로는 생명이 없는 것이라는 것, 아니 그보다도 포로가 되었길래 망정이지 그렇지 않았던들 지금쯤은 이북 땅 어느 논두렁에서 구르고 있는 허다한 시체 속에 끼어 고향을 등지고 이름도 없이 구르고 있을지도 모른다는 비참한 안도감, 이러한 평범한 인식들은 나로 하여금 아슬아슬한 고비를 눈 하나 깜짝하

* 《해군》 1953년 6월호에 「시인이 겪은 포로 생활」이라는 제목으로 발표되었다. 현재의 제목으로 쓴 것으로 추정해서 고쳤다.

지 않고 태연자약하게 넘어가게 하는 기술을 가르쳐 주고 남음이 있는 것이었다.

단기 4283년 11월 11일 수천 명의 포로가 부산 거제리 제14야전병원으로 이송되었다. 나도 다리에 부상을 당하고 이들 수많은 인간 아닌 포로 틈에 끼여 이리로 이송되었다. 들것 위에 드러누워 사방을 바라보니 그것은 새로 설립 중인 포로 병원임에 틀림없었다. 미인*들과 몸이 성한 포로들이 순식간에 천막을 세우는 광경은 몸이 아파 모든 것이 경황이 없는 마음에 스며들어 씁쓸한 진통제를 먹고 난 후같이 얼떨떨한 인상밖에는 주지 않았다.

모든 현상이 그러하였다.

얼이 빠질 대로 빠지고 나면 무엇인지 스며드는 쓸쓸한 것이 있었다.

요컨대 운수가 나빴던 것이다.

이태원 육군 형무소에서 인천 포로수용소로, 인천 포로수용소에서 부산 서전병원으로, 부산 서전병원에서 거제리 제14야전병원으로—가족 친구 다 버리고 왜 나만 홀로 포로가 되었는가!

그리하여 이렇게 떳떳하지 않은 여행을 하여야 하게 되었는가!

요컨대 운수가 나빴던 것이다.

나는 이러한 자탄을 하루에도 몇십 번씩 하지 않을 수 없었다.

꿈나라로 실려 들어오는 것같이 어떻게 생각하면 우연하게 들어온 이 거제리 수용소에서 나는 3년이라는 긴 세월을 지내게 되었다.

세계의 그 어느 사람보다도 비참한 사람이 되리라는 나의 숙망을 만족시켜 줄 수 있는 곳이 바로 여기 산 밑 경사진 논판을 편편히 메우고 일어선 포로 병원이 될 줄이야! 몸에다 모포를 두르고 일을 시작하게 된 것은 크리스마스를 지내서 3, 4일 후, 상처는 아직 완치되지 않았지만 나는 더 이상 암담한 병상에 드러누워서 신음하는 데 싫증이

---

* 미국인을 뜻한다.

났다. 바깥에 나가서 햇빛을 쐬고 나도 남같이 벅찬 현실에 부닥쳐 보고 싶은 의욕이 용솟음치는 것이었다. 수동적으로 불안을 받아들이느니보다는 불안 속에 뛰어 들어가 불안과 운명을 같이하는 것이 괴로움이 적은 일이요 떳떳한 일같이 생각이 들었다.

물을 길어 오고 환자들의 변기를 닦고 약품을 날라 오고 소제를 하고 밥을 메고 오고 환자들을 시중하고 이러한 일을 힘 자라는 대로 아무것이나 가리지 않고 다 하였다. 별별 사람들이 다 모여 있는 곳이다. 위에는 검사, 판사, 신문 기자, 예술가로부터 밑에는 중학생, 농부, 노동자에 이르기까지 별별 성격의 사람들이 주위 4000미터의 철조망 속에 한데 갇혀 있는 곳이다. 서로 싸우고 으르렁거리고 조금이라도 더 잘 먹고 남보다 잘 지내려고—나는 내가 받아야 할 배급 물품도 제대로 받지 못하였다.

옷이나 담배나 군화 같은 것이 나와도 나는 맨 꼬래비로 받아야 하거나 그렇지 않으면 못 쓰게 된 파치만이 나의 차례에 돌아오고는 하였다.

그래도 이북에 끌려가서 방공호 아닌 굴 속에서 내 땅 아닌 의붓자식 같은 설움을 먹으며 열대여섯 살밖에는 먹지 않은 괴뢰군 분대장들에게 욕설을 듣고 낮이고 밤이고 할 것 없이 산마루를 넘어서 통나무를 지어 나르던 생각을 하면 포로수용소에서 받는 고민 같은 것은 아무것도 아니라고 믿었기 때문에 나는 모—든 것과 모—든 사람에게 감사하는 마음으로 전신이 굳어지는 것 같은 충동을 수없이 느꼈다. 그러나 괴뢰군의 분대장들이 여기도 산더미같이 따라와 있는 것이다.

여기는 포로수용소다!

중성 하나짜리니 중성 둘짜리니 하는 괴뢰군 장교들도 있다는 소식이 들려온다. 그들은 대개가 수용소 안에서는 자기의 계급을 감추고 있는 것이다. 심사를 받을 때에 귀찮다는 이유도 있다. 그들은 포로수용소 안에서까지 적기가(赤旗歌)를 부르고 공산주의의 이론을 설파하고 선전하고 한다. 그것은 적이 우스꽝스러운 일이었다. 하나에서부터 열까지 공산주의자의 하는 일이 옳고 훌륭하고 신성하고 미군이 하는 일은 무엇이든지 나쁘고 잘못하는 일이라고 흉을 본다. 페니실린이나 마이신 같은 정도의 약품은 자기 나라나 소련에서도 얼마든지 만들고 있고 병원 시설이나 대우도 문제가 되지 않는다고 고집을 피우면서 억설을 한다. 밤이면 이 천막 저 천막에서 괴뢰군의 군가가 들려온다.

원던이라는 평안북도 선천 아이가 내 옆에서 자고 있었는데 이 아이마저 이럴 때면 덩달아서 어쩔 줄을 모르고 내 얼굴을 보고 망설거리다가는 밖으로 뛰어가는 것이었다. 홍일점이라는 말이 있지만 나는 정말 백일점이었다. 나만 빼놓고 일천 육백 명 제3수용소 전체가 적색분자 같은 생각이 들었다. 그러한 시달림 속에서 날이 지나는 동안 가족에의 애착도 옛날 친구들의 기억도 어느덧 마비되어 버렸다.

도대체 가족이나 친구들의 생사를 알 도리가 없었다. 또 알고 싶은 생각도 편지를 쓰고 싶은 마음도 일찍이 나 본 일이 없었다. 나는 밤이면 가시 철망 가에 걸상을 내다 놓고 멀리 보이는 인가와 사람들의 모습을 한없이 바라다보고 있는 것만으로 충분히 행복하였다. 내가 살고 있는 새로운 세상의 새로운 사람들 중에서 나는 브라우닝 대위를 발견하였다. 나는 그처럼 아름다운 여자를 본 일이 없다고 생각하였다. 나는 그를 위하여서는 나의 목숨이라도 바칠 수 있다고 믿었던 것이다. 미인들은 아침 여덟 시에 수용소에 출근하여 저녁 다섯 시까지 근무하고 돌아갔다. 그 이외의 근무원으로는 한국인 의사와 한국인 간호사들이 있었다. 그들의 대부분은 피난민이었다.

포로들에게 있어서 인간들에 대한 존경과 신망은 확실히 정상 상태를 넘어서 병적인 정도에까지 이르는 수가 많았던 것이다. 그들은 자유를 가지고 있다는 것, 피난민이건 어린아이건 노인이건 거러지건 아니 수용소 철망 밖에 있는 것이라면 소나 망아지 같은 짐승까지 포로들에게 있어서는 황홀하고 행복스러운 구경거리였다. 한 걸음이라도 좋으니 철창 밖에 나가 보았으면! 이것이 포로들의 24시간을 통하여 잊혀지지 않는 몸에 박힌 염원이요 기도였다.

나는 브라우닝 대위를 통하여 임 간호원을 알게 되었고 임 간호원이라는 30을 훨씬 넘은 인텔리 여성을 통하여 사회 소식을 듣게 되었다. 임 간호원은 아침마다 흰 수건에 계란을 싸 가지고 오든지 김밥 같은 것을 싸 가지고 와서 사람들의 눈을 피하여 넌지시 나의 호주머니에 넣어 주는 것이다. 그렇게 연애를 하여 보려고 해도 연애를 죽어도 못하던 내가 이 포로수용소 지옥 같은 곳에서 진정하고 영원한 사랑을 얻게 될 줄이야!

나는 틈만 있으면 성서를 읽었다. 인민재판이 수용소 안에서 벌어지고 적색 환자까지 떼를 모아 일어나서 반공청년단을 해산하라는 요구를 들고 날뛰던 날 밤 나는 열한 사람의 동지들과 이 수용소를 탈출하여 가지고 거제도로 이송되어 갔다.

거제도에 가서도 나는 심심하면 돌벽에 기대어서 성서를 읽었다. 포로 생활에 있어서 거제리 제14야전병원은 나의 고향 같은 것이었다. 거제도에 와서 보니 도무지 살 것 같은 마음이 들지 않는다. 너무 서러워서 뼈를 어이는 설움이란 이러한 것일까! 아무것도 의지할 곳이 없다는 느낌이 심하여질수록 나는 진심을 다하여 성서를 읽었다.

성서의 말씀은 주 예수 그리스도의 말씀인 동시에 임 간호원의 말이었고 브라우닝 대위의 말이었고 거제리를 탈출하여 나올 때 구제하지 못한 채로 남겨 두고 온 젊은 동지의 말들이었다.

나는 참다 참다 못해서 탄식을 하고 가슴이 아프다는 핑계로 다시 입원을 하여 거제리 병원으로 돌아올 수가 있었다. 내가 다시 돌아왔다는 소식을 듣고 임 간호원이 비 오는 날 오후에 브라우닝 대위를 데리고 찾아왔다. 나는 울었다. 그들도 울었다. 남겨 놓고 간 동지들은 모조리 적색 포로들에게 학살을 당하였다는 소식을 듣고 나는 아주 병이 들어 자리를 눕게 되었다.

이 원수를 갚아야 한다고 나는 미인들에게 응원을 간청하였으나 그들은 상부의 지시가 없이는 독단으로는 허락할 수 없는 일이라고 하면서 고개를 옆으로 흔들었다. 나는 국군 낙오병 포로로 명망이 높은 반공 투사요 우국지사인 황 중위를 찾아가 보고 비밀 선봉대를 조직하려고 결심하였다. 나는 이리하여 시작하였던 것이다. 실로 기구한 투쟁이었다. 그러나 옳은 것을 위하여는 싸워야 한다.

나의 시(詩)는 이때로부터 변하여졌다. 나의 뒤만 따라오는 시가 이제는 나의 앞을 서서 가게 되는 것이다. 생각하면 모두가 무서운 일이요. 꿈결같이 허무하고도 설운 일뿐이었다. 이것이 온전히 연소되어 재가 되기까지는 아직도 먼 세월이 필요한 것같이 느껴진다.

《해군》(1953. 6.)

나는 이렇게 석방되었다

모두가 생각하면 꿈같은 일이다. 다시 광명을 찾아온 지 그 후 어언간 반(半)성상(星霜)*의 사바(娑婆)의 생활, 이것이 새벽의 꿈이라면 6·25 사변 이후 사실보다도 몇십 배나 길고 긴 것같이 생각이 드는 억류 생활은 심야의 꿈이다. 나의 기억은 막 잠에서 깨어난 어린아이처럼 얼떨떨하기만 하다. 잔등이와 젖가슴과 무르팍과 엉덩이의 네 곳에는 P.W(PRISONER OF WAR: 포로라는 의미)라는 여덟 개의 활자를 찍고 암흑의 비애를 먹으면서 살아온 것이 도무지 나라고는 실감이 들지 않는다. 6·25 사변이 일어나서 석 달 사흘의 앞을 보지 못하였던 까닭에 나는 8월 3일 소위 의용군에 붙들려 평안남도 북원리까지 갔다. 9월 28일 훈련소를 탈출하여 가지고 순천(順天)을 앞두고 오다가 중서면에서 체포되어 다시 훈련소에 투입당하였다.

10월 11일 국제연합군이 순천에 낙하산으로 돌입하였다는 벼락같은 정보를 듣고 재차 훈련소를 탈출하여 산을 넘고 봉고(鳳庫)에서 하룻밤을 야숙(野宿)하고 그 이튿날 설사를 하면서 순천까지 왔다. 순천에서 C.I.C 통행 증명서를 맡아 가지고 평양까지 왔다.

평양에 와서 비로소 이승만 대통령이 국군 장병에게 보내는 치하문을 길가에서 읽고 나는 눈물을 흘리었다. 음산한 공설시장에 들어가

* 성상은 햇수를 비유적으로 나타내는 말로, 반년을 뜻함.

서 멸치 150원어치를 사 가지고 등에 멘 쌀 보따리 속에 꾸려 넣고 대동강 다리가 반 이상이나 복구되어 가는 것을 보면서 60원씩 받는 나룻배를 타고 유유히 강을 건넜다. 강을 넘어서니 인제는 살았다는 감이 든다. 아픈 발을 채찍질하여 남으로 남으로 나는 내려왔다. 신을 벗고 보니 엄지발이 까맣게 죽어 있다. 신을 벗어 들고 걸었다. 5리(五里)도 못 가서 발바닥이 돌에 찔려 가지고 피가 난다. 다시 신을 신고 걷는다. 새끼로 신을 칭칭 동여매고 걸어 본다. 이리하여 황주(黃州)를 넘어서서 신막(愼幕)까지 왔다. 신막에서 미군 트럭을 탔다.

트럭 위에 남으로 나오는 피난민 부부와 아해들, 그리고 경상도 방언을 쓰는 국군이 네다섯 명 타고 있었다. 차는 순식간에 개성을 지나서 서울까지 들어왔다. 서대문 네거리에서 나는 차를 내리었다. 그 차는 김포비행장으로 간다고 아현동 쪽으로 달아나 버리고 말았다. 10월 28일 저녁 여섯 시경이었다.

서울의 거리는 살벌하였다. 6·25 전의 서울, 그 호화로웠던 서울은 아니었으나, 그래도 직장에서 파해 나오는 사무원 같은 선남선녀들의 몸맵시에는 내가 오래 굶주리고 있던 서울의 냄새가 담겨 있었다.

살고 싶다는 의욕과 인제는 살 가망이 드디어 없어졌다는 새로운 절망의 인식이 동시에 직감적으로 나의 가슴을 찌르고 지나간다.

공연히 서울에 돌아왔다는 후회조차 드는 것이었다. 적십자병원 앞을 지나가는 수인(囚人)의 대열—적구(赤狗)*다. 나는 몸이 오싹 추워졌다. 벌벌 떨리었다. 수인의 대열은 포탄에 얽은 이 빠진 가옥을 배경으로 영천(靈泉) 쪽으로 걸어간다. 나는 눈을 지그시 감았다. 다시 눈을 떠서 하늘을 보았다. 옛날 그 어느 순간과도 같은 착각의 불꽃이 이상야릇한 방면으로 머리를 스쳐 간다. 지나가는 사람들이 나를 치어다본다. 남루한 한복, 길게 자란 수염, 짧게 깎은 머리, 1500리 길을 오는

* 적구. 빨갱이.

동안에 온몸에 배인 먼지, 나는 의심을 받을 수 있는 모든 조건을 구비하고 서울로 돌아왔다. 아니 나를 죽여 주십시오 하고 돌아온 사람이나 마찬가지다. 나는 적십자병원 맞은쪽 과실 가게 옆에 임시로 만들어 놓은 파출소로 들어갔다.

나는 모든 것을 고백하였다. "그러나 한 가지 부탁이 있습니다. 집의 식구들이 어떻게 되었는지 궁금하니 집에까지 가서 한 번만이라도 보고 왔으면 고맙겠습니다." 하고 마지막으로 간청을 하니 내 이야기를 듣고 있던 순경은 "그러나 지금 통행금지 시간이 넘어서 충무로까지는 갈 수 없소이다." 하고 "내일 아침에 보러 가시오. 지금 가다가는 또 도중에 잡힐 터이니까."라고 말한다. 이미 나는 나의 운명을 결정하고 있었다. 나는 이대로 무사할 수 없다는 것을 충분히 느끼었다. 절망이 완전히 그의 테두리를 만들기까지의 시간이라는 것은 비할 수 없는 위험한 요동의 시간이기도 하였다. 불안한 어머니의 얼굴, 불안에의 신앙, 가족에의 신앙, 눈물이 나올 여유조차 없는 절망, 그래도 가족을 만나고 싶었다. 어머니만 만나면 무슨 좋은 지혜가 생길 것도 같았다.

기어코 순경의 충고를 어기고 억지로 나는 서대문 파출소를 나왔다. 어둠이 내리는 거리는 나의 심장을 앗아갈 듯이 쉽기만 하였다. 이대로 어디로 달아나 버릴 수 없는가. 이런 무서운 생각조차 들었다. 조선호텔 앞을 지나서 동화백화점을 지나 해군본부 앞을 지났을 때에 지프차 옆에서 땀에 흠뻑 젖어 있는 나의 얼굴을 향하여 플래시의 광선이 날아왔다.

"어디로 가시오?"

"집에 갑니다."

나는 천연스럽게 대답하였다.

"어디서 오시오?"

"북에서 옵니다."

"무엇을 하는 사람이오?"

나는 한 발 쭈욱 앞으로 다가서서 나지막한 목소리로

"사실은 의용군에 잡혀갔다가 달아나와 지금 집으로 돌아가는 길입니다. 우리 집은 바로 요 앞이올시다. 방금 서대문 파출소에 들려서 자초지종을 고백하고 오는 길입니다. 집에 가서 한번 가족들 얼굴이나 보고 자수하겠습니다."
라고 애걸하였다.

"웅 그러면 당신은 '빨치산'이로구료."

그는 대뜸 이렇게 말을 하고 권총을 꺼내 들었다. 나는 기계적으로 번쩍 손을 들 수밖에 없었다.

이태원 육군형무소로부터 인천포로수용소에 이송되어 나는 머리를 깎고 처음 P.W가 찍힌 미군 작업복을 입은 포로들이 철망 앞에 웅기중기 모여 있는 것을 보고 내가 인제 포로가 된 것이라고 깨달았다. 트로이의 목마같이 우뚝 선 수용소 대문 앞에는 G.I 포로 감시원 그리고 포로통역 비슷한 콧날이 오똑 선 청년들이 서로 웃고 놀리고 서서 있었으며 그들은 신 포로가 들어올 때마다 "인제는 살았으니 안심하라"고 격려의 말을 해 주는 것이었다. 그것은 공산주의자들이 그들의 소위 동무들끼리 주고받고 하는 그러한 격려의 말이 아니었다. 거기에는 어디인지 시정적(市井的)인 건달들이 쓰는 구수한 의리의 한 어감이 다분히 포함되어 있는 그러한 말이었다. 나는 포로수용소의 질서가 어떠한 형태로 어떠한 정도로 잡혀 있느냐 하는 것을 순간적으로 감득할 수 있었다.

내가 드러눕혀 있는 곳은 어느 학교 강당의 2층 같은 곳이었다. 여기는 모두가 환자뿐이었다. 여기저기서 무서운 신음 소리가 끊일 사이 없이 들려온다. 약 5, 60명가량 되는 부상당한 포로들이었다. 어느 사람은 팔을, 어느 사람은 다리를 절단하고 드러누웠고 어느 사람은 상반신을 석고로 만든 기물(器物)을 입고 앉아 있는 것이 마치 양장점의 마네킹을 연상시켜서 서러웠다.

쉴 사이 없이 그들은 물을 찾고 변기를 주문한다. 그럴 때마다 물이 오고 변기가 대령되는 것이다. 수족을 절단한 환자가 자꾸 물을 청구한다. 그러면 옆에 누운 환자가 물을 찾는 환자를 타박을 한다. 새 환자들이 심심치 않을 정도로 남녀 안내원 같은 사람에게 인도되어 올라온다. 온전한 자세로 온전한 표정으로 걸어 올라오는 환자는 하나도 없다. 그 뒤로 앞서거니 뒤서거니 담(擔)까*가 중환자를 싣고 올라온다.

거의 여백이 없이 꽉 틀어박힌 마룻바닥에 억지로 부챗살 오그리드키 틈을 만들어 담까를 놓고 환자를 옮겨 내려놓으려고 하면은 환자는 틀림없이 외마디 소리를 지르는 것이었다. 사회인 의사와 사회인 간호원이 차례차례 회진을 하면서 돌아다닌다. 그러면 환자들은 갖은 투정을 다 한다. 아파서 죽겠으니 몽혼주사를 놓아 달라느니 고름이 많이 나오니 페니실린을 놓아 달라느니 솜을 더 갖다 달라느니 하고 형형색색의 강청(强請)을 한다. 나는 밥을 못 먹으니 사과나 술을 사다 달라고 버티는 환자도 있다. 회진이 끝이 나면 시약(施藥)과 주사를 놓으러 두세 명의 여간호원들이 올라온다.

"주사 맞으세요."

"나예요?"

하고 나는 고개를 번쩍 든다.

"아까 의사 선생님보고 고름이 나온다고 그러셨지요?"

"네, 고름이 상당히 나옵니다."

"엎드려 누우세요."

"돌아눕지를 못합니다. 다리를 부상당했기 때문에……"

---

* 들것.

"그러면 팔을 걷으세요."

나는 아래층에서 들어올 때 타 입은 푸른 리넨 내의 소매를 걷어 올린다.

주사를 놓는 여간호원의 앞으로 한 가닥 흘러내려 온 머리카락을 본다. 그리고 나는 깊은 고독에 빠져 버린다. 모든 것과 격리당하고 말았다. 나는 인제 사회인이 아니다. 나는 포로다. 포로 포로…… 포로 …… 포로.

얼마 동안인지 눈을 감고 그대로 잠이 들어 버린 나의 어깨를 흔드는 소리가 들린다. 눈을 떠 본다. 여기 들어올 때 처음 심사를 하던 27, 8세가량 되는 미군 군복을 말쑥하게 입은 청년이다. 포로 심사관이다.

"어디서 포로가 되었소?"

"서울입니다."

"어디를 부상당했지요?"

"양쪽 다리올시다."

"무엇에 부상당했지요?"

나는 무엇이라고 대답해야 옳을지 주저할 수밖에 없었다.

"총상이요? 파편상이요?"

그는 재우쳐 묻는다.

사실 나는 어떻게 부상을 당했는지 그에 대한 기억이 확실하지 않았다. 언제 의식을 잃었는지는 도무지 알 수가 없었다. 내가 정신이 났을 때는 내 옆에 얼굴이 예쁘장한 여자같이 생긴 젊은 군의관이 한 손에 주사기를 들고 내 얼굴을 들여다보고 빵끗이 웃으면서 무엇이라고 위안을 하여 주던 때였다.

"여기는 대한민국이야! 다 같이 인제 명랑하게 살자우. 여러분은 인제 오늘부터 대한민국 사람이란 말야!"

하고 말하는 그의 목소리가 그의 얼굴에 비해서는 동떨어지게 굵은 목소리였다는 것만이 이상하게도 기억에 뚜렷할 뿐 그 후에 오는 나의 기억도 간간이 흐르는 먹구름 모양으로 끊어졌다 이어졌다 하는 것이었다.

심사관은 내가 대답이 없는 것을 보고 "어디 상처를 봅시다" 하고 다리에 걸친 모포를 젖힌다. 고름 냄새가 훽 하고 코에 풍긴다. 그는 살그머니 모포를 다시 덮고 나서 나의 얼굴을 보더니,

"고향이 어디요!"

하고 묻는다.

"서울에 있었어요."

"그러면 의용군에 나갔구료."

하고 그는 하얀 카드에다가 무엇이라고 두어 자 쓰적거린다.

"선생님! 아까 의사 선생님이 보시더니 한쪽 발은 잘라야 하겠다고 그러시던데요."

하고 얼토당치도 않은 질문을 하는 나에게 그는 대답 대신 손에 쥐고 있던 하얀 카드를 나의 오른편 머리맡에다 놓고 일어서서 다음 차례 환자에게 옮겨 간다.

나는 조금 아까 간호병이 놓고 간 담배에 불을 당겨 피워 물고 고개를 돌려 하얀 카드를 들여다보았다.

거기에는 내 이름이 영자로 횡서되어 있었으며 포로 번호라고 인쇄된 줄에는 一○三六五五라는 번호가 적혀 있었다.

그 이튿날 오후에 나는 적십자 군용 병원열차를 타고 부산 서전병원으로 이송되었다.

이렇게 하여 나는 작년 11월 28일 충청남도 온양 온천 한복판에 흘립(屹立)한 국립구호병원에서부터 석방되는 200명 남짓한 민간 억류인 환자의 틈에 끼여서 25개월 동안의 수용소 생활을 뒤로 하고 비로소 자유의 천지로 가벼운 발을 내디딜 수 있었던 것이다. 너무 기뻐서 나는 집으로 돌아갈 생각도 잘 할 수 없었다. 길거리―오래간만에 보는

길거리에는 도처에 아이젠하워 장군의 환영 '포스터'가 첩부(貼付)되어 있었다. 나는 그의 빙그레 웃고 있는 얼굴을 10분이고 20분이고 얼빠진 사람처럼 들여다보고 서 있었다. 12시 20분 천안으로 가는 기차를 타고 가야 할 것을 다음 차로 미루고 나는 온천 거리를 자유의 몸으로 지향(指向)없이 걸어 다니었다.

《희망》 3권 8호(1953. 8.)

면봉

1951년 초부터 부산에 있던 대부분의 미군 기관 야전병원에는 서울서 피난하여 내려온 소위 대가 중견급 코리언 닥터가 적지않이 벼락감투가 아닌 벼락 취직을 하고 있었다. 아니 벼락 취직이라기보다는 일종의 굴욕 취직 같은 감을 그들은 어찌할 수 없이 받고 있지 않으면 아니 되었다.

이들 코리언 닥터들은 거의 전부 30세 이상의 기성 의사였으며 그 중에는 ○○대학 세균학 연구소 소속 내과 박사 같은 어마어마한 독일 의학 계통의 명함을 가진 실력 있는 분도 섞여 있었다. 그러나 그 당시의 사정으로 보면 필연적으로 전란 중의 병원이라 내과 환자보다는 외과 환자가 압도적으로 많았으며 이 나라 병원사상에 찬연히 기억될 만한 막대한 숫자에 오르는 부상병과 피난민 환자들을 수용하지 않으면 아니 되어 미국 적십자사도 있는 힘을 다하여 인도주의의 극치를 발휘하고 남음이 있었던 것이다.

따라서 내과를 전공하던 코리언 닥터도 할 수 없이 외과 환자를 취급하지 않으면 아니 되게 되었으며 그들이 남모르는 비애를 맛보았을 것은 말할 필요도 없다. 외과를 전공한 의사라 하여도 그들은 모두 독일식 의학을 배워 왔으며 미국의 모던 서저리와는 다른 분위기 속에서 자라났다. 독일어는 알아도 영어는 모르는 의사가 있어 그들은 미국인 의사와 독일어로 의견을 교환하는 것이었다.

예를 들면 만성 오스티오 염증 환자의 고름이 나오는 구멍에다 미국인 의사는 심지를 꽂아서는 아니 된다고 주장하는데 코리언 닥터들은 마이동풍으로 꼬박꼬박 심지를 넣어 준다. 그들이 배워 온 의학상으로는 농(膿)을 흡수시키기 위하여 면봉(綿棒)을 넣어두어야 하는 것이 원칙인데 아메리칸 모던 서저리는 면봉을 넣어두면 새살이 나오는 것에 장해가 된다고 하여 대경실색을 한다. 문화가 얕은 민족의 특징인지 무엇인지 모르지만 우리 겨레는 원래 고집이 세다. 도무지 미국인 의사의 말 같은 것은 듣지 않는다. 나중에는 그렇게 면봉을 넣지 말라고 역설을 하여도 들어 먹지 않으니까 일일이 책임 추궁을 하기 시작하고 만일 금후부터 면봉을 넣어 주는 의사나 간호원은 본 병원으로부터 일제히 해고하겠다고까지 나오게 되었다.

그 결과 간호원이 한 사람 희생을 당하였던가 하였다. 면봉이 해고 이유의 전부는 아니었고 평상시의 품행이 깨끗한 것이 아니었다는 편이 오히려 많았지만 직접적인 동기는 이 면봉이었다. 미국인들은 자기의 직책에 대하여는 엄격한 나머지 왕왕히 신경질적인 데가 어느 국민보다도 많이 있다. 특히 의사라는 직업이 신경질의 대표 같은 것이고 거기다 의사 겸 군인이 되고 보면 그들의 신경이 바늘 끝같이 빛나게 되는 것도 이해할 수 있는 일이기는 하다.

그런데 차후 문제는 환자 편의 불평이다. 면봉을 넣어 두는 데 습관이 된 환자들이 별안간 요법을 변경하고 보니 도리어 의사에게 면봉을 넣어 달라고 졸라댄다. 보통 건강한 사람 상대와 달라서 환자의 고집이란 다루기에 거북하고 애석하여 곤란하기 짝이 없다. 그러니까 말하기 싫은 의사들이 환자의 말에 못 이겨 할 수 없이 환자의 요구대로 들어준다. 이러한 트러블이 상당히 오랜 기일을 두고 계속되다가 급기야 미군 군의들은 통역을 시켜서 문제의 면봉 감시원의 역할을 반전문적으로 맡아보게 하였던 것이다.

또 하나 예를 들면 '소크'라는 온수 찜질 요법이다. 미국 의학계같이 고도화된 기계 장비가 유족하고 철저하게 침투되고, 정밀 X광선 같은 것도 돈 아까운 줄 모르고 쓰는 가운데에 이 소크 요법이라는 것은 아마 단 하나밖에 없는 소박하고 원시적이고 경제적인 요법 같다. 따뜻한 물에다 소금을 타서 외상이 아물어 가는 곳에, 그것이 발이든 팔이든 복부이든 요부(腰部)이든 한 시간이고 두 시간이고 될 수 있는 대로 오랫동안 침수시켜 놓는 것이다. 배농(排膿)이 빨리 되고 새살을 급속도로 나오게 하기 위한 것이 목적이다.

그런데 이것 역시 독일 의학에는 없는 것인지 코리언 닥터들은 얼굴을 찡그리고 이 요법의 지시에 응하기를 좋아하지 않았다. 환자는 환자대로 일기가 심하게 추운 날 같은 때는 막무가내로 하지를 않았다. 그것도 발이나 손 같은 곳에 환부를 가진 사람은 그렇지도 않았지만 궁둥이나 어깨 같은 불편한 곳에 부상을 당한 환자들에게는 거추장스럽기 한량없는 요법이었다. 나중에는 환자들도 차차 약아져서 미군 군의가 왕진이나 검진을 올 때만 상처에다 살짝 물을 발라 놓곤 하여서 면봉의 문제처럼 그렇게 시끄러운 말썽은 일으키지 않았다.

1952년에 들어서자 전선(前線)에서 오는 신(新)환자도 적어지고 오래 입원하고 있던 외과 환자들 중에서 내과로 가는 환자도 차차 수가 많아지게 됨에 따라서 여태껏 외과에 일을 보고 있던 본의 아닌 내과 전공의 코리언 닥터들도 자기의 본가인 내과로 이근 배치를 당하니 적지않이 어깨에서 숨을 덜었다.

통계적으로 보지 않고서는 확실한 것은 모르겠지만 그 당시의 국부적 현상으로 미루어 볼진대 우리나라에는 도대체 외과 의사보다는 내과 의사가 훨씬 수적으로 많은 것 같다. 운동계에 있어서 역도, 마라톤, 권투, 축구 같은 것이 다른 부문의 선수보다 대다수를 점하고 있는 것과 일맥상통하는 점이 있는 것 같다. 특히 여자 의사에 있어서는 외과 전공은 극히 소수인 것 같은데 이 여자 의사의 경우는 특수한 것이 있겠지만, 남자 의사에 관하여서는 내과 의사가 종래에 많이 배출되었다는 것은 이 나라의 정치와 더불어 민족성에 관련이 있는 것은 확실하다.

1952년 말까지 미군기관에 있던 소위 독일식 훈련을 받은 권위 있고 고집이 강한 코리언 닥터들은 점차 보이지 않게 되었다. 풍문에 들으면 개업을 한 사람도 있고 방직회사에 취직한 사람도 있고 연구실로 다시 돌아갔다는 사람도 있으며 국군 병원에 군의가 된 사람도 있다 한다. 그들은 이제 면봉을 가지고 싸우지 않아도 좋을 것이니까 그것만 해도 그들은 행복하게 된 셈이다.

1953년에 들어서선 미군 계통 병원은 거의 의과대학을 새로 나온 전후파 의학사들로 대치되었다. 종래와 같은 모던 서저리와의 충돌은 없어졌으나 이들에게는 불쌍하게도 권위가 없다. 환자가 오히려 신진 의사보다 조예가 깊은 경우가 생기거나, 젊은 의사보다는 숙련된 간호원에게 신뢰를 두는 것이다. 젊은 의사는 일에 재미가 없어져서 그러는지 더 좋은 자리를 찾아가느라고 그러는지 항시 변동이 끊일 사이가 없었다. 불쌍한 것은 환자뿐이다. 환자는 한 사람의 의사가 오랫동안 맡아 놓고 보아주어야만 하는 것이다.

환자는 우리나라의 민중이라고 할 것 같으면 의사는 우리나라의 문화 정책이다. '민족정기로써 사대주의를 박멸하자'라는 삐라가 거리의 한 모퉁이에 붙어 있는 것을 보고 지난날의 전설 같은 면봉이 불현듯 생각이 난다. 나도 알지 못하는 이유에서.

1953. 9.

낙타 과음

Y여, 내가 어째서 그렇게 과음을 하였는지 모르겠다. 예수교 신자도 아닌 내가 무슨 독실한 신앙심에서 성탄제를 축하하기 위하여, 술을 마신 것도 아니겠고, 단순한 고독과 울분에서 마신 것도 아니다. 어쨌든 근 두 달 동안이나 술을 마시지 않다가 별안간에 마신 과음이 나의 마음과 몸을 완전히 허탈한 것으로 만들고 말았다.

나는 지금 낙타산이, 멀리 겨울의 햇빛을 받고 알을 낳는 암탉 모양으로 유순하게 앉아 있는 것이 무척이나 아름다워 보이는 다방의 창 앞에서 이 글을 쓰고 있다.

Y여, 어저께는 자네 집 아틀리에에서 춤을 추고 미친 지랄을 하고 나서 어떻게 걸어 나왔는지 전혀 기억이 없다.

어떤 자동차 운전수하고 싸움을 한 모양이다. 눈자위와 이마와 손에 상처가 나고 의복이 말이 아니다.

오늘 아침에 일어나 보니 내가 누워 있는 곳은 나의 집이 아니라 동대문 안에 있는 고모의 집이었고 목도리도 모자도 어디서 어떻게 잃어버렸는지 기억이 전혀 없다. 머리가 무겁고 오장이 뒤집힐 듯 메스꺼워서 오정(午正)이 지나고 한참 후에까지 누워 있었다.

옷이 이렇게 전부 흙투성이가 되었으니 중앙지대의 번화한 다방에는 나갈 용기가 아니 나고 나가기도 싫고 몸도 피곤하여 여기 이 외떨어진 다방에나 잠시 앉았다가 집으로 들어갈 작정이다.

인제는 궁둥이를 붙이고 있는 데가 내 고장이라고 생각한다. 어디를 가서 어떻게 앉아 있어도 쓸쓸하지 않다. 그러면서도 이렇게 몹시 쓸쓸하다.

B양의 생각이 난다. B양이 어저께 무슨 까닭으로 참석하지 않았는지? 그러고 보니 나는 어제 억병이 된 취중에도 B양을 보러 갔던가? 그렇다면 이렇게* 이 외떨어진 다방에 고독하게 앉아서 넋 없이 글을 쓰고 있는 것도 B양에 대한 그리움이 시키는 것일지도 모른다.**

B양의 눈맵시, 그리고 그 유니크하게 생긴 입에 칠한 루주가 주마등과 같이 나의 가슴을 스쳐간다.

Y여, 그리고 자네의 애인인 림 양이 춤을 추다 말고 나와서 외투와 핸드백을 집어 들고 B를 부르러 간 것도 아주 먼 옛날에 일어난 일같이 술이 완전히 깨지 않은 이 머리 안에서 마치 안개 속에 숨은 불빛같이 애절하게 꺼졌다가는 사라진다.

나는 지금 무엇에 홀린 사람 모양으로 이 목적 없는 글을 쓰고 있다.

이 무서운 고독의 절정 위에서 사람들의 모습이 얼마나 아름다운지 알겠나?

자네의 모습이며 림 양의 모습이며 B양의 모습이 연황색 혹은 연옥색 대리석으로 조각을 해 놓은 것처럼 신선하고 아름답고 부드러워 보인다.

이 아름다움으로 사람에게 느끼는 아름다운 냄새를 나는 어떻게 처리하여야 좋을지 모르겠다.

사람에게 환멸과 절망을 느낄수록 사람이 더 그리워지고 끊임없는 열렬한 애정이 솟아오르기만 하는 것이 이상하다.

갈 데가 없으니 다방에라도 가서, 여기가 세상을 내어다보는 유일

---

* 뼈가 말신말신하도록 술을 마시지 않으면 아니 된 것도 B양이 오지 않은 외로움에 못 이겨 무의식중에 저지른 일종의 발악이었던가.(원주)

** 아무튼 나는 나 자신이 우습다. 한없이 우습기만 하다.(원주)

한 나의 창이거니 생각하고 앉아 있는 것인데, 내가 앉아 있는 테이블은 언제나 사람들이 꾸역꾸역 모여 있는 난로 가장자리는 아니고, 몸이 좀 춥더라도 구석 쪽 외떨어진 자리를 오히려 택하여 앉기를 즐겨하는 나다. 이렇게 앉아서 고드름이 얼어붙은 창을 어린아이같이 내다보는 것이다.

창을 내다보며 공상을 하는 것이 아니다. 무슨 무기체와 같이 그냥 앉아 있는 것이다.

지금 내가 앉아 있는 창밖에는 희고 노란빛을 띤 낙타산이 바라보인다.*

지금 내 몸은 전부가 공상의 덩어리가 되어 있다. 내가 나의 작은 머리를 작용시켜서 공상을 하는 것이 아니고 전신이 그대로 공상이 되어 있는 것이다. 이런 거추장스러운 말을 하지 않으면 아니 되는 것이 사실인즉 미안하지만 자네는 이 마음을 알아줄 것이다.

목적이 없는 글이니 목적이 없는 정서를 써 보아도 좋을 것이라고 나는 스스로 자인한다.

어느 거리, 어느 다방에서도 흔히 볼 수 있는 계집아이들.

붉은 양단 저고리에 비로드 검정 치마를 아껴 가며 입고 있는 계집아이들. 내가 이 아이들을 볼 때는 무심하고 범연하게 보고 있지만 이 아이들이 생각에 잠겨 있는 지금의 나를 볼 때는 여간 이상하게 보이지 않을 걸세.

이런 생각을 할 때마다 나는 공연히 엄숙한 마음이 드네. 그리고 그들이 스치고 가는 치맛바람에서 나는 온 인간의 비애를 느끼고 가슴

---

* 낙타산은 나와는 인연이 두터운 곳이다. 낙타산 밑에서 사귄 소녀가 있었다. 나는 그 소녀를 따라서 지금으로부터 약 10년 전에 동경으로 갔었다. 내가 동경으로 가서 얼마 아니 되어 그 여자는 서울로 다시 돌아왔고, 내가 오랜 방랑을 끝마치고 서울로 돌아왔을 때 그는 미국으로 가 버렸다. 지금 그 여자는 미국 태평양 연안의 어느 대도시에서 결혼 생활을 하고 있다. 영원히 이곳에는 돌아오지 않겠다는 편지가 그의 오빠에게로 왔다 한다. 나와 그 여자의 오빠는 죽마지우이다.(원주)

이 뜨거워지네.

술이 깰 때 기진맥진한 이 경지가 나는 세상에서 둘도 없이 좋으이.

이것은 내가 '안다는' 것보다도 '느끼는' 것에 굶주린 탓이라고 믿네.

즉 생활에 굶주린 탓이고 애정에 기갈을 느끼고 있는 탓이야.

그러나 나는 이 고독의 귀결을 자네에게 이야기하지 않으려네.

거기에는 너무 참혹한 귀결만이 기다리고 있는 것만 같아! 나 자신에게 고백하기도 무서워. 이를테면 죽음이 아니면 못된 약의 중독 따위일 것이니까.

자네는 나를 「잃어버린 주말」*에 나오는 레이 밀랜드 같다고 놀리지만 정말 자네 말대로 되어 가는 것 같아.

운명이란 우스운 것이야.

나도 모르게 내가 빠지는 것이고, 또 내가 빠져 있는 것이고 한 것이 운명이야.

실로 운명이란 대단한 것이 아니야. 그것은 말할 수 없이 가벼운 것이고 연약한 것이야.

Y여, 자네의 집에서 열린 간밤의 성탄제 잔치는 화려한 것은 아니었지만 단아하고 구수한 것이었어.

나는 이대로 죽어도 원이 없을 것 같으이. 이것은 결코 단순한 비관이 아닐세.

낙타산에 붙어 있던 햇빛이 없어지고 하늘은 금시 눈이라도 내릴 것같이 무거우이.

Y여, 나의 가슴에도 언제 눈이 오나?

새해에는 나의 가슴에도 눈이 올까?

서러운 눈이 올까?

머릿속은 방망이로 얻어맞는 것같이 지끈지끈 아프고 늑골 옆에서

* 「잃어버린 주말」은 1945년 미국 영화이다. 과음하는 한 작가에 대한 이야기를 다룬다.

는 철철거리며 개울물 내려가는 소리가 나네.

이렇게 고통스러운 순간이 다닥칠 때 나라는 동물은 비로소 생명을 느낄 수 있고, 설움의 물결이 이 동물의 가슴을 휘감아 돌 때 암흑에 가까운 낙타산의 원경이 황금빛을 띠고 번쩍거리네.

나는 확실히 미치지 않은 미친 사람일세그려.

아름다움으로 병든 미친 사람일세.

1953. 12.

안수길

우리 문단에서 가장 좋은 의미의 예술가다운 문학자의 한 사람으로 안수길 씨가 있다. 글을 쓰면 문학자라고 생각하고 문학자라면 예술가인 것같이 대우를 받는 이 땅의 일이기에 '예술가다운 문학자'라는 거추장스러운 말도 쓰게 된다. 문학자면 응당 예술가이어야 할 것인데도 불구하고, '예술가다운 문학자'라고까지 부르지 않으면 아니 되는 것은 확실히 이 땅의 저속한 문단의 죄이다.

『제3인간형』의 작자는 안경을 쓰고 조그마한 체구로 영도(影島)에서 건너오는 연락선을 타고, 방학이라고 해서 그가 밤에 꿈속에서까지 잊어버리지 않고 들고 다닐 것 같은 거의 흑색으로 변한 윤이 자르르 흐르는 가죽 가방도 들지 않고 남포동 다방으로 나타난다. 오렌지 주스를 간간이 마셔 가며 누구한테 하는 말도 아니요, 자기 자신에게 하는 말도 아닌 것처럼 "나는 밤낮 따분한 글만 써……" 하고 그는 푸념 비슷이 말을 던진다. 그러나 그의 소위 따분한 글이라는 말 속에는 날카로운 당대에의 경고와 그의 확고부동한 문학관이 들어 있다는 것을 아는 사람은 알고 있다. 맑은 눈초리 밑에 양쪽 뺨에는 무수한 주름살이 그의 웃음 웃는 순간 무슨 파돗물이나 부챗살처럼 펼쳐 생긴다. 문학청년들이 농 삼아 '요단'강이라고 부르는 그의 주름살을 볼 적마다 경건한 인상까지 받는 것은, 그의 문학이 깨끗하고 너무나 주름살이 없는 까닭이다.

6·25 전에 『밀회』라는 작품이 있고, 『제3인간형』 이외에 『제비』, 『쾌청(快晴)』 등 가작(佳作)을 연발하는 씨의 예술욕은, 마비된 감각에 사로잡혀 있는 현대의 항간의 독자들에게는 눈에 띄기 어려울 정도로 깨끗하고 가냘프다. 씨의 소설을 구태여 불러 본다면 사소설(私小說)이라고 부를 수도 있지만 그는 결코 사소설가는 아니다. 그의 타입은 소설가라기보다는 오히려 교사에 가깝다. 사실 그는 소설가로서 우수한 정도로 학교 교원으로서도 충실하고 자비심 많은 좋은 교원일 것이다. 행길에서 자기 학교의 학생들을 만나면, "더운데 수고하네!" 하고 손을 번쩍 들어서 먼저 인사를 한다. 그는 모든 자기의 생활의 벽을 향하여 몸을 꽝꽝 부딪으며 나간다. 그러면서도 조금도 그것이 괴팍스럽게 투박하게 보이지 않는 것은, 그의 선천적 생리가 그러하다고 하느니보다는 그의 연령이 쌓은 지혜 때문이다. 그가 자기의 작품을 따분한 것이라고 말하는 것도, 또 그의 작품이 실제 그러한 따분한 면을 가지고 있는 것도 그의 곱상스러운 성격이 시키는 오랜 인내에서 나오는 것이다. 따분은 하지만은 그것은 비료나 진개(塵芥)는 아니다. 그것은 곧 작가 안수길의 예술이기 때문이다.

'백로야 까마귀 싸우는 곳에 가지 마라 창파(蒼波)에 조히 씻은 몸 더러워질까 하노라'의 백로처럼, 그는 가장 위태스러운 연락선을 타고 속세에 건너왔다 선경(仙境)으로 돌아간다. 방학이 끝이 나면 다시 까맣게 기름이 밴 가방을 들고 창파 아닌 용산중학교에 나가실 것이다.

1953.

가냘픈 역사

남이 좋다고 하니까 나도 좋다고 믿어 버리는 따위의 그 습관이라기보다는 생활의 우둔이라고 할까 이러한 것이 어느덧 좋아지게 된 것도 나이가 시키는 일일 것인데, 내가 말하는 나이는 반드시 늙었다는 의미에서 보다는 이러한 경우에는 오히려 청춘의 저항을 의미하는 것이라고 현명한 독자는 이해할 수 있을 것이다. 혹은 태만의 저항일는지 하여간 그 정도의 감정인 것이다.

파카 만년필을 나는 두 번 가져 보았다. 아니 잘 생각하여 보면 그 이상 가져 봤는지도 모르지만 나의 기억의 뚜렷한 범위 내에 있는 것은 두 번. 한 번은 나의 애인이 사 준 것이다. 그 애인은 연령 35세. 아이가 셋이나 있었다. 내가 포로수용소 안에 억류되어 있을 때 그 여자는 포로인 나에게 반했었고 나도 물론 그 여자에게 반하였다. 우리들은 그 속에서 2년 동안 억류된 사랑을 하였다. 안타까웁고 말할 수 없이 슬픈 사랑이었으나 우리들은 겉으로는 너무나 태연하게 참고 있었다. 중년의 지혜가 시켜서 된 일이 아닐 것이다.

우리들은 오히려 그처럼 강렬한 사랑의 인내 속에서 무한의 행복을 느끼고 있었는지도 모른다. 포로 생활도 해가 바뀌고 나서 내일이 3월 1일이라는 날 밤 나는 소위 인민재판이라는 것을 받고 거제도로 쫓겨 가게 되었다. 그때 이 여자가 파카21을 나에게 주었다. 성서와 파카 만년필이 없었던들 나는 거제도에서 설움에 박혀 죽었으리라. 그러던 여자가 내가 거제도에 있다 못해서 3일간을 단식하며 한병환자(恨病患者)가 되어 거제리병원으로 다시 돌아와 보니 그러던 그 님은 그날의 그 '님'이 아니었더라. 한 달도 못 된 사이에 새 임자가 나타나서……. 나는 파카21을 정중하게 돌려보내 주었다. 그것을 돌려주고 나니 눈이 하나 더 새로이 생긴 듯 심봉사가 눈을 뜰 때도 이것보다 더 밝지는 않았을 것이라고 생각하였다.

두 번째 가진 것은 사회에 나와서 맨 첫 번 월급다운 월급을 받았을 때이다.

글을 쓰는 것이 나의 천직이니까 좋은 만년필을 갖고 싶은 것이 단순하고 자연스러운 욕망이 아닐 수 없었다. 나는 파카21을 샀다. 51호짜리를 사려고 하였으나 역시 21을 샀다.

그 후 며칠 동안 나는 나의 책상 위에 이 새로운 만년필을 놓고 밤늦게까지 바라보고 있었다. 그러던 것이 비 오는 어느 날 친구 K시인의 결혼식에 가게 되어, 우중(雨中)을 무릅쓰고 우산도 없이 연회에까지 가서 의례히 술을 마시게 되어, 술을 마시던 예전에 없던 버릇으로 주정이 심심(甚深)하게도 한심하게도 늘어 가는 나는 그날 밤에도 연회가 끝나기 전에 벌써 실혼(失魂) 상태에 빠져 버리고 그 이튿날 친구들을 만나서 부끄러워 감히 얼굴을 들지 못할 정도의 행패를 한 모양이다.

이튿날 아침에 뼈가 녹아날 듯한 몸을 일으켜서 살펴보니 왼쪽 손가락 인지와 중지 두 개가 부상, 그리고 소지품 일체 분실, 누워 있는 데는 내가 존경하고 있는 평론가 R씨의 병원 2층.

제일 아픈 것이 제2 국민병 수첩과 신분증명서의 분실. 둘째가 신주같이 위하는 만년필. 셋째가 손가락.

2층 장지를 열고 바깥을 내다보니 여전히 비는 그칠 줄을 모르고 내리고 있었으며 나의 옷은 피와 개흙투성이. 나는 친구의 빈 안방에서 한껏 울 수밖에 없었다. 파카 만년필을 산 것을 후회하였다. 오히려 그 돈으로 고생하는 어머니에게 효도라도 하였더라면 이런 천벌은 받지 않았으려니 생각이 들고 도대체 문학을 한다고 하는 그 자체부터가 애초부터 비뚤어진 일같이 새삼스러이 느껴지고……. 아아! 나는 언제나 "너는 더 타락하여라. 더 타락하여라." 하는 소리를 듣고 있으며 또 그 소리의 의미를 믿고 있다.

나는 반드시 낭만주의자가 아니다. 타락이 낭만적인 것이기 때문에 타락하는 것도 아니며 선천적으로 낭만적인 성격이 남보다 많아서 그렇게 되는 것도 아니다. 나는 요사이 비로소 비정(非情)이라는 말의 진미를 알았다. 두 번째 파카를 잃어버리고 나서부터는 어쩐지 옛날 파카를 주던 여자의 모습이 부지불각(不知不覺)으로 다시 뇌리를 스쳐 가며 나를 괴롭힌다. 호주머니가 궁해지면 애인의 생각이 심해지는 것은 나만이 가지고 있는 괴상한 심리 작용인지 모르겠다.

세 번째 파카를 사기 위하여 나는 맹렬히 발분(發奮)하였다. 싼 만년필은 사기 싫고 파카를 살 만한 모내기 돈은 생기지 않은 채 지옥 같은 며칠이 지났다. 손을 부상당한 것에 대하여 만나는 친구마다 인사를 받지 않으면 아니 되었다. 나는 부랴부랴 제2 국민병 수첩 분실계를 냈다. 친구가 있는 신문사로 뛰어가서 분실 광고를 내었다. 광고비 500환은 외상. 자기 월급에서 제하게 하겠노라고 울상을 하는 가난하고 고마운 신문사 친구 G에게 나는 어쩌자고 점심까지 외상으로 빼앗아 먹고 헤어졌다.

오늘은 세상없어도 시민증 분실 증명원을 하겠노라고 그에 필요한 보증인 세 명을 구하러 남포동으로 어슬렁어슬렁 걸어 나갔다. 사실은 어디서 잃어버렸는지 그것도 확실하지 않았다. 제2 국민병 수첩 분실계에는 그 분실 장소 난에 초량(草梁)이라고 해 놓고 시민증 분실 증명원에는 버스 안에서 도난을 당했다고 적어 놓았다. 어떻게 없어졌는지도 모른다.

날이 지날수록 어렴풋이 떠오르는 환상은 있었다. 그러나 그것도 번개 같은 것이다. 어쩌면 술이 취했다고 이렇게 모를 수가 있는가? 그것은 술이 취했던 것이 아니라 죽었다 살아난 것이 틀림없었다. 인제 와서는 잃어버린 것은 할 수 없는 일이라 하더라도 어떻게 없어졌으며 어디서 없어졌는지 다만 그것이나마 알고 싶었다. 해답은 의외로 빨리 나왔다. 보증인 3명을 구하여 남포동으로 어슬렁어슬렁 걸어 나가서 하루에 한 번씩은 반드시 들러야 하는 나의 일과 같은 S잡지사에 들러 P를 만났다. P를 만나 보니 또 술 생각이 난다. 그것은 우리의 의무 같은 것이다. 둘은 행길로 나왔다. 그때 누가 뒤에서 부르는 소리가 들려온다. 부르는 사람은 S잡지사 아래층 다방의 심부름을 하고 있는 놈이다.

그는 나를 보고 "아, 요전에 약주 취하시고 신분증 잃어버리지 않으셨어요?" 한다. 그렇다고 하니까 사실은 그 신분증명서는 이 거리 거지들이 가지고 있는데 그것을 찾으려면 돈을 내야 한다고. 돈이 얼마냐고 하니 가격은 그것을 가지고 있는 거지놈에게 물어보지 않으면 확실한 것은 모르나 아마 800환가량이면 내어놓을 듯하다고 한다. 꿈같은 이야기다. 아주 잃어버린 줄 알았던 것이 나왔다는 것이 꿈같고 그것도 초량이니 동대신동이니 하고 암중모색하던 곳과는 얼토당치도 않은 바로 내 집같이 매일 드나 다니던 이 S잡지사 아래층에서 발견되었다는 것도 꿈같고 만년필이니 가죽 지갑이니 값어치 나가는 것만을 싹 빼고 팔아야 서푼 짜리도 안 나가는 신분증명서만은 모두 분실인에게 되팔아먹자는 것으로, 보아 한즉 한 번 두 번이 아닌 것 같은 그들의 마(魔)의 수법의 주밀성이 또한 꿈같다. 나는 어안이 벙벙하여 말이 얼른 나오지 않았다.

겁이 많은 나는 어쩌면 무서운 생각조차 들었다. 내 대신 P가 나의 스포크스맨(Spokesman)이 되어서

"이 새끼들 지금 곧 안 가져오면 경찰서에 말해서 기관총으로 드르륵 쏘아 죽여 버릴 테야!" 하고 소위 공갈을 때렸다. 나는 그가 과연

소설가로구나 하고 속으로 흐뭇이 만족하였다. 효과는 직효였다. 나는 400환을 주고 증명서를 샀다. 지갑은 나의 지갑이 아니었으나 속에 증명서, 수첩 등은 고대로 다 들어 있다.

나는 세 번째 파카를 사는 대신에 고식(古式) 에보나이트 금촉이 박힌 배때기가 우둥퉁한 왜식 만년필을 산 지 얼마 되지 않는다. 확실히 고식이다. 값도 파카보다 훨씬 싸다. 파카같이 가냘프지 않고 아무렇게 굴려도 좋다. 잉크도 유리 튜브로 되어서 집어넣어야 한다.

배꼽을 햇볕에 요리조리 굴리면서 보니 가느다랗게 '히로라'니, 뭐니 써 있다. 중고품이다.

《신태양》(1954. 1.)

나와 가극단 여배우와의 사랑

가극단 구경이 좋아서 저속한 노래와 춤과 값싼 경음악 같은 것을 들으러 따라다닌 시절이 나에게는 있었다. 그런 구경을 다닐 때는 반드시 P라는 화가와 같이 갔던 것이다. 벌써 지금부터 6, 7년 전 일이니까 나의 취미와 생활은 지금보다도 훨씬 더 낭만적이었고 열정적이었고 동시에 무질서하기 짝이 없는 것이었다. 지향하고 있던 문학마저 깨끗이 걷어치우고 나는 P를 따라다니며 소위 '간판쟁이'가 되려고 애를 쓰고 있었다. 지금 생각하면 엉뚱하기 한량없는 일이요 부끄러운 일이기도 하고 어리석은 일이기도 하였지만 그 당시의 나로서는 그러한 이단자로서의 생활 태도가 비할 데 없이 떳떳한 일인 것 같은 신념까지 드는 것이었다. P는 일찍이 오소독시컬한 회화 예술의 길을 포기하고 자칭 '상업미술가'로서 백화점 선전부에 들어오는 포스터 주문을 거들어 주거나 성냥 딱지에 붙이는 그림을 그리거나, 어쩌다 운이 좋아야 다방의 사인보드 같은 것을 맡아서 그것으로 입에 풀칠을 하여 가는 가련하고 불행한 친구. 이 P와 사귀는 동안에 P의 취미가 나의 취미가 되고 P의 친구가 나의 친구가 되고 P의 친척까지 나의 친척이나 조금도 다름없이 보이고, 종말에는 P의 직업까지 나의 직업이 되었다. 이것은 일정한 사회적 지위에 앉아 평범하고 사람다운 도덕과 규모 위에서 살아가는 사람들에게는 이해되기 곤란한 일이지만 우리들에게는 우리들의 사는 보람의 전체가, 이 안에 있었다고 하여도 과언이 아니었다. 이러한 생활의 기둥이 되고 대들보가 되고 지붕이 되는 도덕이 있다면 그것은 요사이 유행되는 어휘를 빌어서 표현할진대 '레지스탕스'의 도덕일는지도 모른다. 하여간 나는 P를 좋아한 나머지 나의 직업을 변경까지 하여 가며 그를 따라다니었다. P가 그림을 맡아 하고 나는 그의 교시에 따라서 소위 도안형 글씨를 쓰고 하였다. 난생 처음 손을 대어 보는 펭키* 글씨가 그리 잘 될 리가 만무하다. 손끝이 떨려서 좀체로 바로 줄이 그어 내려가지 않는다. 그래도 P는 내가 한 일을 한 번도 나무라지 않았다. 나는 밀림을 걸어가는 코끼리처럼 일은 더디었지만 정성껏 하였다. ……이리하여 P의 직업이 나의 직업이 되어 감에 따라 P의 취미까지 나의 취미가 되고 말았고, 나는 틈만 있으면 가극단 구경을 하러 갔다. 처음에 보는 가극단 구경이란 음악을 모르는 공무원이 베토벤의 콘체르토를 듣는 것 이상으로 서먹서먹하고 정이 붙지 않았다.

드가의 무희를 그린 한 폭의 그림을 잘 감상할 줄 아는 나는, 천박한 무대장치와 속된 악사들 앞에서 악독한 스포트라이트 광선에 나체를 태우며 춤을 추는 삼류 가극단의 실제의 무희에게는 매력을 느낄 수가 없었다. 그러니까 사실은 가극단이 좋아서 가는 것이 아니라 P가 좋아서 가는 것이 된다. 즉 P가 좋아하는 구경이니까 나도 좋아하는 것이었고 또 좋아하지 않으면 아니 되는 것처럼 느끼었다. 미국이나 불란서의 허다한 예술 영화가 상연되었지만 그러한 일류 상설관에는 P가 가기 싫어하였다. 그러니까 나도 가지 않았다. 나의 취미에 대한 감정도 나도 모르는 동안에 혁명이 완수되고 있었던 것이며, 날이 갈수록 처음에는 가혹한 고행같이 생각이 들었던 가극단 구경과 어린 댄서의 얼굴들이 차차 신비적인 쾌감을 풍기게 되었다. 그래도 P가 가지고 있는 도취감이나 종교감 같은 것을 느끼기까지는 나는 아직도 거

* 페인트. 일본어 투 말.

리가 멀었다. 인생의 모든 것에 패배한 불행한 P가 사십 고개를 바라다보며 나이 어린 가극단 댄서에게 바치고 있는 정열이란 말할 수 없이 슬픈 종교적인 색채가 있었다. P는 '젊은 베르테르' 이상으로 ○○가극단의 넘버원 이성숙이를 사랑하였다. 세 번이나 결혼을 하였다가 세 번 다 아이 하나 낳지 못하고 헤어지고 만 완전무결한 결혼 실패자인 화가 P는 누구보다도 사랑과 결혼에 대한 꿈이 고상하고 깨끗하고 왕성하였다.

"이번에 도청 일이 들어맞으면 어디 셋방이라도 하나 얻어서 살림을 하고 싶어! …… 성숙이가 지어 주는 밥을 같이 먹으면서……." 하고 그는 성숙이의 얼굴을 자기 손으로 그리어서 벽에다 붙여 놓고 하는 것을 보면, 나는 불쌍한 마음이 도를 넘어 그의 여자와 같이 하얀 목덜미를 힘껏 깨물었다가 놓고 싶은 야릇한 증오감에 사로잡히고 하는 것이었다. 아? 그러나 그것은 고통과 빈곤과 자기 발악에 기진맥진을 한 시절이었지만 또한 세상에 둘도 없이 맑고 정하고 떳떳한 청춘의 시절이기도 하였다. 이 나라의 예술가라는 예술가가 모두 자기보다 추하고 비속하고 더러웁게만 생각이 든다고 한탄을 하는 P가, 스스로 택하여 걸어가는 소위 '간판 예술'의 길도 내가 보기에는 역시 추하고 비속하고 더러운 것이었다.

"역시 간판쟁이두 마찬가지로군! 외국의 간판쟁이에다 대면 족탈부족*이 아냐?" 하고 홀바인 회사인지 어디서 나온 독일 상업 미술 잡지를 보면서 내가 비꼬아 하는 말에 P는 "간판쟁이가 어디 예술가라고 할 수 있어? 자네는 역시 꿈에서 덜 깨었어! 시는 조선은행 금고 속에 있는 거야! 우리는 우리의 이상을 살리기 위하여 최소한도의 돈이 필요해! 우리의 이상이란 이성숙이야." 하고 그는 벽에 붙은 이성숙의 파스텔 초상화를 가리키는 것이었다. 이성숙이가 있는 ○○가극단이

* 족탈불급(足脫不及). 맨발로 뛰어도 따라가지 못한다는 뜻.

지방 순행을 하고 돌아오기나 하면 우리들은 책을 팔아서라도 입장료를 조달하여 가지고 달려갔다.

그러나 이성숙은 나의 눈에는 아무리 보아도 미인도 아니요 여왕도 아니었다. 날이 갈수록 나는 P가 한 번도 말을 건네 보지도 못한 이성숙에게 품고 있는 사랑의 감정을 이해하기 어려웠다. 하긴 이해하기 어려운 것은 P의 허망한 심정뿐이 아니었다. 이성숙이 춤을 추고 노래하는 것을 바라보고 무한한 희열과 행복에 잠겨 있는 가극단 구경을 하고 있는 관중들 전체의 단순한 감정도 나에게는 신비스러웁기 짝이 없는 것이었다.

'이래서는 아니 되겠다'고 깨달은 나는 지나간 날의 너무나 격리된 고독한 생활을 청산하고 인간 속세와 현실에 대한 가치를 재인식하는 동시에 무궁무진한 군중이 영위하고 있는 대해와 같이 넓은 별세계를 향하여 용감하게 선수를 돌리어 내 딴에는 굳세게 '키'를 휘어잡고 돌진하기 시작하였던 것이다.

P가 이성숙을 사랑하듯이 나도 어느 댄서를 하나 선택하여야 하겠다고 비장한 결심을 하고 화살을 겨눈 것이 장선방이라는 어깨와 허리가 고무풍선같이 탄력이 있어 보이며 검은 눈동자에 말할 수 없는 비애와 향수와 청춘이 교향악을 부르고 있는, 나이 불과 열일곱이나 열아홉밖에는 되어 보이지 않는 아름다운 여자. 편지를 주고 같이 차를 마시고 본견 양말을 프레젠트하고…… 등등의 수속을 걸쳐서 나는 정식으로 이 여자와 결혼할 것을 결심하고 어머니에게 이야기하였다. 날을 받아서 나는 어머니한테 그 여자의 집을 찾아가서 장래의 나의 장모 될 사람 만나 보기를 탄원하였다. 음력으로 섣달 초승인 것같이 기억이 든다. P와 하루 종일 어느 약방 '윈도우'의 장치를 맡아서 그것을 끝마치고 밤늦게 집에 돌아가니 어머니가 밥상을 차려 주면서 어디를 갔다 왔느냐고 하니 "너도 참 무심한 사람이다" 하고 꾸짖으며 나의 애인 장선방의 집에 가서 그의 어머니를 만나고 온 이야기를 꺼내

는 것이다. 나의 어머니는 사 가지고 간 고기 세 근 값이 아까웁다고 하며, 그 여자의 어머니의 말을 들으니 장선방에게는 벌써 5년 전부터 약혼한 것이나 다름없는 사나이가 있다 하며 그 사람은 현재 ○○가극단에 있는 트럼본을 부는 악사이며, 그 사나이는 장선방을 친누이같이 제자같이 혹은 애인같이 손에 길이 들도록 한 가극단 안에서 한 솥의 밥을 먹고 자라났다고 한다. 그런 사람이 있는 이상 이 이야기는 물론 본인에게 한번 물어보기는 하여야겠지만, 십중팔구는 안 된다고 생각하는 것이 좋을 것이라고 하는 것이 상대편의 이야기였다고 한다.

"공연히 고기 세 근만 손해가 났다! 얘!" 하고 어머니는 일이 성사가 되지 않은 것도 그러하려니와 사 가지고 간 고기가 더 아까운 눈치였다.

나는 그 말을 듣고도 그리 슬픈 마음이 들지 않았다. 눈물 한 점 나오지 않았다. 그것도 그러할 것이 내가 장선방에 대한 애정이란 어찌할 수 없이 다소의 허영이 섞여 있었던 것이었기 때문이다. 내가 댄서 장선방에 대한 애정은 어디까지나 친구 P에 대한 애정의 토대 위에서만 성립될 수 있었던 것이었기 때문이다. P에 대한 나의 애정에 비하면 장선방에 대한 감정이란 일종의 사치 같은 것이었다. 장선방과의 교제도 결혼 이야기가 되돌아온 후에는 필연적으로 끊어지고 말았다. 나도 만나고 싶지 않았지만 그쪽에서도 만나고 싶은 마음이 없었을 것이라고 나는 어렵지 않게 단정할 수 있었다. 쓰디쓴 회한에 비슷한 그녀와의 결혼 이야기가 확실히 잘못된 일이었다는 것을 깨닫게 되기까지에는 그 후 적지 않은 세월이 흘러가지 않으면 아니 되었다. 장선방에 대한 기억은 흐려졌지만 나는 가극단 간판이나 거리에 붙은 광고 등을 볼 때마다 그녀의 이름을 찾으려고 하는 것이며 그러한 나의 행동이 무엇이라는 것도 모르는 채 공연히 가슴만 꽉 막히는 것이었다.

그 후 어느 때부터인지 광고 위에나 신문지상 가극단 광고란에 흔히 보이던 그녀의 이름마저 자취를 감추고 말았다.

P도 서울에서는 생활을 계속할 도리가 없이 자기 누이의 식구를 따라 시골 고향으로 내려간다고 하며 캔버스와 칠통, 붓 같은 것을 나한테 쓰라고 남겨 주고 슬픈 표정으로 영등포역에서 기차를 타고 가 버렸다.

나는 P가 없어진 후에 나 혼자 간판쟁이 놀음을 계속할 힘이 나지 않았고 가극단 출입도 포기하게 되었다. 더군다나 장선방의 이름이 보이지 않고 나서부터는 P를 만나기 전같이 가극단에 대한 환상은 쓰러지고 다시 냉정한 태도로 돌아갔다. 나는 행길을 지나가다가도 P하고 다닐 때같이 5분이고 10분이고 가극단 간판을 들여다보고 서 있는 버릇이 완전히 없어졌다. 나 자신도 매정하다고 생각할 정도로. 그러던 어느 날. P와 헤어지고 반년이 지났을까 하는 어느 날, 나는 P의 친구의 선우 모라는 성만 알고 이름은 모르는 친구한테서 실로 기적적인 사실을 알 수 있었다.

"아 이 사람아 입때까지 그것도 모르고 있었어? P하고 장선방이하고는 아저씨와 조카 사이야! …… 나하구도 몇 번인가 장선방이가 공연할 때면 점심 벤또를 갖다 주러 간 일도 있어! ……"

《청춘》(1954. 2.)

〈콩트〉

어머니 없는 아이 하나와

—4월의 추억

나는 올해 서른네 살이 되었고 어머니 없는 아이가 하나 있다. 나는 돈도 없고 재주도 없으니까 뜻이 아닌 독수공방을 지키고 있지만 '아프레겔*'의 물이 든 여자는 새로 사내를 얻어 버렸다. 내가 경제적으로 어린애를 '사포—트**'(이것은 헤어질 때 여자가 나를 설득하기 위하여 사용한 말이다.)할 때까지 외할머니에게 맡겨 놓자는 여자의 말대로 다섯 살이 된 사나이 놈은 시골 외갓집에 내버려 두고 나는 나대로 여전히 술만 마시고 있다. 매일같이 만취가 되어 들어오면 늙은 어머니는 판에 박은 듯이 어린아이를 찾아오라는 말과 아울러 술 좀 고만 먹고 옷이나 좀 사 입으라고 말을 겹쳐서 한다. 옷을 사 입으라는 애원을 번번이 어린아이를 찾아오라는 말과 아울러서 하는 것을 처음에는 무심하게 듣고 있었는데 쇠귀에 경 읽는 소리같이 무감각하게만 들리던 이 말도 차차 깨닫고 보니 이유가 없는 말이 아닌가 보다.

"저렇게 옷차림을 하고 다니니 지금 같은 시대에 계집이 달아날 수밖에!"

하는 뜻과

"다시 장가를 가려면 우선 옷부터 남같이 하고 다녀야지, 저러고야

---

* apres-guerre. '전후'라는 뜻으로 '전후파' 혹은 '전후세대'로 번역된다. 1차대전 후 프랑스에서 일어난 다다이즘이나 초현실주의 등 젊은 세대의 전위적이고 반역적인 문화운동을 가리킨다.

** support. 여기서는 부양하다라는 뜻.

백날이 가도…….”
하는 자식을 위한 애정과 한탄과 책망이 섞여 있는 것이었다. 아니, 자식과 손자를 위한 애정과 한탄과 책망.

내가 걸치고 다니는 옷이 얼마나 남루한 것인가를 증명하여 주는 것으로 내가 다니고 있는 회사에서 제일 가까운 다방에 그전에 평양인가 어디서 기생질을 하던 마담이 있는데 이 요사스러운 정도로 얼굴이 어여쁜 마담은 내가 문을 열고 들어가기만 하면 슬그머니 피해서 부엌 안으로 들어가 버린다.

실없는 나는 나대로 내 옷을 보고 노래기나 붙은 것처럼 질겁을 해서 피해 버리는 모습이 화가 나기는커녕 귀여운 생각이 들어 일부러 볼일도 없는데도 심심하면 하루에도 몇 번씩 그 다방 문을 열고 마담을 놀려 주는 것으로 쾌감을 느끼고는 한다.

저 자신의 흉을 내어 보임으로 은근히 자기의 가치를 자랑하여 보고자 하는 류의 속기(俗氣)에서 자기의 험점만을 올올히 쓰는 것은 아니지만 혹시 그렇게 오해하는 독자가 있다면 나는 무엇이라고 미안한 말을 드려야 좋을지 모르겠다. 나의 혈관 속에는 그야말로 벅찬 청춘이 아직도 갈 바를 모르고 용솟음치고 있다. 처자를 가진 친구들은 내가 몹쓸 곳에 너무 자주 드나 다닌다고 술만 먹으면 바로 집으로 가려고 없는 틈에 자동차까지 태워 주며 빌다시피 타이르며 하다못해 자동차 운전사들에게까지 이 손님이 도중에 내리자고 하더라도 부디 내려주지 말고 꼭 집에까지 모시고 가서 문을 열어 주어야지 그렇지 않으면 자동차 번호를 알고 있으니 내일 혼이 날 줄 알라고 공갈을 때리곤 한다.

그래도 한사코 자동차는 종묘 뒤 으슥한 골목 어귀를 찾아가기를 빼어 놓지 않으니 나중에는 술을 마시고 집으로 돌려보낼 때 친구들은 나의 호주머니에서 돈이란 돈은 남기지 않고 압수를 하기 시작하였다. 술이 취한 나는 그럴 때면 패스포트를 잡히고 할 수 있는 집을 찾아다니는 엄청난 수고도 아끼지 않았다. 드디어 나에게서 야간 통행증까지 몰수해 버렸다.

그리고 아침에 만나면 첫 인사가 패스포트가 있는지 어서 좀 내어 보아 하는 것으로 변하여 버렸다. 암말도 없이 얼굴만 치어다보고서 있으면 그들은 형사처럼 호주머니 수사까지 감행하는 것이다.

《신태양》(1954. 4.)

〈콩트〉

해운대에 핀 해바라기

무더운 날은 신경질이 더 나는 법이다. 밤잠이 부족하거나 하여 머리가 휴지통같이 뒤숭숭한 아침이면 사랑에 대한 갈망이 불안한 마음과 엉키어 온 가슴을 사로잡는다.

S는 아담하고 정숙한 여자이었다. 나의 모—든 말할 수 없이 복잡한 불안도 그의 앞에서는 태양 앞에 자취를 감추는 무수한 군성(群星)이나 다름없었다.

나와 그가 알게 된 것은 해운대 넓은 바닷물 속에서였다. 어느 날 나는 학교의 학생들을 데리고 수영을 하러 나가게 되었다. 그때 S도 여학생들을 인솔하여 온 부산 모 여학교 간호원이었다. S가 인솔하여 온 여학생들 중에서 자개바람*을 일으키고 하마터면 큰일이 날 뻔한 것을 내가 데리고 간 학생 중의 제일 수영을 잘하는, 반에서도 제일 키가 크고 말썽도 제일 잘 부리는 학생이 구하여 주었다.

이것이 인연이 되어서 나와 S는 그 후 일요일이고 토요일이고 서로의 시간이 허락하는 한 번번이 바다에서 만났으며 우끼**를 타고 될 수 있는 대로 물빛이 짙은, 뭇 사람이 잘 오지 않는 곳까지 가서는 사랑이 통하는 이성에게만 신이 용납할 수 있는 말을 하고 웃음을 웃고,

---

* 쥐가 나서 근육이 곧아지는 증세를 일컫는다.

** 튜브.

그리고 죽음에 대한 공포조차도 천천히 잊어버리고 어린아이와 같이 놀았다.

바다에다 모—든 몸과 마음의 피곤을 씻고 가벼운 걸음걸이로 산을 넘어 집을 향하여 돌아갈 때면 S의 눈에서는 눈물까지 나왔다.

S에게는 여자다운 원한이 있었다. 그가 학교에서 간호원을 하고 있다는 것이다. 여학교의 교만한 여교원들 틈에 끼어서 자기 직업의 열등성을 그는 나에게 종종 하소연하였다.

"단 한 사람을 못 만나서 이런 고생을 해요."

'단 한 사람'이라는 것이 그의 남편을 가리키는 이야기인 것을 어렴풋이 짐작은 하면서도 나는 재우쳐 그의 가정 내막을 물어보기를 사양하였다.

나도 처자가 있기는 하였지만 그것보다도 S의 노골적인 정열을 눈앞에서 숨 가쁘게 느끼고 있는 나에게 S가 남편과 아이를 가진 여자라고는 설마 믿어지지 않았다.

"어린아이 보고 싶지 않으세요?"

S는 나에게 도리어 이러한 아픈 질문을 하고 놀리었다.

"빨리 사모님 모시고 와서 같이 사세요. 젊은 부부가 아무리 피난생활이라 하지만 서로 떨어져 있으면 좋지 않아요."

하는 S의 말에,

"나는 당신만 있으면 그만이오."

하고 천연스럽게 대답하였다.

우리들의 사랑은 바닷속으로 떨어지는 대포알처럼 아무 거리낌없이 깊어만 갔다.

"개자식!" 이런 욕인지 애교인지 알 수 없는 S의 말을 나는 너그러운 미소로 받아들였다. 그래도 나는 그녀의 입술 한번 훔쳐 보지 못하였다.

나중에 깨달은 일이지만 S는 나의 성격을 너무나 잘 파악하고 있었다. 나보다도 많은 S의 나이와 지혜가 저 허허바다와 같은 것이었다면 나는 그 위에 깜박거리는 아침의 해나 다름없는 것이었다.

S는 나를 완전히 자기의 사랑의 포로로 만들어 버렸다. 그리고 석 달이 지났다. 여름도 가고 구월 초승 어느 날 밤 나는 환도를 앞두고 비로소 S의 집을 찾아갔던 것이다.

"인사하세요. 앞으로 형님이라고 생각하고 친해 주세요."

하고 S는 방 한구석에 앉은 몸집이 큰 남자를 나에게 소개하였다. 이것이 S의 남편이었다. 그 이외에 S에게는 아들이 하나, 딸이 하나 있었다.

"내년에 중학교 시험을 보아야겠는데 어떻게 될지 근심이에요."

하고 S는 돌아앉아서 책을 읽고 있는 자기의 아들을 가리키며 나에게 미소를 던졌다. 나도 미소로 대답하였다.

S와 S의 남편인 검고 무트듬한 건축 기사라는 사나이와 눈이 큰 딸아이와 나는 한상에서 저녁을 먹었다.

나는 극도의 흥분과 당황과 비분과 어색하고 복잡한 감정에 사로잡혀서 그의 남편이 맹인이라는 놀라운 비극을 밥상을 받기 전까지는 발견하지 못하고 있었다.

딸아이가 아버지의 손을 끌어 가리켜 주는 대로 눈이 먼 건축 기사는 묵묵히 기계적으로 숟가락질을 하고 있었다.

"만화를 번역해 주셔서 아이들이 여간 좋아하며 읽지 않습니다. 자주 놀러 오십시오."

하고 이 맹인은 나에게 치사(致謝)를 하는 것이었다.

나는 S가 자기가 영어 공부를 하기 위한 것이라고 미국 만화를 번역해 달라는 것을 틈이 있는 대로 정성껏 번역하여 준 일이 한두 번이 아니었다.

환도 후 학교의 교편 생활을 그만두고 기자 생활을 하게 된 나는 S의 아름다운 이름을 나의 팬 네임으로 즐겨 쓰고 있다. S의 이름을 쓸 때마다 잃어버린 해운대의 넓은 바다가 생각이 나고, S의 어디인지 모나리자를 닮은 가냘픈 얼굴이 해바라기처럼 머리 위에 떠오르고, 그보다도 토건 사고로 실명을 하고 아내가 벌어다 주는 것으로 답답한 삶을 하고 있는 가련한 건축 기사의 일이 몹시 가슴에 사무친다.

그리고 아예 S의 몸에 손가락 하나 대지 않은 것을 무엇보다도 다행으로 생각한다.

《신태양》 24호(1954. 8.)

초라한 공갈

책상 위는 촛농이 벗겨질 사이가 없다.

책상이라 하지만 그것은 집에서 밥 소반으로 쓰던 것을 임시 책상으로 대용하여 쓰고 있는 것이다.

책상이 없으니까 이것을 쓰는 것이고, 이 책상 아닌 책상—석유 궤짝만큼도 못한 울퉁불퉁한 책상에 앉을 때마다 이다음에 돈이 생기면 우선 만사를 다 제쳐 놓고서라도 책상부터 사야지 하고 있는 것이 환도 이후부터이니까, 근 1년이 다가오는 데에도 여태껏 목적을 달하지 못하고 있다. 이것은 저 책상의 주인이 얼마나 무능력한 위인인가를 증명하여 주는 것도 되지만 사실 이 책상 주인이 이 변변치 않은 책상에 남모르는 애정을 느끼고 있는 것도 사실이다.

아니 애정이라기보다 하나의 변명 혹은 하나의 시위를 그는 이 책상을 통하여 하고 있는지도 모른다.

"이 책상을 보세요. 이것이 책상이라고 부를 수 있는 것일까요? 그러니 날 보고 돈 벌어 오라고 하지 마세요. 될 수 있으면 그러한 (돈을 벌어 와 주었으면 좋겠다는) 애처로운 눈치마저도 나에게는 보이지 마세요." 하고 이 책상을 시켜서 그는 그저 집안의 실질적인 가장(호적상에는 이 책상 주인의 가장으로 되어 있지만)인 자기 어머니에게 시위하고 공갈하고 있는지도 모른다.

거기다가 이 책상이 놓인 양철 지붕을 한 단칸방에도 서울 대부분의 넉넉지 않은 생활 지대의 예에 빠지지 않는 불편한 현상—전깃불이 잘 들어오지 않아서 이 무능력한 책상 주인은 초를 사용하고 있다. 그을음이 많이 나는 남폿불보다는 이 촛불이 훨씬 좋았다.

어쩌다가 돈이 생기거나 원고를 쓰다가 기분이 나지 않을 때에는 세 개 네 개씩 촛불을 켜 놓는다. 혹간 가다가 발광이 나거나 절망에 빠지거나 할 때에는 그는 여덟 개도 무관, 아홉 개도 무관, 마음대로 촛불을 켜 놓고 물끄러미 바라다보고 있다.

"엄마, 이게 뭐예요? 참 이쁘다!"

문을 열고 이 광경을 본 누이동생이 이렇게 자연스럽게 놀라는 것을 본 그는 당황하여,

"이것이 이뻐 보이니? 정말?"

"응, 참 이뻐!"

누이는 쇼트커트를 한 대강이를 흔들며, 여전히 이쁘다는 경악의 미소를 띠우고 한참을 들여다보고 서 있었다.

한 개를 켜 놓고 있을 때는 그의 기분이 가장 소박하고 경건하여질 때, 두 개를 켜 놓고 있을 때가 그로서는 경제상으로나 정신상으로나 가장 정상 상태에 있는 때이다. 그저 늙으신 어머니는 촛불을 두 개 켜 놓은 것만 보면 역정을 내신다. 제사(祭祀) 지내는 촛불 같다는 것이다. 산 사람이 촛불을 두 개 켜 놓고 앉는 것은 불길하니 하나만 켜고 있으라는 것이다.

그러나 그의 심리 상태에 있어서는 그 말을 들은 후에도—아니 오히려 어머니의 그 말을 들었기 때문에 촛불을 두 개 켜 놓을 때가 가장 자기의 정신의 평화를 확보할 수 있는 때라고 생각한다.

그의 식구는 도합 일곱 명이다. 남자 삼형제에 여자가 삼형제, 그리고 늙으신 어머니다. 이 무기력한 책상 주인공은 세칭 맏아들이다. 이 '맏아들'이라는 것을 방패 삼아 혼자만 독방을 차지하고 나머지 하나밖에 없는 방을 식구 여섯 명이 쓰고 있다. '맏아들'이 독방을 쓰고 있

는 데에 대하여 나머지 식구들은 한 번도 불평을 표시한 적이 없었다. 이것이 그에게는 오히려 미안하였다.

그는 이 미안한 분풀이를 가련한 책상을 보다 더 혹사함으로써 자기의 미안한 마음을 위로하고 있다.

매일 밤 쓰는 촛불에서 떨어진 촛농은 그냥 책상 위에 붙어서 피라미드와 같이 퇴적된다. 어느 것은 납작한 것, 어느 것은 길쭉한 것, 어느 것은 뾰족한 것, 어느 것은 동그란 것—그 형용, 굴곡, 모양, 각도가 가지각색이다. 환상하기를 좋아하는 그는 이 촛불의 역사가 남겨 놓고 간 유적에 대하여 가공적 규정을 내리는 것으로 무료한 시간의 유희로 삼고 있다.

때로는 적극적인, 때로는 소극적인, 때로는 건설적인, 때로는 퇴폐적인 철학이 이 형형색색의 촛농의 기묘한 선을 타고 나온다. 이러한 촛농 자국의 초라한 색상이 먼지 위에 차차 그 판도를 확장하고, 급기야는 원고지를 놓아야 할 최후의 스페이스까지도 월경(越境)을 하려고 할 때 책상의 주인공은 비로소 생활의 충실감을 느낀다.

"잘 써 왔다!"

그는 이렇게 속으로 고함치며, 우선 국경에 근접하여 있는 급한 침입자만을 제거하여 버렸다.

그는 홀로이 이렇게 자탄한다.

"언제 새 책상이 생기고, 그 위에 음전한 촛대도 하나 사 놓을 수 있게 되나……."

그는 북쪽으로 향한 유리 창문 속에서 마치 보석같이 반짝이는 녹음을 보고 길게 한숨 쉬었다.

그러나 그에게 있어서 유일한 천국인 녹음이 마음대로 보이는 창문에도 무자비한 세태가 자연에 도전하는 도태(淘汰)가 발생하였다.

대도회에는 한가한 창문이라고는 없는 법이다. 촛농의 유희에 지친 무기력한 시인이 즐겨 내다보는 창문에는 하루아침에 세 개의 집이 솟아올랐다. 창문에서 내다볼 수 있는 조망도 없어졌지만 그보다 더 큰 일 날 일은 창문을 가리고 우뚝 서 있는 괴물 같은 가옥 때문에 방 안이 낮에도 밤중같이 어두워졌다.

큰일 났다! 이제는 낮에도 촛불을 켜고 있어야 할 형편이다. 망령이 난 노파와 같이 요즈음 며칠 동안 밤늦게까지도 전깃불이 잘 들어와 친구에게 그 이유를 물어보았다.

"전기 회사에서 일반 시민에게 주는 전깃불을 증급(增給)한다는 소식을 자네는 신문사에 있으면서도 모르고 있나?"
하고 친구에게 핀잔을 들었지만,

"이제는 밤에 촛불을 켜지 않고도 살 수 있으니 얼마나 시원할까."
하고 눈을 얻은 사람처럼 반가워하였던 것이다.

그것이 이 지경이다. 이제는 밤이 낮이 되고 낮이 밤이 되었다. 단 하나 남은 방법은 천장을 뚫는 수밖에는 없다. 천장을 뚫고 유리창을 박고 창문으로 들어오는 자외선을 머리 위에서부터 따라 내려오게 하는 수밖에는 없다. 설마 하늘로 난 창문을 막고 집을 지을 사람도 당분간은 없을 터이니까—

하여간 하늘로 난 창을 만들기까지는 인내심을 발휘하여 촛불 신세를 더 좀 져야겠고 초라한 책상과 번거로운 촛농으로 시위와 공갈은 줄기차게 계속하여야 할 것이다.

《희망》(1954. 9.)

나에게도 취미가 있다면

어수선하고 산란한 요즘의 삶 가운데서 구태여 나에게도 취미가 있다면 외국 잡지의 겉뚜껑을 바라보고 있는 일이다.

외국 잡지를 사서 본다 해도 나의 성격이나 처지로서는 외국에다 직접 주문을 하여서 사 들여다보는 것이 아니요 또 피엑스*나 유에스아이에스** 같은 곳에 오는 것을 구해다 보는 것도 아니다.

사실인즉슨 을지로 네거리나 남대문통 상업은행 뒷담에서 판자 위에 놓고 파는 노점 상인의 것을 사서 보는 것이 나의 구미에 똑 알맞은 일이라고 생각하기 때문에 나는 잔돈푼을 아까운 줄 모르고 이것을 사 보는 버릇이 여지껏 남아 있다.

하기는 저 거대하고 찬란한 외국 문화를 나에게 소개해 주는 유일한 중개인이 우리나라에 있어서는 이 가난한 노점 상인들밖에는 없구나 생각하면 어이가 없어지다 못해 웃음까지 나오는 일이 있지만 또한 이것도 멋이라고 생각하면 멋있는 일이 아닐 수 없으리라.

서적 장사들이 나를 부르는 별명이 있으니 그것은 '애틀랜틱'(미국 월간 잡지 이름)이다. 내가 언제나 물어보는 것이《애틀랜틱》나왔느냐는 말이요, 그들의 대답은 한사코 없다는 것인데 "왜 밤낮 그 구하기

---

* PX. 군부대 내의 상점. Post Exchange의 약자.
** USIS. 미국문화원. United States Information Service의 약자.

어려운 애틀랜틱만 찾으시오? 다른 것도 좋은 게 많은데" 하면서 《애틀랜틱》이나 《하퍼스》* 같은 것밖에는 눈이 돌아가지 않고 일본 월간 잡지는 값이 분에 넘쳐서 사지를 못하고 시무룩한 표정을 한 채 번번이 그냥 빈손으로 돌아가는 나를 보고 그들이 붙인 별명이 '애틀랜틱'이었다.

그렇다고 내가 이 미국 고급 잡지를 구하여 가지고 집에 돌아와 이 내용을 알알이 다 읽어 치우느냐 하면 그렇지는 않다. 기껏 봐야 소설이나 시 정도이며 그것도 사전을 찾기가 싫어서 눈으로만 읽어 치우는 정도인데 이 성실성이 없는 안독(眼讀, 이런 말을 붙일 수가 있다면)도 생활에 시달리거나 사색에 피곤하거나 하는 날이 많고 그렇지 않더라도 단행본을 읽거나 하고 있는 때는 자연 소원하게 되어서 사다만 놓고 들여다보지 않은 채 깔아 놓은 책이 적지 않은 것이다.

이렇게 어수선한 나의 생활에서도 탐탁하게 읽지는 아니할망정 한 달 내지 석 달이나 뒤늦어 나오는 외국 잡지를 나는 무슨 의무 모양으로 사들여 오지 않고서는 마음이 놓이지 않고 어쩌다가 한 달쯤 늦게 나오는 잡지를 보면 (이렇게 일찍이 나오는 것은 여간해서 구하기 어렵기 때문에) 너무 반가워서 코에다 들이대고 냄새라도 맡아 보고 싶은 반가움과 승리감을 느끼는 것이다.

친구들 중에는 이러한 나를 보고 사대사상이니 감각적이니 하고 비웃을 사람도 있겠지만 생활을 찾지 못하고 아직도 허덕거리고만 있는 불쌍한 나 같은 사람에게는 이만한 위안이라도 없으면 정말 질식을 하여 죽어 버릴 것 같은 생각이 든다. 정말 사람이 고독하게 되면 벌레 소리 하나에서도 우주의 진리를 찾아낸다고 하지 않느냐.

내가 외국 서적이나 외국 신문을 좋아하는 것은 멀리 여행을 하고 싶은 억누른 정열의 어찌할 수 없는 최소한도의 미립자적 표정인지도

---

* *Harper's Magazine*.

모른다.

정말 여행을 하고 싶다. 모든 귀찮은 세상일 다 벗어 버리고. 벌써 여행을 하고 싶다는 솔직한 감정을 숨기고 눌러 오고 속여 온 지가 나만 해도 꼭 10년이 되어 온다. 그리고 이러한 먼 여수(旅愁)에 대한 동경은 나뿐만이 느끼는 일이 아닐 것이기에 사실은 이렇게 나만이 느끼는 것처럼 큰소리 치고 쓰기도 죄송하고 미안한 일이지만 적막한 방 안에 홀로 드러누워 밖에서 새어 들어오는 무슨 소리든 듣고 있으면 '아— 저 소리가 어디 먼 외국의 여관방 같은 데서 듣는 소리라면 오죽이나 나의 생명의 양식을 풍부하게 해 줄 소리일까!' 하는 한탄이 저절로 나온다.

말하자면 나의 생활은 절망 위를 걷고 있는 생활인 것이다. 그리고 누가 무엇이라고 나를 놀리거나 욕하거든 간에 나의 유일한 생활은 이 절망의 생활밖에는 없는 것이다. 이 안에만은 자유가 있기 때문이다.

외국 잡지의 겉뚜껑이 아무리 아름다운 것이든 그것은 나에게 관계될 것이 없다. 그저 내가 가진 이러한 눈으로 이러한 잡지 위에 그린 아련한 그림이거니 그리고 이것은 우리나라에서 발간되는 월간 잡지의 표지보다는 조금 보기 좋은 것이거니 그저 이러한 정도로 보고 있으면 되는 것이다.

이 안에 모든 나의 황홀감이 사무쳐 있는 것이며 이것은 결코 거짓말이 아니다.

《하퍼스》 7월호에는 표지의 바탕이 황색에다가 육각형 안경을 쓴 현대식 미국 신사가 스프링코트 같은 것을 오른손에 끼고 정면에 서 있고 그 신사의 배경을 장식하는 그림은 발자크의 소설에 나오는 것 같은 18세기 서양 귀족 사회의 풍속을 펜화로 그린 것이다. 앞에 선 현대 청년은 이마가 훨씬 넓고 입매는 복잡한 미소를 띠우고 왼편 새끼손가락에는 굵은 반지를 끼고 있는 것인데 이것을 그야말로 엑스퍼트(expert)다운 세련된 필치와 농담(濃淡)을 가지고 흑색으로 그려 세워

놓고 그 배후의 일세기 전 풍경은 농담을 무시한 적황색 일색의 펜화로서 한쪽으로 치켜 지은 별장 아래에서 세 사람의 중노인들이 술잔을 들고 있는 것이 보이며 그 세 사람이 앉아 있는 고원에서 멀리 바라다보이는 산 아래 벌판을 여객을 만재한 역마차가 고을을 향하여 들어오는 것이 보인다. 언뜻 보면 앞에 선 청년이 그의 뒤에서 돌아오는 역마차를 기다리고 있는 것처럼 보이지만 사실은 앞의 청년과 뒤의 역마차와는 시대가 다르다. 청년 오른편 어깨 위에 있는 역마차가 지나가는 가느다란 길 앞으로부터 이쪽은 밭이 아니면 풀이 무성한 평야인데 이 평야의 한구석에 말의 동상이 서 있고 그 동상의 정면에는 'GOLDEN CALF'라는 횡자(橫字)가 새겨 있다.

나는 아직 이 잡지의 내용을 읽어 보지 않았으니까 이 표지에 있는 청년이 누구인지를 모르겠다. 무슨 실업가 같기도 하며 어디 과학자 같기도 하다. 모자는 쓰지 않았지만 내 생각 같아서는 금방 어떤 비행장에서 먼 여행을 끝마치고 내려선 사람 같다.

이 청년이 살고 있는 현대란 돈으로 취(取)할 수 없는 세상이지만 그의 배후에 있는 지나간 세기는 황금으로 취할 수 있는 세상이었다고 나는 공상해 본다. 심히 깔깔한 듯한 청년의 표정에 비해 뒤에서 술을 마시고 있는 세 사람의 모습은 졸음이 올 만큼 평화스럽고 유하다.

그러나 나는 이번에는 그림 속에 있는 청년과 그림 밖에 있는 나와를 비교해 본다. 이 표지의 청년을 현실 사회에 실재하고 있는 인물이라고 보고 나 자신을 꿈속에서 혹은 죽음 속에서 헤매고 있는 것이라고 볼 때 나의 얼굴이 마치 악마의 얼굴같이밖에는 보이지 않으며 나는 별안간 사지가 꼿꼿하여지지 않을 수 없다.

나는 절망 위에 산다—. 나는 죽음 위에 산다—. 이러한 신념 없이는 나는 이 좁은 세상을 단 1분간도 자유로이 살 수가 없는 것이다.

외국 잡지의 겉뚜껑을 바라보고 있는 것이, 이 보잘것없는 초라한 취미가 정말 나의 것인지 아닌지, 그것조차 분간할 수 없을 만큼 어수선한 생활을 하고 있는 나다. 눈을 바로 뜨고 조용히 생각하면 나의 취미인 것도 같지만 그러나 역시 취미라고 하기에는 너무나 무의식적이고 값없고 하염없는 것.

나 자신의 존재와 같이 나의 취미도 이렇게 보일락 말락 하면서 어디까지나 무기력한 것이 섧고도 괴로운 일이기는 하지만 할 수 있는 일과 할 수 없는 일에 대한 분간을 나의 힘으로서가 아니라 나이의 힘으로서 느즈막이나마 깨닫게 되는 것이 생각하면 신기하기도 한 것이다.

이대로 외국 잡지의 겉뚜껑이나 보고 죽을 때까지 한 번도 여행일랑 하지 말고 너는 죽어라 하고 하느님이 게으른 나에게 가혹한 심판을 내리신다 해도 "네 그렇게 하지요." 하고 나는 그야말로 신을 벗어서 이마에 대고 평심서기*하고 백배사례할 것이다.

《민주경찰》47호(1955. 1. 15.)

---

* 마음을 평온하게 하다.

무제*

자식을 길러 보지 않고서야 어린아이 귀한 줄 모른다는 것을 요즈음에 와서 나는 절실히 느끼게 되는데, 동시에 자기의 자식을 알려면 자기 자식만 보고 있어서는 아니 되겠다는 것도 사실인 것 같다. 자기의 골육이나 자기 자식이 사랑스럽고 귀엽지 않은 사람이 어디 있겠는가. 동물적인 본능을 대수롭게 생각하지 않는 나에게는 자기의 골육붙이나 가정만을 지나치게 사랑하는 사람처럼 보기 싫은 것은 없다.

그래서 그런지 나는 남의 아이들이 놀고 있는 광경을 보고 비로소 나의 자식이 무엇이라는 것을 알게 된다. 그리고 이 마음은 곧 아직도 나 자신이 동물적 사랑에서 벗어나지 못하였다는 징조이기도 한 것이다. 정말 남의 자식을 보듯이 내 자식을 볼 수 있다면 나의 생활은 적어도 지금보다는 훨씬 가볍고 자유로운 것이 될 것이 아닌가.

그런데 이러한 관계는 유독 남의 자식과 나의 자식과의 문제에만 국한된 것이 아니다. 문학에 있어서도 마찬가지이다. 남의 작품을 보듯이 내 작품을 보고 남의 문학을 생각하듯이 내 문학을 생각했으면 얼마나 담담하고 서늘한 마음이 될 것인가. 그리고 문학이나 작품 자체로 보더라도 지금보다는 더 좋은 것이 나올 것이다.

'사람이 돈을 따라다녀서는 아니 된다'는 말이 있는데 이것은 아이

---

* 이 글은 제목 없이 발표되었다.

들을 사랑할 때에도 통하는 말이다. 부모가 아이들을 너무 귀애하면 아이들은 오히려 성가시어서 한껏 짜증이나 내고 달아나 버린다. 그렇지 않고 부모가 무관심한 태도를 하거나, 자기들의 일에 분주하여 아이들을 잊어버리게 될 때 아이들은 부모의 곁으로 저절로 따라온다. 그렇다고 아이들의 사랑을 사기 위하여 일부러 무관심한 태도를 꾸며야 할 것인가 아니할 것인가에 대한 윤리적 규정을 내리기 전에, 우선 문학의 경우에 있어서 이것을 생각해 볼 때, 나는 한 가닥의 설운 마음을 금치 못한다. 문학이 가지고 있는 최소한도의 우둔이랄까 그러한 것을 나는 죽을 때까지 면하지 못할 것이고 보면, 나는 죽을 때까지 문학을 지니고 있는 한은 진정한 멋쟁이가 되지 못할 것 같기 때문이다.

이를테면 심벌리즘*이 득세를 하고 있었을 시대의 시인이나 지금도 심벌리즘의 시를 쓰고 있는 사람들은 작품의 내용에 있어서는 고사하고 그들의 문학 태도에 있어서는 스티븐 스펜더나 딜런 토머스에 비하여 훨씬 행복하다. 내가 시에 있어서 영향을 받은 것은 불란서의 쉬르라고 남들은 말하고 있는데 내가 동경하고 있는 시인들은 이미지스트의 일군이다. 그들은 시에 있어서의 멋쟁이였기 때문이다. 그러나 이들 이미지스트들도 오든보다는 현실에 있어서 깊이 있는 멋쟁이가 아니다. 앞서가는 현실을 포착하는 데 있어서 오든은 이미지스트들보다는 훨씬 몸이 날쌔다. 그것은 오든에게는 어깨 위에 진 짐이 없기 때문이다. 그러나 이러한 오든도 요즈음에 내어논 「하천(河川)」 같은 작품을 보면 이미지스트의 여과 기간과 거의 비등한 시간적 순차를 밟고 있는 것같이 보이는데, 역시 이것은 나이를 먹은 탓이 아닌가 생각된다.

'사람이 돈을 따라서는 아니 된다'는 말을 앞서 인용하였는데 소위 처세상에 있어서, 즉 사람과 사람과의 관계에 있어서 나는 이 원리를 이용하여 보는데 확실히 효과가 있다. 돈을 벌기 위해서가 아니라

* 상징주의(symbolism): 19세기 말에 프랑스 시인들을 중심으로 일어난 문학 운동.

나 자신을 잃지 않기 위해서 하게 되는 것인데, 결과적으로 보아 악마의 조소가 수시로 떠오르는 데는 세상에 대하여서나 나 자신에 대해서나 미안한 일이다. 하여간 악마의 작업을 통해서라도 내가 밝히고 싶은 것은 나의 위치이다. 그리고 이러한 작업은 역대의 모든 시인들이 한번씩은 해 온 일이라는 것을 나는 잘 안다.

고독이나 절망도 마음대로 되는 것이 아니다. 고독이나 절망이 용납되지 않는 생활이라도 그것이 오늘의 내가 처하고 있는 현실이라면 조용히 받아들이는 것이 오히려 순수하고 남자다운 일이라고 생각한다. 이러한 위도(緯度)에서 나는 나의 생활을 향락하고 사람을 사랑하는 법을 배운다.

1955. 10.

현기증

여러 날을 두고 저녁때만 되면 머리가 아프고 어지러워서, 이것이 필시 정신 이상의 전조인가 보다고 벌컥 겁이 난 나는, 아픈 것보다도 우선 겁에 못 이겨서 다리 건너에 있는 단골 병원에를 찾아갔다. 의사는 나의 말을 듣고 나서 잠시 빙그레 웃더니, 그것은 결코 정신 이상이 아니라 단순한 과로에서 오는 것이니 안심하라고 하면서, 티아민 주사를 4~5일 계속하여 맞아 보는 것이 좋을 것이라고 한다. 그래서 나는 의사의 말대로 하기로 하고 집으로 돌아와서 아내에게 물어보니, 아내의 의견은 양약보다도 한약을 복용하는 것이 효험이 많지 않겠느냐고 하면서 내가 병원에 다니는 것을 한사코 반대한다. 그래서 나는 부리나케 아우의 집을 찾아가서 너스의 경험이 있는 계수(季嫂)에게 나의 증세를 세세히 보고하고 병원 의사의 의견이 옳으냐 혹은 아내의 말이 옳으냐고 물어보았다. 이에 대한 계수의 대답은 티아민을 계속하여 맞아 보는 것도 좋지만 수혈을 받는 것이 더한층 좋을 것이라고 한다. 나는 계수의 말이 병원 의사의 말보다도 그럴듯하게 들려서, 집으로 돌아와서 혈액 주사를 맞겠다고 아내에게 위협을 하듯이 소리를 질렀다. 아내는 나의 공갈에는 조금도 동하는 빛이 없이 혈액 주사는 일시적인 것이니 그러지 말고 보약을 지어 먹으라고 하면서 녹용의 영험을 누누이 설명한다. 나는 아내의 녹용안과 계수의 수혈안을 비하여 보면서 구원을 받기 어려운 딜레마에 빠져 버렸다. 이것은 나에게 있어서 동양철학과 서양철학의 우열에 대한 비교가 되고, 심지어는 한시와 현대시와의 어느 대치와도 통하는 것이라고 생각되었기 때문이다.

나는 하룻밤을 잠도 자지 못하고 생각한 끝에 우선 병원 의사의 말대로 해 보기로 결정을 하였다. 그것은 어저께 병원에서 맞고 온 티아민 주사의 효력이 적중하였던지 하룻밤을 꼬박 새고 나서도 나의 머리는 조금도 아프지도 않을뿐더러 오히려 기분이 상쾌해졌기 때문이다. 그래서 아침밥을 다른 날보다도 달게 먹고 나서 나는 아내에게 티아민 주사약을 사 가지고 오라고 명령을 하였다.

아내가 약을 사러 나간 동안에 나는 친구가 부탁한 영어 편지를 써 놓았다. 편지를 쓰고 봉함을 해 놓은 후에도 나의 머리는 아프지 않았다. 나는 여간 기쁘지가 않았다. 티아민 주사 한 대가 이렇게 희한한 결과를 가지고 왔다는 것이 여간 기쁘지 않았다. 창밖에는 흰 눈이 내리기 시작한다. 오늘 밤이 바로 크리스마스이브였다. 나는 소녀들이 크리스마스를 반가워하듯이 나의 머리에서 현기증이 없어진 것이 반가웠다. 크리스마스를 축복한다기보다도 골치가 아프지 않은 것이 즐거워서 나는 영어 편지의 사례 술을 마시면서 밤늦게까지 동네 안의 선술집에 앉아서 친구와 같이 노닥거렸다. 집에 와서 보니 아내가 티아민과 덱스트로스 주사액을 두 상자 사 가지고 돌아와 있었다. 뿐만 아니라 아내는 시장에 나간 길에 어린놈에게 줄 크리스마스 선물이라고 과자, 양말, 내의 등을 사가지고 왔다고 하면서 일일이 나의 무릎 앞에 펼쳐 놓고 과시한다. 술이 취하면 새벽잠을 자지 못하는 버릇이 있는 나는 새벽 한 시도 지나지 않아서부터 잠이 깨었다. 전등까지 환하게 켜져 있었고, 아내는 오래간만에 심야 음악을 즐겨야 한다고 하면서 차이코프스키를 틀어 놓고는 들으라고 한다. 어린놈까지 잠이 깨어서 어미가 머리맡에 가지런히 놓은 과자를 벌써 뜯어 먹기 시작하고 있다.

술이 깬 후에도 나는 골치가 아프지 않았지만 머리맡에 놓은 주사

약 상자를 무심히 들여다보고 있는 것이 즐거웠다. 이것만 다 맞으면 아주 현기증이 없어질 것이다. 정신 이상에 대한 공포도, 일체의 강박 관념도 씻은 듯 부신 듯이 없어질 것이다. 그렇게 생각하니 그 약상자들은 마치 나의 구주나 다름없이 거룩하게만 보였다.

이튿날 아침에 세수를 하고 나서 나는 주사약을 가지고 부랴사랴 계수에게로 달려갔다. 우선 한 대를 맞고 나서 상쾌한 기분으로 하루의 일과를 시작하자는 심사였다. 그러나 계수는 주사약을 보더니 이것은 우리나라 제품이 되어서 효력이 적으니 미제로 바꾸어 오라고 한다. 나는 담배도 국산만 피우는 것이 나의 신조이니 그러지 말고 이것이라도 놓아 달라고 하였다. 그러나 계수는 자기의 경험에 미루어 보아, 이것은 확실히 효력이 적으니 조금만 돈을 더 내더라도 외국제로 바꾸어 오라고 하면서 끝끝내 나의 말을 듣지 않는다.

나는 하는 수 없이 다시 집으로 돌아와서 아내에게 계수의 말을 전하고 수고스럽지만 외국 제품으로 바꾸어 가지고 오라고 간청을 하였다. 아내는 하도 나의 처지가 딱하게 보였던지, 그러면 바꾸어 가지고 오지요, 하고 쾌히 승낙을 하였다.

독자 여러분! 나의 현기증은 나의 아내가 바꾸어가지고 올 미제 티아민을 맞고서 완전히 쾌유될 수 있을까요?

1956. 6.

구두*

구두는 사람의 풍채를 돋보이게 하는 것이라고 하지 않는가. 사실 구질구질한 구두를 신고 다니는 친구를 보면 얼굴이 다시 한번 보이고 나도 모르게 눈살이 찌푸려진다. 가뜩이나 시원한 일보다는 기가 탁탁 막히는 일만이 많은 우리네 살림에서 구두쯤 못 닦고 남에게 불쾌한 감을 줄 필요는 없으리라.

그러나 요즈음 거리에 나가거나 다방에 앉아 있을라 치면 웬 구두를 닦는 사람이 그렇게 많으냐. 아마 거리를 다니고 다방에 앉아 있는 신사 숙녀 중에서 구두를 닦지 않는 사람을 찾아보라 해도 그것은 필시 힘드는 일이 아니겠는가. 구질구질한 구두를 신은 사람의 얼굴이 다시 한번 치어다 보이듯이 너무 광채가 휘황한 구두를 신고 다니는 사람도 나에게는 적지않이 불쾌한 감을 준다. 아니 오히려 후자가 더 비참하게 생각되기까지 한다. 구두 닦는 '길'에도 중용이 필요한가 보다. 그러나 나는 이 '길'에도 중용의 덕을 발휘하지는 못하고 있다. 우리 집 붙장 안에 마련되어 있는 구두약은 껍데기는 과연 일류 박래품이지만 속살은 최하급 국산품이다. 물론 여편네가 속아 사 가지고 온 위조품이다. 구두약을 바른다고 하기보다는 물감을 들인 밀초를 바르

* 이 글은 부산에서 발행되던 일간지 《국제신보》에 게재되었던 것인데 정확한 발표년도는 알 수가 없고 단지 1950년대 말이나 1960년대 초반일 것으로 짐작된다.

는 것 같은 감이 든다. 그래저래 나는 좀체로 구두약을 찾지 않게 되었고 나의 구두는 술을 마신 이튿날이 아니면 대개는 처참한 외모를 하고 남에게 불쾌한 감을 주고 있다.(술을 마신 이튿날은 흙이 묻은 구두 위에 여편네가 구두약 아닌 '밀초'*를 발라 놓기 때문에.)

일전에도 시인 Y하고 선배 C여사의 문병을 가서 구두 때문에 꾸지람을 받은 일이 있다. 인사를 마치고 마루로 나와서 구두를 신는데 C여사가 지댓돌 앞까지 따라 나와서 내가 구두를 신는 것을 물끄러미 보고 있더니 몹시 딱하다는 표정을 지으면서 "아유! 구두끈이나 좀 바꿔 끼세요." 하고 소리를 질러 웃음판이 벌어졌다. 하기야 이런 무안은 되도록이면 더 받아 보고 싶은 무안이지만 나는 그 후에 곧 구두끈만은 바꾸어 끼었다.

그런데 이 구두로 인해서 또 한번 큰 웃음판이 벌어졌다. 다른 게 아니라 요 며칠 전에 우리 집에 도둑이 들었다.

워낙 동리가 가난한지라 도둑에 대해서는 다행히도 마음을 쓰지 않아도 되었고 대개가 문단속 같은 것에 각별한 경계를 하지 않고 지내는 터라 우리 집의 나지막한 초라한 대문에도 빗장 대신에 가느다란 철사를 말아서 걸어 놓고 있을 뿐이다. 그런데 바람이 불어 문짝이 덜컹거리는 달밤을 타서 도둑은 유유히 그 동아뱀 꼬리만 한 철사를 펴고는 들어왔다.

툇마루 끝에 놓아둔 양은 주전자를 잃어버린 것이 손해의 전부였지만 집안 식구들이 놀란 값은 그 주전자의 백배도 천배도 더 되었다. 도둑을 집안에서 당해 보는 것은 이번이 처음이었기 때문이다. 새벽에 문이 덜컥거리는 소리에 잠이 깨어 도둑이 다녀 나간 것을 발견한 여편네는 "여보! 도둑이 들었어요…… 마루 끝에 신발이 모두 흩어진 것 좀 일어나 보세요……" 하고 눈이 휘둥그레져 가지고 잠자는 나를 보

* 밀랍으로 만든 초.

고 고함을 쳤다.

나는 자리에서 일어나서 "무엇 잃어버린 것 없나?" 하면서 우물쭈물하고 있는데 "어머나, 그래도 당신 구두는 안 집어 갔구려. 여기 이렇게 마당 한가운데에 팽개쳐 놓고 달아났어요. ……아마 구두를 가지고 가려다 보니 하두 거지 같애서 안 가져간 거야." 하고 여편네는 놀란 중에도 깔깔대면서 좋아하는 것이다.

치유될 기세도 없이

없는 사람이 잘살아 보겠다고 하는 운동을 노골적으로 억압하는 정부의 처사가 상식화되어 가고 있는 사태처럼 요즈음 우리들을 다시 우울하게 만드는 것은 없다. 국민들이 무엇보다도 염려하는, 앞으로 다가올 경제 위기를 가장 자신 있게 막을 수 있다고 호언장담하는 씩씩한 정치가들이 국회 안에는 산더미같이 와글거리고 있는데 바깥의 현실은, 비근한 예가 경북 교조(教組)나 경방(京紡) 파업 문제 같은 것만 하더라도 당국의 태도는 여전히 빨갱이를 대하는 태도나 조금도 다름이 없다. 우리는 이것을 '과정(過政)'의 태도라고 볼 수가 없고, 마치 새로 설 신정부(新政府)의 서곡이나 부지 공사처럼밖에 느껴지지 않는 것은 웬일일까. 국무총리를 신파(新派)가 잡든 구파(舊派)가 잡든 우리들의 관심은 그런 데에 있는 것이 아니다. 오히려 우리들의 총신경은 진정한 민주 운동을 누가 어떠한 구실로 어느 정도까지 다시 탄압하기 시작하느냐의 여부에 쏠려 있다. 우리들은 오랫동안 억압 밑에서 살아온 민중이라 억압의 기미에 대해서는 지극히 민감한 것도 사실이지만 반면에 지극히 비굴한 것도 사실이다. 이와 같이 자칫하면 과거의 타성에서 수그러지기 쉬운 국민의 혁명적 사기를 북돋아 주는 것이 정부가 할 일이라고는 생각하지 않지만 적어도 이러한 운동에 원수가 되어서는 아니 될 것이다.

나의 생각에는 교조 운동 같은 것은 서푼어치 가치도 안 되는 총리 선출보다 훨씬 더 중요하면 중요했지 못한 것은 아닌데 2000만의 늠름한 대변인들은 지금 명분이 서지 않는 감투 싸움에만 바쁘다. 이런 말을 하는 나는 교조원도 교원도 아니지만 혁명에 대한 인식 착오로 '과정'의 피해자의 한 사람이 된 것만은 그들과 동일하다. 4월 혁명 후에 나는 세 번이나 신문사로부터 졸시를 퇴짜를 맞았다. 한 편은 '과정'의 사이비 혁명 행정을 야유한 것이고, 한 편은 민주당과 혁신당을 야유한 것이고, 나머지 한 편은 청탁을 받아 가지고 쓴 동시인데, 이것은 이승만이를 다시 잡아 오라는 내용이 아이들에게 읽히기에 온당하지 않다는 이유에서 통과가 안 되었다. 그런데 이 동시를 각하한 H신문사는 사시(社是)로서 이기붕이까지는 욕을 해도 좋지만 이승만이는 욕을 해서는 안 된다는 내규가 있다는 말을 그 후 어느 글 쓰는 선배한테 듣고 알았다.

여하튼 시작(詩作) 15년간에, 그것도 두 달 사이에 세 편의 시를 퇴짜를 맞아 본 일은 이번이 처음이다. 그것도 검열에 통과가 안 됐다면 싸우기라도 해 보겠지만 아는 친구들이 허다하게 있는 신문사에서 떡국을 먹었으니 하소연할 데도 없다. 아무튼 정치 하는 놈들이 살인귀나 강도같이 보이는 나의 편심증(偏心症)은 아직 손톱눈만큼도 치유될 기세가 없으니 초조하기만 하다.

1960. 8. 22.

흰옷

우리한테는 사실상 옷이 없다. 백의민족이라고 하지만 요즈음 흰옷을 입는 것은 시골의 농사꾼뿐이다. 내가 어렸을 때만 해도 소 팔러 들어오는 시골 사람들이 흰옷을 입고 있는 것이 눈에 띄었는데, 요즈음 서울 도심지서는 흰옷 입은 사람 구경은 돈을 내도 할 수 없는 형편이다. 그렇지만 서울의 근교, 아니 내가 사는 마포만 해도 아직은 나이 먹은 밭쟁이 영감들이 흰 바지저고리에 마고자까지 입고 사그라져 가는 문턱에 하루 종일 쭈그리고 앉아 있는 모습이 보인다. 흰옷이 때가 묻는다 해서 비경제적이라고 일제시대에 물감을 끼얹고 해서 그야말로 백화(白花)가 수난을 당한 일이 있는 것은 너무나도 유명한 추억사이지만, 흰옷을 입고 있는 그네들을 잘 살펴보니 그리 때도 타는 것 같지 않다. 늦가을서부터 겨울을 지내고 이른 봄까지 과히 더럽히지 않고 꾸준히 입어 낸다. 그렇다고 그들이 노상 문턱에서 무위한 생활만 하느냐 하면 그렇지도 않다. 농사도 짓고 술도 마시고 낚시질도 다닌다. 그런데도 그들의 옷이 그리 때를 타지 않는 것은 도심 지대가 아니어서 먼지가 적은 까닭도 있겠지만, 내가 생각하기에는 그들은 흰옷을 입는 법을 알고 있기 때문에 때가 묻지 않는 것 같다. 물감이 없어서 혹은 완고해서 혹은 나태해서 혹은 무지해서 혹은 애국자(백의민족이라는)가 돼서 염색을 안 하고 흰옷을 입고 있는 것이 아니라, 그들에게는 흰옷을 검은 옷이나 마찬가지로 경제적으로 입을 줄 알기 때문에 그냥 그대로 입고 있는 것 같다. 말하자면 그들은 어떻든 자기의 옷을 가지고 있다. 당분간은 상관 없으리라. 구태여 물감을 들이라고 할 필요도 없을 것 같다.

문제는 그들의 다음 세대인 우리들이다. 우리들한테는 옷이 없다. 양복? 우리의 옷이 아니다. 모르지, 장차는 모르지만 아직까지는 우리의 옷이 못 되고 있다. 말하자면 양복은 우리들의 친근한 작업복도 못 되고 자랑스러운 호사도 못 된다. 말하자면 우리들의 생활에 완전히 적응·소화되어 있지 않다.

그렇다고 요즈음 한복을 만들어 입는다는 것은 수고로나 경제적으로나 보통 도회 생활자들에게는 힘에 겨운 것 같다. 내 개인적인 생각으로는 관리나 회사원들까지도 겨울에는 한복이 따뜻하고 편리하니까 그것을 입고 출근을 해도 무방할 것 같은데, 어떤지 모르겠다. 출근은 꼭 양복이라야 하는 법은 없다. 요는 집에서 한복을 만드는 수고인데 앞으로 한복이 대량으로 필요하게 되면 와이셔츠 모양으로 한복에도 사이즈를 붙여서 공업화하면 된다. 결국 요는 여기에도 정신과 양식이 문제가 된다. 한복을 입고 떳떳하게 양키하고도 만날 수 있고 의사당에도 나갈 수 있는 그 정신적 태세 말이다. 단 한복이라 하지만 내가 추천하는 한복은 흰옷이든 물감 옷이든 하여간에 양단이나 갑사나 명주 같은 비단옷이 아니라는 것을 부언해 둔다. 우리의 주위에는 넝마도 못 걸치고 떨고 있는 사람들이 너무나 많기 때문이다.

1961.

밀물

요즈음은 문학 책보다도 경제 방면의 책을 훨씬 더 많이 읽게 된다. 그래야만 사회에 대한 무슨 속죄라도 되는 것 같고 저으기 흐뭇한 마음이 든다. 또 하나 '4월' 이후에 달라진 것은 국내 잡지를 읽게 되었다는 것이다. 그전만 하면 송충이같이 근처에 두지도 못하게 하던 불결한 잡지들(문학지는 상기*도 불결하다.)도 인내성을 발휘해서 읽어 나가면 그중에는 예상보다도 훨씬 진지한 필자들이 많은 데에 새삼스러이 부끄러운 마음도 들고 퍽 대견한 감도 든다.

인제는 후진성이란 것이 너무나도 골수에 박혀서 그런지 그리 겁이 나지 않는다. 외국인들의 아무리 훌륭한 논문을 읽어도 '뭐 그저 그렇군!' 하는 정도다. 한편으로 생각하면 타락의 시초같이도 생각되지만 그런 것만도 아닌 것 같다. 자신의 실력이 완비해 가는 징조는 물론 아니지만 좌우간 모든 것에 선망의 감이 없어진 것만은 사실이다. T가 영국에서 돌아온 지가 거의 한 달 가까이 되는데 아직 안 만나고 있다. 그전의 습관 같아서야 세계의 끝까지 갔다 온 친구를 두고 이렇게까지 게으름을 피우지는 도저히 못하였을 것이다. 그뿐만이랴. 《엔카운터》지가 도착한 지가 벌써 일주일도 넘었을 터인데 이놈의 잡지가 아직도 봉투 속에 담긴 채로 책상 위에서 뒹굴고 있다.

---

* '아직'의 방언.

모든 것이 그렇다. 되면 다행이지만 안 돼도 그만이라고 생각하고 있어야지, 매사건건에 꼭 되어야만 한다고 이를 바득바득 갈고 조바심만 하다가는 대한민국에서는 말라죽기 꼭 알맞다. 요즈음 떠드는 '반공법'인지 무언지도 어쩌나 혼자서 화를 내고 술만 퍼먹었던지 또 간장염이 도지고 말았고, 여편네한테 화풀이를 하는 바람에 문창호 두 장만 산산조각이 났다.

속상하는 일은 이것뿐이 아니다. 또 날이 따뜻해져서 여편네는 역사*를 한다고 야단이고, 널판장을 둘렀던 안방 벽 옆에다 서너 평가량 목간통을 들인다는데 이것도 무허가 증축이라고 트집을 잡고, 소방서, 구청, 상이군인, 지서에서 나와서 와라 가라 하고 야단들이다. 지서에 올라가서 시말서를 쓰라고 해서 시말서를 쓰고는 허가를 꼭 내야 한다기에 허가를 내려면 어떻게 하면 되느냐고 물었더니, 허가를 내려면 비용이 모두 2만 5000환가량 든다고 한다. 나는 도무지 곧이 들리지가 않아서 얼마요 하고 다시 물어보았으나 역시 2만 5000환이란다. 5만 환 내외의 공사에 허가비용이 2만 5000환!

참 좋은 세상이다. 할 대로 해보라지.

어두운 방 안에 앉았다가 나와 보니 서풍에 부서지는 한강물은 노상 동쪽을 향해서 반짝거리며 거슬러 올라간다. 눈의 착각이 아닌가 하고 달력을 보니 과연 음력 17일, 밀물이다. 숭어, 글거지, 잉어, 벌갱이놈들이 이 밀물을 타고 또 한참 기어 올라올 게 아닌가…….

1961. 4. 3.

---

* 토목, 건축 따위의 공사.

소록도 사죄기(記)

소록도에 다녀온 지가 두어 달도 더 되나 보다. 애초에 가기 전부터 르포를 써 주기로 약속한 것이고, 섬에 가서도 조 원장 이하 여러 직원들께 극진한 대우를 받았을 뿐만 아니라 환자들한테서 여러 가지 부탁도 있었고 해서 무엇인지 쓰긴 써야 했는데 도무지 써지지가 않았다. 섬에 가기 전에 중단됐던 번역 일이나 끝마치고 천천히 쓰자고 벼르던 판에 또 다른 바쁜 번역 일이 생겼다. 약속을 이행하지 못하는 불안감으로 일을 계속하자니 소록도의 얼굴들—순진한 환자 중학생들, 춤을 추어 보여 준 7, 8, 9세의 처녀 환자 아이들—이 자꾸 눈에 떠오른다. "책을 보내 주신다고 약속하시더니, 자매 학교를 맺게 해 주겠다고 신문에 써 가지고 여론에 호소하겠다고 장담하시더니 하나도 이행을 안 해 주시는군요! 거짓말쟁이 선생님!" 하고 환자들이 내가 일하는 방 안으로 지금이라도 달려와서 책망을 할 것만 같다. 원장은 또 원장대로 "여보슈, 그런 법이 어디 있소. 10리 폭의 바다를 막고 방축을 쌓아올려서 환자들의 정착지를 만들어 올리려는 이 획기적인 나환자 구호 계획에 대해서 서울에 가서 여론에 호소해서 될 수 있는 대로 도와주겠다고 하더니, 아니 글쓰는 분들도 이렇소?" 하고 화를 내는 편지를 써 보낼 것만 같다.

나는 하는 수 없이 B신문사로 달려가서 사진과 소록도 병원 사업 보고서를 주고, 내가 보고 듣고 온 것을 기자에게 전하고 근사한 르포를 써 달라고 부탁했다. 그러고 나서 한 40일 동안이나 나는 안심하고 내 일을 보고 있었다. 부탁한 신문사의 신문을 집에서 구독하고 있지도 않고 해서 났는지 안 났는지 궁금은 하면서도 어련할까 하고 턱 마음은 놓고 있었다. 그러던 차에 10년 전에 수술을 한, 암치질을 앓던 자리에서 변을 볼 때마다 피가 나와서 병원에를 갔다 오는 길에 B사의 기자를 만났다. 부탁한 기사를 날더러 쓰라는 것이었다. 사(社)로서 직접 가 본 것이 아닌 르포는 대신 쓸 수가 없다는 것이다.

소록도 보고 기사를 써야 할 숙제에 대해서 이상은 너무나 장황한 서문이다. 아니 서문도 못 된다. 나는 아직도 본문을 쓸 수 있을 만한 준비가 되어 있지 않으니까. 사진이랑 자료가 지금 나의 수중에 놓여 있지 않기 때문에도 아니다. 그것이 있어도 나는 아직 못 쓴다. 아름다운 섬 속의 환자들이여, 나를 차라리 무력하다고 욕해 주렴!

요즈음 신문에 자매결연 기사가 나오면, 소록도하고 맺는 사람은 없나 하고 잊어버리지 않고 훑어본다. 그래도 소록도하고 해 달라고 북을 치고 싶은 생각은 없었다. 어떤 잡지사에 가 보면 잡지를 기증한 거로 서울 시장의 감사장이 허연 천장 밑에 걸려 있다. 그래도 나는 차마 소록도에 책에 굶주린 환자 학생들이 있으니 좀 보내 주시구려 하는 말이 안 나왔다. 이건 물론 나의 무력도 있지만 나는 소록도를 그렇게 간단히 취급하기가 싫었다. 10여 장의 르포나 책 몇 권의 기증으로 나의 책임을 벗어 버렸다고 생각하는 것은 소록도에 대한 모욕일 것만 같았다. 한국이나 나 자신을 그렇게 취급할 수 없는 것처럼, 소록도의 원장이나 직원이나 환자들도 역시 그렇게 취급할 수가 없다. 귀여운 처자를 거느리고 소록도 재건의 일선에 나선 청년 군의관, 5000명 환자들의 치료를 혼자서 감독하고 있는 과묵하고 소박한 젊은 의학도, 환자와 고락을 같이하는 경건한 수녀들, 하루 종일 환자들과 예배를 보느라고 눈이 갈가리 풀어진 외국인 선교사, 유치원(환자 유아용) 아동들에게 유희를 가르쳐 주는 나이 어린 환자 보모, 광화문 거리에서 보는 얼굴과 조금도 다름이 없는 부숭부숭한 얼굴을 한 환자 중고등학생들, 예배당 앞에 선 순직 원장의 조상(彫像) 등을.

오늘날 나병은 고칠 수 있다는 것이 의학상으로는 상식으로 되어 있는데 일반 사회에서는 그에 대한 인식이 부족해서 환자 학생들이 서울에 여행을 와도 여관에서 일체 재워 주지를 않으니 그에 대해 좀 계몽을 해 달라는 것이 환자들의 전체적인 애원이었다. 그런데 서울에 와서 어떤 글 쓰는 친구가 내가 내어놓은 소록도 사진을 보고 대뜸 물어보는 말이 "이 사진 소독했소?" 하는 것이었다. 소설을 쓰는 이 친구까지도 이러니…… 하고 나는 껄껄 웃고 말았지만, 현대 소설을 쓰는 사람이면 나균이 태양빛 아래에서는 부지를 못한다는 것쯤 알고 있어야 할 것이다. 나는 봄이 오면 꼭 이 친구를 데리고 소록도를 다시 한번 찾아갈 작정이다. "봄에 또 한번 오슈. 다음에 올 때는 이번하고 놀라울 만큼 소록도가 달라져 있을 테니!" 하고 소록도의 혁명 완수를 다짐한 원장의 장담도 테스트해 볼 겸.

실제 자기가 아파 보지 않고는 남의 아픈 것은 모른다. 이 너무나도 평범한 진리를 나는 요즈음 치질을 앓으면서 다시 한번 생생히 체득했다. 요 정도의 시원치 못한 소록도 사죄기를 쓰게 된 것도 치질로 드디어 드러눕게 된 덕분이다. T. S. 엘리엇의 말마따나 우리는 누구나가 다 환자다.

1961.

가난의 상징, 생활의 반성
— 변소 위생

나는 철이 나서부터는 변소가 더럽다는 생각이 들지 않는다. 나에겐 똥이라는 것이 조금도 더럽지 않다. 고약한 취미라고 나무랄 사람도 있겠지만 지금 세상에는 똥보다도 더 더러운 것이 너무나 많다.

우리 동네엔 밭이 많다. 그전보다는 덜하지만 그래도 아직도 밤이면 똥냄새가 풍겨 온다. 여편네는 똥냄새만 나면 또 어디서 똥을 뿌린다고 이맛살을 찌푸리지만 나는 그러는 여편네가 불쾌하다.

우리 동네에서 내가 가장 친하게 지내고 있는 사람은 똥을 푸러 다니는 제대 군인 청년들이다. 문간 안에 우리를 세우고 돼지를 길렀을 때에도 나는 조금도 더럽다는 생각 없이 삼동(三冬)에도 혼자서 그 똥을 다 쳐냈다. 돼지 똥에 비하면 사람 똥이 훨씬 더 추하게 보이고 조촐한 초가집 변소의 똥보다 고층 빌딩의 싯누런, 타일 변기에 쌓인 똥이 더 불결하게 보인다.

서울역 이등 대합실 옆의 변소는 깨끗하기는 하지만 출입하는 손님마다 1원씩 문턱에서 요금을 받으니, 이렇게 깨끗한 것은 깨끗하다고 볼 수 없다.

대전역의 변소에서도 그전에 10환을 빼앗긴 일이 있는데, 변소 안은 발차 전인데도 지극히 한산했다. 이런 경우에는 저주와 적개심이 든다.

미국 사람들에 비해서 우리네 사람들에게 치질 환자가 훨씬 더 많

은데 그것은 변소가 나쁘기 때문이라고 한 치질병원 의사의 말이 생각난다. 이 말을 듣고 순진하게도

"그럼, 우리나라도 서양 사람 모양으로 앉아서 눌 수 있도록 변소 모양을 고치면 되지 않아요?"

하고 말했더니 의사 왈,

"우리야 얻어먹는 것에 바쁘니 누는 것까지 채 손이 돌아갑니까?"

집에 와서 여편네한테 변소 개조에 대한 계몽을 하고

"아이들은 나 모양으로 치질로 서러움을 받게 하기 싫으니 나무 판때기라도 사다가 우리도 앉아 누는 변소로 고쳐 봅시다. 그리고 이제부터는 밑씻개도 신문지가 항문에 석유가 묻어서 나쁘다고 하니 신문지는 절대로 쓰지 맙시다."

했더니 헌신적인 여편네의 대답은 너무나 낙관적이다.

"괜찮아요! 너무 신경 쓰지 마세요!"

이렇게 말하면 나는—뿐만 아니라 우리 집 전체가—변소 위생 개선의 반대론자 같은 인상을 줄지 모르지만 결코 그렇지 않다. 나는 의자식 변소를 만들 만한 문화 생활을 영위하기 위해서 오늘도 누구보다 부지런히 일하고 있으며, 완고하지 않은 아내는 신문지 대신에 풀솜 같은 두루마리 휴지를 쓰는 생활을 누구보다도 환영할 것이다. 다만 그때까지는 몽당비가 놓여 있는 변소에나마 뚜껑을 마련해 놓는 것을 잊지 말고 어린 놈들에게는 자주 뒷물이라도 시켜 줄 정도의 신경을 써야 한다.

그러나 이만한 신경이라도 쓸 만한 처지에 있는 사람이 우리나라의 도시 생활자 중에 반은 있을까? 이런 생각을 하면 아직도 눈앞이 캄캄해진다. 치질 의사 말마따나 일에는 순서가 있다. 깨끗하게 똥을 누게 하려면 우선 깨끗하게 밥을 먹어야 한다. 깨끗한 밥을 못 먹이는 나라의 변소는 언제까지나 불결하다.

《민국일보》(1962. 10. 15.)

요즈음 느끼는 일

'방송을 할 때만은 미쳐도 괜찮다, 시를 쓸 때는 제정신으로 써라.' 이런 법률이 나올 만한 시대입니다. 이 말은 '방송 원고를 쓸 때는 글씨를 반 토막씩 써도 좋지만 잡지에 주는 원고 글씨는 반드시 정자(正字)로 써야 한다.'는 말은 아닙니다.

청취자 여러분. 영국의 시인 존 웨인의 말마따나, 출판이나 잡지, 즉 인쇄를 통한 발표 외의 발표에 있어서는 현대의 시인은 어떤 해방감을 느낍니다.

일전에 일본 신문에 나온 요시야 노부코(吉屋信子)의 기사 속에 파도를 보고 연설을 한 소설가의 이야기가 나온 것을 보았습니다. 필자는 이와 같은 지난날의, 파도를 보고 연설을 한 문인을 가리키면서 오늘날의 젊은 문인들이 너무나 약다고 개탄하고 있습니다. 나는 이것을 일본식의 다다이즘이라고 생각하면서 혼자 웃었습니다. 그러고 보면 다다이즘은 도처에서 주기적으로 나오는 현상입니다. 우리나라에도 이활(李活)이라는 시인이 남몰래 다다이즘을 실천하고 있습니다. 한 나라의 문학이나 사회가 건강을 보존하기 위해서 필요한 최소한도의 청량제, 정혈제(淨血劑) 내지는 지혈제.

요즈음 우리나라의 문단이나 문학잡지 독자들의 경향을 보면, 초현실주의나 다다이즘은 무조건하고 시대에 뒤떨어진 것이라고 싫어하는 것 같습니다. 점잖은 문학 팬일수록 더 그러한 경향이 많습니다. 이러한 경향에 대해서 좀 더 얘기할 문제가 많습니다만, 하여간 '저 시인은 모더니즘의 잔당(殘黨)이다.' 하면 그것은 '저 시인은 자기의 것을 갖고 있지 않다.'는 욕이 됩니다. 그러면서도 '저 사람은 비트*다.' 하면 으쓱하고 좋아할 사람이 없지 않을 것 같습니다.

사실은 이런 경우에 내가 말하는 다다이즘이나 비트는 동일한 말입니다. 출판문화의 제약에서 벗어나 야외의 낭독회에서 자유를 느끼는 존 웨인이나, 파도에 연설을 한 지난날의 동료를 찬양하는 요시야 여사는 40년 전의 앙드레 브르통이나 트리스탄 차라와 같은 정신에 있습니다.

왜 새삼스럽게 케케묵은 다다이즘의 이야기를 꺼내느냐고 눈살을 찌푸리는 청취자도 계실지 모릅니다만, 무슨 이유인지 이 방송 원고를 쓰고 있자니 자꾸 다다이즘 생각이 납니다. 용서해 주십시오.

저는 라디오 방송을 처음 하는 사람입니다. 이것이 야외의 낭독회는 아닙니다만 그래도 어느 정도의 해방감을 저는 느낍니다. 어느 정도의 해방감. 이 어느 정도의 해방감이란 무엇인가? 이 방송은 종이 위에 찍은 활자처럼 오래 남아 있지 않습니다. 물론 테이프 레코드에 취입되어 보존될 수도 있지만, 잡지나 단행본에 남아 있듯이 부단하게 공개적으로 남아 있지 않습니다. 쉽게 말하자면 퍽 경쾌한 감이 듭니다. 내가 말하는 것이 예술적이 아니라도 청취자 여러분은 너그럽게 용서해 줍니다.

둘째는 청취자 여러분에게 직접 말을 할 수 있다는 것입니다. 즉 활자라는 거추장스러운 매개체 없이 직접 전달이 가능하다는 것입니다. 그런 의미에서 방송은 잡지보다 좀 더 따뜻한 체온을 피차가 나눌 수 있는 장점이 있습니다. 물론 연단의 연설처럼 얼굴까지도 보신다면 청취자 여러분은 저의 억양에다 저의 얼굴의 표정까지도 합해서 저의

---

* 2차 대전 후 미국 전후 세대에 의해 만들어진 무정부주의적, 개인주의적 문화.

말을 좀 더 잘 알아들으실 수 있으시겠지만, 저는 매우 수줍은 사람이라 얼굴을 보시면 오히려 얘기를 못합니다.

아무튼 방송은 저에게 어느 정도의 해방감을 줍니다. 해방감은 자유입니다. 자유는 파도에다 이야기하는 것입니다. 사실 저는 지금 여러분에게 노래를 해 들려드리고 싶습니다. 노래라 해도 그 고리타분한, 청자가 제대로 알아듣지 못하는 자작시 낭독 같은 건 싫습니다. 뚜다당 뚱땅 뚱뚱뚱 뚜뚱 하는 그런 노래 말이지요. 그렇지만 정말 그런 노래를 했다가는 기독교방송의 수필란을 맡으신 책임자 되시는 분에게 꾸지람을 들을 것 같으니까, 그것만은 사양하겠습니다.

도대체 요즈음의 저널리즘이 '자유는 방종이 아니다.'라는 말을 꾸준히 계몽하고 있는 것 같은데, 이건 제가 생각하기에는 참 우스운 말입니다. 저널리즘이나 위정자들이 이런 말을 하면 그건 또 일리가 있다고 할 수 있겠지만, 점잖은 대학교수들이 태연스럽게 이런 말을 하는 것을 들으면 놀라지 않을 수 없습니다.

자유를 모르는 것은 속물입니다. 일본의 시인 니시와키 준사부로〔西脇順三郎〕는 '시를 논하는 것은 신을 논하는 것처럼 두려운 일'이라는 의미의 말을 했지만, 저는 '자유를 논하는 것은 신을 논하는 것처럼 두려운 일'이라고 말하고 싶습니다. 결국 똑같은 말이지요.

세상이 어찌나 야박하게 되었는지 요즈음은 거리의 책 가게에 들어가서 책을 좀 서서 읽을 수도 없습니다. 좌판 위에 놓인 새로 나온 월간 잡지를 이것저것 뒤적거려 보는 것이 조그마한 생활의 낙이라면 낙이라고 할 수 있겠는데, 요만한 자유마저 용납되지 않습니다. 광화문이나 종로 거리의 책 가게에 들어가서 5분 동안만 책을 들고 서 있어 보십시오. 점원 아이들의 얼굴 표정이 달라지지 않는 책 가게가 거의 없을 것입니다. 책을 펴 보기가 무섭게 벌써 점원 아이가 득달같이 팔꿈치 옆에 바싹 다가와서 위압을 주는 것쯤은 예사입니다. 노골적으로 책을 빼앗고 나가라고 호령을 치는 책 가게도 있습니다. 얼마 전엔가 동대문 쪽 길가에 있는 고본옥에를 들른 일이 있습니다. 릴케의 시집이 있기에 그 안의 시를 몇 편 뒤적거리면서 읽기 시작했습니다. 때마침 빗방울이 부슬부슬 떨어지기 시작하여서 나는 그 책사가 인심이 너그럽지 못한 책사인 줄 알면서도 미적미적 서 있었습니다. 그랬더니 아니나 다를까 함경도 사투리를 쓰는 임꺽정이같이 생긴 주인이 달려와서 왈칵 책을 빼앗고는 "아니 고만 읽고 나가시오, 가게를 닫아야겠소!" 하고 모욕적인 어조로 소리를 질렀습니다. 나는 졸지에 가게를 닫아야겠다는 말이 납득이 안 가서 "아니 대낮에 가게를 닫아야겠다니 무슨 말이오?" 하고 반문했습니다. 그랬더니 주인은 "오늘은 날씨도 비가 오고 해서 가게를 닫고 낮잠이나 자야겠으니 어서 나가 달란 말요." 하면서 바로 나를 점포 밖으로 팽개치기라도 할 것 같은 험한 기세를 보였습니다. 나하고 얼마 동안 옥신각신을 하는 중에 여학생들이 우르르 몰려 들어와서, 금방 가게를 닫겠다던 주인은 그쪽으로 가 버리고 나는 그래도 울화가 가라앉지 않아 얼마 동안 미적미적거리다가 밖으로 나와 버렸지만, 나는 가게를 닫아야겠다는 주인의 핑계가 화가 나면서도 한쪽으로는 우스운 생각이 들었던 것입니다.

우리들의 사회에는 이러한 웃지 못할 예가 얼마든지 있습니다. 이것이야말로 자유의 악질적인 방종입니다. 나는 여기서 구태여 벤자민이 말한 노동자를 위한 자유의 필연성을 새삼스럽게 논의할 생각은 없습니다. 다만, 자유의 방종은 그 척도의 기준이 사랑에 있다는 것만을 말해 두고 싶습니다. 사랑의 마음에서 나온 자유는 여하한 행동도 방종이라고 볼 수 없지만, 사랑이 아닌 자유는 방종입니다. 그리고 사랑은 호흡입니다. 사랑은 눈에 보이지 않습니다. 그것이 행동으로 나타날 때에도 오늘날과 같은 복잡한 사회 환경에서는 여간 조심해서 보지 않으면 분간해 내기가 어렵습니다. 사랑이 순결하면 순결할수록 더 그렇습니다. 기도가 눈에 보이지 않듯이 사랑도 눈에 보이지 않습니다. 그러한 의미에서 자유의 방종 여부를 판단하는 기준을 세우기란 대단히 어려운 일입니다. 그리고 우리들의 사회에서는 백이면 백이 거의 다 사랑을 갖지 않은 사람들의 자유가 사랑을 가진 사람들의 자유를 방종이라고 탓하고 있습니다.

이러한 사회에는 자유가 없습니다. 그러고 보면 제1차 대전 후의 불란서의 시인들의 다다이즘 운동도, 제2차 대전 후의 미국의 젊은 문학자들의 비트 운동도, 쉬운 말로 하자면 모두가 사랑의 운동입니다. 다만 서양 사람들은 표현적이고 외향적인 사람들이라 대중 앞에서 이것을 정면으로 표시했지만, 파도를 보고 연설을 한 동양의 문학자는 다만 보다 얌전하게 그것을 표시했을 뿐이지요. 그러나 아까 말한 일본의 요시야 여사도 말했듯이 요즈음의 세상은 문학하는 젊은 청년들까지도 점점 약게만 만들어 가고 있는 것이 사실입니다.

혁명 후의 우리 사회의 문학하는 젊은 사람들을 보면, 예전에 비해서 술을 훨씬 안 먹습니다. 술을 안 마시는 것으로 그 이상의, 혹은 그와 동등한 좋은 일을 한다면 별일 아니지만, 그렇지 않고 술을 안 마신다면 큰일입니다. 밀턴은 서사시를 쓰려면 술 대신에 물을 마시라고 했지만, 서사시를 못 쓰는 나로서는, 술을 좋아하는 나로서는, 술을 마신다는 것은 사랑을 마신다는 것과 마찬가지 의미였습니다. 누가 무어라고 해도, 또 혁명의 시대일수록 나는 문학하는 젊은이들이 술을 더 마시기를 권장합니다. 뒷골목의 구질구레한 목롯집에서 값싼 술을 마시면서 문학과 세상을 논하는 젊은이들의 아름다운 풍경이 보이지 않는 나라는 결코 건전한 나라라고 볼 수 없습니다.

제가 아까 이, 수필 아닌 수필의 첫머리에서 '방송을 할 때만은 미쳐도 괜찮다, 시를 쓸 때는 제정신으로 써라.'라는 법률이 나와야 한다는 등의 동에 닿지 않는 말을 많이 썼습니다만, 이것은 결코 책임 없는 말은 아닙니다. 다만 우리들의 책임은, 서양의 옛말에 있듯이 꿈에서 시작된다는 것을 말해 두고 싶었던 것입니다.

1963. 2.

물부리

여편네가 어느 날 팔말* 다섯 갑을 사가지고 들어왔다. 5·16 후 국법을 어기고 양담배가 우리 집 문 안에 들어온 것이 처음이라 나는 처음에는 좀 당황감을 느꼈다. 자유당 시절에 그렇게 양담배가 흔할 때도 나는 줄곧 국산 담배를 애용해 온 애국자인지라, 지금의 이 비상시에 와서 새삼스럽게 '반혁명분자'가 되는 것이 섭섭하기는 했지만 이왕 사온 것이라 조심조심 은딱지를 뜯어서 한 개 피워 물어 보았다. 피워 물고 성냥을 켜 대고 한 모금 시원스레 들이마셔 보았다. 그러나 국법을 어긴다는 쾌감 이외는 아무 진미가 없다. 담배 맛으로 보자면 백양보다 훨씬 떨어진다. 게다가 팔리지를 않아 오래 묵혀 둔 것인지 곰팡내 같은 퀴퀴한 냄새까지 나는 것이 진이 다 빠진—여기까지 썼을 때, 내가 글을 쓰고 있는 옆의 방에서 또 피아노 소리가 들린다. 처제가 치는 것이다. 처제라는 동물은 여편네보다도 더 다루기가 힘들다. 여편네는 사불여의(事不如意)하면 마구 치고 차고 할 수도 있지만 처제는 못 그런다. 나만 그런지 모르지만 나는 처제의 말에는 여편네의 말보다도 더 쩔쩔맨다. 아무리 중요한 원고를 쓸 때에도 처제의 피아노 소리는 울려오고 나는 그 피아노 소리가 끝나기까지 이를 악물고 참고 있어야 한다.

---

* Pall Mall. 필터 없는 양담배.

애초에 처제가 우리 집에 오게 된 것은 큰새끼의 공부를 가르쳐 준다는 조건에서 온 것이고 그래서 나는 피아노를 가지고 와야 한다는 그녀의 조건에 무조건 찬동하고 말았다. 그런데 이 큰새끼가 전학을 해 들어간 시내의 일류 학교—아, 일류 학교란 얘기를 하지 마라! 학적보 이동—동회 서기와의 사바사바—학교장의 거만—담임 선생의 영국지 양복—2000원—2000원—6학년 전학 성공—시험 성적 30점—산수 52점—낙망—신경질—구타! 또 구타!

결국 처제는 "나는 능력이 없어요." 하고 기권하고 말았고, 내가 큰새끼의 과외 공부를 맡아 보게 되었다. 하기는 과외 공부 선생의 월급이 한 아이당 5000원이라고 하니 내가 5000원 벌이를 하는 폭이라고 여편네는 좋아한다. 아직도 처제의 피아노는 계속되고 있다. 오늘 저 아이가 저렇게 줄기차게—이제 좀 고만두어 주었으면 좋겠다!

나는 요즈음 계산은 일체 하지 않기로 하고 있다. 원고료 계산은 물론 정신적인 계산까지도 하지 않기로 하고 있다. 「엘리자를 위하여」—나는 저 아이가 치는 곡 중에서는 저 곡이 제일 좋다. 저 아이는 제대로 치는 곡이라고는 저 곡밖에는 없다. 저 곡만 치면 내가 이긴다. 저것은 소음이 아니다. 시다. 아니 곡이 어떻다는 것이 아니라 나는 그 이름이 좋다. '엘리자를 위하여'—이 이름만으로 족하다.

다방 팬은 잘 알겠지만 을지로 2가로 나가는 샛길에 한때 '엘리자'라는 다방이 있었고, 그 다방 마담한테 나는 어느 해 선달 대목이 가까운 밤에 차를 마시러 들어가서 터무니없는 거짓말을 한 일이 있었다. 거짓말의 내용은 대체로, 내가 신문기자인데 오늘 밤 이북으로 취재를 하러 떠난다는 영웅적인 것이었다. 어째서 그런 거짓말을 했는지 동기는 지금 생각이 안 난다. 아마 그때부터 나는 '엘리자'라는 말에 취해 있었는지도 모른다.

지금 내가 취해 있는 것도 저 음악이 아니라 '엘리자'라는 이름이다. 처제의 음악은 벌써 그친 지가 오래다. 나는 이제 천천히 담배 얘기를 다시 계속해야겠다. 왜 담배 얘기를 시작했나? 나는 실상은 물부리 얘기를 하고 싶었다. 내가 지금 이 원고를 쓰면서 입에 물고 있는 흑산호 파이프도 여편네가 농협 센터에서 사 가지고 온 것이다. 물부리 갑 속에 끼여 있는 광고 쪽지를 읽고 나는 흑산호가 제주도산이며 흑산호에는 역시 귀신이 연접하지 못한다는 전설이 있다는 것을 알았다. 그 후 중의 목걸이와 염주가 흑산호로 만들어진 것을 보고 역시 귀신이 연접하지 못한다고 해서 저 나쁜 놈들이 저것을 차고 있구나, 하고 혼자 생각하면서 감탄했다. 그러니 나도 나쁜 놈이라 흑산호를 사랑해야겠다는 마음으로 의식적으로 물부리를 애용한 것이, 요즈음은 제법 밖에 나갈 때도 물부리를 안 가지고 나가면 부적을 잊어버리고 전장에 나간 전사처럼 마음이 서운해진다.

나는 한때 자학을 하다 하다 못해 얼굴까지도 형용색색으로 변형해 가면서 자학을 한 일이 있었다. 아니, 지금까지도 그런 자학벽을 버리지 못하고 있다. 어떤 친구는, 이미 자학이란 시대에 뒤떨어진 철학이라고 비웃기까지 하더라만 뒤떨어진 대로 나는 이 자학의 철학을 버리지 못하고 있으니 딱하다면 딱한 일이다. 그런데 물부리를 물고 다니기 시작하고 나서부터는 얼굴에 대한 자학은 안 해도 된다는 생각이 들었다. 아마도 이것이 액세서리의 묘미인가 보다. 육체 대신의 변형을 액세서리가 해 주는 것이다. 어떤 때는 물부리가 전신을 이끌고 가는 것 같은 감조차도 든다. 전신의 무게가 물부리 끝으로만 집중되는 것 같은 감이 든다…….

일전에 대구에서 올라온 박훈산을 만났더니 그도 흑산호 파이프를 물고 있었다. 내 것보다 조금 큰 것이고, 내 것은 부리에 구리꼭지가 달렸는데 그의 것은 도금이었다. 훈산은 그것이 순금이라고 우겨 댔다. 그 말을 듣고 있던 유정이 빙그레 웃으면서 순금이면 벌써 빼서 팔아먹었지 그대로 있을 리가 있느냐고 놀려 주었다. 그 후 며칠 만에 훈산을 또 만났더니 물부리의 순금 꼭지가 떨어지고 없었다. 그 순금 꼭지를 짜장 팔아먹었느냐고 물어보려다가 말았다. 순금 꼭지가 벗겨진 물부리 끝이 어찌나 처참하게 씹었던지 먹칠을 한 마분지같이 나긋나긋하게 되어 있었다. 나의 물부리 끝이 훈산의 것보다 성한 것은 나의 의치(義齒) 때문이라는 것을 깨닫게 된 것은 그로부터 한참 뒤의 일이었다.

얼마 전에 D신문에서 시 월평(月評)을 대담식으로 해 달라고 해서 그 기회에 나는 아무도 칭찬해 주는 사람이 없는 박훈산의 시를 칭찬해 준 일이 있는데, 이 신문을 훈산에게 보이니, 대구의 문학청년들이 이것을 보면 서울에 와서 '와이로'*를 쓰고 칭찬을 받았다고 욕을 할지도 모른다고 자못 근심스러운 표정을 지었다. 내가 그의 시를 칭찬한 데에는 두 가지 이유가 있다. 하나는 시단에서까지도 외국에나 갔다 온 영어 나부랭이나 씨부리는 시인에게는 점수가 후하다는 것, 또 하나는 그가 물부리 끝을 나보다 잘 씹는다는 것.

1963. 4. 2.

* '뇌물'의 일본 말.

번역자의 고독

번역을 부업으로 삼은 지가 어언간 10년이 넘는다. 일본의 불문학자 요시에 타카마츠(吉江喬松)는 제자였던 고마쓰 기요시(小松淸)를 보고, 번역을 하는 사람은 10년 안에는 단행본 번역에 손을 대서는 안 된다고 호령을 했다고 하지만, 나는 분에 넘치는 단행본 번역을 벌써 여러 권 해 먹었다. 물론 일본과 우리나라와는 번역만 하더라도 비교가 안 되고, 나는 무슨 영문학자도 불문학자도 아니니까 번역가라는 자격조차 없고, 도대체 비난의 대상조차 되지 않을지도 모른다. 사실 나는 수지도 맞지 않는 구걸 번역을 하면서 나의 파렴치를 이러한 지나친 겸허감으로 호도해 왔다.

한번은 'Who? Who'를 '누구의 누구'라고 번역한 웃지 못할 미스를 저지른 일이 있었고, 이 책이 모 대학의 교재로 사용되고 있다는 말을 듣고 나는 담당 선생한테 부랴부랴 변명의 편지까지도 띄운 일이 있었다.

그 책은 재판이 되었는데도 출판사에서 정정을 하지 않은 모양이다. 아무리 너절한 번역사이지만 재판이 나오게 되면 사전에 재판이 나온다고 한마디쯤 알려 주었다면 아무리 게으른 나의 성품이라도 그런 정도의 창피한 오역은 고칠 수 있었을 터인데, 우리나라 출판사는 그만한 여유조차 없는 모양이다. 나는 또 나대로 한 장에 30원씩 받고 하는 청부 번역—번역책의 레퍼토리 선정은 물론 완전히 출판사 측에 있다.—이니 재판 교정까지 맡겠다고 필요 이상의 충성을 보일 수도 없다. 그러면 나보다 출판사 측이 더 싫어하는 것만 같은 눈치이고 자칫 잘못하면 비웃음까지도 살 우려가 있다. 그러나 재판이 나와도 역자가 이것을 대하는 심정은 마치 범인이 범행한 흉기를 볼 때와 같은 기분 나쁜 냉담감뿐이다.

그래도 나는 얼마 전까지는 내 딴에는 열심히 일은 해 주었다. 비록 선택권이 나한테 없는 뜨내기 원고라도 나의 정성을 다 바쳐서 일을 했다. 나의 재산은 정성뿐이었다. 남보다 일이 더디고 남보다 아는 것은 없지만 나에게는 정성만은 있다고 자부해 왔다. 그런데 요즈음에 와서는 그 자부마저 흔들리기 시작한다. 그전에는 원고를 다 쓰고 난 뒤에 반드시 몇 번이고 되풀이해서 읽었다. 입에 침이 마르도록 읽고 또 읽고 했다. 그러던 것이 요즈음에는 붓만 떼면 그만이다. 한 번도 더 안 읽는다. 더 읽을 만한 시간적 여유가 있어도 구태여 읽지 않고 그냥 출판사로 가지고 간다. 이런 버릇은 번역일에만 한한 것이 아니다. 모든 원고가 다 그렇다. 틀려도 그만, 안 틀려도 그만, 잘돼도 그만, 잘못돼도 그만이다. 아니, 오히려 틀리기를 바라고 잘못되기를 바라고 싶은 마음인지도 모른다.

일전에 D신문의 '시단평'을 통해서 나는 "한국의 현대시에 대한 나의 답변은 한마디로 말해서 '모르겠다!'이다."라는 말을 했다. 이 글을 보고 모 소설가가 "모르겠다고 해서야 쓰겠나, 잘 키워 가도록 해야지."라는 말을 하더라는 말을 들었다. 이 소설가는 이 글을 보면 또 이렇게 말할 것이다. "그렇게 자포자기가 돼서야 쓰나, 아무리 보수가 적은 번역일이라도 끝까지 정성을 잃지 말아야지."라고. 나는 그를 평소부터 소설가라기보다는 학교 교사로 보고 있었지만 그 말을 들은 후부터는 더욱 그 감이 심해졌다. 우리나라에는 이런 고급 속물이 참 많다.

1963.

양계(養鷄) 변명

날더러 양계를 한다니 내 솜씨에 무슨 양계를 하겠습니까. 우리 집 여편네가 하는 거지요. 내가 취직도 하지 않고 수입도 비정기적이고 하니 하는 수 없이 여편네가 시작한 거지요. 그걸 세상은 내가 양계를 하는 줄 알게 되고 나도 어느 틈에 정말 내가 양계를 하느니 하고 생각하게 되었지요. 이걸 시작한 게 한 8년 가까이 되나 봅니다. 성북동에서 이곳 마포 서강 강변으로 이사를 온 것이 그렇게 되니까요. 먼저 우리들은 돼지를 기르면서 닭을 한 열 마리가량 치고 있었지요. 몇 마리 되지 않는 닭이었지만 마당 한 귀퉁이에 선 돼지우릿간 옆에 집을 짓고 망을 쳐 주었지요. 그놈이 한 마리도 죽지 않고 잘 자랐어요. 겨울에는 망사 칸막이 위에서 자는 닭 등에 아침이면 눈이 소복이 쌓여 있었습니다. 그래도 알을 잘 낳았어요. 하루 여덟아홉 개는 꼭 낳은 것 같아요. 그런데 돼지는 되지 않았어요. 경험이 없어서 여편네가 가을 돼지를 사지 않았겠어요. 돼지는 봄에 사서 가을에 파는 거라는데 우리는 가을에 사가지고 한겨울 동안 먹이를 길어 나르느라고 죽을 고생을 하고 봄에 팔았지요. 이익금이 (지금 돈으로) 400원가량 되었던가요. 그래서 그때부터 돼지는 단념하고 닭을 시작했던 것입니다.

내가 닭띠가 돼서 그런지 나는 닭이 싫지 않았습니다. 먼첨*에는

* 먼저의 방언.

백 마리쯤 길렀지요. 부화장에서 병아리를 사다가 안방 아랫목에서 상자 속에 구공탄을 피워 넣고 병아리 참고서를 펴 보면서 기르는데 생각한 것보다 훨씬 힘이 들더군요. 그래도 되잖은 원고벌이보다는 한결 마음이 편하지요. 나는 난생처음으로 직업을 가진 것 같은 자홀감(自惚感)을 느꼈습니다. 아시다시피 병아리에는 백리(白痢)병이 제일 고질입니다. 흰 설사똥을 싸다가 똥구멍이 막혀 죽어 버립니다. 사람으로 치면 이질 같은 것인데 병아리의 경우에는 유전성에다 전염성이 겸해 있고, 똥을 밟던 발로 모이를 밟고 다니는 동물이라 만연도가 아주 빠릅니다. 심할 때면 하룻밤에 열 마리도 더 넘게 죽어 나갑니다. 약이 없는 것도 아니지만 한번 걸린 놈은 약이 소용이 없습니다. 이 백리병이 끝나면 콕시듐이란 병이 또 옵니다. 이 병은 피똥을 깔기다가 죽는 병입니다. 이것은 유전성은 아니지만, 역시 전염성이라 백리만큼 애를 먹입니다. 그뿐이겠습니까. 또 압사라는 게 있습니다. 이것은 병이 아니라 문자 그대로 눌려 죽는 것입니다. 구공탄 불이 꺼지거나 화력이 약해지거나 해서 갑자기 온도가 내려가게 되면 병아리들은 서로 한군데로 몰키게 되고 눈 깜짝할 동안에 희생자가 늘비하게 생깁니다. 기막힌 일이지요. 그런데 이런 사고가 날 때마다 경험 없는 우리 부부는 네가 잘못했느니 내가 잘못했느니 하고 언성을 높이고 싸움을 합니다. 더욱 기가 막힌 일이지요.

그래도 어제가 다르고 오늘이 다르게 자라나는 병아리를 보고 있으면 시간이 가는 줄 모릅니다. 병아리는 희망입니다. 이 노란 병아리들의 보드라운 털빛이 하얗게 변색을 하는 것은 성장하는 모습입니다. 여편네도 기분이 좋고 나도 기분이 좋습니다. 이런 때의 기분은 백만장자도 부럽지 않습니다.

그러나 고생은 병아리를 기르는 기술상의 문제에만 그치는 것이 아닙니다. 모이를 대는 일이 또 있습니다. 나날이 늘어 가는 사료를 공급하는 일이 병보다도 더 무섭습니다. "인제 석 달만 더 고생합시다. 닭이 알만 낳게 되면 당신도 그 지긋지긋한 원고료 벌이 하지 않아도 살 수 있게 돼요. 조금만 더 고생하세요" 하는 여편네의 격려 말에 나는 용기백배해서 지지한 원고를 또 씁니다. 그러나 원고료가 제때에 그렇게 잘 들어옵니까. 사료가 끊어졌다, 돈이 없다, 원고료는 며칠 더 기다리란다, 닭은 꾹꾹거린다, 사람은 굶어도 닭은 굶길 수 없다, 이렇게 되면 여편네가 돈을 융통하러 나간다…… 이런 소란이 끊일 사이가 없습니다. 난리이지요. 우리네 사는 게 다 난리인 것처럼 난리이지요.

닭을 길러 보기 전에는 교외 같은 데의 양계장을 보면 그것처럼 평화롭고 부러운 것이 없었는데 지금은 정반대입니다. 양계는 저주받은 사람의 직업입니다. 인간의 마지막 가는 직업으로서 양계는 원고료 벌이에 못지않은 고역입니다. 이제는 오히려 이 고역에 매력을 느끼고 있는지도 모릅니다.

그렇지만 나는 양계를 통해서 노동의 엄숙함과 그 즐거움을 경험했습니다. 내가 양계를 시작한 지 2년인가 3년 후에 나는 노모에게 병아리 천 마리를 길러 드린 일이 있습니다. 생전 효(孝)라고는 해 본 일이 없는 자책지심에서 효자의 흉내라도 한번 내 보아야지 될 것 같았습니다. 그때도 돈 때문에 병아리를 철 늦게 구입해 왔고, 공교롭게도 장마철에 병아리들이 콕시듐을 치르게 됐습니다. 콕시듐이란 병은 습기나 냉기와는 상극입니다. 이 병은 날이 궂기만 해도 만연도가 빨라지는 병으로서 뉴캐슬과 티푸스와 함께 양계의 3대 병역 중의 하나에 들어가는 무서운 병입니다. 양계가들은 이 병의 발병기가 장마철과 더블되지 않게 하기 위해서도 3월 초순쯤 해서 일찌감치 병아리를 시작합니다. 그러나 그때만 해도 나는 콕시듐이란 병이 얼마큼 무서운 병이라는 것을 실제로 체험해 보지는 못했습니다. 게다가 나는 천 마리라는 어마어마한 숫자의 병아리를 처음으로 시작해 보는 것입니다. 어설픈 효의 욕심이 시킨 일이라고 생각됩니다. 노모도 물론 양계를 업으로 하기는 처음입니다. 그때까지 시내에서 가게를 하시던 노모는 남볼썽도 흉하고 세금도 많다고 하시면서 교외로 나가서 불경이나 읽으면서 한적하게 살기를 원했고, 이런저런 궁리를 한 끝에 내가 권하는 양계를 해 보기로 했던 것입니다. 창동에다 양계장을 새로 짓고, 병아리는 40일 동안만 내가 길러서 보내기로 했습니다. 나는 내 일보다도 더 힘이 났습니다. 판에 박은 듯한 난관을 치러 가면서 40일 동안을 길러 내고 보니 약 1할의 사망률을 낸 좋은 성적을 거두었습니다. 40일이 지난 병아리는 어른 주먹보다도 더 크게 자랐습니다. 이 병아리의 대군을 배터리*째 트럭에 싣고 우리들은 개선장군 모양으로 창동의 신축 양계장으로 입성했습니다. 그러나 새로 지은 계사(鷄舍)는 미비한 점이 많았고, 비가 오자 지붕이 새는 곳이 많았습니다. 짚을 깔고 보온을 철저히 하느라고 집안 식구들이 총동원이 되어서 밤잠도 못 자고 분투했지만 아침이면 삼사십 마리의 희생자가 나왔습니다. 양계장에서 닭이 죽어 갈 때는 상갓집보다도 더 우울합니다. 약을 사러 다니는 일에만 꼭 한 사람이 붙어 있었습니다. 닭약은 수용자가 그리 많지 않기 때문에 대개는 제약회사들이 부정기적으로 이것을 생산해 내놓습니다. 꼭 약이 필요할 때 사료상이나 도매집이나 약회사에 약이 절품이 되는 일이 비일비재입니다. 이럴 때에 약을 구하러 다니는 심고란 이루 말로는 다 할 수 없습니다. 나는 노모와 둘이서 약 20일 동안을 눈코 뜰 새 없이 싸웠습니다. 어머니는 나보다 더 강했습니다. 나는 곧잘 신경질을 냈지만 노모는 한번도 신경질을 내지 않습니다. 내가 계사 바닥을 삽으로 긁다가 팔이 아파서 쉴 때도 노모는 여전히 일을 계속하면서 내 삽이 불편할 것이라고 당신 삽과 바꾸어 주었습니다. 어머니는 언제나 여유가 있어 보였습니다.

장마를 치르고 나니 겨우 남은 것이 700마리밖에는 안 됩니다. 그

---

* 산란만을 목적으로, 칸막이를 하여 작고 촘촘하게 만든 닭장.

래도 그나마라도 건진 것이 다행이라고 노모는 기뻐했고 나의 수고를 위로해 주었습니다. 이 700마리로 시작한, 수지가 안 맞는 양계를 노모는 오늘날까지 계속하고 있습니다. 이래서 우리 집을 보고 어떤 친구는 양계 가족이라고 부르기도 합니다.

근 10년 경영에 한 해도 재미를 보지 못한 한국의 양계는 한국의 원고료 벌이에 못지않게 비참합니다. 이 비참한 양계를 왜 집어치우지 못하고 있는지 모르겠습니다. 지난해에는 특히 사료값 앙등으로 극심한 경영난에 빠졌습니다. 군색한 원고료 벌이의 보탬이 되기는커녕 원고료를 다 쓸어 넣어도 나오는 것이 없습니다. 그래도 이 비참한 양계를 왜 집어치우지 못하고 있는지 모르겠습니다. 양계일을 보느라고 둔, 담양에서 올라온 머슴아이가 우리 집에서 야간 중학교를 마치고 야간 고등학교를 졸업하고 작년에 야간 대학에를 들어갔는데 이 아이의 인건비가 안 나옵니다. 새 학기에 수업료를 또 내주어야겠는데 이것이 난감합니다. 설상가상으로 얼마 전에는 모이를 사러 조합에 갔다가 모이 두 가마니를 실어 놓은 것을, 오줌을 누러 간 사이에 자전거째 도둑을 맞았다고 커다란 대학생놈이 꺼이꺼이 울고 들어왔습니다. 집안이 온통 배 파선한 집같이 되었습니다.

그런데 이런 집에도 양계를 하니까 돈이 있는 줄 알고 또 얼마 전에는 도둑까지 들었습니다. 잠을 자다가 떠들썩하는 소리가 나서 일어나 보니 여편네가 도둑이 들었다고 고함을 치고 있습니다. 도둑이 어디 들었느냐고 물으니 만용이(만용이란 닭 시중을 하는 앞서 말한 대학생) 방 쪽에 들어왔다고 합니다. 나는 아랫배에 힘을 잔뜩 주고 여편네와 함께 계사 끝에 떨어져 있는 만용이 방 쪽으로 기어갔습니다. 어둠을 뚫고 맞지도 않는 신짝을 끌고 가 보니 만용이는 도둑과 이야기를 주고받고 있었습니다. 도둑이라는 사람은 나이 50이 넘은 사나이였습니다. 협수룩한 양복을 입고 외투는 입지 않고 만용의 방 밖에 서서, 무슨 동네에서 마을이라도 온 사람처럼 태연하게 서 있었습니다. "당신

뭐요?" 하고 나는 위세를 보이느라고 소리를 버럭 질렀지만 나는 도무지 실감이 나지 않았습니다. 도둑의 얼굴이 너무 온순하고 너무 맥이 풀려 있었기 때문입니다. 그는 아무 말이 없습니다. "여보, 당신 어디 사는 사람이오? 이 밤중에 남의 집엔 무엇하러 들어왔소?" 말이 없습니다. "닭 훔치러 들어왔소?" 말이 없습니다. 여편네가 고반소*에 신고해야겠다고 소리를 지릅니다. 그래도 말이 없습니다. 나는 버럭 무서운 생각이 들어서 흉기라도 가지고 있는 것이 아닌가 하고 아래위를 훑어보았으나 그런 기색도 없습니다. 나는 나도 모르게 "이거 보세요, 이런 야밤에……" 하고 존댓말을 썼습니다. 그제서야 사나이는 "백번 죽여주십쇼, 잘못했습니다!" 하고 비는 것이었습니다. 말투가 퍽 술이 취한 듯했으나 얼굴로 보아서는 시뻘건 얼굴이 술이 취해 그런지 추위에 달아 그런지 분간할 수 없었습니다. 나는 즉각적으로 이 사람이 밤길을 잃은 취한(醉漢)을 가장하고 있는 것이라고 생각했습니다. "집이 어디요?" 쑥스러운 질문이었습니다.

"우이동입니다"

"우이동 사는 사람이 왜 이리로 왔소?"

"모릅니다……. 여기서 좀 잘 수가 없나요?" 이 말을 듣자 나는 어이가 없어졌습니다. "여보, 술 취한 척하지 말고 어서 가시오." 도둑은 발길을 돌이켰습니다. 그리고 두서너 발자국 걸어 나가더니 다시 뒤를 돌아다보고 "어디로 나가는 겁니까?" 하고 태연스럽게 물어보았습니다.

'어디로 나가는 겁니까?' 나는 도둑의 이 말이 무슨 상징적인 의미같이 생각되어서 아직까지도 귀에 선하고, 기가 막히고도 우스운 생각이 듭니다. 도둑은 철조망을 넘어왔던 것입니다. '어디로 나가는 겁니까?' 이 말은 사람이 보지 않을 제는 거리낌없이 넘어왔지만 사람이 보는 앞에서 다시 넘어 나가기는 겸연쩍다는 말이었을 것입니다. 구태

---

* 일제 때 순사가 일정한 구역에 머무르면서 사무를 맡아보는 곳. 파출소와 비슷하다.

여 갖다 붙이자면 내가 양계를 집어치우지 못하는 이유도 마찬가지라고 생각합니다. 장면을 바꾸어 생각한다면, 도둑은 나고 나는 만용이입니다. 철조망을 넘어온 나는 만용이에게 '백번 죽여주십쇼, 백번 죽여주십쇼' 하고 노상 손이 발이 되도록 빌면서 '어디로 나가는 겁니까? 어디로 나가는 겁니까?' 하고 떼를 쓰고 있는지도 모릅니다.

1964. 5.

장마 풍경

장마가 지면 강물 내려가는 모양이 장관이다. 황갈색으로 변색한 강물이 앞서거니 뒤서거니 달려 내려가는 것을 보면 사자 떼들이 고개를 저으면서 달려 내려가는 것 같다. 높아진 수위는 사자의 등때기처럼 늠실거린다. 군데군데 하얀 거품이 이는 것은 숨 가쁜 사자의 입거품인지도 모른다. 그러나 어찌 보면 이것은 수천 마리의 사자의 떼가 아니라 한 마리의 사자같이 보이기도 한다. 한 마리의 사자. 그러면 저 거센 물결들은 사자의 휘날리는 머리털이라고도 느껴진다. 그런가 하면 그 사자는 머리 쪽과 궁둥이 쪽이 서로 늘어나서 동서로 잡아당긴 엿가락처럼 자꾸자꾸 늘어나기만 하고, 그 신장되는 등 위를 물결이 흘러 내려가는 것 같다. 혹은 뛰어가는 사자는, 꿈속에서 달려가는 것처럼 열심히 달려가기는 하지만 밤낮 제자리걸음만 하고 있는 것 같기도 하다. 이렇게 계속되는 연상을 주는 강물은 삼라만상의 요술을 얼마든지 보여 줄 수 있지만, 나는 어느덧 연상에도 금욕주의자가 되었는지 너무 복잡한 연상은 삼가기로 하고 있고, 그저 장마철에 신이 나게 흘러가는 강물을 보면 사자가 달려가는 것 같다는 정도의 상식적 연상으로 자제하고 있다.

'사람은 바빠야 한다.'는 철학을 나는 범속한 철학이라고 보지 않는다. 풍경을 볼 때도 바쁘게 보는 풍경이 좋다. 일을 하다가 잠깐 쉬는 동안에 보는 풍경. 그리고 다시 아무렇지도 않은 듯이 일을 계속하게 하는 풍경. 다시 말하자면 그것은 일을 하면서 보는 풍경인 동시에 풍경 속에서 일을 하는 것이다. 수양버들이 늘어진 연못가의 기름진 푸른 잔디 그늘에서 피크닉을 나온 부인이 부지런히 뜨개질을 하고 있는 영화의 장면 같은 것은 나에게는 평범한 풍경이면서도 결코 평범한 풍경이 아니다. 풍경을 보는 것도 좋지만 풍경을 사는 것은 더 좋다.

연극은 관객의 참여가 없이는 안 된다는 말을 흔히들 한다. 그러나 영화는 연극에 비하면 참여의 면에서 훨씬 소극적이다. 이렇게 생각할 때 풍경을 보는 것은 영화에 속하고 풍경을 사는 것은 연극에 속한다는 생각이 든다. 연극도 서구 평론가들이 쓴 것을 보면, 요즘 우리나라의 시민회관이나 국립극장의 무대 같은 액자 무대는 참여를 할 수 있는 연극 무대가 아니고, 셰익스피어 시대의 삼면이 다 터진 에이프런식 무대가 정말 관객이 참여할 수 있는 무대라고 한다. 그러니까 현대 연극은 우선 무대 조건부터 개선해야 하며, 서양에서는 이미 개량 무대가 생겼다고 한다. 그런데 우리나라 연극평론가들이 참여, 참여 하는 것은 어떤 무대를 가리키고 하는 말인지 모르겠다.

이렇게 생각하면 풍경에 사는 것이 더 좋다는 말을 하면서도 나는 어쩌면 이들 우리나라의 연극평론가들과 똑같은 과오를 내가 범하고 있는 게 아닌가 하는 생각이 든다. 일도 없으면서 일이 있다는 환상에 사로잡혀 있는 게 아닌가 하는 생각이 든다. 무대조건도 구비되지 않은 무대에서 참여를 하라는 그들이나, 일도 없는 사회에서 풍경에 살라는 나나 조금도 다를 게 없지 않은가?

그러나 또 생각해 보면 돈 생기는 일이 없을 뿐이지 그렇지 않은 일은 없는 것도 아니다. 나는 이런 생각을 요즘 집의 아이놈에게 글을 가르쳐 주면서 생각했다. 여편네가 하도 머리가 나쁘다고 어린놈을 윽살리는 것이 불쾌해서 만사를 제치고 학기말 시험을 보는 중학교 1학년 놈을 도와주기 시작한 일을 2주일 동안 계속해 보았다. 돈벌이를 위한 일이 아닌 이렇게 순수한 일을 해 보니 힘도 들지만 원고료 벌이에 못지않게 신이 났다. 아이놈이 시험이라도 잘 보고 오는 날이면 시를 썼을 때에 못지않은 흐뭇한 감이 든다.

아무 일도 안 하느니보다는 도둑질이라도 하는 게 낫다는 유명한 말이 있지만, 하여간 바쁘다는 것은 참 좋은 일이다. 우선 풍경을 뜻있게 보기 위해서만이라도 참 좋은 일이다. 그러나 이왕이면 나만 바쁜 것이 아니라 모두 다 바쁜 세상이 됐으면 좋겠다. 나만 바쁘다는 것은 이런 세상에서는 미안한 일이 되고, 어떤 때에는 수치스러운 일이 되기까지도 한다. 그러나 모두 다 바쁘다는 것은 사랑을 낳는다.

장마철의 한강물을 보고 성난 사자 같은 연상을 하는 것도 너무나 살벌하고 고갈한 환경이 시키는 반사작용이라고 생각하면 부끄러운 생각이 든다. 그러나 어떻게 또 생각하면 세상 사람들은 모두 다 너무 바쁘고 나만이 너무 한가한 게 아닌가 하는 착각도 든다.

1964. 7. 21.

김이석의 죽음을 슬퍼하면서

평소부터 죽음에는 동요하지 않을 자신이 있는 것같이 생각했는데 건방진 생각이었다. 이석 형이 죽고 그 후 기관지염으로 몸이 성치 않아서 기침을 자주 하고 있으려니까 나도 그를 따라가는 것 같은 생각이 들고 아직도 죽음에 대한 수양이 모자라는구나 하는 절실한 부끄러운 경험을 했다. 이런 때면 어쩌다 주워 읽는 토막글까지도 어찌나 그렇게 내가 생각하는 것과 관련이 있는 것만 읽혀지는지! 마해송 씨의 「살고 있다며」라는 수필을 무심코 읽어 보고 깜짝 놀랐고, 한편 또 여간 반갑지 않았다. 그러고 보니 이석 형이 구(舊) 자유신문사 건너편 화식집에서 결혼 잔치를 할 때에 주례 역할을 해 준 것이 이 마 영감이었다. 그것도 까맣게 잊어버리고 있었는데 그가 죽은 뒤에 박 여사를 만나러 가서 빈방에서 앨범을 뒤적거리다가 보니 그때의 사진이 있었다. 마 선생의 왼편에는 최정희 여사가 앉아 있고 바른편에 노신랑 신부가 앉아 있고 그 뒤에 원응서, 박남수, 김진수, 천관우, 석영학, 박연희, 황염수, 이명성(백수사 주인), 김수영 등등의 돌팔이들이 제법 의젓하게 서 있었다. 약 7년밖에는 안 될 것이다. 우리 집 큰놈이 국민학교에 들어갈 임시였으니까 많아야 7년밖에는 안 되었을 것이다.

그런데 그동안이 상당히 오래된 것같이 생각된다. 모두 다 바쁜 탓도 있고, 세상이 그동안에 많이 변한 탓도 있지만 이러한 착각의 원인은 사실은 박 여사와 그가 중년 결혼을 한 탓이라고 생각된다. 아무리 생각해도 그들의 결혼은 그때보다 적어도 한 10년쯤 전에 한 것 같은 착각이 든다. 이러한 착각은 나만의 착각은 아닌 것 같다. 이석도 아마 이런 착각 속에서 살았으리라고 믿어진다.

그러니까 7년 전부터 그는 (친구들의 말을 빌리자면) 급작스럽게 변했다. 그가 변하기 시작한 7년 전 그때부터 그는 그전처럼 심하게 술을 마시지 않았고 옷차림이 깨끗해지고 몸이 나기 시작했다. 그의 들러리 박연희, 김중희, 김진수, 김요섭 그리고 나 같은 술깡패들은 이석이가 갑자기 사람이 변하고 매력이 없어졌다고 투덜거렸다. 그러나 변한 것은 이석이뿐이 아니었다. 모두 다 그전처럼 폭음을 하지 않게 되었고 제각기의 생활에 바빠졌다. 그러나 유독 이석만이 지탄의 대상이 된 것은 그의 전날의 주정 때문이다. 주정은 나도 심하고 김진수의 주정도 유명했지만 이석의 주정도 굉장했다. 주정을 하다가 얻어맞고 다친 큰 사건이 내가 아는 것만 해도 한 네댓 번가량 된다. 한번은 이마가 터져서 병원에서 꿰매고 나온 채로 명동의 길바닥 위에 드러누워 있는 것을 내가 우리 집으로 데리고 간 일이 있었고, 그 후 코를 얻어맞아서 콧날이 부러져 가지고 고생을 한 일도 있었고, 넓적다리를 다쳤다고 절뚝거리고 다니는 것도 보았다. 이런 주정이 살림을 하자마자 없어졌다. 그는 마당에다 장미를 가꾸기 시작했고 신문소설을 쓰기 시작했다. 집에는 꼭 시간에 대어서 들어갔고 술은 마셔도 과음은 하는 일이 없고, 계절마다 멋있는 색깔의 넥타이를 갈아 매고 나와서 멋쩍은 듯이 픽 웃어 보이고는 했다. 나는 넥타이 같은 것에 신경을 쓰는 따위의 취미는 벌써 무시하고 사는 지 오래이지만 이석이 풀빛 단색 넥타이를 매고 나오는 것을 보면 어쩐지 무슨 향수 같은 것이 느껴져서 공연히 다정하게 느껴지고는 했다. 신경을 쓰는 것은 넥타이뿐이 아니었다. 모자도 나중에는 베레모를 쓰고 나왔고, 털스웨터도 구제품 시장에서 발굴해 옴직한 시크한 것을 입었다. 구두도 자세히 보면 델리킷한 것을 신고 있었다. 그의 옷차림은 얼핏 보면 얼빠진 것 같기도

하고 아무렇지도 않게 보였지만 자세히 보면 모두가 신경을 쓰고 있는 것들이었다. 나중에는 베레모도 집어치우고 등산모로 바꾸었지만, 나는 그가 소설가가 아닌 것처럼 보이려고 애를 쓰면 쓸수록 더한층 소설가로 접근하려는 그의 노력을 보았다. 좀 나쁘게 말하자면 그는《분가카이〔文學界〕》나《군조〔群像〕》*의 사진에 나오는 고급 소설가들을 본따려고 은근히 애를 쓰고 있는 것같이 보였다. 그는 그런 정도로 나르시스적이었다.

옷뿐이 아니었다. 산보를 하다가 과일을 깎아 먹으러 들르는 가게도 그가 들어가는 가게는 보통 가게와는 달랐다. 분위기가 되어 있는 가게라야만 했다. 그는 결혼을 하기 전에 한동안 마포에서 나하고 한 동네에서 산 일이 있었지만, 그렇게 고생을 할 때에도 그는 미식을 하는 취미를 버리지 않았다. 마포 전차 종점에 오래된 설렁탕집이 있었는데 그는 나하고 같이 들어올 때면 곧잘 이 집에를 들러서 그가 좋아하는 우설을 먹으면서 중아침을 했다. 이러한 의식주에 대한 그의 취미벽은 한두 가지가 아니었다. 모든 것에 실속과 취미가 맞아떨어져야 했다. 그와 함께 문학 산보를 하는 동안에 나는, 나중에는 길을 가다가도 그가 좋아함직한 음식점이나 과일 가게를 그보다도 먼저 알아차리게 되었다. 이러한 취미들도 나쁘게 말하자면 로스트 제너레이션 시대의 유물 같은 인상을 주어서, 나는 무슨 복습이라도 하는 기분으로 따라다녔지만, 그의 마음속에는 항상 평양이 있었던 모양이고, 이 평양에 대한 향수가 그의 취미에까지도 그러한 구태를 버리지 못하게 한 것이 아니었던가 하는 생각이 든다. 그는 평양을 몹시도 못 잊어했다. 혹시 책 가게 같은 데를 들러서 고서를 찾다가 평양 시가지 사진이라도 나오면 싫증이 날 정도로 지나치게 지루한 설명을 했다. 이런 때면 평양의 옛 친구들의 얘기에서부터 아버지가 돈을 번 이야기에 이르기

* 일본의 문학 잡지.

까지의 그의 평양 기담은 정말 장편소설에 가까운 찬란한 연대기였다. 그러나 이석은 그가 두고 온 처자의 이야기는 좀처럼 하지 않았다. 또 이중섭의 이야기도 자세히 들어 본 일이 없다. 황염수의 말에 의하면 중섭을 위해서 제일 헌신을 많이 한 사람이 이석이었다고 하는데, 그러고 보면 이석은 그가 가장 사랑하는 가족들과 중섭이 이야기만은 아무에게도 들려주고 싶지 않았던 모양이다.

이석 형을 내가 처음 본 것은 환도 후에 문학예술사가 미도파 건너편의 한직 부인이 하던 술집 2층에 있을 때였다고 기억하고 있다. 박태진의 소개로 원응서 씨를 찾아갔을 때 문학예술사의 편집실에서 그를 처음 보았다. 풀이 죽은 회색빛 래글런 오버에 거무죽죽한 회색 중절모를 쓰고 창문 앞 의자에 혼자 앉아 있었다. 나는 첫눈에, '저 치도 나만큼 가난하고 나만큼 고독하고 나만큼 울분이 많고 나만큼 뗑깡이 심한 치겠구나.' 하고 느꼈다. 그 후 얼마 있다가 자유시장에서 우연히 그를 만났는데 그는 어떻게 나를 알았던지 다짜고짜로 내 팔을 끌고 술집으로 데리고 가서 소주를 마구 마시더니, 내가 안내한 찻집에 가서는 내 입에다 미친 듯이 입을 맞추면서 창가에 늘어놓은 화분의 화초를 모조리 뿌리째 뽑아 내꼰졌다.* 그 후 우리들은 만나면 꼭 술을 마시고 술을 마시면 꼭 해갈을 했다.

그러나 그의 주정과는 반대로 그의 소설은 너무나 차분하고 조용한 것이 조금도 과격한 데가 없었다. 지금 죽고 난 뒤의 그의 모든 것을 종합해 볼 때 한마디로 말해서 그는 고운 사람이었구나 하는 감회가 제일 크다. 고운 얼굴의 선, 고운 인정, 고운 옷맵시, 고운 취미, 고운 교우 관계, 고운 연애, 고운 향수, 고운 문학—이렇게 쳐 가면 곱지 않은 것은 괴팍한 그 주정벽밖에 없는데 그것도 원인은 지나치게 고운 데서 나온 게 아닌가—그의 모든 것은 이 고운 순정이라는 한마디로

* '내버리다'의 충북 방언.

통일될 수 있을 것같이 생각된다. 이처럼 그의 문학도 곱고 차분한 것이기는 했지만 내가 보기에 너무 야심이 없는 것 같았다. 혹은 나는 그의 문학에서 감동을 받기 전에 너무 빨리 그의 인간미를 흡수하고 소화해 버렸기 때문에 그의 문학을 정당하게 느낄 수 있는 위치를 오래전에 상실하고 있었는지도 모른다. 혹은 우리들은 피차가 자기들의 문학을 지나치게 멸시하고 있었는지도 모른다. (이런 자학벽은 우리들의 공통적인 단점이었고, 그는 뇌일혈로 죽었다고 하지만 더 깊은 원인은 이 자학벽에서 온 것이 아닌가 하는 생각을 떼어 버릴 수가 없다.) 그의 첫 창작집『실비명(失碑銘)』이 나온 것이 그가 마포에 있을 때인데 그가 준 책을 다 읽어 보고 나는 별로 아무런 감동도 느끼지를 않았다. 나는 사실은 그의 문학보다도 늘 그의 사상이 더 궁금했고, 이쪽 이야기보다도 저쪽 이야기를 더 듣고 싶었는데, 그의 단편집은 그러한 나의 개인적인 호기심을 하나도 풀어 주지 않았다. 어떻게 그쪽에서 나왔나? 그와 술을 마실 때나 그의 작품을 읽을 때나 내가 알고 싶은 가장 안타까운 문제가 이것이었는데 그는 가족이나 중섭이 얘기를 하지 않은 것처럼 이에 대한 이야기도 하지 않았다. 그는 나보다도 더 겁이 많았다. 술에 취하면 나는 이북 노래를 부르는 악벽이 있는데 그런 때면 이석은 반드시 이튿날 정색을 하고 나에게 훈계를 했다. 내가 보기에는 이석은 너무 소심했다. 그리고 그는 선천적으로 소시민적인 작가였다. 그가 동경하는 것은 예술이지 사상이 아니었다. 그가 좋아하는 것은 이부세 마스지〔井伏二〕, 구보타 만타로〔久保田萬太郎〕 같은 계열의 작가의 격조 있는 잔잔한 세계였다. 이런 작가는 이종(移種)을 하기가 힘이 든다. 그의 배양토는 '피양'*이었는데 이 뿌리의 흙을 모조리 다 털고 나와 보니 다시 새 흙에 뿌리를 박기까지가 퍽 힘이 들었다. 그리고 겨우 새 흙에서 물이 오를 만하게 되자 그는 죽어 버렸다.

---

* 평안도 사투리로 평양을 뜻함.

그가 쓴 신문소설은 그야말로 생활상 하는 수 없이 쓴 것이었다. 그는 취직을 하기를 막무가내로 싫어했다. "작가가 취직을 하는 것은 작가의 자격이 없는 사람이지." 하면서 그는 취직한 친구들을 은근히 경멸하고 있었다. 그러나 신문소설로도 겨우 인정을 받기 시작하게 되자 이렇게 되고 말았다. 《한국일보》와 계약이 된 「대원군」을 쓰느라고 그는 오랫동안 자료를 수집하고 직접 지방으로 조사를 하러 다니기까지 했다. 최근에는 석영학이하고 친하게 지냈고 이런 지방 유람에는 둘이서 같이 다니는 적이 많았다. 죽기 일주일 전에는 향주라는 데를 가 보자고 석하고 같이 우리 집에를 들렀는데 비가 온 끝이라 강을 건너지 못해서 북한산성에 가서 놀다 왔지만, 나중에 알고 보니 이 향주라는 곳도 「대원군」과 관계가 있는 곳이었다. 그러나 신문소설을 써도 그의 생활은 여전히 옹색해 보였다. 우리나라의 글 쓰는 사람들이 다 그렇듯이 그는 '신문소설'이 없으면 없는 대로 불안했고 있으면 또 있는 대로 자기 글을 못 쓰니까 불안했다. 월남 후 14년을 그는 내내 고생만 하다가 죽은 셈이다. 우리나라는 아직도 작가를 기를 만한 자격이 없다. 이중섭, 차근호, 김이석이 무엇 때문에 어떻게 죽었나 보아라. 나는 김이석의 죽음을 목도하고 친구로서보다도, 이남 태생의 한 주민으로서 부끄러움과 슬픔이 더 크다.

이석도 좀 더 오래 살았었더라면 사상적인 작가는 못 되었더라도 하고 싶은 말을 하면서 좀 더 깊이 있는 고운 작품을 더 많이 쓸 수 있었을 것이다. 그에게는 할 수 있는 말보다 할 수 없는 말이 더 많았을 것이다. 바로 그의 추도문을 쓰는 이 글에서 내가 그에 대해서 할 수 없는 말이 할 수 있는 말보다 더 많은 것처럼.

부기(附記)—글재주가 워낙 서투른 데다가 자서전이나 전기물 유(類)는 성격적으로 좋아하지 않아서 잡지사의 청탁을 일단 거절했다가 다시 하는 수 없이 쓰게 되었다. 그러나 붓을 들고 보니 고인에 대해서는 의

외로 쓰고 싶은 일이 많은 것을 깨달았고, 시간만 있으면 좀 더 요령 있게 자세히 가다듬어 쓰고 싶었는데 마감 기일도 벌써 넘고 해서 미흡한 대로 하는 수 없이 내놓게 되었다. 혹시 고인을 욕되게나 하지 않았나 두렵다. 이런 글은 왜곡된 점이 있어도 안 되지만 너무 골자만 골라 써도 독자에게 뜻하지 않은 그릇된 인상을 주게 되기 때문이다.

《조선일보》(1964. 9. 23.)

내실에 감금된 애욕의 탄식
— 여성의 욕망과 그 한국적 비극

대체로 한국 하급 사회의 부인들은 교육도 없고 취미도 없고 교양도 없고, 일본의 하류 부인의 단정한 품과 중국 농가의 부인들의 친절한 맛에 비해서 너무나 비교가 안 되고, 입고 있는 옷은 때가 새까맣게 절어서 흰 옷인지 까만 옷인지 분간이 안 간다. 세상에 태어나서 남의 아내가 되면 자기의 옷은 개의치 않고 다만 남편의 옷만 빨게 마련인지, 어떤 개울엘 가 보아도 천을 물에 담가서 넓직한 돌 위에 펼쳐 놓고 빨래방망이를 양손으로 번갈아 휘두르면서 불이 나게 두들기고 있는 여자들이 어찌나 많은지. 이렇게 마구 두들긴 천은 물에 행궈서 모래 방죽에다 말리는데 정성껏 두들긴 보람이 있어 볕을 받은 빨래는 눈이 부시도록 희고 윤이 난다.

여름옷은 그대로 참을 수도 있지만, 춘추복의 바지저고리 같은 것은 솜을 넣은 것을 빨 때마다 뜯어서 빼어 빨고 나서 또 넣고 꿰매야 하니 여자의 일생은 실로 뼈저린 고행인 것이다.

농촌의 아내들은 온 식구들의 옷 바라지를 하는 것 이외에 부엌일 일체를 한다. 쌀 빻기, 키질, 물 긷기도 아내의 일, 무거운 짐을 머리에 얹고 장을 보러 가는 것도 아내의 일, 절구질을 하고 물동이를 이고 먼 곳에 있는 우물에까지 다니는 것도 아내들이 도맡아 하는 일이다.

아침에는 제일 먼저 일어나고, 밤에는 제일 늦게 잠자리에 들지 않으면 안 된다. 피로한 손으로 밤에는 바느질을 하고, 실을 꼬고 베를 짜는 것도 아내라는 이름이 붙은 사람이 할 일, 그 밖에 적지 않은 아이 어미가 되면 쉴 때도 일을 할 때도 세 살이 되기까지는 노상 등에 업고 다녀야 하는 비참한 꼴이라니, 농부의 아내가 되어서 무슨 낙이 있고 무슨 즐거움이 있는지 도시 모를 일이다. 몇 년이 지나서 며느리를 보게 되기까지는 이 고통은 도저히 면할 길이 없다. 불쌍하게도 그들은 서른만 되어도 벌써 쉰 살이나 되어 보이는 노상(老相)을 하고, 마흔이면 이가 다 빠지고 할머니 소리를 듣는다. 사랑에 취하는 젊음이 언제 있었는지, 청춘의 방황은 그들에게서는 찾아볼 길이 없고, 나날이 지옥 같은 시집살이이니, 마음에 위안을 주는 신앙은 그저 귀신을 섬기는 일 정도다.

상류로 갈수록 여자는 격리되어서 절대로 세상과 관계를 갖지 못하게 되어 있다. 부인은 집에서, 내실이라는 방 안에 처박혀서 남자의 방을 향해 창문도 열어 놓지 못하게 되어 있고, 방문자는 몇 번을 찾아가도 내실이 어디인지 추측도 할 수가 없다. 부인의 안부를 물어보는 것은 실례가 된다. 정중한 유폐리(幽閉裡)에 있는 부인은 물론 교육도 없고, 교양도 없다. 그저 저속한 생물로서 취급되고 있다. 그러면 남자는 여자보다 무엇이 나은 게 있는가. 다만 오래된 관습으로 여자에 대해서 존경을 강요하고 있지만, 자기들이 배우고 수양하는 것은 남존여비를 가리키는 천박한 철학, 간단한 역사 그 밖의 다소의 문학뿐이다.

다만 남자로 태어났다는 우연한 팔자 때문에 성년이 되면 이유 없이 여자의 존경은 일층 더 두터워진다.

부인의 격리 유폐는 언제부터 무엇 때문에 생긴 습관인지 자세히 알 수 없지만, 이조 초기에 사회의 도의가 퇴폐하고 음비(淫卑)의 풍조가 성한 시대에 시작된 것 같다.

그 후 500년 동안을 번번이 전해져서 오늘날에 이르렀다. 학자들의 말에 의하면 그 기원은 남편이 그의 아내의 소행을 의심한 데에서 온 것이 아니라 남편이 그의 친구를 의심한 데에서 온 것이라고 한다. 당시의 서울의 부패는, 특히 상류 계급의 문란한 기풍은 놀랄 만한 것이었으리라고 생각된다. 남편이 그의 아내를 감추고 딸을 감추고, 타락한 남성에게 근접하는 것을 꺼려하고, 미천한 상년이 아니면 문밖출입을 허락하지 않은 것이, 어느 틈에 풍속화되어서 법률 이상으로 무서운 힘을 발휘하게 되었다.

그렇기 때문에 부인의 외출은 사람 눈을 피해서 밤에만 하게 하고, 낮에 나갈 때에는 밀폐된 가마나 조군을 타고, 그런 것에 타지 않는 것은 미천한 노동자의 계집뿐이다.

언젠가 민비(閔妃)에 배알했을 때 전하는 "나는 서울 거리를 나가 본 일이 없다우. 그 밖의 곳은 더 말할 것두 없구." 하고 말씀하셨다.

일부러 그랬든 과실로 그랬든 간에 적어도 남자가 여자의 몸에 손을 대면 큰일 난다. (어떤 책에서 본 것인데) 이렇게 되어 있기 때문에 아버지가 그의 딸을 죽이고, 남편이 그의 아내를 죽이고, 혹은 아내나 딸들이 스스로 자살을 했다. 그러나 그런 희생쯤은 예사로 생각한다.

최근의 일이다. 어떤 한 귀부인이 불에 타 죽었다. 그것을 보고 위급한 경우라 어떤 한 사나이가 불 속으로 뛰어 들어가서 부인을 껴안았다. 그러나 남녀가 서로 몸을 대는 것은 관습상 일체 용납되지 않은 터이라, 이 경우에 있어서도 남자는 여자를 구명해서는 아니 되고 사나이는 이 법도를 어긴 것이 되었다. 일을 이렇게 만든 것이 시녀의 불찰이었다고 해서 시녀가 벌을 받았다. 법률이 내실에까지 미치지 않는 것은 사실이며, 모반죄에 걸리지 않는 한, 남편은 아내의 방으로 피신만 하면 관헌의 손을 벗어날 수 있다.

자기 집의 지붕을 수선할 때에는 먼저 옆의 집에 가서 "오늘은 지붕에 올라갑니다. 어쩌다 댁의 부인이나 따님을 보게 될지도 모르니까 양해해 주십시오." 하고 인사를 해 두지 않으면 아니 된다. 남녀칠세부동석이라고 해서, 결혼하기까지는 아버지와 형제 이외에는 절대로 다른 남자와 얼굴을 대해서는 아니 된다. 결혼 후에도 얼굴을 대할 수 있는 것은 남편과 남편의 근친에 한해서이다. 아무리 친한 상사람이라도 당당하게 사람들이 있는 곳에 얼굴을 내밀 수가 없다.

나는 오랜 시일의 여행 중에 6세 이상의 계집아이의 얼굴을 본 일이 없었다. 세상의 꽃이라고 할 수 있는 젊은 처녀는 그림자도 볼 수 없는 나라이다. 그렇다고 여자는 이런 사회의 조직을 원망도 하지 않고, 자유를 동경하고 있지도 않다. 수백 년 내의 유거(幽居) 생활은 여자의 자유정신을 마멸시켜 버렸다. 오히려 여자는 가정의 가장 귀중한 재산으로 정중하게 저장되고 있는 것이라고쯤 여자 자신이 생각하고 있다.

이 글은 버드 비숍이라는 영국 여자의 『한국과 그 인방(隣邦)』이라는 저서에서 따온 것이다. 이 저자는 1893년에 우리나라에 와서, 전국의 방방곡곡을 답사하고 외국 여자로서는 최초의 방대한 한국 기행문을 남겨 놓았는데 어떤 대목은 우리들이 뻔히 다 알고 있는 일이면서도 포복절도할 지경의 재미있는 데가 많다.

'한국 여성의 비극적인 애욕상'에 대해서 쓰라는 청을 받고 보니 나는 우선 위에 인용한 구절들이 생각이 나서 좀 길지만 구태여 인용해 보았다. 사실 나보고 쓰라면 우리 어머니나 할머니들의 생활에 대해 이처럼 간명한 조감도를 쓸 자신이 없다. 내 얼굴은 내가 모른다. 또 못난 얼굴은 들여다보고 싶지도 않다. 그래서 그저 억지로 남이 본 내 얼굴을 꿔어 온 셈이다.

지금 이런 글을 읽고 과거를 회상해 보면 끔찍끔찍하게 변한 점도 많지만 끔찍끔찍하게 변하지 않은 점도 많다. 변한 것은 노출된 양장, 융기한 젖통이의 모습, 미쓰 킴, 데이트, 트위스트 등이지만, 변하지 않은 것은 개성의 결핍이다.

아직도 신문 4면을 요란스럽게 하고 있는 성의 개방 같은 문제도 여자의 개성의 자각이 선행되어야 한다. 우리 주위를 둘러볼 때, 정말 연애의 감정이 솟아나올 만한 여자가 없다. 판에 박은 듯한 양장, 하이힐에 핸드백은 정말 구역질이 난다. 여자가 보는 남자의 경우도 마찬가지

일 것이다. 하루 저녁에 100원에 몸을 파는 종삼네 집 골방에도 핸드백만은 계절에 맞추어서 네다섯 개가 걸려 있다. 봉건의 노예이던 여자는 지금 금전으로 그 상전이 탈을 바꾸어 있을 뿐 상전은 여전히 엄존한다.

내가 아는 어떤 불란서까지 갔다 온 멋쟁이 여자가 있는데, 이 여자는 걸핏하면 "돈은 돈이고, 섹스는 섹스이지요." 하면서 돈 있는 늙은이하고 살면서, 가끔 오입을 하기도 하는 자신을 자못 현대적으로 정당화하고 있는데, 그것이 현대적이라고 보기가 좀 수상한 것은, 그 늙은 남편이 이름난 부자인데도 그 여자는 그보다 더 부자인 어떤 가정의 브로커 노릇을 하고 있다는 것이다.

내가 여복이 없어 그런지는 몰라도 나의 주위에서 보는 여자들은 돈 있는 여자나 돈 없는 여자나 모두가 돈의 귀신들뿐이다. 세계의 조류가 그렇게 되어 가고 있다면 그뿐이겠지만, 한국의 젊은 현대 여성들은 성보다도 비교가 안 될 만큼 돈을 숭상하고 있는 것은 사실인 것 같다. 그리고 이러한 현상은 중류 이상의 교양이 있는 계급으로 올라갈수록 더하다.

그런데 우리나라 여자들의 성생활을—나아가서는 애정 생활을 마멸시키고 있는 또 하나의 암이 있는데 그것은 영화다. 섹슈얼한 할리우드식 영화. 그것을 본 딴 무수한 국산 영화들. 이것을 보고 온 둘의 잠자리에서 실제로 재현해 보고 싶은 유혹도 생기겠지만 잘 안 될 것이다. 그러고 보면 시골 여자들이 좀 더 행복할 것 같다. 그러나 그들도 서울에 가고 싶은 생각에 눈물을 짜고 고민을 하고 있는 한 행복하지는 않다.

순천인가에 가서 오입을 해 본 일이 있는데, 서울로 치면 종삼네 집 여자들이 손님방에 들어올 때면 다소곳이 반절을 하고 들어오는 것은 퍽 좋게 보였다.

《여상》(1964. 10.)

교회 미관에 대하여

교회. 서울에는 너무 교회가 많다. 우리 집에서 광화문 네거리까지 나가는 데도 큰 교회가 얼마나 많은가. 박장로교회, 그 옆의 원효로교회, 경서중고등학교 앞의 교회, 아현동교회, 새문안교회. 우리 동네 안에만 해도 언덕만 넘어서면 좌우 동네에 산 위로 산 아래로 삐죽삐죽 높이 솟아 있는 지붕이 다 교회. 교회가 너무 많다.

공장은 없는 나라에 웬 교회만 이렇게 많은가. 왜 교회를 볼 때마다 공장이 연상되는가? 요즘 2, 3년 내로 머리악*을 쓰고 집들을 짓는 바람에 교회와 그 주위의 민가들과의 콘트라스트가 약간 완화되기는 했지만, 그래도 매머드 교회들의 위관(偉觀)은 속인들로 하여금 그리 좋은 기분을 갖게 하지 않는다.

누구를 위한 교회인가?

이런 질문을 우리들은 집채만 한 배우 얼굴이 걸려 있는 극장이나 궁전 같은 고층 병원 앞을 지나갈 때처럼 교회 앞을 지나갈 때마다 하게 된다. 저것은 우리의 병원이 아니다, 저것은 내가 들어갈 극장이 아니다, 저 국민학교는 내 자식을 넣기에는 힘에 겹다, 이와 비슷한 해답이 교회를 볼 때마다 나온다.

오늘날 우리들의 잠재의식은 대제도(大制度)에는 거저가 없다는 공포에 젖어 있다. 저 큰 집을 어떻게 거저 들어갈 수 있을까? 입장료가

---

* 기(氣)를 속되게 이르는 말.

없을까? 이렇게 구질구질한 옷을 입고 들어가도 타박을 맞지 않을까 하는 공포감이다.

그것은 입장료를 받지 않는 경우에는 반드시 우리들을 우리도 모르는 사이에 이용한다. 우리들에게 조금도 물질적인 해는 주지 않지만 사실은 깜짝 놀랄 만큼 무섭게 우리들을 이용하고 있다. 입장료도 무섭지만 입장료를 안 받는 것은 더 무섭다.

교회가 이러한 현대의 대제도의 오해를 받지 않으려면 근본적으로 대제도의 인상을 주지 말아야 한다. 공포를 주지 않아야 하고, 그러기 위해서는 매머드 건물을 과시하지 말아야 한다.

산타클로스 할아버지가 무서운 얼굴을 하고 있으면 어린아이들이 근접할 리가 없다. 웃어라. 표정부터 웃어라. 전도의 현대적 기술을 가장 잘 터득하고 있는 기독교가 이만한 아동심리학을 몰라서 어떻게 하는가?

다음은 성인심리학. 교회의 건축 양식이 너무나 따분하다. 특히 조화를 무시한 지붕빛이나, 균형이 맞지 않는 첨탑 같은 것이 눈에 거슬리고, 도시 미관을 전적으로 해치고 있다. 명동 천주교당의 앞뜰의 마리아상을 모신 기도대의 유치한 진열이라니! 또 그 훌륭한 본존의 십자가에는 무엇하러 밤에 네온사인을 켜는지?

그러고 보면 교회당의 건축 양식만이 문제가 아니다. 그리스도의 상이나 마리아상도 위기에 처해 있다. 일부의 비교적 세련된 교회당에는 사도들의 조상(彫像)만은 현대화된 것이 있는데, 아직도 그리스도와 마리아상은 손을 못 대고 있는 것 같다. 농담이 아니라 교회는 교양 있는 성인 신자를 포섭할 수 있는 전망을 밝게 하기 위해서도 시급히 교회 미관 위원회 같은 것을 만들고 우선 성상(聖像)부터 좀 더 세련된 것을 제작해 내도록 할 일이다. 마리아여, 마리아여, 마네킹의 치욕을 벗으시오.

1965. 1.

토끼

동물은 어떤 것이든 직업적으로 기르게 되면 애정은 거의 전멸하고 만다. 양계를 생업으로 하고 있기 때문에 얻은 경험이지만, 같은 닭이라도 착취의 대상으로 기르고 있는 우리 집 닭보다는 남의 집 마당에 두서너 마리씩 한가롭게 기르고 있는 닭이 마치 공작처럼 귀해 보인다.

닭을 기르는 집에는 반드시 토끼가 있어야 한다고 해서 소독용으로 토끼를 몇 마리 길러 보았는데 이것도 어느덧 기업의식이 침입을 하고 나서부터는 닭을 보는 거나 마찬가지 기분이 되고 말았다. 그러자 풀을 뜯어다 먹이고 짚을 갈아 주고 하는 일도 어느덧 싫증이 나고 해서, 자연히 나 대신 닭 일 보는 아이놈이 시중을 들게 되었다. 그렇게 되니 토끼에서 나오는 소산은 그놈의 공책값으로 돌아가게 되었고, 그것에 재미를 붙이고 한참 동안을 닭보다도 더 열심히 기르더니 월동이 어려워서 그랬던지 바빠서 그랬던지 그놈은 토끼를 모조리 팔아 버리고 말았다. 한 삼사 년 전 일일 게다. 그 후부터 우리 집에는 토끼가 없다.

나는 어렸을 때부터 말 외양간 냄새가 여간 좋지 않았다. 토끼장 냄새는 그보다는 못하지만 그래도 그 냄새가 평화스러운 감을 주는 것이 싫지 않다. 혹시 시골의 노모의 양계장에 내려가면 토끼 축사에서 병든 닭들이 한데 놀고 있는 것을 보는데, 나는 이 장면을 볼 때마다 무슨 우애의 철학이나 세계 평화의 산 표본을 보는 것 같다. 간병(肝病)이나 소화불량이나 감기에 걸린 닭들도 이 토끼칸 안에만 들어가면 멀쩡해진다는 것이 노모의 자랑거리이다. 토끼 오줌이 닭병에 약이 된다는 사람도 있고 안 된다는 사람도 있어, 그 가부는 전문가에게 물어 보지 않는 한 확정한 것은 모르겠지만, 좌우간 닭과 토끼는 상극은 아닌 것 같다. 그런데 닭하고 토끼하고가 의좋게 노는 것을 좋아하는 나의 의식의 심부에는 어떤 미신적인 요소가 전혀 없는 것도 아니다. 나는 닭띠이고 나의 아내가 바로 토끼띠이니까 말이다. 물론 우리들 부부는 결혼의 식전(式典)까지도 거부한 아파슈*적 취미인들이라 궁합을 맞춰 보고 같이 된 사이는 아니지만, 그렇기 때문에 오히려 이들의 궁합이 더 신기해 보인다면 신기해 보인다. 그러나 나는 이런 소감을 아내에게는 한번도 말한 일이 없다.

아내는 요즈음 양계가 수지가 안 맞는다고 다시 토끼를 길러보자고 한다. 이번에는 본격적으로 해 보자는 것이다. 몇 해 전엔가 메추리가 유행했을 때, 친구들 중에 이 메추리가 이(利)가 많으니 해 보라고 권하는 사람이 많았지만 나는 굳이 듣지 않았다. 그러자 얼마 후에 메추리 하던 사람들이 모조리 망하자, 이것을 권하던 친구들은 나를 보고 선견지명이 있다고 칭찬들을 했다. 나는 당시에 새와 열대어와 메추리 같은 것을 나에게 권장하던 사람들을 사람같이 보지 않고 있었기 때문에 그들이 아무리 칭찬을 해도 조금도 반갑지가 않았다. 이런 말을 한 사람 가운데에는 문학을 하는 사람도 끼어 있었지만, 나는 그들의 문학까지도 경멸하고 싶은 생각이 들었다.

그에 비하면 토끼는 하면 될 것 같다. 왜냐하면 토끼도 (닭에 못지않게) 기르기가 힘이 들기 때문이다. 나는 무슨 일이든 얼마가 남느냐보다도 얼마나 힘이 드느냐를 먼저 생각하는 버릇이 있는데, 아내는 아직도 나의 이 역경주의(力耕主義)에는 그리 신뢰를 두지 않고 있는 모양이다.

1965.

---

* Apache. 대도시의 깡패, 무뢰한, 밤도둑을 뜻하는 프랑스어.

이일저일

구공탄 냄새를 맡아 본 사람은 알겠지만 그 과정이 참말로 신비스럽다. 언제 어떻게 맡는지 알 수 없다. 소리가 나지 않는 것으로는 해면에 물 스며들듯 하지만 그 완만한 속도는 무엇에 비해야 좋을지. 정말 느리다. 날이 하도 궂어서 여편네가 아침에 구공탄을 넣고 나간 것은 아는데, 그리고 방도 따끈따끈한 것은 지금 바로 이렇게 느끼고 있으니까 아는데, 내가 구공탄 내를 맡고 있는 것인지 아닌지 통 알 수가 없다. 후각이 둔한 탓인지 머리가 고민으로 만성 마비증에 걸린 탓인지 이렇게 안 맡아질 수가 없지 않은가. 그래도 방귀 냄새 같은 것을 맡는 것을 보면 후각도 의심을 받을 만한 여지가 없는데 구공탄 냄새만은 통 맡아지지 않는다.

결국은 구공탄 냄새를 맡아서가 아니라 염려와 공포에 못 이겨서 무거운 몸을 억지로 일으키고 창문을 열고 그것과 바람이 통할 수 있는 맞은편 쪽의 마당으로 통한 큰 문짝까지도 열어젖혀 놓는다. 그래도 구공탄 냄새는 맡아지지 않는다. 다시 자리에 누워 본다. 태풍이 열어젖힌 두 문 사이로 마구 질주한다. 춥지만 다시 일어나기가 귀찮아서 그대로 누워 있다. 구태여 묘사하자면 내가 누워 있는 방은 여편네와 여덟 살짜리 애놈이 단둘이 자고 있는 방이다. 아니 단둘이 자면 꽉 차는 방이다. 서쪽으로 머리를 둘 때, 바른편에는 조그만 탁자가 있고 왼쪽에는 노란 칠을 한 빼닫이가 달린 옷장. 아궁이는 바른쪽 탁자의 바로 뒷벽에 붙어 있다. 그러니까 탁자 밑이 바로 아랫목. 나는 지금 이 아랫목의 탁자 밑에 놓아 둔 담뱃갑 뒤의 짙은 어둠 속을 응시하고 누워 있다.

구공탄 냄새는 여전히 맡아지지 않는다. 다소 초조해진다. 벌떡 일어나 앉는다. 몇 번째 되풀이한 심호흡을 또 한번 해 본다. 골치가 아픈가 하고 생각해 본다. 골치도 아픈지 안 아픈지 모르겠다. 이건 정말 환장할 노릇이다. 지난 겨울에 집안 식구 넷이 흠뻑 가스 중독이 됐을 때도 경위는 이와 똑같았다. 구공탄 냄새가 나는지도 모르고 골치가 아픈 것을 겨우 깨달은 뒤에도 감기가 가서 그런 줄만 알고 이틀 밤을 그대로 지냈다. 사흘째 되던 밤에 아이들이 자다가 깨어나서 토하기 시작했는데 그래도 그 원인이 구공탄 냄새인 줄은 몰랐다. 중학교에 다니는 큰놈이 먼첨 토했는데, 저희 어멈은 내가 낮에 그놈을 너무 심하게 때려 주어서 그렇게 되었다고 나를 책망했고 나도 그런 줄만 알았지 구공탄 냄새인 줄은 꿈에도 생각하지 못했다. 결국 여편네하고 한참 동안 싸우고 난 뒤에, 의사를 부르러 가려고 방문을 열고 나가자니 마루와 부엌 겸 쓰는 문간 안 현관이 가스로 꽉 차 있다.

이런 지독한 경험을 했는데도 구공탄 냄새는 용이하게 맡아지지 않고 골치가 아픈지 안 아픈지도 모르겠다. 구공탄 냄새가 완연히 코에 맡아질 때에는 이미 때는 늦었고, 골치가 아프기 시작하면 벌써 상당한 분량의 가스를 마신 게 된다.

그런데 오늘의 경우도 그렇지만, 구공탄 냄새를 맡았다는 것보다도, 번연히 알고 맡았다는 것, 주의를 하면서 맡았다는 것, 혹은 극도로 신경을 날카롭게 하고 경계를 해 가면서 맡았다는 것이 어처구니없고 더 분하다.

그런데 나는 왜 이렇게 글이 쓰기 싫은지 모르겠다. 왜 이렇게 글을 막 쓰는지 모르겠다. 쓰고 싶은 글을 써 보지도 못한 주제에, 또 제법 글다운 글을 써 보지도 못한 주제에 이런 말을 하는 것은 주제넘은 소리지만, 오늘도 나는 타고르의 훌륭한 글을 읽으면서 겁이 버쩍버쩍 난다. 매문*을 하지 않으려고 주의를 하면서 매문을 한다. 그것은 구공탄 냄새를 안 맡으려고 경계를 하면서 자기도 모르게 맡게 되는 것과 똑같다.

이 글은, 쓰기 시작할 때는, 사실은 구공탄 냄새를 빌려서 우리나라가 아직도 부정과 부패의 뿌리를 뽑지 못하고 있는 실정을 야유하고 싶었다. 그러나 요즘의 나의 심정은 우선 나 자신의 문제가 더 급하다. 내 영혼의 문제가 더 급하다.

타고르의 「장난감」이라는 시가 있다. 좀 길지만 번역해 보자.

> 아이야, 너는 땅바닥에 앉아서 정말 행복스럽구나, 아침나절을 줄곧 나무때기를 가지고 놀면서!
>
> 나는 네가 그런 조그만 나무때기를 갖고 놀고 있는 것을 보고 미소를 짓는다.
>
> 나는 나의 계산에 바쁘다, 시간으로 계산을 메꾸어버리기 때문에.
>
> 아마도 너는 나를 보고 생각할 것이다, "너의 아침을 저렇게 보잘것없는 일에 보내다니 참말로 바보 같은 장난이로군!" 하고.
>
> 아이야, 나는 나무때기와 진흙에 열중하는 법을 잊어버렸단다.
>
> 나는 값비싼 장난감을 찾고 있다, 그리고 금덩어리와 은덩어리를 모으고 있다.
>
> 너는 눈에 띄는 어떤 물건으로도 즐거운 장난을 만들어 낸다. 나는 도저히 손에 넣을 수 없는 물건에 나의 시간과 힘을 다 써 버린다.
>
> 나는 나의 가냘픈 쪽배로 욕망의 대해(大海)를 건너려고 애를 쓴다. 그리고 자기도 역시 유희를 하고 있는 것에 지나지 않는다는 것을 잊어버리고 만다.

* 돈을 벌기 위해 실속 없는 글을 써서 팖.

타고르의 이런 시를 읽으면 한참 동안 눈이 시리고 마음이 따뜻해진다. 이런 쉬운 말로 이런 고운 시를 쓸 수 있으니. 이런 쉬운 말로 이런 심오한 경고를 할 수 있으니. 사회 비평이나 문명 비평도 좀 더 이렇게 따뜻하게 하고 싶다. 그것이 더 가슴에 온다. 세상이 날이 갈수록 소란하고 살벌해만지는 것을 보면, 이제는 소리를 지르는 데는 지쳤다. 기발한 것도 싫고 너무 독창성에만 위주하는 것도 싫고 그저 진실하기만 하면 될 것 같다. 진실을 추구하다 타고르의 시보다 더 따분한 시를 쓰게 되어도 좋을 것 같다. 어떻게 해서든지 이 나도 모르는 나의 정신의 구공탄 중독에서 벗어나야 할 것 같다. 무서운 것은 구공탄 중독보다도 나의 정신 속에 얼마만큼 구공탄 가스가 스며 있는지를 모르고 있다는 것이 더 무섭다. 그것은 웬만큼 정신을 차리고 경계를 해도 더욱 알 수 없을 것 같으니 더욱 무섭다.

얼마 전에 우리 집에 이상한 사건이 벌어졌다. 방 안에서 일을 하고 있는데 누가 밖에서 주인을 찾는다. 나가 보니 수도국원이다. 수도세를 받으러 온 줄 알았더니 그게 아니라 미터 검사원이다. 나를 불러놓고 가족이 몇 명이며 세 든 사람이 몇 가구나 있느냐고 물어보는데 그 묻는 품이 이상해서 도대체 무엇 때문에 그러느냐고 물었더니, 미터가 이번 달에 상당히 돌아갔다고 한다. 나는 여름철이라 빨래와 목물이 잦아서 그렇게 되었거니 정도로 생각하고, 얼마가 돌아갔길래 그러느냐고 물었더니 액수로 환산해서 2600원이라고 한다. 그 전달까지 우리는 매달 100원밖에는 내지 않았다. 국원은 나를 계량기가 묻힌 곳까지 데리고 가서 미터 뚜껑을 열고 속을 보여 주면서, 심지어는 누수로 그렇게 된 게 아니라는 증명까지도 해보이면서 자기의 검사에 틀림이 없다는 것을 입증하려고 애를 썼다. 그러니 국원과 나는 자연히 언성이 높아졌고, 나는 기계를 신용할 수 없다는 기계 불신론으로 기울어졌고, 국원은 악착같이 기계가 사람보다 정확하다고 기계 절대주의를 내세웠다. 나는 결국 수도국에 직접 문의를 해볼 작정을 하고 싸움은 결말이 나지 않은 채 헤어져버렸는데, 수도국에 가기도 전에 그 이유는 너무나 수월히 판명되었다. 이것은 그전에 다니던 검사원의 잘못이었다. 그 종래의 검사원이 지난 겨울 이래 미터를 들여다보지 않고 기계적으로 사용량을 매달 똑같이 매겨 놓았던 것이다. 그동안에 우리 집에는 세 든 사람들이 네 가구가량 불어 있었다. 그러니까 이 2600원은 그동안에 누적된 사용량의 요금이었다. 그리고 이 새 국원은 자기들의 직무상의 책임과 체면을 생각해서도 선임자의 과실을 이쪽에 알릴 수가 없었던 것이다. 그 이튿날 나는 그 국원이 집 앞으로 지나가는 것을 보고, 사정을 해보려고 불러서 막걸리까지 같이 나누면서 화해를 했지만, 화해를 하고 나서도 나는 화가 가시지 않았고, 사람보다 기계를 신용한다는 그의 말을 귀에서 닦아 내려고 술김에 이발소로 뛰어들어가서 삭발을 하고 말았다.

"여보, 100원씩 내던 수도 요금이 별안간 2600원이 되다니 이게 인간의 상식으로 생각할 수 있는 일이오. 밤낮을 노상 수도를 틀어 놓고 있어도 그 금액은 안 나오리다." 하고 항의하는 말에, 국원은 종시일관 "그래도 미터에 그렇게 나와 있는 걸 어떻게 합니까. 사람보다 기계가 정확한걸요." 하면서 싱글싱글 웃고 있었다.

구공탄 얘기가 이 수도국원과 어떤 연관의 아라베스크를 그리고 있는지 좀 더 설명할 필요가 있을 것 같지만 오늘은 이만 해 두자.

1965.

재주

가장 가까운 문제이며 가장 많이 생각하는 문제이면서 가장 멀고 가장 알기 어려운 것이 재주다. 동서고금의 제 성현과 문호와 시인의 작품을 아침저녁으로 떡 먹듯이 잠자듯이 읽고 있으면서 사실은 이것이 보이지 않는다. 내가 이만해도 벌써 거만해진 탓인지도 모른다. 우리 주위에 너무 재주 없는 사람들만 득시글거리고 있기 때문인지도 모른다. 그러나 책임은 아무래도 나의 눈과 머리와 마음에 더 많은 것 같다. 허위에 흐려져 있는 눈, 타성에 젖어 있는 머리, 어줍지 않게 오만해진 마음.

그러나 더 캐고 보면 이유는 그것만이 아니다. 벌써 나는 재주라는 것을 생각하지 않게 된 지가 오래다. 내가 재주가 없는 사람이기 때문이기도 하지만, 이 재주라는 것은 생각하면 한이 없는 것이고, 세상에 재주만 생각하고 있다가는 아무 일도 되는 것이 없을 것 같다. 그래서 재주의 딜레마의 막바지에서 행동으로 옮겨간 나는, '머리가 좋다'는 말처럼 이 '재주'라는 말이 싫기까지도 하다. '우리 집 아이는 머리는 좋은데 공부를 안 해서요.' 하는 학부형들의 치사한 자기 아이 변명에서부터 '나는 머리는 좋은데 두뇌가 나빠.' 식의 라디오 약 광고의 코미디에 이르기까지, 이렇게까지 머리와 재주가 노이로제의 대상이 되고 있는 이 이상한 시대풍조, 이것은 현대의 새로운 거대한 미신의 하나인 것이다. 이렇게까지 재주와 머리가 우상화되고 있으면서 무릇 다른 진정한 가치가 그렇듯이 이 가치도 현실면에서는 여전히 천시 학대를 면치 못하고 있는 것이 사실이다.

좌우간 재주라는 것은 자기 자신은 알지 못하는 것이다. 남이 보아야 알고 특히 무엇이고 비교해 볼 때 잘 나타난다. 나는 요즘 『이삭을 주울 때』라는, 현역 시인 쉰 명의 자작시와 노트가 수록된 사화집을 보면서 이 재주라는 문제를 새삼스러이 심각하게 생각해 볼 기회를 얻었다. 사화집의 본래의 뜻이 그런 것이지만, 번연히 잘 알고 있는 어느 경우에는 너무나 잘 알고 있는 친구나 선후배들의 글도 이렇게 사화집에 묶어 놓으면 읽었던 것도 다시 읽게 되고, 평소에는 읽고 싶지 않은 사람의 것도 골똘히 읽혀지고, 불가불 서로의 비중이나 성격을 생각해 보게 된다. 그리고 그러는 중에 자기에 대해서도 여직까지는 알지 못했던 뜻하지 않은 발견도 하게 되는 이득도 생긴다. 나는 원래가 재주라는 것은 생각하지 않기로 하고 있었으니까 나에 대한 문제에 있어서도 재주는 제외되지만, 이번에 새로 얻은 자기 인식은, 내 글의 호흡이 너무 급하다는 것이다. 김광섭 씨의 「십년 연정(戀情)」이란 시와 거기에 첨부된 노트를 읽으면서 나는 나에 대한 이러한 반성을 했다. 「십년 연정」이란 시는 참 재미있고 여유 있는 작품이다. 죽은 이양하 씨의 「십년 연정」이란 시를 패러디해서 쓴 것인데, 이 패러디한 시도 재미있고, 그것을 패러디했다는 노트도 구수한 유머가 섞여 있는 게 좋다. 아마 이만큼 교양이 몸에 배어 있는, 그리고 영문학을 이만큼 소화하고 있는 시인도 기림(起林)을 빼놓고는 우리나라에서는 이분 정도일 것이다. 그러나 나는 그의 교양보다도 그의 노트에 나타나 있는 그 여유가 더 좋다. 나이를 먹는다고 다 이런 여유가 생기는 게 아니다. 초조하고 편협한 나 같은 사람은 이런 글을 읽으면 과연 세상은 넓고 우주는 넓다는 안도감까지 생긴다. 광섭 씨는 우직하고 교양은 있지만 재주는 없는 사람의 표본같이 우리 주위에서는 평이 돌고 있지만, 나는 이번에 그러한 그의 정평이 대단히 의심스러운 것이라고 느꼈다.

앞으로 오래 사셔서 이런 구수한 시를 더 써주셨으면 좋겠다. 우리 시단의 희망은 광섭 씨 정도의 나이에서 시작되어야 할 게 아닌가—그래야지 시단이 좀 시단답게 될 것 같다.

사화집 『이삭을 주울 때』 중에서 또 하나 뜻밖에도 감명이 깊었던 것은 고은이다. 나는 이 사화집의 쉰 명 중의 마흔 명 이상의 것을 읽고 거의 끝머리에 고은의 「묘지송(墓地頌)」의 노트와 시를 읽었는데 정말 깜짝 놀랐다. 그에게는 천재적인 기질이 있다고 생각되었다. 하도 기뻐서 여편네한테까지 읽혔다. 그를 읽고 나서 아직 덜 읽은 몇 사람의 것을 마저 읽어 보았는데 이건 말이 되지 않는다. 『이삭을 주울 때』 전체가 시들해진다. 그리고 그 다음에는 우리 시단 전체가 시들해지기 전에, 타락한 내 자신에 대한 반성이 번갯불같이 들이닥친다. 시를 쓰는 나보다도 우선 되지 않은 잡문과 시단평 같은 객쩍은 거짓말을 쓰는 나에게 벼락이 내린다. 흐려진 안목에 저주가 내린다. 결혼을 한 나에게, 어린애를 기르는 나에게, 사도(邪道)에 들은 나에게……. 그리고 정말 재주란 이런 것이로구나 하는 멀고도 가깝고, 가깝고도 멀고, 쉽고도 어렵고, 어렵고도 쉬운 문제와 오래간만에 멱씨름을 했다.

「십년 연정」의 재주는 눈에 띄지 않는 재주이지만 「묘지송」의 재주는 눈에 띄는 재주다. 전자를 영국적이라면 후자는 불란서적(시의 소재면을 말하는 것이 아니다.)이라고도 할 수 있다. 호남 출신의 시인들에게 이런 젊은 재주가 흔히 보이는 것도 재미있는 일이다. 그런데 후자의 재주는 우리나라의 전례를 볼 것 같으면 그 호흡이 길지 못하다. 고은의 재주에도 그런 위험성이 다분히 내포되어 있다. 그 이튿날 나는 그의 시를 다시 한번 읽어 보았다. 그리고 전날 밤에 읽었을 때와 똑같은 그런 청천벽력적인 감동은 못 받았다. 그리고 약간의 쓸쓸함을 느꼈다. 그러나 나는 세 번째로 다시 한번 그의 시를, 이번에는 마음속으로 읽어 보고는 역시 나의 최초의 섬광적인 인상을 신용했다. 신용해도 좋다고 생각했다. 그것이 바로 재주이기 때문이다. 아무튼 나는 그의 재주로 인해서 나의 문학생활과 우리의 문학 생활의 허위에 대한 근본적인 반성을 오래간만에 해 보았다. 그것만 해도 여간 고마운 일이 아니다. 그것만 해도 얼만가!

1966. 2.

모기와 개미

우선 지식인의 규정부터 해야 한다. 지식인이라는 것은 인류의 문제를 자기의 문제처럼 생각하고, 인류의 고민을 자기의 고민처럼 고민하는 사람이다. 우선 일본만 보더라도 이런 지식인들이 많이 있는 것을 우리는 알고 있다. 우리나라에 지식인이 없지는 않은데 그 존재가 지극히 미약하다. 지식인의 존재가 미약하다는 것은 그들의 발언이 민중의 귀에 닿지 않는다는 말이다. 닿는다 해도 기껏 모깃소리 정도로 들릴까 말까 하다는 것이다. 이렇게 지식인의 소리가 모깃소리만큼밖에 안 들리는 사회란 여론의 지도자가 없는 사회이며, 따라서 진정한 여론이 성립될 수 없는 사회다. 즉 여론이 없는 사회다. 혹은 왜곡된 여론만이 있는 사회다. 우리나라의 소위 4대 신문의 사설이란 것이 이런 왜곡된 가짜 여론을 매일 조석으로 제조해 내는 것을 업으로 삼고 있는 사람들에 의해서 씌어지고 있다. 이것을 진정한 여론이라고, 민주주의 사회의 여론이라고 생각하는 지식인들이 더도 말고 우리나라의 문학하는 사람들 중에서만도 허다하게 있는 것을 알고 있는데, 이런 사람들이 내가 말하는 지식인이 아닌 것은 물론이다. 우리나라는 문학하는 사람들 중에 지식인이 가물에 콩 나기만큼 있기 때문에 문학가가 아직도 사회적인 멸시를 받고, 그나마 여론을 조성하는 자리에서는 대학교수보다도 볼품이 없고, 우리의 시와 소설은 아직껏 후진성을 탈피하지 못하고 있다. 요즘 잡지사가 그전보다 좀 깨었다고 하는 것이, 외국 말을 아는, 외국에 다녀온 문인들을 골라서 글을 씌우고 싶어 하는 경향이다. 그러나 자세히 보면 이것도 구역질이 나는 경향이다. 역시 탈을 바꾸어 쓴 후진성이다.

도대체가 우리나라는 번역문학이 없다. 짤막한 단편소설 하나 제대로 번역된 것을 구경하기가 힘이 든다. 요즘 나는, 부끄러운 말이지만, 200자 한 장에 20원도 못 받는 덤핑 출판사의 번역일을 해 주고 있다. 이 덤핑 출판사의 사장이라는 젊은 청년과 나와의 거래의 경위를 간단히 말해 둘 필요가 있다. 이 청년은 나다니엘 호손의 유명한 소설 『주홍글씨』를 20원씩에 해 달라고 통신사 친구의 소개를 받아 가지고 와서 지극히 겸손하게 자기 사업의 군색한 사정을 말하면서 부탁한다. 나는 그의 사정을 이해해 주는 듯한 거룩한 순교자의 표정으로 그의 청탁을 승낙했지만, 사실은 원서 이외에 일본말 번역과 한국말 번역책까지 가지고 온지라 여차직하면 베끼는 정도의 수고와 속도로 해치울 수 있을 줄 알고 승낙한 것이다. 그런데 막상 일을 시작하고 보니 그게 그렇지 않다. 우리말 번역은 을유문화사에서 나온 저명한 영문학자인 최모 씨가 번역한 것인데 이것이 깜짝 놀랄 정도로 오역투성이다. 게다가 적당히 생략한 데가 많아서, 청년이 900매로 예산을 해 온 것이 1300매도 넘을 것 같다. 다음 찾아온 청년 사장을 보고, 원고 매수가 예정보다 퍽 초과된다는 것과 애초에 생각했던 것보다 일이 퍽 어렵다는 것을 말하면서 20원씩으로는 도저히 안 되겠다고 말하자, 이 청년은 지극히 난처한 얼굴을 하고 장시간 궁리에 궁리를 거듭한 끝에, 그러면 헤밍웨이의 소설을 자기의 출판사에서 몇 년 전에 출판한 게 있는데 그것은 번역도 어지간히 된 것이니까 그것을 약간 수정—원고지에 쓸 것도 없이 교정 보는 식으로 책의 여백에 고쳐 넣을 정도면 된다는 것이다.—해서 내 이름으로 내고 전부 합해서 4만 원에 하자는 것이다. 청년은 그렇게 하면 『주홍글씨』의 값싼 번역료의 벌충도 되고 자기의 사업상으로도 『주홍글씨』와 한데 묶어 내 이름으로 내면 유리할 거라는 것이다. 나도 그 청년의 말이 그럴듯하게 생각되고, 이왕 시작한 일이고 착수금까지 받은 것이라, 그러면 그렇게 하자고 승낙을 할 수밖에. 그런데 나중에 그가 갖고 온 헤밍웨이의, 200자 원고지로 1400매가 착실하게 되는 전쟁소설의 번역책을 을유문화사의 세계문학전집과 비교해 가면서 읽어 보니 도무지 말이 안 되는 번역. 주인공인 대위가 메스홀에서 동료들과 농담을 하는데 군목을 보고 하는 대화 중에, '신부 기분 잡쳤어. 신부 계집 때문에 기분 잡쳤어.' 식의 말투를 예사로 쓰고 있다. 이것은 전후 문맥을 소개해야지만 이 오역이 얼마나 중대하고 창피한 것이라는 것을 알 수 있겠지만, 좌우간 이것은 아버지를 보고 '아범 기분 잡쳤어, 아범 계집 때문에 기분 잡쳤어' 정도에 해당하는, 농담이 아닌 무례한 욕지거리로 화해 버린 오역이다. 그에 비하면 을유문화사의 정모 씨의 번역은 월등 나은 번역이라고 볼 수 있는데, 이 번역에도 '미소했다'라는 식의 오역이 튀어나오는 데는 놀라지 않을 수 없었다. 그 후에 청년 사장이 또 찾아와서 한참 동안 또 옥신각신을 한 끝에 이 정모 씨의 얘기가 나와서, '미소했다'라는 어처구니없는 오역이 있더라는 말을 했더니, 이 청년은 의아스러운 얼굴로 "그럼 선생님이 하시면 어떻게 번역을 하시겠습니까?" 하고 자못 정중하게 묻는다. 나는 이 '미소했다'가 얼마큼 중대한 오역인가를 그에 지지 않게 정중한 표정으로 설명해 주지 않을 수 없지만, 이런 때면 정말 온몸에 맥이 풀리고 슬퍼지고 고문을 받는 것보다도 더 괴로운 심정이 든다. 그래도 당신 같은 몰이해한 출판사의 일은 못하겠다고 큰소리를 칠 만한 용기가 안 나온다. 물론 안 나온다. 이것이 우리의 생활 현실이다. 좀더 사족을 붙여 말하자면 이 청년 사장과의 거래의 결말은, 헤밍웨이의 소설을 원고로 다시 새로 쓰기로 하고 『주홍글씨』까지 합해서 총 2800매에 5만 원으로 낙착이 되었다.

그러니까 나는 혹을 떼러 갔다가 혹을 하나 더 붙여 오고 그 두 개가 된 혹을 또 떼러 갔다가 또 혹을 그 위에 하나 더 붙여 온 셈이 되었다. 이제 출판사 사장하고의 거래는 완전히 그의 KO승이다. 이렇게 되면 나의 전술은 간교해지는 수밖에 없다. 에라 모르겠다, 최모의 번역을 군데군데 어벌쩡 고쳐 가며 베끼는 수밖에 없다, 이런 불쌍한 생각까지를 예사로 하게 된다. 이러니 나는 내가 욕하는 최모 씨나 정모 씨보다 더 나쁘면 나빴지 조금도 나을 게 없다. 아직은 모른다. 과연 정모 씨의 번역을 베끼게 될지 어떨지 일을 시작해 봐야 안다. 그러나 벌써 그런 생각을 먹었다는 것만으로 내가 실제 그의 번역을 베끼지 않게 된다 하더라도 반은 죄를 지은 셈이다. 필경 나도 누구를 지식인이 아니라고 욕할 만한 권한이 점점 희박해져 가는 처지에 있고, 그런 절망적인 처지에 이길 가망이 도저히 없는 도전을 계속하고 있는 것은, 소련의 현대 시인 솔제니친의 시에 나오는 개미와 같은 낡은 생리가 아직 남아 있기 때문인지도 모른다. 재미있는 감명적인 시라고 생각되어서 최근에 《사상계(思想界)》에 번역되어 나온 것을 그대로 옮겨서 소개한다.

개미와 불

아무 생각 없이 나는 작은 나무쪽을 불 속에 던져 넣었는데, 그것은 개미들이 오밀조밀 집을 짓고 있던 통나무쪽이었다.

통나무 껍질이 딱딱 소리를 내면서 타기 시작할 때 개미들은 절망 속을 기어 허위적거렸다. 껍질로 기어 나와 날름대는 불꽃 속에서 타 죽어 가고 있었다. 얼른 통나무의 한쪽을 들어올려 비벼대었다. 많은 개미들이 도망쳐 모래밭을 횡단, 낮은 솔잎으로 기어 들어갔다.

그러나 이상하게도 불기운을 피해 아주 달아나 버리지 않았다. 일단 절박한 위험을 극복하자마자 개미들은 다시 타고 있는 통나무 주위로 기어들었다. 마치 어떤 힘이, 개미들을 그들이 포기해 버린 고향으로 다시 되돌려 보낸 듯이 많은 개미 떼가 불타는 통나무로 다시 기어오르기까지 했다. 기어코 타 죽을 때까지 개미들은 그 불붙는 집을 방황하는 것이었다.

1966. 3.

생활의 극복
—담뱃갑의 메모

나는 수첩을 갖고 다니기가 싫어서 담뱃갑 뚜껑에 메모를 해 두는 버릇을 지키고 있은 지가 벌써 오래된다. 어떤 때는 그런 담뱃갑이 양복 호주머니 속에나 책상 위의 꽃바구니 속에 수두룩하게 고일 때도 있다. 어쩌다 몇 달 전의 그런 메모가 속호주머니 같은 데에 그대로 남아 있는 것이 발견되고, 찢어 버리기 전에 또 혹시나 하고 다시 한번 훑어보는 수도 있는데, 남의 비밀같이 정이 안 가는 이런 메모의 암호로 그 당시의 생활이 홀연히 눈앞에 떠오르고는 한다. 잡지사의 원고료의 액수와 날짜, 사야 할 책 이름, 아이들의 학비 낼 날짜와 액수, 전화번호, 약 이름과 약방 이름, 외상 술값…… 이런 자질구레한 숫자와 암호 속에 우리들의 생활의 전부가 들어 있다고 해도 과언이 아니다.

그런데 이와 비슷한 담뱃갑의 보이지 않는 메모가 내 머릿속에도 거의 언제나 들어 있다. 요즘의 그 위에 쓰여 있는 메모는 미국 시인 시어도어 레트커 시의 짤막한 인용구다. "너무 많은 실재성(實在性)은 현기증이, 체증이 될 수 있다—너무 밀접한 직접성은 극도의 피로가 될 수 있다." 이것은 어떤 시지에 줄 시론을 번역하다 얻은 말인데, 이 말이 나에게 주는 교훈은, 나의 시적 사고의 문맥의 전후 관계를 자세히 소개하지 않고는 그 진의를 설명할 수 없는 것이다.

대체로 시의 경험이 낮은 시기에는, 우리들은 시를 '찾으려고' 몸부림을 치는 수가 많으나, 시의 어느 정도의 훈련과 지혜를 갖게 되면,

시를 '기다리는'자세로 성숙해 간다는 나의 체험이 건방진 것이 되지 않기를 조심하면서, 나는 이런 일종의 수동적 태세를 의식적으로 시험해 보고 있다. 여기에서 '너무 많은 실재성'과 '너무 밀접한 직접성'은, 그러니까 시를 찾아다니는 결과에서 오는 것이라고 생각하고, 다시 한 번 나 자신에게 경고를 주는 의미에서 이런 메모를 해놓게 되었던 것이다. 그리고 이런 시작상의 교훈은 곧 인생 전반의 교훈으로도 통하는 것이다. 너무 욕심을 많이 부리면 도리어 역효과가 나는 수가 많으니 제반사에 너무 밀착하지 말라는 뜻으로도 해석된다. 이런 초월 철학은 대단한 진리도 아니지만 나대로의 이행(履行)의 전후 관계에서 보면 한없이 신선하고 발랄하고 힘의 원천이 된다. 그러니까 중요한 것은 이 평범한 진리보다도 이것을 적어 두고 있는, 파지가 다 된 담뱃갑일 것이다. 하다못해 고리타분한 이태백의 시 「산중여유인대작(山中與幽人對酌)」 같은 것도 이런 담뱃갑의 이행에서 보면 뜻밖의 새로운 맛을 준다.

그대와 내가 만나자
산꽃들도 반가워 피네
한잔 들게 한잔 주게
또 한잔 해 지는 줄 모르고
나는 이미 취해서
풀밭에서 한잠 자려고 하니
그대는 마음대로 갔다가
내일 아침 거문고나 안고 오게

이 시에서 나의 가슴을 찌른 구절은 "풀밭에서 한잠 자려고 하니/그대는 마음대로 갔다가"의 '마음대로'다. 이런 여유—아아 잠시 생각해 보자—이런 여유가 얼마나 어려운 일인가. 그런데 나중에 원시(原

詩)와 대조를 해 보니, 원시의 그 대목이 '아취욕면경차거(我醉欲眠卿且去)/ 명조유의(明朝有意)……'로 되어 있으니까, 엄격히 말하자면 '마음대로'는 원시에는 없는 것으로 역자가 문장상의 윤기로 붙인 것이다. 그러나 이런 오역은 좋은 오역이다. 이것이 오역이라는 것을 안 뒤에 나는 오히려 태백의 이 시가 더 좋아졌고, '마음대로'가 더 좋아졌고, 여유의 진리에 대한 지혜를 더 함축 있게 느낄 수 있게 되었다.

요전에 어떤 시 쓰는 선배의 집에 갔는데, 그 선배는 큰아이가 중학교 시험에 낙제를 했다는 얘기를 하는 끝에, 이런 말을 하면서 입맛을 다시었다. "내가 시험에 떨어지는 것은 아무렇지도 않지만, 자식이 떨어지는 것은 이루 말할 수 없이 가슴이 아파요." 자식은 자기의 몸보다도 더 사랑스러운 것이 부모의 상정이다. 자식의 미련을 청산하기란 자기의 미련을 청산하기보다도 몇 배나 더 어려운 것 같다. 그러나 이 미련도 꺾어야 한다고 나는 생각한다. 머릿속의 담뱃갑의 메모를 빌려서 나는 요즘 조금씩 이런 연습도 하고 있다. 우선 새 학기부터는 아이들에게 '공부해라, 공부해라' 하는 말부터 하지 않기로 하자. 이를 깨물고 자식과 나 사이에 거리를 두자. 아직 이 연습을 하기 시작한 지 얼마 되지는 않았지만 결과는 좋을 것 같다. 이런 회심(回心)의 경험이 있는 사람은 내가 무슨 말을 하고 있는지 알 것이다. 나는 사랑을 배우기 시작하는 단계에 있다. 그를 진정으로 사랑하려면 그와 나 사이에 가로놓여 있는 무서운 장해물부터 우선 없애야 한다. 그 장해물은 무엇인가.

> 지금 나를 태우고 있는 것이 무엇인가?
> 욕심, 욕심, 욕심.
>
> — 레트커의 시에서

욕심이다. 이 욕심을 없앨 때 내 시에도 진경(進境)이 있을 것이다.

딴사람의 시같이 될 것이다. 딴사람—참 좋은 말이다. 나는 이 말에 입을 맞춘다.

벌써 오랜 옛날에, 나의 머릿속의 담배에 오랫동안 적어 놓은 일이 있던 공자인가 맹자인가의 글의 한 구절이 또 생각이 난다. 이런 뜻의 유명한 처세훈이다. '슬퍼하되 상처를 입지 말고, 즐거워하되 음탕에 흐르지 말라.' 마음의 여유는 육신의 여유다. 욕심을 제거하려는 연습은 긍정의 연습이다.

우리 집에는 올겨울에 처음으로 마루에 난로를 놓았고, 몇십 년 만에 처음으로 나는 무명 조선 바지를 해 입었고, 조그만 통의 커피도 한 병 마련해 놓고 있다. 이만한 여유를 부끄럽게 여기는 부정(否定)의 잔재가 남아 있는 것은 나의 경우에는 너무나 당연한 일이다. 그러나 이 모순의 고민을 시간에 대한 해석으로 해결해 보는 것도 순간적이나마 재미있는 일이라고 생각된다. 이런 여유가 고민으로 생각되는 것은 우리들이 이것을 '고정된' 사실로 보기 때문이다. 이것을 흘러가는 순간에서 포착할 때 이것은 고민이 아니다. 모든 사물을 외부에서 보지 말고 내부로부터 볼 때, 모든 사태는 행동이 되고, 내가 되고, 기쁨이 된다. 모든 사물과 현상을 씨(동기)로부터 본다—이것이 나의 새봄의 담뱃갑에 적은 새 메모다. 나의 '마음대로'의 새 오역이다.

'백양(白羊)'에서 가장 오래 신세를 지다가 뒤늦게 '아리랑'으로 옮겨와서 최근에 '파고다'로 또 옮겨 온 메모의 배경의 정다운 역사. 그리고 펜에서 만년필로 변했다가, 만년필에서 볼펜으로 변한 메모의 도구의 정다운 역사. 그것은 과거는 되찾아지기 전에 우선 부정되어야 한다는, 이 역시 너무나 평범한 발전의 원칙에 따른 돌음길. 부정은 끝났다—나의 메모와 메모의 배경과 도구를 돌이켜 볼 때, 나의 내부의 저변에서 모깃소리처럼, 그러나 뚜렷하게 들려오는 소리. 이 소리의 음미.

그러나 우리들의 앞에는 모든 냉전의 해소라는 커다란 숙제가, 우리들의 생애를 초월한 숙제가 가로놓여 있다. 냉전—우리들의 미래상을 내다볼 수 있는 눈을 주지 않는, 우리들의 주위의 모든 사물을 얼어붙게 하는 모든 형태의 냉전—이것이 우리들의 문화를 불모케 하는 냉전—너와 나 사이의 냉전—나와 나 사이의 모든 형태의 냉전—이것이 다름아닌 비평적 지성을 사생아로 만드는 냉전. '파고다'여, 전진하라.

1966. 4.

박인환(朴寅煥)

나는 인환을 가장 경멸한 사람의 한 사람이었다. 그처럼 재주가 없고 그처럼 시인으로서의 소양이 없고 그처럼 경박하고 그처럼 값싼 유행의 숭배자가 없었기 때문이다. 그가 죽었을 때도 나는 장례식에를 일부러 가지 않았다. 그의 비석을 제막할 때는 망우리 산소에 나간 기억이 있다. 그 후 그의 추도식을 이봉구, 김경린, 이규석, 이진섭 등이 주동이 돼서 동방문화살롱에선가에서 했을 때에도, 그즈음 나는 명동에를 거의 매일같이 나가던 때인데도 그날은 일부러 나가지 않은 것 같다. 인환이가 죽은 뒤에 그를 무슨 천재의 요절처럼 생각하고 떠들어 대던 사람 중에는 반드시 인환이와 비슷한 경박한 친구들만 끼어 있었던 것은 아니다. 유정 같은, 시의 소양이 있는 사람도 인환을 위한 추도시를 쓴 일이 있었다. 세상의 이런 인환관(觀)과 나의 생각과의 너무나도 동떨어진 격차를 조정해 보려고 나는, 시란 도대체 무엇인가 하고 새삼스럽게 생각해 보고는 한 일까지 있었다.

이런 인환과 인환의 세평에 대한 뿌리 깊은 평소의 불만 때문에 나는 한사코 인환에 대한 얘기를 쓰지 않기로 하고 있었다. 그러다가 『고요한 기대』라는, 창우사에서 나온 수필집 안에 들은 「마리서사(茉莉書舍)」라는 글에서 나는 인환에 대한 불신감을 약간 시사한 일이 있었다. 나는 그 후 인환에 대해서 쓴 나의 유일한 글에 그런 욕을 쓴 것이 여간 마음에 걸리지 않았다. 거짓말이라도 칭찬을 쓸 걸 그랬다 하는 생각까지도 들었다. 그래서 이 글을 쓰기 전에 나는 인환의 『선시집(選詩集)』의 후기를 다시 한번 읽어 보고, 「밤의 미매장(未埋葬)」이란 시를 읽어 보고, 그래도 미흡해서 「센티멘털 저니」라는 시를 또 한번 읽어 보았다.

인환! 너는 왜 이런, 신문 기사만큼도 못한 것을 시라고 쓰고 갔다지? 이 유치한, 말발도 서지 않는 후기. 어떤 사람들은 너의 「목마와 숙녀」를 너의 가장 근사한 작품이라고 생각하는 모양인데, 내 눈에는 '목마'도 '숙녀'도 낡은 말이다. 네가 이것을 쓰기 20년 전에 벌써 무수히 써먹은 낡은 말들이다. '원정(園丁)'이 다 뭐냐? '배코니아'가 다 뭣이며 '아포롱'이 다 뭐냐?

이런 말들을 너의 유산처럼 지금도 수많은 문학청년들이 쓰고 있고, 20년 전에 너하고 김경린이하고 같이 낸 『새로운 도시와 시민들의 합창』이라나 하는 사화집 속에서 나도 쓴 일이 있었다. 종로에서 마리서사를 하고 있을 때 너는 나한테 이런 말을 한 일이 있었다. '초현실주의 시를 한번 쓰던 사람이 거기에서 개종해 나오게 되면 그전에 그가 쓴 초현실주의 시는 모두 무효가 된다'는 의미의 말이었다. 그 말을 듣고, 프로이트를 읽어 보지도 않고 모더니스트들을 추종하기에 바빴던 나는 얼마나 오랫동안을 너의 그 말을 해석하려고 고민을 했는지 모른다.

그리고 그 후, 네가 죽기 얼마 전까지도 나는 너의 이런 종류의 수많은 식언의 피해에서 벗어나려고 너를 증오했다. 내가 6·25 후에 포로수용소에 다녀나와서 너를 만나고, 네가 쓴 무슨 글인가에서 말이 되지 않는 무슨 낱말인가를 지적했을 때, 너는 선뜻 나에게 이런 말로 반격을 가했다 ― "이건 네가 포로수용소 안에 있을 동안에 새로 생긴 말이야." 그리고 너는 눈 하나 깜짝하지 않았고, 물론 내가 일러 준 대로 고치지를 않고 그대로 신문사인가 어디엔가로 갖고 갔다. 그처럼 너는, 지금 내가 이런 글을 너에 대해서 쓴다고 해서 네가 무덤 속으로 안고 간 너의 『선시집』을 교정해 내보내지는 않을 것이다. 교정해 가지고 나올 수 있다 해도 교정하지 않을 것이다. 그런 생각도 해본 일이 없다고 도리어 나를 핀잔을 줄 것이다. "야아 수영아, 훌륭한 시 많이 써서 부지런히 성공해라!" 하고 빙긋 웃으면서, 그 기다란 상아 파이프를 커크 더글러스처럼 피워 물 것이다.

1966. 8.

금성라디오

지금 나는 바로 옥색빛 나는 새로 산 금성표 라디오 앞에서 며칠 후에 이 라디오로 들을 수 있는 방송용 수필을 쓰고 있다. 이 탁자 위에는 라디오의 오른편에 전화통이, 왼편에 전기 스탠드가, 스탠드 앞에는 《신동아》, 《사상계》, 《파르티잔 리뷰》 등의 신간 잡지가 놓여 있고, 라디오의 바로 앞에는 수일 전에 결혼한 어떤 젊은 평론가의 청첩장 봉투가 놓여 있고, 이 봉투 위에는 낙서가 낭자하게 적혀 있다. 지금 이 수필을 쓰게 된 영감은 이 봉투 위의 낙서에서 온 것이다.

전화를 하면서 무료하게 혹은 초조하게 갈겨써 놓은 낙서. 여편네의 글씨도 있고 내 글씨도 있다. '명자—2000원'이라고 적어 놓은 것은 몇 달 전에 그만둔 가정교사에게 지불하지 못하고 있는 하기방학 특별 수당금의 독촉을 전화로 받은 것을 여편네에게 일러 주기 위해서 적어 놓은 것이다. 그 왼편쪽에 '차용증서'라고 써 놓은 것은 오늘 여편네가 밖에 나가서 걸어 온 전화를 받고 내가 적어 놓은 것인데, 그 사연인즉 여편네가 들고 있는 계의 오야한테 빌려준 돈의 이자가 오늘도 상대방이 만나자는 시간에 나타나지를 않아서, 그것을 통고해 온 여편네의 풀이 죽은 불안한 전화를 받고 분격한 내가 때마침 찾아온 작고한 친구의 부인인 P여사의 코치를 받고 "일이 틀어지는 기미가 보이는 것 같으니, 이런 경우에는 빨리 손을 써서 정식으로 차용증서라도 받아 놓아야지 남보다 먼저 차압이라도 할 수 있다."는 말을 여편네에게 전하고 다짐해야겠노라고 적어 놓은 것이다.

작고한 나의 친구는 소설을 쓰다 죽은 소설가이고, 그의 미망인인 P여사도 소설을 쓰고 있는데, 아까 여편네가 오늘도 못 받았다고 알려 준 이자에 관해서는 이 P여사도 그 본전의 절반 이상을 빌려주고 있는 터이라, 한참 동안 서로 걱정을 하다가 돌아갔다. P여사가 오기 전에, 나는 제임스 볼드윈의 소설을 읽으면서, 다방에서 기다리고 있던 도중에 걸려온 여편네의 "시간이 다 되었는데도 기다리는 사람이 오지 않는다."는 소식을 듣고, 부지런히 빚을 받아 내기 위한 최후의 경우에 내가 연출해야 될 활극까지도 면밀히 상상하고 있었다. 그 상상 안에서, 여편네와 함께 새벽에 기습을 한 채무자의 집 마당에서 우리들은 채무자 부부와 대결을 하고, 나는 그들의 큰아들인 고교생에게 얻어맞고 쓰러져서 녹십자 차에 실려간다. 그런데 녹십자의 앰뷸런스로 말하자면 그것이 그렇게 때를 맞추어서 손쉽게 출동해 줄 리가 없으니까, 사전에 약간의 '연극 준비'가 필요하다. 이런 '연극 준비'는 물론 거저는 안 된다. 얼마나 주면 될까, 누구한테 다리를 놓으면 될까 등등으로 고민을 하고 있는데 P여사가 들어왔다.

P 여사는 들어오자마자 "라디오 드라마를 써야 좋으냐, 어떻게 해야 좋으냐."는 말부터 꺼낸다. 노상 물어보는 이 난제에 대해서 노상 대답을 못하는 나에게 노상 물어보는 이 질문을 오늘따라 그녀가 대답을 꼭 필요로 하고 있는 것도 아니니까, 나는 볼드윈의 소설 얘기부터 꺼낸다. "볼드윈의 소설의 주인공인 흑인 가수는 파리로 가서 백인의 눈초리로부터 해방된 자유로운 사랑을 하고 자기 자신을 찾았다는 얘기를 막 읽고 있던 참인데, P여사는 파리에 가면 무엇으로부터의 해방감을 우선 느끼겠어요?"

나의 이 질문에 답하는 그녀의 표정을 나는 살핀다. 고리대금을 하는 시인의 이 질문에 대답하는 고리대금을 하는 소설가의 표정을 나는 살핀다.

고리대금을 하는 소설가가 라디오 드라마를 써야 좋으냐는 질문을 한다. 순수한 문학의 길을 지키기 위해서 라디오 드라마를 쓰지 않으려고 고리대금을 하는 소설가가 새삼스럽게 라디오 드라마를 그래도 써야 하느냐는 질문을 한다. 그 질문을 고리대금을 하는 시인에게 한다. 그 질문에 대해서 고리대금을 하는 시인이 대답을 하려고 한다. 이미 대답이 나와 있는 대답을 하려고 한다. 이보다 더 큰 난센스도 드물거라고 생각되는 이런 난센스를 우리들은 예사로 하고 있다.

그러나 잠시 생각해 보자. 아나운서 동지! 잠깐만 침묵해 주시오! 한 3초 동안만! 나는 라디오를 비방하는 것이 아니오. 라디오드라마를 비방하는 것도 아니오. 아나운서 동지를 비방하는 것은 물론 아니오. 고리대금을 하는 것조차도 이제는 예사로 생각하고 있소. 오히려 용감하다고까지 생각하고 있소.

다시 잠깐만 침묵해 주시오! 한 3초 동안만! 나는 이 수필을 거꾸로 방송하고 있소. 이 말이 무슨 뜻인지 아시오? 방송을 해서 청자나 필자에게 들려주기 위한 수필을 쓰고 있는 것이 아니라, 내가 라디오에게 들려주는 수필을 쓰고 있단 말이오. 말하자면 나는 내 앞에 놓인 나의 라디오와 연애를 하고 있는 것이오.

이 금성라디오를 위해서 달포 전에 쓴 나의 부질없는 시가 한 편 있소. 끝으로 그거나 읽어 주시오.

금성라디오

금성라디오 A504를 맑게 개인 가을날
일수로 사들여 온 것처럼
500원인가를 깎아서 일수로 사들여 온 것처럼
그만큼 손쉽게
내 몸과 내 노래는 타락했다

헌 기계는 가게로 가게에 있던 기계는
옆에 새로 난 쌀가게로 타락해 가고
어제는 캐시밀론이 들은 새 이불이
어젯밤에는 새 책이
오늘 오후에는 새 라디오가 승격해 들어왔다

아내는 이런 어려운 일들을 어렵지 않게 해치운다
결단은 이제 여자의 것이다
나를 죽이는 여자의 유희다
아이놈은 라디오를 보더니
왜 새 수련장은 안 사 왔느냐고 대들지만

1966. 11.

마당과 동대문

근 10년 동안 양계를 하다가 집어치운 계사 자리에 포도나무를 댓 그루 심었다. 지난겨울부터 우중충한 빈터가 숭하다고 먼첨*에는 여편네가 파를 온통 심겠다고 하더니, 그다음에는 잔디를 입히고 꽃을 심겠다고 하더니 얼마 전에 어느날 자전거에 포도나무를 싣고 시내로 팔러 들어가는 당인리 쪽에서 오는 자전거 탄 사나이 두 명을 끌고 들어와서, 열 그루 중에서 다섯 그루를 한 그루에 500원씩 달라는 5년 생이라나 하는 어른 키보다 조금 더 큰 놈을 200원인가씩 주고 사서 심었다. 그것을 심기 전에 우리 집 마당은 올해 처음으로 정원사라나 하는 사나이의 손질을 받았다. 건넌방과 거기에 잇달은 아랫방 앞에 올렸던 등나무를 남쪽 담 밑으로 소개시키고, 문간 앞에 있는 사철나무를 분가를 시켜서 무궁화와 개나리와 함께 등나무에 맞춰서 남쪽 담 앞으로 동서로 일렬로 심게 하고, 그 줄에 약 7, 8보가량 북쪽으로 변소 들어가는 어귀의 덩굴장미 받침틀 아래에 있던 개장을 옮겨서 동쪽 끝의 벼랑 밑으로 갖다 놓고, 개장 바로 옆에 동서로 일자지게 높이 50센티가량의 층계를 만들고 층계 앞에는 맨 중간 지점에 덩굴장미가 한 덩굴 더 받침틀 위에 기어 올라가 있고, 그 옆으로 사철나무의 묘목들이 두서너 개 꾀죄하게 박혀 있고 해당화를 새로 심었다. 그리고 층계

* '먼저'의 방언.

위로는 등나무 자리 앞에 있던 노랑 장미를 서쪽으로 조금 올려서 우물을 메운 자리에다가 옮기고, 그 옆에 동쪽으로 올해 꽃이 필 라일락이 있고 이 줄에다 정원사가 커다란 막돌을 골라서 서너 군데에 마당돌 장식을 해 놓았다. 저녁에 여편네가 들어와서 보더니 어린애들 소꿉질 같다고 푸념을 하더니, 며칠 후에 문화촌 친구 집에 갔다준 장미를 노랑 장미 옆에다 심고 지금은 그 옆에 돌 절구를 다시 닦아서 물까지 부어 놓았다.

남들은 나를 보고 이런 알뜰하고 문화적인 아내를 둬서 얼마나 행복하겠느냐고 자못 부러워하면서 빈정대기까지 하는 친구도 있는데, 나는 나대로 불만이 이만저만이 아니다. 방의 세간이고 마루의 의자고 테이블이고 책꽂이 위의 장식이고, 남이 보아 줄 것을 염두에 둔 장식이나 치장을 나는 대기(大忌)한다. 그것은 넌센스다. 무가치하다. 너무 깨끗한 것도 죄라는 뜻의 말을 에머슨인가 누가 말한 것을 지금도 기억하고, 잊지 않고 있다. 너무 깨끗하면 남들이 어려워서 근접을 하지 않는다. 따라서 그런 지나친 청소 관념이나 치장 관념은 인간의 제일의 적인 친화력을 방해하는 것이니까 죄라는 것이다. 물론 이런 철리(哲理)를 내가 아내한테 설교를 안 했을 리가 없고, 그녀도 그런 정도의 교양이 없을 리가 없을 텐데, 선천적인 고질이랄까 도무지 고쳐지지 않는다. 허영심이란 참 무서운 것이다. 게다가 요즘은 아이놈들도 자라고 해서 그전처럼 마음대로 큰 소리를 내고 싸움도 못하니 매사에 내가 지는 수밖에 없다.

이런 패배의 변법이 간혹 사회 문제나 문학 문제에서 대외적으로 적용되는 것을 보고 젊은 평론가들이 무력한 비명이라고 욕을 하는 것을 듣기도 하지만, 요즘 나는 여편네의 치장벽에 대해서는 화가 나다 못해 측은한 감조차 든다. 이 초라한 마당돌. 그녀가 올봄에 마당을 꾸미려는 생각을 하게 된 동기를 나는 너무나 잘 알고 있다. 그녀와 나는 식모 때문에 몇 달 동안을 애를 먹다가 겨우 참한 계집아이 하나를 얻었다. 이 식모애가 전에 있던 집에는 텔레비전도 있고 전화도 있는 집인데, 이 아이의 환심을 사려면 텔레비전과 전화가 없는 대신에 마당이라도 우선 좀 '돈 있는 집처럼' 꾸며 놓자는 것이 아내의 속심이다. 그리고 이 식모 아이 이외에 또 하나 허영의 관객이 늘어났는데 그것은 중3짜리 큰놈을 가르치는 가정 교사. 그리고 이 가정 교사와 동시에 생겨난 큰놈과 같은 반의 친구 두 명. 한 놈은 종로 네거리의 커다란 제과점의 아들이고, 또 한 놈은 모 은행 지점장의 아들. 이 과외 공부팀을 위해서 나는 내 방을 그들에게 양보하고, 건너방은 식모 아이한테 내어 주고, 안방에다 진을 치고 일을 할 수밖에 없게 되었다. 그리고 마당을 내려다보면서 처가집에서 옮겨다 심으라는 감나무와 살구나무의 위치를 생각해 보기도 하고, 남쪽 담 밑으로 탐스러운 수국이나 한 포기 있었으면 하는 생각도 해 본다. 여편네는 탁상 소형 텔레비전을 단골 상인에게 부탁해 놓았고, 전화는 6월에 신설된다는 신촌국에서 설치해 줄 것으로 알고 있다. 올여름에는 새로 월부로 산 전기냉장고에서 주스와 커피와 코카콜라와 시원한 수박과 참외를 아이들에게 서비스하게 될 것이다.

이런 의식적인 허영에의 타락을 감행하는 나의 요즘의 생활을 반성하면서 나는 '거짓말에서 나온 진담'이라는 일본인들의 이언(俚言)이 생각 난다. 이 이언의 본뜻은, 수많은 진실된 말은 농담에서 나온다는 말인데, 약간의 적용의 착오가 있기는 하지만, 나의 요즘의 허영에의 타락도 농담으로 시작한 것이 진실이 되어 버린 것 같고, 장난으로 시작한 것이 중독이 된 것 같고, 그런 중독 속에 오히려 자기도 모르는 상당히 많은 진실이 있는 것 같다. 아니, 오히려 자기가 부정하려는 진실이 있는 것 같다.

결국 나는 체념의 자기 정당화를 하고 있는 셈인지도 모른다. 저 층계 아래에 노란 민들레가 핀 옆에 아직도 새싹도 못 내놓고 있는 꾀죄한 사철나무의 묘목처럼 나의 허영은 초라하다. 이것은 아직도 내 마당이 아니다. 얘기가 나온 김에 좀 더 지루한 말을 하자면, 아내와 나는 이 집을 한때 남에게 전세를 주고, 지금 남쪽 벽이 둘려 있는 저쪽의, 역시 계사의 일부로 되어 있던 자리에, 계사를 손질을 하고 기와를 올리고, 우리가 그쪽으로 나가서 한겨울을 고생을 하고 지낸 일이 있었다. 그 후 그 집이 무허가라고 해서 땅 주인과 구청을 상대로 싸우던 끝에 드디어 그것이 헐리고 나서, 다시 우리들은 이 안채로 돌아왔고, 그때 이 안채 마당에, 지금 라일락이 서 있는 옆에 연분홍 장미꽃이 피어 있었다. 나는 전세를 빼 주느라고, 진 빚을 갚느라고, 호돈의 「주홍 글자」의 번역에 골몰하고 있었는데, 그 소리 없이 피었다가 지는 장미꽃이 여간 신비스럽지 않았다. 그 장미 꽃을 전세를 든 집의 할머니가 와서 그 후에 파 갔을 때 나는 여간 섭섭하지 않았다. 그 후에, 그러니까 바로 얼마 전에, 그 할머니의 아들이 와서, 남쪽 벽 앞에 있던 조그만한 포도나무까지 다 파 가 버리고 말았는데, 이번에는 새로 심은 늘씬한 포도나무가 다섯 그루나 심겨 있어서 장미 때만큼 그런 모욕감은 느끼지 않았다. 그리고 여편네의 허영도 약이 될 때가 있구나 하는 생각을 해 보았다. 그 후 문화촌에서 장미를 얻어 왔을 때 나는 아무 소리도 하지 못했다.

그러나 지금도 마루에 앉아서 담배를 피우게 될 때 같은 때, 신경이 자꾸 마당으로 쏠리는 것이 싫다. 며칠 전부터 개나리가 활짝 피어 있다. 날이 갈수록 노란색이 더 짙어진다. 그러나 장미꽃을 보는 기분은 아니다. 남이 심은 꽃을 보는 기분은 아니다. 여편네는 남도 아니고 나도 아닌 그 중간물이다. 이런 복잡한 기분을 면하려면 다소나마 나 자신이 마당을 만드는 데 정열을 쏟아야 내 마당이 될 텐데 그런 적극성은 나한테 바랄 수 없다.

그래도 그 소꿉장난 같은 마당돌의 넌센스를 보고 있으면, 옛날에 할아버지가 사랑뜰에 놓고 보던 금강석이라는 꺼먼 고석이 생각이 난다.

호두알보다 약간 좀 큰 단 배가 열리는 배나무가에 채송화가 꽃멍석을 이룬 길 옆에 직경 1미터 반가량의 화강암 돌 대야 위에 얹힌 이끼가 낀 고석. 나는 이 고석을 통해서 글방에 다닌 너더댓 살 때부터 돌 숭배의 습성을 배우게 되었다. 반짝반짝한 하얀 이쁜 돌을 주어다가 그 위에 「신(神)」이라는 한문을 쓰느라고 번져서 고생을 하던 생각이 지금도 잊혀지지 않는다. 그렇게 써 놓고는 나는 아침저녁으로 거기에 기도를 드린 것 같다. 기도의 주문은 여러 가지 있었겠지만, 지금도 그중 강하게 기억되고 있는 것은 보통학교 2학년 때에 첫사랑을 한, 한 반 위에 있다가 낙제를 해서 같은 학년이 된 여자반의, 역시 같은 반에 있던 이모의 친구인 목사 딸과의 사랑을 성취시켜 달라는 것이었다.

그 당시 우리 집은 동대문 안의 동아골이라는 골목에 있었고, 서쪽으로 올라오면서 한 50미터가량 떨어진 다음 골목이 양사골, 그다음에 100미터쯤 떨어진 곳에 있는 다음 골목이 느릿골이고, 동아골에서 동쪽으로 50미터 가량의 다음 골목이 아래 동아골, 거기에서 약 100미터쯤 동쪽이 동대문이었다. 어린 마음에는 집에서 동대문까지가 서울에서 동경 가기만큼 멀리 생각되었고, 종로 5가에 있는 어의동 학교, 지금의 효제국민학교는 미국 가기만큼 서먹서먹하게 느껴졌다. 그 서먹서먹한 이향(異鄕)에 있는 어의동 학교를 나온 뒤에 나는 글방을 다니게 되었는데, 그 서먹서먹한 먼 학교 옆에 그보다 더 서먹서먹한 목사 딸이 살고 있었다. 그 화성(火星)의 주민 같은 목사 딸에게 나는 아침저녁으로 기도를 드리고 있었다.

지금도 동대문 옆을 지나가면, 그 목사 딸 생각이 나고, 그 후에 또 알게 된 강원도 홍천에서 온 글방집 딸 생각이 나서, 되도록이면 눈을 감고 동대문 옆을 지나다니는 버릇을 지키고 있는 지가 오래이지만, 그 당시의 설움에 찬 어린 마음에는 동대문은 파리의 노트르담보다도 더 거대하고 웅장하게 보였다.

지금의 동대문은 국보애호의 시속의 유행에 따라, 우리 집 마당처럼 어색한 칠보단장에 현대식 조명까지 받으면서 선을 보이고 있지만, 나로서는 어린 마음의 그 숭고성을 다시 찾을 길이 없다. 그 정신을 다시 찾으려면 새로운 내적 문화의 뒷받침이 있어야 한다. 판테온의 위대한 정신까지는 그만두고라도, 노트르담의 위광을 갱신하는 위고의 「꼽추」 정도의, 그리고 최근에는 장 주네의 「꽃의 노트르담」 정도의 정신의 장식이 필요하다. 이것은 동대문에 한한 일만이 아니다. 무릇 문화재에 풍부한 전설의 로테이션이 이루어질 때 그 나라의 문화는 생기를 유지하게 되고, 우리들의 정서 생활에서 산 역할을 하게 된다. 그리고 그런 문화재야말로, 골동품의 치욕을 벗어나서 꿈을 지향하는 내일의 문화의 산 원동력이 될 수 있는 것이다.

《문화재》 제2호(1966. 11.)

마리서사

죽은 인환이가 해방 후에 종로에서 한 2년 동안 책 가게를 한 일이 있었다. 그가 자유신문사에 들어간 것이 책 가게를 집어치운 후였고, 명동에 진출한 것이 경향신문에 들어갔을 무렵부터였으니까 문단의 어중이떠중이들은—인환이하고 가장 가까운 체하는 친구들까지도—그의 책 가게 시대를 잘 모른다. 그러나 인환이가 제일 기분을 낸 때가 그때였고, 그가 죽은 뒤에도 살아 있을 동안에도 나는 그 책 가게를 빼놓고는 인환이나 인환의 시를 생각할 수가 없었다—이탈리아 원정을 빼놓고는 나폴레옹을 생각할 수 없는 것처럼. 낙원동 골목에서 동대문 쪽으로 조금 내려온 곳에—요즘에는 공립약방이라나 하는 간판이 붙어 있는 집이다—그는 '마리서사'라는 책사를 내고 있었다. 벌써 17~18년 전 일이지만, 동쪽의 널따란 유리 진열장에 그린 '아르르 강'이라는 도안 글씨이며, 가게 안에 놓인 커다란 유리장 속에 든 멜류알, 니시와키 준사부로의 시집들이며, 용수철 같은 수염이 뻗친 달리의 사진이 2~3년 전의 일처럼 눈에 선하다. 인환을 제일 처음 본 것이 박상진이가 하던 극단 '청포도' 사무실의 2층에서였다. 그때 '청포도'가 무슨 연극을 하고 있었는지는 기억에 없지만 인환이가 한병각의 천재를 칭찬하고 있던 것만은 지금도 생각이 난다. 또한 콕토의 『에펠탑의 신랑신부』 이야기를 하면서 자기가 꼭 상연해 볼 작정이라고 예의 열을 올리기도 했다. 해방과 함께 만주에서 연극 운동을 하다가 돌아온 나는 이미 연극에는 진절머리가 나던 때라 그의 말은 귀언저리로밖에는 안 들렸고, 인환의 첫인상도 그리 좋은 편은 아니었다.

그 후 그가 책 가게를 열게 되자 나는 헌책을 팔려고 자주 그의 가게에 발을 들여놓게 되었고, 그가 이상한 시를 좋아한다는 것도 알게 되었다. 나는 그를 통해서 미기시 세츠코〔三岸節子〕, 안자이 후유에〔安西冬衛〕, 기타조노 가츠에〔北園克衛〕, 곤도 아즈마〔近藤東〕 등의 이상한 시를 접하게 되었고, 그보다도 더 이상한, 그가 보여 주는 그의 자작시를 의무적으로 읽지 않으면 아니 되게 되었다. 그는 일본말이 무척 서툴렀고 조선말도 제대로 아는 편이 못 되었지만, 그 대신 그의 시에는 내가 모르는 멋진 식물, 동물, 기계, 정치, 경제, 수학, 철학, 천문학, 종교의 요란스러운 현대 용어들이 마구 나열되어 있었다. 요즘의 소위 '난해시'라는 것을 그는 벌써 그 당시에 해방 후 처음으로 본격적으로 시작하고 있었다. 그의 책방에는 그 방면의 베테랑들인 이시우, 조우식, 김기림, 김광균 등도 차차 얼굴을 보이었고, 그밖에 이흡, 오장환, 배인철, 김병욱, 이한직, 임호권 등의 리버럴리스트도 자주 나타나게 되어서 전위예술의 소굴 같은 감을 주게 되었지만, 그때는 벌써 마리서사가 속화(俗化)의 제일보를 내딛기 시작한 때이었다.

인환의 최면술의 스승은 따로 있었다. 박일영이라는 화명(妓名)을 가진 초현실주의 화가였다. 그때 우리들은 그를 '복쌍'이라는 일제 시대의 호칭을 그대로 부르고 있었다. 복쌍은 사인보드나 포스터를 그려 주는 것이 본업이었는데 어떻게 해서 인환이하고 알게 되었는지는 몰라도, 쓰메에리*를 입은 인환을 브로드웨이의 신사로 만들어 준 것도, 콕토와 자코브와 도고 세이지〔東鄉青兒〕의 「가스파돌의 입술」과 브르통의 「초현실주의 선언」과 트리스탄 차라를 교수하면서 그를 전위시인으로 꾸며낸 것도, 마리서사의 '마리'를 시집 『군함 마리〔軍艦茉莉〕』

---

* 깃이 목을 둘러 바싹 여미게 지은 양복.

에서 따 준 것도 이 복쌍이었다. 파운드도 엘리엇을 이렇게 친절하게 가르쳐 주지는 않았을 것이다. 나는 복쌍을 알고 나서부터는 인환에 대한 그나마 얼마 남지 않은 흥미가 전부 깨어지고 말았다. 복쌍은 그를 나쁘게 말하자면 곡마단의 원숭이를 부리듯이 재주도 가르쳐 주면서 완상도 하고 또 월사금도 받고 있었다.(월사금이라야 점심이나 저녁을 얻어먹을 정도이었지만.) 그는 셰익스피어가 이아고나 맥베스를 다루듯이 여유 있는 솜씨로 인환을 다루고 있었지만, 셰익스피어가 그의 비극적 인물의 파탄에 책임을 질 수 없었던 것처럼 그를 끝끝내 통제할 수는 없었던 모양이다. 그는 그럴 때면 나한테만은 농담처럼 불평을 하기도 했다. "인환이놈은 너무 기계적이야." 하고. 그러나 그가 기계적이라고 욕한 것은 인환이한테만 한 욕이 아니었다고 생각된다. 그는 인환의 주위에 모이는 유명인사들의 허위가 더 우습고 더 기계적이고 더 유치하게 생각되었다. "병욱이가 걸핏하면 아주 심각한 명상이라도 하는 듯이 고개를 숙이고 있지. 그게 무슨 생각을 하는 줄 알아? 돈 생각을 하고 있는 거야." 하고, 그는 곧잘 빈정댔다.

지금 생각해 보면 오늘날의 문학청년들에게는 그때의 복쌍 같은 좋은 숨은 스승이 없다. 복쌍은 인환에게 모더니즘을 가르쳐 준 것이 아니라 예술가의 양심과 세상의 허위를 가르쳐 주었다. 그는 '마리서사'라는 무대를 꾸미고 연출을 하고 프롬프터까지 해 가면서 인환에게 대사를 가르쳐 주고 몸소 출연을 할 때에는 제일 낮은 어릿광대의 천역(賤役)을 맡아가지고 나와서 관중과 배우들에게 동시에 시범을 했다. 인환은 그에게서 시를 얻지 않고 코스튬만 얻었다. 나는 그처럼 철저한 은자(隱者)가 되지 못한 점에서는 인환이나 마찬가지로 그의 부실한 제자에 불과하다.

나에게는 아직도 해결하지 못하고 있는, 그리고 앞으로도 좀처럼 해결하지 못할 것 같은 세 가지 문제가 있다. 죽음과 가난과 매명(賣名)이다. 죽음의 구원. 아직도 나는 시를 통한 구원을 받지 못하고 있는 것처럼 죽음에 대한 구원을 받지 못하고 있다. 그런 의미에서는 40여 년을 문자 그대로 헛산 셈이다. 가난의 구원. 길가에서 매일같이 만나는 신문 파는 불쌍한 아이들을 볼 때마다 느끼는 자책감에서 헤어날 길이 없다. 역사를 긴 눈으로 보라고 하지만, 그들의 천진난만한 모습을 볼 때마다 왜 저 애들은 내 자식만큼도 행복하지 못한가 하는 막다른 수치감에서 헤어날 길이 없다. 나는 40여 년 동안을 문자 그대로 피해 살기만 한 셈이다. 매명의 구원. 지난 1년 동안에만 하더라도 나의 산문 행위는 모두가 원고료를 벌기 위한 매문·매명 행위였다. 그리고 지금 이 순간에 하고 있는 것도 그것이다. 진정한 '나'의 생활로부터는 점점 거리가 멀어지고, 나의 머리는 출판사와 잡지사에서 받을 원고료의 금액에서 헤어날 사이가 없다. 마리서사 시대에, 복쌍은 나한테도 이런 비유의 말을 했다—"이 속(속세)에서는 얄팍한 가면이라도 쓰고 다녀야 해. 그러니까 수영이두 옷 좀 깨끗하게(인환이처럼 데뷔를 하려면 맵시 있는 옷차림을 하라는 뜻) 입구 다니라구." 그러나 복쌍은 인환이를 속이듯이 나까지도 속인 것이 분명하다. 그는 나한테는 가면을 쓰라고 하면서 내가 보기에는 그 가면을 자기는 오늘날까지도 쓰지 않고 있기 때문이다. 국전 심사위원의 명단 속에 박일영이라는 이름이 날 리가 만무하고, 어느 산업미술전에도 그의 이름은 나타나 있지 않고, 그 흔한 간판점 하나 그의 이름으로 날 성싶지 않은 그런 성인에 가까운 생활을 그가 하고 있는 것을 볼 때, 혹시나 노상에서 누가 만나도 그가 보기 전에는 구태여 이쪽에서 인사하고 싶은 사람이 없을 정도의 망각의 생활을 하고 있는 것을 볼 때, 나는 인환의 만년처럼 비뚤은 길에 빠져 있는 게 아닌가 하는 반성이 들고, 지(知)와 행(行)이 일치하기가 어렵다는 것이 새삼스럽게 느껴지고, 17년 전과 비해서 아웃사이더의 생활이 얼마나 하기 힘들어졌는가가 새삼스럽게 통절히 느껴지고, 이상한 가슴의 동계(動悸)를 느끼게 된다. 아주 새로운 것은 아주 낡은 것과 통하는 것일까. 적어도 복쌍을 보면 그런 생각이 든다. 그리고 그는 내가 해결하지 못하고 있는 문제의 해답을 낼 수 있을 만큼 낡아진 것 같다.

바이런이나 헤밍웨이나 사르트르가 아닌, 필자의 신변의 숨은 친구를 지나치게 미화하는 것은 독자들에게 지루한 부담이 될 것 같아서 몹시 삼가며 쓴 것이 역시 이렇게 따분하게 되었다. 사실은 이 글의 의도는, 마리서사를 빌려서 우리 문단에도 해방 이후에 짧은 시간이기는 했지만 가장 자유로웠던, 좌·우의 구별 없던, 몽마르트 같은 분위기가 있었다는 것을 자랑삼아 이야기해 보고 싶었다. 그 당시만 해도 글 쓰는 사람과 그 밖의 예술하는 사람들과 저널리스트들과 그 밖의 레이맨*들이 인간성을 중심으로 결합될 수 있는 여유 있는 시절이었다. 그 당시는 문명(文名)이 있는 소설가 아무개보다는 복쌍 같은 아웃사이더들이 더 무게를 가졌던 시절이고, 예술 청년들은 되도록 작품을 발표하지 않는 것을 영광으로 생각하던 시절이었다. 지금 그 당시의 표준을 가지고 재어 볼 때 정도(正道)를 밟고 있는 사람이 몇 사람이나 될까. 진정한 아웃사이더가 몇 사람이나 될까. 가장 가까운 주위에 자랑할 만한 사람이라면 이활, 심재언 정도가 아닐까. 그런데 이들도 그때만큼 틈이 없다. 아웃사이더도 시간의 여유가 있어야 되고, 공부하고 놀 틈이 있어야 되는데 이들에게는 공부할 시간도 놀 장소도 없다. 질식한 아웃사이더들이다. 죽은 김이석도 사실은 질식한 아웃사이더다. 내 책상 위에는 그가 《한국일보》에 연재하기로 되어 있는 「대원군」의 자료를 구하다가 얻은 『40년 전의 조선』이라는 영국 여자가 쓴 기행문 한 권이 있다. 생전에 나를 보고 번역을 해서 팔아먹으라고 빌려준 것이다. 이것을 「70년 전의 한국」이라고 고쳐 가지고 《신세계》지에 팔아먹으려고 했는데 잡지사가 망해서 단 1회밖에는 못 실렸다. 《신세계》지의 사장을 소개해 준 것도 이석 형이었다. 그는 마치 복쌍이 인환에

---

* layman 보통사람.

게 예술을 가르쳐 주려고 애를 쓴 것처럼 나에게 돈벌이 구멍을 주선해 주려고 애를 썼다. 그러고 보면 복쌍하고 이석 형은 성격적으로 닮은 데가 참 많다. 아마 복쌍이 문단에서 서식을 했더라면 이석같이 되었으리라고 생각되는 점이 한두 가지가 아니다. 또 이석이 마리서사 때에 서울에 있었더라면 복쌍같이 되었으리라고 생각되는 점이 한두 가지가 아니다. 이석 형이 죽은 뒤에 박 여사(미망인)한테서, 그가 생전에 '작품발표년월목록'까지 만들어 놓았다는 말을 들었지만 그가 어느 정도 자기의 문학을 신용하고 있었는지 의심스럽다—복쌍이 자기의 그림을 신용하지 않은 정도로 이석도 그의 문학을 신용하지 않았던 게 아닌가, 복쌍이 사인보드를 그리는 기분으로 이석도 신문소설을 쓴 게 아닌가, 이런 생각을 하면 넋을 잃게 된다. 아무튼 나는 복쌍이나 이석을 작품보다도 인간적으로 접근한 데에 더 큰 자랑을 느끼고 있고, 그것이 가장 정직한 우리의 현실이라는 생각을 버릴 수가 없다. 우리는 아직도 문학 이전에 있다.

1966.

벽

우리 집 여편네의 경우를 보니까, 여자는 한 마흔이 되니까 본색이 드러난다. 이것을 알아내기에 근 20년이 걸린 셈이다. 오랜 시간이다. 한 사람을 가장 가까이 살을 대 가며 관찰을 해서 알게 되기까지 이만한 시간이 필요하다는 것을 생각하니 여자의 화장의 본능이 얼마나 뿌리 깊은 지독한 것인가에 어안이 벙벙해진다. 헤세의 『향수』라는 소설에 나오는 꼽추 모양으로, 사람을 알려면 별로 많은 사람을 사귈 필요가 없다. 나의 경우에는 여편네 하나로 족한 것 같은 생각조차도 든다. 사람을 알려면 그 사람의 '벽'을 보면 된다. '벽'이란 한계점이다. 고치려야 고칠 수 없는 막다른 골목이다. 숙명이다. 이 '벽'에 한두 번이나 열 번 스무 번이 아니라 수없이 부닥치는 동안에 내 딴에는 인간 전체에 대한 체념이랄까—그런 것이 생긴다. 그래서 나도 소크라테스의 말대로 본의 아닌 철학자가 된 셈이다. 속은 것은 성품만이 아니다. 육체에 대해서도 속았다. 그녀의 발가락을 보면 네 번째 발가락이 세 번째 발가락보다 더 길고 크다. 이것은 젊었을 때는 보면서도 보지 못한 흠점이다.

그런데 이런 '벽'은 여편네에서만 그치는 것이 아니라, 너무나 당연한 일이면서도 너무나 불행한 일로는, 자식에게까지 물려받게 되는 것이다.

큰놈은 발가락은 제 어멈을 안 닮았는데 성미는 닮은 데가 많다.

어멈은 로션 마개를 노상 돌려 놓지 않고 그대로 걸쳐만 두는데, 큰놈은 잉크병 마개를 노상 그 식으로 해 두어서 책가방과 손수건이 꼴이 아니고 나한테 노상 구박을 맞고는 했다. 그놈을 구박을 할 때는 제 어멈에 대한 불만까지가 가중해서 나는 거의 반미치광이처럼 화를 내는 때가 많았다. 그래도 어멈은 그런 루스한 성격이 자기를 닮았다고는 하지 않고 오히려 내 쪽의 조상의 탓으로 민다. 여편네의 루스한 성격의 또 하나의 유전은 방문을 꼭 닫지 않고 나가는 버릇에서도 찾아볼 수 있다. 여편네와 큰놈이 닫고 나가는 방문은 언제나 10센티가량 열려 있다. 그래도 큰놈은 아직 어려서 그런지, 사내놈이 되어서 그런지 다소 나의 교훈으로 교정이 되었다. 그러나 여편네가 머리를 빗고 나간 자리에는, 그렇게 말을 하는데도 아직도 기다란 머리카락이 여기저기 떨어져 있고 비닐 방바닥에 떨어진 머리카락은 축축한 걸레로 훔쳐 낼라치면, 방바닥에 필사적으로 달라붙어서 움직이지 않는 품이 자개장에 박힌 자개를 떼 내기보다도 더 어렵다. 나중에는 걸레로 떼려다 못해 손가락으로 떼어 보려고 하지만 매끈거리는 비닐 장판에 붙은 머리카락이 손톱으로 쥐어질 리가 없다. 쥐어도 안 잡히고, 쥐어도 안 잡히고, 쥐어도, 쥐어도, 안 잡힌다. '벽'이다. 이렇게 되면 화를 내는 편만 손해를 본다. 그래도 눈앞이 캄캄해지도록 화가 날 때가 많다. 이것도 또 나의 '벽'이다.

둘쨋놈은 제 어멈의 희미한 성격은 안 닮았는데 발은 어멈 발하고 똑같다. 그래서 나는 어멈의 발을 보기 싫게 보지 않으려고 둘쨋놈의 발에 자주 입을 맞춰 본다. "네 발을 이쁘게 보면 어멈 발도 이쁘게 보이겠지. 네 발을 이쁘게 보기 위해서 어멈 발을 이쁘게 보아야지. 어멈 발을 이쁘게 보면 네 발도 이쁘게 보이겠지……" 하고. 이런 부부의 철학을 생각할 때마다 나는 죽은 박인환이가 한 말이 생각이 난다. 그놈이 누구한테 들었는지 나한테 이런 말을 제법 정색을 하고 한 일이 있었다. "부부란 자식 때문에 사는 거야. 여기 성냥갑이 두 개 있지.

이 성냥갑 사이에 성냥개비를 하나 놓자. 이 성냥개비는 두 쪽의 성냥갑에 실을 동여매고 있어. 그래서 한쪽의 성냥갑이 멀어질 때면 이 성냥개비가 실을 잡아당기는 거야. 너무 멀리 가면 안 된다구.” 그때는 또 시시한 말을 하는구나, 하고 대수롭게 들어두지 않은 말이, 이상하게 지금까지 잊혀지지 않고 있는 것이 또한 이상하다. 인환이가 이 말을 실천하지 않고 죽은 것을 보면 그놈도 진정으로 믿고 한 말은 아닌 것 같다. 그놈은 멀리 떨어져 나간 성냥갑이 아니라, 멀리 떨어져 나가다가 자폭을 해 버린 성냥갑이 되었다. 봉래하고 진섭이하고 소주를 마시고 난 이튿날 아침에 죽었으니까, 소줏불에 점화된 성냥갑이 되었다. 그가 생전에 뇌까리던 조니워커를 마시고 자폭을 하지 못한 것이 한스러웠을 거라. 자폭이라면 요즘 읽은 책 중에서 두 가지 상징이 생각이 난다. 하나는 아동물 소화(笑話)를 번역하다가 읽은 얘기. 러시아의 어떤 주망나니*가 보드카를 마시고 난 입으로 담배를 피우려고 성냥불을 붙여 대고 그것을 입으로 불어 끄려고 한 순간에 입가에 묻은 독한 화주에 불이 점화가 되어서 그것이 위장 속에 고인 술까지 폭발을 일으키게 해서 죽었다는 얘기. 하나는 노먼 메일러의 「마지막 밤」이라는 소설에 나오는, 우주선을 극도로 발전시킨 나머지 미국의 대통령과 소련 수상이 공모를 하고, 지구를 폭파시켜 가지고 그 힘을 이용해서 태양계의 밖에 있는 별나라로, 세계의 초특권인 약 백 명을 태운 우주선이 떠난다는, 인류를 배신하는 미국의 정치가의 위선적인 휴머니즘을 공박한 얘기. 전자는 아동 잡지의 부탁을 받고 번역을 해 주었지만 후자는 아직 번역을 못하고 있다. 미국의 대통령을 정면으로 공박한 얘기라 ‘반미적 운운’에 걸릴까 보아서가 아니라 이 소설의 텍스트가 없고, 일본 잡지에 번역된 것을 가지고 있어, 그것이 뜨악해서 번역을 못하고 있다. 원본이면 된다. 일본말 번역은 좀 떳떳하지 못하

* ‘술망나니’의 평북 방언.

다 ―이것이야말로 사대주의라면 사대주의일 것이다. 이 사대주의의 '벽'을 뚫는 의미에서도 굳이 일본말 텍스트로 「마지막 밤」을 번역해 보고 싶다.

이 수필을 쓰기 전에 사실은 나의 머릿속에는 르 클레지오의 소설의 청사진이 박혀 있었다. 이 정도의 흉내는 낼 것 같다. 이 정도의 흉내는 안 낼 수도 있다. 그러니까 이 정도의 흉내는 낼 수 있을 것 같다. 구라파의 아방가르드의 새 문학에 면역이 되기까지도, 여편네에 면역을 하기만큼의 긴 세월이 필요했던 것을 생각하면 정말 감개무량하고 대견한 생각이 든다. 그래도 노먼 메일러의 소설을 읽고 나서는 약간 눈앞이 아찔했다. 방바닥에 붙은 여편네의 머리카락을 손톱으로 떼는 셈이다. '벽'이다. 그 후에 메일러의 『대통령의 백서』라는 저서에 대한 어떤 평론가의 평문을 우연히 하나 읽고 얼마간 초조감이 누그러지기는 했다. 그러나 여편네의 방바닥의 머리카락에 대한 분격과는 달리, 이런 초조감은 누그러지는 것이 좋지 않다. 더구나 외부로부터 누그러뜨리는 것은 좋지 않다.

1966.

글씨의 나열이오

이 글을 쓰려고 까만 볼펜을 드니 둘째 손가락과 엄지 손가락이 변색을 한 것이 눈에 뜨이오. 이상해서 자세히 살펴보오. 변색이란 것이 과장이 아니오. 하얗게 바래 있소. 아니 하얗게 떠 있소. 두 손가락의 피부가 표백을 한 거요. 술잔을 쥔 부분의 피부가 표백을 한 것이오. 어저께 당신이 준 5000원 중에서 2500원어치를 마신 거요. 내가 쓴 돈이 그것이지 마신 분량은 내가 지불한 돈의 배가 더 될 거요. 내가 낸 돈은 일차의 대폿값하고 이차의 맥주값뿐이지, 삼차에 들어앉은 집에서 마신 것은 다른 친구가 냈으니까. 술 많이 마셨다는 자랑이 아니오. 괴롭단 말이오. 아침에 깨어 보니 또 요에 오줌을 쌌구려. 지금 이 글을 그 축축한 요 위에 팔을 비벼 대면서 쓰는 거요. 정말 괴롭소. 비명이 아니오. 세상에서는 자학이 나쁘다고 하지만 아직도 나는 자학의 미덕에 대신하는 종교를 찾지 못하고 있소. 속되어 가는 나 자신에 대한 이나마의 변명이라도 없이는 어디 살겠소?

우리는 우리들 자신의 문학(문학이라고 해 둡시다.)을 신용하지 않소. 이것이 현대의 명령이오. 카뮈가 이런 말을 했지. 그 이전에 랭보가 무어라고 했소. 시는 절대적으로 새로워야 한다고 했을 거요. 그러니까 우리들은 우리들의 시를 절대적으로 경멸해야 하오. 이런 우리의 산상수범(山上垂範) 때문에 우리의 시를 시가 아니라 산문이라고 욕하는 유다들의 비방에 우리들의 시가 책형을 당해도 우리는 그 오해를 영광스럽게 생각해야 하오. 며칠 전에 「깨꽃」이라는 몇 해 전의 작품을 어디다 주려고 청서를 하면서, 그러나 그들의 오해가 내 오해로 변했소. 무슨 말이냐고? 이 「깨꽃」이라는 글 중의 어디에서 시를 찾을 수 있는지 모르겠소. '의미'로서의 시가 없소. '의미'로서의 시가 안 되오. 그것은 그냥 글씨의 나열이오. 미안하오. 그 글씨의 나열에 대해서 5000원이나 받아서 미안하오.

1967. 1.

이 거룩한 속물들

소설이나 시의 천재를 가지고 쓰지 못해 발광을 할 때는 세상이란 이상스러워서 청탁을 하지 않는다. 반드시 그런 재주가 고갈되고 나서야 청탁을 하기 시작한다. 그러니까 무릇 시인이나 소설가는 청탁이 밀물처럼 몰려 들어올 때는 자기의 천재는 이미 날아가 버렸다고 생각하는 게 좋다. 일껏 하던 놀음도 멍석을 깔아 놓으면 못한다는 말의 '멍석'이 청탁이 되는 예를 글 쓰는 사람들은 정도의 차이는 있지만 누구나 한번씩은 느끼는 것이 아닐까. 그러지 않고서야 어떻게 그렇게 매일같이, 매달같이 너절한 신문소설과 시시한 글들이 쉴 새 없이 쏟아져 나올 수 있겠는가.

'속물론(俗物論)'의 청탁을 받고 우선 머리에 떠오르는 것이 이런 얄궂은 생각과 쓰디쓴 자조의 미소뿐. 도무지 쓰고 싶은 생각이 나지 않고, 붓이 천근같이 안 움직인다. 세상은 참 우습다. 그렇게 이를 갈고 속물들을 싫어할 때는 아무 소리도 없다가 이렇게 나 자신이 완전무결한 속물이 된 뒤에야 속물에 대한 욕을 쓰라고 한다. 세상은 이다지도 야박하다.

우연히도 어제 우리 집에는 이런 일이 있었다. 뜰 아래의 헌 재목을 쌓아 둔 광의 바깥벽이 며칠 전의 비 오던 날 무너져 버렸다. 이 헌 재목은 다른 게 아니라 재작년 초겨울에 앞마당 밖의 양계장을 하던 자리에 세운 집이 무허가로 헐려서 뜯어낸 것들이다. 한 백 평가량의 공터를 빌려서 매년 토지세를 내고 양계를 하다가, 그것이 수지가 안 맞아서 여편네의 고안으로 그 자리의 일부에 20평가량 줄행랑 비슷하게 하꼬방을 들이고 세를 주었는데, 땅주인이 노발대발하고 구청에 찔러서 근 1년 동안을 승강이를 하다가 헐린 것이다. 그 비극의 재목을 처넣어 둔 광의, 블록으로 싼 바깥길 쪽 벽이 헐린 뒤에도, 바쁘기도 하고 게으르기도 한 우리 부부는 그 담을 고치지 않고 그대로 내버려 두었다. 속에 든 기둥, 널빤지, 문짝, 서까래 부스러기들이 썩은 생선뼈처럼 그대로 바깥으로 꿰져 나갔다. 단돈 10원에 벌벌 떠는 여편네의 생리로서 이 헌 재목이 아깝지 않을 리가 없다. 더군다나 이 재목은 생돈 20만 원을 곱다랗게 손해를 보고 남은 원한의 유산(遺産)이다. 그 재목이 하루 이틀 지나는 사이에, 예측한 대로 도난을 당했다. 그중에서 제일 값진 현관 문짝부터 없어지기 시작했다. 그래도 우리들은 그 담을 고칠 생각을 하지 않았다. 오히려 우리들은 웃고만 있었다. 개가 짖어도 나가 보지를 않았고, 나가 보고 싶은 생각도 없었다. 그러다 친구 Y가 집을 증축하겠다는 말을 듣고 우리 집 재목을 갖다 쓰라고 했다. 이 친구가 바로 어제 이 재목을 가지러 왔다. 그래서 우리 집에서 30리가량 떨어진 금호동까지 재목을 싣고 갈 인부를 얻지 않으면 아니 되었다. 여편네는 우리 동네에서 그중 가난한 아무개 아버지를 불러왔다. 한 리어카가 잔뜩 되는 나무를 골라내고 나니 광이 허술해지고 통로까지 생기었다. 이 통로를 메우게 하려고 광 밖에 세워 두었던 나무 기둥들까지 집어넣어서 엉성하게 밖으로 난 구멍을 메우게 하고, 임시로 담이 헐린 곳에 가시철망을 치게 했다. 그런데 이상하게도 이 아무개 아버지가 가시철망은 치지 않아도 된다고 한사코 반대한다. 여편네는 자꾸 치라고 명령을 한다. 그러다가 몇 차례 옥신각신을 한 끝에 아무개 아버지는 하는 수 없이 주인의 명령에 못 이겨서 가시철망을 친다. 그러자 바깥길에 동네 아이들이 몰려와서 구경들을 한다. 그 아이들 중에는 이 아무개 아버지의 어린애들도 끼여 있다. 그런데 이 아무개의 아버지의 어린애의 손을 잡고 있는 옥색 스웨터를 입고 있는 처녀 아이가 며칠 전에 나무를 빼 가고 있는 것을 나는 우연히 창 너머로 본 일이 있었던 것이다. 그러지 않아도 우리 동네에서 제일 가난한 이 아무개 아버지가 수상하다고 생각한 일이 있던 나의 의심은 갑자기 눈을 크게 뜨게 되었다. 그래서 유심히 이 아무개 아버지의 표정을 살펴보았다. 아니나 다를까. 이 아무개 아버지는 별안간 날카로운 고함을 지르면서 자기의 어린것들과 옥색빛 스웨터의 처녀 아이를 가라고 쫓아 버리는 것이 아닌가. 철망을 다 쳤다고 해서 부엌 뒷문을 열고 나가 보니 꿰어져 나온 생선뼈의 한 귀퉁이에 쳐 놓은 철망은 단 두 줄. 그것은 대포를 들고 오는 도둑에게는 거미줄만 한 역할밖에는 못할 정도의 것이다. 나는 더이상 아무 말도 하지 않고 이 아무개 아버지가 재목을 싣고 간 뒤에, 혼자서 무너져 부서진 블록 토막을 주워 모아 가지고 거미줄 밑에다 엉성하게 쌓아 올렸다. 이것은 도둑을 막거나 도둑에게 호통을 치기 위한 방폐라기보다는, 도둑에게 애소하는 눈물의 제스처다. 물론 이런 허약하고 비겁한 제스처가—그것이 아무개 아버지이든 누구이든 간에—도둑에게 통할 리가 없다.

이런 어리석은 어제의 경험이, 속물론을 쓸 자격을 이미 상실하고 고민하고 지친 나의 머리에, 아주 아득한 옛날의 기억처럼 아물아물 떠오르는 것이 신비스럽기까지도 하다.

이렇게 지나치게 서론이 길어진 것도 역시 속물론을 쓰기 싫은 심정의 서투른 지연작전이라고 생각해 주면 된다. 나를 보고 속물에 대한 욕을 쓰라는 것은 아무개 아버지를 보고, 자기가 도둑질을 한 집의 담에 가시철망을 치라는 것과 마찬가지로 이보다 더 어색한 일이 없다.

우선 나는 지금 매문을 하고 있다. 매문은 속물이 하는 짓이다. 속물 중에도 고급 속물이 하는 짓이다. 나뿐만 아니라 모든 매문가의 특색은 잡지나 신문에 이름이 나는 것을 좋아하고, 사진이 나는 것을 좋아하고, 라디오에 나가고, 텔레비전에 나가서 이름이 팔리고, 돈도 생기고, 권위가 생기는 것을 좋아한다. 입으로야 물론 안 그렇다고 하지. 그까짓 것, 그저 담뱃값이나 벌려고 하는 거지. 혹은 하도 나와 달라고 귀찮게 굴어서 마지못해 나간 거지, 입에 풀칠을 해야 하고 자식새끼들의 학비도 내야 할 테니까 죽지 못해 하는 거지, 정도로 말은 하지. 그러나 사실은 그런 것만도 아닐걸…… 그런 것만도 아닐걸…….

그러다가 보면 차차 돈도 생기고, 살림도 제법 안정되어 가고, 전화도 놓고 텔레비전도 놔야 되고, 잡지사나 신문사에서 오는 젊은 기자들에 대한 체면이나, 다음 청탁에 대한 고려를 해서도, 다락 구석에 처박아 두었던 헌 잡지 나부랭이나 기증받은 책까지도, 하다못해 동화책까지도, 말끔히 먼지를 털어서 비어 있는 책꽂이의 공간을 메워 놓아야 한다. 그리고 베스트셀러의 에세이스트로 유명한 A, B, C의 뒤를 따라 자가용차를 살 꿈을 꾸고, 펜클럽 대회가 파리와 미국에서 언제 열리는가에 신경을 써야 한다.

이런 악덕은 누차 말해 두거니와, 다른 사람의 일이 아니라 나의 일이다. 그래서 나는 전법(戰法)을 바꾸었다. 이왕 도둑이 된 바에야 아주 직업적인 도둑놈으로 되자. 아무개 아버지 같은 좀도둑이 아니라 남의 땅에 허가 없이 집을 짓는, 아무개 아버지가 도둑질을 한 집의 주인 같은 날도둑놈이 되자, 그래서 하다못해 무허가의 죄명으로 집을 헐리고 때들어가는 한이 있더라도 그 편이 낫다. 그 편이 훨씬 남자답고 떳떳하다. 즉, 나다.

이 내가 되는 일, 진짜 속물이 되는 일, 말로 하기는 쉽지만 이 수업도 사실은 여간 어렵지 않다. 속물이 안 되려고 발버둥질을 치는 생활만큼 어렵다. 그리고 그만큼 고독하다. 현대사회에 있어서는 고독은 나일론 재킷이다. 고독은 바늘 끝만치라도 내색을 하면 그만큼 손해를 보고 탈락한다. 원래가 속물이 된 중요한 여건의 하나가, 이 사회가 고독을 향유할 수 없게 만들기 때문이다. 그런데 속물이 된 후에 어떻게 또 고독을 주장하겠는가. 그러나 그럼에도 불구하고 진짜 속물은 나일론 재킷을 입고 있다. 아무한테도 보이지 않는 고독의 재킷을 입고 있다. 그러니까 이 재킷을 입고 있는 사람은, 이 글 제목대로 '거룩한 속물' 즉 고급 속물의 범주에는 들지 않을 것이다. 그런데 내가 흥미를 느끼고 있는 것은 이 나일론 재킷을 입은 속물이다. 고독의 재킷을 입지 않은 것은 저급 속물이지 고급 속물은 아니다. 고급 속물은 반드시 고독의 자기 의식을 갖고 있어야 할 것이다. 이런 식으로 규정을 하면 내가 말하는 고급 속물이란 자폭(自爆)을 할 줄 아는 속물, 즉 진정한 의미에서는 속물이 아니라는 말이 된다.

아무래도 나는 고급 속물을 미화하고 정당화시킴으로써 자기 변명을 하려는 속셈이 있는 것 같다. 이쯤 되면 초(超)고급 속물이라고나 할까. 인간의 심연은 무한하다. 속물을 규정하는 척도도 무한하다.

속물은 어디에 있는가. '거룩한 속물'은 어디에 있는가. 양서점(洋書店)에 있는가. 양서방(洋書房)의 주인은 일본 고본옥(古本屋)의 주인에 비하면 어디인지 모르게 거만하다. 양서방의 카운터에 타이프라이터를 놓고 앉아 있는 좁다란 바지통의 사나이의 그 야무진 눈동자, 우리들은 이 배미사상(拜美思想)의 눈동자를 오늘의 지성이라고 착각하고 있지나 않은가. 그의 눈동자에는 나일론 재킷이 씌어져 있나. 혹은 신간 양서를 진열해 놓은 외국 대사관 도서실의 카드 상자 앞에 앉아 있는 청년과의 대화, 지성적인 청년에게 "제임스 볼드윈의 『조바니스 룸』이 있습니까?" 하고 물어봐 보아라. 그는 대뜸 경멸하는 표정으로 변하면서, "여기에는 「제임스 본드」 같은 저급한 책을 보여 주는 데가 아닙니다." 하고 대답할 것이다. 이것은 실제 얼마 전에 내가 당한 일이다. 이 말을 듣고 "네 그렇습니까." 하고 그대로 물러나왔더라면 멋이 있었던 것을 원래가 고급 속물도 저급 속물도 아닌 나는, 내가 찾고 있는 책이 '저급한 제임스 본드'가 아니라 '고급한 제임스 볼드윈'이라는 설명을 누누이 해 주었다. 청년은 다시 발끈 화를 내면서, "그런 이름은 모르니까 저 카드 서랍을 찾아보세요!" 물론 카드 서랍에 『어나더 컨트리』를 쓴 흑인 작가의 옛날 소설 이름이 들어 있을 리가 없다. 'B' 자의 서랍을 아무리 샅샅이 뒤져보아도 볼드윈의 옛날 소설은커녕 그의 근간 저서도 없고, 도대체가 정치가나 경제학자나 신학자나 드레스 메이커의 '볼드윈'도 없다. 이것은 도서관원만이 속물일 뿐만 아니라, 도서관 자체가 거룩한 속물이다.

속물의 특성은 겸손하지 않은 것이다. 일본에서도 얼마 전에 12층인가의 고층 건물을 지은 사람을 상대로 그 건물의 뒤에 사는 사람이 햇빛을 막아서 그늘이 진다는 피해로 오랫동안 소송을 걸었다가 진 일이 있었다. 그러나 적어도 문화인이라면 옆의 집에 그늘이 지는 것을 보고 집까지는 헐 용기가 없더라도 미안한 생각쯤은 가져야 할 것이다. 우리나라의 신문 소설가나 방송 작가들을 보면 그늘이 진 옆의 집에 미안한 생각을 품기는커녕, 왜 나만큼 큰 집을 못 짓느냐고 호통을 치면서, 쓰레기와 오물까지도 아침저녁으로 내리쏟는다. 유독 신문 소설가나 방송 작가뿐이 아니다. 이런 그레셤의 법칙은 문화 단체와 예술 단체의 이름으로, 교수의 이름으로, 학장의 이름으로, 아나운서의 이름으로, 신문기자의 이름으로 날이 갈수록 더 성해 가기만 한다. 유능한 아나운서와 유능한 사회자는 대담자나 회담자나 청중을 리드해 간다는 미명으로 무시하고 모욕하는 사람이다. 유명이 유명을 먹고, 더 유명한 것이 덜 유명한 것을 먹고, 덜 유명한 것이 더 유명한 것을 잡아 누르려고 기를 쓴다. 이쯤 되면 지옥이다. 그리하여 모든 사회의 대제도(大制度)는 지옥이다. 이 지옥 속의 레슬러들이 속물이다. 너나 할 것 없이 모두 다 속물이다. 아무것도 안 붙인 가슴보다는 지옥의 훈장이라도 붙이고 있는 편이 덜 쓸쓸하다. 아무 목걸이도 없느니보다는 개의 목걸이라도 걸고 있는 편이 덜 허전하다. 하나님이시여, 이 '테리어'종들에게 구원을!

구원은 무대를 바꾸어 놓아야 한다. 사회자가 나쁜 게 아니라 사회자가 서 있는 자리가 나쁘다. 사회의 연단과 마이크의 위치를 관중의 뒤쪽에 놓아야 한다. 관중이 안 보이는 곳에 ―. 그러나 시끄러운 것은 마찬가지다. 처음에는 한 놈이 하던 목소리가 관중이 안 보인다고 사회자가 수시로 바뀌더니 나중에는 사회자가 관중보다 더 많아진 나라가 있다. 이것을 고치려고 어떤 나라에서는 천장에도 사회석을 만들기도 하고, 마룻바닥 밑에다 유리를 깔고 집어넣어 보기도 했다. 그러나 천장과 마룻바닥 밑은 관중의 고개가 너무 아프다고 해서 다시 끌어내려서 이번에는 사회자를 중심으로 하고, 다시 옛날의 약장수나 요술쟁이들이 하는 식으로 둥그렇게 모여 앉도록 했다. 민주주의의 방송망과 텔레비전망이다. 그러나 역시 속물들은 여전하다. 하지만 일루*의 희망이 없는 것은 아니다. 모두 다 속물을 만들어라. 모두 다 유명하게 만들어라. 간판이 너무 많은 종로나 충무로 거리에서 간판이 하나도 보이지 않게 되기까지 더 간판을 늘려라. 하나님은 오늘날의 속물의 근절책으로 이 방법을 시험하고 있고, 어느 정도 효과도 거두고 있는 것 같다.

쓰기 싫은 글을 억지로 여기까지 쓰고 나니 피곤하기만 하다. 하기는 피곤을 느끼는 것도 하나의 약이다. 미국의 오늘의 모든 폐해는 이 피곤을 모르는 데 있다고 말하는 사람들이 있다. 미국을 흉내 내기 시작한 지 아직 얼마 안 되는 우리들은 언제 피곤을 배울까. 우리들은 아직도 배가 고픈 단계에 있다. 피곤도 배를 제대로 채우고 나서야 느끼게 될 것이니까. 앞으로도 한참 시간이 필요하다. 우리 친구들 중에는 라디오 드라마와 유행가를 거의 도맡아 쓰고 있는 친구로 속물을 극복한 위대한 속물이 있다. 신문의 역사소설을 근 열 권이나 쓴 선배 중에

* 한 올의 실. 몹시 미약하거나 불확실하게 유지되는 상태를 뜻한다.

도 이런 분이 있다. 이쯤 되면 속물도 애교다. 그런데 이런 분들의 나일론 재킷을 분간하기가 여간 어렵지 않고, 어찌나 시간이 걸리는지, 요즘에는 그 감별까지도 포기하고 있다. 이제 나도 진짜 속물이 되어가나 보다.

1967. 5.

격정적인 민주의 시인
—칼 샌드버그의 영면

칼 샌드버그하면 그의 시 「시카고」가 대뜸 머리에 떠오르고, 그 시의 유명한 첫 구절인

> 세계를 위해서 돼지를 도살하고, 연장을 제조하고, 밀을 쌓아 올리고, 철도를 농간하고, 전국의 화물을 운반하는 놈
> 미친 듯이 날뛰고, 목 쉰 소리로 악을 쓰는,
> 크나큰 어깨의 노동자의 도시.

가 연상되고, 「시카고」의 도살장을 그린, 기계문명에 반항하는 업톤 싱클레어의 소설 『정글』이 연상되고, 투박한 미국의 노동자의 상스러운 소박한 방언이 연상되고, 이런 정력적인 우렁찬 민중의 정신을 읊은 미국적 민주주의의 휴머니즘 시인 월트 휘트먼이 우선 연상된다.

샌드버그의 기념탑적 성가에 비하면 그 외 시작품이나 시사적 위치의 연구 같은 것이 우리나라에 제대로 소개되고 있는 것이 사실상 미미하지만, 그래도 최근에는 샌드버그의 이름은 고 케네디 대통령이 그의 시를 가장 좋아했다든가 하는 등등의 일화 같은 것을 통해서 비교적 일반에게까지 널리 알려져 있는 셈이다. 그러나 샌드버그의 시인으로서의 명성이 절정을 향해서 치달은 것은 1916년에서부터 그 후 약 20년 동안이었다고 볼 수 있다. 그동안에 그는 『시카고 시집』(1916),

『탈곡기』(1918), 『연기와 강철』(1920), 『굿모닝·아메리카』(1928), 『그렇다, 민중』(1936) 등의, 미국의 중서부를 배경으로 한 야성적, 반항적인 서민생활의 현실을 서민의 언어로서 힘차게 읊은 새로운 자유율(自由律) 민중시를 속출해 냄으로써, 휘트먼을 효시로 하는 미국의 민중시 전통에 거인적인 활력을 불어 넣었다.

이러한 그의 시는 노동자, 장사꾼, 금융업자, 사무원, 트럭 운전수, 부랑자, 직공 등을 소재로 하고, 그들의 생활 감정을 토로하면서, 물질 문명에 항의하는 굳센 데모크라시와 휴머니즘의 정신을 대변하는, 미국의 1920년대와 1930년대의 순경, 택시 운전수, 속기사, 기계공 등의 대중들에게 읽히기를 위주로 한 작품들이었다.

또한 그는 한편으로 『링컨전』(1926~1939)의 저술로서도 유명하며, 시 이외에 소설 『추억의 바위』(1948)와 그밖에 유쾌한 아동소설 등도 있다.

샌드버그는 1878년 일리노이 주 게일스버그에서, 스웨덴에서 이주해간 철도 인부의 아들로 태어났고 어렸을 때부터 호텔의 부엌데기, 밀 찧기꾼 같은 노동 벌이를 했고, 고학을 하면서 고향에서 대학을 졸업하고, 밀워키에서 사회민주당을 조직하기도 하고, 시카고에 가서는 신문기자가 되어가지고 《시카고 데일리뉴스》지의 논설을 쓰기도 했다. 시인으로서의 출발은 해리엣 먼로가 주간하는 《포에트리》란에 처녀작 「시카고」가 1914년에 발표된 것인데, 이 작품은 그 난폭한 정력적인 표현으로 당시의 시단에 어마어마한 큰 충격을 줌으로써 일약 그를 '새로운 중서부의 목소리'로서의 명예로운 인정을 받게 했다.

그 후 그는 매스터스, 린드새이 등과 함께 '시카고파'로서 명성을 떨쳤고, 에즈라 파운드, T·S·엘리엇, 로버트 프루스트에 비하면 문학적 중량이나 이상의 심도가 경박하고 유행적이고, 만년의 활약도 그들에게 비하면 맥 빠진 감이 많지만, 그래도 그의 민중 시인으로서의 생명은 오늘날에도 억세게 살아남아 있고, 그의 몇 편의 유명한 민중시는 앞으로도 오랫동안 미국의 현대시의 사화집 속에서 끈덕지게 그 자리를 잃지 않을 것으로 보인다.

《동아일보》(1967. 7. 25.)

민락기(民樂記)

대체로 돈 있는 사람들이나 권력 있는 사람들은 남의 말을 공손히 받아들이지 않는다. 남이 열 마디를 하면 한두어 마디 대꾸할까 말까 할 정도로 무뚝뚝하고 과묵하고 불친절하다. 우리들은 그것을 불쾌하게 여기면서도 또 마음 한구석으로는 매력을 느낀다. 이런 사람들의 형은 대체로 비슷하다. 우리들은 친구나 친척 가운데 이런 사람들을 으레 한두어 사람쯤 갖고 있다.

하기는 이런 형의 매력의 가치도 무릇 다른 범백 범천의 가치와 마찬가지로 점점 가짜의 도량(跳梁)이 극심해짐에 따라서 옥석의 구별이 서지 않게 되어 버린 것도 사실이다. 이를테면 빚쟁이한테 돈을 받으러 가는 경우에 그 빚쟁이의 변명을 일부러 끝까지 다 듣지 않는 것이 상대방을 제압하는 전술의 하나처럼 생각하는 것도 힘의 매력을 이용하는 가치 전도의 한 예다.

이런 착오는 개인에만 국한된 것이 아니라, 국가나 정부나 정당의 경우에도 물론 적용된다. 돈이나 권력이 있는 사람들이 24시간 침묵만 지키고 있는 것이 아니다. 이들도 돈 없고 권력 없는 사람들의 경우처럼 수다를 떠는 때가 많다. 그러나 전자의 경우에는 그것이 어쩐지 힘이 안 들어 보인다. 나의 친구 중에 그런 사람이 하나 있는데, 나는 그의 반 시간이나 한 시간 동안의 장광설을 듣고 나서 "당신이 아무리 그럴싸하게 이로정연(理路整然)하게 떠들어 대도 결국 당신은 아무 말도 하지 않은 것이오." 하고 비꼬아 준 일도 있었다.

이런 경험을 나는 올여름에 강릉에 놀러 가서 손아래 매부한테서 느꼈다. 결혼식 때 보고 나서 근 10년 만에 처음 만나는 이 매부는, 10년 전에 비해서 체중이 한두 배는 늘었을 것이다. 그가 맥주를 따라 주면서 나한테 이런 얘기 저런 얘기를 들려주는데, 그의 태도는 틀림없는 강자(强者)나 장자(長者)의 태도다. 목에 핏대를 세우면서 지껄이는 나의 말은 번번이 사사오입을 해 듣고, 자기의 얘기를 마냥 태연스럽고 자신있게 늘어놓는데, 나는 그의 장황한 얘기는 끝까지 정성스럽게 들어야 한다. 나는 그들 부부가 그야말로 돈을 물같이 쓰면서 나를 환대해 주는 데 야코가 죽은 터*이라, 얘기가 한 시간이 아니라 하루 동안을 계속해도 절간에 간 색시처럼 숨소리를 죽이면서 얌전히 듣고 있었을 것이다.

그들에게서 받은 힘의 마력은 서울에 돌아오고 나서도 한참 동안 풀리지 않았다. 힘의 마력, 그것은 행동의 마력이다. 시의 마력, 즉 말의 마력도 원은 행동의 마력이다. 그러나 그것은 시의 원리상의 문제이고, 속세에 있어서는 말과 행동은 완전히 대극적인 것이다. 말에 진력이 나서 그런지, 가난에 너무 쪼들려서 그런지, 간혹 이런 행동인들의 힘을 보면 그 순수한 매력에 나의 이성은 화덕 위에 떨어진 고드름 조각처럼 너무나 맥없이 녹아 버린다.

서울에 와서 겨우 제정신을 차릴락 말락 하게 되었을 때, 강릉의 누이동생이 혼자서 또 볼일이 있어서 비행기를 타고 서울에 올라왔다. 강릉에서 받은 환영의 백분지 일이라도 답례를 할까 하고 우리 부부는 그녀의 에스코트를 하고 하루 반 동안 거동을 같이했다. 강릉에서 받은 충격의 경험을 되새겨 가면서 이번에는 허술하게 나가떨어지지 않으려고 어지간히 정신을 차린 셈인데도 결과는 마찬가지였다. 아니,

---

* '야코'란 콧대를 속되게 이르는 말로, '야코가 죽다'는 등등한 기세가 꺾인다는 뜻이다.

오히려 더 비참했다. 백분지 일의 보답은커녕 오히려 강릉에서 받은 신세를 두 배로 가중하기만 했다. 그녀의 힘의 마력에 취한 나는 그녀의 힘의 미를 알렉산더 대왕의 그것과 연결시켜 보기까지도 했다. 돈이나 권력을 무작정 질시하고 욕하는 것이 정당한 일은 아니라는 것쯤은 알고 있었지만, 행동의 미가 참말로 얼마나 순수한 것인가 하는 것을, 이번처럼 가까운 거리에서 뼈저리게 느껴 본 일은 처음이다. 나는 누이동생인 그녀의 부(富)를 내 부처럼 느껴 보고, 그녀가 취하고 있는 근원에 대해서 생각해 보고, 그녀가 돈을 벌려고 남편과 함께 겪은 고생을 생각하고, 또한 그녀가 겪고 있는 불안을 생각하고, 그리고 그녀가 그 불안을 직시하면서 굴치 않고 있는 것을 생각하고 이만 하면 취할 자격이 있다고 생각했다. 이만하면 남의 말을 반 토막씩 들어도 된다고 생각했다.

이런 경험을 한 끝이라, 나는 이달의 신문에 쓸 시월평을 쓰느라고 잡지에 난 작품들을 들추어 보다가, 양명문 씨의 「민락기」*라는 시를 읽고 내 나름의 해석을 붙여 가면서 몇 번씩 반복해 느껴 보았다. 내 나름의 해석이란 이 시가 행동의 경이와 포만감과 불안감을 읊은 작품이라고 생각한 것이다. 내 생각이 틀렸는지 어떤지 관심 있는 식자들의 심사를 청하는 의미에서 그 전문을 인용해 보면 다음과 같다.

> 예수가 아닌 내가
> 푸른 파도 위를 걸어간다.
> '괜찮을까……'
>
> 터무니없는 이 기적
> 함부로 저질러놓는

---

* 민락(民樂)은 해운대 근처에 있는 작은 어촌명.(원주)

이 무시무시한 기적들.

점심에 광어회를 먹었더니
더 잘 뜨는가, 바다 한가운데를 파도를 차던지며 걸어 나간다.
— 파도에서 파생되는 시간의 미끼들은
— 갈매기의 순수한 양식이라는데
— 이 치들은 사념의 알을 낳는다는데.

바닷가 푸른 언덕 소나무 그늘쯤서
새김질하던 누우런 소들도
근심스레 나를 바라다본다.

그래도 나는 신이 난다.
모두 내 세상 같아 우쭐해진다.
'괜찮을까……'

부질없는 이 기적
번개질 치는 현란한 '이마주' 속에
무수히 날아드는 색채언어군(色彩言語群).

물결에 취했는가 멀미가 난다.
그만 풀썩 주저앉는다.
그래도 둥둥 떠 있는 나.

중천엔 해가 너털웃음을 치는 하오.
내 발밑에 밟히우는 실재의 모래.
모래의 허망한 감촉.

지친 나는 맥이 빠져 버린다.

갑자기 남의 세상 같아 서글퍼진다.

'괜찮을까……'

괜찮을까…… 괜찮을까…… 괜찮을까……? 괜찮다…… 괜찮다…… 괜찮다…… 괜찮아!

1967. 9.

멋

자꾸 높아지는 고층 건물 아래를 지나다니는 신사 숙녀의 자태가 현미경적으로 작아지는 어제오늘, 설사 여봐라는 듯이 공을 들여 몸단장을 하고 멋을 내 보았대야 그것은 나병균처럼 없다. 이런, 없는 나병균을 나병균이라고 의식하면서 쾌감이 아닌 혐오감을 자아내게 하기 위해서 꺼먼 눈언저리의 도랑이나 핏기 없는 하얀 볼의 화장을 했다면 조금은 멋이 있다. 비트의 미학. 이런 미학을 우리 동네의 '떡집' 며느리가 알고 있다. 그녀는 저녁때면 워커힐로 출근을 하는 댄서다. 환갑이 넘은 시아버지는 어찌나 인절미를 지긋지긋하게 많이 만들었던지 손가락 끝이 바둑돌처럼 반들반들하다. 시어머니도 그와 비슷한 변형이 호리병처럼 오그라진 잔등이에 나타나 있다. 아들은 한때는 챙이 좁다란, 장동휘가 갱 영화에 쓰고 나오는 모자에 깃털까지 달고 다녔고, 키가 작다고 해서 구두 뒤꿈치를 반 힐처럼 돋우어서 신고 다녔다. 두 내외가 우리 집 앞길을 지나갈 때면, 한때는 우리 내외까지 밥을 먹다 말고 마루로 뛰어나가서 내다보고는 했다. 그들의 필사적인 메이크업과 분장에는 처절한 비장미까지 있다. 마포의 새우젓골로 이름난 완고하고 무식한 동네 사람들이 시아버지한테 그 며느리의 칭찬을 할 리가 없는 것은 뻔한 일이다. 며느리가 나갈 때나 밤늦게 들어올 때, 어쩌다 그 떡집에서 감자국이나 막걸리를 마시고 있게 되면, 나는 그 며느리의 얼굴에보다도 시아버지의 얼굴 표정에 먼저 눈이 간다. 그것은 시아버지와 며느리의 관계가 아니라 완전한 방관자와 방관자의 관계다. 그래서 우리 집 여편네는 이 시아버지한테 며느리의 칭찬을 은근히 해 주고 그럴 때의 시아버지의 얼굴을 보면 나도 덩달아서 유쾌해진다.

이 며느리가 집 안에 있을 때의 화장을 안 한 얼굴을 보려고 나는 남몰래 관심을 가진 때가 있었고, 한두어 번 그런 민짜 얼굴을 보기는 보았는데, 지금도 시집을 와서 500미터 이내의 근접한 옆집에 살고 있는 지가 4, 5년이 되는데도 그녀의 민짜 얼굴의 정확한 모습을 나는 눈앞에 그릴 수가 없다. 그런데 여자의 얼굴은 여자가 더 잘 알아보는 법인지, 우리 집 여편네는 곧잘 텔레비전 같은 데나 뉴스 영화에 나온 떡집 며느리를 보았다고 나한테 보고를 하고는 했다. 한번은 잡지에 나온 워커힐의 무대 사진에 나온 그녀를 여편네가 가리켜 주어서 유심히 보았는데, 어디 알겠던가. 댄서들의 얼굴이 다 똑같은 얼굴들이다. 비트의 미학은 나병균의 미학일 뿐만 아니라 현미경에 거역하는 미학이며, 개성을 말살한 미학이며, 획일주의에 항거하는 미학이라는 것을 알았다.

떡집 며느리의 또 하나의 특색은 말이 없다. 시아버지나 시어머니하고 말을 하는 것을 한번도 본 일이 없다. 그녀의 민짜 얼굴은 그녀의 화장을 한 얼굴만큼 표정이 없다. 나는 그녀의 그 고독이 좋다. 나는 그녀의 고독을 분석해 볼 때가 있다. 댄서라는, 몸만 움직이고 입을 사용하지 않는 직업 때문인가. 시아버지나 시어머니나 그 밖의 식구들과 말이 통하지 않아서인가. 요란스러운 몸치장에서 오는 낡은 의미의 가책감에서인가. 무표정한 비트식 메이크업에서 전염된 제1의 천성의 상실 때문인가. 그러나 나는 비트 미학의 소설을 쓰고 싶은 객쩍은 욕망은 삼가는 것이 좋을 것 같다. 떡집 며느리는 떡집 며느리다. 그녀는 그렇게 하고 나가야만 밥벌이를 할 수 있다. 떡집 아들은 요즘 겨우 비어홀인가 무슨 댄스홀인가의 문지기로 취직을 했지만, 내가 보기에는 그것도 여편네 덕분으로 난생처음 취직을 하게 된 것 같다.

나는 무슨 얘기를 하고 있는가. 멋에 대해 쓰고 있는 건가? 그러나 멋이라면 지긋지긋하다. 죽는 것 다음에 싫은 것이 멋이다.

불란서에 다녀온, 불란서 소설 번역을 하는 B. K.는 손가락에 가느다란 금반지를 끼고 담배는 '진달래'를 피우고 있다. 이런 하이브로우한 멋도 피곤하다. 그런데 나는 '파고다'를 피우고 있는데도, 다방의 레지들에게는 B. K.가 나보다 훨씬 인기가 있는 것은 물론이다.

"지금은 와이셔츠라도 하얗게 입고 넥타이라도 하지 않으면 회사나 관청에 가도 들여보내 주지를 않으니……" 하는 푸념의 미학에 나도 하는 수 없이 복종할 수밖에. 그러나 아주 컨디션이 좋을 때는 나는 넥타이를 하지 않고 나간다. 컨디션이 좋다는 것은 원고료가 생기는 날이다.

문학 하는 사람들의 촌티. 사진을 찍기를 좋아하는 소설가나 시인이 너무 많다. 새로 나온 시인들의 처녀 시집에 저자의 사진이 들어 있는 것처럼 천하게 보이는 것은 없다. 멋을 생각하지 않고 있다가도 이런 것을 보게 되면 구역질이 난다. 넥타이를 깍듯이 매고, 혹은 베레모를 쓰고 파이프를 들고 있는 사진. 월간 잡지에 나오는 형형색색의 멋을 피운 포즈. 혹은 멋을 피우지 않은 체하려는 포즈. 문학 전집 신문 광고에 나오는 '예술적'으로 찍은, 소도구까지 동원하고 있는 포즈. 그 중에서 가장 세련된 포즈를 취할 줄 아는 K나 H 같은 작가의 사진도 일본의 《쇼세쓰 신초〔小說新潮〕》나 《분게이슌주〔文藝春秋〕》의 어디에서 본 것 같은 포즈. 돌아간 염상섭 씨 같은 분은 사진을 찍는 데도 일본 작가의 흉내가 아닌 자기의 개성이 있었다. 혹은 개성이 있는 것같이 보였다. 소설이 돼 있으니까 사진도 그렇게 보였는지 모른다. 좌우간 그의 이마의 혹은 일본 작가를 본딴 것은 아니다. 최재서도 친일을 하고, 4·19 후에는 다분히 반동적인 처세를 해서 문학가로서의 체면을 유지하지 못한 사람이지만, 그래도 촌티 나는 포즈의 사진을 찍는 유치한 취미는 없었다. 그의 사진은 그의 얼굴처럼 추남이고 우울하다. 사진을 가장 멋있게 찍을 줄 안 것은 윤백남이다. 마해송도 유파로 말하면 윤백남의 계열이지만, 후자만큼 작위를 보이지 않는 데 성공하지 못하고 있다. 둘이 다 담배를 피우는 사진이 그럴듯한데, 마해송의 꺼먼 안경 밑에 물려진 담배는 어쩐지 수가 좀 얕다. 윤백남은 그런 포즈의 면에서는 영국 시인 오든의 젊었을 때의 담배 피우는 사진보다도 세련되어 있다. 그리고 예술면에서는 우리나라에서는 추사(秋史)가 누구보다도 세련된 예술가의 태도를 지니고 있었다.

옛날에 본, 뒤비비에가 미국에 건너가서 만든 영화*에 찰스 로튼이 작곡가로 분장해서 나오는 것이 있었다. 이 작곡가는 고가 철도의 옆의 소음의 도가니 속 같은 대도회의 빈민굴에 살고 있었고, 이런 시끄러운 방에서 반 다스도 더 되는 아이들이 쌩이질**을 하는 틈에서 작곡을 하고 있었다. 이것을 멋있는 장면으로 지금까지도 기억하고 있고, 소음에 시달림을 받고 신경질이 날 때면 나는 이 장면을 생각하면서 약으로 삼고 있다. 그러나 내가 정말 멋있을 때는 이런 소음의 모델의 장면도 생각이 나지 않고 일에 열중하고 있을 때일 것이다. 정신이 집중될 때가 가장 멋있는 순간이다. 그러니까 죽는 때가 가장 멋있는 때가 될 것이고, 그러고 보면 사람은 적어도 일생의 한번은 멋있는 때를 경험하게 된다. 따라서 모든 사람은 멋쟁이라는 멋의 평등의 귀결이 나오게 된다.

이처럼 멋에도 절대적인 멋과 상대적인 멋의 두 가지가 있다. 그리고 절대적인 멋의 인식을 체득한 사람에게는 세속적인 멋은 멋을 부리지 않는 것이 멋이 된다. 이런 사람들을 우리들은 괴짜라고 부른다. 한 사회에 문화가 있으려면 이런 괴짜들이 많아야 한다. 그런데 현대의

* 「운명의 향연」(Tales of Manhattan, 1942): 한 벌의 야회복에 얽힌 이야기들을 옴니버스 형식으로 그린 영화.

** 한창 바쁠 때에 쓸데없는 일로 남을 귀찮게 구는 짓.

획일주의는 이런 괴짜를 용납하지 않는다. 이런 부르주아의 획일주의에 의식적으로 반대하는 것이 비트의 화장법이다. 의식적—이것이 중요하다. 그런데 대부분의 비트의 아류들은, 화장의 결과만을 중요시하고 화장의 태도를 중요시하지 않는다. 이것은 우리나라의 현대시에도 통하는 말이다. 현대성과 의식과 겸손이 동의어가 된다는 것을 모르는 시인들이 현대시를 쓴다고 으스대고 있다.

1968. 1.

원죄

육체가 곧 욕(辱)이고 죄(罪)라는, 아득하게 시대에 뒤떨어진 생각을 한다. 아득하게 뒤떨어졌다고 하는 것은 이 새로운 내 발견이 막무가내로 성서를 연상케 하기 때문이다. 그러나 사실 나는 성서의 원죄의 항을 잘 모른다. 내 지식으로는 원죄라면 아담과 이브의 수치감과 수태가 생각이 나고, 그 후 포이어바흐의 신학론 같은 것을 집적거린 탓으로, 원죄라면 무조건 케케묵은 것으로 단정하고 한번도 탐탁하게 생각해 본 일이 없다. 나에겐 이제 이성(異性)의 수치감 같은 것도 없고 성교의 매력도 한 고비를 넘었다.

그런데 며칠 전에 아내와 그 일을 하던 것을 생각하다가 우연히 육체가 욕이고 죄라는 생각을 하면서 희열에 싸였다. 내가 느낀 죄감(罪感)이 원죄에 해당하는 것인지 분명치 않은 채 내 생각은 자꾸 앞으로만 달린다. 내가 느끼는 죄감은 성에 대한 죄의식도 아니고 육체 그 자체도 아니다. 어떤 육체의 구조—정확히 말하면 나의 아내의 짤막짤막한 사지, 그리고 단단하디 단단한 살집, 그리고 그런 자기의 육체를 자기가 모르고 있다는 사실, 또한 알아도 할 수 없다는 사실—즉 그녀의 운명, 그리고 모든 여자의 운명, 모든 사람의 운명.

그래서 나는 겨우 이런 메모를 해 본다—'원죄는 죄(=성교) 이전의 죄'라고. 하지만 나의 새로운 발견이 새로운 연유는, 인간의 타락설도 아니고 원죄론의 긍정도 아니고, 한 사람의 육체를 맑은 눈으로 보고 느꼈다는 사실이다. 그것도 20여 년을 같이 지내 온 사람의 육체를 (그리고 정신까지도 합해서) 비로소 완전히 객관적으로 바라볼 수 있었다는 사실이다.

그리고 이것을 시로 쓰게 되었을 때 나는 어떤 과분한 행복을 느낀다. 요즘의 시대는 '머리가 좋다'는 것에 대한 노이로제에 걸려 있는 세상이라, 중학교 아이들까지도 무슨 무슨 별에는 인간의 두뇌의 몇 갑절 머리 좋은 생물이 살고 있단 말을 곧잘 하고, 그런 말을 들으면 어른들까지도 "팔이 셋이나 있다지?" 하면서 멀쑥해지지만, 나의 경우는 시의 덕분으로 우선 양키의 미인보다도 더 아름답게, 추한 아내를 바라볼 수 있을 만큼이라도 둔하게 된 것을 그나마 그나마 다행으로 생각하고 자위하고 있다.

1968. 1.

해동

목욕통에 얼어붙었던 물이 윗덮개가 조용히 풀리기 시작한다. 위의 3분가량에 흥건히 물이 괴어 있고, 얼음의 근심은 소리 없이 밑으로 가라앉아 버렸다. 아직도 마당 위에 얼어붙은 먼지에 쌓인 얼음들은 요지부동이지만, 직경 2미터도 안 되는 목욕솥의 해빙이 알려 주는 봄의 전조는 새싹을 보는 것보다도 더 반갑다. 새싹이 틀 때 봄을 느끼는 것은 이미 늦은 감이 들고, 가을의 낙엽을 보고 셸리처럼 지나치게 일찍이 봄을 예고하는 것은 너무 시적이어서 싫고, 그저 남보다 조금 먼저 범인(凡人)처럼 봄을 느끼는 것이 자연스러워 좋다.

새싹이 솟고 꽃봉오리가 트는 것도 소리가 없지만, 그보다 더한 침묵의 극치가 해빙의 동작 속에 담겨 있다. 몸이 저리도록 반가운 침묵. 그것은 지긋지긋하게 조용한 동작 속에 사랑을 영위하는, 동작과 침묵이 일치되는 최고의 동작이다.

가라앉은 얼음을 겨우내 굳어 온 근심이라고 생각할 때, 이 불행의 잠수 행위는 희열에 찬 풍자까지도 풍겨 주고, 어지러운 현실의 걱정이야 어찌되었든 우선 까닭 모를 안도의 한숨이 나온다. 수돗가에 씻어 놓은 저녁쌀이 튀어나올 듯이 하얗게 보이고, 마루에 올라와 난롯가에서 손을 비벼 보면 손의 두께까지도 제법 두툼하게 느껴진다.

피가 녹는 것이라고 생각해 본다. 얼음이 녹는 것이 아니라 피가 녹는 것이다. 그리고 목욕솥 속의 얼음만이 아닌 한강의 얼음과 바다의 피가 녹는 것을 생각해 본다. 그리고 그 거대한 사랑의 행위의 유일한 방법이 침묵이라고 단정한다.

우리의 38선은 세계에서 제일 높은 빙산의 하나다. 이 강파른 철덩어리를 녹이려면 얼마만한 깊은 사랑의 불의 조용한 침잠이 필요한가. 그것은 내가 느낀 목욕솥의 용해보다도 더 조용한 것이어야 할 것이다. 그런 조용함을 상상할 수 없겠는가. 이것이 다가오는 봄의 나의 촉수요 탐침(探針)이다. 이 봄의 과제 앞에서 나는 나를 잊어버린다. 제일 먼저 녹는 얼음이고 싶고, 제일 마지막까지 남아 있는 철이고 싶다. 제일 먼저 녹는 철이고 싶고, 제일 마지막까지 남아 있는 얼음이고 싶다.

1968. 2.

미인

30대까지는 여자와 돈의 유혹에 대한 조심을 처신의 좌우명으로 삼고 있던 것이 요즘에 와서는 오히려 그것들에 대한 방심이 약이 되고 있다. 되도록 미인을 경원하지 않으려고 하고 될 수만 있으면 돈도 벌어 보려고 애를 쓴다. 없는 사람의 처지는 있는 사람은 모른다고 하면서 있는 사람을 나무라는 없는 사람들의 가치관에 대한 공감도 소중하지만, 사실은 있는 사람의 처지를 알아주는 있는 사람들의 가치관에 대한 없는 사람으로서의 공감이 따지고 보면 더 어려울 것 같다. 왜냐하면 어느 시대도 그렇지만 오늘날도 역시 가난하게 살기는 쉽지만 돈을 벌기는 어렵기 때문이다. 그러한 세태와, 또한 나이와, 게다가 여태까지 쌓아 온 선비로서의 지나친 수양의 탓 때문인지, 좌우간 요즘의 나로서는 미인과 돈에 대한 방심이 그것들에 대한 지난날의 조심보다도 몇 곱절 더 어렵다.

그런데 미인과 돈은 이것이 따로따로 분리되면 재미가 없다. 미인은 돈을 가져야 하고 돈은 미인에게 있어야 한다. 그런데 미인과 돈의 인연이 가까운 경우를 예나 지금이나 우리들은 흔히 우리들의 주변에서 보게 되는데, 그런 경우의 대부분이 돈이 미인을 갖게 되는 수가 많지 미인이 돈을 갖게 되는 일이 드물다. 말할 필요도 없이 자본주의의 사회에서는 돈이 없이는 자유가 없고, 자유가 없이는 움직일 수가 없으니, 현대 미학의 제1조건인 동적(動的) 미를 갖추려면 미인은 반드시 돈을 가져야 한다. 그리고 이 돈 있는 미인을 미인으로 생각하려면, 있는 사람의 처지에 공감을 가질 수 있을 만한 돈이 있어야 한다.

시를 쓰는 나의 친구들 중에는 나의 시에 '여편네'만이 많이 나오고 진짜 여자가 나오지 않는다고 불평을 하는 친구도 있지만, 그것은 그들이 너무 유식하거나 혹은 너무 무식해서 이 누구나 다 아는 속세의 철학을 전혀 모르거나 혹은 잠시라도 소홀히 하고 있기 때문이다. 현대시를 쓰려면 돈이 있어야 한다. 이런 만각(晩覺)은 나로서는 만 권의 책의 지혜에 해당하는 것이거나 만 권의 그것을 잊어버리는, 완전한 속화(俗化)에 해당하는 것이다. 바로 이런 '미인이 돈을 갖게 되는' 미의 교훈을 나는 요즘 어떤 미인을 통해서 배웠다.

1968. 2.

무허가 이발소

무허가 이발소의 딱딱한 평상에 앉아서 순차를 기다리는 시간처럼 평화로운 때는 없다. 시내의 다방이나 술집 중에서 어수룩한 한적한 분위기를 찾아다니는 것을 단념한 지는 벌써 오래이고, 변두리인 우리 동네의 이발관에까지도 요즘에 와서는 급격하게 '근대화'의 병균에 오염되어서, 라디오 가요의 독재적인 연주에다가 미인계를 이용한 마사지의 착취까지가 가미되어 좀처럼 신경을 풀고 앉아 있을 수가 없다.

좌석 버스나 코로나 택시에서까지도 가요 팬의 운전사를 만나게 되면, 사색은 고사하고 그날 하루의 재수가 염려될 만큼 신경 고문과 세뇌 교육이 사회화되고 있는 세상에서는 신경을 푼다는 것도 하나의 위법이요 범죄라는 감이 든다. '무허가' 이발소에서야 비로소 군색한 사색을 위한 신경 휴식이 가능하게 되었으니, 사색이 범죄라고 아니 말할 수 있겠는가.

하기는 무허가 이발소에도 라디오의 소음이 없는 것은 아니다. 향군무장(鄕軍武裝)을 보도하는 투박한 뉴스 소리가 귀에 거슬리고, 인기 배우를 모델로 한 전축 광고 포스터 같은 것이 눈살을 찌푸리게 하지만, 그래도 수십 명의 승객들의 사전 양해도 없이 제멋대로 유행가를 마구 틀어 놓는 운전사의 무지와 무례에 비하면, 무료한 이발사의 이 정도의 위안은 오히려 소박한 편에 속한다.

이런 뒷골목 이발소의 고객들이란 주로 동네 꼬마들과 시골서 올라온 인근 공장의 직공 아이들인데, 스무 살도 채 안 되는 아이들의 머리에 기름을 바르고 정중하게 인두질을 해 주고 게다가 우스갯소리까지 해 주면서 기껏해야 50원을 받는 이 영리 행위는 너무나 바보스럽고 어처구니없이 불쌍해 보이기까지도 한다.

저 다 해어진 신에, 저 더러운 옷에 저 반짝거리는 머리가 어떻게 어울린다고 저 불필요한 치장을 하나 하고 처음에는 화도 내 보았지만, 자세히 생각하면, 불쌍한 저 아이가 저렇게 정중한 우대를 받고 사람대우를 받는 것은 무허가 이발소에서밖에 있으랴 하는 측은한 감이 들고, 사람이 얼마나 귀중한 것인가를 얼마나 까마득하게 잊어버리고 있는 우리들인가 하는 원시적인 겸손한 반성까지도 든다. 참 할 일이 많다. 정말 할 일이 많다! 불필요한 어리석은 사랑의 일이!

1968. 3.

세대와 화법

텔레비전 드라마에서 나오는, 주로 20대의 젊은 배우들이 즐겨 쓰는 화법이 있다. 케네디 식으로 손바닥으로 허공을 치면서 깡패조의 논변을 늘어놓는 익살스러운 말투다. 국민학교의 아이들까지도 이 흉내를 낸다. 처음에는 애교처럼 참신한 맛도 있어 보이더니, 그것도 너무 하니까 시들해지고 미워 보인다. 그러고 보면, 이것보다는 조용하고 자연스러운 변화 같지만 여대생이나 젊은 아가씨들의 말투에도 어느 틈에 상당한 변화가 생겼다.

내가 남자가 돼서 그런지, 그래도 여자들의 말투는 20대의 여가수들의 그것까지도 합해서 그렇게 불쾌하게 들리지는 않는데, 젊은 텔레비전 탤런트들의 화법이나 제스처의 매너리즘은 좀 곤란하다고 생각된다.

얼마 전에 「탑(塔)」이라는 드라마의 한 장면에 그런 화법의 탤런트가 나타나서 역시 손을 쩍 벌리고 흔들면서 예의 변설(辯舌)조의 말을 늘어놓는 데는 실소를 금할 수가 없었다. 그 드라마는 1920년경의 일제 시대의 것인데, 시대의 분별도 없이 거기에다 아프레*의 몸짓과 말투를 마구 삽입하면 어떻게 되는가.

나는 이 장면을 보고, 배우로서의 전문적인 수련 문제를 떠나서 우

---

* après-guerre. 전후파.

리 사회의 세대교체의 수련 문제를 다시 한번 심각하게 생각해 보지 않을 수 없었다. 「탑」의 주인공인 노건축가로 나오는 배우는 너무 구시대적인 전형에 사로잡혀 있고, 헌병보나 헌병의 끄나풀 같은 것으로 나오는 젊은 탤런트들은 배우로서의 자각도 없이 너무 자기 자신을 털어내 보이고 있다. 말하자면 기성세대는 너무 지나치게 가식을 쓰고 있고, 젊은 세대는 너무 지나치게 가식을 안 쓰고 있어 보인다. 그런데 가식을 지나치게 써도 좋은 연기는 안 되고, 지나치게 안 써도 좋은 연기는 안 된다. 이렇게 두 쪽이 다 좋지 않은 연기가 되고 보면 이런 극이나 이런 사회의 세대교체는 진정한 세대교체라고 볼 수 없다. 세대교체의 목적은 어디까지나 향상에 있는 것이니까.

최근에 문인협회의 분란도 역시 이런 나쁜 세대교체의 우스꽝스러운 촌극에 지나지 않는다. 다만 어떤 다른 사회의 부문보다도 가장 깨끗해야 할 문인들의 집합체에서의 일이니만큼 그만큼 더 창피할 뿐이다. 문인협회의 연기도 이 기회에 좀 더 자연스러워졌으면 좋겠다. 그리고 내 생각으로는 그러기 위한 유일한 길은 문인협회가 정부의 산하에서 벗어나는 길이다.

1968. 3.

삼동(三冬) 유감

요즘 연말과 연시의 어수선한 틈에 일도 손에 안 잡히고 해서, 노벨상을 탄 과테말라 작가의 『대통령 각하』*를 읽어 보기도 하고, 여편네와 어린놈을 데리고 영화 「25시」를 구경하기도 했다. 치질이 도져서 술도 안 먹은 탓도 있지만 오랜만에 조용하게 가라앉아서 쉴 수 있었다. 먹고 자고 읽고 잡담을 하고 있는 것이, 평범하게 시간을 즐기면서 사는 맛이 꿀처럼 달다. 한적한 마루의 난로 옆의 의자에 앉아서 사과 궤짝에 비치는, 마루 유리를 통해 들어오는 따뜻한 햇볕을 바라보고 있으면 잠시나마 이런 안정된 고독을 편하게 즐기고 있는 것이 한없이 죄스럽기까지도 하다. 물을 뜨러 부엌에 내려가서 마당을 바라보면 라일락, 장미, 전나무들이 일렬로 서 있는 풍경이 천국처럼 조용하고, 5월의 꽃동산보다도 아름답다. 마음은 『대통령 각하』나 「25시」가 격려하는 사회 정의의 구현을 위해 불같이 타오르면서, 이상하게도 몸은 낙천과 기독의 가르침의 대극을 향해 줄달음질치는 것이 이상하다.

본지의 원고 청탁을 받았을 때도, 오늘의 교육이 교육사상 유례없는 타락상을 보이고 있는 데 대해서 가차없이 까 주고 싶은 생각이 굴뚝같았고, 최소한도 사립국민학교의 이사장 같은 사이비 교육자들의 횡포와 착취에 대한 당국의 방임이나, 텔레비전에 등장하는 천진난만한 아

* 미겔 앙헬 아스투리아스(1899~1974)의 소설.

이들의 몸서리치는 상품화의 악폐 정도는 빈정대 주고 싶었다. 그러나 막상 흥분을 하고 붓을 들고 보면 써지지가 않는다. 원인은 더 깊은 데 있다. 내 가슴속에 있다. 흥분을 하지 못하게 하는 획일주의의 교묘한 세포 파괴의 크나큰 영향력을 모르는 것은 아니지만, 그래도 내 가슴속에 있다. 나는 얼마 전에도 「라디오 계(界)」라는 제목의, 도저히 이곳에서는 발표할 수 없는 내용의 작품을 써 놓은 것이 있고, 뒤미처서 「먼지」라는 작품을 쓰게 되었는데, 이 두 작품은 유물론과 유심론만 한 대척적인 차이가 있는 것이 우습다. 유심적인 면에서는 요즘의 나는 헨델을 따라가고 있는 듯한 생각이 든다. 모든 문제는 우리 집의 울타리 안에서 싸워져야 하고, 급기야는 내 안에서 싸워져야 한다.

「25시」를 보고 나서, 포로수용소를 유유히 걸어나와서 철조망 앞에서 탄원서를 들고 보초가 쏘는 총알에 쓰러지는 소설가를 생각하면서, 나는 몇 번이고 가슴이 선득해졌다. 아아, 나는 작가의—만약에 내가 작가라면—사명을 잊고 있는 것이 아닌가. 나는 타락해 있는 것이 아닌가. 나는 마비되어 있는 것이 아닌가. 이 극장에, 이 거리에, 저 자동차에, 저 텔레비전에, 이 내 아내에, 이 내 아들놈에, 이 안락에, 이 무사에, 이 타협에, 이 체념에 마비되어 있는 것이 아닌가. 마비되어 있지 않다는 자신에 마비되어 있는 것이 아닌가. 나는 극장을 나오면서 옆에서 따라오는 여편네와 애놈까지도 보기가 싫어졌다. 집에 돌아와서 아이놈은 기분이 좋아서 이불을 깔아 놓은 자리 위에서 후라이보이* 니 구봉서니 오현경이니 남진이니의 흉내를 내면서 우리들을 웃기려고 했지만 나는 갑자기 소리를 버럭 지르면서 화를 내고 말았다. 그날 밤은 나는 완전히 나 자신이 타락했다는 것을 자인하고 나서야 잠이 들었지만, 이튿날 아침에 일어나서 마루의 난로 위의 주전자의 물 끓는 소리를 들으면서 가만히 생각해 보니, 역시 원수는 내 안에 있구나

---

* 코미디언 곽규석의 예명.

하는 생각이 또 든다. 우리 집 안에 있고 내 안에 있다. 우리 집 안에 있고 내 안에 있는 적만 해도 너무나 힘에 겨웁다. 너무나도 나는 자디잔 일들에 시달려 왔다. 자디잔 일들이 쌓아 올린 무덤 속에 나 자신이 파묻혀 있는 것 같다. 그러다가 문득 옛날의 어떤 성인의 일까지도 생각이 나고는 한다. 자기 집 문 앞에서 집안 사람들도 모르게 한평생을 거지질을 하다가 죽은 그 성인은 아마 집안의 자디잔 일들이 얼마나 무서운 것인가를 뼈저리게 느낄 수 있었던 사람이었을 것이다…….

이런 생각을 하다 보니 나는 본지가 칭하는 '자유제(自由題)'의 수필도 쓰고 싶은 마음이 없어졌다. 그러다가 며칠 후에 다시 이 글을 쓰고 싶은 생각을 들게 한 것이 역시 마루의 난로 위에 놓인 주전자의 조용한 물 끓는 소리다. 조용히 끓고 있다. 갓난아기의 숨소리보다도 약한 이 노랫소리가 『대통령 각하』와 「25시」의 거수(巨獸) 같은 현대의 제악(諸惡)을 거꾸러뜨릴 수 있다고 장담하기도 힘들지만, 못 거꾸러뜨린다고 장담하기도 힘든다. 나는 그것을 「25시」를 보는 관중들의 조용한 반응에서 감득할 수 있었다.

1968.

나의 연애시

나는 연애시다운 연애시를 한 편도 써 본 일이 없다. 해방 후에 「거리」라는 구애의 시는 한 편 써 보았지만 그것도 어떤 특정한 애인에 대한 시는 아니다. 그런데 유일한 나의 이 사랑의 시도 그것을 발표한 잡지를 구할 수가 없어서, 나의 소위 처녀 시집이라고 할 수 있는 『달나라의 장난』에는 집어 넣지를 못했다. 그래서 그 시집의 후기에까지 수록하지 못한 사연을 써넣었다. 그런데 이 사연이라는 것이 안 써넣느니만큼도 못하게 되었다. 거기에다 나는 오래된 작품일수록 애착이 더하다는 의미의 말을 써넣었는데 이것은 사실은 거짓말인 것이다. 어떻게 되어서 그런, 사실과 정반대 되는 말을 써넣었는지 8, 9년이 지난 지금에도 그 이유를 알 수 없다. 그렇게 약간 엄살을 부려 놓으면 어떤 친절한 독자가 그 작품의 발표지를 가지고 있는 경우에 보내 줄지도 모른다는 은근한 기대가 있어서 그랬는지. 시집 후기를 신문의 분실 광고란으로 착각을 하고 그랬는지. 혹은 귀중한 작품이 분실되고 없다는 것을 광고함으로써 어떤 권위를 붙여 보려고 한 유치한 허영심에서 그랬는지. 하여간 처녀 시집의 후기에서 식언을 했다는 것은 나의 평생을 두고 잊어버릴 수 없는 일대 오점이다. 그러나 이 '묵은 작품일수록 애착이 간다.'는 말은 잘못된 말이지만, 「거리」라는 작품은 연애시가 없는 나로서는 가끔 생각이 나는 작품이다. 지금은 겨우 끝머리만이 기억에 남아 있다.

별별 여자가 지나다닌다
화려한 여자가 나는 좋구나
내일 아침에는 부부가 되자
집은 산 너머가 좋지 않으냐
오는 밤마다 두 사람 같이 귀족처럼
이 거리 걸을 것이다
오오 거리는 모든 나의 설움이다

얼마 전만 해도 나의 시에 연애시가 없다고 지적하는 친구의 말에 무슨 죄라도 진 것 같은, 시인으로서의 치욕감을 느끼고는 했지만 이제는 그런 콤플렉스나 초조감은 없다. 박용철의 「빛나는 자취」 같은 작품들이 보여 주는 힘의 세계가 이성의 사랑보다도 더 크다는 확신이 생겼다. 그러고 보면 나는 이미 종교의 세계에 한쪽 발을 들여놓고 있는지도 모른다. 아무튼 여자를 그냥 여자로서 대할 수가 없다. 남자도 그렇고 여자도 그렇고 죽음이라는 전제를 놓지 않고서는 온전한 형상이 보이지 않는다. 그리고 이러한 눈으로 볼 때는 여자에 대한 사랑이나 남자에 대한 사랑이나 다를 게 없다. 너무 성인 같은 말을 써서 미안하지만 사실 나는 요즘 이러한 운산(運算)에 바쁘다. 이런 운산을 하고 있을 때가 나에게 있어서는 가장 행복한 시간이다. 나의 여자는 죽음 반 사랑 반이다. 나의 남자도 죽음 반 사랑 반이다. 죽음이 없으면 사랑이 없고 사랑이 없으면 죽음이 없다. 시에 다소나마 교양이 있는 사람이면 나의 이러한 연애관이 결코 새로운 것이 아니라는 것을 알 것이다. 그러나 이것은 키츠*에게서 배운 것이 아니라 실제의 체험에서 배운 것이니까 어디까지나 나의 것이다. 새로운 것은 아닐지 모르

* 존 키츠(John Keats): 영국의 시인(1795~1821). 낭만파 시운동을 전개한 대표적 시인으로 탐미주의적 예술 지상주의를 추구했다.

지만 나의 것이다.

나이가 들어가는 징조인지는 몰라도 죽음에 대한 생각을 하는 빈도가 잦아진다. 모든 것과 모든 일이 죽음의 척도에서 재어지게 된다. 자식을 볼 때에도 친구를 볼 때에도 아내를 볼 때에도 그들의 생명을, 그들의 생명만을 사랑하고 싶다. 화가로 치면 이제 나는 겨우 나체화를 그릴 수 있는 단계에 와 있는지도 모른다. 잘하면 이제부터 정말 연애시다운 연애시를 쓸 수 있을 것 같다. 그리고 이제 쓰게 되면 여편네의 눈치를 보지 않고 쓸 수 있는 연애시를, 여편네가 이혼을 하자고 대들 만한 연애시를, 그래도 뉘우치지 않을 연애시를 쓸 수 있을 것 같다.

1968.

와선

선(禪) 중에서 제일 어려운 것이 누워서 하는 선, 즉 와선(臥禪)이라고 하는 말을 들은 일이 있다. 선에 대해서는 전혀 문외한이면서도 이 누워서 하는 선이 얼마나 어려운 것인가를 나는 내 딴으로 해석하면서 혼자 좋아하고 있다. 내 딴으로 생각한 와선이란, 부처를 천지팔방을 돌아다니면서 구하는 것이 아니라 자기의 골방에 누워서 천장에서 떨어지는 부처나 자기의 몸에서 우러나오는 부처를 기다리는 가장 태만한 버르장머리 없는 선의 태도다. 이런 무례한 수용의 창작 태도로 시를 쓴 사람의 비근한 예가 릴케다. 우리나라에 수입된 릴케는 소녀 릴케는 많았지만 이런 깡패적인 릴케의 일면을 살려서 받아들인 사람은 거의 한 사람도 없었던 것 같다.

얼마 전에 크리스마스를 전후해서 라디오에서 틀어 주는 헨델의 음악을 들으면서 나는 이 와선의 미에 한층 더 강한 자신을 가졌다. 헨델은 베토벤처럼 인상에 남는 선율을 하나도 남겨 주지 않는다. 그의 음은 음이 음을 잡아먹는 음이다. 그의 음악을 낙천주의적이라고 하지만 사실은 소름이 끼치는 낙천주의다. 나는 그의 평화로운 「메시아」를 들으면서 얼마 전에 뉴스에서 본, 마약을 먹고 적진에 쳐들어와 몰살을 당하는 베트콩의 게릴라의 처절한 모습이 자꾸 머리에 떠오르고는 했다. 그림으로 말하자면 피카소가 헨델의 계열이고 고흐가 베토벤의 계열. 그리고 릴케의 안티테제가 보들레르. 보들레르는 자기의 시체는 남겨 놓는데 릴케는 자기의 시체마저 미리 잡아먹는다. 그런데 릴케의 시체에는 적어도 머리카락 정도는 남아 있는 것 같은데 헨델의 시체에는 손톱도 발톱도 머리카락도 남아 있지 않다. 완전무결한 망각이다.

선에 있어서도, 바깥에서 들리는 소리가 까맣게 안 들렸다가 다시 또 들릴 때 부처가 나타난다고 하는 말이 있는데, 이 음이 바로 헨델의 망각의 음일 것이다. 그는 자기의 작품을 잊어버릴 것이다. 자기의 작품이 남의 귀에 어떻게 들릴까 하고 골백번씩 운산(運算)을 해 보지 않아도 되는 그의 현명만이라도 나 같은 우둔파 시인에게는 얼마나 귀중한 '메시아'인지 모르겠다. 이번 크리스마스의 유일한 선물이었다고 생각하고 있다.

1968.

2

창작과 사회의 자유

생명의 향수를 찾아
— 화가 고갱을 생각하고

화가 고갱이 처자와 가족과 문명을 헌신짝같이 버리고 생명과 휴식을 찾아서 타히티로 떠난 것이 서른다섯 살 적이었다면 나도 올해는 타히티의 고도(孤島)가 아닌 그 어디로인지 떠나야 할 나이다.

다만 고갱은 외로운 섬에서 약동하는 태양과 검은 살과 생명의 향수를 그리었지만 나는 섬도 그만두고 어디 외떨어진 조그마한 도시에 가서 마음껏 고독을 즐기고 이 피곤한 머리와 육체를 쉬고 싶다. 이것은 짜증도 아니고 불평도 아니다. 나의 진심에서 나오는 소원이 이것이며 될 수만 있으면 예술도 그만두고 싶다. 그렇다고 돈을 벌고자 하는 마음 따위가 티끌만치라도 있는 것이 아니고 그저 그냥 나대로 살고 싶은 것이다.

어려서 어머니가 석가여래의 출가한 이야기이며 성인들이 세상을 버린 이야기들을 나에게 해 주었고 그러한 이야기를 들을 때마다 나는 그것이 무슨 영문인지 몰라서 눈을 꿈벅 꿈벅 하면서 한없이 신기하게만 생각하고 있었다.

20대에 들어서서 양화가들의 그림을 골라 보기 시작하면서부터 나는 고갱과 고흐와의 관계들은 그들의 그림과 그들의 전기 같은 것에서 보통 이상의 감격도 느끼었다. 그러나 고갱이 어째서 타히티의 고도를 찾아서 떠나지 않으면 아니 되었던가를 절실하게 느끼고 생각하고 의심하기 시작한 것은 6·25 이후의 일이었다.

6·25 사변이란 나뿐만 아니라 모든 우리 민족에게 지각과 긍지를 넣어 준 하늘이 준 기회가 아니었던가 생각한다. 서울의 태반이 폐허가 되었을 뿐만 아니라 우리의 정신에도 많은 폐허가 생겼고 그것이 아직도 완전한 회복을 하지 못하고 있는 것이다.

"우리들은 벌써 타히티를 향하여 출발하였다. 적어도 우리의 정신만은 벌써 출가를 한 지 오래이다. 다만 우리의 가냘픈 육체만이 아직도 회복하지 못한 폐허의 사이를 배회하고 있는 것이다."라는 환각이 들 적마다 나는 희미한 자위를 느끼고 설워 하고 그리고 휘—하고 한숨을 쉰다.

이를테면 원자탄 같은 것만 보더라도 고갱의 시대와 우리의 시대는 멀리 거리가 있는 시대이다. 그러나 예술의 본질—생명의 향수를 그리고 고민하면서 일체의 허위와 문명의 폐단을 싫어하고 미워하는 고귀한 정신—은 그때나 지금이나 변함이 없는 것이다.

고갱은 임종을 앞두고 자기가 그린 벽화를 모조리 불 싸질러서 태워 버리고 말았다 한다. 이러한 고갱이 죽은 후에 구라파는 제2차대전을 겪었다. 전후에 세계는 전전(戰前)보다도 훨씬 더 복잡하고 어지럽게 되었으면 되었지 조금도 단순하고 선량하게 되지는 못하였다. 그리고 지금의 세상이 고갱의 그때보다 더 복잡하고 어수선하게 되었다면 거기에 대한 예술가들의 태세도 한층 더 강력하고 거대하게 되지 않으면 아니 될 것이다.

문제는 어떻게 하면 좋은 예술가가 더 강하게 되고 크게 될 수 있는가에 달려 있는 것이다. 꼭 예술가 매 개인의 의식과 지각이 문제되는 것이며 나아가서는 한 나라의 좋은 정치가 문제되는 것이다. 이러한 따위의 따분한 말을 더 길게 할 필요도 없지만 타히티의 고도가 우리에게 주는 교훈은 아직도 우리의 가슴속에 생생하게 살아 있으며 그 숙제는 아직도 우리의 배 속에 남아 있다.

눈을 감으면 그 검은 파도 소리가 들린다. 검은 파도보다도 더 검은 흑인 여자들의 검은 머리카락이 나의 눈등을 스치고 지나가는 듯하다. 결국은 죽는 날까지 나는 고갱같이 나의 타히티도 찾지 못하고 서울의 뒷골목을 다람쥐 모양으로 매암을 돌다만 꼴을 마치게 될지 모르지만 그래도 나는 조금도 서러워하지 않을 것이지만 여하튼 죽는 날까지는 칠전팔기하여 싸우고 또 싸워 가야 할 것만은 틀림없는 사실일 것 같다.

《연합신문》(1955. 1. 26.)

책형대에 걸린 시
—인간 해방의 경종을 울려라

4·26 전까지의 나의 작품 생활을 더듬어 볼 때 시는 어떻게 어벌쩡하게 써 왔지만 산문은 전혀 쓸 수가 없었고 감히 써 볼 생각조차도 먹어 보지를 못했다. 이유는 너무나 뻔하다.

말하자면 시를 쓸 때에 통할 수 있는 최소한도의 '캄푸라주'*가 산문에 있어서는 통할 수가 없었기 때문이다. 산문의 자유뿐이 아니다. 태도의 자유조차도 있을 수가 없었다. 더구나 나처럼 6·25 때에 포로 생활까지 하고 나온 사람은 슬프게도 문학 단체 같은 데서 떨어져서 초연하게 살 수 있는 자유가 도저히 없었다. 감정의 자유 역시 그렇다. 이를테면 같은 시인끼리라도 나와 같은 처지에 놓인 사람들은 상대방에 대해서 불쾌한 일이 있더라도 그런 감정을 먹어서는 아니 되고 그런 태도를 극력 보여서는 아니 되었다. 이러한 환경 속에서 나올 수 있는 작품이 무슨 신통한 것이 있겠는가. 저주가 아니면 비명이 아니면 죽음의 시가 고작이 아니었던가. 그렇다고 앞으로 이에 대한 복수를 하자는 것이 아니다.

나는 사실 요사이는 시를 쓰지 않아도 충분히 행복하다. 4·26이 전취(戰取)한 자유는 나의 두 손 아름을 채우고도 남는다. 나는 정말 이 벅찬 자유를 어떻게 처리해야 할지 모르겠다. 너무 눈이 부시다. 너무

---

* camouflage. 위장, 은폐 등을 가리키는 프랑스어.

나 휘황하다. 그리고 이 빛에 눈과 몸과 마음이 익숙해지기까지는 잠시 시를 쓸 생각을 버려야겠다.

지난날의 낡은 시단의 과오나 폐습을 나는 여기서 재삼 뇌까리고 싶은 생각은 없다. 오히려 그렇듯 숨 막힐 듯한 괴로운 시대 속에서 과감하게 자기의 세계를 지켜가면서 싸워 온 시인이 현(現) 시단의 기성인 중에서도 몇 사람은 있다는 것을 나는 여간 다행으로 생각하고 있지 않다. 어느 나라의 시단이고 진짜 시인보다는 가짜 시인이 훨씬 더 많은 법이고, 요즈음 세간의 여론의 규탄을 받고 있는 소위 어용 시인이나 아부 시인들은 이미 그들이 권력의 편에 서서 나팔을 불기 전에 벌써 시인으로서는 완전히 자격을 상실한 자들뿐이다. (아니 애당초 시인이 되어 보지도 못한 자들뿐이다.) 그러니까 그까짓 것은 하등 문제거리가 되지 않는다.

내가 여기 말하고 싶은 것은 4·26 이전의 우리나라 시단의 작품들이 대체로 낡은 작품이 많았다는 것이다. 그리고 그러한 현상은 시로서 합격된 작물(作物) 중에 특히 더 많았다. 그런데 이러한 현상은 객관적으로 볼 때 새로운 시대의 이념을 반영할 수 있는 제작상의 모험적 기도를 용납할 수 있는 시대적 혹은 사회적 여백이 전혀 없었다는 것을 말해 주는 것이기도 한데 이와 같은 고민을 처절히 체득한 시인이라면 4·26은 그에게 황금의 해방이 아닐 수 없다.

나는 앞으로 이러한 시인들만이 일을 할 수 있을 것이라고 믿고 있지만 4·26의 역사적 분수령을 지조를 굽히지 않고 넘어온 기성 시인 중에서 과연 몇 사람이 새 시대의 선수의 자격을 가질 수 있을는지는 확언하기 힘들다. '책임은 꿈에서 시작된다.'는 유명한 서구의 고언(古言)이 있는데 이 말은 4·26을 계기로 해서 새로운 출발의 자세를 갖추고자 하는 젊은 시인들이 필히 느꼈어야 할 기본 인식이다. 이 인식의 감득이 없이는 새 시대의 출발은 불가능하다. 4·26의 해방은 꿈의 해방이다. 이제야말로 꿈을 가져라, 구김살 없는 원대한 꿈을 가지라고 나는 외치고 싶다. 이와 같은 꿈은 여직까지는 맛볼 수 없었던 태도의 자유와 감정의 자유를 투박하게 요구한다. 여기에 과실즙이나 솥뚜껑 위에 어린 밥물 같은 달콤하고도 거룩한 시인의 책임이 있다. 시인들이여 새로운 시인들이여 이제야말로 인간 해방의 경종을 울려라.

나는 4·19 전에 어느 날 조지훈 형하고 술을 마시면서 "세상 사람들이 모두 시인이 되기 전에는 이 나라는 구원을 받지 못한다."고 휘트먼인가의 말을 차용해 가면서 기염을 토한 일이 있었는데, 요 일전에 런던에 있는 박태진 형한테서 온 4·26 해방을 축하하는 편지 속에 "새로운 정부가 선들 시를 모르는 녀석들이 거만하게 구는 한은 구제가 없겠지요."라는 같은 말이 또 있어서 요즈음은 만나는 사람마다 중이 염불하듯이 이 말을 전파하고 있다.

그런데 내가 여기서 말하는 시인이란 반드시 시 작품을 신문이나 잡지에 주기적으로 발표하는 사람만을 말하고 있는 것도 물론 아니다. 소위 시를 쓰고 있는 사람들 중에도 이번 4·19나 4·26을 냉담하게 보고 있는 친구들이 적지 않은 것을 나는 알고 있는데 (어울리지 않게 날뛰는 친구도 보기 싫지만 그 이상으로) 나는 이런 위인들을 보면 분이 터져서 따귀라도 붙이고 싶은 것을 억지로 참고 있다.

나는 극언(極言)하건대 이번 4·26사태를 정확하게 파악하고 통찰하지 못하는 사람은 미안하지만 시인의 자격이 없다고 생각하는데, 이런 불쌍한 사람들이 소위 시인들 속에 상당히 많이 있는 것을 보고 정말 놀랐다. 나의 친척에 모 국민학교 교감이 있는데 이 작자가 4·19 날의 데모를 보고 집에 와서 여편네한테 "학생들도 이제 볼 장 다 봤어. 그런 폭도들이 어디 있어……." 하며 밤새도록 부부 싸움을 했다나. 그런 시인이나 이런 교감은 모두 다 모름지기 이승만의 뒤나 따라가 살든지 죽든지 양자택일하여라.

4·26 후 나의 성품이 사뭇 고약해져 가는 것을 알면서도 어찌할 도

리가 없다. 너무 흥분한 탓이려니 해서 도봉산 밑에 있는 아우 집에 가서 한 이틀 동안을 쉬면서 마음을 가다듬고 왔는데 서울에 와 보니 역시 마찬가지다. 마음이 정 고약해져서 시를 쓰지 못할 만큼 거칠어진다 해도 할 수 없는 일이다. 시대의 윤리의 명령은 시 이상이라고 생각하기 때문에 이 거센 혁명의 마멸(磨滅) 속에서 나는 나의 시를 다시 한 번 책형대(磔刑臺) 위에 걸어 놓았다.

《경향신문》, 1960. 5. 20

자유란 생명과 더불어

지성인은 원래 우리말로 바꿔 말한다면 '선비'라 할진대, 정의를 갈구하는 이유에서 자기 몸을 항시 항거할 수 있는 위치에 서 있는 데 있을 것이다.

이번 3·15 선거 결과로서 일어난 학생 데모 사건을 위시한 마산 사건을 보고 지성인이라고 해서 별달리 새삼스럽게 느끼는 것은 아니다. 그러나 이번 선거의 양상이란 것이 너무 악착하게 횡포하고 굴욕적이기 때문에 이에 대하여는 이루 말로 다할 수 없도록 가슴이 메어질 지경이다. 정치의 자유란 것이 현대 사회에 있어서 가장 기본적인 자유의 하나이고, 우리나라와 같이 민주주의 국가가 싹틀까 말까 한 것을, 해도 보지 못하게 포장을 쳐서 질식시켜 버리려는 마당에 있어서는 정말 눈물조차 나오지 않는다.

요즘 외국 잡지를 보면, 소련 같은 무서운 독재주의 국가에 있어서도 에렌베르크 같은 작가는 소위 작가 동맹의 횡포와 야만을 막기 위해서 작가들의 단결을 호소했다 하거늘, 항차 인권의 최위기(最危機)에 처한 우리나라 지성인들이란 너 나 할 것 없이 무엇을 하고 있는 것인지 모를 일이다. 이번 3·15 선거 전후에 하는 꼴들이란 하다못해 시를 쓴다는 사람들까지도 권력의 편에 가담하여 명리(名利)에 급급하고 있으니 무섭기만 하다.

나는 정치 문제에는 도대체가 왈가왈부하고 싶지도 않고 말해 본 일도 없고 또 잘 알지도 못하지만, 이번 선거의 만행은 정치 문제를 떠나서, 또는 지성의 문제를 떠나서 전 국민에 관련된 문제이기 때문에 우리가 여기에 분격하지 않는다면 그런 사람은 생리적인 불구자이거나 '미라'이거나 혹은 허수아비일 것이며 대한민국의 백성이 아닐 것이다. 국민 된 자라면 어찌 엎드려 누워서 모른 체하고 있을 수 있겠는가!

하지만 미국의 시인 휘트먼이 말하듯이 자유란 것은 두 번째나 세 번째나 혹은 다섯 번째로 없어지는 것이 아니라 맨 마지막으로 생명과 더불어 없어지는 것이니, 우리는 그처럼 끝까지 싸울 수밖에 다른 길이 없는 것이다.

나는 이번 싸움〔抗拒〕이 우리의 싸움의 서막의 서곡이라고 생각하고 있고, 우리가 앞으로 건설할 빛나는 자유민주주의 국가를 구상하여 볼 때, 염두에 들어오는 무수한 고생다운 고생의 첫머리인 것 같다. 그리고 이런 싸움의 전망이란 것이 극히 암담한 것이고, 지성이 도저히 폭력화될 수 없지 않은가!

그렇지만 지성인은 그래도 조리 있는 설득과 아름다운 이성으로 줄기차게 자기들의 맡은 각자의 천직을 고수해 나가야 할 것이다. 이것은 무슨 데모 사건 같은 것에 있어서도 정력이나 인내 이상의 그 몇 배의 진실성이 없이는 되는 것이 아니다. 될 수만 있으면 조용히 아름답게 그러나 강하게 싸우고 싶다. 그리고 그렇게 싸우는 법을 일반 민중에게 깨우쳐 주는 것이 지성인의 의무가 아니겠는가.

이번 학생 데모 사건은 오히려 야당인 민주당을 앞서서 걸어가고 있음을 입증해 주는 것이 되었으니, 야당은 눈앞의 목적에 편중하지 말고 좀 더 가라앉은 방향으로 좀 더 먼 곳에 목표를 두어 주었으면 하는 것이다.

생각해 보라. 우리는 얼마나 뒤떨어졌는가. 학문이고 문학이고 간에 앞으로 해야 할 일이 얼마나 많은가. 이 벅찬 물질 만능주의의 사회 속에서 우리가 해야 할 것은 정신의 구원이라고 나는 확신한다. 지난

호의《새벽》지에 게재된 러셀의 소설이라든가, 요즘 내가 읽은 모라비아의 『멕시코에서 온 여인』이라든가는 모두가 벅찬 물질 문명에 대한 구슬픈 인간 정신의 개가(凱歌)였다.

지성인은 눈에 뜨이지 않게 또 눈에 뜨이지 않는 성과를 위해서, 그러나 마지막까지 아름다운 정신을 위해서 싸워야겠고, 그러한 무장이 항시 되어 있어야겠다. 그런 의미에서 우리나라의 문화인이, 아니 3·15 선거를 중심으로 해서 바람 속에 들어간 문화인이 어처구니없게 불쌍하기만 하다. 하나 어제까지 우리들이 싸워 왔듯이 오늘도 우리는 싸워야 하고, 오직 내일의 승리는 우리의 것임을 나는 확신한다.

《새벽》(1960. 5.)

독자의 불신임

필자도 시를 쓰는 사람의 한 사람으로 이런 이야기를 한다는 것은 자기 얼굴에 침 뱉기가 될까 보아 대단히 마음 괴로운 일이지만, 우리나라의 시(비록 시 작품뿐만이 아니지만)는 과거에 있어서 매월 빠지지 않고 줄기차게 나오는 문학지나 기타 월간지에 게재된 작품 중의 거의 90프로(상당히 돋보아서)가 시가 아닌 작품들이었다.

우리나라뿐만이 아니라 이런 현상은 일본은 물론 구라파 선진 문화 국가에도 예사로 있는 일이라고 보면 그뿐이겠지만 시를 사랑하는 사람의 입장에서 생각한다면 이보다 더 큰 슬픈 이야기가 없고 이보다도 더 분격할 이야기가 없고 이보다도 더 중대한 범죄가 없다.

요즈음 문학계의 문제(기타 예술의 경우에도 마찬가지이지만)는, 정치적인 분란이 위주가 되는 바람에 제3 제4의 문제가 되고 있고, 앞으로도 정치적 경제적 문제 같은 것보다 더 현실적인 난제의 처리가 선행되어야 할 것이니만큼 좀처럼 이 방면에 대한 고려를 가질 수 있는 여유가 쉽사리 올 것 같지 않지만, 그만큼 걱정스러움이 더 간절한 것도 사실이다.

일전에 4월 이후의 새로운 현상에 대한 잡담이 나온 자리에서 어느 문학지 기자가 하는 말이, 요즈음 통 잡지가 팔리지 않는다고 하면서 이것이 '나츠가레'*가 원인이 되고 있기도 하지만 학생들이 정치에 몰

* 나츠가레(なつがれ): 여름철 불경기를 뜻하는 일본 말이다.

두하여 문학잡지 같은 것은 보지 않게 된 바람에 그런 것이라고 하는 말을 들었다.

필자는 이 말을 듣고 여러 가지 생각이 들었다.

그의 말이 만약에 사실이라면 우리나라의 문학지는 오늘날과 같은 비상시에는 통용되지 않는다는 말이 되고, 따라서 그들이 문학을 애호하는 것은 (적어도 문학지를 구매한다는 것은) 평화 시절에만 국한될 한사(閑事)에 불과하다는 말도 된다.

그러나 진정한 문학의 본질은 결코 한시(閑時)에만 받아들일 수 있는 애완 대상이 아니며, 오히려 오늘날과 같은 개혁적인 시기에 처해 있을수록 그 가치가 더한층 발효되는 것이라는 것을 생각할 때, 필자가 생각하기에는 이와 같은 현상은 (그것이 만약에 사실이라면) 우리나라 문학계 전반에 대한 기막힌 모욕이요 경멸이라고밖에 해석되지 않는다.

혁명이란 이념에 있는 것이요, 민족이나 인류의 이념을 앞장서서 지향하는 것이 문학인일진대, 오늘날처럼 이념이나 영혼이 필요한 시기에 젊은 독자들에게 버림을 받는 문학인이 문학인이라고 할 수 있겠는가. 사실을 고백하자면 나는 그 기자의 말을 듣고 내심으로는 오히려 통쾌한 감이 들었고, 우리나라 문학계도 이제야 비로소 응당 받아야 할 정당한 평가를 받게 되었다 하고 쾌재를 부르짖었다.

젊은 층의 전면적인 불신임을 받아야 할 것은 정치계에만 한한 일이 아니라 문학계도 마찬가지이고, 이러한 각성의 시기는 빨리 오면 빨리 올수록 좋은 것이기 때문이다.

복지사회란 경제적인 조건만으로 되는 것이 아니고 영혼의 탐구가 상식이 되는 사회이어야만 하는데, 이러한 영혼의 탐구는 경제적 조건이 해결된 후에 해도 늦지 않는다고 생각하고 마치 소학생들이 숙제 시간표 만드는 식으로 시간적 절차를 둘 성질의 것이 아니다.

다시 말하자면 영혼의 개발은 호흡이나 마찬가지다. 호흡이 계속되는 한 영혼의 개발은 계속되어야 하고, 호흡이 빨라지거나 거세지거나 하게 되면 영혼의 개발도 그만큼 더 빨라지고 거세져야만 할 일이지 중단되어서는 안 될 것이고 중단될 수도 없는 일이다.

그런데 우리나라의 시는 필자가 보기에는 벅찬 호흡이 요구하는 벅찬 영혼의 호소에 호응함에 있어서 완전히 낙제점을 받고 보기좋게 나가떨어지고 말았다. 혹자는 말할 것이다. 허다한 혁명시가 나오지 않았느냐고. 필자는 여기에 대해서 너무 창피해서 대답하지 못하겠다.

필자가 여기에서 말하는 영혼이란, 유심주의자(唯心主義者)들이 고집하는 협소한 영혼이 아니라 좀 더 폭이 넓은 영혼―다시 말하자면 현대시가 취급할 수 있는 변이하는 20세기 사회의 제 현상을 포함 내지 망총(網總)할 수 있는 영혼이다. 나는 유심주의자들의 협소한 영혼이라고 말했지만 오늘날 우리나라의 문학계를 중심으로 생각한다면 이 유심주의자라는 말은 합당하지 않고, 그것은 오히려 '도피자'라거나 혹은 '기만적인 유심주의자'라고 부르는 편이 옳을 게다. 이러한 도피자나 기만적인 범죄자(의식적이건 무의식적이건 간에)를 혁명을 수행하는 학생들이 누구보다도 잘 간파하고 있는 것같이 생각되기 때문에(혹은 간파할 것이라고 확신하고 있기 때문에) 필자는 여기에 대해서 구체적인 언급은 보류하기로 한다. 또한 이 밖에 4월 이후의 혁명시가 어째서 진심으로부터 독자들의 환영을 못 받고 있는가에 대한 구체적인 이유도 여기에서는 보류하겠다.

다만 필자가 여기서 강조하고 싶은 것은, 4월 이후의 우리나라 시 작품에 대해서 젊은 층들이 영혼의 교류를 느끼지 못하고 이를 거부하였다면 그것은 사실에 있어서 너무나 당연한 일이고 또한 때늦은 감은 있지만 진정으로 반가운 일이라고 말할 수 있는 일이라는 것이다. 우리나라의 문학계는 이러한 철저한 불신임 속에서 다시 백지로 환원됨으로써만 새로운 시대의 작품의 생산을 기대할 수 있게 되기 때문이다. 또한 견실한 독자가 없이는 견실한 작품이 나올 수 없는 것이 문학 현상의 철칙이기 때문이다.

젊은 독자들일수록 아무리 거센 호흡 속에서도 영혼의 개발을 잊지 말아야 하겠다.

이런 뜻에서 문학인들은 젊은 독자들의 다급한 영혼의 돌진 속에서 호흡을 꺾이거나 휴식하지 말아야 하겠다.

문학 혁명은, 독자의 입장에서도 필자의 입장에서도 먼 장래의 태평사가 아니기 때문이다.

1960. 8.

창작 자유의 조건

이(李) 정권 때의 일이다. 펜클럽대회에 참석하고 돌아온 분들을 모시고 조그마한 환영회를 갖게 된 장소에서 각국의 언론자유의 실황에 대한 이야기가 나온 끝에 모 여류 시인한테 나는 "한국에 언론 자유가 있다고 봅니까?" 하고 물었더니 그 여자 허, 웃으면서 "이만하면 있다고 볼 수 있지요." 하는 태연스러운 대답에 나는 내심 어찌 분개를 하였던지 다른 말은 다 잊어버려도 그 말만은 3, 4년이 지난 오늘까지 잊어버리지 않고 있다. 시를 쓰는 사람, 문학을 하는 사람의 처지로서는 '이만하면'이란 말은 있을 수 없다. 적어도 언론 자유에 있어서는 '이만하면'이란 중간사(中間辭)는 도저히 있을 수 없다. 그들에게는 언론 자유가 있느냐 없느냐의 둘 중의 하나가 있을 뿐 '이만하면 언론 자유가 있다'고 본다는 것은, 쉽게 말하면 그 자신이 시인도 문학자도 아니라는 말밖에는 아니 된다. 그런데 이런 사고방식을 가진 소설가, 평론가, 시인이 내가 접한 한도 내에서만도 우리나라에 적지않이 있다. 이것은 우리나라의 문학의 후진성 운운의 문제를 넘어서 더 큰 근본 문제이다.

시고 소설이고 평론이고 모든 창작 활동은 감정과 꿈을 다루는 것이다. 그리고 이 감정과 꿈은 현실상의 척도나 규범을 넘어선 것이다. 말하자면 현실상으로는 38선이 있지만 감정이나 꿈에 있어서는 38선이란 터부는 문제가 되지 않는다. 그런데도 불구하고 우리들은 이 너무나 초보적인 창작 활동의 원칙을 올바르게 이행해 보지 못했다. 다시 말하자면 우리는 문학을 해 본 일이 없고, 우리나라에는 과거 십수 년 동안 문학 작품이 없었다고 나는 감히 말하고 싶다. 문학 작품이 없는 곳에 문학자가 어디 있었겠으며 문학자가 없는 곳에 무슨 문학 단체가 있었겠는가. 아마 있었다면 문학 단체의 이름을 도용한 반공 단체는 있었을 것이지만, 이 반공 단체라는 것조차 사실에 있어서는 반공을 판 돈벌이 단체이거나, 문학과 반공을 '이중으로' 팔아먹은 돈벌이 단체에 불과하였다.

4월 이후의 도하(都下) 각 신문에 신물이 나도록 되풀이된 이런 구질구질한 이야기를 왜 또다시 꺼내느냐고 꾸짖을 분도 있을지 모르지만, 문제는 이 4월 이후다. 4월 이후 무엇이 달라졌는가? 자유문협이 거꾸러졌다, 한국문협이 거세를 당했다, 전후문학가협회가 새로 나왔다, 시인협회가 성명서를 발표하고 회원 숙청을 했다 등등을 가지고 달라졌다고 할 수 있을까.

우리는 무엇보다도 무엇이 달라져야 할 것인가부터 다시 한 번 진지하게 생각해야 할 필요가 있다. 무엇이 달라져야 할 것인가? 언론 자유다. 1에도 언론 자유요, 2에도 언론 자유요, 3에도 언론 자유다. 창작의 자유는 백 퍼센트의 언론 자유가 없이는 도저히 되지 않는다. 창작에 있어서는 1퍼센트가 결한 언론 자유는 언론 자유가 없다는 말과 마찬가지다. 이 정권하에서는 8할의 창작의 자유가 있었지만 장 정권하에서는 9할의 자유가 있으니 얼마나 나아졌느냐고 말하고 싶은 국회의원이 있을 성싶다. 아니 국회의원뿐 아니라 필자 자신 역시 그러한 망상과 유혹에 빠지기 쉬운 요즈음이다. 솔직히 말해서 간첩 방지 주간이나 오열(五列)이니 국시(國是)니 할 때마다 나는 예나 다름이 없이 가슴이 뜨끔뜨끔하고, 또 내가 무슨 잘못된 글이나 쓰지 않았나 하고 한결같이 염려가 된다. 간첩이 오고 있으니까 간첩 방지 선전도 하는 것이겠지만 문제는 간첩 방지 선전이 나쁘다는 것이 아니라 그러한 선전의 압력과 동일한 압력이 창작 활동 위에까지 부당하게 뻗칠 것 '같은 불안'이 아직까지도 존재하고 있는 것이 나쁘다는 것이다. '보장된 자유'란 무엇인가? 이러한 불안을 없애 주는 것이다. 그리고 이러한 불안의 제거의 책임은 누구보다도 위정자한테 있다.

지난날 같으면 꿈에도 생각하지 못했던 중립이나 평화 통일을 학생들이 논할 수 있는 새 시대는 왔건만 아직도 창작의 자유의 완전한 보장은 전도요원하다.

문학하는 사람들이 왜 이다지도 무기력하냐는 비난이 요즈음 자자한 것 같지만 책임은 결코 문학 하는 사람에게만 있지 않다. 필자부터도 쓸데없이 몸을 다치기는 싫다. 정말 공산주의자라면 자기의 신념을 위해서 자업자득하는 수도 있겠지만, 그렇지도 않은데 선불리 몸을 다칠 필요는 없다. 그렇지만 창작상에 있어서는 객관적으로 볼 때 그야말로 '불온사상'을 가진 것같이 보여지는 수가 많다. 그리고 이러한 오해의 결과가 사직당국의 심판으로 '저촉되지 않는다'는 판결을 가지고 온다 하더라도 문제는 그 판결의 유죄·무죄가 중요한 것이 아니다. 문제는 '만일'에의 고려가 끼치는 창작 과정상의 감정이나 꿈의 위축이다. 그리고 이러한 위축 현상이 우리나라의 현 사회에서는 혁명 후도 여전히 그 전이나 조금도 다름없이 계속되고 있다는 것을 알아야 한다. 이것은 죄악이다.

필자는 앞으로 문학자들이나 각 문학단체가 규합하여 사회에 대한 통일된 의견을 표시할 수 있는 움직임을 가질 수 있게 되는 날이 오기를 희망하고 있는 사람의 한 사람이지만, 그러한 단체는 우선 이 '완전한 언론자유'에의 전취(戰取)가 지고 목표이며, 또 이 지고 목표를 달성하기 위하여서도 전 문학자는 하루바삐 단결해야 할 줄로 안다.

《동아일보》(1960. 11. 10.)

저 하늘 열릴 때*

―김병욱 형에게

김형! 형과 헤어진 지도 인제 10년이 넘소이다. 10년이면 산천도 변한다는데 형 역시 많이 변하였을 것 같소. 어떻게 변했을까? 무엇을 하고 있을까? 여전히 시를 쓰고 있을까? 시를 쓰고 있다면 어떤 시를 쓰고 있을까? 마야코프스키 같은 전투적인 작품을 쓰고 있을까? 파스테르나크 같은 반항적인 것을 쓰고 있을까? 아주 전혀 시를 안 쓰고 있을까? 또 형이 지금 내가 쓰고 있는 작품을 읽어 본다면 무엇이라고 할 것인가? 아직도 딱지가 덜 떨어졌다고 할까? 말하자면 부르주아적이라고 꾸짖을까? 아무래도 칭찬은 들을 것 같지 않소.

그래도 지난 10년 동안 나 자신이 생각해도 용하다고 생각하리만큼 나는 현실에 굴복하지 않고 나 자신만은 지켜 왔고 지금 역시 그렇소. 그러니까 작품의 호오(好惡)는 고사하고 우선 나 자신을 잃지 않고 왔다는 것만으로 나는 형의 후한 점수를 받을 것 같은데 어떠할지?

여기서는 그동안 이북의 작품이라곤 한 편도 구경할 수 없는 형편이니 나는 그쪽 작품에 대해서 아무런 이야기도 할 자격이 없소. 다만 소련의 작품은 (파스테르나크의 것을 제외하고는) 그동안 외국 잡지를 통해서 소설을 두 편가량 읽은 것이 있고 폴란드 시인의 시를 4, 5편, 중

---

* 이 글은 4·19혁명 직후에 간행되었던 진보계 신문《민족일보》(1961. 5. 9)에 게재되었다. 시인 김병욱은 와세다 대학 불어불문학과를 졸업하였고 광복 직후 명동 일대에 모여들었던 모더니즘 계열의 신진 시인 중 하나였다. 좌파 활동가로 후에 월북했다.

공 시인의 시를 한 편 읽은 것이 있는데, (요만한 지식을 가지고 그쪽 사정을 속단하기는 어려우나, 그 밖의 비교적 공정한 입장에서 쓴 논평들을 중심으로 생각해 볼 때) 소련에서는 중공이나 이북에 비해서 비판적인 작품을 용납할 수 있는 컴퍼스가 그전보다 좀 넓어진 것 같은 게 사실인 것 같소. 무엇보다도 에렌베르크가 레닌 상을 받았다는 사실로 미루어 보아도 그것은 사실인 것 같소. 우리는 이북에도 하루바삐 그만한 여유가 생기기를 정말 진심으로 기원하고 있소. 형은 어떻게 생각할지 모르지만 나로서는 그에 대한 여유가 다소나마 생겨야지 통일의 기회도 그만큼 열려질 것 같은 감이 드오.

형, 나는 형이 지금 얼마만큼 변했는지 모르지만 역시 나의 머릿속에 있는 형은 누구보다도 시를 잘 알고 있는 형이오. 나는 아직까지도 '시를 안다는 것'보다도 더 큰 재산을 모르오. 시를 안다는 것은 전부를 아는 것이기 때문이오. 그렇지 않소? 그러니까 우리들끼리라면 통일 같은 것도 아무 문젯거리가 되지 않을 것이오. 사실 4·19 때에 나는 하늘과 땅 사이에서 통일을 느꼈소. 이 '느꼈다'는 것은 정말 느껴 본 일이 없는 사람이면 그 위대성을 모를 것이오. 그때는 정말 '남'도 '북'도 없고 '미국'도 '소련'도 아무 두려울 것이 없습디다. 하늘과 땅 사이가 온통 '자유 독립' 그것뿐입디다. 헐벗고 굶주린 사람들이 그처럼 아름다워 보일 수가 있습디까! 나의 온몸에는 티끌만 한 허위도 없습디다. 그러니까 나의 몸은 전부가 바로 '주장'입디다. '자유'입디다…….

'4월'의 재산은 이러한 것이었소. 이남은 '4월'을 계기로 해서 다시 태어났고 그는 아직까지도 작열(灼熱)하고 있소. 맹렬히 치열하게 작열하고 있소. 이북은 이 작열을 느껴야 하오. '작열'의 사실만을 알아가지고는 부족하오. 반드시 이 '작열'을 느껴야 하오. 그렇지 않고서는 통일은 안 되오.

나는 이북의 정치에 장점이 있다는 것을 인정하는 사람이지만 그것만 가지고 통일을 할 수는 없소. 비록 통일이 된다 할지라도 그 후에 여전히 불편한 점이 해소되지 않고 남아 있을 것이오.

'4월' 이후에 나는 시에 대해서 여러 가지로 생각해 보았소. 늘 반성하고 있는 일이지만 한층 더 심각하게 반성해 보았소. '통일'이 되어도 시 같은 것이 필요할까 하는 문제요. 거기에 대한 대답은 '더 필요하다'는 것이었소. 우리는 좀 더 좋은 시를 쓰기 위해서도 통일이 되어야겠소. 정신상의 자주 독립을 이룩한 후에 시가 어떤 시가 될는지 나는 확실히는 예측할 수 없소. 그러나 아마 그것은 세계적인 시가 될 것이고, 세계 평화와 인류의 복지를 위해서 이바지하는 시가 될 것이오. 좀 더 가라앉고 좀 더 힘차고 좀 더 신경질적이 아니고 좀 더 인생의 중추에 가깝고 좀 더 생의 희열에 가득 찬 시다운 시가 될 것이오. 그리고 시인 아닌 시인이 훨씬 줄어지고 시인다운 시인이 더 많이 나올 것이오.

그러나 아직까지도 통일 이후의 것을 예측하기보다는 통일까지의 일이 더 다급하오. 우리는 우선 피차간의 격의와 공포감 같은 것을 없애고 이북이 생각하는 시에 대한 관념과 이남이 생각하는 시에 대한 관념을 접근시켜 봅시다. 그래서 형들이 십여 년 동안을 두고 생각하고 실천해 온 시관(詩觀)이 우리가 그동안에 생각하고 실천해 온 그것과 6·25 전에 비해서 어느 정도의 각자의 여과 작용을 했는지, 어느 정도의 변동이 생겼는지 이야기해 보는 것도 재미있을 것 같소.

그러나 형, 내가 형에게 시에 대한 이야기를 하고 있는 이 자체부터가 벌써 어쩌면 현실에 뒤떨어진 증거인지도 모르겠소. 지금 이쪽의 젊은 학생들은 바로 시를 실천하고 있기 때문이오. 그리고 그들이 실천하는 시가 우리가 논의하는 시보다도 암만해도 먼저 앞서갈 것 같소. 그렇지만 나는 요즈음처럼 뒤따라가는 영광을 느껴본 일도 또 없을 것이오. 나는 쿠바를 부러워하지 않소. 비록 4월 혁명은 실패로 돌아갔지만 나는 아직도 쿠바를 부러워할 필요가 없소. 왜냐하면 쿠바에는 '카스트로'가 한 사람 있지만 이남에는 2000명에 가까운 더 젊은 강력한 '카스트로'가 있기 때문이오. 그들은 어느 시기에 가서는 이북이 열 시간의 노동을 할 때 반드시 열네 시간의 노동을 하자고 주장하고 나설 것이오. 그들이 바로 '작열'하고 있는 사람들이오.

1961. 5. 9.

들어라 양키들아

— 쿠바의 소리

혁명이라는 것에 대한 관념이 한 시대 전과는 달라서 인제는 아주 일상다반사가 되어 버렸다. 어떤, 손에 닿지 않는 심각한 위엄의 대상이라기보다는 빚거래를 가진 사람들이 서로 청산이라도 하는 것 같은 간단하고 당연한 사무 같은 인상을 준다. 혹은 그야말로 스포츠 같은 인상을 준다.

쿠바의 경우도 마찬가지다. 카스트로의 더부룩한 턱수염이 낭만적인 것처럼 보이면서도 어딘지 경쾌한 코미디언(물론 그가 코미디언적인 인물이라는 것은 아니다.) 같은 인상을 주는 것은 확실히 현대의 혁명의 특징의 일면을 말해 주는 것일 것이다. 혁명은 상식이고 인종차별과 계급적 불평등과 식민지적 착취로부터의 3대 해방은 '3대 의무' 이상의 20세기 청년의 '상식적'인 의무인 것이다. 현대의 청년으로 혁명에 무지하다는 것은 하이볼과 샴페인을 분간하지 못하는 것 이상의 수치이지만, 혁명가라는 것이 현대 소설의 심각한 주인공으로서는 이미 퇴색한 지 오래라는 것도 또한 사실이다. 그리고 이에 대한 산 증거를 우리는 바로 엊그저께 '4월의 광장'에서 목격하지 않았던가. 혁명을 하자. 그러나 빠찡꼬를 하듯이 하자. 혹은 슈사인 보이가 구두닦이 일을 하듯이 하자.

그처럼 현대의 혁명 기록도 18세기나 20세기 초기의 그것들처럼 그렇게 육중하지도 심각하지도 않다. 나는 C. 라이트 밀즈 씨의 『들어라 양키들아』를 독감으로 해서 수삼 일 동안을 머리맡에 놓고 매우 진지하게 읽었지만, 그렇지 않았더라면 아무리 거드름을 피워도 하루 낮이면 가볍게 읽어 치웠을 것이다. 그리고 약간의 과장이 허용된다면 나는 이 책을 『춘향전』이나 『마농 레스코』 같은 연애물을 읽는 기분이나 조금도 다름없이 평범한 기분으로 읽어치웠다. 그처럼 현대의 혁명은 어디까지나 평범하고 상식적인 것이다.

그리고 우리들의 오늘날의 과제로서의 혁명이 어째서 평범하고 상식적인 것인가를 『들어라 양키들아』는 그의 독자들에게 입으로서가 아니라 창자로서 보여 주고 있다. 이 책은 직접 혁명을 수행한 당사자들의 양키들에 대한 분노의 절규와 해방의 희열과 불퇴전의 집념을 저자가 요령 있게 대필한 (서한) 형식으로 되어 있다. 나는 우연히도 라스키의 『국가론』과 같이 이 책을 병독하게 되었는데, 이 두 저서에는 결코 우연이라고 할 수 없는 즐거운 입맞춤이 도처에 보인다. 전자를 구제도를 고집하는 국가의 혁명의 당위성을 주장하는 중년 학자의 믿음직한 단상 강의라고 한다면, 후자는 그것을 실천한 혁명 학도들의 벌거벗은 심장이 호소하는 현대 자본주의 수위(首位) 국가의 제 죄악상에 대한 가차없는 명세서인 것이다.

우선 그러한 명세서 중에서 아무거나 손에 잡히는 대로 골라 보자.

> 강력한 정치적인 권력을 가진 사람이나 혹은 그 친척이 기업체 하나를 설립하기 위해 정부에 대부를 신청한다. 이 실업가는 전 자본의 1할 내지 2할만을 투자하고 나머지는 정부에서 대부해 준다. 정치적인 배경을 가진 이런 사람이 물론 소유자가 되는 것이다. 그는 정부에게 원금은 물론 이자도 현금으로 지불해야 하는 것이 원칙이다. 그러나 서류상으로 지불하면 그만이다. 사탕수수의 생산, 야금공업, 제지업, 건축 자재 및 화학 공업 등의 대공장이 모두 그런 식의 기업이다…… 간단히 말해서 이러한 종류의 쿠바 기업체는 부패된 정부의 일부분이었고 또 부패

된 정부와 함께 자본주의의 부정축재 세계를 형성했던 것이다…….

보아라! 그러한, 심장이 폭로하는 자본주의 죄악의 실태는 바티스타 일당들의 것이나 이승만의 더부살이들의 것이나 어쩌면 이렇게도 똑같으냐. 다만 틀린 것이 있다면 쿠바에서는 '혁명 정부는 이러한 모든 실업체를 차압했'지만 여기에는 대부분이 아직 버젓이 건재하고 있다는 것뿐이다.

또 다음과 같은 기억할 만한 문구가 있다.

우리들은 알고 있다. 당신들이 (소위 '양키들'이) '우리는 당신들 쿠바인에게 아무런 일도 하지 않았다'고 말하리라는 것을. 우리는 당신들이 그렇게 느끼고 있다는 것을 알고 있다. 그리고 이것이 가장 중요한 점이다. 곧 '당신들'이 아무 일도 하지 않았다는 점 말이다.

이와 같은 비명은 라스키의 말을 빌리자면 '그럽게까지도 느껴지는 감옥'에 대한 자본주의자들의 의식적 방임의 죄악을 지적하는 것으로서, '4월 이후'만 해도 하바나 시가 아닌 서울의 도하(都下) 각 신문이 현 정권을 상대로 혁명 과업의 의식적 사보타주에 대해서 무수히 신경질을 부려 온 것도 주지의 사실이다.

또한 우리나라의 혁명 후의 현실에서 우리들이 속고 있는 정치적 심도를 암시해 줄 만한 다음과 같은 문구도 있다.

앞서 말한 바와 같이 반혁명분자들은 혁명에 반대하는 주요 원인으로 공산주의 반대를 내세우고 있다. 이와 같은 말에 대한 편견과 혼란은 다만 상류와 중류 계급 일부에서만 찾을 수 있다. 미국에서는 더욱 널리 퍼져 있을 것이다. 그렇지 않은가? 어쨌든 쿠바의 혁명이 공산주의자라는 선전은 대단히 현명하다. 그 선전은 쿠바를 곤란케 하고 당황케 한다. 왜냐하면 중류 계급인들이 아직 한번도 사회 경제적인 실제 문제에 대하여 참된 교육을 받은 적이 없기 때문이다. 그러나 쿠바의 혁명은 대단히 강력하다는 것을 잊어서는 안 된다. 대다수의 가난한 사람들은 혁명을 지지하고 있으며 미국의 정책에 반대하고 있다…….

4·19 1주년 직전에 모신문지상의 혁명 1주년 소감 같은 것에서 나는 의학 박사라는 사람이 쓴 '4·19 때에 이북의 공산주의자들이 쳐들어오나 보다 하고 마음이 여간 조마조마하지 않았다'는 요지의 글을 읽고 실소를 금치 못했던 일이 있었는데 지금 이런 구절들을 읽으면서 새삼스러이 무지한 그가 이 교활한 사회 체제 밑에서 그렇게 생각한 것도 무리는 아니었으리라고 짐작이 든다.

얼마 전에 쿠바로 진격한 일이 있는 반동군이 미국의 실질적인 후원에도 불구하고 어째서 실패의 고배를 마시지 않으면 아니 되었던가에 대한 강력한 입증이 열렬한 구조(口調)로 예언되어 있지만 그것보다도 놀라운 것은 그들의 '사탕이 어째서 나날이 더 달가운 것이 되어가'고 있느냐는 점이다. 그들의 혁명의 근본 요청이 빈곤의 해방인지라 자주 경제 체제의 확립을 위해서 그들이 노력한 것은 결코 놀라울 만한 사실이 못 되지만, 다음과 같은 혁명 과정의 모색의 특이성(사실은 이것이 혁명의 본질이다.)은 혁명을 실패한 우리들에게는 무지개보다도 더 휘황한 영감과 매력을 준다.

우리는 우리가 애당초부터 우리의 목표가 무엇이며 우리 앞을 가로막고 있는 장애가 무엇인지를 알고 있었던 것 같은 인상을 주고 싶지는 않다. 우리는 그런 걸 몰랐던 것이 사실이었으니까. 우리는 국가의 경제를 건설하고 실업 문제를 어떻게 해서든지 해결해 보려고 노력하는 과정에서 문제를 한 가지 한 가지씩 알게 된 것이다. 그리고 여러 가지 문제에 대처함에 있어서 여러 가지 방법을 시험해 보았다. 그리하여 여러

> 번 실패를 했음에도 불구하고 계속 노력을 다해 왔다. 우리는 노력을 다하지 않을 수 없는 처지에 있었으며 그와 같이 노력하는 과정에서 우리의 전반적인 목표가 무엇이며 그를 실현하기 위해서 어떠한 방법과 계획을 사용해야 하는가 등의 여러 가지 문제에 직면했다.

이상의 구절 속에 가장 중요한 어구가 '노력을 다하지 않으면 아니 될 처지에 있었으며'이다. 진정한 혁명 세력이란 이와 같은 '처지' 내지는 이러한 '처지'의 창조라는 것을 알아야 하는데 우리나라의 '4월'은 원통하게도 이것을 포착하지 못하였다.

외자 의존과 관세 특혜 조치에 대한 실정, 사탕 거래의 비합리성 등의 착취상은 남의 일을 보는 것 같지 않으며, 농지 개혁, 공장 건설, 교역 촉진, 산업 진흥 등의 경제 혁명의 힘찬 모습에는 역자의 말마따나 정말 '손에 땀을 쥐게' 하였다.

또한 다음과 같이 누구나 다 뻔히 짐작하고 있는 일이라도 그것이 약자가 그의 몇백 배나 되는 강자에게 거리낌없이 퍼붓는 과감한 간언적 절규일 때는 10년 체증이 뚫린 것같이 가슴이 시원해진다.

> 당신들은 항상 당신들을 반대해서 일어나는 저 수천만의 인민들이 순전히 모스크바나 북평에서 직접 명령을 받는 소수의 사고뭉치들과 음모가들에 의해서 어떻게 잘못 이끌리고 조종되어 그런 짓을 감행한다고 생각하는 모양이다. 당신들은 그 모든 불안과 소동을 일으키는 것도 '그들'이고 수천만의 인민에게 미국의 핵무기 기지가 되어서는 안 된다는 불온한 사상을 주입하는 것도 '그들'이라고 생각하는 모양인데 그렇다면 '그들'은 아마 무시무시하게 전지전능한 존재가 아니겠는가? 그러나 양키들아, 그건 잘못된 생각이다. 극히 옳지 못한 생각이다. 사실은 당신네들이야말로 당신들 자신의 선전에 의해서 그릇 인도되고 있는 것이다. 저들 국민들은 그들 땅 위에 당신들의 U2정찰기를 두기를 원하지

> 않고 있다. 그들은 미국의 전쟁 도구의 지위에서 벗어나려고 하고 있는 것이다. 그들은 당신들 큰 나라들의 으르렁대는 틈바구니에 끼기를 싫어하고 있는 것이다. 그리고 그들은 또한 그들 땅을 미국의 군사기지로 만들기를 싫어하고 있는 것이다. 우리는 그들의 이러한 생각이 지당한 것으로 생각하고 있다.

또 하나 시원한 말이 있다.

> 우리는 양당 제도의 매 4년마다 선거되는 그런 제도가 자유로 통하는 유일하고 불가피한 길이라고는 생각지 않는다. 당신들도 그렇게 생각 않고 다른 사람들도 그렇게 생각 안 한다. 그러나 그런 것만이 자유라고 믿는다는 것은 사실상 추상만을 일삼는 바보천치요, 역사에 무지한 풋내기 어정쩡한 패시미스트(비관주의자)가 되는 것이다.

카리브 해협에 있어서나 도버 해협에 있어서나 하바나 대학에 있어서나 서울 운동장에 있어서나 인간의 심장에는 하등에 다를 것이 없고, 오늘날의 전 세계의 후진국가들은 너무나도 유사한 공통적 질곡하에 놓여 있으며, 쿠바가 의욕하고 추구하고 있는 것은 곧 우리들이 의욕하고 추구하고 있는 것에 틀림없을 것이다.

여러 가지로 상이한 양국간의 여건과 독자 각자의 세부적인 주견의 차이에도 불구하고 여러 독자들이 오늘의 난국을 타개해 나가는 원칙적인 기준을 모색함에 있어서 많은 시사와 공명을 본서 안에서 발견하게 되리라는 것을 필자는 조금도 의심하지 않는다. 들어라 코리언들아, 평범한 혁명의 진리를 배우라!

《사상계》(1961. 6.)

아직도 안심하긴 빠르다

—4·19 1주년

4·19당시나 지금이나 우두머리에 앉아 있는 놈들에 대한 증오심은 매일반이다. 다만 그 당시까지의 반역은 음성적이었던 것이 이제는 까놓고 하게 되었다는 차가 있을 뿐인데, 요나마의 변화(이것도 사실은 상당한 변화지만)도 장 정권이 갖다 준 것은 물론 아닌데 장면(張勉)들은 줄곧 저희들이 한 것처럼 생색을 내더니 요즈음에 와서는 '반공법'이니 '보안법 보강'이니 하고 배짱을 부릴 만큼 건방져졌다.

그러나 하여간 세상은 바뀌었다. 무엇이 바뀌었느냐 하면, 나라와 역사를 움직여 가는 힘이 정부에 있지 않고 민중에게 있다는 자각이 강해져 가고 있고 이러한 감정이 의외로 급속도로 발전해 가고 있다는 것이다. 그런데 4·19 당시의 생각으로서는 이러한 역사의 추진력의 선봉으로서 일반 지식인들이 상당한 역할을 할 줄 알고 있었는데 그것이 어그러진 것은 아무리 생각해도 납득할 수가 없다. 교육자, 문학·예술인, 저널리스트들 중에서 과거에 호강을 했던 치들은 고사하고라도, 그래도 양식이 있다고 지목하고 있던 사람들 가운데에 국가의 운명에 냉담한 친구들이 상당히 많은 것은 한심스러운 일이 아닐 수 없다.

아직까지도 아이들한테 자기가 쓴 시집을 반 강매하고 있는 고등학교 교사들, 파리에 갈 노잣돈을 버느라고 기관지마다 찾아다니면서 레알리슴 그림을 그리는 추상화가, 여당 덕분에 박사 학위를 따고 '반공법' 공청회 연사로는 초청을 받고도 꽁무니를 빼는 대학교수, 곗돈을 붓느라고 아이들한테 과외 공부를 시키는 국민학교 교원들, '보안법 보강'을 감행한다는데 반대 데모도 한번 못하는 문인들, 이런 사람들은 혁신계 정치가나 교원 노조나 대구의 데모를 아직도 빨갱이처럼 백안시하고 있다. 그러니 그 이상의 지도층에 있는 부유한 자들이나 그들의 심부름을 하는 순경 나부랭이들의 골통 속은 보지 않아도 뻔한 일이지. —

오늘이라도 늦지 않으니 썩은 자들이여, 함석헌 씨의 잡지의 글이라도 한번 읽어 보고 얼굴이 뜨거워지지 않는가 시험해 보아라. 그래도 가슴속에 뭉클해지는 것이 없거든 죽어 버려라!

필자는 생업으로 양계를 하고 있는 지가 오래되는데 뉴캐슬 예방주사에 커미션을 내지 않고 맞혀 보기는 이번 봄이 처음이다. 여편네는 너무나 기뻐서 눈물을 흘리더라. 백성들은 요만한 선정(善政)에도 이렇게 감사한다. 참으로 우리들은 너무나 선정에 굶주렸다. 그러나 아직도 안심하기는 빠르다. 모이값이 떨어지지 않고 있기 때문이다. 모이값은 나라 꼴이 되어 가는 형편을 재어 보는 가장 정확한 나의 저울눈이 될 수 있는데, 이것이 지금 같아서는 형편없이 불안하니 걱정이다. 또 이 모이값이 떨어지려면 미국에서 도입 농산물자가 들어와야 한다는데, 언제까지 우리들은 미국놈들의 턱밑만 바라보고 있어야 하나?

여하튼 이만한 불평이라도 아직까지는 마음 놓고 할 수 있으니 다행이지만 일주일이나 열흘 후에는 또 어떻게 될는지 아직까지도 아직까지도 안심하기는 빠르다.

《민국일보》(1961. 4. 16.)

방송극에 이의 있다

라디오라 하면 기껏 듣는 것이 뉴스하고 음악 정도이다. 방송극이라고 하면 이름만 들어도 입에서 신물이 나온다. 도대체 본격적인 신극(新劇)이라는 것도 1년에 한 번 보기가 어렵고, 영화도 안 보기를 신조로 삼고 있다시피 하니 방송극이라고 들어질 리 만무하다. 어쩌다 다이얼을 잘못 돌려 방송극이 튀어나오면 어린놈이 듣자고 고집을 피우는 바람에 마지못해 틀어 놓곤 하지만 나에게는 그것은 틀림없는 하나의 자학 행위다. 이런 자학 행위를 하던 중에 어린놈하고 같이 한참 동안을 뜻밖에도 사이좋게 들은 방송극이 최근에 하나 있었다. 이서구 작 「신문고」다. 어린놈은 드라마에 앞서 나오는 노래가 너무 길다고 짜증을 냈고 그만큼 그 줄거리의 야마*에 매료된 모양이었다.

그러나 나에게는 앞뒤에 붙은 노래도 약간 일본 노래의 냄새가 풍기기는 했지만 구수하게 들렸고, 이만한 멜로드라마라면 농촌 대중들을 위해서 권장하고 싶은 마음도 들었다. 연출도 잘되고 성우들의 연기(음성)가 다른 드라마에서처럼 야하지 않은 것이 여간 좋지 않았다. 내가 듣기에는 전반부가 더 좋았던 것 같았다. 그래서 그 김에 김영수의 「새댁」이라는 게 어떤가 하고 들어 보았더니 이건 틀렸다. 우선 첫머리의 노래부터 틀렸다. '……정녕 꿈이 있다기에……' 이르러서는

---

* 일본어로 '산(山)'을 뜻한다. 기사의 주제나 핵심을 가리키는 말로도 쓴다.

정말 죽을 지경! 더 들을 수가 없다. 내용도 복잡다단하기만 하고 성우들의 연기도 문자 그대로 여전히 저속하기만 하다. 그래서 이왕 자학에 나선 김에 하나 더 조남사의 「옛날의 금잔디」를 들어 보았는데 이것 역시 그게 그거다. 어린놈과 나는 「신문고」의 대방칠 것을 기어코 발견하지 못하고 말았고, 그러는 동안에 라디오에 고장이 나서 나는 참 잘되었다고 오히려 안도의 숨을 쉬었다. 요즈음 다시 수선을 하기는 했지만 어떻게 된 놈이 KY하고 KA가 반반씩 들린다. 하루는 음악이나 있나 하고 틀어 보았더니 능숙한 전라도 사투리가 들린다. 이게 무언가 하고 귀담아들은 것이 「방죽에 물이 넘친다」다.

여기에 나오는 무당 어머니의 호남 방언은 줄거리를 압도할 만큼 잘한다. 다 듣지는 못했지만 줄거리도 그만하면 무난한 것 같다. 그런데 딸의 연기가 너무 이지적인 것 같고(혹은 이지적인 체하는 것 같고) 청년은 너무 점잖다. 따라서 어머니와의 대화가 어쩐지 호흡이 들어맞지 않고, 세 사람이 제각기 따로 놀고 있는 것 같은 감이 든다. 그리고 벽두에 나오는 '×방죽에 물이 넘친다!'의 고함 소리가 너무 폭력적인 악성이다. KY의 음악을 듣다가도 이 고함 소리가 월경(越境)을 해 오면 간이 다 서늘해지고, 6·25 때의 생각까지 되살아나서 화가 벌컥 치민다. 그런데 시국물(時局物)이나 대공물(對共物) 치고 으레 이런 송구스러운 고함 소리가 아니 나오는 것이 없고, 그중에서도 심한 것은 그저 고함의 연속이다. 나는 호세 파라가 고함을 치는 장면을 보고 감탄을 한 일이 있었다. 그가 고함을 치는 얼굴에는 보이지 않는 웃음이 숨어 있다. 이것은 좀 이상하게 들릴지 모르지만 그의 고함치는 소리는 듣기 싫지 않고 오히려 좀 더 듣고 싶고 백 번을 더 들어도 싫지 않을 것 같다. 그것은 웃음보다도 더 매력이 있다. 같은 고함이나 소음이라도 얼마 전에 한운사의 것에 나온, 배경으로서의 고함과 소음은 재치 있게 소화되어 있는 재미있는 것이었다. 이런 도회적인 배경을 나타내는 주밀한 소음의 효과는 오히려 여기까지 사용되지 않은 것이 이상스러울 정도이다.

일반적으로 여기의 성우들은 성대의 기본 훈련조차 되어 있는 것 같지 않고 교회당의 목사의 목소리만큼도 재생되어 있지 않다. 이들에게 고함과 비명과 웃음의 묘리(妙理)를 체득하라는 것조차가 무리일지도 모른다. 그러나 그러면 그런대로 소박한 음성만이라도 내어주었으면 좋겠다. 그 메스꺼운 도회풍의 교성(嬌聲)만이라도 함부로 쓰지 말았으면 좋겠다. 그리고 각본가들은 부디 그 '사랑'이라는 값싼 낱말부터 하루속히 절멸(絶滅)해 보라.

1962. 8.

자유의 회복

얼마 전에 유정(柳呈)의 집에 간 길에 오래간만에 일본 시인들의 작품을 통독할 기회가 있었다. 미요시 다쓰지〔三好達治〕의 「까마귀〔鴉〕」 같은 것은 일본 시단에서 명시로서 통하던 작품인데 지금 읽어 보니 그다지 큰 감동이 없다. 오히려 조작이 아닌가 하는 의증마저 들었다. 그동안에 너무 오랫동안 위조시의 풍토 속에서만 살아와서 나의 심미안이 필요 이상의 의증으로 아주 색맹이 되어 버린 탓이 아닌가 하고 그 밖에 살인을 하는 것을 본 카나리아를 취급한 시 등 여러 편을 읽어 보았지만, 「까마귀」의 무력한 종련의 귀결에 대한 의증은 풀리지 않았다.

그런데 여기에서 문제되는 것은 미요시 씨의 작품이 조작이냐 아니냐 하는 것이 아니라, 내가 이 시를 읽으면서 느낀 나 자신의 한국시에 대한 고질적 의증이다. 미요시의 시까지도 비판적인 의증이 아니라 전면적인 의증으로 보고 싶어하는 슬픈 나의 습성이다.

이 때문에 나는 좀처럼 시평 같은 것은 쓴 일이 없다. 나의 의증은 전면적인 것이다. 나는 지금 내가 쓰고 있는 이 「시 월평」마저도 불신하며 가치 없는 것이라고 생각한다.

요즈음 일본에서 오는 《한양》지에 장일우라는 평론가가, 한국의 시나 소설에 대해서 쓰는 것을 읽어 보지만 나는 그이만 한 성의도 없다. 그는 그래도 그가 돼먹지 않았다고 비난하는 시인의 시행을 정성껏 옮겨 놓고 있지만 나에게는 도저히 그만한 여유가 없다.

그런데 동지(同誌)의 4월호에 나온 「현대시와 시인」을 읽어 보아도 그렇지만 그는 너무 한국의 '시인'에게만 채찍질을 가하고 있다. 이것은 나의 추측으로는, 그가 한국의 시 작품만을 보았지 한국의 소위 시인들이 처해 있는 분위기를 실제 호흡하지 못하고 있는 데 기인하는 것이 아닌가 생각된다. 그의 성의나 시의 견식을 인정하면서도 나는 이 점을 유감스럽게 생각한다. 그가 1960년 4월의 가치를 언더라인하고 높이 평가할 줄 아는 상식 있는 평론가인 줄 알기 때문에 나의 유감은 그만큼 더하다. 우리나라의 시단은 자고로 완전한 자유를 누려 본 일이 없다. 자유가 없는 곳에 무슨 시가 있는가! 이것은 너무나도 평범한 진리이지만 이 사실을 도외시하고 우리나라의 시단을 평할 수는 없다. 그리고 오늘날 이 사실은 개별적인 시인의 무력과 무재주와 심지어는 무성의까지도 탓하기 전에 먼저 강조되어야 할 중요한 문제이다.

그가 우리나라의 실정에 이해가 얕다는 또 하나의 증거는, 작년 8월호의 「시의 가치」에서 논한 4월 혁명의 시에 대한 품평이다. 그는 '이 격동적인 사건(즉, 4월 혁명)은 한국 시인 전체의 몽롱한 시혼을 청천벽력처럼 뒤흔들어 놓았다.'고 말했지만, 그가 지상(誌上)에 나타난 소위 기성 시인들의 작품만을 읽고 이런 말을 했다면 오해다. 그 당시에 위대했던 것은 한국 시인이 아니라 자유였다. 4월 혁명 후의 1년간은 자유는 급제를 했지만 시인들은 여전히 처참한 낙제를 했다. 만약에 그 당시에 한국의 기성 시인들의 작품이 아름다워 보였다면 그에 못지않게 삼류 신문사에 투고돼 온 지방의 무명 청년들의 시도 아름다웠다. 아니 시뿐만이 아니라 그렇게 추악하게만 보였던 한국의 풀떨기와 돌들까지도 아름다워 보였다. 장일우 씨는 한국의 시인들이 알지 못하는 시 대신에 알 수 있는 시를 쓰기를 기원하고 있지만, 나는 순서적으로 보아 역시 이곳의 시인이 알 수 있는 시를 쓰기 전에, 이곳의 시인이 알 수 있는 시를 쓸 수 있는 이곳의 자유의 회복이 더 시급하다고 믿는다.

그런데 문제는 한국 시단에 '자유의 회복'에 둔감한 시인이 너무나 많다는 사실이다. 내가 시를 보는 기준은 이 '자유의 회복'의 신앙이다. 작품이 좀 미흡한 데가 있어도, 그 시인이 시인으로서의 자유의 신앙을 갖고 있는 사람이라는 것을 알 때는 좋게 보이고 또 좋게 보려고 한다. 아무리 작품이 짜임새가 있고 말솜씨가 좋고 명확하더라도, 그가 보수적인 맹꽁이라는 것을 알 때에는 환멸이다. 따라서 나의 시평 태도는 어디까지나 편벽에 찬 것이다.

그런데 사람도 알고 그의 시도 많이 읽으면서도 어느 쪽인지 분간이 안 가는 경우가 있다. 사실은 이것이 (좋은 의미로서도 나쁜 의미로서도) 제일 곤란한 경우일지도 모른다. 이를테면 신동집의 「3월의 문법」(《현대문학》 4월호) 같은 것이 그것이다. 그의 작품은 꼬리가 잡히지 않는다. 어찌 보면 무엇을 이야기할 것도 같은데 그것도 아니고 단순한 서정시 같기도 한데 그것도 아니고, 이해가 갈 듯 갈 듯 하면서 도무지 모르겠다. 장일우 씨는 김춘수의 시를 보고 '음모(陰毛)를 노래하는 저속한 취미' 운운의 시라고 했지만 나는 그의 시에서 그만한 규정조차도 내릴 만한 지식이 없다. 그러고 보면 나의 '난해성'의 시에 대한 수난은 장 씨보다도 더 심각한 모양이다. 한국의 현대시에 대한 나의 대답은 한마디로 말해서 '모르겠다!'이다.

1963.

제정신을 갖고 사는 사람은 없는가

제정신을 갖고 사는 사람은 없는가? 근대의 자아 발달사의 견지에서 민주주의 사회의 구성원으로서의 자격을 요점으로 해서 생각할 때는 극히 쉬운 문제이고, 고대 희랍의 촛불을 대낮에 켜고 다니면서 '사람'을 찾은 철학자의 견지에서 전인(全人)에 요점을 두고 생각할 때는 한없이 어려운 영원한 문제가 된다. 한쪽을 대체로 정치적이며 세속적이며 상식적인 것으로 볼 때, 또 한쪽은 정신적이며 철학적인 형이상학적인 것이라고도 볼 수 있다. 그러나 본란*의 요청은 아무래도 진단적인 서술에보다는 처방적인 답변의 시사에 강점을 두고 있는 것 같고, 다분히 작금의 우리의 주위의 사회 현상의 전후 관계를 염두에 둔 고발성을 띤 답변의 시사를 바라는 것 같다.

제정신을 갖고 사는 사람은 없는가? 나는 이 제목을, 제 시를 쓸 수 있는 사람은 없는가로 바꾸어 생각해 보아도 좋을 것 같다. 범위를 시단에 국한시켜 우선 생각해 보자. 우리 시단에 시인다운 시인이 있는가. 이렇게 말하면 '시인다운 시인'의 해석에 으레 구구한 반발이 뒤따라오겠지만, 간단히 말해서 정의와 자유와 평화를 사랑하고 인류의 운명에 적극 관심을 가진, 이 시대의 지성을 갖춘 시정신의 새로운 육성을 발할 수 있는 사람을 오늘날 우리 사회가 요청하는 '시인다운 시

* 《청맥(靑脈)》지 1966년 5월호를 말한다.

인'이라고 생각하면서, 금년도에 접해 온 시 작품들을 다시 한번 생각해 볼 때 내가 본 전망은 매우 희망적이다. 좀 더 전문적인 말을 하자면 우리 시단의 경우, 시의 현실 참여니 사회 참여니 하는 문제가 시를 제작하는 사람의 의식에 오른 지는 오래이고, 그런 경향에서 노력하는 사람들의 수도 적지 않았는데 이런 경향의 작품이 작품으로서 갖추어야 할 최소한도의 예술성의 보증이 약했다는 것이 커다란 약점이며 숙제로 되어 있었다. 그런데 이런 약점을 훌륭하게 극복하고 있는 젊은 작가들의 작품이 나타나기 시작하고 있다. 이것은 국한된 조그만 시단 안의 경사만이 아닐 것이다.

4월이 오면
곰나루서 피 터진 동학(東學)의 함성,
광화문서 목 터진 4월의 승리여.

강산을 덮어, 화창한
진달래는 피어나는데,
출렁이는 네 가슴만 남겨놓고,
갈아엎었으면
이 군스러운 부패와 향락의 불야성
갈아엎었으면
갈아엎은 한강 연안에다
보리를 뿌리면
비단처럼 물결칠, 아 푸른 보리밭

— 신동엽, 「4월은 갈아엎는 달」에서

제정신을 갖고 사는 사람은 없는가. 이것을 이번에는 좀 범위를 넓혀서 시를 행할 수 있는 사람은 없는가로 바꾸어 생각해 보자. 시를 행할 수 있는 사람이 있으면 4월 19일이 아직도 공휴일이 안 된 채로, 달력 위에서 까만 활자대로 아직도 우리를 흘겨보고 있을 리가 없다. 그까만 19는 아직도 무엇인가를 두려워하고 있다. 우리 국민을 믿지 못하고 있고, 우리의 지성을 말살하다시피 하고 있다. 그것이 통행금지 시간을 해제하지 못하고 있고, 윤비의 국장을 다음 선거의 득표를 위한 쇼로 만들었고, 부정 공무원의 처단조차도 선거의 투표를 계산에 넣은 장난으로 보이게 하고 있다. 신문은 감히 월남 파병을 반대하지 못하고, 노동조합은 질식 상태에 있고, 언론 자유는 이불 속에서도 활개를 못 치고 있다. 그런데 이보다도 더 위험한 일은 지식층들의 피로다. 이것은 우리나라뿐이 아닌 세계적인 현상이라고 보면 그뿐이겠지만 좌우간 비어홀이나 고급 술집의 대학교수들이 모인 술자리에서 「목석 같은 사나이가 나를 울린다」를 부르면 좋아하지만, 언론 자유 운운하면 세련되지 않은 촌닭이라고 핀잔을 맞는 것이 상식이다. 얼마 전에 모 신문의 부정부패 캠페인의 설문을 받은 명사 가운데에 바로 며칠 전에 그 집에 가서 한 개에 4800원짜리 쿠션을 10여 개나 꼬매주고 왔다고 여편네가 나에게 말하던 그 노경제학자가 있는 것을 보고 낙담을 한 일이 있었다.

그러나 이런 일은 남의 일이 아니다. 남의 일로 낙담을 했다고 간단하게 처리될 수 없는 심각한 병상이 우리 주위와 내 자신의 생활 속에 뿌리 깊이 박혀 있다. 나의 주위에서만 보더라도 글을 쓰는 사람들 가운데 6부니 7부니 8부니 하고 돈놀이를 하는 사람이 있다. 나 자신만 하더라도 여편네더러 되도록이면 그런 짓은 하지 말라고 구두선처럼 뇌까리고 있기는 하지만 할 수 없다. 계를 드는 여편네를 막을 수가 없고, 돈을 빌려 쓰지 않을 수가 없고, 딱한 경우에 돈을 꾸어 주지 않을 수가 없고, 돈을 꾸어 주면 이자를 받는 것이 상식으로 되어 버렸다.

우리들 중에 죄 없는 사람이 누가 있겠는가. 인간은 신도 아니고 악마도 아니다. 그러나 건강한 개인도 그렇고 건강한 사회도 그렇고 적어도 자기의 죄에 대해서 몸부림은 쳐야 한다. 몸부림은 칠 줄 알아야 한다. 그리고 가장 민감하고 세차고 진지하게 몸부림을 쳐야 하는 것이 지식인이다. 진지하게라는 말은 가볍게 쓸 수 없는 말이다. 나의 연상에서는 진지란 침묵으로 통한다. 가장 진지한 시는 가장 큰 침묵으로 승화되는 시다. 시를 행할 수 있는 사람의 경우를 생각해 보더라도 지금의 가장 진지한 시의 행위는 형무소에 갇혀 있는 수인의 행동이 극치가 될 것이다. 아니면 폐인이나 광인. 아니면 바보. 그러나 이 글의 주문의 취지는 영웅대망론(英雄待望論)이 아닐 것이다.

앞에서 시사한 유망한 젊은 시인들의 작품과도 유관한 말이지만 우리 사회의 문화 정도는 아직도 영웅주의의 잔재를 벗어나지 못하고 있다. 김재원의 「입춘에 묶여 온 개나리」나 신동엽의 「발」이나 「4월은 갈아엎는 달」의 인수(因數)에는 영웅대망론의 냄새가 아직도 빠지지 않고 있다. 이것은 한편으로는 아직도 우리의 진정한 정치적 안정이 이루어지지 못하고 있다는 말도 된다.

나의 직관적인 추측으로는, 표면상의 지식인들의 피곤에도 불구하고 역시 이들의 내면에는 개인의 책임에 대한 각성과 합리주의에 대한 이행이 은연중에 강행되고 있다고 생각된다. 결국 모든 문제는 '나'의 문제로 귀착된다.

제정신을 갖고 사는 사람은 없는가는, 따라서 나는 내 정신을 갖고 살고 있는가로 귀착된다. 그리고 이 문제는 나를 무한히 신나게 한다. 나는 나의 최근작을 열애한다. 나의 서가의 페이퍼 홀더 속에는 최근에 쓴 아직 미발표 중의 초고가 세 편이나 있다. 「식모」, 「풀의 영상」, 「엔카운터지(誌)」라는 제목이 붙은 시들 ―아직은 사실은 부정을 탈 것 같아서 제목도 알리고 싶지 않았는데. 이 중의 「엔카운터지」 한 편만으로도 나는 이병철이나 서갑호보다 더 큰 부자다. 사실은 앞서 말한 김재원의 「입춘에 묶여 온 개나리」를 읽고 나서 나는 한참 동안 어리둥절해 있었다. 젊은 세대들의 성장에 놀랐다기보다도 이 작품에 놀랐다. 나는 무서워지기까지도 하고 질투조차도 느꼈다. 그래서 그달치의 「시단월평」에 감히 붓이 들어지지 않았다. 그런 사심이 가시기 전에는 비평이란 씌어지는 법이 아니다. 그러다가 그 장벽을 뚫고 나온 것이 「엔카운터지」다. 나는 비로소 그를 비평할 수 있는 차원을 획득했다. 그리고 나는 여유 있게 그의 시를 칭찬할 수 있었다. 이것은 내가 「입춘에 묶여 온 개나리」의 작자보다 우수하다거나 앞서 있다거나 하는 말이 아니다.

'제정신'을 갖고 산다는 것은, 어떤 정지된 상태로서의 '남'을 생각할 수도 없고, 정지된 '나'를 생각할 수도 없는 일이다. 엄격히 말하자면 '제정신을 갖고 사는' '남'도 그렇고 '나'도 그렇고, 그것이 '제정신을 가진' 비평의 객체나 주체가 되기 위해서는 창조 생활(넓은 의미의 창조 생활)을 한다는 전제가 필요하다. 그리고 이러한 모든 창조 생활은 유동적인 것이고 발전적인 것이다. 여기에는 순간을 다투는 어떤 윤리가 있다. 이것이 현대의 양심이다. 「입춘에 묶여 온 개나리」와 나와의 관계만 하더라도 이 윤리의 밀도를 말하고 싶은 것이 나의 목적이었다. 「엔카운터지」를 쓰지 못하고 「입춘에 묶여 온 개나리」의 월평을 썼더라면 나는 사심(私心)이 가시지 않은 글을, 따라서 사심(邪心) 있는 글을 썼을 것이다. 개운치 않은 칭찬을 하게 되었을 것이고, 그를 살리기 위해서 나를 죽이거나 다치거나 했을 것이다. 그러나 「엔카운터지」의 고민을 뚫고 나옴으로써 나는 그를 살리고 나를 살리고 그를 '제정신을 가진 사람'으로 보고 나를 '내 정신을 가진 사람'으로 볼 수 있게 되었다. 그러니까 쉽게 말하자면 제정신을 갖고 사는 사람이란 끊임없는 창조의 향상을 하면서 순간 속에 진리와 미의 전신(全身)의 이행을 위탁하는 사람이다. 다시 말해 두지만 제정신을 갖고 사는 사람이란 어느 특정된 인물이 될 수도 없고, 어떤 특정된 시간이 될 수도 없다. 우리는 일순간도 마음을 못 놓는다. 흔히 인용되는 예를 들자면 우리는 「시지프의 신화」에 나오는 육중한 바윗돌을 밀며 낭떠러지를 기어 올라가는 사람들이다. 그리고 그러한 자각인의 세계의 대열 속에 미약한 한국의 발랄한 젊은 세대가 한 사람이라도 더 끼게 된다는 것은 우리들의 오늘날의 그지없는 기쁨이다. 끝으로 《세대(世代)》 4월호에 게재된 「입춘에 묶여 온 개나리」의 전문을 감상해 보기로 하자.

> 개화(開花)는 강 건너 춘분의 겨드랑이에 구근(球根)으로 꽂혀 있는데 바퀴와 발자국으로 영일(寧日) 없는 종로 바닥에 난데없는 개나리의 행렬.
>
> 한겨울 온실에서, 공약(公約)하는 햇볕에 마음도 없는 몸을 내맡겼다가, 태양이 주소를 잊어버린 마을의 울타리에 늘어져 있다가,
>
> 부업(副業)에 궁한 어느 중년 사내, 다음 계절을 예감할 줄 아는 어느 중년 사내의 등에 업힌 채 종로거리를 묶여 가는 것이다.
>
> 뿌리에 바싹 베개를 베고 신부(新婦)처럼 눈을 감은 우리의 동면(冬眠)은 아직도 아랫목에서 밤이 긴 날씨. 새벽도 오기 전에 목청을 터뜨린 닭 때문에 마음을 풀었다가…….
>
> 닭은 무슨 못 견딜 짓눌림에 그 깊은 시간의 테러리즘 밑에서 목청을 질렀을까.
>
> 엉킨 미망인의 수(繡)실처럼 길을 잃은 세상에, 잠을 깬 개구리와 지렁이의 입김이 기화하는 아지랑이가 되어, 암내에 참지 못해 청혼할 제 나이를 두고도 손으로 찍어 낸 화병(花甁)의 집권(執權)의 앞손이 되기 위해, 알몸으로 도심지에 뛰어나온 스님처럼, 업혀서 망신길 눈 뜨고 갈까.
>
> 금방이라도 눈이 밟힐 것같이 눈이 와야 어울릴, 손금만 가지고 악수하는 남의 동네를, 우선 옷 벗을 철을 기다리는 시대여성들의 목례를 받으며 우리 아버지가 때 없이 한데 묶어 세상에 업어다 놓은 나와 내 형제 같은 얼굴로 행렬을 이루어 끌려가는 것이다. 온도에 속은 죄뿐, 입술 노란 개나리 떼.

이것은 제정신을 갖고 쓴 시다. 이 정도의 제정신을 갖고 지은 집이나, 제정신을 갖고 경영하는 극장이나, 제정신을 갖고 방송하는 방송국이나, 제정신을 갖고 제작하는 신문이나 잡지나, 제정신을 갖고 가르치는 교육자를 생각해 볼 때 그것은 양식을 가진 건물이며 극장이며 방송국이며 신문이며 잡지이며 교육자를 연상할 수 있는데, 아직은 시단의 경우처럼 제 나름의 양식을 가진 것이 지극히 드물다. 균형과 색조의 조화가 없는 부정의 건물이 너무 많이 신축되고, 서부 영화나 그것을 본딴 국산 영화로 관객을 타락시키는 극장이 너무 많이 장을 치고, 약광고의 선전에 미친 방송국이 너무 많고, 신문과 잡지는 보수주의와 상업주의의 탈을 벗지 못하고, 교육자는 '6학년 담임 헌장'이라는 기괴한 운동까지 벌이게 되었다.

제정신을 갖고 사는 사람은 없는가. 이에 대한 처방적인 나의 답변은, 아직도 과격하고 아직도 수감 중에 있다.

1966. 5.

문단 추천제 폐지론

시나 소설을 쓴다는 것은 그것이 곧 그것을 쓰는 사람의 사는 방식이 되는 것이다. 따라서 시나 소설 그 자체의 형식은 그것을 쓰는 사람의 생활의 방식과 직결되는 것이고, 후자는 전자의 부연이 되고 전자는 후자의 부연이 되는 법이다. 사카린 밀수업자의 붓에서 「두이노의 비가」가 나올 수 없는 것처럼, 「진달래꽃」을 쓴 소월은 자기 반의 부유한 아이들을 10여 명씩 모아 놓고 고가의 과외 공부를 가르치는 국민학교 6학년 선생이나 중학교 3학년의 담임 선생은 될 수 없었다.

이런 예는 좀 투박한 비유이지만 오랜 동안을 두고 시비의 대상이 되고 있는 문학잡지의 신인들에 대한 추천 제도만 하더라도 이제는 좀 차분하게 가라앉아서 추천하는 사람이나 추천을 받는 사람이나 다 같이 근본적인 반성을 해 볼 시기가 되지 않았나 생각된다. 이것은 크게 보면 우리 문학의 앞으로의 성격을 좌우하는 중대한 영향력을 가진 문제라고도 볼 수 있기 때문이다.

무릇 모든 예술을 지향하는 사람은 하고많은 직업 중에서 유독 예술을 업으로 택한 이유는—자기 나름의 독특한 개성을 살려 보기 위해서 독특한 생활 방식을 갖지 않을 수 없었기 때문에 시를 쓰고 소설을 쓰고 그림을 그리게 된 것이다. 그리고 독특한 시를 쓰려면 독특한 생활의 방식(즉 인식의 방법)이 선행되어야 하고, 시나 소설을 쓰는 사람들이 문단에 등장을 하는 방식 역시 이러한 생활의 방식에서 제외될 수 없는 것은 물론이다. 남의 흉내를 내지 않고 남이 흉내를 낼 수 없는 시를 쓰려는 눈과 열정을 가진 사람이면, 자기가 문단에 등장하고 세상에 자기의 예술을 소개하는 방법에 대해서도 그것이 독자적인 방법이냐 아니냐쯤은 한번은 생각하고 나옴 직한 문제이다. 필자는 일제 시대 말기에 시미즈 긴이치〔清水金一〕라는 희극 배우의 무대를 본 일이 있는데, 그는 좀처럼 종래의 배우들이 출입하는 무대 옆구리에서 등장하는 법이 없고, 천장에서 들것을 타고 내려오거나 무대의 밑바닥에서 우산을 받고 기발하게 솟아올라오거나 하면서 관객을 놀래고 웃기고 했다. 이것은 서푼짜리 희극 배우의, 관객의 허점을 노리는 값싼 흥행 의식이라고만 볼 수 없는 예술의 본질과 숙명에 유관한 문제인 것이다. 여기서 희극의 경악감이나 기발성과 예술의 본질과의 관계라든가 문학이나 문학가의 흥행성의 문제를 논할 여유는 없지만, 예술가나 예술이 어떻게 죽어야 하는가의 문제에 대해서 가장 크나큰 관심을 두고 있듯이, 어떻게 나오느냐 하는 문제도 필연적으로 중대한 관심사가 되지 않을 수 없는 것이다. 성급한 규정을 내리자면 예술가는 되도록 비참하게 나와야 한다. 되도록 굵고 억세고 날카롭고 모진 가시 면류관을 쓰고 나와야 한다.

이런 비참한 가시 면류관의 대명사가《현대문학》지의 추천 시인이 될 수 있는가.《현대문학》지의, 혹은《시문학》지의 씨도 먹지 않은 천자(薦者)들의 추천사를 통해서 배출되는 추천 시인이 될 수 있는가. 그것은 두부 가시로 만든 면류관이다. 이런 두부 가시의 면류관을 쓰고 나오는 문인들을 향해서, 혹은 '신인문학상' 당선이나 '신춘문예' 당선 등의 비누 가시관을 쓰고 나오는 소설가나 시인들을 향해서 세상에서는, '머지않아 문인 주소록이 전화번호부처럼 비대해질지 모르겠다' 느니 '문인들의 홍수'를 막기 위해서 '문단에도 혁명적인 산아 제한이 시급하다'느니 하는 비판을 기회 있을 때마다 퍼붓고 있지만, 그런 시비의 타당성의 여부의 정도는 고사하고, 우선 당사자의 한 사람으로서 생각해 볼 때 적어도 그런 시비가 나올 수 있는 여지가 있다는 것은 부끄럽기 짝이 없는 일이다.

우리 문단의 추천 제도의 폐해의 원인에 대해서는 보는 사람에 따라서 그 주장이 여러 가지일 것이고, 찬반의 정도나 대책에 대해서도 여러 가지 주장이 있을 수 있을 것이다. 추천제를 공박하는 세속적인 원인으로서 우선 가장 큰 것이라고 필자에게 느껴지는 것은, 문인들의 수가, 특히 시인들의 수가 왜 이렇게 많으냐는 것이다. 이 말은 바꾸어 말하자면 무슨 말인지도 알 수 없는, 시다웁지도 않은 시를 쓴답시고 하는 어중이떠중이들이 왜 이렇게 많으냐는 말이다. 가뜩이나 어지러운 세상에 가장 순수하고 진지한 역할을 담당해야 할 문인들의 사회에서까지 신용할 수 없는 제품을 무작정 대량 생산하는 제도가 있으니 이건 정말 어지럽고 불쾌해서 못살겠다는 말이다. 그러니까 이것은 종잡아 생각해 보면 문인들의 수에 비해서 좋은 작품이 많지 않다(혹은 없다)는 말이 되고, 이런 허술한 문인들을 시인이나 소설가의 레테르를 붙여서 내놓은 추천 제도의 권위는 말이 아니라는 말이 된다.

그러나 이에 대해서 추천 제도의 추천자나 응모자의 편에 주장이 없는 것이 아니다. 추천자는 이렇게 말한다. "추천 제도가 추천자의 수많은 아류를 낳고 있다든가, 혹은 추천자의 개인적인 문학의 명성이나 문단의 세력을 구축 내지 유지하기 위해서 추천 작가들을 이용한다거나, 혹은 추천 제도를 주재하는 잡지사나 그의 주간의 문단 세력을 구축, 확장 내지 유지하는 데 추천 작가나 시인들을 이용한다거나 하는 폐습을 모르는 바는 아니지만, 그래도 이나마 추천 제도라도 있으니까 신진들에게 선을 보일 정도의 기회라도 줄 수 있지, 이것마저 없으면 신진 양성을 사보타주한다는 죄명으로 기성 문인들이 모조리 테러를 맞을 위험에 직면하게 될 것이다. 신진 작가나 시인들이 늘어나는 것은 추천 제도가 있기 때문이 아니라, 아시다시피 폭발적인 인구 팽창이 시키는 것이다. 비근한 예가 일본에서는 전국의 시 동인지의 수가 500을 넘는다고 하지 않는가. 또한 우리들이 추천하는 시인들의 작품이 질이 낮아간다는 비난에 대해서도 우리들은 일가견을 갖고 있다. 자고로 어느 나라의 어느 시대를 치고 우수한 동시대의 시인이 열 명을 넘는 일이 거의 없었다. 보통 한 시대에 한 두서너 명의 시인이 있으면 족하다. 나머지 것들은 들러리나 비료의 역할이나 하면 된다. 지금 우리나라에 500명의 시인이 있다고 해도 이건 큰일 나는 일이다. 희극으로서도 큰일 나는 희극이다. 그러나 이 500명이 서발 막대기로 휘저어 놓은 것 같은, 죽도 밥도 아닌 졸렬한 시를 매달 써 내놓는다고 해도 그 피해는 이 서발 막대기를 마구 휘둘러서 사람을 죽이는 깡패나 밀수업자가 되느니보다는 낫다. 잡지사의 시 고료가 좀 허실이 날 정도이고, 그 대신 우리 같은 가난한 추천자의 담뱃값 정도는 벌어 주게 되니 피장파장 아닌가."

이러한 추천자의 주장에 대한 필자의 의견은 이렇다.

"나도 신문사 신춘문예 심사원의 말석을 더럽히고 있는 몸이라 큰소리는 할 수 없지만 귀하의 말 중에서 가장 실감이 나는 것은 귀하가—담뱃값밖에 안 된다고 하지만—추천료에 유혹을 느끼고 있다는 점이오. 이것은 지극히 한심스러운 일이지만 사실이오. 그리고 이보다도 더 한심스러운 일은 심사원의 권위—아무리 저락(低落)한 권위라 할지라도—에 대한 매력이오. 이것도 지극히 유치한 일이지만 사실이오. 매력이란 말이 그야말로 유치하다면 유희나 장난 정도로 고쳐 둡시다. 귀하는 매력도 아니고 유희도 아니고 장난도 아니라고 말할 것이오. 그러면 돈 때문이오. 얼마 안 되는 그 푼돈 때문이오. 그것도 아니오? 그러면 타성이오. 오늘날 추천 제도가 욕을 먹고 있는 것은 이 타성 때문이오. 추천 제도를 끌고 나가는 문학잡지사의 타성이고, 그 문학잡지사의 추천제도를 모방하는 A, B, C의 문학잡지와 X, Y, Z의 시지(詩誌)의 타성이고, 이런 타성에 끌려가는 추천자 갑, 을, 병, 정의 타성이고, 이런 추천제에 응모하는 시를 생활할 줄 모르는 풋내기 문학청년들의 타성이오. 귀하는 일본의 시 동인지가 500종이 넘는다고 하지만 이것은 일본의 문학지의 추천제를 통해 나온 사람들은 아닐 것이오.

아시아의 폭발적인 인구 증대와 급속도의 현대화와 거기에 따르는 자아의 각성에 유래되는 시작(詩作)하는 사람들의 증가의 현상은 귀하의 말마따나 그다지 우려할 만한 일은 아니오. 오히려 환영해야 할 일이오. 서구의 어느 비평가가 말했듯이 앞으로 먼 후일에는 모든 세계의 인류가 시를 쓰게 될 날이 올지도 모르오. 또한 헤세가 그의 시에서 읊고 있듯이, 시가 필요하지 않은 낙원이 도래하고 모든 사람들이 착한 시인의 생활을 하고 오늘날의 시가 무효가 되는 세상이 올지도 모르오. 그리고 오늘날 시작(詩作)하는 인구가 많아지는 것을 그런 세상의 출현의 전조로 보려면 못 보는 것도 아니오. 오히려 그런 세상의 출현의 전조로 보기 위해서 이런 시비가 나고 있다고 보는 것이 옳을 것이오.

시를 쓰는 인구가 많아지면 많아질수록, 시 작품의 연산량(年産量)이 앙등하면 할수록 시의 세계에 있어서는 질이 문제되는 것이오. 이것은 물론 귀하도 인정하고 남음이 있는 문제라고 생각하오. 그런데 귀하의 추천 제도를 통해서 나오는 시인들이 양이 많아지면 많아질수록 거기에 정비례해서—그것이 천 대 일이 되든 만 대 일이 되든 간에—비료가 많아질수록 좋은 꽃이 더 많이 더 화려하게 피어날 것이라고 생각하고 있는 것 같소.

나의 이의점이 여기에 있소. 서두에서 잠깐 시사한 것처럼 시나 소설 그 자체의 형식(나아가서는 가치)은 그것을 쓰는 사람의 생활의 방식과 직결되는 것이오. 나의 이상으로는 개성 있는 시인의 대망을 가진 사람이라면 매너리즘에 빠진 오늘날과 같은 치욕적인 추천 제도에는 도저히 응해지지 않을 것이오. 오늘날의 문단의 추천제는 「007」의 영화를 보려고 새벽 8시부터 매표구 앞에 줄을 지어 늘어선 관객들을 연상케 하는 치욕적인 것이오. 이런 치욕을 치욕으로 직관할 수 없는 1만 편의 시 중에서 귀하는 한 떨기의 방향복욱(芳香馥郁)한 꽃이라도 피면 족하다는 것이고 나는 그것이 불가능하다는 것이오."

이러한 추천자와 나와의 논쟁의 귀결은 이제 지극히 평범한, 시를 어떻게 보느냐의 문제로, 지극히 따분하게 되돌아온 것 같다.

그러나 필자가 말하는 시가 여태까지 추천제를 통과해 온 무수한 시 작품이나 '신춘문예'나 '신인문학상'에 당선된 수많은 작품들에서 그 예를 찾을 수 없는 것이라는 것은 독자들도 짐작이 갈 것이고, 여태까지의 기성인들의 어떠한 작품과도 비슷하지 않은 작품이라는 것도 짐작이 갈 것이다. 시는 그러한 것이다.

1967. 2.

로터리의 꽃의 노이로제
— 시인과 현실

수도 서울 곳곳의 로터리와 광화문에서 중앙청 앞까지 뻗친 길 한가운데의 잔디밭 위에 채송화니 한련이니 장미니 국화니 샐비어꽃이니 달리아니 하는 꽃들이 심어지기 시작하고 있는 지가 오래다. 그전에 중앙청 앞길의 같은 잔디 위에 학생들이 만든 치졸한 선열들의 동상이 세워졌을 때는 신문이나 잡지에서도 적지 않은 시비의 대상이 되었고, 결국 그것은 철거의 운명을 보게 되었는데, 이번의 각 로터리의 유치한 미화 작업에 대해서는 저널리즘이 이것을 지적하는 것을 한번도 본 일이 없다. 그런 자질구레한 일에 무얼 그렇게 신경을 쓸 필요가 있느냐고 하면 그만인 것도 같지만, 나는 워낙 소인이 돼서 그런지 신경과민이 돼서 그런지, 버스를 타고 지나가다가도 꺼멓고 빨간 흙이 내솟은 긴 네모꼴이나 바른 네모꼴의 벌거벗은 흙 위에 피워 놓은 어린이들의 소꿉장난 같은 꽃들을 볼 때마다 치가 떨릴 정도의 분격을 느끼게 된다. 그 어울리지 않는 불쌍한 꽃들을 지나가는 차량들의 다이너모*의 먼지를 있는 대로 다 뒤집어쓰고 울고 있다. 우리들까지 왜 이렇게 욕을 보이나, 누가 우리들을 보아 준다고 그러나, 우리들도 아침저녁으로 밥을 먹어야 할 텐데 누가 그 밥을 주나, 그 밥을 제대로 줄 돈이 있는가, 그런 돈이 있으면 공중변소라도 짓지…… 나를 보아 줄 만한 사람은 자연

---

* dynamo. 직류 발전기.

히 배부른 사람들뿐인데 그런 사람들은 자기네 집 정원에 없는 나무가 없고 없는 꽃이 없다, 이렇게 그 꽃들은 울고 있는 것 같다. 그중에서 좀 유식한 꽃들은 이렇게 중얼거릴 것이다. ―우리들을 이 기계의 고도(孤島) 속에 유형시킨 유사 이래의 모욕을 준 자가 누구냐. 우리들은 너희들의 삭막한 기계의 사막 속에 어울리는 생물이 아니다. 외국 손님들을 위해서 특히 이런 영광된 자리에 뽑힌 행운을 감사하게 생각하라고? 우리들을 심느라고 수고한 사람들과 앞으로 아침저녁으로 밥을 줄 시녀 노릇을 할 불쌍한 영세 실업자들에게 돈벌이를 시켜 주니 그것만 해도 얼마나 좋은 일이냐고? 외국 손님들이 우리들 같은 볼품없는 꽃들이 미스 코리아로 뽑혔다고 욕을 할 줄 알지만 그런 오버센스를 집어치우라고? 사실은 우리들을 일부러 이렇게 유치한 꼴로 심었다고? 너무 똑똑한 꼴로 심으면 외국 손님들이 경계를 하고 돈을 안 주니까, 이렇게 초라하게 심어서 동정도 받고 경멸도 받는 것이 돈을 끌어내기가 오히려 쉽다고? 부정부패가 있는 나라는 부정부패가 있는 나라에게만 안심하고 돈을 준다고? 그러니까, 우리들은 가만히 있어야 한다고? 그러나 그것은 말도 안 되는 소리지! 그렇게 경멸을 받아야 돈이 나온다면 꽃 대신 똥이라도 깔아 놓는 게 좋지 않은가―그래서 나는 로터리를 지나갈 때마다 꽃 대신 똥을 보고, 꽃향기 대신에 똥 냄새를 맡는다. 이런 사소한 일 같지만 무시할 수 없는 착오의 난센스가 도처에서 벌어지고 있다. 시민 회관의 창문 밖에 장식해 놓은 유치한 철책, 그것과 똑같은 돈화문의 잔디밭 가의 철책, 자유 센터의 정원에 심은 장미꽃, 사방의 고층 건물에 눌려 날로 빈약해져 보여 가기만 하는 덕수궁의 연못 앞의 철책, 창경원과 조선호텔의 지붕의 오색 찬란한 물감 전등 등등 …… 모두가 소름이 끼치는 일들이다.

요 2~3년 내로 시단에서는 소위 '참여시'라는 것의 논의가 무슨 새삼스러운 일처럼 성행하기도 했다. 얼마 전에 S대학에서 '현대시는 왜 안 읽히느냐'는 제목에 대한 심포지엄이 있다고 해서 가 보았는데, 연단에 올라가기 전에 학생들의 틈에 잠시 앉아 있으려니까, 뒤에 앉은 학생들의 대화 소리가 들려오는데, 소위 현역 시인이나 현행시(現行詩)에 대한 이들의 원망이 대단하다. "무어? 김수영이란 치가 있나? 야, 막까 주라 까 줘!" 하고 씨근거리는 소리도 들린다. 결국 그날의 시에 대한 토론은 초점도 못 잡은 채 만담 정도로 그쳐 버렸지만 그 후 나는 학생들의 이런 현 시단이 산출하는 시에 대한 전면적인 불만을 간단히 잊어버릴 수가 없었다. 그들의 분격의 초점은 어디에 있나? 물론 결정적인 문제는 현 시단이 독자의 요구에 호응할 만한 변변한 작품을 내놓지 못하고 있는 데 있다. 현 시단이 시단다운 위풍을 갖추지 못하고 있는 데 있다. 그들의 시에 대한 이런 불만은 사회 전반에 대한 불만의 한 부분에 지나지 않는다고 볼 수 있고, 그렇게 보면 내가 로터리의 꽃에 대해 느끼는 분격 같은 것이 그들에게도 뿌리 깊이 박혀 있다. 아니 오히려 나의 경우보다도 더 뿌리 깊은 뜨거운 것일 것이다.

나는 그들의 시에 대한 불만의 비상구를 생각해 보았다. 시의 본질이나 시의 사회적 사명의 원칙론에 입각해 볼 때, 시에 대한 불만의 비상구란 엄격히 말해서 있을 수 없는 일이다. 그러나 오늘날 팽창·비대해 가는 매스컴의 위력을 생각해 볼 때, 시의 수난은 본래의 자기의 몫의 수난 이외의 가외의 부당한 수난의 몫까지도 짊어지고 있는 것이 사실이다. 이 가외의 부당한 수난의 몫은 우리가 책임질 것이 아니라는 것을 밝혀 두고 싶었다. 내가 우선 생각한 이 불만에 대한 비상구는 우리에게 대중가요가 없다는 것이다. 대중가요라고 했지만, 더 구체적으로 말하면 유행가가 없다. 내가 연상하는 유행가란 프랑스의 샹송이나 미국의 베시 스미스의 블루스같이 참다운 대중 감정을 반영하고 발산하는 노래다. 참다운 대중의 고민의 살점을 도려낸 노래다. 이런 노래가 우리에게 없다. 텔레비전에 매일같이 나오는 프랑스의 샹송이나 미국의 재즈송을 가지고는 우리의 노래라고는 할 수 없다. 「인생은 나그네 길」, 「곰」, 「대머리 총각」, 「섬마을 선생님」 같은 것도, 오늘날의 획일주의와 분석철학과 관료주의와 기술주의의 '인간 소외' 시대의 대중의 고민과 희열을 대변하기에는 너무나 시대착오이고, 허약하고, 도피적인 범죄를 저지르고 있다. 이 범죄의 책임까지를 로터리의 잡꽃 같은 초라한 현대시가 짊어지고 있는 것이다. 그리고 이 부당한 책임의 부담의 변명과 전가(轉嫁)의 변명을 로터리의 꽃 같은, 혹은 똥 같은 허약한 현대 시인이 하고 있는 것이다. 우리 집 지붕 위엔 오늘도 아침부터 6·8 범죄를 항의하는 학생들의 데모를 감시하기 위해 헬리콥터가 뜨고 있고, 지금 나의 머릿속에서는 학생과 정부와의 끈질긴 대결이 곤봉과 돌팔매질로 서로 겨루고 있다. 아니 곤봉과 돌팔매질이 서로 겨루고 있는 것이 아니라, 곤봉과 최루탄과 돌팔매질이 온통 나를 향해서 쳐들어오고 있다. 시의 임무를 다 하지 못한 죄, 자유를 이행하지 못하고 있는 죄, 6·8 사태에 성명서 하나 못 내놓고 있는 죄, 그리고 이 죄를 남(이를테면 대중가요)에게 전가하려고 하는 죄에 대해서. 그러니까, 나의 죄도 그렇고, 6·8 파동을 빚어 낸 정부의 죄도 그렇고, 이것은 그 원인이 6·8에 시작된 것도 아니고, 5·3에 시작된 것도 아니고, 우리나라에 한정된 것도 아니다. 막스 셸러는 기계주의 사회의 폐단을 갈파하고, 시(詩)의 지식(그의 어휘를 빌리자면 '해설의 지식')을 주장한 「조화(調和) 시대의 인간」 등의 일련의 논문을 1920년대에 벌써 발표했다. 현대 사회의 정치 기구의 횡포를 상세하게 기술하고 예언한 야스퍼스의 『현대의 정신적 상황』은 1931년에 발표된 것이다. 간단하게 말하자면, 6·8 사태는 5·16 이후에 추진된 근대화가 약 40년 후의 이 땅에 수입할 서구의 산업혁명 이후의 자본주의 문명의 총 병균의 헛게임 쇼다. 역설적으로 말하자면, 이 쇼의 주밀한 구성에 나는 흐뭇한 감까지도 든다. 악도 이만큼 빈틈없이 세련되면 한번 싸워 볼 만하다. 새삼스럽게 뇌까리고 싶지도 않지만 6·8 사태의 수습에 여당이 주장한 것은 '부정이 있으면 증거를 대라'는 것이다. 증거가 어디 있는가. 증거는 없다. 증거가 없게끔 그렇게 잘했다. 그래서 그렇게 너무나 잘한 선거에 국민들이 노하고 있는 것이다. 다시 역설적으로 말하자면, 국민들이 이런 식의 부정에 놀라는 것도 우리들이 아직도 촌티를 가시지 못하고 있기 때문인지도 모른다. 아직도 근대 정치의 악의 경험이 얕기 때문에 그럴 것이다. 앞으로 좀 더 악의 훈련이 쌓아지면 이것도 또 만성이 될 날이 멀지 않을 것이다.(나의 생각으로는 아무래도 그런 전망이 짙다.) 누구나 다 아는 일이지만, 오늘날 텔레비전 프로의 해독이 너무 지독하다고, 종로 네거리에 모조리 텔레비전을 내다가 소각하라고 외친들 약삭빠른 근대화한 정치인들이 그 말을 그대로 이행할 리가 만무하다. 그들은 오히려 이런 요구를 촌영감의 헛소리 정도로 비웃으면서, 이런 불평을 막으려고 하루바삐 총천연색 텔레비전을 수입해 오는 길을 생각하는 것을 기발한 아이디어라고쯤 생각할 것이다. 그런데 야당이란 신민당은, 그간의 소식을 알았든지 몰랐든지 '부정이 있으면 증거를 대라'는 말을 고지식하게 그대로 듣고(그렇게 볼 수밖에 없다) 부랴부랴 '증거'를 수집하느라고 지방으로 뛰어 내려가곤 했다. 이런 야당이니까, 학생들이 시끄럽게 야단을 치는 것도 당연하다. 도대체가 학생들이 일이 벌어질 때마다 야단을 치는 것도 사실은 진정한 야당이 없기 때문이다. 일본의 수도의 신임 지사는 선거 공약에서, 잠자리가 나는 동경(東京)을 만들어 보겠다고 말했다고 한다. 이런 고상한 정견까지는 바랄 수 없다 하더라도, 야간 통행금지 시간을 철폐하겠다는 포부 정도라도 똑똑히 말할 수 있는 입후보자가, 그렇게 공허한 무수한 낟말을 대량 소모하고 떠들어 댄 두 차례의 선거에서 단 한 명이라도 있었는지 모르겠다.

얼마 전에 모 신문 소설에서 육교는 로맨스가 없어서 싫다, 지하도에는 어떤 어여쁜 여자라도 본 추억이 담겨질 수 있지만, 육교는 그 정도의 낭만도 없는, 그야말로 실용 일변도의 산물이 되어서 재미가 없다는 말을 한 것을 읽은 일이 있다. 이 불평은 로터리의 꽃에도 적용된다. 인간이 사랑이 없이 살 수 없듯이 꽃은 나비와 벌이 없이 무슨 재미로 살겠는가. 나비와 벌이 오지 않는 꽃은 죽은 꽃이다. 마찬가지로 인간을 말살하는 정치 기구가 아무리 방대하고 근대화하고 세련된들 그것이 무슨 소용이 있겠는가. 인간이 없는 정치, 사랑이 없는 정치, 시가 없는 사회는 중심이 없는 원이다. 이런 식의 근대화는 그 완성이 즉 자멸이다. 6·8 파동의 원인은 그만큼 멀고 심각하며 거기에 항거하는 학생들의 외침은, 그 정치적 효과야 어찌되었든 우리 사회에 아직도 시가 건재하고 있다는 증거다. 얼마 전에 S신문의 창간 기념호에 이런 표어가 실려 있던 것을 기억하고 있다. '한 나라의 번영은 부강에 있는 것이 아니라 자유에 있다.' 이 평범한 자유의 표어가 사실은 5개년 경제계획과 같은 비중으로 자유의 가치를 내세우고 있는 현 정부의, 사실은 가장 허약한 맹점을 찌르는 교훈이 된다는 것을 잊어서는 안 된다. 학생들의 외침은 그때그때의 이슈에 따라서 표현은 다르지만 그들이 원하고 있는 근본 요구는 한결같이 똑같은 것이다. 그리고 그것은 대부분의 정치인들이 상식적으로 피상적으로 받아들이고 있는 자유의 죽은 관념이 아니라는 것을 알아야 한다. 그들은 시를 이행하고 있는 것이고 진정한 시는 자기를 죽이고 타자가 되는 사랑의 작업이며 자세인 것이다.

1967. 7.

성격 있는 신문을 바란다
—《경향신문》 창간 21주년에 붙여

얼마 전에 나는 본지의 「유상무상(有常無常)」난의 집필 청탁을 받고 며칠 동안을 망설이다가 드디어 거절을 한 일이 있었다. 평소 심중에 쌓이고 쌓인 울화를 생각하면 수월히 써질 것 같은데 도무지 붓이 내키지 않는다. 도마 위에 놓고 짓이길 '거리'까지도 생각해 보았다. 덕수궁의 문간에 서 있는 수문장의 추태, 서울역의 돔 위에 켜 놓은 유치한 오색 전등, 한강교 위에 손가락을 뻔치고 서 있는 군신상 등등 재료는 얼마든지 있는데 요는 모두가 판에 박은 불평이 되어 버린다.

판에 박은 듯한 불평은 매너리즘의 불평이다.

그것은 획일주의와의 타협이지 자유의 행사가 못 된다. 내가 쓰고 싶은 것은 말하자면 내 글이 실리는 신문사 전체의 기성 질서와의 싸움인데 이런 글이 깎이지 않고 고스란히 실려질리가 만무하다.

시인으로서의 양심과 세속인으로서의 상식과의 싸움이 오늘날과 같은 우리들의 환경에서 어느 쪽이 이길 것인가 하는 것은 너무나 뻔한 일이다. 요컨대 오늘날의 신문사는 지식인의 편에 서 있지 않은 것이다. 그리고 이러한 파괴적 경향은 도저히 가까운 시일 내에 시정될 것 같지도 않다.

그래도 가끔 나는 「시단평(詩壇評)」 같은 것은 맡아 쓰고 있는데 이런 것을 쓰면서도 이런 글을 읽어 줄 사람이 몇이나 있을까 하고 지극히 회의적인 생각이 든다. 신문사로서는 구색을 채우려고 하는 일 같고, 쓰는 사람으로서는 읽히기 위해서 쓰는 것이 아니라 되도록 안 읽히기 위해서 쓰는 것 같은 자조적인 위험한 생각까지 든다.

민주주의의 원칙에서 보면 신문이 지상에서 끊임없이 폭동을 일으키는 사회여야만 건전한 사회이고 그런 사회라야만 현실적 폭동의 위협을 면할 수 있다. 이런 점에서 보면 역설적으로 말해서 신문이 지면상의 폭동 즉 자유를 게을리하고 있다는 것은 현실의 폭동을 조장하는 무서운 죄를 저지르고 있는 것이 된다.

이것은 말을 바꾸어 하자면 신문이 우리들의 생활과 현실에 발을 붙이고 있지 않다는 것이 된다.

그 일례를 들자면 외국 만화의 연재다. 도하의 대신문들이 거의 하나도 빼놓지 않고 아무런 실감도 나지 않는 싱거운 외국 만화를 원문에 번역을 붙여서 싣고 있는데 이것은 성인들의 영어 공부를 위한 것인지 무언지 도무지 이유를 알 수 없다. 라디오나 텔레비전에서 유행가수들이 시청자도 못 알아듣고 자기 자신도 모르는 재즈곡을 부르는 거나 마찬가지의 천박한 사대주의적 폐습으로밖에 생각되지 않는다.

또 한 가지 요즘 새로 생긴 좋지 않은 현상은 신문의 편집자들이 전화를 통해서 필자들의 의견을 모아 가지고 자기들 나름의 해석을 붙여 자기네들이 미리 정해 놓은 방향으로 해당 문제의 결론을 마구 내려 버리는 것이다. 이런 현상은 그전에도 좌담회나 면담 같은 것을 통한 발언을 어설프게 정리할 때 흔히 보게 되는 현상이었지만 전화가 만연되고 나서부터는 더 심해진 것 같고 예사로 된 것 같다. 문제의 내용의 처리뿐만 아니라 문제의 설정, 필자나 화자의 선택, 필자나 화자의 비중의 재단 같은 여러 가지 문제를 두고 볼 때, 오늘날과 같은 매스 미디어의 시대에 있어서는 편집자나 사회자의 권한이 필자나 화자의 권한을 압도할 정도로 놀라우리만큼 부풀어 올라 있고 그 비대해진 권한을 담당하기에는 미디어의 당사자들의 교양의 준비가 너무나 빈약한 것이 오늘날의 실정이다. 또한 그들의 교양의 준비가 비교적 구비된 경우에도 경영자의 교양이 그것을 뒷받침해 주지 못하는 경우 결과는 여전히 마찬가지이다. 이런 미디어가 만들어 내는 것은 신문이 아니라 '관보(官報)'일 것이다.

《경향신문》(1967. 10. 9.)

실리 없는 노고
— 한자 약자안에 붙여

문교부가 한자의 약자화(略字化)를 촉진시키려는 의도하에서 '한자 약자 시안(試案)'이라고 해서 국어심의회 한문 분과위원회를 시켜서 제정케 한 상용한자 1300자 중 542자의 약자의 내용을 살펴볼 때, 그 중의 약 3분의 1인 190자 정도가 '壳', '后', '両', '虫', '体', '万', '乱', '旧', '花', '数', '価', '党', '学', '栄' 같은 이미 관례적으로 써 오고 있는 기성 약자이고, 나머지는 '绢(絹)', '军(軍)', '(意)', '(密)', '(事)', '帅(師)' 같은, 자체(字體)의 절반 이하를 약자화한 것이 약 3분의 1, 그리고 자체의 태반 이상을 약자화한 '爻(效)', '从(從)', '众(衆)', '丽(麗)', '(恐)', '杀(殺)', '个(個)', '夬(缺)', '干(幹)', '阳(陽)', '(熱)' 같은 것이 약 3분의 1을 차지하고 있다.

처음의 3분의 1인 제1부류에 속하는 것은 그중의 상당한 부분이 이미 신문의 활자에까지 고정되어 있을 만큼 이미 상용화되고 있는 것이어서 구태여 심의기관의 폐를 끼치지 않아도 되는 것이었고, 문제는 제2와 제3부류의 것을 약자화하는 데 관계관과 분과위원들의 노고가 많았을 것으로 안다.

그런데 제2부의 것은 이를테면 '门(門)', '诗(詩)', '収(收)', '东(東)', '丧(喪)' 같은 초서체나 행서체에서 온 것이거나, 그와 비등한 것이 많아서 신문 잡지의 활자화까지는 안 되고 있지만 일반적으로 글을 쓸 때는 벌써부터 그 식으로 풀어 쓰고 있는 것이고, 그렇지 않은, 이를테면 '(償)', '冨(富)', '横(橫)' 같은 것은 일반적으로 쓰고 있지 않지만 약자를 해도 활자상으로나 필기상으로나 시각상으로 하등의 경제가 되지 않는 것들이다.

현대와 같은 속도를 위주로 하는 시대에 한 획의 경제가 얼마냐고 그럴지도 모르지만, 그렇게 속도 제일주의로만 나간다면 그야말로 한자를 전폐를 하거나 그렇게까지 하지 않더라도 한글을 대신 쓰면 되고, 한자의 약자화의 근본 기준이 도대체가 한 획이나 두 획이나 세 획쯤의 절약에 있는 것도 아니고, 극단적인 속도주의에만 치우치는 것도 아닐 것이다. 필자는 한자 약자화를 반대하는 사람은 아니고, 지금 막 쓴 '전폐(全廢)'의 '廢'자 같은 것도 원고지에 쓸 때는 '廃'라고 쓰는 편이 편하고, 신문 잡지의 활자도 이 정도의 약자는 서서히 시행해 나가기를 원하고 있는 편이다. 그러나 관(官)이 주동이 되어서 '일하는 정부'의 인상이라도 강조하려는 듯이 마구 밀고 나가는 고가 도로의 입찰 공고 같은 문자공사(工事)는 좀처럼 신용이 안 간다.

따라서 제2부에 속하는 약자들은 겉으로는 경제와 속도를 위한 것 같이 보이지만 사실은 그것을 방해하는 결과를 초래할 우려가 많다. 다른 사람들은 몰라도 필자와 같은 오십대를 바라보는 문필업자의 입장에서 보면, 제2부의 190자 정도만이라도 제대로 익혀질는지 도저히 자신이 없고, 그런 시시한 노력은 적극적으로 하고 싶지 않다.

그런데 진짜 가소로운 것은 제3부의 것들이고 이것은 경제개발 5개년 계획을 5개월 이내에 해치우려는 것 같은 인상을 준다. '(再)'는 한 획을 아끼기 위한 약자가 아니라 5획을 밀수해 들여온 부정 재벌이고, '(身)'은 월남파병의 희화적인 상징이고, '尸(履)'는 6·8선거의 치명적인 상징이다. 틀림없는 그런 유(類)다!

그리고 이번 시안을 보고 대뜸 머리에 떠오른 것이 이승만 때의 맞춤법 소동의 실패와 '圓'을 '圜'으로 고쳤다가 다시 '원'으로 고친 일들이다.

1967. 11.

'문예영화' 붐에 대해서

얼마 전에 「벙어리 삼룡이」란 영화평을 쓰느라고 나도향의 소설을 뒤늦게 읽어 본 일이 있는데, 이번엔 「소복(素服)」의 영화를 본 끝에 김영수의 출세작이라고 볼 수 있는 이 원작을 읽어 보았다. 이 작품은 1939년에 《조선일보》 신춘문예에 당선된 것이고, 그 후 『소복』이란 제목으로 그의 단편집까지 나와 있고, 민중서관에서 낸 『한국문학전집』에도 장편 「파도」와 함께 이 단편이 실려 있는 것을 보면, 김영수 씨의 수많은 단편작품 중에서도 이 작품은 그의 출세작인 동시에 그의 회심작인 것 같다.

우리나라의 문학 작품이란 것을 해방 후부터 비로소 조금씩 의무적으로 읽어 보기 시작한 나는 이 작품도 해방 후에 한 번 읽어 본 기억은 있는데, 지금은 「소복」이란 제목밖에는 내용은 거의 까맣게 잊어버리고 있었던 것을 다시 읽어 보니 여러모로 감개무량하다. 요즘도 문학잡지에 나오는 새 작품들은, 소설만에 한한 것은 아니지만, 그중에도 소설은 특히 읽혀지지 않아 국내 소설에는 지극히 무식한 나로서는, 근 30년 전의 이 작품을 요즘에 나오는 젊은 사람들의 소설과 비교해서 문학적 수준 같은 것을 논할 자격은 없지만, 이 「소복」이나 「벙어리 삼룡이」 같은 것은 요즘의 신춘문예나 문학잡지의 추천 작품에 비해서 결코 손색이 없는 것 같다. 지난날의 향수의 원광 때문에 돋보이는 이점을 조심스럽게 에누리하고 보더라도, 그 구수한 세련된 말투나, 작품의 짜임새나, 작가가 말하고자 하는 관점이나, 독자를 끌고 가는 힘 같은 것은 요즘의 20대의 비트적인 지성의 부자연한 화장을 한 작가들의 작품에 비해서 얼마든지 좋게 볼 수 있는 데가 있다. 이렇게 지난날의 작품을 보는 데 갑자기 관대해지고, 감상적인 동정까지도 섞이게 되는 것은 어찌 된 일인지 모르겠다. 나이가 먹어 가는 탓인지, 요즘의 젊은 세대의 작품이 설익은 지성만을 내세우는 것에 대한 극단적인 반발의 현상인지, 이상한 쇼비니즘의 시대적 유행에 나도 모르게 휩쓸려 있는 탓인지.

그런데 내가 여기에서 말해야 할 주제는 문학이 아니라 영화다. 그러니까 이 문학 작품 「소복」도 영화 「소복」을 말하기 위한 프리텍스트 정도에 그치면 된다. 그런데 「벙어리 삼룡이」보다도 「소복」은 원작에 대한 영화의 그 관계가 더욱 희박하다. 아니 전혀 없다고 해도 과언이 아니다. 단적으로 말해서 김영수의 단편 「소복」과 영화 「소복」은 전혀 다른 작품이다. 원작자한테서 따온 것은 '소복'이라는 제목과 '용녀'라는 여주인공의 이름 정도다. 「벙어리 삼룡이」의 경우에는, 원작을 트리트먼트 정도로는 밑바탕으로 삼고 있었는데, 「소복」은 원작에 그 정도의 대우도 해 주지 않았다.

「소복」의 소설의 줄거리는, 쉰 살이 가까운 인력거꾼 양 서방이 5년 동안이나 홀아비로 살다가 3년 전에 충청도에서 올라온 용녀라는 젊은 과부를 얻어 살고 있었는데, 이 용녀가 반찬 가게 주인인 젊은 공 서방이란 놈하고 바람이 나서 뚜쟁이 꼽추년 집에서 노상 남편 몰래 간통을 하고 있던 것을, 양 서방이 알아내 가지고 두 연놈이 자고 있는 것을 야밤에 습격해 들어갔다가 도리어 공 서방에게 불두덩을 걷어차여서 드디어 죽어 버리고, 늙은 남편의 죽음을 고대했던 용녀는 이태원 공동묘지에 시체를 묻고 와서 뜻한 대로 공 서방과 사직골에 셋방을 얻어 살림을 차렸는데, 한 달도 못 가서 공 서방은 뚜쟁이 꼽추년하고 정을 통하게 되고, 이것을 안 용녀는 공 서방과의 육욕의 생활에 환멸을 느끼고, 죽은 양 서방의 지난날의 정분이 아쉬워지고, 그가 죽어 갈 때 마지막으로 자기의 이름을 부르던 깊은 애정을 비로소 깨닫고, 눈 내리는 날 그의 무덤을 찾아가서 통곡을 한다는, 서울의 어떤 행랑방 내외의 이야기다.

그런데 영화 「소복」은 시골에 사는 화가인 주인공이 용녀라는 처녀와 결혼을 했는데 이 주인공은 어머니가 미친병으로 죽고 누이동생마저 미쳐서 자기네 집 혈통에 정신병의 피가 흐르고 있는 것을 겁을 내고, 아이를 낳지 않으려고 용녀와 육체관계를 하지 않고, 이에 불만을 느낀 용녀는 정신적으로는 남편을 사랑하면서도 성생활에 불만을 느끼고 있었는데, 동네의 떡방아집 놈팡이가 용녀한테 마음을 두고 있다가 그것이 뜻대로 되지 않으니까, 화가가 용녀를 그려 붙인 병풍을 사 가지고 이 그림을 보면서 어쩌고저쩌고 하다가, 화가와 떡방아집 놈팡이하고가 동네의 열녀의 남편을 모신 사당에서 결투를 하고, 화가는 비석에 눌려 죽고, 그 상여 뒤를 용녀는 소복을 입고 통곡을 하면서 따라가는데, 사당 앞에서 동네의 열녀가 용녀를 외간 남자와 붙은 더러운 년이라고 길을 막고 욕을 하고, 남편의 상여의 뒤도 못 따라가게 된 용녀는 땅에 엎드려 통곡을 하는, 짓밟힌 열녀의 억울한 이야기다. 이야기의 줄거리가 전혀 다르다. 영화의 자막에 원작자의 이름을 엄연히 명기하고 있으면서 이렇게까지 내용이 다른 것을 만들어 내놓아도 되는지 모르겠다. 원작자와는 어떤 양해가 사전에 있었는지 모르지만, 관객에 대해서는 지극히 무례한 일이다. 원작자에게 양해도—이런 경우에 양해가 성립된다는 것이 있을 수 있는 일인지 매우 의심스럽지만—없이 했다면 이것은 원작자와 관객을 함께 모독한 것이 되고, 만약에 어떤 양해가 있었다면, 원작자와 함께 관객을 우롱하고 사기한 것이 된다. 20매나 30매의 트리트먼트도 이렇게 위착이 나게 줄거리를 바꿀 수 없는 것이 상식인데, 적어도 반(半)고전이 된 문학 작품의 이름을 빌려서 이런 짓을 하는 것은 장난이 너무 심하다. 「벙어리 삼룡이」를 보고도, 방앗간에서 강간을 하는 장면이나, 라스트 신의 벙어리 삼룡이의 망령이 나타나서 춤을 추는 장면이 원작에 없는 것을 삽입해서 유치한 효과를 노린 것을 못마땅하게 생각했는데, 이번 「소복」에 비하면 「벙어리 삼룡이」에 분개한 나 자신이 오히려 부끄러울 정도다. 네스카페 커피는 뚜껑 밑에 병에 붙인 종이에 풀이 붙은 것을 보면 위조품을 짐작할 수 있다고 하지만, 저명한 문학자의 이름을 붙이고 만드는 '문예 영화'의 진위는 무엇을 보고 판단할 수 있을는지.

그래도 「소복」은 「기적(汽笛)」에 비하면 월등하게 소박한 편이다. 신문사의 문화부의 연예계를 담당하고 있는 친구의 말에 의하면, 「기적」이란 영화는 각 신문의 영화평에서도 호평을 받은 '야심작'이라는데, 나는 이 영화를 처음에 보러 들어가서 10분도 못 되어 나와 버렸다. 그래서 이 평을 쓰려고 다시 날을 받아 들어가서 처음부터 정좌를 하고 앞서 본 데까지 겨우 보고 나왔다. 이 영화에서 불쾌하게 느낀 것은 배우들의 연기에 너무나 미국 배우의 표정을 본딴 데가 많은 것이다. 본딴 '데' 정도가 아니다. 전수가 미국 물에 젖어 있다. 배우가 관객에게 곱게 보이려고 하는 것은 이해할 수 있지만, 미국 배우의 흉내를 내는 것이 곱게 보이는 것은 아니다. 나의 관견(管見)으로는 동양의 후진국의 배우들은 대체로 골상학과 생리학을 연구할 필요가 있다. 그래서 동양 사람과 서양 사람의 뼈의 길이와 근육의 중량을 비교해 볼 만한 상식은 배워야겠다. 그리고 우리가 양복을 입기 시작한 날짜와 서양 사람들이 그들의 양복을 입기 시작한 시간을 계산할 줄 아는 직관쯤은 가져야 한다. 그러면 우리들이 아무리 얼굴이나 몸의 표정을 그럴듯하게 써도 미국 배우의 표정은 근본적으로 따라갈 수 없다는 것을 알 것이다. 도대체가 배우가 무대나 화면에서 자기를 곱게 보이려고 하는 것부터가 잘못이다. 한 영화나 연극이 작품으로서 성공을 하면 거기에 나오는 배우는, 아무리 추하더라도 곱게 보이는 것이다. 영화야 성공하든 말든 자기 혼자만 미남 혹은 미인으로 보이면 된다고 생각하는 배우는, 전쟁은 지든 말든 혼자만 영웅 훈장을 받으면 된다고 생각하는 어리석은 전사와 같은 것이다. 하물며 자기 혼자만 곱게 보이는 것이 미국 배우의 표정을 흉내 내는 것이라고 생각한다면, 그것은 영웅주의보다도 더 나쁜 사대주의이며 식민지 근성이다. '×표 간장은 미 8군에 납품하는…… 우수한 질의 간장'이라고 라디오 선전을 하는 간장 회사는 장사꾼이니까 또 그럴 수도 있겠지만, 예술을 업으로 하는 배우가 '미 8군에 납품하는' 연기를 하는 것을 예술 영화라고 보라고 하는 것은 이 역시 관객을 멸시하는 태도다.

처음 이 「기적」이란 영화를 보러 갔을 때는 관객이 매우 한산했고, 두 번째 가 보았을 때는 일요일이 돼서 어지간히 손님이 있었다. 같이 간 신문사의 친구에게, 이 영화가 재미를 보았느냐고 물어보니, 일요일에 이 정도의 관객이면 절대로 재미 본 영화는 못 된다고 한다. 저속한 영화를 누가 돈을 내고 보러 들어오겠느냐고 내가 공박을 하자, 그 친구는 기가 막힌다는 듯이, "이 영화가 저속해서 손님이 없는 줄 아십니까? 선생님은 사극에 여배우들이 기다란 손톱에 매니큐어를 한 채 나오는 국산 영화는 못 보셨군요. 그런 것을 좀 보구 얘기하세요. 이 사진은 너무 고급이 돼서 사람이 안 들어온답니다."라고 한다.

이 영화가 '고급'이 되어서 관객이 없다? 나는 그의 말이 아니라, 그의 표정을 보고, 그의 말이 거짓말이 아니라는 것을 알았다. 그러고 보니, 기가 막히기도 하고 화가 치밀어 올라서 나는 그 친구에게 쏘아붙였다. "여보, 너무 관객만 얕잡아 보고 책임을 관객에게만 전가하지 마시오. 당신네들 신문사도 나빠요. 이런 것을 의욕적이니 야심작이니 하고 추켜 주니까 소위 '문예 영화'의 사태가 나는 거지. 우리 여편네도 사실은 그 바람에 속아서 요전에 나하구 같이 와 보았는데, 10분도 채 안 보구 나가자구 그럽디다. 그게 문예 영화요?"

그렇게 까 주기는 했지만 나는 아무래도 뒷맛이 개운치 않아서 영화관에서 나와서 길을 걸으면서 그 친구에게, "그러나 그렇다구 혹평을 하고 욕을 한다고 되는 일은 아니지." 하고 말하면서, "원인은 더 깊은 데 있어. 그 원인을 파헤치지 못하는 우리들 글을 쓴답쇼 하는 친구들도 사실은 그 미국 배우의 흉내를 내는 배우보다 무엇이 나을 게 있나." 하고 혼잣말 비슷하게 뇌까렸다.

그러니까, 「기적」이니 「애인」이니 「냉과 열」이니 하는 활동사진을 욕하는 것은 사실은 나 자신을 욕하는 것이 되고, 내 문학을 욕하는 것이 된다. 그런 뜻에서 내가 본 「기적」이라는 사진에 대해서 한두어 가지 더 싫은 소리를 해야겠다.

이 영화의 줄거리는 영등포 갱 살인 사건의 혐의자인 한 청년이 서울 용산에서 부산까지 기차를 타고 가는 사이에 일어난 일이다. 이 혐의를 받고 전국에 지명 수배되고 있는 청년은 사실은 진범이 아니고, 그는 진범이 부산에서 바다를 건너서 도망을 치려고 하는 것을 알고 그놈을 자기의 손으로 잡음으로써 자기의 혐의를 벗으려고, 추격하는 형사의 눈을 피해 가며 부산까지 가려고 차를 탄 것이다. 그래서 이 영화는 장면의 10분지 9 이상이 기차 안이다. 기차에 탄 청년은 형사를 피해 기차 안을 이리저리 옮겨다니다가, 식당차를 지나가는 길에 식탁에 앉아 맥주를 마시고 있는 아가씨와 우연히 알게 된다. 이 아가씨는 첫눈에 이 청년이 마음에 든다. 아가씨는 교태를 부리고 청년을 나꾸려고 하지만, 청년은 여자 같은 것을 거들떠볼 여유가 없다. 그러더니 형사의 눈을 피하려고 청년은 침대차 안에서 이리저리 피하다가 그 아가씨의 침대로 뛰어 들어가서 난을 면한다. 그리고 청년은 아가씨를 포옹한다. 그런데 이 아가씨는 사실은 애정 사기를 직업으로 하고 있는 여자다. 그녀는 주로 기차 안에서 손님을 꾀어서 자기의 침대에 와서 포옹을 하게 하고, 그녀의 남편을 가장한 짝패가 나타나서 포옹을 한 남자를 공갈을 하고 금품을 요구하게 하는 것이다. 이 연극에 청년이 말려든 셈이다. 청년과 여자의 짝패인 남자가 기차 꽁무니에 달린 빈 화물차 속에 가서 결투를 한다. 두 사람은 때리고 맞고 하다가, 결국 청년의 펀치에 여자의 짝패 되는 사나이가 기차 밖으로 떨어져 죽는다. 기차는 여전히 달리고 청년과 아가씨는 시끄러운 기차 소리 때문에 관객에게 들리지 않는 소리로 몇 분 동안 언쟁을 한다. 그러다가 두 남녀는 화물차에 앉아서 서로 자기들의 내력을 얘기한다. 청년은 자기가 살인 사건의 혐의를 받고 도망 중에 있는 몸이라고 고백하고, 여자는 자기는 어려서부터 고생을 하고, 사과 장수를 하다가 어떤 남자한테 강간을 당하고 드디어 이런 손쉽게 벌 수 있는 애정 사기의 직업을 택하게 되었다는 말을 한다. 두 사람은 비참한 처지에 놓인 '재수 없는' 사람들로서의 공통된 운명 때문에 친해진다. 청년은 여자에게 차에서 내리라고 한다. 물론 그녀의 짝패를 죽인 죄에 그녀가 말려들 것을 방지해 주기 위해서다. 그러나 여자는 내리지 않고, 얼마 후에 그녀가 사 가지고 온 도시락을 먹으면서 두 남녀는 화물차 속에서 사랑을 맺으면서 밤을 밝힌다. 그런데 이 격투 끝에 벌어진 살인의 현장을 목격한 사나이가 있었다. 이 사나이는 그 아가씨를 좋아하고 따라다녔던 것이다. 드디어 이 목격자와 청년 사이에 아슬아슬한 결투가 디젤 엔진의 기관차 위에서 벌어지고, 청년은 목격자를 차 밖으로 때려 내 없애려고 하다가 여자의 비명 어린 소리를 듣고 죽이지를 않는다. 기차는 부산을 향해 달리고 또 달린다. 그러자 라디오는 영등포 갱 사건의 진범이 체포되었다는 뉴스를 전한다. 청년은 이 뉴스를 듣고 좋아한다. 그러나 부산에 내린 청년은 추격하던 형사에게 체포되고, 갱 살인 사건의 혐의는 벗게 되었지만 열차 안에서의 새로운 진짜 살인을 한 죄로 끌리어간다. 쇠고랑에 채어서 끌리어가는 청년을 여자와 목격자인 청년이 우두커니 바라보고 있다. 대체로 이런 줄거리다. 그런데 이 영화에서 가장 애매한 대목은 청년과 여자가 사람을 죽인 뒤에 아무리 사랑이 뜨거웠다기로서니 그날 밤에 화물차 안에서, 그것도 바로 살인을 한 그 화물차 안에서 사랑을 속삭이면서 밤을 새울 수 있었을까 하는 것이다. 여자의 짝패 되는 남자가 설사 평소에 그 여자한테 몹시 굴었다 하더라도—이런, 짝패 되는 사나이와 여자와의 평소의 관계는 조금도 그려져 있지 않지만—싫든 좋든 간에 자기의 직업상의 동료인데, 아무리 나쁜 직업의 동료라 하더라도 동료가 죽었는데, 그날 밤에 그 동료를 죽인 사나이하고, 제아무리 애정을 느끼고 운명의 공감으로 의기투합되었다 하더라도 애정의 교류를 가질 수 있을까. 이 영화의 가장 중요한 애정의 문제의 열쇠를 쥐고 있는 이 대목의 설명이 내가 보기에는 지극히 비인간적이다. 이것은 인간의 애정이 아니라 짐승의 애정이다. 아니면 정신분열자의 애정이다.

그런데 이 줄거리의 착오보다도 더 큰 착오는 이 기차 안의 풍경이 우리나라의 풍경 같지 않은 것이다. 이 영화에 나타난 야간열차의 장면은 2등차 같은데, 손님들이 어찌나 의젓한지 우리나라의 기차 속 같지가 않다. 기차에서 오르내리는 승객들도 외국의 플랫폼의 손님들만 같다. 가장 전형적인 장면은, 어떤 요란스러운 화장을 한 뚱뚱한 양장을 한 중년 부인이 변소에서 뒤를 보고 있는데 한 노신사가 모르고 그 변소 문을 열자, 그 부인이 그 노신사의 이마빡을 주먹으로 콩 하고 희극적으로 때리는 장면이다. 이것은 우리 사회의 현실을 왜곡하고 있는 것이다. 아까 말한 인성상(人性上)의 착오는 좀 더 깊은 문제니까 분에 겨웠다손 치더라도 이런 문제는 그보다는 알기 쉬운 문제를 속인 것이고, 따라서 더 중대한 착오라고 볼 수 있다. 그리고 이보다도 더 알기 쉬운 중대한 착오가 무릇 국산 영화의 키스 신이다.

한때 라디오 드라마에 '사랑'이란 말이 남용되던 것을 기억하고 있다. 그것이 요즘 나아졌다. 텔레비전극에만 하더라도 「치마바람」 같은 홈드라마는 옛날의 일본 사람들의 희극 냄새가 아직도 가시지 않은 데가 있지만, 그래도 과히 역한 데는 없다. 무턱대고 '사랑'을 난발하는 대사도 없고, 미국 사람들의 러브 신을 흉내 낸 키스 장면도 없다. 여기에 나오는 여운계 등의 여자 출연자들이 의외로 세련된 연기력을 보여 주는 장면 같은 것을 보면, 우리나라의 연기진도 어느 틈에 이렇게 성장했구나 하고 여간 가슴이 흐뭇해지지 않는다. 이런 연기는 미국 영화에서 배운 것도 아니고 국산 영화에서 배운 것도 아니다. 현실에서 배운 것이다. 스스로 배운 것이다. 이런 연기를 보면 원작이 좋은 게 없어서 좋은 극이나 영화가 안 나오는구나 하는 생각이 들고, 「벙어리 삼룡이」나 「소복」 같은 것을 보면 좋은 감독이나 배우가 없어서 좋은 영화가 못 나오는구나 하는 생각이 든다. 이 엇갈림을 바로잡아 주는 것이 참다운 문예영화의 임무다.

1967.

지식인의 사회참여
— 일간 신문의 최근 논설을 중심으로

외국에 다녀온 친구들이 항용 하는 말이 우리나라에는 논설이나 회화에 있어서 '주장'만이 있지 '설득'이 없는 것이 탈이라는 것이다. 나는 이런 불평을 한두 번 들은 것이 아니고, 또한 나만이 알고 있는 사실도 아닐 것이다. 그런데 이런 단점은 유별나게 나 자신을 지목해서 말하는 것 같고, 그런 자책감을 느끼는 사람이 나의 주변에도 적지 않은 것을 알고 있다. 이런 경우에 '주장'이란 한 발자국만 더 내디디면 '명령'으로 화하는 성질의 것이고, 이런 현상은 으레 문화의 기반이 약하고, 정치적으로는 노상 독재의 위협에 떨고 있는 사회에 수반되는 현상이다. 그리고 이런 문화 현상의 정치형태와의 관계가 달걀이 먼저냐, 닭이 먼저냐 식의 선후의 순열을 가릴 수 없는 악순환의 수수께끼를 낳는다. '주장'은 독재를 보고 욕을 하고, 독재는 '주장'을 보고 욕을 한다. 그러다가 힘이 약한 '주장'이 명령을 넘어서서 어쩌다가 행동으로 나올 때, 독재가 어떠한 수단을 쓰는가에 대한 최근의 가장 전형적인 예가 누구나 다 아는 6·8총선거의 뒷처리 같은 것이다. 이것은 완전한 힘과 힘의 대결이다. '설득'이 허용되지 않기는커녕 '주장'이 지하로 그의 발언을 매장시키기 시작한다. 지식인이 그의 의중의 가장 참다운 말을 못하게 되고, 대소의 언론기관의 편집자들이 실질적인 검열관의 기능을 발휘하고, 대학교의 강당을 폭동 참모 본부로 인정하게 되고, 월수 50만 원을 올리는 유행 가수가 최고의 예술가의 행세를 하는 것을 당연한 것으로 보는 사회의 상식이 형성된다. 그리고 이것을 근대화를 위한 건전한 상식이라고 생각한다. 텔레비전의 코미디언까지도 '명랑한 노래'를 부르는 것을 의무로 생각하게 되고, 신문사의 편집자는 민비(民比) 사건*의 피고 같은 것을 두둔하는 투서나 앙케트의 답장을 모조리 휴지통에 쓸어 넣는다. 이런 사회에서는 '설득'이 미덕이 아니라 범죄로 화한다.

'설득'에는 자유의 조건이 필요하고 방향의 제시를 전제로 하고 있어야 하는데, 요즘 각 신문의 세모와 신춘의 특집 논설 중의 몇몇 개의 비교적 씨 있는 문화시론이나 좌담 같은 것만 보더라도 여전히 할 말을 다 못하고 있는 것 같은 이 빠진 소리들이다. 안타까운 것은 신문다운 신문이 없다는 것과 잡지다운 잡지가 하나도 없다는 것이다. '주장'이고 '설득'이고 간에 지면이 없다. 민주의 광장에는 말뚝이 박혀 있고, 쇠사슬이 둘려 있고, 연설과 데모를 막기 위해 고급 승용차의 주차장으로 사용되고 있는 것이다. 진보적인 여론을 계몽하는 기골 있는 신문과, 열렬한 문학 작품을 환영하는 전위적인 종합 잡지를 만들어 내야 할 용지는 없어도, 고급차의 뒷자리의 두꺼운 유리창 밑에서는 하얀 두루마리 휴지가 정액에의 봉사라도 기다리고 있는 듯 미소를 짓고 있다. C신문은 대학교수들의 정담(鼎談)을 통해, '70년대의 위기'를 진단하면서, '……우리의 경우는 중소기업이 몰락 위기에 있다든지, 혹은 농촌에 미처 손이 모자라 자원의 분배가 안 된다든지 이러한 피치 못할 중대한 요인들이 있는데, 이것을 중심으로 뭉쳐지는, 조직되지 않은 어떤 폭발적인 요소가 70년대에 가면 표면화하지 않겠느냐……'고 사뭇 점잖게 말하고 있지만, 공정한 독자의 입장으로서는 당신네 신문이 지난 1년을 통해서 언론의 자유의 긴급한 과제를 얼

---

* 민족주의비교연구회 사건. 1967년 중앙정보부가 서울대의 민족주의비교연구회를 반국가단체로 규정하고 관련자들을 구속한 사건.

마나 주장하고 얼마나 실천했느냐를 먼저 반문하고 싶고, 그런 불같이 시급한 관점에서 볼 때 위기는 70년대가 아니라 바로 현재 이 순간이며, '조직되지 않은 어떤 폭발적인 요소가 70년대에 가면 표면화하지 않겠느냐'는 식의 방관적인 논평은 너무나 한가한 잠꼬대로밖에 안 들린다.

언론의 자유는 언제나 정치의 기상지수(氣象指數)와 상대적인 관계에 놓여 있는 것이고, 언론의 자유가 있다는 것은 그것이 정치의 기상지수 상한선을 상회할 때에만 그렇다고 말할 수 있는 것이다. 민비 사건의 피고들의, 이 재판은 역사의 심판을 받을 날이 올 것이다라는 말이라든가, 우리들은 6·8부정 선거의 제물이 되고 있다는 말 같은 것이 예를 들자면 그것인데, 이런 정도의 주장을 하는 신문이나 잡지의 논설을 우리들은 하나도 구경해 본 일이 없다. D신문이 정월 초하룻날에 실은 J. B. 듸로젤 교수의 「민족주의의 장래」라는 논설은, 개발도상에 있는 국가들의 '적극적 중립주의'의 당위성을 논한, 우리나라의 필자라면 좀처럼 쓸 수도 없고 실리기도 힘들 만한 내용의 것인데, 이것을 비롯한 10편가량의 해외 필자의 건전한 논단 시리즈를 꾸민 데 대해서는 경하의 뜻을 표하면서도, 어쩐지 한쪽으로는 365일의 지나친 보수주의의 고집에 대한 속죄 같은 인상을 금할 길이 없다.

금년 들어서 C신문의 사설란에 「우리 문화의 방향」이란 문화론이 실린 것을 읽은 일이 있는데, 이런 논조가 바로 보수적인 신문의 문제의 핵심을 회피하는 가장 전형적인 안이한 태도다. 그것은 서두에서 '경제 성장을 서두르는 단계에서는 문화가 허술하게 다루어지기 쉬운 것도 어쩔 수 없는 경향인지 모른다. 그러나 경제생활을 도외시하고 문화 발전을 생각할 수 없듯이, 문화를 무시한 경제적 안정이나 정치적 안정이 우자(愚者)의 낙원을 만들어 그 사회가 지니는 취약성이 끝내는 그 사회의 존재를 위태롭게 한다는 것은 동서의 흥망사가 증명하고 있다. 그러므로 모든 발전의 템포를 빨리해야 하는 우리 사회는 경제 건설 다음에 문화 발전을 이룩한다는 서열을 매기지 말고 발전의 표리로서 문화를 생각해야 한다'는 너무나도 당연한 전제를 내세우고 나서, 다음과 같은 알쏭달쏭한 암시로 문제의 초점을 수박 겉핥기 식으로 몽롱하게 얼버무려 넘어가고 있다. 즉, 그것은 본론으로서 이렇게 말하고 있다. '(문화의) 방향의 문제에 있어서 잊을 수 없는 것은 동백림 공작단 사건이다. 그것이 비극적인 것은 문화인이 관련된 사건이면서 그 학문이나 작품이 문제되지 않고 간첩 행위가 치죄(治罪)의 대상이 되었다는 것은 이미 지적한 점이지만, 상당수 문화인이 그 사건에 관련되었다는 자체는 간첩 행위 이상의 사건이 아닐 수 없다. 그 행위의 밑에 만의 일이라도 인터내셔널한 생각이 깔린 소치였다면 이는 관련자에 국한할 것이 아니라 일반 문화인의 성향과 관련시켜 심각히 생각해 볼 일이라는 말이다. 그것은 문화인이 우리의 현실 상황을 어떻게 생각하느냐는 관건으로서 문화의 주체성 확립과 밀접히 관련지어지는 것이다…….' 우리는 여기서 우선 '인터내셔널'이란 말이 무슨 뜻인지 모르겠다. 따라서 이것이 '일반 문화인의 성향'과 어떻게 '관련시켜 심각히 생각해' 봐야 할지 알 도리가 없다. 또한 따라서 그다음의 '문화의 주체성 확립'과 어떻게 '밀접히 관련지어'져야 할 것인지도 모르겠다. 대체로 추측해서 이 '인터내셔널'이란 말을 세계주의나 인류주의로서 생각하고, 문화를 정치에서 독립된 (혹은 우월한) 가치로서 인정해야 한다는 원칙을 강조한 것이라고 생각할 수 있겠는데, 그렇게 되면 '문화인이 관련된 사건'이라고 해서 '그 학문이나 작품이 문제' 되어야 한다는 동사(同社)의 사설의 그 전날의 '지적'은 어디에 기준을 두고 한 말인가. 문화와 예술의 자유의 원칙을 인정한다면 학문이나 작품의 독립성은 여하한 권력의 심판에도 굴할 수도 없고 굴해서는 안 되는 것이다. 따라서 '그 학문이나 작품이 문제'되어야 한다는 지적부터가 자가당착에 빠진 너무나 어수룩한 모독적인 발언이다. 학자나 예술가의 저서나 작품의 내용을 문제 삼고 간섭하고 규정하는 국가가 피고에 유리한 경우에만 그들의 저서나 작품의 내용을 문제 삼고, 그들에게 불리한 경우에는 그것들을 문제 삼지 않았다는 실례를 우리들은 일찍이 어떠한 독재 국가의 판례사에서도 찾아볼 수 없다. 실제는 오히려 백이면 백이 번번이 그와는 정반대였던 것이 통례이다.

무식한 위정자들은 문화도 수력발전소의 댐처럼 건설하는 것이라고 생각하고 있는 것 같지만, 최고의 문화 정책은, 내버려 두는 것이다. 제멋대로 내버려 두는 것이다. 그러면 된다. 그런데 그러지를 않는다. 간섭을 하고 위협을 하고 탄압을 한다. 그리고 간섭을 하고 위협을 하고 탄압을 하는 것을 문화의 건설이라고 생각하고 있다. 「우리 문화의 방향」의 필자는 '문화를 무시한 경제적 안정이나 정치적 안정'이 나쁘다고 했지만, 나는 논법으로는 오히려 문화를 무시라도 해 주었으면 좋겠다. 원고료 과세나 화료 과세를 포함한 문화의 무시보다도 더 나쁜 것이 문화의 간섭이고 문화의 탄압이다. 그리고 이러한 문화의 간섭과 위협과 탄압이 바로 독재적인 국가의 본질과 존재 그 자체로 되어 있는 것이다.

문화의 문제는 언론의 자유의 문제와 직결되는 것이고, 언론의 자유는 국가의 정치의 유무와 직통하는 문제이다. 그런데 이런 단순한 이치를 몰각하고 무시하는 버릇이 신문뿐 아니라 문화인 자체 안에도 매우 농후하게 만연되어 있는 것은 말할 수 없이 서글픈 일이다.

지난 연말에 「우리 문화의 방향」이 실린 같은 신문에 게재된 「'에비'가 지배하는 문화」(이어령)라는 시론은, 우리나라의 문화인의 이러한 무지각과 타성을 매우 따끔하게 꼬집어 준 재미있는 글이었다. 그런데 이 글은 어느 편인가 하면, 창조의 자유가 억압되는 원인을 지나치게 문화인 자신의 책임으로만 돌리고 있는 것 같은 감을 주는 것이 불쾌하다. 물론 우리나라의 문화인이 허약하고 비겁한 것은 사실이지만 그들을 그렇게 만든 더 큰 원인으로, 근대화해 가는 자본주의의 고도한 위협의 복잡하고 거대하고 민첩하고 조용한 파괴 작업을 이 글은 아무래도 지나치게 과소평가하고 있는 것 같다. 내가 생각하기에는 오늘날의 '문화의 침묵'은 문화인의 소심증과 무능에서보다도 유상무상(有象無象)의 정치권력의 탄압에 더 큰 원인이 있다.

그리고 그 괴수(怪獸) 앞에서는 개개인으로서의 문화인은커녕 매스 미디어의 거대한 집단들도 감히 이것에 대항하지 못하고 있는 것이 현실정이다. 이 글에서도 '막중한 정치권력에도 한계라는 것이 있는 법'이라고 하면서, '학원을 비롯하여 오늘날의 정치권력이 점차 문화의 독자적 기능과 그 차원을 침해하는 경향이 있다'고 '더 큰 원인'을 지적하고는 있지만, 그렇다면 오늘날의 문화계의 실정이 월간 잡지의 기자들의 머리의 세포 속까지 검열관의 '금제(禁制)적 감정'이 파고 들어가 있다는 것쯤은 알고도 남음이 있을 것 같다.

이 글의 첫머리에서 필자는 '에비'라는 말의 비유를 이렇게 말하고 있다. "'에비'란 말은 유아언어에 속한다. 애들이 울 때 어른들은 '에비가 온다'고 말한다. 그러나 그 말을 사용하는 어른도, 그 말을 듣고 울음을 멈추는 애들도 '에비'가 과연 어떻게 생겼는지는 모르고 있다. 즉 '에비'란 말은 어떤 구체적인 대상을 가리키는 명사가 아니다. 그것이 지시하고 있는 의미는 막연한 두려움이며 꼬집어 말할 수 없는 불안, 그리고 가상적인 어떤 금제의 힘을 총칭한다. 어렸을 때와 마찬가지로 인간들은 복면을 쓴 공포, 분위기로만 전달되는 그 위협의 금제 감정에 지배되는 경우가 많다." 우리의 문화를 지배하는 '에비'를 이 필자는 이렇게 말하고 있지만, 오늘날의 우리들의 '에비'는 결코 '구체적인 대상을 가리키는 명사(名詞)가 아닌' '가상적인 어떤 금제의 힘'이 아니다. 그것은 가장 명확한 '금제의 힘'이다. 8·15 직후의 2~3년과 4·19 후의 1년 동안을 회상해 보면 누구나 다 당장에 알 수 있는 일이다. 물론 이 필자가 강조하려고 하는 점이 우리나라의 문화인들이 실제 이상의 과대한 공포증과 비지성적인 퇴영성을 나무라고 독려하려는 데 있다는 것을 모르는 바가 아니다. 그러나 이 필자의 말대로 '이러한 반문화성이 대두되고 있는 풍토 속에서 한국의 문화인들의 창조의 그림자를 미래의 벌판을 향해 던지기 위해서', '그 에비의 가면을 벗기고 복자(伏字) 뒤의 의미를' 아무리 '명백하게 인식해' 보았대야 역시 거기에는 복자의 필요가 있고 벽이 있다. 그리고 이 마지막의 복자와 벽을 문화인도 매스 미디어도 뒤엎지 못하기 때문에 일이 있을 때마다 번번이 학생들이 들고일어나는 것이다.

또한 이 필자는 끝머리에 가서 '우리는 그 치졸한 유아 언어의 '에비'라는 상상적 강박관념에서 벗어나 다시 성인들의 냉철한 언어로 예언의 소리를 전달해야 할 시대와 대면하고 있는 것'이라고 말하고 있지만, 소설이나 시의 '예언의 소리'는 반드시 냉철할 수만은 없다. 오히려 그것은 예술의 본질을 생각해 볼 때 필연적으로 '상상적 강박관념에서 벗어나'지 않은 '유아 언어'이어야 할 때가 많다. 특히 오늘날의 이곳과 같은 '주장'도 '설득'도 용납되지 않는 지대에 있어서는 더 말할 것도 없다.

사실은 나는 이 글을 쓰면서, 최근에 써 놓기만 하고 발표를 하지 못하고 있는 작품을 생각하며 고무를 받고 있다. 또한 신문사의 신춘문예의 응모작품 속에 끼어 있던 '불온한' 내용의 시도 생각이 난다. 나의 상식으로는 내 작품이나 '불온한' 그 응모 작품이 아무 거리낌 없이 발표될 수 있는 사회가 되어야만 현대 사회라고 할 수 있을 것 같고, 그런 영광된 사회가 반드시 머지않아 올 거라고 굳게 믿고 있다. 그러나 나를 괴롭히는 것은 신문사의 응모에도 응해 오지 않는 보이지 않는 '불온한' 작품들이다. 이런 작품이 나의 상상적 강박관념에서 볼 때는 땅을 덮고 하늘을 덮을 만큼 많다. 그리고 그 안에 대문호와 대시인의 씨앗이 숨어 있다. 이렇게 생각할 때 위기는 아득한 미래의 70년대에 있는 것이 아니라 지금 당장 이 순간에 있다. 이런, 어찌 보면 병적인 위기의식이 나로 하여금 또한 뜻하지 않은, 엄청나게 투박한 이 글을 쓰게 했다. 역시 비평은 나에게는 영원히 분에 겨운 남의 일이다.

1968. 1.

실험적인 문학과 정치적 자유
— 이어령 씨와의 '자유 대 불온'의 논쟁 첫 번째 글

지난 20일자의 본지*의 「문예시평」란에 게재된 이어령 씨의 「오늘의 한국 문화를 위협하는 것」을 읽고, 그가 근래에 주장하는 기성 질서의 테두리 안에서의 '순수한 문학적인 내면의 창조력'이 어떠한 것인지 새삼스레 의아심을 자아내게 하는, 문학과 자유의 관계에 대한 근본적인 오해가 있는 것 같아서, 우선 그에 대한 주요한 몇 가지 점만을 지적해 두고자 한다.

그가 지난 연말에 역시 본지의 「문화시론」란의 「'에비'가 지배하는 문화」 이래로 주장하는 '정치적 자유를 참된 문화적인 창조로 전환시킬 줄 모르는' '한국 문화의 약점과 그 위기'에 대한 힐난은, 그것이 우리나라의 문화인들의 무능과 무력을 진심으로 격려하기 위한 것이라면, 우선 현대에 있어서의 문학의 전위성과 정치적 자유의 문제가 얼마나 밀착된 유기적인 관계를 가진 것인가 하는 좀 더 이해 있는 전제나 규정이 있어야 했을 것이다.

다시 말하자면 그는 모든 진정한 새로운 문학은 그것이 내향적인 것이 될 때는 —즉 내적 자유를 추구하는 경우에는 —기존의 문학 형식에 대한 위협이 되고, 외향적인 것이 될 때에는 기성사회의 질서에 대

---

* 《조선일보》를 말한다.

한 불가피한 위협이 된다는, 문학과 예술의 영원한 철칙을 소홀히 하고 있거나, 혹은 일방적으로 적용하려 들고 있다. 얼마 전에 내한한 프랑스의 앙티로망의 작가인 뷔토르*도 말했듯이, 모든 실험적인 문학은 필연적으로는 완전한 세계의 구현을 목표로 하는 진보의 편에 서지 않을 수 없게 되는 것이다. 모든 전위 문학은 불온하다. 그리고 모든 살아 있는 문화는 본질적으로 불온한 것이다. 그것은 두말할 것도 없이 문화의 본질이 꿈을 추구하는 것이고 불가능을 추구하는 것이기 때문이다. 그런데 「오늘의 한국 문화를 위협하는 것」의 필자의 논지는 그것을 더듬어 보자면 문학의 형식면에서만은 실험적인 것은 좋지만 정치사회적인 이데올로기의 평가는 안 된다는 것이다.

그리고 그는 후자의 경우의 예로 해방 직후와 4·19 직후를 들면서, 정치적 자유의 폭이 비교적 넓었던 시기의 문화 현상을 '자유의 영역이 확보될수록 한국 문예는 정치적 이데올로기의 도구로 화하여 쇠멸해 가는 이상한 역현상이 벌어지고 있다'고 무모한 일방적인 해석을 내리고 있다. 이러한 견해는 지극히 위험한 피상적인 판단이다.

8·15 후도 4·19 직후도 실정은 좀 더 복잡한 것이었다. '문예시평'자의 말마따나 그 당시의 문학이 정치 삐라의 남발 같은 인상을 주었다고 해서 그 책임이 그 당시의 정치적 자유에 있다고 생각하거나, 일부의 '문화를 정치사회의 이데올로기와 동일시하는 문화인'에게만 있다고 생각하고 그 폐해를 과대하게 망상하는 것은 지극히 소아병적인 단견(短見)이라고 아니할 수 없다. 하물며 이러한 폐해를 '부당한 정치권력으로부터 받고 있는…… 문화의 위협보다도 몇 배나 더 위험한 일'이라고 단정하는 것은 독단도 이만저만이 아니다.

그는 현대에 있어서의 정치적 자유를, 문화를 오도(誤導)하는 일부

* 뷔토르(Michel Butor): 프랑스의 소설가. 1950년대부터 시작된 '누보로망(앙티로망)'의 대표자 중 하나이다.

의 사회참여론들의 폐단과 동일한 비중으로 보고 있는 것인가. 그가 말하는 오도된 참여론자들은, 8·15와 4·19 직후의 경험을 통해 보더라도, 일시적인, 교정될 수 있는 현상이지만, 일단 상실된 정치적 자유는 그렇게 쉽사리 회복될 수 있는 간단한 문제가 아니다. 그가 말하는 '오도된 사회참여론자'의 주장이 정치적 자유를 실제에 있어서 구속하는 것이라고 오해하고 있는 것이 아니라면, 그들의 자유의 신장의 주장이 '문예시평'자가 아쉬워하는 '응전력과 창조력의 고갈'을 탈피하는 길과 어디에서 어떻게 모순되는 것인지 지극히 석연치 않다.

선진국의 자유 사회의 문학 풍토의 예를 보더라도 무서운 것은 문화를 정치 사회의 이데올로기와 동일시하는 것이 아니라, 문화를 단 하나의 이데올로기와 동일시하는 것이다. 그리고 우리나라의 경우 문화의 위험의 소재(所在)도 다름 아닌 바로 여기에 있는 것이다. 나치스가 뭉크의 회화까지도 퇴폐적이라는 이유로 그 전위성을 인정하지 않았듯이, 하나의 정치 사회의 이데올로기만을 강요하는 사회에서는 '문예시평'자가 역설하는 응전력과 창조력—나는 이것을 문학과 예술의 전위성 내지 실험성이라고 부르고 싶다—은 제대로 정당한 순환 작용을 갖지 못하는 것이 원칙이다.

따라서 내가 생각하기에는 오늘날의 우리들이 두려워해야 할 '숨어 있는 검열자'는 그가 말하는 '대중의 검열자'라기보다도 획일주의가 강요하는 대제도의 유형무형의 문화 기관의 '에이전트'들의 검열인 것이다. 단 하나의 이데올로기를 대행하는 것이 이들이고, 이들의 검열 제도가 바로 '대중의 검열자'를 자극하는 거대한 테제가 되고 있는 것이다. '대중의 검열자'가 '눈으로 볼 수 없는, 자각조차 할 수 없는 …… 숨어 있는' 검열자라고 '문예시평'자는 말하고 있지만, 대제도의 검열관 역시 그에 못지않게 눈으로는 볼 수 없는, 자각조차 할 수 없는 숨어 있는 것이다. 이들의 대명사가 바로 질서라는 것이다.

그러나 여기에서 획일주의의 검열의 범죄와 '대중의 검열자'의 범죄의 비중을 가리자는 것이 나의 목적이 아니고, 이 두 개의 범죄를 동시에 공존시킴으로써, 여기에서 취해지는 밸런스를 현대 문학의 창조적 출발점으로 인정할 수 없겠는가 하는 것이다. 적어도 이러한 공존을 모색하는 길이 우리의 오늘날 참여 문학 발전의 실질적인 긴요한 계기가 될 수 없겠는가 하는 것이다.

이 점에 있어서 '문예시평'자의 판단은 지나치게 과거의 사례에만 집착하고 있는 것 같다.

그는 두 개의 범죄를 다 같이 인정하는 듯한 가면을 쓰고 있을 뿐, 사실은 한쪽의 범죄만을 두둔하는 '조종(弔鐘)'을 울리고 있는 것이다. 엄격히 말하자면 그의 조종의 종지기는 유령이다. 오늘날 우리의 문학에서는 '대중의 검열자'가 종을 칠 만한 힘이 없다. 그런 종지기를 떠받들어 놓고 누구를 장송하는 종을 쳤다고 하는 것인지 모르겠다. 우리의 질서는 조종을 울리기 전에 벌써 죽어 있는 질서이니까. '질서는 위대한 예술이다'—이것은 정치권력의 시정구호(施政口號)로서는 알맞지만 문학 백년의 대계를 세워야 할 전위적인 평론가가 내세울 만한 기발한 시사는 못 된다.

1968. 2.

'불온성'에 대한 비과학적인 억측
— 이어령 씨와의 '자유 대 불온'의 논쟁 두 번째 글

지난 2월 27일자*의 「실험적인 문학과 정치적 자유」라는 졸론에서, 본인은 '모든 전위 문학은 불온'하고 '모든 살아 있는 문화는 본질적으로 불온한 것'이라고 말하면서, 그 이유로서 '그것은 두말할 것도 없이 문화의 본질이 꿈을 추구하는 것이고 불가능을 추구하는 것이기 때문'이라고 명확하게 문화의 본질로서의 불온성을 밝혀 두었는데도 불구하고, 이어령 씨는 이 불온성을 정치적인 불온성으로만 고의적으로 좁혀 규정하면서, 본인의 지론을 이데올로기에 봉사하는 전체주의의 동조자 정도의 것으로 몰아 버리고 있다.

전위적인 문화가 불온하다고 할 때, 우리의 머리에 떠오르는 것은 재즈 음악, 비트족, 그리고 60년대의 무수한 안티 예술들이다. 우리들은 재즈 음악이 소련에 도입된 초기에 얼마나 불온시당했던가를 알고 있고, 추상 미술에 대한 흐루시초프의 유명한 발언을 알고 있다. 그리고 또한 암스트롱이나 베니 굿맨을 비롯한 전위적인 재즈맨들이 모던 재즈의 초창기에 자유 국가라는 미국에서 얼마나 이단자 취급을 받고 구박을 받았는가를 알고 있다.

그리고 이런 재즈의 전위적 불온성이 새로운 음악의 꿈을 추구하는 표현이었다는 것을 알고 있다. 이러한 예는 재즈에만 한한 것이 아

---

* 《조선일보》를 말한다.

닌 것은 물론이다. 베토벤이 그랬고, 소크라테스가 그랬고, 세잔이 그랬고, 고흐가 그랬고, 키에르케고르가 그랬고, 마르크스가 그랬고, 아이젠하워가 해석하는 사르트르가 그랬고, 에디슨이 그랬다.

이러한 불온성은 예술과 문화의 원동력이 되는 것이고 인류의 문화사와 예술사가 바로 이 불온의 수난의 역사가 되는 것이다. 이런 간단한 문화의 이치를 이어령 씨 같은 평론가가 모를 리가 없다고 생각된다. 그렇기 때문에 나는 그의 오해를 고의적인 것이라고 생각하지 않을 수 없다.

그러나 내가 그의 글에 답변을 하려고 붓을 든 주요한 이유는 나의 개인적인 신변 방어에 있지 않다. 그의 중상 속에는 나의 개인적인 것이 아닌, 어떤 섹트적인 위험한 의도까지가 내포되어 있는 것 같고, 그러한, 실제로 있지도 않은 위험 세력의 설정이 일반독자에게 주는 영향은 묵과할 수 없는 중대한 것이다.

그는 '문학은 권력이나 정치 이념의 시녀가 아니다'의 서두부터 '문학 작품을 문학 작품으로 읽으려 하지 않는 태도, 그것이 바로 문학을 가장 직접적으로 위협하고 있는 형편이다.'라고 비난하고 있는데, 이런 비난은 누구의 어떤 발언이나 작품이나 태도에 근거를 두고 한 말인지 알 수가 없다. 이런 중대한 말을 실제적인 예시도 없이 마구 할 수 있는지 모르겠다. 혹시 그는 내가 말한 나의 발표할 수 없는 시를 가리켜서 말하는 것인지 모르지만, 내가 발표할 수 없다고 한 나의 작품은 나로서는 조금도 불온하지 않다고 생각하고 있는 작품이다.

다만 그것은 불온하다는 의혹을 받을 수 있는 작품이기 때문에 발표를 꺼리고 있는 것이지, 나의 문학적 이성으로는 추호도 불온하지 않다. 그러니까 이어령 씨는, 내가 불온하다고 보여질 우려가 있어서 발표하지 못하고 있는 작품을 '불온하다'고 낙인을 찍으려면, 우선 그 작품을 보고 나서 말을 해야 할 것이다. 그런데 그는 나의 불온하다고 '보여질 우려가 있는' 작품을 보지도 않고 '불온하다'로 비약을 해서 단정을 하고 있는 것이다. 이런 논법은 문학자의 논법이 아니라 그가 말하는 '기관원(機關員)'의 논법이다. 아니, 요즘에는 기관원도 똑똑한 기관원은 이런 비과학적인 억측은 하지 않는다.

이어령 씨의 이번의 나에 대한 반론은 거의 전부가 이런 식의 모함으로 충만되어 있고 이것을 일일이 가려낼 만한 의미를 나는 느끼지 않는다. 다만 나의 창작 자유 고발의 실제적인 한계가 어디에 있는지 그것만을 다시 한번 명확하게 설명해 두고자 한다. 비근한 예가, 지금 말한 이어령 씨의 규탄의 대상이 되고 있는 나의 소위 '불온시'다.

지금 말한 것처럼 이어령 씨는 내가 발표하지 못하고 있는 작품을 발표하지 못하기 때문에 '불온한' 작품이라고 규정을 내리고 있지만, 나의 생각으로는 발표를 하면 오해를 받을 우려가 있어서 발표는 못하고 있지만, 결코 불온한 작품이라고는 생각하고 있지 않다. 그러니까 나의 자유의 고발의 한계는, 이런 불온하지도 않은 작품을 불온하다고 오해를 받을까 보아 무서워서 발표를 하지 못하게 하는 것이 과연 무엇이냐 하는 것이다. 이것을 따져보자는 것이다.

이어령 씨는 이에 대한 책임이 작가나 시인 자신에게 있다고 한다. 아니 이들에게만—이들의 역량이 부족해서—있다고 한다. 나는 그렇지 않다고 한다. 그리고 그에 대한 가장 중요한 장해 세력이 우선 대제도의 에이전트들의 획일주의적인 사고방식이라고 나는 지적했다.

그런데 이어령 씨는 '불온하다고 보여질 우려'가 있는 작품을 기관원도 단정을 내리기 전에 먼저 '불온하다'고 단정을 내림으로써 '불온하다고 보여질 우려'가 있는 작품이 불온하지 않게 통할 수 있는 문화 풍토를 조성하자는 나의 설명을 거꾸로 되잡아서, '불온하다고 보여질 우려가 있는 작품'이 바로 '불온한 작품'이니 그런 문화 풍토가 조성되면 문학이 말살된다고 기관원이 무색할 정도의 망상을 하고 있다. 이런 망상은 문학 이론으로서는 일고의 가치도 없다.

1968. 3.

3

시론과 문학론

초현실과 무현실
— 김종문 시집 『불안한 토요일』을 읽고

이 시집은 좋은 의미에 있어서도 나쁜 의미에 있어서도 한정된 독자를 위한 것이다. 시를 읽는 사람이란 어느 시대를 막론하고 그렇게 많은 것이 아니다. 문학이라는 것이, 그중에도 특히 시라는 것이 제대로 대접을 받아 본 시대란 없다고 하여도 과언이 아니다. 그러한 의미에서 시인이란 누구보다도 고독하고 구차하고 동떨어진 것이다. 적어도 그 시대와는 멀리 동떨어져 있는 것같이 보인다. 그 시인이 진정한 시인인 경우에 그러한 시대적 박해는 더한층 심해지는 것은 숨길 수 없는 사실이다.

그러나 지금 여기서 『불안한 토요일』이라는 김종문의 장시집을 앞에 놓고 한정된 독자라고 말하는 것은 시 본래의 성격과 숙명에서 오는 한정된 독자를 말하는 것이 아니라 이 『불안한 토요일』만이 가지고 있는 한정된 독자를 말하는 것이다. 결국 이 『불안한 토요일』은 한정된 독자 중에도 또 하나 한정된 독자를 가지고 있다. 즉 이 이중의 원주 안에 갇혀 있는 독자란 문화인 중에도 문학인, 문학인 중에도 시인, 시인 중에도 특수한 시인이다. 나는 구태여 특수한 독자를 상대로 하지 않으면 아니 되는 고독한 이 시인에 대하여 책망을 하고 싶은 마음은 추호도 없다. 오히려 이 『불안한 토요일』 이상으로 난맥한 시풍이 범람할 수 있는 불행한 시대에 대하여 이 나라의 문학인은 어디까지 우둔할 작정인가 하는 것을 생각할 때 그저 아연할 따름이다.

기형적인 문학을 향하여 기형적이라고 나무라고 낡은 문학을 향하여 낡은 문학이라고 나무라는 것은 쉬운 일이며 또한 그렇게 나무라는 그 자체가 벌써 낡은 일이라고 나는 믿고 있다. 새삼스럽게 말하자면 이 시집이 기형적이고 낡은 것이라는 비난을 받을 것이라는 전제 아래에서 우리는 그의 책임이 이 시인 한 사람에게만 부과될 성질의 것이 아니라는 것을 잘 알고 있다. 적어도 『불안한 토요일』을 읽을 만한 시인 문학가를 포함한 모든 독자에게 문학적 연대 책임이 있는 것이다.

이 시집의 저자가 앞으로 어떠한 시의 경력을 더듬어 갈는지 이 시집 한 권만을 보고는 나로서는 조단하기 어려우나 참으로 그의 시가 현실과 마주쳐서 치열하고 진실한 대결을 작품 위에 나타내기까지는 무수한 '천국'과 '지옥'을 돌아나가야 할 것이며, 또한 그가 이 『불안한 토요일』에 대하여 온건한 객관성을 가지게 되는 날 비로소 그는 『불안한 토요일』이 저지른 상처가 자기가 예상한 것보다도 훨씬 더 치명적이었다는 것을 느끼게 될 것이다. 젊은 방랑을 운운하기 전에 방랑의 방향을 운운하지 않으면 아니 되게 된 것도 엄연한 시대의 명령이 아닐 수 없다. 방랑의 방향이라는 어구가 우스개스럽게 들릴 정도로 현대는 우스개스러운 시대가 아닐 것이기에 젊은 기형적 문학과 그에 대한 정신의 낭비를 덜어 주기 위하여 이에 대한 책임의 일부 혹은 전부를 담당할 수 있는 길이란 문학을 업으로 삼는 사람들이 하루바삐 진정한 현대의 고민의 대변자가, 보다 좋은 대변자가 됨으로써 적어도 이 나라의 사실주의문학이 만족시키고 있지 못하는 부분의 양을 격감시키는 길밖에는 없을 것이라고 생각한다.

미숙하고 젊은 이 장시집이 이러한 현대의 구미에 맞는 사실주의 문학(이름 같은 것은 아무래도 좋다.)의 진공 상태에 대하여 잠자는 못을 보고 던지는 조그마한 돌조각같이 그가 일으킬 수 있는 최대한의 파문을 일으킴으로써 이 시집 출판의 의의와 이 젊은 시인의 생명이 영원히 살아 있기 바란다.

《연합신문》(1953. 11. 5.)

시작(詩作)에 있어서의 한자 문제

정양사에서 수일 전에 청탁서가 왔다. 제목은 '시작에 있어서의 한자 문제'라는 것이고, 마감은 4월 8일. 내가 이 청탁서를 우송(郵送)으로 받은 것이 4월 6일. 매수는 5매밖에 안 되는 것이지만 나는 이틀 동안에 5매의 원고를 쓸 재주도 없을 뿐더러 성화같이 재촉하는 번역 원고의 끝을 맞추려고 정신이 없는 판이라 그 제목에는 약간의 매력은 느꼈지만 청탁에 응해 주지 못한 결과가 되었다. 그러나 그 제목은 확실히 매력이 있었다.

나는 바로 '시작에 있어서의 한자 문제'를 심각하게 생각하고(라기보다도 슬퍼하고) 있던 중이었다는 것이 내가 매력을 느낀 제1의 원인. 수일 전(즉 4월 6일서부터 수일 전)에 이 '시작에 있어서의 한자 문제'를 중심으로 해서 된 시 작품을 《신태양》에 기고한 것이 내가 매력을 느낀 제2의 원인. 따라서 필연적으로 이 '시작에 있어서의 한자 문제'는 이미 완전히 졸업하고 난 후였다는 것이 내가 매력을 느낀 제3의 원인이었다.

내가 《신태양》에 기고한 시의 제목은 '모리배'라는 것인데, 이 시를 쓰게 된 동기는 단순하다. 어느 날 내가 계속하고 있는 번역일(이것은 나의 생업이다.)이 다 완수도 되기 전에 출판사의 사환 아이가 절반가량 해서 미리 보낸 원고를 도로 가지고 와서 "사장님이 한자가 많다고 한 번 더 읽으시고 우리말로 쉽게 풀어 써 달라고 그러세요." 하고 얼굴을 찌푸리면서 투덜거린다. 이 말을 듣고 나는 대뜸 화가 치받쳐서 "무엇이 한자가 많다고 그러느냐? 도대체 이번 일을 시작할 때 사장의 말이 순 한글로 써 달라고 해서 애초부터 그것을 염두에 두고 한 것인데, 이 이상 더 줄여 달라니 어떻게 하라는 말인지 모르겠다. 좌우간 일단 끝까지 다 하고 고치든지 어떻게 하든지 사장하고 의논해 할 터이니 그렇게 말을 전하고 이 원고는 도로 가지고 가서 회사에 두어라." 하고 소리를 지르면서 사환이 가지고 온 원고를 다시 보내 버렸다.

시 「모리배」를 쓴 것은 그날 밤이었다. 여기에 졸시 「모리배」의 본문을 다 적어 놓았으면 좋겠는데 번거로워서 그만두기로 한다. 정 보고 싶은 독자는 게재지를 보면 되겠지만 시 「모리배」에서 '시작에 있어서의 한자 문제'의 구체적 해결책을 기대하는 독자라면 반드시 환멸을 느낄 것이니, 그런 내의가 있는 독자들은 특히 봐주지 않았으면 좋겠다.

정양사의 원고 마감 기일이 아득한 옛날 일같이 지나가 버린 오늘에도, 나는 영특한 제목 '시작에 있어서의 한자 문제'는 생각하면 생각할수록 가슴이 흐뭇해진다. 결국에 있어서 신태양사는 이득을 보았지만 정양사는 이득을 보지 못했고(정양사 편집자이시여 대단히 미안합니다), '시작에 있어서의 한자 문제'에 대한 나의 해답은 영원히 매장이 되었다. ……그러나 생각하면 본 원고가 곧 시인에 있어서의 한자 문제의 해답이 되고 나의 작품 하나하나가 '시작에 있어서의 한자 문제'의 해답이 될 것이 아닌가. 아! 그렇지만 하마터면 대단히 중대한 죄를 질 뻔하였다. 나는 나를 가장 애호해 주시는 나의 사장(두말할 것도 없이 나에게 번역 일을 시켜 주시는 출판사의 사장)에게 사죄를 할 것을 잊어버리고 있었으니까 말이다.

《신시학》(1959. 4. 10.)

시의 뉴 프런티어

결론부터 말하자. 시의 뉴 프런티어란 시가 필요 없는 곳이다. 이렇게 말하면 벌써 예민한 독자들은 유토피아를 설정하고 나온다고 냉소할지도 모른다. 그러나 시 무용론은 시인의 최고의 혐오인 동시에 최고의 목표이기도 한 것이다. 그리고 진지한 시인은 언제나 이 양극의 마찰 사이에 몸을 놓고 균형을 취하려고 애를 쓴다. 여기에 정치가에게 허용되지 않는 시인만의 모랄과 프라이드가 있다. 그가 사랑하는 것은 '불가능'이다. 연애에 있어서나 정치에 있어서나 마찬가지. 말하자면 진정한 시인이란 선천적인 혁명가인 것이다.

건방진 소리 같지만 우리나라는 지금 시인다운 시인이나 문인다운 문인을 가지고 있지 않다는 것이 나의 지론이다, 아니 세상의 지론이라고 본다. "알맹이는 다 이북 가고 여기 남은 것은 다 찌꺼기뿐이야." 하는 말을 나는 과거에 수많이 들었고 나 자신도 했고 아직까지도 역시 도처에서 그런 인상을 받고 있다. 이 이상의 모욕이 어디 있겠는가 하고 필자는 언제인가 최정희 씨한테 술을 마시고 몹시 주정을 한 일이 있었지만, 실로 우리들은 양심적인 문인들이 6·25 전에 이북으로 넘어간 여건과, 그 후의 10년간 여기에 남은 작가들이 해 놓은 업적과, 4월 이후에 오늘날 우리들이 놓여 있는 상황을 다시 한번 냉정하고 솔직하게 반성해 볼 필요가 있다.

우리들은 과연 그동안에 문학의 권위와 문학자의 존엄을 회수할 수 있었던가? 4월 이후는 어떠한가? 일전에도 또 술이 억병이 되어서 눈 위에 쓰러진 것을 지나가던 학생이 업어가지고 고반소에 데리고 갔다는데 나중에 여편네 말을 들으니 고반소의 순경을 보고 내가 천연스럽게 절을 하고 "내가 바로 공산주의자올시다." 하고 인사를 하였다고 한다. 나는 이튿날 사지가 떨어져 나갈 듯이 아픈 가운데에도 이 말을 듣고 겁이 났고 그렇게 겁을 내는 자신이 어찌나 화가 났던지 화풀이를 애꿎은 여편네한테다 다 하고 말았었다. 겁을 낸 자신이, 술을 마시고 '언론 자유'를 실천한 나 자신이 한량없이 미웠다.

요즈음 비트닉* 이야기가 저널리즘에서 소일거리가 되고 있는 모양이고 비트족을 자처하고 나서는 시인들도 있는 모양인데, 우리나라에서 그들처럼 다방에서 이유 없이 테이블을 치고 찻잔을 부숴 보라지. 큰일 나지. 아니 찻잔을 깨뜨리기는커녕 무수한 영웅들이 다방 안에서는 절간에 간 색시 모양으로 마담의 눈초리만 살피고 있는 것이 서울의 생태이다. 문화는 다방 마담의 독재에 사멸되어 가고 있다. 젊은 문학 동인지의 매니페스토**에 나올 것만 같은 이 말이 아직도 사실은 우리들의 정신 풍토를 대변하는 현실인 것을 어찌하랴. 그래서 서울에서 염증이 나면 시골로 뛰어가지만 시골도 마찬가지. 밤낮 도르래미타불이다, 개똥이다, 좆이다.

내가 생각하는 시의 뉴 프런티어, 그것은 내가 생각하는 무한한 꿈이다. 계급문학을 주장하고 노동조합이나 협동조합의 문화센터 운동을 생경하게 부르짖을 만큼 필자는 유치하지 않다. 그러나 언론 자유의 '넘쳐흐르는' 보장과 사회제도의 어떠한 변화가 있어야 할 것이라는 것은 필자도 바보가 아닌 바에야 '상식적으로' 느끼고 있으며, 계급문학이니 앵그리문학이니 개똥문학이니 하기 전에 우선 작품이 되어

---

* 비트 세대.
** 개인이나 단체가 대중을 향해 주로 정치적 의도나 견해를 밝히는 것으로, 연설이나 선언문의 형태를 띤다.

야 한다고 나는 천만 번이라도 역설하고 싶다. 뉴 프런티어의 탐구의 전제와 동시에 본질이 될 수 있는 것이 이것이라고 확신한다.

정귀영, 노영수, 김창직 씨의 《시와 시론》 제3집의 선언문을 환영한다. 근자에 필자가 본 유일한 뉴 프런티어 운동의 싹. 사실 우리나라의 문단은 당신들의 말처럼 24시간이 전부 통행금지 시간으로 되어 있다. 그러나 24시간 전부 통행시간이 될 필요도 없다. 그중의 단 한 시간이나 단 10분 만이라도 우리들에게 통행이 해제된다면 우리들은 우리들의 적들과 맞설 수 있다. 우리들이 우리들의 적들과 맞선다는 이 사실이 곧 우리들에게는 승리를 의미하는 것이다. 시인의 간략과 영광(소위 25시의 자랑)이 여기에 있다.

그리고 우리들의 적은 한국의 정당과 같은 섹트주의가 아니라 우리들 대 이여(爾餘) 전부이다. 혹은 나 대 전 세상이다.

우리들은 보다 더 유치하고 단순해질 필요가 있다. '시의 무용'을 실감할 수 있을 때까지 우리들은 우리들을 무(無)로 만드는 운동을 해야 한다. 뉴 프런티어는 그 뒤에 온다. 쉽고도 어려운 일이 이것이다. 마치 이북과의 통일이 그러하듯이.

끝으로 나는 이북 작가들의 작품이 한국에서 출판되고 연구되어야 한다고 믿는다. 그리고 이러한 문화 사업이야말로 문교당국의 적극적인 후원이 없이는 아니 되고, 이러한 문화 활동은 한국 문화의 폭을 넓히는 것 이상의 커다란 성과를 가지고 오리라고 믿는다. 불온서적 운운의 옹졸한 문화 정책을 지양하고 명실공히 리버럴리즘을 실천해야 하며, 이 사업은 남북 서한 교환이나 인사 교류에 선행되어야 할 획기적인 뉴 프런티어 운동인 줄 안다. 아직도 필자가 보기에는 학문도 창작도 고루한 정치인들의 턱 아래서 놀고 있다. 안 된다. 적어도 해방 이후의 남북을 통합한 문학사에 대한 활발한 재구상쯤 있어야 할 것이 아니겠는가.

1961. 3.

새로움의 모색
—쉬페르비엘과 비어레크

나는 오랫동안 영시(英詩)에서는 피터 비어레크하고, 불란서시에서는 쥘 쉬페르비엘을 좋아한 일이 있었다. 두 시인이 다 얼마간의 연극성을 지니고 있는 것이 나를 매료한 원인이 되었을지도 모른다. 이 연극성이란 무엇인가? 읽으면 우선 재미가 있다. 좋은 시로 읽어서 재미없는 시가 어디 있겠는가마는 그들의 작품에는 판도라의 상자를 열어보는 것 같은 속된 호기심을 선동하는 데가 있단 말이다. 이것이 작시법상의 하나의 풍자로 되어 있는지는 몰라도 하여간 나는 이 요염한 연극성이 좋았다. 또 하나는 그들의 구상성이다. 말하자면—연극에는 으레 구상성이 따르게 마련이지만—말라르메의 invisibility(불가시성)나 추상적인 술어의 나열 같은 것이 일절 자취를 감추고 있는 것이 마음에 들었다. '로맨티시즘'에 대한 극도의 혐오가 이런 형식으로 나타났는지는 몰라도 그 당시에는 나는 발레리에게도 그다지 마음이 가지 않았다.

쉬페르비엘도 변했다. 후기에 속하는 「대양(大洋)의 이 부분」이나 「침묵의 전우들」에는 젊었을 때의 작품에서와 같은 모진 구상성은 없어지고 어디인지 원만미가 감돌고 있다. 그 대신 저변에 흐르는 관심의 폭이 개인적인 것으로부터 사회적인 것으로 훨씬 넓어진 것도 사실이다. 「침묵의 전우들」을 번역해 보자.

침묵의 전우들, 떠나갈 때가 왔다,
낯익은 늑대들이 문간에서 우리를 기다린다.
밤은 문지방을 핥고, 눈도 또 내리고 있어,
소리 없는, 한 사람의 백색 호위병이 길을 안내한다.
우리들의 몸뚱어리가 진흙한테 장가를 가고 있다면, 늘상 황무지를 뚫고
걸어가지 않으면 안 된다 해도 그다지 대단한 고생은 되지 않겠지만.
태양도 더 이상 우리에게 아무 말도 못하고 있다 —
우리들은 암흑에서 우리들이 얻을 수 있는 빛을 짜내야 할 것이다.
우리를 둘러싸고 있는 거칠은 대해들은 그들이 헤치고 나가는
심장들을 알게 될 것이다. 그런 군대의 그늘 속에서
우리들은 우리의 번호를 부를 것이고, 그제야 모든 사람은
별빛이 빛나는 칼날을 들고 배치를 받게 될 것이다.

역시 스토리다. 하나의 스토리다. 그러면서도 그전의 「삼림」이나 「얼굴」 같은 작품에 비하면 지극히 평범한 스토리로 되어 있다. 스토리란 독자나 관중을 쓰다듬고 달래 주는 것이고, 스토리 자체가 벌써 하나의 풍자인 것이다. 즉 그의 작품은 그 내용이 풍자적이라기보다도 이 스토리성이 곧 풍자가 된다. 더 정확하게 말하자면 스토리의 선천적인 풍자성이 그의 작품의 내용적인 풍자성을 비극으로 연결시키고 있다. 이와 같은 form(형식)과 content(내용)의 identification(동일화)은 다른 여러 시인들한테서도 옹색하지 않게 볼 수 있는 것이지만, 내가 쉬페르비엘한테서 특히 좋아하는 것은 점잖은 주제를 취급하면서도 어딘지 모르게 풍기는 그의 속취(俗臭)와 아기(雅氣)이다. 역시 그는 불란서 사람이다. 불란서 사람은 비장한 모습을 할 때에도 이런 속취가 빠지지 않아 오히려 그것이 퍽 귀여울 때가 많다. 나는 다음의 시에서 그것을 엿보고 미소한다.

대양의 이 부분, 이 멀리 밀려온 부풀은 물결은
나다. 그렇다, 나는 이 세계의 것이다,
나는 수부들이고, 그들의 유랑하는 선체가
바로 나다. 그렇다, 나는 세계를 넘어서 미끄럼쳐 간다.
이 망각된 푸르름, 오랜 안면이 있는 이 무더움,
하늘 끝에서의 이 속삭임 —
그렇다, 이것이 나다, 이것이 여기에서 시작된 나다.
스스로의 외침을 억누르고 있는 이 침묵의 심장,
이 날짐승들의 날개들은 날개 없는 날짐승들을 지나서
역시 날개의 힘으로 날고 있다 —
하고 인간의 속사 속에서 내가 바로 그렇다.
모든 것에 용기를 내자! 우리들을 덮고 있는 하늘은
새벽을 잊어버리고 있지만 우리들은 여전히 살아 나가야 한다.

—「대양의 이 부분」

어떻게 보면 쉬페르비엘은 스스로의 속아(俗雅)에 취해서 늙은 것 같다. 속(俗)과 아(雅)가 한데 뭉쳐 버렸으니 이것은 속도 아니고 아도 아닌 것이 되고 말았다는 데서 느끼는 비명. 최후다! '모든 것에 용기를 내자!' 이때에 쉬페르비엘은 페르난데스의 웃음을 짓고 마는 것이다. 그리고 희극 배우는 언제나 건강한 육체로써 민첩한 동작을 할 수 있다는 것도 쉬페르비엘 씨는 잘 알고 있다. 그리고 그는 희극 배우로서만 늙지 않았지 시인으로서는 이미 오래전에 늙어 가고 있다는 것도 알고 있었다. '모든 것에 용기를 내자!' 그러나 이미 늦었다. 그렇지 않기 위해서는 그는 벌써 「나는 혼자 바다 위에서」의 무렵에서 그의 연극성을 버렸어야 할 것이다. '이미 시인인 나를 찾지 말아라/ 난파인조차도 찾지 말아라' 이후에 말이다. 그러나 그가 그의 연극성을 버리려면 그는 아주 죽어 버리는 수밖에는 없다. 시인의 숙명적인 비극이 여기 있다. 그러나 시는 영원히 낡은 것이라는 의미에서 쉬페르비엘의 시는 낡은 것이고, 이러한 인식이 싹틀 무렵에 나는 쉬페르비엘과 이별하였다. 나에게는 이미 새로움의 모색이 필요 없었기 때문이다. 그러나 사실에 있어서는 나는 '쉬페르비엘의 연극성'만을 면역(免疫)하고 만 것이 된 것이다. 그의 왕년의 낡은 시를, 그의 죽음을 기도하는 의미에서 살펴보자.

나는 혼자 바다 위에서
파도 위에 직립한
사닥다리를 기어 올라가고 있다,
올라가고 있는 것이 다름 아닌 자기인데
때때로 불안해져서 손으로 얼굴을 만져 본다.
연해 새로운 계단이
인간으로서 힘 자라는 하늘 가까이까지
나를 올려 보낸다.
끊임없이 딴사람으로 태어나는 이 사닥다리 위에서
다시는 더 태어날 수 없는 지금의 나인데
어찌하랴! 아아
나는 격심한 피로를 느끼기 시작한다.
나는 추락할 것인가
쥐는 데 도움이 됐다기보다도
이해하는 데 더 많이 도움이 된 이 두 손을 가지고 있는데도?
나는 추락한다 아차! 이미 추락했다
나는 움직이는 물이 된다
벌써 움직여 버린 물이 된다
이미 시인인 나를 찾지 말아라
난파인조차도 찾지 말아라.

—「나는 혼자 바다 위에서」

이 시를 읽어 볼 때 「대양의 이 부분」까지의 경로가 눈에 환하며 두 작품의 밑에 흐르고 있는 ascetic practice(고행)가 눈에 뜨이는 동시에, 실제에 있어서 그의 시에 낡은 감을 주는 것은 이 금욕적인 체취가 아닌가 하는 생각이 든다. 그렇다면 이것은 그의 사상에 속하는 문제이고 여기에서는 시와는 다른 그의 사상성이 문제가 될 것이다. 그를 루이 아라공과 비교해 볼 때 어떠냐? 혹은 비어레크와 비교해 볼 때? 비어레크는 이미 불길한 감자를 다음과 같이 노래하고 있었다.

모든 생명의 응시자 중에서 가장 많은 눈을 가진,
프라이가 되기를 기다리고 있는, 오오 막대한 땅속의 능금이여,
인디애나와 아이다호에서
어떠한 은밀한 목적이 오랜 옛적에 너를 부화했던가?

인디애나와 아이다호의
따뜻한 땅속에서 위대한 감자는 자라나서,
전분질(澱粉質)로 살이 찐 속기 쉬운 중서부인이 아무도
생각지도 못했던 남모르는 과대망상광을 가지고 불끈 부풀었다.

감아 올라간 용수철 모양이나 권력 의지 모양으로,
뚱뚱한 대지의 잠복자들은 그들의 때를 기다린다,
인디애나나 아이다호에서 벌어지는
우리들의 목쉰 연극의 무언의 주시자(注視者)들은.

"저들은 우리를 우둔하다고, 식물이지 꽃은 아니라고 생각하고 있다.
두고 봐라! 우리들은 우리의 때가 오면 모든 장미꽃보다도 더 세차

게 빛날 것이다.
　인디애나와 아이다호에서는
　건실(健實)이 아니라 조광(躁狂)이 우리들을 부풀게 한다"

　"온갖 키와니스 구락부의 온갖 접시 위에서
　우리들은 지극히 온순하게 건강을 발산하면서 기다리고 있기 때문에
　얼마나 우리들이 별들을 부러워하고 장미를 미워하는지를
　인디애나 사람들은 조금도, 조금도 모르고 있다"

　(모든 감자들이 알고 있듯이) 어떤 파멸이 닥쳐 올 것이다
　그때는 — 일찍이 아이다호에서는 너무나도 빈번히 '매쉬'를 당하였다 —
　대지의 힘 중에서 제일 담갈색을 한 자가 그의 알주머니 속에서
　일어서 나와서 별이 된다.
　그러고는 빛을 낸다.
　그러고는 얼굴을 찡그린다.

—「불길한 감자에게」

비어레크의 시에도 연극은 있다. 그러나 그것은 이미 쉬페르비엘의 센 강변의 연극이 아니라 험난한 록키 산록(山麓)의 쇼다. 현대 문명에 정면으로 도전하는 양키의 40년대의 쇼에서 우리는 그리 순탄한 스토리성을 바랄 수는 없다. 이미 이 스토리 속에는 잡음이 섞여 있다. 이러한 잡음만을 취급하고 그 위에 역사의 전망을 실천한 것이 에즈라 파운드이지만 비어레크는 그 점에 있어서도(비어레크는 사학자이며 neo-conservatist(신보수주의자)이다.) 보수적이다. 이와 같은 보수성이 그나마 그에게 마지막 연극성을 유지시키고 있는가 보다.

현대시는 이제 그 '새로움의 모색'에 있어서 역사적인 경간(經間)을

고려에 넣지 않으면 아니 될 필연적 단계에 이르렀다. 연극성의 와해를 떠받치고 나가야 할 역사적 지주는 이제 개인의 신념이 아니라 인류의 신념을, 관조가 아니라 실천하는 단계를 밟아 올라가고 있다. 그리고 이러한 실천은 윤리적인 것 이상의, 작품의 image(심상)에까지 강력한 영향을 끼치는 보다 더 근원적인 것으로 되어 있다. 현대의 순교가 여기서 탄생한다. 죽어 가는 자기를 바라볼 수 있는 자기가 아니라, 죽어 가는 자기 —그 죽음의 실천 —이것이 현대의 순교다. 여기에서는 image는 바라볼 것이 아니라, 자기가 바로 image이다. 이러한 의미에서 그것은 image의 순교이기도 하다. 비어레크는 이 벼랑의 일보 직전에서 산보하고 있는 셈이다. 다음에 비어레크의 조금 긴 시 「눈 위의 산보」를 번역해 보자.

1

솔나무 길, 그리고 모든 거리는 희고도 길다.
그런데 수리(數留)를 지나서 — 개간지. 눈과 원형.
그런 원주(圓周)는 의례, 격세유전,
큰 신화의 깊이 가라앉는 돌의 파상(波狀)처럼 생각되었다.
나는 그 원을 마술을 부리려고가 아니라, 어정대려고 건넜다.
통속극 속에 선 것처럼 그 중심점에 와 섰다.
생각하였다, 이 중심점이 만약에 문이라면?
지구에서 비지구로 나가는 문이라면? 손가락이나, 혹은 광선이,
문밖을 향해서 내어젓는 신호가 있는 문이라면?
허나 별들이 빛을 내고 마음껏 반짝거리면서도,
눈송이 모양으로 우리들의 위기에 벙어리처럼 냉담하다면?
그때에 뜨거운 마술이 일어났다. 별의 목소리가 문에서 들려왔다.
"나는 냉담하지 않아. 내 속은 온통 따뜻해"

2

동시에 새로운 동경(憧憬)이 충만되더니 폭풍우의 쪼개지는 신음 소리의

퍼져 나가는 전음(顫音)처럼 허공을 진동시켰다.

별의 곡조는 옛날의 비금속성 원소의 적막을 불러들였다.

온 하늘에 퍼지는 한 음계의 화음이 합쳐진 음부(音符)처럼,

제천체(諸天體)는 우주의 전음 속에 혼합되었다.

"별, 별, 손에 닿을 수 있는 별!

참말로 너의 속은 온통 따뜻하구나"라고 나는 외쳤다.

문간 밖에서 수줍은 듯한 대답이,

공간 속으로 가냘프게 들려왔다,

"복 많은 형이여, 우리들은 그다지 멀리 떨어져 있지 않소"

3

아름다우면서도 우스꽝스러운 것인,

마술은 — 예술처럼 — 공구(恐懼)로 되찾은 속임수이다.

(목사가 아닌 익살 배우인, 벌벌 떨고 있는 마술쟁이는 박수갈채를 보내는

황홀한 관객보다도 더 놀라고 있다.

"그렇다면 나의 무대의 모든 소도구와 부활제가

참말이 되었나? 하지만 나는 밤낮 익살만 부렸는데!")

바아텐인, 예술은 결코 취하지 않는다.

그리고 마술 자체를 믿는, 마술은 죽지 않으면 아니 된다.

나의 별은, 모든 의혹의 동경처럼 하늘을 향해서

날아가는 나의 불신의 봉화였다.

자기 신앙에 취해서 내가 목사가 되려고 애를 쓰면서

하늘을 향해서 소리를 질렀을 때 그 별은 터져 버렸다.

"드디어 대답을! 제발 지구가 갈망하고 있는,

저 유명한 어드메부터와 어드메로의 대답만 귀띔하여 주셨으면.
우리들의 노호하는 하고(何故)로를 결정적인 사실로서 진정시켜 주십시오" 하고 소리를 질렀을 때.

4

별안간에 문이 철썩 닫혀지고, 원주는 잘라지고,
하늘은 평소대로 광대하고 고요하였다.
무감각하게 차디찬 눈송이는
무한정하게 먼 보이지 않는 곳으로부터 떨어져 내렸다.
돌고 싶거든 마음대로 돌아보라, 원은 끊기어 있다.
두드리고 싶거든 마음대로 두드려 보라, 아무 곳에도 집은 없다.
(법의(法衣)를 빼앗긴 마술사는 온 밤을 언 채로 새운다.
신에게 바치는 짧고 긴 가락들은 넋 오른 수정들이 꽃을 피울 때
그들이 걸어가는 눈을 녹히지를 못한다.)
나는 거기에 떨면서 서 있었다, 작열하는 하늘이 보내 주는
부드러운 전언(傳言)이나 우레 같은 전언을 애타도록 바라면서.
나는 오랫동안 기다리고 있었다, 대답은 하늘에서 얻은
늘 보는 단 하나의 지구뿐이었다.

—「눈 위의 산보」

이번에는, 비어레크는 쇼 대신에 마술(예술)을 취재로 한 통속극을 연출하고 있다. 그리고 극중극에는 자기가 몸소 출연까지 하고 있다. 이쯤 되면 연극도 퍽 수고스럽게 되었다. 다음에 관객들이 기대할 것은 엘리엇 씨나 장 콕토가 무대 위에 나와서 TNT 1억 톤급 핵폭실험을 하는 광경쯤 되지 않을까 두렵다.

연극…… 구상(具象)…… 이런 것을 미워하기 시작하면서부터 나는 다시 추상을 도입시킨 작품을 실험해 보았지만 몇 개의 실패작만

을 내놓고 말았다. 그러고 보면 아직도 drama를 포기할 단계는 못 된 것 같으나 되도록이면 자연스럽게 되고 싶다는 것이 요즈음의 나의 심정이다. 현대의 의식의 위기를 극복하는 길은 어디까지나 common sense(상식)와 normality(정상화)이기 때문이다.

이 시인들의 새로움들은 새로움 없는 시인들을 지나서
역시 새로움의 힘으로 날고 있다

이것은 위에 있는 쉬페르비엘의 「대양의 이 부분」의 9행과 10행을 장난으로 고쳐 써 본 것이다.

1961. 9. 18.

'평론의 권위'에 대한 단견

비평의 권위를 운운하기 전에 우선 작품의 권위가 서야 할 줄로 안다. 그리고 작품의 권위를 세우는 것은 평론이나 평론가가 아니라 언제나 작가 자신이라는 것을 알아야 한다. 요즈음 젊은 평론가들 중에는 더러 유망한 사람들이 없지 않은데, 그런 비평가일수록 외국의 작품 수준만을 내세우고 우리나라 작가들을 대수롭게 생각하지 않는 슬픈 경향이 많다. 창작하는 사람들은 비록 이들이 원하는 세계적인 수준에까지는 다다르지 못할지언정 각자의 역량의 한도 내에서 양심적인 작품은 내주어야 할 터인데 그것이 잘 되지 않는 것 같으니, 이런 조야한 문단에서 평론만이 권위를 가지라고 원하는 것은 무리한 일인 것 같다.

소설가이고 시인이고 간에 자기 세계를 지키면서 닦아 가는 소수의 사람들은, 내가 알기에는 어느 나라를 막론하고 문단 저널리즘의 비평 같은 것은 애당초 무시하고 나온 사람들이요, 또 그래야만 할 것이다. 신문의 월평 같은 것을 통해서 일반 독자들이 현혹과 오해의 폐를 입을 우려가 있을 성싶지만, 사실에 있어서는 독자란 시간과 동일한 위치에 있는 것이고, 역사를 만드는 것이 그들이고 보면 그들의 현명도를 의심할 필요는 없다.

결국 편파적이거나 정실적인 평론가(라기보다는 문단의 트러블메이커)의 폐해는 그들 자신이 받는 손해와, 잡지사나 신문사의 종이값과 원고료 정도일 것이지만, 잡지사만 하더라도 점점 빈틈없이 되어 가는 세상에서 언제까지 그런 사이비 평론가들을 우대할 여유(와 취미)가 있을지 의심스럽다.

나의 생각 같아서는 아직까지도 우리나라에서는 창작하는 사람들과 평론하는 사람들(사이비 평론가가 아니면 아닐수록) 간의 상호 신임이 성립되어 있지 않고, 앞으로도 한참 동안은 이런 무권위의 혼돈 상태가 계속될 것 같다.

1962. 6. 25.

정실 비평은 자신의 손해
—문단과 평론: 문학계 권위와 평론 질서를 위하여

소설가고 시인이고 간에 자기 세계를 지키면서 닦아 가는 소수의 사람들은 내가 알기에는 어느 나라를 막론하고 문단 저널리즘의 비평 같은 것은 애당초 무시하고 나온 사람들이요, 또 그래야만 할 것이다. 신문의 월평 같은 것을 통해서 일반 독자들이 현혹과 오해의 폐를 입을 우려가 있을 성싶지만, 사실에 있어서는 독자란 시간과 동일한 위치에 있는 것이고, 역사를 만드는 것이 그들이고 보면 그들의 현명도를 의심할 필요는 없다.

결국 편파적이거나 정실적인 평론가(라기보다는 문단의 트러블 메이커)의 폐해는 그들 자신이 받는 손해와 잡지사나 신문사의 종이값과 원고료 정도일 것이지만, 잡지사만 하더라도 점점 빈틈없이 되어 가는 세상에서 언제까지 그런 사이비 평론가들을 우대할 여유(와 취미)가 있을지 의심스럽다.

나의 생각 같아서는 아직까지도 우리나라에서는 창작하는 사람들과 평론하는 사람들(사이비 평론가가 아니면 아닐수록) 사이의 상호 신임이 성립되어 있지 않고, 앞으로도 한참 동안은 이런 무권위의 혼돈 상태가 계속될 것 같다.

《동아일보》(1962. 6. 25.)

평단의 정지(整地) 작업

— 유종호 평론집 『비순수의 선언』

이 평론집을 나는 ○표를 쳐 가면서 읽었다. 공명(共鳴)하는 점과 문제되는 점을 가려 가면서 거의 다 읽은 폭인데 이튿날 새벽에 잠이 깰 무렵에 제일 먼저 나의 머리에 떠오르는 구절은 이러한 ○표를 친 데가 아닌 너무나도 동떨어진 평범한 구절들이다.

나는 평소 유종호 씨를 좋은 의미의 보수주의자로 생각하고 있었고, 그런 의미에서 씨가 시평 같은 데서 나를 '소시민' 운운하는 것이 나의 '연상대(聯想帶)'로서는 납득이 안 가는 데가 있었다. 그러나 이번 기회에 나는 그가 말하는 소시민이라는 말이 악의의 것도 선의의 것도 아니라는 것을 알았고, 동시에 그의 보수주의가 상당히 먼 시점과 거의 선천적이라고 할 수 있는 용의주도한 진지성에서 나오는 것이라는 것을 알았다. 또한 이러한 신중성은 젊은 비평가로서는 정히 보기 드문 현상이며, 우리나라와 같은 황무지보다도 더 나쁜 평단에서 씨가 발휘한 양식과 신중성과 그의 기초적 정지 작업은 아무리 높이 평가해도 부족할 정도이다. 저자는 서문에서도 '언어의 비력(非力)'과 여태까지의 비평 작업의 '도로(徒勞)의 확인'을 강조하고 있지만 이것은—씨는 어떻게 생각할는지 몰라도—나로서는 그의 보수적 태도와 불가분의 관계에 놓여 있는 것이라고 생각된다. 쉽게 말해서 씨는 너무나 손해를 보고 있다. 조금쯤 더 에고이스트가 되어서 문장과 동시에 살 수 있는 것은 아닌가 하는 생각이 든다. 젊음. 억압당한 젊음. 그리고 이 젊음을 부자연하리만치 억압하고 있는 것이 이 나라의 평단의 과중한 짐이라고 생각할 때 그 애석함은 더하다. 그러나 우리들이 무엇보다도 그에게 신뢰할 수 있는 것은 그의 건전성이다.

"그러나 지금 우리의 고향은 변모하여 가고 있다. (……) 비록 계수나무를 뽑아내고 옥토끼를 학살하는 한이 있더라도 로켓을 올리지 않으면 안 된다."—그의 평론집을 읽고 난 이튿날 새벽에 제일 먼저 나의 머리에 떠오른 평범한 구절이 바로 이것이었다.

1962.

시의 완성

—박두진 시집 『거미와 성좌』

일전에 작고한 평론가 박기준 씨는 평소에 입버릇처럼 자기의 이름의 기준(琦俊)을 따서 "우리나라에는 기준(基準)이 없어, 기준이 없어!" 하면서 한탄했다고 한다. 이 나라의 백 가지 방면의 사기성과 협잡상을 개탄한 말이지만 나는 직접 그의 입에서 우리나라 시단의 위선에 대해서 저주하는 독설도 한두 번 들은 것이 아니다. 나는 박두진 형의 『거미와 성좌』를 읽으면서 웬일인지 이 시인과는 너무나 대척적인 데가 많은 그 이단적인 평론가의 불행한 모습이 자꾸 머리에 떠오른다. 대척적—이 시인은 전형적인 기독교적 사고 위에서 건전한 시를 쓰는 사람이고, 그 평론가는 악마적인 생활 위에서 시를 교살해 간 사람이다. 그러면서도 이 두 사람의 공통점이 또한 너무나 뚜렷하다. 즉 순교자. 한 사람은 살아서 한 편 한 편의 시를 통해 죽음을 완료하고 있고, 한 사람은 이미 악의 순교를 육체로써 실제로 완료해 버렸다. 『거미와 성좌』 속의 「내게도 다시 삶을」이란 작품에 순교의 자인(自認)이 있지 않은가. 그러나 이 시인이 그냥 신앙에만 고지식한 시인이 아니라는 증좌로는 이 시집 속의 유일한 이단적인 시 「사상」(제5부의 「우리들의 깃발을 새것으로 달자」와 같은 경향의 몇 편의 작품을 제외하고는)이 있다. 이 「사상」의 근거가 있기 때문에 극단적인 예를 들자면 4·19 전후의 과격한 사회시 같은 것이 부자연하지 않게 나왔다고 볼 수 있을 것이다. 필자는 언젠가 모 신문지상에서 4·19를 주제로 해 나온 너무나 많은 시들의 공허성을 지적한 일이 있지만, 그 원인은 두말할 것도 없이 거개의 시인들이 이 작품 「사상」에 유(類)한 준비를 결(缺)하고 있었기 때문이다. 나는 두진 형을 과찬 없이 4·19 시에 통과한 두세 명의 시인 중의 한 사람으로 손꼽고 있었고, 사실은 그때부터 나는 그를(건방진 말이지만) 재인식한 나머지 애정까지도 느끼게 되었다.

그러나 그의 시의 본령(本領)은 「사상」 계열의 사회시보다도, 그리고 「산이 좋다」, 「봄에의 격(檄)」 계열의 자연시보다도 역시 종교적인 시에 있다고 나는 본다. 그리고 이러한 종교적인 시 중에서 가장 독창적인 치열한 작품을 하나 들라면 나는 서슴지 않고,

> 해도 차마 밝은 채로 비칠 수가 없어
> 낮을 가려 밤처럼 캄캄했을 뿐.

으로 시작되는 「갈보리의 노래」 I, II, III을 들 것이다. 이에 유(類)한 작품으로는 「기원」, 「날개」, 「비둘기와 종」, 「아이를 재운다」, 「빛을 밟고」, 「꽃」 등이 다 좋다. 「아이를 재운다」는 필자의 미발표의 졸작 「악의 노래」의, 어린놈이 우는 이미지와 상통하는 데가 있어서 신기한 감으로 읽기 시작했지만,

> 첫째번 별은 나의 사랑, 산난초꽃빛 푸른 빛깔
> 주루루루 눈물이 흐르면 맑고 푸른 강물이 되고,

의 연에 이르러서는 그만 경악을 느끼지 않을 수 없다.

> 그러니까 저 첫째번 별은 너의 엄마별
> 그러니까 저 둘째번 별은 나의 엄마별
> 그러니까 저 셋째번 별은 나의 주의 별

아, 세 개의 저 별이 지금도 저렇게 아가의 눈물을 보고 있다.

어구만 보면 진부한 지복(至福) 1천 년의 삼위일체를 논한 것 같지만 그렇지 않다. 여기에는 경건한 종교인 박두진의 생활의 피가 스며 있다. 그의 당당하고 침착한 사상의 전개를 볼 때 밉살스러운 감조차도 들지만 그는 역시 진지한 종교인이며 진정한 시인이다.

필자는 사실 이 서평에서 우리나라의 시단이나 시작품에 가짜가 너무 많다는 것을 지적하고 싶었고, 시평의 초미(焦眉)의 급선무가 진정한 시를 가려내는 일이라는 것을 강조하고 싶었다. 그러한 의미에서 이 시집에 걸작이 몇 개가 있느냐보다도 조목조목으로 일일이 따져 가면서 이것이 어떻게 진짜냐 하는 것을 구체적으로 지적해 보여 주고 싶었던 것이다. 그러나 『거미와 성좌』의 시인을 가지고 진짜냐 가짜냐를 가려내는 표본으로 삼기에는 이미 그는 너무나 정평이 있는 시인이고, 그의 작품은 그 이상의 문제를 내포하고 있는 것이 사실이다. 평자들 가운데에는 두진 형의 시에 상식적인 따분한 설교적인 문구가 산재해 있다고 험을 잡는 사람이 있고, 필자도 그러한 단점을 인정하지 않는 것은 아니지만 그러나 그러한 단점을 지적하는 평자나 시인들이 정작 시를 모르고 있는 경우를 나는 너무나 많이 보아왔다.

추방되어 내려오는 천사의 그것
찬란하게 펄럭이는 자유의 나라의 기폭처럼
훨훨훨 날아들어 펄럭일지도 모른다는
부풀어 오르는 보람에 싸여
황홀해하며 있었다.

악의 상징인 거미가 그의 줄에 걸려들지도 모르는 천사호접(天使蝴蝶)을 꿈꾸는 「거미와 성좌」의 종련(終聯)이다. 이 황홀은 악의 황홀인지 천사의 황홀인지 악이 천사를 이긴 황홀인지 천사가 거미를 이긴 황홀인지 분간할 수 없다. 그러나 해결은 나와 있다. 시의 완성이다. 이때에 시인은 쓰디쓴 미소를 띤다. 이러한 미소는 단순한 종교 시인의 법열과는 다르다.

1963. 2. 1.

세대교체의 연수표
—1963년의 시

시단에도 '세대교체'라는 여풍이 불어 그런지 몰라도 《세대》지가 젊은 시인들을 위주로 한 비교적 참신한 시란(詩欄)을 꾸며 주었고, 《사상계》지도 참신한 인상을 주려고 애를 쓴 것 같다. 그러고 보면 《현대문학》과 《자유문학》도 거의 3분의 2 이상이 젊은 시인의 작품으로 채워져 있으니 외견상으로는 이만하면 넉넉히 세대교체를 완수했다고 할 수 있을 것 같다. 그래도 일부의 젊은층들은 여전히 지면이 없다고 하면서 동인지를 낸다고 법석을 하더니 경제적으로 지탱해 나갈 수가 없어서 그런지 요즈음에는 동인지 붐도 한풀 꺾인 것 같은 감을 준다.

신문사가 시를 대하는 태도도 5월 혁명 후로 생긴 현상이지만 상당히 조용해졌다. 어쩌다가 의례적인 행사시가 눈에 뜨일 뿐 《동아》나 《조선》은 그렇게 빈번하게 실리던 액세서리 시를 일체 집어치우고, 《서울》과 《한국》이 「일요시단」을 계속하더니 요즈음에는 그것도 뜸해졌다. 나의 생각으로는 이 「일요시단」이라는 것마저 아주 집어치워 주었으면 좋겠다.

시집 출판도 혁명 전의 구시대에 비하면 놀랄 만큼 줄어들었다. 올해에 들어서 기억에 남을 만한 호화로운 장정의 시집을 받은 것이 하나도 없다. 그러고 보니 그렇게 지긋지긋하던 출판기념회를 잊어버리게 된 것이 여간 다행스럽지 않다.

그래도 시 낭독회는 한 번 있었다. 팬클럽이 주최한 8·15기념 '시와 음악의 밤'이 그것이었다. 이날 약 40명 가까운 시인이 동원되고 네다섯 명의 성악가가 등장했는데, 성악가만이 모조리 앙코르와 화환을 받는 영광을 차지했다. 11월 중에 '시인의 집' 주최의 낭독회가 국립극장에서 열릴 예정이라는데, 또 이런 망신이나 당하지 않으면 좋겠다.

'극장은 시인의 것'이라는 서구 시단의 명제를 시험하는 의도에서인지 시극이란 것이 라디오에서 수삼(數三) 시인들에 의해서 시도되었고, 얼마 전에는 국립극장에서 '시극동인회'가 공연까지 가졌지만 나의 생각으로는 별다른 성과를 거두지 못했다고 본다. 일전에 장호한테는 잠깐 이야기를 했지만 도대체 신극이 없는 나라에서 무슨 시극이 나올 수 있는가. 문맥이 통하는 글을 쓸 줄 모르는 시인이 비참하듯이 신극이 없는 시극은 비참하다. 뜻있는 시인은 우선 시극에 앞서 본격적인 희곡을 기도해 보라. 엘리엇을 닮기 전에 우선 실러를 닮아라.

이 연평을 쓰려고 손에 닥치는 대로 석용원, 신동집, 박재호, 박희진, 황동규, 민영, 마종기, 송욱, 이인석, 장호 등의 작품을 읽어 보았는데 더 이상 읽을 힘이 나지 않는다. 그중에서 마종기의 「정신과 병동」(《현대문학》)이 조촐한 인상을 주기는 하지만 그저 그것뿐이다. 자라나는 시인다운 기백이 없으니 이래가지고야 세대교체라고 할 수 있을는지 적이 안타깝다. 요즘 한국을 방문한 일본 신문 기자가 한국 정치가들을 평하면서 "좀 이름난 정치가란…… 냉방 장치를 한 응접실에서 커피나 홍차가 아니면 외국 손님 대접이 아닌 것같이 생각하고", "아주 스마트하고 그럴듯한데, 이야기를 해 보면 가슴에 확 안겨 오는 것이 없습니다."라고 말한 것을 최근에 읽은 일이 있는데 이 말은 그대로 한국의 젊은 시인들에게도 통할 수 있을 것 같다. 스타일도 현대적이고 말솜씨도 그럴듯한데 가장 중요한 생명이 없다. 그러니까 작품을 읽고 나면 우선 불쾌감이 앞선다. 또 사기를 당했구나 하는 불쾌감이다. 한국의 젊은 시단은 의식적이건 무의식적이건 간에 금년에도 이 사기성의 치욕을 벗어나지 못하고 있다. 이러니까 우리나라는 진정한 혁명을 못하고 있고 진정한 혁명을 할 자격이 없다고 단정할 수밖에 없다—이런 극단적인 생각까지도 든다.

이러한 기만성은 시뿐만이 아니라 시 평론에도 있다. 나는 이유식의 잘 정리된 아카데믹한 시론(「시의 앙가주망론」, 「전후의 한국 풍자시론」《현문지》 등)보다는 단도직입적으로 급소를 찌르는 장일우의 백서(白書)(「한국 현대시의 반성」, 「현대시와 시인」《한양》 등)를 높이 산다. 혹자는 후자를 보고 시를 모르느니 무식하니 하고 욕을 하고 있지만 나는 역시 그에게서 받는 감동이 전자에게서 받는 감동보다 말할 수 없이 더 크다. 국내의 시 비평가들은 시인과 마찬가지로 그중 중요한 것을 잊어버리고 있고, 우리 시단의 가장 급한 일이 무엇인가를 알지 못하고 있다. 핀다로스*나 「다스 게마이네」**나 알렉산더 포프***를 인용하고 '동위수치(同位數値)'를 운운하면서 멋쟁이 제목을 붙이는 것도 좋지만 그보다도 몇 천 배나 더 중요한 것은 생명을 가려내는 일이다. 한마디로 말해서 우리나라 시단은 썩었다.

지난 1년 동안은 사회도 대체로 조용했지만 시단도 무척 조용했다고 생각한다. 생각하는 사람에 따라서는 이런 조용한 것을 좋게도 볼 수 있고 나쁘게도 볼 수 있다. 좋게 생각하는 사람은, 글쓰는 사람들이 그전같이 자주 만나지 않고 집에 들어앉아서 책을 보고 일을 하게 되었으니 좋다는 것이고, 나쁘게 생각하는 사람은, 일반 사회는 조용한 것이 좋지만 시인이나 문인들은 그래도 자주 만나서 술을 마시고 이따금씩 싸움질도 해야지 그 속에 무엇이 나올 게 아니냐는 것이다. 그러나 이에 대한 나의 결론은, 지난 1년간을 돌이켜 볼 때 한국 시인들은

---

* 핀다로스(Pindaros): 그리스의 서정시인. 신과 영웅을 찬미한 시를 주로 창작했다.

** 「다스 게마이네(Das Gemeine)」: 20세기 일본 근대 문학을 대표하는 소설가 다자이 오사무의 단편 소설. 다스 게마이네는 독일어로 '통속성'이라는 뜻이다.

*** 알렉산더 포프(Alexander Pope): 17세기 영국의 시인, 비평가. 풍자시와 철학시를 쓰고 호메로스의 『일리아스』와 『오딧세이』를 번역하기도 했다.

들어앉아서 공부도 안 하고 나와서 술도 마시지 않았다는 것이다. 그리고 그 틈에 조용한 그늘 속에서 편안하게 번성한 것은 만성이 되어 버린 사기와 협잡의 구악(舊惡)뿐이다.

—참고로—

비 오는 가을 오후에
정신과 병동은 서 있다.

지금 봄이지요, 봄 다음엔 겨울이 오고 겨울 다음엔 도둑놈이 옵니다. 몇 살이냐고요? 오백두 살입니다. 내 색시는 꼭 스물한 명이지요.

고시를 공부하다 지쳐 버린
튼튼한 이 청년은 서 있다.
죽어 버린 나무가 웃는다.

글쎄, 바그너의 작풍이 문제라니 내가 웃고 말밖에 없죠. 안 그렇습니까? 안 그렇습니까? 하하……

정신과 병동은 구석마다
원시의 이끼가 자란다.

일체 감정의 외침,
안간힘하는 기대가
핏빛으로 익은 벽.

나르시스의 수면(水面)이

비에 젖어 반짝인다.

이제 모두들 제자리에 돌아왔습니다.
성모여, 가르쳐 주십시오.

추상을 하다, 추상을 하다
추상이 되어 버린 미술 소녀.

온종일 백지만 내려다보고도
지겹지 않은, 멋있지요?

가운을 입은 피에로는
비 오는 것만 쓸쓸하다.

이제 모두들 깨어났습니다.
성모여, 가르쳐 주십시오.

— 마종기, 「정신과 병동」

1963. 12.

시인의 정신은 미지(未知)
— 나의 시의 정신과 방법

시의 정신과 방법? 시 쓰는 사람이 어떻게 자기 시의 정신과 방법을 아는가? 그것은 장님이 코끼리를 만지는 식의 우를 범하는 일이다. 시인은 자기의 시에 대해서 장님이다. 그리고 이 장님이라는 것을 어느 의미에서는 자랑으로 삼고 있다.

도대체가 시인은 자기의 시를 규정하고 정리할 필요가 없다. 그것이 그에게 눈곱자기만 한 플러스도 되지 않기 때문이다. 그는 언제나 시의 현 시점을 이탈하고 사는 사람이고 또 이탈하려고 애를 쓰는 사람이다. 어제의 시나 오늘의 시는 그에게는 문제가 안 된다. 그의 모든 관심은 내일의 시에 있다. 그런데 이 내일의 시는 미지(未知)다. 그런 의미에서 시인의 정신은 언제나 미지다. 고기가 물에 들어가야지만 살 수 있듯이 시인의 미지는 시인의 바다다. 그가 속세에서 우인시(愚人視)되는 이유가 거기 있다. 기정사실은 그의 적이다. 기정사실의 정리도 그의 적이다.

그의 눈에는, 소설가란 생일을 잘 차려 먹기 위해서 이레를 굶는 무서운 금욕주의자다. 무서운 인내가다. 결과로서의 소설의 발언이 시의 발언과 일치되는 점도 있지만 피차의 과정이 너무나 현격하다. 그 결과를 수긍하다가도 그 과정을 생각하면 소름이 끼친다. 파스테르나크는, 현대의 상황을 대변하려면 시만 가지고는 모자란다 해서 소설을 쓰고 희곡까지 썼지만, 그의 희곡이라는 것이 따분하다. 『유리 지바고』도 그의 초기의 단편만 못하다. 그런데 그의 단편은 아시다시피 백일몽이다. "나의 『지바고』는 왕년의 모든 시보다도 나에게 귀중한 것이다."라고 한 노후의 그의 말을 나는 신용하지 않는다. 그보다는 죽는 날까지 시집만 내고 죽은 프로스트가 좀 더 순수하다. 파스테르나크의 초기 단편이나 딜런 토머스의 단편을 읽으면서 부러운 것은, 그들이 그런 잠꼬대를 써도 용납해 주는 사회다. 그런 사회의 문화다. 나는 여기서는 오해를 살까 보아 그런 일을 못하겠다. 여기에는 알지 못하겠는 글이 너무 많고, 그 알지 못하겠는 글이 모두 인찌끼*다. 알지 못하겠는 글이 모두 인찌끼인 사회에서는 싫어도 아는 글을 써야 한다. 아는 글만을 써야 한다. 진정한 시인은 죽은 후에 나온다? 그것도 그럴싸한 말이다. 그러나 나에게는 그만한 인내가 없다. 나는 시작(詩作)의 출발부터 시인을 포기했다. 나에게서 시인이 없어졌을 때 나는 시를 쓰기 시작했다. 그러니까 나는 출발부터가 매우 순수하지 않다. 내가 무슨 말을 하고 있는지 모르겠다—나는 고백은 싫다.

그렇지만 "시 1편"이라고 명기한 시 청탁서를 받을 때마다 나는 격노한다. 왜 내가 시밖에 못 쓰는 줄 아는가? 불쌍한 한국 문단아!

요즈음 S잡지사의 권유로 '시 월평'이라는 걸 써 보았는데, 그 바람에 시는 통 못 썼다. 시인은 심판을 받는 편이 훨씬 행복하다. 시인이 심판을 하게 되면 불필요한 번민을 하게 된다.(남에게 얻어먹은 욕은 즉석에서 철회할 수 있지만, 남에게 한 욕은 철회하기가 매우 힘들다.) 또한 사기를 한다. 심판을 하자면 올가미를 씌워야 하는데 이 올가미에 자신까지 걸려들기는 싫다. 자기가 걸려드는 올가미는 시를 다칠까 보아 싫고 자기가 걸려들지 않는 올가미는 비평이 거짓말이 되니까 싫다. 나의 월평이 게재된 같은 잡지에 소설평을 담당한 H씨의 글에 이런 말이 나와 있다. "……특히나 요새처럼 작가의 정치색을 가장 날카롭게 작품

* 인찌끼(いんちき): 사기, 협잡, 가짜를 뜻하는 일본어.

속에 구상화시키는 것이 하나의 유행처럼 되어 있을 때 이러한 유행을 의식적으로 회피한다는 것은 어쩌면 성실한 작가의 자세라고 봐야 옳을 것인지도 모른다…….”라는 구절이 있다. 이 글을 읽고 나는 ‘앗차!’ 했다. 지금 말한 것처럼 H씨의 소설평이 실린, 같은 잡지에 나의 시 월평이 그분의 글과 나란히 게재되어 있다. 이달뿐이 아니라 지난달 호에도 어깨를 나란히 해서 나는 시 월평을 쓰고 그분은 소설 월평을 썼다. 이달뿐이 아니라 다음 달 호에도 어깨를 나란히 해서 나는 시 월평을 쓰고 그는 소설 월평을 쓸 것이다. 그리고 나는 지난달에도 이달에도 시의 현실 참여를 주장해 왔고 내달에도 그것을 주장할 참이다. 그런데 아까와 같은 그분의 글을, 내가 쓴 글을 읽는 끝에 마을 가는 기분으로 읽던 중에 발견한 것이다. 그러지 않아도 나는 연 3회를 현실 참여의 월평을 써 온 끝이라 또 다음 호에도 똑같은 논지를 내세우는 것이 변화가 너무 없는 것 같아서 좀 의아한 생각을 품고 있던 참이었다. 그런데 그분이 재빨리 내 마음을 알아차린 듯이 그런 말을 암시해 놓았다. “……이러한 유행을 회피하는 것은 어쩌면 성실한 작가의 자세…….” 그렇다. 얼마 전에 에커만*의 『괴테와의 대화』를 읽으면서 나는 그런 다짐을 비밀리에 하고 있었다. 그때가 벌써 S잡지사의 월평을 시작하고 있던 때였다. 나는 그러니까 그 비평을 시작할 때부터 내 비상구는 만들어 놓고 쓴 셈이다. 이번의 H씨의 글은 나의 사기를 재확인해 준 것이나 다름없다. 나는 이 밀고 앞에 꼼짝할 수 없게 되었다.

시인은 밤낮 달아나고 있어야 하는데 비평가는 필요에 따라서는 적어도 4, 5개월쯤은 제자리걸음을 하고 있어야 한다. 혹은 제자리걸음을 하고 있는 것같이 보여야 한다.

시인은 영원한 배반자다. 촌초(寸秒)의 배반자다. 그 자신을 배반하

---

* 요한 페터 에커만(Johann Peter Eckermann): 독일의 문필가. 괴테의 비서로 일했으며 이때의 경험을 바탕으로 집필한 『괴테와의 대화』는 괴테 연구의 중요한 문헌이 되고 있다.

고, 그 자신을 배반한 그 자신을 배반하고, 그 자신을 배반한 그 자신을 배반한 그 자신을 배반하고…… 이렇게 무한히 배반하는 배반자. 배반을 배반하는 배반자…… 이렇게 무한히 배반하는 배반자다.

시인의 정신과 방법? 나는 그대를 속이고 있다. 술을 마실 때도, 산보를 할 때도, 교섭을 할 때도 무엇을 속이고 있는지는 모르지만 하여간 속이고 있다. 이 글을 쓰는 이 순간에도 나는 그대를 속이고 있다. 그대가 영리한 사람인 경우에는 눈치를 챈다. 나를 신용하지 않는다. 그러나 영리한 그대는 내가 속이는 순간만 알고 있고, 내가 속이지 않는 순간이 있다는 것을 모른다. 그대는 내가 시인이라는 것을 모른다. 그러한 그대를 구출하는 길은 그대가 시인이 되는 길밖에는 없다. 시인은 모든 면에서 백치가 될 수 있지만, 단 하나 시인을 발견하는 일에서만은 백치가 아니다. 시인을 발견하는 것은 시인이다. 시인의 자격은 시인을 발견하는 데 있다. 그밖의 모든 책임을 시인으로부터 경감하라!

1964. 9.

생활 현실과 시

최근 이삼 년 동안에 《한양》지를 통해 들어온 젊은 평론가들의 한국 문학에 대한 공격을 나는 퍽 재미있게 읽었다. 그중에도 장일우 씨의 시에 대한 비평은 나로 하여금 시에 대한 많은 반성을 하게 했다. 일본과 문학적 교류를 할 수 있다는 거리에서 오는 매력 이상으로, 국내의 평론가들이 지연상(地緣上)으로 할 수 없는 솔직한 말을 많이 해 준 매력에 대해서 나는 그의 숨은 공적을 높이 평가한다. 그의 '숨은' 공적이라고 말하는 것은 어찌 된 일인지 여기에서는 내가 생각하고 있는 것만큼 그의 공적이 공적으로서 인정되고 있지 않다. 그것은 나의 생각으로는 《한양》지가 일본에서 발행되는 잡지라는 핸디캡 이외에 그가 갖고 있는 비평의 본질에 관계되는 점이 있는 것 같다. 어떻게 보면 그의 메시지의 쇼크가 너무 컸기 때문에 생기는 비겁한 묵살 같은 것이 그간에 가로놓여 있는 게 아닌가 하는 생각이 든다. 그는 기성(既成), 미성(未成)을 막론하고 그의 평론의 기준에 맞지 않는 것들을 모조리 때려눕혔다. 그와 같은 독설을 농하고 문단의 기성 질서를 뒤흔들어 놓은 평론가로는 환도 후에 이어령, 유종호 같은 사람이 나왔지만, 내가 보기에는 이들은 그에 비하면 헛몽둥이를 휘두른 점이 많고, 그에 비하면 훨씬 계산적인 데가 많았다. 요컨대 그의 매력은 계산을 무시한 매력이었다. 한국 시단은 그의 이러한, 계산을 무시한 매력 앞에 습복(慴伏)했고, 그러면서도 이러한 굴복을 자인하려 들지 않는 이

중의 비겁을 범했다. 맞았으면 아프다는 소리라도 해야 할 텐데 아프다는 소리도 없다. 이것은 패배가 아니라 아주 죽어 있는 것인지도 모른다.

계산을 무시한 매력. 이에 대해서 간단히 살펴보자면 우선 그는 공격의 대상을 고르는 눈치 보는 식의 계산이 없었고, 자기의 평단의 출세에 대한 계산이 없었고, 또 하나는 그의 비평의 본질적인 문제로서 우리 시의 방향의 제시에 대해서 계산이 없었다. 이 중에서 지금 가장 내가 생각하고 싶은 것이 맨 끝의 문제다. 그가 말하는 것은 대체로 이렇다. 우리 시는 우리의 생활 현실과 너무 동떨어진 소리를 하고 있다—이 엄청나게 난해한 시들은 누구를 위해 쓰는 것이며, 너무나 독자를 무시한 무책임한 소리를 하고 있다—한국의 시인들은 현실 도피를 하지 말고 현실을 이기고 일어서라. 이러한 그의 누차의 발언에서 내가 느낀 것은 그가 아무래도 시의 본질보다도 시의 사회적인 공리성에 더 많은 강조를 하고 있다는 점이다. 나는 시를 쓰는 사람으로서 그의 발언에 대해서 실제로 이런 상상을 해 보게 된다. 우리나라의 현실을 가장 잘 대변할 수 있는 시는 어떤 시인가? 가장 밑바닥에서 우러나오는 가장 절박한 시를 쓰려면 어떻게 하면 되는가? 그러나 그의 요청에 따른 나의 상상상(想像上)의 표본은 항상 선명하지 않은 채로 끝나고는 한다. 그렇게 볼 때 내 생각으로서는 그의 발언은 두 가지 면에서 바라볼 수 있다. 하나는 지사적인 발언이며 하나는 기술자적인 발언이다. 그리고 그의 지사적인 면의 방향 제시가 그것을 기술적인 면으로 풀어 보려고 할 때, 잘 맞아떨어지지가 않는 것이다. 내가 위에서 말한, 계산이 없다는 말도 이러한 모순에 연유되는 것이다.

지난 1년 동안의 우리의 시 작품을 반성하면서 느끼게 되는 것은, 이제 장일우는 그가 제시한 방향의 시가 좀처럼 소산되지 않는 이유를 시의 기술면에서 해명할 시기가 되지 않았나 하는 것이다. 그가 제시한 방향으로 시를 생각해 볼 때 나는 그 표본이 잘 머리에 떠오르지 않는다고 했지만, 좀 더 자유롭게 생각해 보면 독일의 브레히트의 비교적 얌전한 시(이를테면 「독일」 같은 작품) 같은 것이 그가 제시하는 방향의 시가 되지 않나 하는 생각이 든다. 그러나 브레히트 같은 시가 나오려면 지금 한국의 사회 사정하고는 엄청나게 다른 자유로운 사회가 실현되어야 한다. 군대라는 것이 아직도 일본의 천조대신(天照大神)*처럼 불가침의 존재로 비평을 초월한 위치에 놓여 있는 사회에서는 브레히트의 시란 이름조차 입 밖에 내놓기가 송구스럽다. 그렇지 않은 정도로 사회적인 관심을 표시하거나 사회적 관심의 위치 위에 서 있는 시를 찾아본다면 국내 시단의 경우에 우선, 의도는 충분히 있으나 번번이 실패를 보고 있는 신동문 씨의 경우가 가장 눈에 뜨인다. 나는 그의 경우를 가장 의욕적인 한국의 젊은 시인의 가장 전형적인 실패라고 보고 있다. 이런 경우에 이 실패의 책임의 비율이 시인과 사회의 어느 쪽에 더 많이 있나? 이에 대한 해명이나 변호가 장일우의 경우라면 한 번쯤은 있어도 될 것 같은데 그것이 없다. 내가 미흡하게 생각하는 것은 이 점이다. 그가 한국 시인들에게 좀 더 사회적 관심이 있는—혹은 사회적 관심의 위치 위에 있는—시를 쓰라고 하는 말은, 극단적으로 볼 때 이북 시인들에게 형이상학적 시를 쓰라는 말과 같은 난제를 포함하고 있다. 그가 제시하고 있는 올바른 시는(그가 인용한 국내의 시의 모범적인 실례에도 불구하고) 내가 생각하기에는 궁극적으로 볼 때 소셜리스틱 리얼리즘의 시다—혹은 소셜리스틱 리얼리즘의 시에 유사한 시라고 해도 좋다. 오늘날의 소셜 리얼한 시가, 비근한 예로 일본의 시만 보더라도 프로이트적인 요소를 상당히 도입한 모던한 것으로 되어 있는 것을 볼 때, 그만한 것이라면 한국에서도 어떻게 우물쭈물 흉내를 낼 수 있는 날이 머지않아 올 것도 같은데, 장일우 씨가 제시하는

---

* 일본 신화에 등장하는 태양신으로 일본의 국조로 알려져 있다. 아마테라스, 황조신 등으로 불리기도 한다.

시의 이상형은 내가 느끼기에는 그런 프로이트적인 요소는 그리 좋아하지 않는 것 같다. 그런 의미에서 그가 바라는 시가 어느 정도 과거적인(간단한 예가 마야코프스키 같은) 것인지 어느 정도 선구적인 것인지 선명치가 않고, 그의 요구 속에는 그가 인용한 국내의 모범적인 시(그중에는 우리가 보기에는 형편없는 시인의 것도 있다.)로서는 도저히 해명될 수 없는 커다란 과제가 담겨 있는 듯하고, 내가 이 글에서 그를 논하고 있는 것도 그러한 커다란 그의 과제의 존재를 전제로 하고 있는데, 그간의 복잡한 기술적인 디테일이 여태까지 그의 비평에서는 선명히 나타나 있지 않다.

일전에 평론을 쓰는 신동엽을 만났는데 그도 역시 내가 부연한 장일우가 제시한 시의 방향과 같은 말을 한다. "우리나라의 시는 지게꾼이 느끼는 절박한 현실을 대변해야 합니다." 그러나 이러한 오늘날의 우리의 시단의 적지않은 진지한 사람들이 느끼고 있는 커다란 갭—이, 시를 쓰는 지게꾼이 나오지 않는 여러 가지 사회적 조건의 결여—을 인정하면서도—그것은 장구한 시간이 필요한 자유로운 사회의 실현과 결부되는 문제이기 때문에—나는 우선은 우리 시단이 해야 할 일은 현재의 유파의 한계 내에서라도 좋으니 작품다운 작품을 하나라도 더 많이 내놓는 일이라고 생각한다. 김춘수의 부르주아적인 것도 좋고, 장호의 서민적 경향도 좋고, 김구용의 실험실적 경향도 좋고, 마종기의 경향도 좋고, 유경환의 경향도 좋다. 《한양》지의 평론가가 말하는 것 같은, 반드시 사회 참여적인 것이나 민족주의적인 것이 아니라도 좋다. 나의 소원으로는 최소한도 작품다운 작품이라도 많았으면 좋겠는데, 지난 1년의 작품을 훑어보아도 그런 작품이 실로 미미하다. 좀 더 가혹하게 말하자면 시인의 양심이 엿보이는 작품이 거의 없다고 해도 과언이 아니다.

이렇게 말하면 장일우의 요점과 나의 요점이 서로 중복되는 것이 상당히 많은 것을 나도 모르는 것은 아니다. 그가 난해한 시라고 욕하는 것이 사실은 '시가 아니다'라는 말과 같은 뜻의 것이라는 것, 양심 있는 시인이라면 오늘의 한국의 현실이 그의 시에 반영되지 않을 수 없다는 점, 그러한 시가 독자를 갖고 있지 않은 것은 너무나 당연하다는 것—이런 점들을 위시해서 내가 공감할 수 있는 많은 그의 요점이 나의 요점과 더블되고 있다. 그러면서도 내가 아까부터 이의를 느끼는 것은, 다시 말을 바꾸어 하자면 이러한 현실을 이기는 시인의 방법에 대한 견해와 해석의 차이다. 대체로 그는 이 현실을 이기는 시인의 방법을 (시 작품상에 나타난) 언어의 서술에서 보고 있지만 나는 그것이 언어의 서술에서뿐만 아니라 (시 작품 속에 숨어 있는) 언어의 작용에서도 찾아져야 한다고 생각하는 것이다. 이러한 언어의 서술과 언어의 작용은 시의 본질에서 볼 때는 당연히 동일한 비중을 차지해야 할 것이다. 그런데 전자의 가치에 치우친 두둔에서 실패한 프롤레타리아 시가 많이 나오고, 후자의 가치에 치우친 두둔에서 사이비 난해시가 많이 나온 것을 볼 때, 비평가의 임무는 전자의 경향의 시인에게 후자의 경향을 강매하거나 후자의 경향의 시인에게 전자의 경향을 강매하는 일보다도 오히려, 제각기 가진 경향 속에서 그 시인의 양심이 살려져 있는지 아닌지를 식별하는 일에 있는 것이라고 믿어진다. 그리고 이러한 식별의 눈은 더욱이 우리 시단과 같은 정지(整地) 작업이 되어 있지 않은 곳에서는 아무리 섬세하게 작용되어도 지나치게 섬세하다는 핀잔은 받지 않을 것이다.

이 글의 목적은 장일우 개인의 시론을 비평하기 위한 것이 아니라, 우리 시단의 지난 1년간의 흐름을 돌아보면서 우리의 생활현실과 시의 관계와, 난해한 시와 독자와의 관계를 훑어보기 위한 것이다. 그런데 그러한《한양》지의 청탁을 받고 보니, 장씨의 평론의 논지와 이 청탁의 의도가 어쩐지 부합되는 점이 있는 것 같아서 좋은 의미의 선입견에서 그의 시론에 대한 평소의 나의 견해를 두서없이 말해 보았을 뿐이다.

내가 보기에는 우리 시단의 시는 시의 언어의 서술면에서나 시의 언어의 작용면에서나 다 같이 미숙하다. 쉽게 말하자면 우리의 생활 현실도 제대로 담겨 있지 않고, 난해한 시라고 하지만 제대로 난해한 시도 없다. 이 두 가지 시가 통할 수 있는 최대공약수가 있다면 그것은 사상인데, 이 사상이 어느 쪽에도 없으니까 그럴 수밖에 없다. 우리의 생활 현실을 담아 보려는 노력의 시가 아까 말한 신동문, 장호 이외에도 박봉우, 박희진, 이설주 등의 작품에서 제법 세차게 엿보이고 있지만, 사상이 새로운 언어의 서술을 통해서 자유를 행사한 성공적인 시가 아직 같아서는 하나도 없다. 신동문의 「비닐 우산」은 지상(誌上)에 발표된 시가 그의 시고(詩稿)와는 다르다니까 말할 것도 없고, 그밖에 읽을 만한 것은 그저 이설주 씨의 「복권」 정도다.

자하문 고갯길에
아카시아 낙엽이
돗자리를 깔고

의좋은 부부라도 지나가면
좀 쉬었다 가란 듯이 —

인왕산도
얼룩진 눈물을 닦고
새 치마를 갈아입으니
앳된 얼굴이 참 예쁘고 곱네

일요일은
꼭 잠긴 창을
곧장 열라고 보챈다

여기는 뚝섬
지난여름의 상황들이
벗어 놓은 헌 옷같이
포플러 가지에 걸려 있다
조랑말 꽁무니에 매달려
인생은
낙일(落日)에 기울어지고

'진달래'와 고구마로
한 끼를 때우고
복권을 사 본다

—「복권 — 경마장에서」

가냘픈 인생의 애수와 향락이 적당히 안배된 욕심 없는 세계다. 언젠가 《사상계》지의 월평에서도 잠깐 언급한 일이 있지만, 요즘의 나는 김현승의 「무형의 노래」나 이 「복권」 같은 욕심 없는 작품이 좋다. 우선 믿을 수 있으니 좋다. 우리 시단에서 가장 아쉬운 것은 이 믿을 수 있는 것이다. 믿을 수 있는 작품! 사상은 그다음이다. 그러나 이 믿을 수 있는 작품을 쓴다는 확고한 자각이 설 때 이 자각은 곧 사상으로도 통할 수 있는 것인데, 이 「복권」은 그러한 성질의 작품은 아니다. 그러나 전체적으로 여유가 있고, 찌그러진 합승을 타고 '자하문'에서 '인왕산'을 보고 '뚝섬'으로 털털거리고 나가서 "'진달래'와 고구마로/ 한 끼를 때우고/ 복권을 사 본다"고 볼 수 있는 쓸쓸한 한국적인 인생의 표정이 어쩌면 유머러스하게도 느껴진다. 결국 이 세계는 소극적인 우리 생활의 일면이며, '진달래'와 고구마로 한 끼를 때우고 복권을 사 볼 수 있는 한가한 소시민의 정서의 세계다. 어찌 보면 아베 토모지〔阿部知二〕의 「겨울의 집〔冬の宿〕」의 주인공과 아주 흡사한 '낙일(落日)'의 세계. 로스트 제너레이션의 취미다. 이 시에서 현대성을 찾아보려면 "일요일은/ 꼭 잠긴 창을/ 곧장 열라고 보챈다"의 '곧장' 정도다. 이 '곧장'이란 말 속에는 어찌 보면 우주 시대의 순간적인 섬광이 있는 것도 같다. 그러나 전체적으로는 이 시는 오늘의 우리의 생활 현실을 담지 못했다. 이 세계는 어느 특수층에 속하는 나의 생활 현실이지 우리들의 생활 현실은 아니다. 금방 나는 '소시민의 정서의 세계'라고 했지만, 엄격히 말해서 오늘날 우리에게는 소시민이라는 게 없다. 구태여 갖다 붙이자면, 오늘의 '특권 계급'이라는 것이 지난날의 소시민의 자리를 차지하고 있다고 할까. '일요일'이나 '복권'이 낡은 말인 것처럼 '소시민'도 낡은 말이다. '지게꾼'도 낡은 말이다. 비참의 계수(係數)가 다른 데로 옮겨갔다. 부르주아와 프롤레타리아의 대립은, 선진국과 후진국의 대립으로, 남과 북의 대립으로, 인간과 기계의 대립으로, 미·소의 우주 로켓의 회전수의 대립으로 대치되었다.

오늘날의 시가 골몰해야 할 가장 큰 문제는 인간의 회복이다. 오늘날 우리들은 인간의 상실이라는 가장 큰 비극으로 통일되어 있고, 이 비참의 통일을 영광의 통일로 이끌고 나가야 하는 것이 시인의 임무다. 그는 언어를 통해서 자유를 읊고, 또 자유를 산다. 여기에 시의 새로움이 있고, 또 그 새로움이 문제되어야 한다. 시의 언어의 서술이나 시의 언어의 작용은 이 새로움이라는 면에서 같은 감동의 차원을 차지하게 된다. 따라서 우리의 생활 현실이 담겨 있느냐 아니냐의 기준도, 진정한 난해시냐 가짜 난해시냐의 기준도 이 새로움이 있느냐 없느냐에서 결정되는 것이다. 새로움은 자유다, 자유는 새로움이다.

요즘의 시단 저널리즘은 현실 참여의 시라고 해서 무조건 비참한 생활만 그려야 하는 것같이 생각하고, 신문 논설란류의, 상식이 통하지 않는 작품들을 도매금으로 난해시라고 배격하는 성급한 습성에 흐르고 있다. 우리의 주위는 모든 정경이 절박하기만 하다. 눈으로는 차마 볼 수 없는 기가 막힌 일들이 너무 많아서 우리는 참말로 눈을 돌릴 곳이 없다. 우리의 양심의 24시간은 온통 고문의 연속이다. 그러나 이런 때일수록 시는 좀 더 여유를 가져야 할 것 같다. 적어도 시의 양심을 지킬 만한 여유는 가져야 할 것 같다. 시대는 언제나 성인(聖人)이 되라고만 하지 시인이 되라고는 하지 않는다. 그것은 시인을 만들어야 할 때도 성인이 되라고 한다. 이런 유혹에 쏠려들 때 항용 가장 위험한 자위의 시가 나오기 쉽다. 비근한 예가 박희진의 (그는 왼쪽으로 쏠릴 때도 있고 바른쪽으로 쏠릴 때도 있는데, 이번의 것은 바른쪽으로 쏠린 예) 「즉흥적 각서초(覺書抄)」 같은 거다.

1

종말은 없다. 시시각각으로 재시(再始)하라.

2

나무엔 꽃이 피는, 눈엔 눈물이 솟는 소리.

3

회복기의 환자처럼 인생을 살 일이다.

이것은 결코 시가 아니다. 새로운 언어의 작용을 통해서 자유를 행사한 흔적이 없다. 정도의 차이는 있지만 우리 시단의 난해시라는 것이 모두 이런 포즈의 해독에서 나오고 있다. 치기만만한 난해시의 예를 닥치는 대로 하나만 더 들어 보자.

푸른 눈의
프랑스 인형.

어느 은밀한 내실에서
네 분신은

신부처럼 화사한 의상을 벗는가.

천의 얼굴을 가진
천 사람의 애인이여.

네 그리운 가슴의
우물같이 깊은 한복판에서
해 질 무렵 빈 들녘의
작은 풀이파리마냥

가만히 울고 있는
파리한 그림자는

나와
또 누구인가.

실은 넌 이 세상 아무 데도 실재하지 않는다.

—「인형에게」(《현대문학》 9월호)

이런 것은 《한양》지의 평론가가 공박하는 따위의 난해시는 아니지만, 관념의 미궁 속에 자위하고 있는 시 아닌 시라는 의미에서는 역시 난해시다. 이 작품이 시가 아니라는 것은 "실은 넌 이 세상 아무 데도 실재하지 않는다."의 끝줄을 보면 안다. 이 작품은 시의 언어의 서술이 문제될 수도 있고, 시의 언어의 작용이 문제될 수도 있는 비교적 편한 위치에 있는 시인데, 그러면서 새로운 관념의 서술도 없고 새로운 언어의 작용도 없다. 도대체가 시라는 것은 그것이 새로운 자유를 행사하는 진정한 시인 경우에는 어디엔가 힘이 맺혀 있는 것이다. 그러한 힘은 초행에 있는 수도 있고 종행에 있는 수도 있고 중간의 어느 행에 있는 수도 있고 행간에 있는 수도 있다—이것이 시의 긴장을 조성하는 것이다. 진정한 시를 식별하는 가장 손쉬운 첩경이 이 힘의 소재를 밝혀 내는 일이다. 그런데 이 「인형에게」는 "실은 넌……"의 종행의 앞에 이르기까지 정독해 내려갈 동안에 그러한 힘이 결정(結晶)된 곳이 보이지 않는다. 그러면 이 작품의 운명은 최종 행에서 결정적인 스코어를 딸 수 있느냐 없느냐에 달려 있다. 그런데 그 최종 행이 "실은 넌 이 세상 아무 데도 실재하지 않는다."의 무력한 부정으로 그치고 말았다. 그러니까 이 작품에는 힘이 맺혀 있는 데가 없고, 시의 긴장이 없고, 새로운 언어의 자유를 행사한 흔적이 없고, 따라서 시의 양심을 이행하지 않았고, 결국은 시가 아니라는 말이 된다. 내가 보기에는 그렇다. 그리고 이런 작품을 보는 것은 이번이 처음이 아니다. 두 번째도 아니다. 세 번째도 아니다. 이러한 것은 난해시가 아니라 불가해한 시다. 《한양》지의 평론가가 개탄하는 것도 난해시가 아니라 사실은 이런 불가해한 시들이 많다는 말일 것이다.

시의 긴장의 말이 나온 끝에, 앞의 작품과는 대조적인 작품을 하나 들어 보자. 김광섭 씨의 「심부름 가는……」이란 시. 나는 김광섭 씨의 작품은 관념의 서술이 너무 많은 게 싫어서 그리 좋아하지 않는 편이었는데, 이번에 병상에서 심한 고통 중에 읽어 보고 여지껏 발견하지 못했던 깊은 섬광을 발견하고 반갑게 생각했다.

> 서정이 만물을 들추어 노래를 추구한다
> 꽃이다 새다 노숙한 짐승이여 그 눈에 흐르는 눈물
> 강자의 비석에 떨어져 때를 지우는데
> 웬 엿장수냐 가위질 소리에 모인 아이들
> 서울이란 델 언제 이렇게 나도 왔나 부다

옆을 서로 스치면서 인사 한마디 없이 가는
고향과 고향 사이의 불행한 섬 길에서
버러지보다 나은 것을 찾는 한 벌의 허전한 옷
누구도 건드리지 못한 지고한 창공 그 전통 밑에 서서
나는 어데로 심부름 가는 무슨 물체일까

이것이 그중의 후반 두 연이다. 내가 섬광을 발견한 곳은 "웬 엿장수냐 가위질 소리에 모인 아이들/ 서울이란 델 언제 이렇게 나도 왔나부다"의 구절. 서울이 우주의 이향(異鄕)으로 느껴지는 새로운 감정. 낡은 것이 새로운 것으로 바뀌는 순간. 이 시에는 죽음의 깊이가 있다.

나쁜 시를 발견하기는 쉽지만 좋은 시를 발견하기란 참 어렵다. 그 시와 같이 살 수 있는 순간을 가져야 하기 때문이다. 우리 주위에는 이 시의 경우와 같이 탐탁하지 않게 생각하던 것 중에서 의외로 기적이 발견되는 수가 있다. 그럴 때의 기쁨은 이중으로 크다. 시를 쓰기도 어렵지만 시의 독자가 되기는 더 어려운 것 같다. 진정한 시의 독자는 시인이 아니고서는 되지 않는다고 하지 않는가. 피상적으로 시의 독자가 있느니 없느니 말할 수도 없고, 시의 독자가 없다고 비관할 필요도 없을 것 같다.

1964. 10.

‘난해’의 장막
—1964년의 시

올해는 시보다도 시론이 두드러진 인상을 주고 있다. 《문학춘추》지가 「신진 9인집」 등의 젊은 시인의 작품에 이동주, 김광림 등의 시평을 첨부하고, 《세대》지가 매호 「나의 신작 발표」에 ‘시작 노트’와 ‘비평’을 붙이고 있고, 《현대문학》지가 「한국 현대시의 새 진단」과 「나의 시의 정신과 방법」 등의 특집란을 꾸몄고, 《사상계》지가 매호 「시 월평」란을 마련해 주었다. 이런 것들은 총체적으로 ‘난해시’의 계몽 주간 같은 감을 주고 있다. ‘현대시라는 것이 어렵다 어렵다 하는데 그건 어떻게 되어서 어려운 것이오?’ 하고 문단 저널리즘이 현대시론의 패션쇼를 한 것이라고 할 수 있다. 이러한 쇼 중에서도 《문학춘추》지와 《세대》지의 스타일은 일본에서 유행하고 있는 것과 흡사하다. 엄격히 말하자면 시 해설이지 시론이 아니다. 시론이라는 것은 시인의 오리지널한 주장이 담겨 있는 것이고 자의적인 것이어야 하는데, 이러한 시 해설의 계몽 기사들은 잡지사의 즉흥적인 레퍼토리에서 나온 것이니 청부 작업밖에 안 된다. 외국의 예로 보아서 시론을 병행해야 할 만한 난해한 시를 쓰는 시인들이 제대로 시론을 쓰지 않고 있으니까 어떻게 된 것이냐고 재촉을 받을 만도 하지만, 현대시의 해명이나 극복은 이러한 식의 청부 작업이 본도(本道)가 아니다. 민주주의 사회의 (내지는 문화의) 모든 방법이 그렇듯이 여기에 있어서도 의향 있는 시인들의 진지한 시론이 하극상의 운동을 해야 한다. 그리고 이 하극상이란 말은 자의적으로 시론이란 원고를 시인이 잡지사에 가지고 가는 행위를 말하는 것이 아니라, 그가 쓰는 시론의 성질을 말하는 것이다. 그리고 시론의 성질을 말할 때 이 하극상이란 반드시 정치적, 사회적, 사상적 내용을 말하는 것이 아니다. 그것은 모든 내용에 결부되어 있는 필연성을 말하는 것이다. 그러한 진지한 시론이 많은 문단은 난해시의 극복과 해설이 지극히 자연스럽게 밑에서부터 움터 올라간다. 시인 각자의 입장이 뚜렷해지는 동시에 문단 전반 (내지는 독자 전반)에 대한 계몽이 촉진되고, 저열한 작품이나 가짜 작품이 날뛸 수 있는 허점의 여지가 적어진다.

금년에도 위에서 말한 시론 이외에 개별적인 시론은 예년에 못지않게 상당히 많이 나왔다. 그런데 대체로 이 시론들이 모두가 소위 현대시만큼 어려운 것들이다. 그러니까 잡지사가 마련한 '계몽 주간'은 어려운 '현대시'뿐만 아니라, 한층 더 어려운 '현대시론'이라는 것까지도 계몽해 달라는 말이 되었다. 그런데 결과는 쥐꼬리를 문 쥐의 쥐꼬리를 문 쥐의 쥐꼬리를 문 쥐가 되고 말았다.

《세대》지의 「나의 신작 발표」 시리즈만 보더라도 그 '노트'와 '비평' 중에는 요령부득의 것이 너무나 많다. 시 쓰는 사람들의 평문(評文)이라는 사정을 고려에 넣고 보더라도 무슨 말인지 논리와 상식이 닿지 않는 말이 전부이니, 이래 가지고는 결코 '난해시'의 해설이 될 수 없다. 전형적인 예를 들어 보자면,

> ……현대까지의 모든 시론은 일반적인 상식이며 작품은 보다 오묘한 개성적인 것이라고 말한다면 충분할 것이다.
>
> 물론 창조와 지식을 분단(分斷)하려는 것은 아니다. 그러나 이것을 어느 정도 분리해야 한다는 것은 시인에게 있어서나 학문에 있어서나 가장 중요한 일이다. 왜 이런 말을 하는고 하면 문학사적으로 남는 작품과 작품 자체의 가치로서 남는 작품이 있다는 걸 내가 요즘 생각하고 있

기 때문이다…….

—「자연과 현대성의 접목」(《세대》 3월호)

이것은 「속의 바다」라는 시에 대한 '비평' 속의 구절인데, 이런 어처구니없는 독단은 '오묘한' 시라면 또 몰라도 '일반적인 상식'이라는 시론에서는 통하지 않는 말이다. 이 필자는 초현실주의적인 시를 쓰는 시인이다. 그러나 이것은 비교적 온건한 편이다. 이것보다 더 지독한 것이 얼마든지 있다.

감정의 이입(移入)이
오늘 끝나는가.
풍년이 땅에 있다고 하나 우리는
여적
흔들리고 있었다. 한
동요의 중심을
간절한 기구로 지키면서
생활과
생명을 교환하는 귀중한
의미에게 오늘은
은화인 듯 그 반짝이는 환희를
보여 주어야 한다.

—「어떤 내 친구에게」에서

이것은 「신진 9인집」(《문학춘추》 9월호) 중 한 작품의 인용인데, 이 시의 평자는 이 구절을 인용하면서 다음과 같이 이 시의 해설을 쓰고 있다.

도입부의 발상이 간결하고 산뜻하나 추상적이고 우회적이다. 서정이 지성에 밑받침되어 종래의 서정시와는 면모가 달라져 있다. 범상사(凡常事)를 이만큼 차원을 달리한 감정이입으로 형상화하기도 그리 용이한 일은 아니다. 돌연한 이미지를 부딪쳐 보고 이미지의 비약을 시도한 작품이지만 불투명한 데가 더러 있는 것이 흠이다.

'귀중(貴中)'은 '귀중(貴重)'의 오기(誤記)가 아니면 문맥이 통하지 않게 된다.

—「시에 있어서의 언어」에서

여기서 알 수 있는 말은 '귀중(貴中)'을 '귀중(貴重)'의 오기라고 지적한 부분뿐, 그밖의 것은 무슨 말인지 전혀 모르겠다. "차원을 달리한 감정이입으로 형상화하기"란 무슨 뜻인가? '감정이입'을 무슨 말인 줄 알고 쓰고 있는가? 그리고 "'귀중(貴中)'은 '귀중(貴重)'의 오기가 아니면 문맥이 통하지 않게 된다"고 간단하게 말하고 있지만, 이것도 '귀중(貴中)'이 '귀중(貴重)'의 오기가 아니면 과연 문맥이 어떻게 통한다는 것인지 설명이 듣고 싶다. 내가 보기에는 이 「어떤 내 친구에게」는 무엇을 썼는지 영 알 수 없는 작품이다. 그런데 이 작품의 해석은 그 작품보다도 더 불투명하다. 이 필자의 시평은 「자연과 현대성의 접목」이라는 시평처럼 논지 전체가 요령부득이다. 이러한 시나 시평을 읽으면 정말 슬퍼진다. 《세대》지 11월호의 「나의 신작 발표」란의 「한국어와 리리시즘」과 「환상과 상처」의 두 시론도 정도와 성질의 차이는 있지만 동류의 것이다. 「자연과 현대성의 접목」의 필자는 "모든 시론은 일반적인 상식"이라고 했지만 「환상과 상처」를 어떻게 일반적인 상식이라고 볼 수 있는가. 이 「환상과 상처」는 바로 그가 "공로와 가치를 겸한 작품"이라고 말한 시 「속의 바다」를 쓴 시인이 쓴 시론이다. 이렇게 소위 기성 시인이란 사람들이 허술하게 책임 없는 시론을 쓰고, 또 그런 시나 시론을 쓰는 신진들의 산파역을 하는 한 우리 시단의 장래는 암담하다. 나는 미숙한 것을 탓하지 않는다. 또한 환상시도 좋고 추상시도 좋고 환상적 시론도 좋고 기술시론도 좋다. 몇 번이고 말하는 것이지만 기술의 우열이나 경향 여하가 문제가 아니라 시인의 양심이 문제다. 시의 기술은 양심을 통한 기술인데 작금의 시나 시론에는 양심은 보이지 않고 기술만이 보인다. 아니 그들은 양심이 없는 기술만을 구사하는 시를 주지적(主知的)이고 현대적인 시라고 생각하고 있는 모양이다. 사기를 세련된 현대성이라고 오해하고 있는 모양이다.

《현대문학》지의 「한국 현대시의 새 진단」은 주로 중견급에 속하는 필자들이 동원되었는데, 대부분이 촌의사들이어서 태도는 정성스러우나 기술이 미흡하다. 곽종원의 「시와 대중」은 현대시에 대한 기본적인 이해의 결핍 때문에 모처럼 시도한 '난해시'의 공박이 조금도 실효를 거두지 못했다. 박철희의 「한국 현대시의 위상」과 김운학의 「현대시에 나타난 불교 사상」은 《현대문학》지에서만 해도 너무나 흔히 볼 수 있는 유치한 시평이며, 이원섭의 「현대시에 미친 한시의 영향」도 상식적인 테두리 안에서 그치고 말았다. 박두진의 「기독교와 한국의 현대시」는 사적(史的) 서술에 중점을 두었기 때문에 오늘날에 우리 시에 미치고 있는 기독교의 영향의 죽은 진상(眞相)이 되고 말았다. 정한모의 「주제면에서 본 현대시」는 전후(6·25 후)의 우리 시에 대한 해석이 지나치게 안이하고 가공적이다. 그는 '전후의 모든 어두운 사회상을 충분히 열려진 각성된 눈으로 바라보고 전(前)시대적인 애상으로서가 아니고 지성적인 새타이어와 시니컬한 웃음으로 노래할 수 있게 되었다'고 말하면서 '내적 인간의 문학으로서의 시의 기본 영토는 60년대에 와서 비로소 요동하지 않는 자리를 잡게 되었다고 본다'고 확인하고 있지만 우리의 오늘날의 시는 어느 모로나 그가 보고 있는 것처럼 그렇게 낙관적인 것이 못 된다. 이런 피상적인 낙관은 오진이다. 그 때문에 그가 대하고 있는 것이 한국의 현대시가 아닌 일본이나 영국의 현대시의 현실을 대하고 있는 것 같은 감을 준다. 김종길의 「현대 문학에 있어서의 시의 위치」도 마찬가지이다. 지금 우리들이 알고 싶은 것은 서구시의 난해성이 아니다. 우리들의 현대시라는 것이 정말 난해시냐 아니냐? 우리가 난해시나 현대시라는 말을 쓸 때 ''난해시'라는 것', ''현대시'라는 것'하고 '라는 것'을 붙이거나 따옴표*를 붙이지 않으면 아니 되는 것은 무엇 때문이냐? 이 따옴표나 '라는 것'을 벗어 버리려면 어떻게 해야 되고 무엇이 필요하냐? 이것이 '한국 현대시의 새 진단'일 것이다.

시 작품의 생산을 보면, 신석초의 「처용은 말한다」, 이철범의 「속(續) 금지된 기도」, 김구용의 「삼곡(三曲)」 등의 장시가 있고, 《현대문학》과 《문학춘추》의 양지(兩誌)에서 여류시인 특집을 마련해 주기도 했지만, 예년에 비해서 특기할 만한 새로운 변동은 없다. 박목월은 부지런히 그의 실험을 속행했고, 박두진은 올해에는 (《한양》에 발표된 것들을 보면) 좀 부자연스러울 정도로 새된 가락의 작품을 연발했다. 김춘수의 「가을」(《사상계》 11월호)은 종래의 관념의 세계를 벗어나서 새로운 객관을 추구하려는 눈에 뜨이는 작품이었다. 그밖에 이중, 이창대, 이제하, 이유경 등이 의욕적인 건강한 작품을 보여 준 것은 그나마 다행한 일이다. 김광섭, 김현승, 이설주의 작품은 다른 지상(誌上)에서 언급해 두었기 때문에 여기에서는 할애한다. 새로운 발굴을 위해서도 소위 신진들의 작품을 좀 더 문제 삼아야 할 터인데 신중을 기하는 의미에서 좀 더 시간을 두고 보기로 하자. 아직 같아서는 그들의 짙은 '난해'의 장막을 뚫고 들어갈 길이 안 보인다.

1964. 12.

---

* 원문에서 괄호(〈 〉)라 표기되었으나 현재 의미에 맞게 따옴표로 수정하였다.

대중의 시와 국민가요

5·16 후에 공보부에서 국민가요 운동을 전개하고 시단 사람들을 동원해서 가사를 쓰게 한 일이 있었다. 국립극장에서 발표회를 갖고 라디오를 통해서 전국적으로 보급시킬 예정이라고 하더니, 그 후 아무 소리가 없었던 것을 보면 그 운동도 그 당시의 돌팔이식의 잡다한 다른 운동과 함께 유산이 된 모양이었다.

그 당시 공보부에서 이 일을 직접 관할하고 있던 담당자에게 나는 까놓고 그런 형식적인 가요 운동이 성공하지 못할 것이라고 예언했지만, 그 역시 이 일의 운명보다는 가난한 시 쓰는 친구들에게 모처럼 푸진 가사료라도 나누어 주는 것이 더 신이 났던 모양이다. 그때 나는 그 친구한테 이렇게 말했다. "이런 상의하달(上意下達)식의 가요 운동은 이북에서 하는 식이오. 그네들의 방식을 아무리 따 보려고 해도 그들을 따라가지는 못하오. 우리에게는 우리대로의 방법이 있소. 그것을 찾읍시다. 가요 운동은 사무적으로 되지는 않는 것이오."라고.

6·25 이후 그리고 5·16 후에 무수한 군가와 국민가요가 나왔지만 내가 듣기에는 이북 군가의 냄새를 풍기거나 일제 시대의 국민가요를 모방한 형식적인 노래가 너무나 많다. 이곳의 국민가요라는 것은 정신적으로 벌써 이북의 노래에 압도된 지가 오래다. 이러한 정서적인 콤플렉스는 가요 문제에 국한된 조그만 문제가 아닌데도 불구하고 이것이 한번도 정면으로 진지하게 논의된 일이 없는 것은 이상한 일이다.

우리나라의 시와 노래를 살펴볼 때 대체로 네 가지 범주로 대별할 수 있다. 하나는 문학 잡지에서 서식하고 있는 소위 난해한 시 작품들, 하나는 '노래자랑' 속에서 등용문을 찾는 유행가, 하나는 라디오 스폰서들이 기르는 선전가요, 그리고 또 하나가 거의 심심할 때마다 구두선(口頭禪)*처럼 논의되는 국민가요다.

이 국민가요라는 것이 그중에서 제일 정치 기상(氣象)과 호흡을 같이하게 되는 것인데 우리의 정치가 아직까지도 국민 대중의 밑바닥까지 스며들지 못하고 있는 것처럼, 이 국민가요도 대중의 호흡을 대변해 주지 못하고 있다. 그런 의미에서는 위의 네 가지 중에서 제일 추상적인 존재다.

국민가요가 추상적인 것이 되지 않으려면 그것은 국민의 밑바닥에서 우러나오는 노래가 되어야 하고, 한 사회에서 노래가 밑바닥에서 우러나오려면 우선 노래를 부를 수 있는 사회의 분위기가 조성되어 있어야 한다. 그런 의미에서는 이북의 노래도 식민지의 노래에 지나지 않으며, 그것은 너무나 '씩씩하고 건전한' 식민지의 노래다.

우리들은 이제 이북식의 '씩씩하고 건전한' 잠재의식에서 벗어날 때가 왔다. 언젠가 대학생들의 단식 데모에서 「새야 새야 파랑새야」를 익살스럽게 풍자한 노래가 읊어진 것을 보았는데, 국민가요의 정신은 단적으로 말해서 그러한 것이다. 그것은 철두철미 하극상의 정신이다. 따라서 좋은 국민가요가 나오는 사회는 진정한 기골 있는 야당과 노동조합다운 노동조합이 있는 사회이며 청년들이 살아 있는 사회이다. 우리 사회에 좋은 국민가요가 아직도 나오지 못하고 있다는 것은 천재적인 작사자나 작곡가가 나오지 못하고 있다는 말이 아니라, 남북통일과 현대 공업화의 비전이 아직까지도 나오지 못하고 있다는 말이 된다.

국민가요 운동은 이웃 돕기 운동과도 또 다르다. 훨씬 더 어려운

---

* 실행이 따르지 않는 실속 없는 말.

것이다. 그것은 몇 개의 신문사와 몇 개의 라디오, 텔레비전 방송국이 후원을 한다고 곧 성과를 거둘 수 있는 간단한 사무적인 운동이 아니다. 그렇지만 잘하면 그것은 우리가 일찍이 한번도 경험하지 못한 문예 부흥의 선구 역할을 하게 될지도 모른다.

1964.

히프레스* 문학론

이렇게 이곳의 문학계에서 저조하고 좋은 작품이 나오지 않는 이유가 어디 있는가를 생각해 볼 때, 이렇게 방대한 문제에 손을 댈 만한 능력이 없는 나로서는 겨우 유치하고 모호한 몇 개의 즉흥적인 대답을 가지고 호도할 수밖에 없는 것을 우선 부끄럽게 생각한다. 나는 우리나라 문학의 연령을 편의상 대체로 35세를 경계로 해서 이분해 본다. 35세라고 하는 것은 1945년에 15세, 즉 중학교 2, 3학년쯤의 나이이고 따라서 일본어를 쓸 줄 아는 사람이다. 따라서 35세 이상은 대체로 일본어를 통해서 문학의 자양을 흡수한 사람이고, 그 미만은 영어나 우리말을 통해서 그것을 흡수한 사람이다. 그리고 35세 이상 중에서도 우리말을 일본어보다 더 잘 아는 사람들과, 일본어를 우리말보다 더 잘 아는 비교적 젊은 사람들이 있다. 이 후자에 속하는 사람들 중에는, 전봉건이가 언제인가 시작 노트에서 말했듯이 해방 후에 비로소 의식하고 우리말을 공부한 사람들도 적지 않다. 우선 이러한 구분하에서만 보더라도 우리 문학이 얼마나 복잡한 식민지의 배경 속에서 살아왔는가를 짐작할 수 있다.

---

* 1960년대 후반 당시 유행어가 된 토플리스(topless)라는 말을 비틀어서 히프레스(hipless)라는 말을 만들어 쓴 것으로 추정된다. 시 「거대한 뿌리」에는 "앉는 법을 모른다"는 구절로 전통 부재를 비유하고 있으며 이 산문 또한 문학적 전통 문제를 다루고 있다. — 엮은이 주

얼마 전에 동대문에 있는 고본옥(古本屋)*으로 낡은 일본책을 팔러 갔다가 파지값으로 내버리고 오다시피 한 일이 있었다. 고본옥의 말을 들으면 일본책은—특히 해방 전에 출판된 책은—사 가는 사람이 없어서 팔기는 하지만 사지는 않는다는 것이다. 그것은 내 책을 후려쳐 사기 위한 말만은 아닌 것 같았다. 이러한 잘 팔리지 않는 해방 전의 일본책들의 근소한 구슬픈 고객들 중에는 나와 같은 35세 이상의 문학하는 사람들이 적지 않다. 우리나라의 소위 중견 작가들의 서재에는 이런 책방에서 사옴 직한 누렇게 바랜 책들이 많이 끼어져 있고, 신문 소설, 단편 소설, 통속 소설의 대부분의 자양분이 아직도 이런 고본옥의 먼지 낀 서가에서 공급되고 있는 듯하다. 문학을 하겠다고 발버둥질치는 비교적 근면한 양심적인 친구들이 보내 주는 소설집 같은 것을 간혹 들추어 볼 때마다 이태준이나 효석의 왕년의 작품 수준을 그대로 답습하고 있는 정도의 인상밖에는 못 받게 되는데, 그것은 그들이 태준이나 효석이나 유정이나 심훈을 모방하는 데서 오는 게 아니라, 그들이 취하고 있는 자양의 원천이 여전히 같은 데에 머물러 있다는 애석한 현상에서 오는 결과라고 생각된다. 단적으로 말하자면 이들에게 문학의 자양을 공급하던 가냘픈 뿌리는 해방과 동시에 그나마 그 기능이 마비되어 버렸다. 그런데 그밖에 더한층 불행한 현상은 이들의 작품을 읽어 주던—혹은 읽어 줄—독자들의 이탈이다. 일본의 어느 소설가는 "일본 소설의 최대의 적은 이와나미〔岩波〕문고"라고 했지만, 우리나라 소설의 최대의 적은 《군조》, 《분가카이》, 《쇼세쓰 신쵸》다. 오늘날 35세 이상의 중류층 독자들은 국내 작가의 소설이나 시를 절대로 읽지 않는다. 비극은 그뿐만이 아니다. 38선 이북으로 올라간 작가들에 대한 향수 같은 것이 중류층 독자들의 감정 세계 속에서는 아직도 여전히 퇴색하지 않고 있다. 그들은 얼마 전까지도 입버릇처럼 "웬

* 헌책방, 혹은 고서점.

만한 사람은 다 넘어갔지, 여기 남은 것은 쭉정이밖에 없어!" 하는 것이었다.

그러면 35세 이하의 경우는 어떠한가? 이들의 문학 자양의 원천은 기성세대보다도 더 불안하다. 서울만 하더라도 양서(洋書) 신간점이 일서점(日書店)보다 수적으로는 훨씬 많지만 구매량은 지극히 미소하다. 이들은 기성세대들이 문학 공부를 할 때의 독서량에 비하면 현격하게 희미한 양의 밑천을 가지고 문단에 등장한다. 그러니까 이들은 마지못해 국내 작가들의 것을 읽게 되고, 김동리, 서정주, 유치환, 박영준, 안수길, 백철, 이어령의 추천을 받고 나온다. 이들의 '천료소감(薦了所感)'이라는 것을 보면 '……나는 백철 씨의 인내와 끈기, 이어령 씨의 패기와 재치, 유종호 씨의 중용을 한데 종합한 것을 써 보겠다……'는 식이다. 이런 사람들은 대개가 국문과 출신이고, 서정주나 김동리의 아류가 제일 많이 나오는 곳이 여기이다. 이에 비하면 영문과 출신의 청년들은 약간 시야가 넓은 것도 같지만 조잡한 점에서는 전자보다도 오히려 더하다. 이들의 '천료소감'을 보면 10매도 안 되는 토막글 속에, 톨스토이의 『전쟁과 평화』의 인용문이 나오고, E. M. 포스터가 나오고, 랭보의 원문 인용이 나오고, 로댕의 인용문이 나온다.

일제 식민지에 비하면 미국의 달러 정책은 문학에 있어서는 훨씬 더 많은 조제품과 위조품을 만들어 냈다. 일제 시대에 비하면 작품 평가의 눈은 훨씬 높아졌지만, 작품 자체에 진도가 없으니 그나마 국내 작품을 읽어 오던 독자들도 '오히려 일제 시대의 『상록수』나 『무영탑』이 낫다'고 생각하고, 지금의 작가들이 그때보다도 오히려 퇴보한 것 같다는 불평을 한다.

그런데 『무영탑』의 작가나 『자유부인』의 작가나 『북간도』의 작가나 『낙서족(落書族)』의 작가나 『판문점』의 작가의 경우에 매번 변하지 않는 것이 있는데, 그것은 그들이 한결같이 작품의 대화의 부분에서는 행을 바꾸어 쓴다는 것이다. '네', '아니요', '흥', '개새끼!' 같은 것까지도 따옴표가 붙는 글이기만 하면 무조건 행을 바꾼다. 내가 보기에는 대만 작가들이 이런 후진성을 아직 버리지 못하고 있는 것 같다. 우리나라에서는 서기원의 작품이 좀 그렇지 않을 뿐 거의 모든 작가들이 이 철칙을 연연하게 지키고 있다. 이것만 보아도 우리의 문학이 얼마나 세계의 조류를 등지고 있는가를 측량할 수 있다. 나하고 호형호제하는 사이에 있는 어떤 소설가가 군사 혁명 때에 나를 보고 "일제 시대의 교련 선생이 심하게 굴던 이야기를 쓰려고 하는데 아무 일 없을까?" 하는 말을 묻기에, 나는 아무리 군정이라고 하지만 자유당 때보다는 실질적으로 언론 자유가 신축성이 있으니까 아무 일 없을 것이니 마음 놓고 쓰라고 격려한 일이 있었다. 우리나라의 글 쓰는 사람들의 소심증은 일제의 군국주의 시대에서부터 물려받은 연면한 전통을 가진 뿌리 깊은 것이기는 하지만, 그리고 아직까지도 '자유'의 언어보다도 '노예'의 언어가 더 많이 통용되고 있는 비참한 시대이기는 하지만, 적어도 작가라면 이런 소리를 해서는 아니 된다. '우리 문학이여, 나이를 어디로 먹었는가' 하는 한탄이 저절로 나온다. 우리나라의 펜클럽은 예프투셴코를 모르고, 보즈네센스키를 모르고, 카자코프를 모르고, 「해빙기」의 투쟁을 모르고, 앨런 테이트의 『현대작가론』을 모르고, Communication과 Communion을 식별할 줄을 모른다. 우리나라의 대가연하는 소설가나 평론가 들이 술을 마시기 전에 문학청년에게 침을 주는 말이 있다. —"이거 봐, 어려운 이야기는 하지 말아!" 우둔한 나는 이 말을 완전히 이해하기까지 꼭 15년이 걸렸다.

작가와 평론가의 관계가 또한 재미있다. 작품과 평론과의 사이에 친밀한 유기적 관계 같은 것은 우리 문단에서는 거의 찾아볼 수 없다. '시 월평'이나 '소설 월평'이라는 것이 독자를 위한 것이라기보다는 작가를 위한 전문적인 계몽의 비중이 더 많은 것도 우리나라의 '창작 월평'이라는 것의 특징이지만 이러한 자기들끼리의 밀어도 거의 전부가 동문서답이다. 요즘에는 문단 파벌 의식 같은 것은 많이 없어진 것 같고, 젊은 평론가들의 질도 상당히 향상된 것 같아서 제법 선(線)이 있는 소리를 하는 사람도 간혹 볼 수 있게 된 것은 그나마 다행한 일이지만 이러한 비평에 귀를 기울이고 있는 징후가 작품에는 아직도 나타나고 있지 않다. 젊은 비평가들의 작품평을 보면서 이따금씩 느끼는 것은, 아무래도 그들의 비평이 눈치를 보면서 '적당히' 쓰고 있다는 미흡감이다. 처음에는 상당히 날카로운 소리를 하다가도 이름을 얻고 신문사나 학교 같은 대제도 속에 흡수되면 어느 틈에 잠잠해지거나 그렇지 않으면 자기의 직책에 영향이 갈 만한 말은 일체 쓰지 않게 된다. 그러나 눈치를 보고 쓰는 것은 젊은 비평가들에 한한 일만은 아니다. 우리나라의 시, 소설, 평론의 전 부면(部面)의 글들이 모두 눈치를 보고 쓰고 있는 글이라고 해도 과언이 아니다. 이런 점에서는 일제시대의 문학자들보다도 훨씬 기백이 없고, 그 당시에 비해서 사회 현상이 전반적으로 원자화되어 가고 있다는 사실도 있지만 오늘날의 글 쓰는 패거리들은 상당히 세속적으로 되어 가고 있다. 작품에는 성인(聖人)이 다 된 것 같은 글을 쓰는 시인이 2년도 채 안 되는 동안에 호화 시집을 두 권씩이나 내는 것을 보고 진지한 문학청년들은 당황감을 느낀다. 오늘날의 문학하는 사람들이 문학을 통해서 자유의 경간(徑間)을 넓혀 가야 한다는 과제는, 일제 시대의 지사들의 독립운동만 한 비중이 있는 대업인데도 불구하고, 이것을 모를 리 없는 오늘날의 지각 있는 문인들이 secularism(세속주의)의 제물이 되어 가는 것을 어떻게 해석해야 좋을지 모르겠다. 오늘날 우리들의 풍속은 이런 현상에 접할 때마다 잘못했다는 비난은커녕 오히려 안도감을 느끼는 것이 우정의 표시처럼 되어 있으니 딱한 노릇이다.

우리 문학이 일본 서적에서 자양분을 얻었다고 했지만, 정확하게 말하자면 일본을 통해서 서양 문학을 수입해 왔고, 그러한 경우에 신문학의 역사가 얕은 일본은 보다 더 신문학의 처녀지인 우리에게 중화적인 필터의 역할을 (물론 무의식적으로) 해 주었다. 그러나 해방과 동시에 낡은 필터 대신에 미국이라는 새 필터를 꽂은 우리 문학은, 이 새 필터가 헌 필터처럼 친절하지 않다는 것을 느꼈다. 「사케와 나미다카」는 의미를 알고 부를 수 있었지만 「하이 눈」의 주제가는 그것을 부르는 김시스터나 정시스터도 그 의미를 모르고 부른다. 미국 대사관의 문화과를 통해서 나오는 헨리 제임스나 헤밍웨이의 소설은, 반공물이나 미국 대통령의 전기나 민주주의 교본의 프리미엄으로 붙어 나오는 크리스마스 선물이다. 그들로부터 종이 배급을 받는 월간 잡지사들은 이따금씩 《애틀랜틱》의 소설이나 번역해 냈고, 이러한 소설들은 'O. 헨리' 상을 받은 작가의 것이 아니면, 우리나라의 소설처럼 따옴표가 붙은 대화 부분의 행이 또박또박 바뀌어져 있는 것이었다. 이러한 새로운 탁류 속에서 미국의 '국무성 문학'이 '서구 문학'의 대명사같이 되었고, 우리 작가들은 외국 문학을 보지 않는 것을 명예처럼 생각하게 되었고, 다시 피부에 맞는 간편한 일본 문학으로 고개를 돌이키게 되었다.

그러나 식민지 문학으로 등장한 미국 문학이라고 하지만 그의 역사는 일본 문학의 3배나 되고, 그의 밀접한 배후에 장구한 역사를 가진 구라파 문학과 부단히 혈액 관계를 가지고 있는 문학은 일본 문학처럼 다루기 쉬운 것은 아니었고, dry cleaning은 알아도 '금주주(禁酒州)'는 모르는 문학청년들이, 일제 시대에 일본책에 친자(親炙)하듯 자양분을 딸 수 있는 것은 못 되었다. 너무 성급한 판단은 내리기 싫지만 또다시 단적으로 말하자면, 해방 후의 문학청년들, 아까 말한 35세 이하의 작가들은 뿌리 없이 자라난 사람들이다. 식민 문학을 벗어나지 못한 문학이 F. O. A.*의 언어를 이해하지 못할 때 거기에서 무엇이 자

* Foreign Operations Administration. 미국의 국방과 외무 분야 행정을 통합관리한 부서.

라날 수 있겠는가?

심금의 교류를 할 수 있는 언어, 오늘날의 우리들이 처해 있는 인간의 형상을 전달하는 의무를 이행할 수 있는 언어, 인간의 장래의 목적을 위해서 선택이 이루어질 수 있는 자유로운 언어—이러한 언어가 없는 사회는 단순한 전달과 노예의 언어밖에는 갖고 있지 않다. 그리고 그러한 인간 사회의 진정한 새로운 지식이 담겨 있는 언어를 발굴하는 임무를 문학하는 사람들이 이행하지 못하는 나라는 멸망하는 나라다.

아무래도 앞으로 우리 문학은 세계의 창을 내다볼 수 있는 소수의 지적인 젊은 작가들에게 희망을 걸 수밖에 없다. 애매한 노자 철학을 강석(講釋)하는 우화를 쓰는 「목련」의 작가보다는, 산아 제한의 강박관념을 패러프레이즈(paraphrase)하는 「태어나지 않은 아이들」의 작가가 다소 신경질적이기는 하지만 공감이 가고, 대학교수의 음전한 자리에서 아무도 모르는 시를 정기적으로 써내는 시인들보다는, 개밥에 도토리 모양으로 이 술집 저 술집으로 구걸 술을 마시고 다니면서 '추천시'에는 아예 응모할 생각도 하지 않는 거지 시인들에게 더 희망을 걸 수 있다.

그러나 이렇게 남의 일만 이야기하다 보니 어쩐지 내 발밑이 불안해진다. 지난 4개월 동안 본지*에 '시 월평'이란 것을 쓴 것을 반성해 볼 때 정말 정직한 말을 썼는가 하는 자책감이 든다. 나도 어느 사이에 '적당히' 쓸 줄 아는, 때가 묻은 게 아닌가 하는 자책감이 든다. 나는 아직도 글을 쓸 때면 무슨 38선 같은 선이 눈앞을 알찐거린다. 이 선을 넘어서야만 순결을 이행할 것 같은 강박관념. 우리는 무슨 소리를 해도 반 토막 소리밖에는 못하고 있다는 강박관념. 4·19 후에 8개월 동

* 《사상계》를 말한다.

안 잠깐 누그러졌다가 다시 굳어진 강박관념. 나는 몇 년 전까지만 해도 이러한 강박관념을 우리나라만의 불행이라고 생각해 왔는데, 그 후 거기에 세계의 얼굴이 담겨 있는 것을 알고 약간의 안도감을 느낄 수 있었지만, 여기에 비친 세계의 얼굴이 이중이나 삼중 유리 겹창에 비치는 얼굴 모양으로 윤곽이 엇갈려서 어떤 것이 어떤 얼굴인지 분간할 수 없게 되는 새로운 불안이 생겼다. 따라서 얼마 전까지만 해도 38선이 없어지면 그것은 해소되리라고 생각했지만, 지금은 38선이 없어져도 좀처럼 해소되지 않고, 또 다른 선이 얼마든지 연달아 생길 것이라는 예측이 서 있다. 35세의 경우도 마찬가지다. 결국 자유가 없고 민주주의가 없다는 귀결이 온다. 민주주의가 없는 나라에서는 작가의 책무가 이행될 수 없다. 아직도 우리나라는 이러한, 달걀이 먼저냐 닭이 먼저냐의 수수께끼를 되풀이하고 있다. 이러한 경우에 이북보다 이쪽이 '비교적' 자유가 있다는 말은 통하지 않는다. 민주주의 사회는 말대답을 할 수 있는 절대적인 권리가 있는 사회다. 그런데 이 지대에서는 아직까지도 이 '절대적인' 권리에 '조건'을 붙인다. 앨런 테이트의 『현대작가론』에 다음과 같은 구절이 있다.

> 우리들은 다른 특권을 향유하는 것과 같은 조건으로 민주주의 특권을 향유하고 있다 — 즉 우리들은 어떤 것은 반환할 수 있다는 조건으로. 작가가 그의 자유 대신에 돌려주는 것은 그의 형제들 — 쥘리앵 소렐, 램버트 스트레더, 조 크리스마스* — 을 위한 어려운 자유의 모형이며, 작가의 분부를 받고 이들도 역시 자유를 누리게 되고, 작가 자신의 자유를 지탱해 주게 된다. 작가가 사회에 반환하는 것은 흔히 민주주의 사회가 다른 사회처럼 거의 좋아하지 않는 것이 되는 수가 있다. 즉 민주주의의 악용을 저주하는 용기, 특히 민주주의의 찬탈을 식별하는 용

* 스탈당의 『적과 흑』, 헨리 제임스의 『대사들』, 윌리엄 포크너의 『팔월의 빛』의 주인공.

기가 그것이다.

미국의 민주주의의 성격이나 그의 수출 태도나 자유의 본질을 논하는 것은 나의 능력 이외의 일이며, 다만 내가 여기서 말하고 싶은 것은 언어의 문화를 주관하는 것이 작가의 임무이며, 그밖의 문화는 언어의 문화에 따르는 종속적인 것이며, 우리들의 언어가 인간의 정당한 목적을 향해서 전진하는 것을 중단했을 때 우리들에게 경고를 하는 것이 작가의 임무라는 것이다. 사회인의 목적은 시간을 초월한 사랑을 통해서 적시에 심금의 교류를 하는 데 있다는 것이다. 그리고 그러한 활동에 지장이 되는 모든 사회는 야만의 사회라는 것이다.

그러나 솔직한 눈으로 바라볼 때 우리 문학 40년사에서 언제 우리들은 제대로 민주적 자유를 경험한 일이 있었던가? 구태여 찾아본다면 해방 후의 2, 3년간? 그러나 그것은 우리의 민족문학을 일으켜 세우기에는 너무나 어지러운 혼란 속에서 번갯불같이 지나가 버렸다. 이것이 나의 착각이 아니라면 우리 문학은 아직도 출발을 시작하지 못하고 있는 게 아닌가 하는 생각이 든다. '신문학 40년에 무슨 일을 하였나?', '해방 후 20년에 무슨 작품이 나왔나?' 하는 회의도 그러한 전제하에서 볼 때는 도저히 제기될 수 없는 공연한 회의라는 생각이 든다.

1964.

신비주의와 민족주의의 시인 예이츠

급작스런 일격, 거대한 날개는 아직도
비틀거리는 소녀를 치고 있다.
그녀의 가랑이는 그 검은 죽지에 애무당하고,
목덜미는 부리에 물리었다.
그는 그녀의 가눌 수 없는 가슴을
제 가슴으로 짓눌렀다.

—「레다와 백조(Leda and the Swan)」에서

제우스가 백조로 변하여 레다를 능욕하는 것을 주제로 한 이 시는 불과 14행을 가지고 희랍 신화의 대계(大系)를 메타피지컬하게 나타냈다고 하는 것이 평론가들의 견해다. 그리고 예이츠의 이러한 신비주의는 그의 시가 현대적 주제와 연결될 때 더욱 상징적인 가치를 지니게 된다.

그의 시적 이상(理想)이란 '자신을 시 속에 담고, 정상적이고 정열적이며, 사리를 분별하는 자아, 하나의 전체로서의 인격을 시 가운데서 유지하는 것'이었다. 그래서 그의 시는 자서전적인 형태를 띠고 있다고 할 수 있다.

흔히 예이츠를 가리켜 20세기 전반의 '가장 위대한 시인(the greatest poet)'이라 하고, T. S. 엘리엇을 '가장 중요한 시인(the most important poet)'이라고 한다. 엘리엇이 '가장 위대하다'는 평을 못 받고 '중요한' 이란 형용사를 그 이름 앞에 달게 된 것은 예이츠가 인생 전반, 그리고 인간과 영혼, 자연 등, 전 우주적인 것을 주제로 삼는 데 비해 엘리엇은 주로 현대적 문제점을 찾는 데서 연유한 것인지도 모른다.

예이츠는 오스카 와일드나, G. B. 쇼처럼 아일랜드 태생이다. 그러나 와일드나 쇼가 문학의 출발을 런던에서 갖고, 생애의 대부분을 런던에서 보낸 데 비하여 예이츠는 런던에서 문학적 수업을 쌓은 후 일찍 고국 아일랜드로 돌아왔다. 그가 영국을 떠나 아일랜드로 돌아온 데는 개인적 이유도 있겠지만, 거기에는 영국과 아일랜드와의 관계, 그리고 아일랜드와 아일랜드를 조국으로 갖는 시인 예이츠와의 관계가 개재한다. 이 점은 후에 상세히 기록하겠다.

그는 1865년 7월 13일, 더블린 시의 교외인 샌디마운트에서 태어났다. 그의 부친은 처음엔 변호사였으나 후에 가서는 유명한 화가가 된 J. B. 예이츠였다. 예이츠의 양친은 모두 프로테스탄트의 가정에서 태어났으며, 친할아버지와 외할아버지, 양쪽이 모두 앵글리칸* 교회의 목사였다. 그러나 예이츠와 그의 아버지는 가문의 종교적 전통을 계승하지 않았다. 아버지인 J. B. 예이츠는 헉슬리 등의 영향을 받은 불가지론자(不可知論者)였고, 예이츠는 아버지와도 다른 자신의 종교를 만들었다고 스스로 말한 바 있다. 예이츠는 말하기를 자신의 종교란 변함없는 시적 전통을 가진 하나의 어김없는 교회라고 했다.

아버지 J. B. 예이츠는 그에게 예술적 감흥을 불어넣어 주는 데 조금도 인색하지 않았으며, 그가 시인이 되겠다고 하자, 부디 훌륭한 시를 제작하라고 그를 격려했다. 그의 어머니는 아일랜드 서부 해안에 있는 슬라이고(Sligo) 출신으로서, 이 슬라이고는 항상 시인 예이츠가 그리워하던 곳이기도 했다. 그것은 그가 소년 시절의 대부분을 그곳에

---

* 영국 성공회 교도.

서 보낸 때문인지는 모른다. 물론 그의 학교 생활은 런던에서였다. 그는 런던에서 고돌핀다, 해머스미스 두 학교를 다녔지만 생활의 대부분을 보낸 것은 슬라이고였다.

"내 생애에 가장 큰 영향을 준 곳은 슬라이고였다."

이렇게 예이츠가 술회할 정도로 슬라이고에 대한 그의 사랑은 대단했다. 「이니스프리」를 위시하여 「벤벌벤」 등 많은 작품에는 슬라이고 근방의 호수와 산에 대한 향수가 깃들어 있다.

열다섯 살 때 그는 런던에서 더블린으로 돌아와 에라스머스 스미스 학교에 들어갔다. 1883년에서 1886년에 이르는 동안 그는 가문의 전통에 따라 미술 공부를 했다. 그러나 얼마 가지 않아 자기는 화가가 되기보다는 시인이 될 천분이 많음을 자각했다. 그는 아일랜드와 문학을 사랑하게 된 것이다. 그리고 이 문학과 조국에의 사랑은 그의 생애와 함께 계속되었다. 합리주의자의 가정에 태어난 예이츠였지만 그는 자연에 의해 성장되었다. 그렇게 종교적인 가문이었지만, 그는 앞에서 말한 자신의 종교, 즉 '시적 전통에서 우러나온 새로운' 종교에 의해서 자신을 키워 간 것이다. 자기가 예술가의 아들이라는 것을 뽐내면서 시를 쓰기 시작한 것도 이 무렵이었다. 그의 아버지는 예이츠가 고등학교를 나오자 예이츠 가문에서 2대나 다닌 바 있는, 트리니티 칼리지에 입학하기를 희망했지만, 학교 공부를 게을리한 예이츠는 더블린에 있는 메트로폴리탄 예술학교에 들어갔다. 예이츠는 시를 부업으로 하는 화가가 되어 생계를 세우겠다고 말했지만 자기의 문학적 천분을 기르는 데 전력했다.

그가 시인으로서의 관록을 뚜렷이 인정받은 작품은 장시 『오이신의 방랑(The Wandering of Oisin)』(1889)이었다. 1대를 풍미한 유물론과 합리주의에 반발하여 미의 세계에 몸을 맡긴 예이츠는 아일랜드의 켈트(Celt)적 요소를 자기 문학의 소재로 삼았다. 이 『오이신의 방랑』에는 아일랜드의 전설과 구전 설화에 대한 강렬한 관심이 엿보인다. 그리고 신비한 몽상에 잠긴 듯한 그의 초기 시의 특색이 여실히 살아 있는 것이다.

그의 생애는 크게 삼기(三期)로 구분할 수 있다. 그 첫째가 그의 런던 생활이다. 런던에서 예이츠는 상아탑 속에 웅크리고 앉은 세기말 시인들과 접촉을 갖게 되었다. 어니스트 라이스와 더불어 예이츠는 '시인 구락부(Rhymers Club)'를 창설하였다. 구락부의 스타들은 도우슨과 라이오넬 존슨이었다. 1895년까지 예이츠는 여섯 권의 책을 발행하였다. 당시의 예이츠의 모습을 라이스는 다음과 같이 기술하고 있다.

"매우 창백하고, 바싹 말랐으며 이마 위로 갈가마귀 같은 머리칼을 늘이고 있는 사나이. 그의 얼굴은 어찌나 좁은지 그의 빛나는 검은 눈동자가 겨우 자리를 차지할 수 있을 정도다."

때는 바야흐로 켈트 족의 여명기, 상징주의 시대, 장식의 시대, 안이한 음률과 지나친 평이의 시대였다.

1886년에 예이츠가 아일랜드로 돌아왔을 때, 그는 마음 산란해 어쩔 줄 모르는 성인(成人)이 되어 있었다. 그리고 그해에 아일랜드 혁명이 불꽃을 올렸다. 내셔널리즘에 눈이 떠 가고 있던 예이츠가 이 불꽃에 스스로의 몸을 점화한 것은 물론이다. 1886년의 이 혁명으로 영국의 지배로부터 아일랜드는 자치(Home Rule)를 쟁취한 것이다. 이 혁명을 계기로 아일랜드의 내셔널리즘은 더욱 열을 띠어 갔다. 이른바 켈틱 르네상스(Celtic Renaissance)의 첫걸음이기도 했다. 아일랜드 사람들은 자기들의 과거의 문학, 즉 민간 설화나 구전 설화에 이르는 민속 문학(Folk Literature)의 부활로부터 켈틱 르네상스를 시작한 것이다. 이 민속 문학이 차츰 발전되어 본격적인 예술 운동으로 파급되었던 것이다.

그때 예이츠는 프랑스 망명을 마치고 돌아온 철저한 내셔널리스트 올리어리(John O'Leary)를 만났다. 물론 예이츠의 내셔널리즘은 올리어리의 그것과는 다른 것이었다. 올리어리의 내셔널리즘이 직접 정치에 참여하는 것임에 반하여 예이츠의 것은 아일랜드 민족의 전설을 발굴함으로써 민족 정신을 고취하자는 것이었다. 앞에 말한 『오이신의 방랑』도 올리어리의 자극을 받아 쓴 것이며, 그 출판도 올리어리의 도움으로 이루어진 것이다.

그리고 그 혁명의 해인 1886년에 예이츠는 미모의 내셔널리스트 모드 곤을 만났다. 그러나 예이츠가 예술을 바탕으로 한 내셔널리스트인 데 비해 그녀는 선동적인 내셔널리스트였다. 두 사람의 이 기질적 차이는 10여 년의 애정과 동지애에도 불구하고 결실되지 못했다. 독립운동에의 참여와 모드 곤과의 맺지 못한 사랑의 결말 등, 그의 신변에 일어난 이러한 일련의 변화는 시인으로서 그의 생애의 원숙을 가져다 주었다. 이때 그는 자기 자신을 사회주의자 또는 페니언(아일랜드 독립을 위하여 일하는 미국 내 아일랜드인의 조직체의 회원. 이 회는 1858년에 조직된 비밀결사.)이라고 불렀다.

레디 그레고리와 예이츠의 우정 내지 동지애는 너무나 유명한 것이었다. 그가 레디 그레고리를 처음 만난 것은 1896년이었다. 그녀는 예이츠를 쿨(Coole)에 있는 자기 집으로 데리고 가서 같이 살았다. 그리고 그와 함께 '공동 작업'을 했다. 그들은 마침내 후에 아베이 극장(Abbey Theatre)이 된 아일랜드 문예 극장을 창립했다. 1899년의 일이었다. 그리고 아일랜드 학술원을 설립하였다. 이 극장에서의 그의 첫 공연 작품은 1895년에 쓴 「캐슬린 백작부인(Countess Cathleen)」으로서 『오이신의 방랑』 다음에 쓴 작품이었다. 그는 아베이 극장을 위해 작품을 쓸 뿐만 아니라 실제 공연에도 많은 협조를 아끼지 않았다. 말하자면 극작과 극장 관리와 극장 설립을 위한 모금 운동을 통하여 아일랜드 연극에도 그의 공헌은 큰 것이었다.

한편 그의 시에도 변모가 깃들기 시작했다. 그 변모는 보이지 않는 가운데 실현되는 것이 아니라 오히려 갑작스러운 것이었다. 그의 시에 리얼리티가 나타난 것이다.

그가 초기의 시풍에서 벗어나 이러한 리얼리티, 즉 현실에 접근해

가는 새로운 경향을 보이기 시작한 것은 1903년에 나온 시집『일곱 개의 숲속에서(In the Seven Woods)』에서였다. 그가 사용한 시어나 시추에이션은 시적인 것에서부터 일상적인 것으로 변해 가고 테마는 지극히 개인적이며, 또 현실적인 것이 되었다. 이러한 새로운 시풍은 그다음에 나온 시집『초록 투구 기타(The Green Helmet and Other Poems)』를 거쳐,『책임(Responsibility)』(1914)에 이르러서는 더욱 확고해진다.

그의 시가 현실적인 색채를 띠게 된 것은 자기의 초기 시에 대한 반성과 더불어 자신이 처한 현실적 위치가 복잡해진 데 있다 하겠다. 레디 그레고리를 만난 후 쿨에 가 있는 동안 그는 정치 생활에 환멸을 느꼈다. 1902년엔 국민극단(The Irish National Theatre Society)의 단장, 1904년에는 아베이 극장의 개관으로 연극 사업에 전심하게 되었다. 그러나 1902년 흥행이 성공한 작품「캐슬린 니 훌리한(Cathleen ni Houlihan)」의 히로인으로 무대에 나섰던 그의 옛 애인 모드 곤은 결혼해 버렸다.

이 시기에 나온 주요 작품으로는 앞에 말한「캐슬린 백작부인」,「캐슬린 니 훌리한」,「배일스 해안에서(On Baile's Strand)」(1904),「데어드르(Deirdre)」(1907) 등 시극이 있다. 이것들은 모두 켈틱 민화에서 취재한 것들이다. 예이츠는 그 후에도 시극을 썼지만 자기 나라의 전설과 민화 등에서 재료를 얻어 오는 극작 태도에는 변함이 없다. 그러나 그의 시극은 상연에 적합한 공연물이라기보다는 시적 웅변(Poetic Speech)을 통한 미의 창조에 그 중점을 두고 있었다. 또 그는 1917~1926년엔 일본의 고전극인 'Noh(能)'의 형식을 빌려 시극의 새로운 실험도 시도하였으나 이것 역시 무대에서의 현실적인 공연은 의식하지 않고 쓴 듯하다.

어쨌든 그가 시에서 시극 쪽으로 발을 옮긴 데는 우리의 관심이 기울어진다. 비록 그것이 민족 문화의 르네상스를 갖자는, 또는 민족정신을 고취하려는 목적 의식에서 우러나왔다 할지라도 문학의 가장 고급한 형식이라는 극에 그의 관심이 기울어졌다는 것은 그의 정신세계의 고매한 일면을 볼 수 있기 때문이다.

이 시기에 그의 시적 관심이 현실적인 데로 접근한 것은 앞서 지적한 바이지만 또 한 가지 간과할 수 없는 동기는 1908년부터 그가 교우를 시작한 미국 출신의 예이츠보다 연소한 시인 에즈라 파운드의 영향이다. 현실적 접근이라는 변신 이외에 그의 시에는 이미지즘(Imagism)의 경향을 개척하려는 국면이 보이기도 한다. 시의 대상을 영혼의 통과를 거치지 않고 직접 취급한다든가, 주제의 선택이 자유로워졌다든가, 언어의 절약과 사상의 집중을 기하려는 그의 태도에는 그때까지의 낭만적 시인(Romantic Poet)에서 벗어나 현대적 시인(Modern poet)으로서의 출발을 한 것이라고도 볼 수 있다. 이러한 면으로 볼 때 E. 파운드의 영향은 거의 확실하다 할 수 있겠다.

그 후 수년간 그의 시작(詩作)은 거의 보이지 않는다. 위대한 시인으로서의 예이츠의 진면모는 『쿨호의 백조(The Wild Swans at Coole)』(1919) 이후의 그의 후기 시에서 찾아야 한다는 정론이 있다. 추측건대 이것은 그의 제3기(제2기는 결혼 직전까지다.)부터의 작품이 즉 제2기 이후의 침체기가 지난 후에 씌어진 때문인 것 같다.

1917년 10월 그는 갑자기 조지 리스와 결혼했다. 그의 부인은, 시인으로서의 예이츠의 불행을 알고 있었다. 뿐만 아니라 신비적인 것으로 향하는 예이츠의 시적 관심을 충족시키기 위해 한 아내로서, 그리고 시인의 반려로서의 온갖 노력을 기울였다. 조지 리스는 예이츠의 기분을 전환시키려고 자기 자신이 영매가 되어 이른바 자동기술(Automatic Writing)을 시작했다. 작품 「비전(A Vision)」은 이 자동기술을 토대로 한 그의 비교, 철학, 사학에 대한 그의 연구와 사색을 집약하여 이루어진 예이츠 자신의 철학이기도 하다. 이 시는 그의 초기 시의 백그라운드라 할 수 있는 아일랜드 신화보다 복잡하고 체계화된 것으로서 달〔月〕과 현대 문명의 단계를 비교시킨 것이다. 이 난해한 산문 작품 「비전」

의 체계에 대한 이해가 없이는 그의 후기 시에 대한 충분한 감상은 불가능하다고 할 정도로, 예이츠의 주요작이다. 그의 시 중에 대표작이라고 불리는 「제2의 강림(The Second Coming)」(1920), 「레다와 백조」, 「비잔티움으로의 항행(Sailing to Byzantium)」(1928), 「비잔티움(Byzantium)」(1932), 「영혼과 자아의 대화(A Dialogue of Self and Soul)」(1929) 등은 모두 이 시기의 작품이다. 위의 제 작품을 포함하여, 이 시기에 출판된 예이츠의 시집으로는, 『탑(The Tower)』(1928), 『돌아 올라가는 층계, 기타(The Winding Stair and Other Poems)』(1933) 등이 있다.

예이츠는 아내의 영매 역할로써 자기의 모든 활동이 부활함을 느끼고 있었다. 그녀가 영매가 되어 예이츠에게 바치는 그 신비는 그를 언제고 반쯤 잠든 사람 같은 기분에서 움직이게 했다. 그러나 예이츠는 이 설명할 수 없는 선경(仙境)에 대해서 이야기할 때, 자기 자신이야 그것을 빼저리게 체험하고 있었지만, 비웃음거리가 되곤 했다. 그러한 가운데, 1923년, 예이츠는 노벨문학상을 타게 되었다. 그 후 그는 오랫동안 국제적인 명사급에 속해서 살아왔다. 그가 여행을 하면 가는 그것이 유럽이든 미국이든 그는 신문기사의 좋은 재료가 되기도 했다.

이상 언급한 그 생애의 세 가지 단계에도 불구하고 참으로 이상하다고 생각될 일이 일어났다. 예이츠 자신도 이러한 것을 노벨문학상을 탈 즈음 해서야 알아차리게 되었다. 그것은 대강 이러한 사실이다. 즉, 그가 젊었을 때 그는 자기의 뮤즈가 늙었나 보다고 종종 술회한 적이 있었다. 그러나 그는 늙은 다음에는, 자기의 뮤즈는 젊은 것이라고 말하게 된 사실이다. 그리고 그것은 평론가의 입증이나, 학자들의 연구 결과로 보면 사실이었다. 한 시인의 최후의 작품이 최우수작품이었다는 예는 문학사에서 예이츠 이외에는 찾아보기 힘들다. 그는 쉽게 젊지도, 쉽게 노쇠하지도 않는 뮤즈를 지닌 유일한 시인이었던 것이다. 수식이 없이 간결한 시구, 나긋나긋하지 않고 오히려 단호한 아름다움, 예리함, 통일성, 객관성 등은 그가 젊었을 때는 아무리 해도 이루어지지 않았던 것들이다. 그것이 그의 노경(老境)에 이루어진 것이다.

여기는 노인들의 나라가 아니다.
젊은 사람들은 서로 품에 안고,
새는 나무 위에,
—죽어 가는 세대—를 노래한다.
연어 뛰는 폭포, 고등어가 들끓는 바다.
물고기, 짐승, 날것 들은,
잉태하여 낳고, 죽어 가는
긴 여름을 찬양한다.
육감적인 음악에 매혹되어
영원한 지(知)의 모든 유물을 등한히 한다.

—「비잔티움으로의 항행」에서

이것은 1928년, 그러니까 예이츠의 나이 예순세 살 때 쓴 것이다. 환갑을 넘는 예이츠 할아버지가, 무너지는 현대를 떠나 '정신이 존재하는' 옛 도시 비잔티움을 찾아가는 노래다. 그러나 회고적인 감상도, 시기를 놓친 노인의 비애도 없다. 현대에 대한 비판과 공감할 수 없는 물질성 앞에 영혼을 제시하고 있을 뿐인 것이다.

1933년에 예이츠는 더블린 교외에 집과 땅을 샀다. 해마다 병을 다스리기 위하여 해외로 떠나는 겨울철을 제하고는 그는 거기서 살았다. '초자연적인 노래'라고 이름 붙인 철학적인 시들을 포함하는 『3월의 보름달(A Full Moon in March)』에서 『최후의 시(Last Poems)』에 이르기까지 그가 줄곧 시작을 계속했다는 사실은 "스물다섯이 지나면 시 쓰기를 그만두는"(엘리엇의 말) 시인들에 비할 때, 가히 20세기에 가장 위대한 시인이라는 칭호를 붙일 만도 하리라. 이 마지막의 시편들은 일견 초연하고 아무런 일도 없는 듯이 보이지만은 시의 이면에는 불안과 비애와 분노 등 노인으로서의 심경이 나타나 있는 것이다. 심지어는 이제 다 늙게 된 자기에게 아직도 시를 쓰게 하는 것은 육체적 욕망과 광란이 있기 때문이라고 고백하기도 한다.

호레이스 그레고리는 예이츠를 가리켜 이렇게 말하고 있다.

"그는 자기 자신, 두 세계의 시민임을 믿고 있었다. 한 세계는 가시(可視)의 세계요, 또 하나는 미지의 세계다. 그는 이쪽 세계에서 저쪽 세계로, 마치 자신의 시처럼 오고 갔다……."

또 데스몬드 피츠제럴드는 이렇게 말하고 있다.

"그는 우리들의 눈앞에 우리나라의 고유한 영혼을 마치 책을 펼치듯이 전개해 주었다. 그리고 그가 전개한 나라는 아일랜드보다 더 넓은 것이었다."

그런가 하면 B. I. 에반스는 말하기를

"그의 산문, 특히 후기에 속하는 대부분의 산문들은 그의 시들과 함께 걸작이며, 또 그의 시를 해설하고 있다."고 지적하기도 했다.

"인생이 비극이라고 느끼는 그 순간 우리는 삶을 시작하는 것이다."

이것은 예이츠 자신의 말이다. 정말 그 자신의 일생은 비극 정신의 구현이었다고 보아 마땅하리라. 그가 시에 있어 한 자리에, 또는 한 가지 세계에 침체됨이 없이 끊임없는 자기 변혁을 감행한 점, 또는 노후에도 안일과 평안을 버리고, 예술에의 헌신을 한 점 등은 바로 비극 정신의 구현이 아니겠는가? 그의 생애를 평하는 리처드 엘먼의 요약적인 증언은 이렇다.

"예이츠의 생애는 끊임없이 이어지는 계속적인 전투였다. 그리고 그는 그 전투에 있어 쉬운 싸움을 선택할 수 있었을 때에도 가장 어려운 싸움을 택했던 것이다."

예이츠가 쉬운 싸움을 거부했다는 것, 그것은 예이츠의 강인한 정신성을 말해 주기도 하며, 불굴의 시심을 말해 주기도 한다. 진정한 시심이란 가장 어려운 것을 극복했을 때 만족스런 작품을 생산해 내는 것이기 때문이다.

1937년, 이미 일흔두 살이 된 예이츠는 호흡과 보행이 곤란할 정도로 노쇠하였다. 그의 영혼을 기쁘게 하기 위해서는 그의 육체는 너무 멍들었던 것이다. 그는 요양을 하기 위해서 남부 프랑스로 떠났다. 그러나 이듬해인 1938년 겨울 카프 마르탱에 체류하고 있던 그의 병세는 더욱 악화되었다. 그리하여 그는 최후를 이역(異域)에서 마친 그 많은 대가들, 톨스토이나 앨런 포나 또는 스탕달처럼 1939년 1월 28일에 멀리 그의 고향인 더블린을 그리워하며 객사에서 숨을 거두었다. 공동묘지에서 장례식이 끝난 다음에야 그의 무덤에는 하나의 꽃다발이 도착되었다. 제임스 조이스가 보내온 것인데, 그의 장례식은 임시로 로커본에 있는 공동묘지에서 행해졌기 때문에 찾아 준 친구도 드물었던 것이다. 예이츠는 1938년 9월에 탈고한 작품 「벤벌벤 산 아래(Under Ben Bulben)」에서 자기의 영면의 장소를 지정한 바 있었다. 그 장소는 그가 못내 그리워하던 슬라이고였다. 그러나 그의 유해가 의장대의 영접을 받으며 슬라이고에 돌아와 묻힌 것도 1948년 9월이었다. 아무런 장식도 없는 그의 묘지의 석회석 묘비에는 손수 쓴 묘비명이 새겨져 있다.

> "차가운 눈길을,
> 삶과 죽음 위에 던지며,
> 지나가거라, 말 탄 자여!"

끝으로 예이츠의 극운동에 관해 우리가 생각해야 할 점은, 민족 문화의 중용을 위해서는 예이츠가 레디 그레고리와 또 그가 픽업한 싱그* 의 도움으로 전개한 극운동이 우리나라에서도 필요하다는 사실이다. 대

* John Millington Synge. 아일랜드의 극작가.

중을 결속시키고 개인으로부터 전체로 이끄는 것은 대중이 관심을 가지는 어느 사실에 그들의 흥미를 집중시키는 일이다. 예이츠가 전개한 자기 나라의 민화를 소재로 한 극운동은 민족 문화를 융성시키는 데는 다시 없는 촉진제였던 것이다. 더구나 민족 정신의 중흥 이외에 연극 예술의 발전이란 획기적인 소득도 생각할 때, 아일랜드의 르네상스가 아닌 한국의 르네상스가 몹시 아쉬워진다.

1964.

도덕적 갈망자 파스테르나크*

1 어린 시절의 환경

보리스 파스테르나크는 1890년 1월 29일에 모스크바에서 태어났다. 그의 양친은 그 당시 신학교 건너편의 2층집 문간방 아파트에 들어 있었다. 파스테르나크는 자기의 유모와 함께 신학교 교정에 들어가서 놀던 일을 어렴풋이 기억하고 있다.

그의 나이 3세 때 그의 양친은 궁내성(宮內省)이 관리하고 있는 미술학교 관사로 이사했다. 1894년에 그는 이 관사 발코니에서 알렉산더 3세의 장례식 행렬을 구경했으며, 그 후 1896년에는 니콜라스 2세의 대관식 광경을 구경했다. 이 미술학교는 세르게이 알렉산드로비치 대공의 후원으로 경영되고 있는 학교였다. 파스테르나크의 가족은 이

---

* 본고(本稿)는 영국의 시인 조지 리베이(George Reavey)의 파스테르나크에 대한 상세한 소개를 기초로 해서 꾸민 것이다. 리베이 씨는 케임브리지 대학 재학시부터 시작(時作)을 시작했고, 우리리엄 엠프슨, 리처드 에버하르트와 함께《익스페리먼트》지를 창간했다. 그는 또한 저명한 러시아 문학가이기도 하며, 파스테르나크와 그의 작품과의 친교는 1930년부터 시작되었다. 그는 『오늘의 소련 문학』, 『파스테르나크의 시』 등 러시아 문학에 관한 여러 저서를 썼고, 고골리와 투르게네프를 번역했다. 현재는 롱아일랜드 대학에서 교편을 잡고 있다.

이 밖에도 파스테르나크의 『여권(Safe conduct)』과 『나는 기억하고 있다(I Reamber)』의 두 개의 자서전과 그의 시 작품, 단편집을 참고로 했다. 부끄러운 이야기지만 역자도 파스테르나크를 접한 것은 『닥터 지바고』가 처음이며, 우연한 기회에 그 부록에 붙은 「지바고의 시」를 번역해 준 일이 있을 뿐 그의 산문 영역을 대충 훑어볼 수 있게 된 것은 이번이 처음이다.(원주)

학교 관사에서 그 후 20년 동안을 살게 되었는데, 그들이 이 학교로 온 이유는 지극히 간단하다. 보리스 파스테르나크의 부친인 레오니드 파스테르나크는 유명한 화가였고, 이 학교에서 교편을 잡게 되었던 것이다. 그는 당시의 모스크바 화단의 지도적인 인물이었을 뿐만 아니라 레오 톨스토이의 절친한 친구로서 그의 소설 『부활』의 삽화를 그려 주기까지도 했다.

톨스토이 집안과의 친밀한 교제는 오랫동안 계속되었고, 1910년에 톨스토이가 죽었을 때도 파스테르나크의 집안 식구들은 누구보다도 먼저 야스나야 폴랴나로 달려갔다. 당시 20세의 대학생이었던 보리스는 관 속에 누워 있는 톨스토이의 뚜렷한 인상을 간직할 수 있었고, 생전에 톨스토이 옹이 그들의 아파트를 방문한 일도 역력히 기억하고 있었다. 1918년에 그가 쓴 「툴라에서 온 편지」에는 아스타포프에서 숨을 거둔 톨스토이 옹의 임종기의 영기(靈氣)가 스며 있다. 그의 부친과 톨스토이와의 친교는 이 시인에게 지워질 수 없는 인상을 남겨 주었다. "우리들의 온 집안에서는 톨스토이의 정신이 샅샅이 스며 있었다." 그리고 그 고뇌에 찬 도덕적 거인의 정신은 『의사 지바고』의 영혼 속에도 스며 있다고 생각된다.

보리스 파스테르나크의 민감한 소년기는 그의 부친의 회화 세계와 톨스토이의 도덕적 분위기에서뿐만 아니라, 그의 모친의 음악적 감성에서 지대한 영향을 받았다.

"나는 어머니가 집에서 예술적으로 치는 피아노 소리에 습관이 되었다. 그 피아노 소리는 나에게는 음악 그 자체의 불가분의 특성처럼 생각되었다."

파스테르나크 부인(본명은 로자 카프만)은 자기 집과 톨스토이 가정과 연주회에서 연주했다. 그녀의 아들은 그의 부친의 당시의 화단의 명성들—세로프, 레비탄, 브루벨 같은 화가들—과의 교제에서 많은 영향을 받은 것처럼 풍부한 음악적 배경에서도 많은 영향을 받았다.

이처럼 회화와 음악과 문학과 고매한 도덕적 갈망은 이 장래의 시인의 소지(素地)를 만드는 데 섬세한 여러 가지 역할을 했다.

2 음악에서 문학으로

11세 되던 해에 보리스 파스테르나크는 제5모스크바고등학교 제2학급에 입학했는데, 이 학교는 특히 그리스어와 라틴어를 주력해서 가르치고 있었다. 12세 때에 다리를 부러뜨렸는데, 치료를 잘못 받았기 때문에 절뚝발이가 되었다. 이 사고 때문에 그는 1914년에 병역 근무에서 면제되었다. 양친을 통해서 스크랴빈*을 만나게 되었고, 이 음악가에게서 무서운 영향을 받은 다감한 보리스는 장래 작곡가와 피아니스트가 될 것을 결심했다. 이러한 결정은 대체로 그의 가족과 친구들의 찬성을 받았고, 파스테르나크의 장래의 진로는 이미 결정된 것 같은 감을 주었다.

그후 6년 동안을 파스테르나크는 음악에만 정력을 기울였다. 그는 스크랴빈 앞에서 자기가 작곡한 것을 연주했다. 이때 그는 젊은 명수로서의 인정을 받았다. 그러나 파스테르나크는 결국 음악가의 생애를 단념하고 말았다. 완전론자(完全論者)인 그는 피아니스트로서의 그의 작곡의 역량을 따라가지 못하고 있다는 결론을 내렸다. 음악과의 결별은 철저한 것이었다. 그가 자백하고 있듯이 그는 음악회에까지도 일절 발을 끊고 가지 않았다. 그의 정열은 문학으로 ─서정시와 산문으로─

---

* 알렉산드르 니콜라예비치 스크랴빈(Alexander Nikolayevich Scriabin, 1872~1915): 작곡가, 피아니스트. 모스크바에서 탄생. 도이치 낭만파 후기와 인상파의 영향을 받고, 그 후 인습에서도 탈피, 신비적 종합 예술의 의상(意想)에 탐닉. 음, 색채의 결합을 시도, 연주와 동시에 스크린에 색채를 비추는 '색채 피아노'를 연구. 한때 세계의 시청을 집중. 대표작으로는 「프로메테우스」(1910), 관현악곡, 피아노 협주곡(1894), 교향곡 1·2·3, 피아노 소나타 10곡, 「법열(法悅) 시(詩)」(1908) 등이 있다. 레오니드 파스테르나크가 그린 스크랴빈의 초상화가 있다.

쏠리었다. 그러나 음악에 대한 감정과 음악에서 받은 훈련은 그의 시와 산문의 수많은 구절에 반영되고 있다.

파스테르나크는 천직으로서 음악에 생애를 바칠 생각은 버렸지만, '내가 미칠 듯이 사랑한' 스크랴빈과의 조우는 그의 예술적 의식에 영원한 인상을 남겼다. 스크랴빈의 영기(靈氣)는 오래도록 그의 주변에서 떠나지 않았고, 불가사의하고 놀라운, 진정한 거인다운 충격을 주었다. 선과 악에 대한 의논을 하고, 레오 톨스토이를 논박하고, 초인을 설법하고, 초도덕주의와 니체주의를 변호한 스크랴빈—이러한 스크랴빈은 포착할 수 없는 신비성이 충만한, 세계의 수많은 새로운 면을 보여주었다. 그는 자기 자신에 대해서 '나는 어렸을 때부터 신비와 미신에 마음이 끌렸고, 섭리에 대한 강력한 매력을 느꼈다'고 말한 사람의 심금을 울렸던 것이다.

고등학교를 졸업한 뒤 파스테르나크는 모스크바대학에 들어가서 철학을 전공했다. 1912년 봄과 여름을 그는 마르부르크대학과 이탈리아에서 보냈다. 마르부르크대학에서는 코엔 교수 밑에서 연구를 했고, 이탈리아에서는 플로렌스와 베니스를 방문했다. 러시아로 돌아온 뒤 모스크바대학에서 학업을 계속하고 1913년에 동교를 졸업했다.

대학 시절부터 벌써 그는 당시의 시의 혁명의 와중에 휩쓸려 들어가게 되었다. 그의 개성과 재능은 아카데미의 돌파구 이상의 것을 요구했다. 시는 그러한 요구의 답변이 되었다. 그의 초기 시는 1912~1914년부터 시작된다. 그 후 곧 산문도 쓰기 시작했다. 그 당시 그는 릴케—릴케를 처음 본 것은 1900년이었지만, 지금은 그의 작품에서 그를 재발견하게 되었다.—와 같은 시인들로부터 강력한 영향을 받았다. 또한 상징파의 블로크, 아크메이즘의 안나 아흐마토바, 미래파의 마야코프스키, 이미지스트인 예세닌, 러시아의 제임스 조이스라고 하는 비옐리* 같은 시인들의 작품을 읽고 있었다. 고전 시인 중에서는 레르몬토프와 셰익스피어가 가장 명확한 인상을 주었다. 이러한 새로운 현실과 기술면을 추구하는 신경질적인 잡다한 이즘의 시대 속에서, 이러한 슬로건과 묵시적 기대의 경쟁적인 도가니 속에서, 이 젊은 시인은 천천히 자기의 독립적인 위치를 모색해 갔다. 1913년에는 베르하렌**을 만나기도 했다. 레오니드 파스테르나크는 1910년에 릴케의 초상화를 그렸을 때 모스크바에서 베르하렌의 초상화도 그린 일이 있었다. 파스테르나크의 자전적 기록인 『여권(旅券)』과 『나는 기억하고 있다』 속에는 이러한 시인들—특히 릴케, 블로크, 마야코프스키, 예세닌—에 대한 이야기가 많이 들어 있다.

파스테르나크는 1914년 여름을 시골과 모스크바의 두 곳에서 보냈다. 그해 여름은 새로운 인상을 많이 받았고, 그중에는 불길한 예감을 주는 것도 있었다. 그는 마야코프스키를 처음 만났다. 잠시 동안 두 집 가정—하나는 문학가의 가정이었고, 하나는 부유한 상인의 가정이었다.—에서 가정 교사 노릇을 하기도 했다. 또한 처녀 시집을 완성하고 있었다. 이 시집의 배경에는 문학적 이즘의 격동하는 자극적인 생활이

---

* 알렉산더 알렉산드로비치 블로크(Alexader Alexandrovich Block, 1880~1921): 시인. 러시아 상징주의파의 대표이며, 예세닌, 마야코프스키, 파스테르나크와 함께 20세기 소비에트의 4대 시인. 솔로비요프의 신비 사상에 매혹되어 영원의 여성을 노래한 종교적 상징시 『아름다운 부인을 노래하는 시』(1904)를 발표하고 열광적인 환영을 받음. 점차 리얼리스틱하게 되면서 애국적인 색채가 짙어짐. 유명한 『12』(1920)는 혁명 후에 씌어진 것으로 종교적 분위기에 자란 그의 혁명 찬미의 표명.

안나 아흐마토바(Anna Akhmatova, 1889~1966): 여류 시인. 1907년부터 시작을 발표. 1912년에서 1915년에 쓴 서정적인 사랑의 시로 유명해짐. 혁명 후에는 1923년에 시집을 낸 후, 17년간의 침묵을 겪고 나서 1940년에 시집을 발간. 1946년 즈다노프의 공격을 받기 시작하고, 소련작가동맹에서 제명 처분을 당함. 1950년에 수많은 애국시를 발표했지만 내용은 저하됨. 그녀의 작품 중에는 아크메이즘의 가장 좋은 특질이 담겨 있는 것이 있음.(아크메이즘은 1912년 상징주의에 반기를 들고 일어선 러시아의 시 운동. 아크메이스트들은 상징주의 시의 신비성과 모호성을 반대하고 명석, 정밀, 견고한 시풍으로 돌아갈 것을 주장, 그들은 또한 생(生)의 씩씩하고 영웅적인 면을 강조.)

보리스 니콜라예비치 비옐리(Boris Nicolayevich Biely, 1880~1934): 시인, 소설가. 모스크바에서 탄생. 러시아 상징주의파의 대표자 중의 한 사람. 1912년에는 인지학의 철학자 루돌프 슈타이너에게 경도. 1902년부터 『심포니』 1·2·3·4 를 계속해서 발표. 산문 작품 중에서 가장 유명한 것은 장편 소설 『빼쩨르스부르끄』. 운율의 대가로서 인정을 받은 그의 작품의 일부는 음악적이며 율동적인 산문으로 씌어짐.

** 에밀 베르하렌(Emile Verhaeren 1855~1916). 벨기에의 상징파 시인.

있었다. 그런데 8월에 전쟁이 터졌고, 보병들의 지축을 울리는 발자국 소리가 들려왔다. 병역 면제자인 파스테르나크는 1915년과 1916년을 우랄 지방의 여러 군수 공장에서 지냈다. 그러나 그동안에도 붓을 쉬지 않았다는 것은 그동안의 작품이 제2시집(1914~1916)에 수록되어 있는 것으로 입증되고 있다. 혁명이 일어나자 그는 모스크바로 다시 돌아왔고, 정치와 문학적 사건의 소용돌이 속에 휩쓸려 들어갔다. 1917년은 그가 『나의 자매 ―생활』을 쓴 특기할 만한 해였다. 이 시집은 그 뒤 5년 후에 출판되었는데, 이 시집으로 그는 비상한 힘과 참신성을 지닌 서정시인으로서의 명성을 확립했다.

혁명과 그 뒤를 이은 내란은 구 러시아의 종식을 의미하는 것이었다. 그것은 러시아의 지식인들을 분열시키고, 러시아 문학의 전통의 계속을 파괴했다. 거기에는 여러 가지 형태의 작별이 있었다. 1920년대의 초기에 파스테르나크의 가족들은 베를린으로 떠났다. 그들은 결국 영국에 정주하게 되었는데, 보리스는 고국으로 다시 돌아왔고, 그 후 계속 모스크바에서 살았다. 그가 고국을 떠난 것은―유럽에 간 것은―단 두 번밖에 없었고, 두 번 다 단기 여행이었다.

1930년에는 코카서스와 그루지야를 혼자서 찾아다녔는데, 레르몬토프가 지극히 낭만적인 필치로 묘사한 이 지방은 파스테르나크의 후기 시의 일부와 그가 번역한 그루지야 시인들의 작품이 증명하고 있듯이 그에게도 강렬한 인상을 주었다. 1920년대에 눈부신 활동을 계속하고, 문단에 사실상 상당한 영향을 끼친 파스테르나크는 새로운 스탈린의 사회주의 리얼리즘 시대와는 전혀 생리가 맞지 않았던 모양이다. 그는 1932년부터 차차 밀려 나오기 시작했다. 트로츠키파의 숙청이 한창 벌어진 1937년경에는 소련작가동맹에서 거의 축출될 뻔했다. 독소 전쟁 중에는 겨우 『시발 열차에서』라는―애국적 기분으로 쓴―시집이 나왔을 뿐이었다. 전후에도 줄곧 침묵을 지켰고 그루지야 시집, 괴테, 쉴러, 셰익스피어의 비극 등의 번역에 몰두했다. 이처럼 위험한 숙청의 시기를 반(半)은둔자로서 간신히 연명을 해 가면서, 그는 내면적으로는 소박하면서도 화강암 같은 완강한 페레델키노*의 성인으로 발전해 갔던 것이다.

3 시의 운명

정신면으로도 기술면으로도 지극히 독창적인 보리스 파스테르나크의 서정시는 시초부터 붕괴하는 세계에 직면하고 있었다. 1914년 초여름에는 누구 하나 앞으로 수십 년 동안을 러시아 사람들의 생활을 물들일 혼란과 단절을 꿈에도 예상하지 못했다. "여름은 무덥고 풍만한 앞날을 약속했다. 나는 클라이스트의 『깨어진 독』을 번역하고 있었다……." "전쟁이 선포되자 날씨는 갑자기 변했다…… 여인네들은 비오듯 눈물을 흘렸다." 『마지막 여름—이야기』**에도 "아직도 개인에게 주의를 기울일 줄 알고, 미워하기보다는 사랑하기가 쉬었던 그 마지막 여름"에 대한 애석한 감정이 메아리치는 향수의 음조가 담겨 있다. 그러나 파스테르나크도 대부분의 그의 동시대인들처럼, 눈앞의 현재와 가까운 장래의 일에만 몰두하고 있었고, 새로 젖을 뗀 현대의 거수(巨獸) 속에 든 대중의 압박의 거대한 가능성을 예측하지는 못했다. 그는 그 자신의 시적 감정의 긴급한 요구와 그 자신의 새로운 세계의 위안—"그는 수수께끼 같은 부활, 다시 말하자면 역행할 줄 모르는 완전한 르네상스를 희망했다"(『마지막 여름—이야기』에 나오는 Y씨)—에만 몰두하

---

* 파스테르나크가 1937년경에 낙향한 곳. 그는 여기에서 거리와는 절연하고 독서와 사색과 산보로 소일하면서 장편소설을 쓰고 있었다. 지금 그가 살던 이곳 오두막집과 정원은 또 하나의 야스나야 폴랴나로 되어 가고 있다.

** 파스테르나크의 중기에 속하는 장편소설. 소련에서는 『닥터 지바고』가 출간되지 못하고 있으니까 소련에서 발표된 그의 산문으로는 이것이 마지막 것이 된 셈이다. 조지 리베이가 번역하여 내놓은 영어판이 있다.

고 있었다.

그 당시의 문학적 배경 역시 야망과 예언과 실험에 가득 차 있었다. 안드레이 비엘리가 말한 것처럼, 헤라클레이토스의 정신이 충천하고 있었다. 세계는 유동적으로 되었다. 그것은 물처럼 범람하고 불처럼 춤을 추었다. 비엘리의 산문의 기발한 이미지, 파스테르나크의 번개 같은 운문, 클레브니코프*의 시어의 공격, 마야코프스키의 요란한 도전은 이러한 경향의 창조적이며 파괴적인 격동을 반영했다. 블로크는 이 현상을 '음악의 정신'이라고 규정하려 들었다. 그러나 그것은 또한 불안의 정신, 무의식의 심부(深部)에서 준동하는 미지의 정신이기도 했다. 아무튼 그것은 급속도로 붕괴하는 세계의 압력 속에 든 서정시의 소리였다. 수많은 태도와 기분과 표현 속에서, 파스테르나크의 소리는 본질적으로 서정적이고, 주관적이며, 외면상으로는 얼마간 밀봉적(密封的)인 것이었다. "예술에서는 인간은 침묵을 지키고 이미지가 말을 한다."

1914년에서 1916년 간의 시집 『보루 위에서』, 파스테르나크는 이미 마야코프스키의 낭만주의와 자기 투영을 거부하고 나섰다. 마야코프스키의 충격은 파스테르나크로 하여금 거의 문학을 포기할 생각까지도 갖게 했지만, 그는 그렇게 하는 대신 '낭만적인 태도'와 '시인의 생활'로서의 생활의 개념만을 포기했다. 그다음에 나온 『나의 자매—생활』과 『테마와 바리에이션』의 두 시집에서, 그는 섬세한 서정적 감정과 이채로운 이미지와 참신한 테크닉의 시인으로서의 그의 주장을 공고히 했다. 『나의 자매—생활』은 상징파와의 결정적인 결별뿐만 아니라 마야코프스키와의 결별도 의미하는 것이었다. 파스테르나크의

---

* 벨리미르 클레브니코프(Velemir Khlebnikov): 소비에트의 실험적 시인. 처음에는 상징주의파의 영향을 받았지만 후에는 미래파와 관계를 맺고 시어 창조에 노력. 슬라브족의 가장제도적(家長制度的) 과거를 이상화. 10월 혁명을 환영. 후기 시에서는 미래의 사회에 대한 환상적 묘사를 시도. 마야코프스키의 존경을 받음.

말을 빌리자면, "이 시집에는 시에 관해서 조금도 동시대적인 것이 아닌 표현이 들어 있었다……."

파스테르나크의 『의사 지바고』로 인한 그의 소위 '갑작스러운' 인기는 상당히 많은 사람들을 당황하게 한 것 같다. 소비에트의 관료들은 역시 그를 비방하고 무시하는 태도를 보였다. 그러나 우리들이 소비에트와 서구 세계의 1920년대와 1930년대의, 파스테르나크에 대한 비평을 살펴볼 때, 필경 그의 작품이 결코 쉽사리 소멸될 수는 없을 것이라는 결론을 얻게 될 것이다. 소비에트 측에서는 그것은 마야코프스키, 에렌부르크, 티호노프, 안토콜스키*를 위시한 수많은 사람들의 칭찬을 받았다. 저명한 소련의 작가인 페딘**은 1956년에 《Novyi Mir》 지의 편집자의 일원으로 『의사 지바고』를 동지에 게재할 것을 반대한 사람인데, 그는 1936년에 《문학신문》에서 "시인 파스테르나크는 산문의 영역에서도 활약하고 있다. 여러분 시인들이 그를 시인으로서 자랑으로 생각하고 있듯이 우리들 산문 작가들은 그를 산문가로서 자랑으로 삼고 있다."고 말한 일이 있었다. 영국의 시인이며 소련 문학가인 조지 리베이는 그의 사화집 『소련문학집』(1933년, 런던)에서 "가장 무시할 수 없는 소련의 현역 시인 파스테르나크는 그의 독특한 독립적인 태도 때문에 여전히 유력하기는 하지만 고독하다."고 말한 일이 있었다. 또

---

* 니콜라이 세미오노비치 티호노프(Nikolai Semyonovich Tikhonov, 1896~1979): 저명한 소비에트 시인. 제1차 세계대전과 내란에 (적군의용군으로) 참전. 처녀 시집은 1916년에서 1917년에 쓴 전쟁시. 1934년까지 장시 「사미」, 시집 『목자들』, 소설 『전쟁』 등의 작품을 발표. 제2차 대전 중에는 포화속에서 장시 「게로프 우리들과 함께」, 시집 『화염의 해』, 단편집 『레닌그라드 이야기』를 발표하고 세계적으로 널리 알려짐.

안토콜스키(Antokolsky): 주로 1935년 이후에 활약한 소비에트 시인. 아르메니아 시인들의 작품을 번역했다는 것 이외에는 그의 작품이나 작풍 등 그밖의 자세한 것은 불명.

** 콘스탄틴 알렉산드로비치 페딘(Konstantin Alexandrovich Fedin, 1892~1977): 저명한 소련의 소설가. 러시아의 전통적인 사실주의 및 고리키의 영향을 많이 받음. 『도시와 해』(1942)에 의해서 작가적 지위 확립. 이후 소설, 희곡을 많이 발표. 혁명기 인텔리겐챠의 성장과 몰락의 과정이 그의 작품의 주요한 테마가 됨. 대표작은 『형제』(1928), 『유럽의 약탈』(1934), 『나는 배우였다』(1934).

한 앙드레 말로는 1935년에 파리에서 열린 세계작가회의에서 파스테르나크를 맞이하면서 "우리들의 앞에는 우리들의 시대의 가장 비범한 시인의 한 사람이 서 있습니다."라고 말한 일이 있었다.

1933년에 파스테르나크의 『시전집』이 나왔을 때는 이미 그의 영향이나 명성에 대해서는 거의 의심할 여지가 없었다. 그러나 이것이 나왔을 때는 바로 스탈린 시대의 급격한 변화가 재촉되던 무렵이었다. 분위기는 점점 더 서정성이 퇴색하고, 슬로건을 환영하는 깔색 없는 경향으로 흘렀고, 파스테르나크는 위안과 보수를 위해서 셰익스피어 비극의 번역을 시작했다. 1936년에 『시전집』의 재판이 나오고 나서는, 10년 동안을 새 시 작품이라고는 거의 하나도 발표한 것이 없다. 파스테르나크는 번역가로서 전단적인 재판과—필냐크와 바벨*의 경우와 같은—불가사의한 실종의 악몽적인 시기를 겨우겨우 연명해 나갔다. 그는 계속해서 시작(詩作)을 하고 있었지만 발표할 길이 없었다. 전쟁은 여타의 여러 가지 공포도 있었지만, 내면적인 긴장을 어느 정도 완화해 주었고, 국민적 단결과 '위대한 러시아의 전통'을 가일층 강조하는 방향으로 나갔다. 따라서 개인과 국가 운명의 새로운 의미를 가

---

* 보리스 안드레예비치 필냐크(Boris Andreyevich Pilnyak, 1894~1937): 소설가. 1915년에 처녀작을 발표. 내란을 취급한 소설 『발가벗은 해』(1922)는 동물의 수준으로 타락한 생활상을 묘사. 1926년에 발표된 소설 『꺼지지 않는 달 이야기』는 작전 테이블 위에서 죽은 전쟁 위원 후룬즈의 이야기를 쓴 것인데, 이것이 스탈린의 명령으로 행해진 '의약(醫藥) 살인'이라는 암시를 주고 있음. 이것으로 회복될 수 없는 난경에 빠짐. 그의 소설 『마호가니』는 러시아에서는 출판이 거부되어, 1929년 베를린에서 발표함. 이것이 문제가 되어 소련작가동맹에서 제명 처분을 당함. 1937년에 실종. 총살당했다고 믿어지고 있음.

이사크 에마누일로비치 바벨(Isaak Emanuilovich Babel, 1894~1938): 저명한 소련 단편 작가. 오데사에서 탄생한 유태인계 러시아인. 1915년에 발표된 그의 초기 단편들은 지극히 육정적인 것이었고, 호색 문학으로 규탄을 받음. 그 후 1923년에 발표된 단편들은 호평을 받고 뛰어난 작가로서 인정을 받음. 그의 소설은 피와 죽음 냉혈적인 범죄, 영웅적인 행동과 잔인성을 취급. 폴란드 원정을 취급한 것으로 『붉은 기병대』(1923)가 유명. 그는 1937년에서 1938년의 숙청에서 총살당했다고 추측되고 있음. 그의 소설은 러시아에서 다시 출판되게 되었고, 1956년에는 1937년 이래 처음으로 그의 작품이 논의됨.

장 잘 표현할 수 있는 서정적 음조가 소생하게 되었다. 이러한 음조는 『시발 열차에서』와 『광활한 대지』의 얄팍한 두 권의 시집으로 되어 나온 파스테르나크의 전시(戰時)의 서정시의 일부에도 나타나 있다. 이러한 시 작품들은 대체로 무게 있는 음조와 서술의 이례적인 단순성이 특징으로 되어 있다. 그러나 「개똥지빠귀」 같은 시에서는 초기의 다이내믹한 태도와 후기의 사실적인 음조를 상징적으로 결합시켜 놓은 것 같다. 또한 이 시에서 그는 지난날의 주제인 시인의 독립적인 비전과 노래에 대한 권리를 다시 반복하고 있다.

> 개똥지빠귀들의 그늘진 정자가 바로 이렇다.
> 그들은, 예술가들처럼, 이 힘에 가락을 맞추면서
> 갈퀴가 쓸어 간 성큼한 숲속에서 살고 있다.
> 그것은 또한 내가 취하고 있는 길이기도 하다.

1943년에서 1945년의 파스테르나크는 1937년부터 1939년 당시처럼 그렇게 고독하지는 않았다. 그는 다시 대중 앞에 자태를 나타내기 시작했고, 지식층 사이에서도 점점 더 많은 주목과 갈채를 받았다. 햄릿의 역자는 이제 산문의 대작의 구상에 몰두하게 되었다. 그러나 1946년에 문학의 코스모폴리타니즘을 배격하는 즈다노프 법령이 나오자 그는 다시 침묵으로 들어갔고, 이 침묵은 스탈린이 죽은 뒤에 개똥지빠귀 모양으로 잠시 동안 비상할 수 있는 기회를 갖게 되기까지 계속되었다.

『의사 지바고』는 1956년 여름에 《Novyi Mir》지의 편집부에 원고를 제출했다가, 동년 9월에 동지의 편집위원들로부터 거절을 당하고, 1957년 가을에 이탈리아에서 처음 출판되었다. 이 작품으로 그는 1958년의 노벨문학상을 받게 되었지만, 그의 의도와는 달리 세계 냉전의 와중에 휩쓸려 들어갔고, 1958년의 1월에 소련작가동맹으로부터 제명 처분을 당했다. 그로부터 20개월 후인 1960년 7월에 세상을 떠났다.

4 화가의 눈과 시인의 환상력

파스테르나크는 대중을 위한 시인이나 작가는 아니었다—그것은 사실인 것 같다. 그런데 『의사 지바고』를 통해서 전세계의 독자—아직은 작가의 동국인(同國人)이 어처구니없게도 제외되고 있지만—를 얻었고, 현재 그밖의 그의 작품들까지도 읽혀지고 연구되고 있다.

시인의 소설이며 일생을 그린 소설인 『의사 지바고』는 파스테르나크의 전 세계와의 관계뿐만 아니라, 특히 그의 동국인과의 관계를 근본적으로 변경시켰다. 오늘날의 파스테르나크는 레오 톨스토이의 도덕적 위치에 있다. 앞서 말한 것처럼 이 시인의 부친은 일찍이 톨스토이의 『부활』의 삽화를 그려 준 일이 있었다. 책형(磔刑)*의 주제와 함께 부활의 주제가 『의사 지바고』에 두드러지게 나타나 있는 것은 우연한 일이 아닐 것이다. 생활과 역사의 모든 격변의 결과로서, 상징적 인도주의자가 예언자의 뜨거운 입술을 통해서 말을 하게 되는 것을 볼 때(푸시킨의 『예언자』와, 같은 제목의 파스테르나크의 시를 보라.), 우리들은 이 현상이 러시아 문학의 전통이라고 불려질 수 있는 것이 아닌가 하는 생각이 든다.

그러나 『의사 지바고』가, 생명과 죽음의 주제나 미학과 도덕의 주제는 풍부하지만, 파스테르나크의 작품 영역에서 전혀 새로운 어떤 것을 보여 주었다고 생각한다면 그것은 잘못이다. 『의사 지바고』는 두말할 것도 없이 그의 종래의 시와 소설에 잠복해 있었거나 간간이 시사된 일이 있는 주제의 보다 더 완전하고 보다 더 명확한 서술이다. 고민하는 휴머니티의 주제와 부활의 비유는 『마지막 여름—이야기』에도 나타나 있다.

『의사 지바고』의 독자들 중에는 그 속에 든 작가의 내러티브가 명

---

* 나무에 묶어 세우고 창으로 찔러 죽이는 형벌. 여기서는 십자가형을 뜻한다.

확하지 않다고 불평을 말하는 사람들이 있다. 그러나 이것은 시인의 소설이다. 그리고 시인은 간결하고 통렬한 것을 좋아한다. 이 소설의 이야기에는 바이런적인 맛이 풍긴다. 혹은 무슨 비밀 결사 같은 냄새가 난다. 이 작품은 작가가 그의 이탈리아인 친구(소설가)한테 보낸 것을 이 친구가 밀라노의 펠트리넬리라는 출판사에 내주었고, 펠트리넬리는 출판을 보류하라는 소련의 압력에도 불구하고 드디어 이 소설을 출판했다. 이러한 소련의 압력은 그 후 영국 출판사들한테도 가해졌지만 성공을 거두지 못했다.

보리스 파스테르나크의 최초의 산문은 1915년에 쓴 시인 하이네의 연애 사건을 취급한 것이다. 이 작품은 1925년에 출판된 그의 소설집 속에 들어 있고, 1933년에 『공로(空路)』라는 제목을 붙여 내놓은 재판(再版) 속에도 들어 있다. 단편집 『공로』 속에는 그밖에 「루바스의 유년시절」(1918), 「툴라에서 온 편지」(1918), 「공로」(1924)가 들어 있었다. 이런 초기 작품들은 섬세한 심리적 통찰에서뿐만 아니라, 이해하기 곤란하고 형이상학적인 데가 많은 산문의 시적 특질에서도 특징이 있었다. 1932년에는 파스테르나크는 「여권」을 그 당시까지의 그의 가장 중요한 산문 작품이라고 생각했다. 「여권」은 세간사(世間事)와 예술에 대한 시인의 비평과 판단과 해설이 삽입된 자서전적 기록이다. 최근에 나온 『나는 기억하고 있다』(1959) ―여기에서는 만년의 파스테르나크가 그 전날의 자기를 심판하는 위치에 앉아 있다.―역시 「여권」과 같은 자서전의 초록(抄錄)이다. 「여권」과 같은 중기의 산문의 대표작으로는 『마지막 여름―이야기』가 또 있는데, 이 작품은 대부분이 꿈으로 되어 있고 이 꿈이 또한 자전적 기록과 역사에 대한 도덕적 비평으로 꾸며져 있다.

파스테르나크의 산문은 극도로 유동적이고 시흥적(詩興的)이기 때문에 흘러가는 인상이나 연관성을 포착하기란 거의 불가능하다. 따라서 그러한 인상이나 연관성은 보다 더 영속적인 시인의 이미지의 현실성 속에서 찾아볼 수밖에 없다. "예술은 활동만큼 현실적이고 사실만큼 상징적이다." 이것은 화가의 눈과 시인의 상상력이 함께 작용하는 데에서 오는 것이다.

1930년대 후기에 들어서자 파스테르나크는 좀 더 길고 좀 더 복잡한 장편 소설을 써 보고 싶은 생각을 갖게 되었다. 이 목적을 위해서 은유가 적은 새로운 단순한 문체를 완성하려고 노력했다. 보다 더 광범위한 일상적인 세사(細事)를 포착할 수 있는 좀 더 현란하지 않고 몽롱하지 않은, 투명한 작품을 완성하기 위해 약 15년 동안 애썼다. 그러나 이러한 만년의 작품 —「후방」이나 『의사 지바고』의 작풍 —은 『마지막 여름 —이야기』나 「공로」와 같은 비교적 초기의 작품 —"산문적인 데가 하나도 없고…… 작가가 사건보다도 기분과 이미지에 몰두한" 시인의 소설 —을 읽을 때 느껴지는 쾌락을 감퇴시키기는커녕 오히려 대조적인 의미에서 흥미를 더 돋구어 주고 있다.

작품 「후방」은 완전한 제목을 붙이자면 「장편 소설의 1장에서 빼어 낸 두 개의 발췌문 —후방」이다. 이 단편은 1938년 12월 15일 소련 작가동맹의 기관지(2주일에 한 번씩 발간된다. 《문학신문》 69호)에 처음 발표되었다. 파스테르나크는 1937년부터 대작을 써 볼 생각을 갖고 있었는데, 이 두 개의 발췌문의 모체인 그가 의도한 장편 소설이 완성을 보았는지 중단되었는지 자세한 것은 아직 밝혀지지 않고 있지만, 대체로 그것은 세계대전이 일어난 뒤에 『의사 지바고』로 변질된 것이 아닌가 하는 견해가 유력하다. 그러고 보면 이 단편은 『의사 지바고』의 초안을 엿볼 수 있는 희귀한 문헌적 가치가 있는 작품이다. 따라서 이 작품은 파스테르나크의 산문의 쇠사슬의 중요한 하나의 고리를 제공할 뿐만 아니라, 그가 처한 독특한 역사적 위치에서의 예술가로서의 그의 전반적인 발전을 엿볼 수 있는 하나의 단서를 제공하고 있다.

1964.

진정한 현대성의 지향
—박태진의 시 세계

태진의 시는 일견 특색이 없다. 일부러 의표(意表)에 오르지 않는 것을 쓰려고 하는 것도 아니다. 다소의 괴벽스런 영상의 포즈도 있지만 희박한 인상을 준다. 그의 시에는 '인생' '내일' '어저께' '오후' '시절' '계절' '기대' '과거' 같은 시간 용어나 준시간 용어가 자주 나온다. 그리고 이러한 용어들이 구성하는 인생론적인 서정이 역시 시간 위에 용해되고 있다. 그의 시가 일견 특색이 없어 보이는 것은 다분히 이런 음악적인 경향에서 오는 것이다. 이런 경향에서 볼 때 그의 시에 나오는 용어들은 '연민' '감정' '고독' '상징' 등의 추상어뿐만 아니라 '설경' '안구(眼球)' '풍화' '희화(戱畵)' '여장(旅裝)' 등의 구상어까지도 현대적인 윤색 속에서 지독하게 추상화되고 있다.

> 이 눈 속에 지구를 생각하며 가을이 오듯이
> 그 후미진 곳을 향하여 낙영(落影)하는 상징들
> 안구의 일각(一角)이 쑤시고
> 충혈하는 곳
> 나의 고향이라고 하자
>
> —「안구」에서

이 「안구」의 인용 구절처럼 그의 추상은 잘못하면 의미를 건질 수 없을 만큼 난삽해지며, 그의 초기의 작품은 대개가 이런 종류의 모호성을 벗어나지 못하고 있다. 그밖에 그의 시를 난삽하게 만드는 요소로서 나르시스적인 감상이 있다. 그는 외적 정경을 서술할 때에도 이 나르시스의 그늘을 버리지 못한다.

> 오늘은 이방(異邦)의 직선 차도를 건너며
> 나의 자세를 의심해 보았는데
>
> —「공원 길」에서

> 템스 강물은 자꾸 이야기를 띄워 가는데
> 나는 흐르지 않는데
>
> —「런던 브리지에서」에서

> 마르지 않은 물줄기를 찾아
> 페르소나를 씻노라면
> 템스 강은 나의 이야기를 싣고 간다
>
> —「동상(同上)」에서

> 걸음 걸음 나의 과거를 밟으며 잠시 나는
> 나의 브리지를 생각해 본다.
>
> —「동상」에서

이러한 감상벽은 최근에 와서는 조화와 체념과 관조로 자리를 바꾸고 있지만, 어떤 면에서는 그의 내적 투쟁은 지드의 경우처럼 대부분 이 나르시스를 극복하기 위한 일에 바쳐졌다고 해도 과언이 아니다. 그의 시를 난삽하게 만드는 그밖의 요소로서 연간(聯間)과 행간(行間)과 행중(行中)의 연결에 부자연한 중단벽이 있고 우리말 사전에는 없는 낱말의 난용 등이 있다. 이러한 것들은 묘사에 적합하지 않은 시적 기질이 산문의 의미를 성급하게 전달해 보려는 무리에서 오는 수가 많다. 이것은 영상의 난삽과는 다른 성질의 것이다. 시를 쓰는 사람이면 누구나 한번씩 겪어야 할 난관이지만 그의 경우는 좀 집요한 편이다. 이것을 구하는 길은 의미의 구출이다. 아무리 부자연한 중단이 많고 불가해한 낱말이 있어도 그것을 커버할 만한 의미의 연결이 서 있을 때는 성공이다. 「역사가 알 리 없는……」, 「아름다운 공백」, 「어지빠른」, 「자문하는 마음」(이상의 작품은 모두 시집 『변모』 속에 수록되어 있는 것이다.) 등이 그런 의미에서 성공한 작품들이다. 이 중에서도 그의 본질이 가장 잘 나타나 있는 것이 「역사가 알 리 없는……」이다.

역사가 알 리 없는……
나의 초조한 걸음을
나의 지지한 작은 일들을
역사가 알 리 없는
서대문 근방은 먼지가 많다
그러기에 하늘은 멀리만 보이고
이미지가 불모하던 이유를
인생만이 알 수 있다고 하자
꿈 없는 길이 새문안을 향하여

특색 없이 굴르는 합승길을
다만 나와 더불어 희미한 길을
나는 꿈을 부어 줄 수 있을까
역사가 알 리 없는 나의
삶의 자취는 나의 어저께
낡은 나와 생각들이 남을 수 없는

차도와 보도 사이에서
언젠가 무지가 죄로 소박 맞은 여인이 울던
이 길은 사랑도 미움도 어지빠른데
순간마다 변하는 구름길이 더욱 길다
역사가 알아줄 리 없는 나의
웅달진 과거에 사과는 없다.

길은 도시를 안고 경사지며
나는 형적 없이 경사진 나이에 기대어
오늘의 일을 한 줌 손에 펴본다
내가 할 수 있는 일 못하는 일 나의 인생이라고 하자
그러나 비가 내리며
내 이마를 소리없이 적실 그리고
소리없이 젖을 가로수의 리듬을
나는 진정 알고 있다.

이 작품에서는 그의 여러 발음들이 본질적인 현대성을 바탕으로 하고 유니크한 효과를 거두고 있다.

이 시에 나타나 있는 현대성은 육체에서 나오고 있는 것이다. 그것은 시를 쓰기 전에 준비되어 있는 것이다. 우리 시단에서 가장 아쉬운 것이 이것이다. 진정한 현대성은 생활과 육체 속에 자각되어 있는 것이고, 그 때문에 그 가치는 현대를 넘어선 영원과 접한다. 이 시의 모티브는 "나의 초조한 걸음을/ 나의 지지한 작은 일들을/ 역사가 알 리 없는"의 현대적 자각에 있지만, 귀결은 "소리없이 젖을 가로수의 리듬을/ 나는 진정 알고 있다"의 영원한 인식으로 통하고 있다. 이만하면 그의 흘음(吃音)들을 그의 애교로 보아도 될 것 같다. 이를테면 다음의 구절 같은 것은 그의 서투른 솜씨가 가장 잘 나타나 있는 곳인데,

계단에 모든 것을 기대선
두 다리는 언젠가
몽마르트 긴 층층계에서 떨은 적이
런던 밤거리에 굳어 버린 적이
실상 다급한 것은 없다
바람은 일고 자고

—「아름다운 공백」에서

이런 구절들은 구조상으로는 「역사가 알 리 없는……」에서의 "낡은 나와 생각들이 남을 수 없는"의 연에 해당하는 것이다. 그는 어떻게 해서든지 숙명적인 난삽의 고개를 넘어서 "응달진 과거에 사과는 없다"의 청징(淸澄)한 힘에 도달하려고 애를 쓴다. 이런 고지식한 분투가 있기 때문에 우리는 그를 웃을 수 있고 신용할 수 있다. 그는 이런 싸움에 20년 가까이 종사하고 있다.

그의 시에는 대부분의 하이칼라한 현대어 사이에 유표난 동양어들이 섞여 있다. 시집 『변모』 안에서만 보더라도 '관동의 곡', '산조(散調)', '대문', '낙수', '낙루(落淚)', '관악(冠岳)', '낙조(落照)' 등이 눈에 뜨인다. 이런 습성은 그가 초기 때부터 몸에 지니고 있는 것이며, 자기 자신도 억제할 수 없는 습성인 것 같다. 이런 말들이 그의 시의 배경에 흡수되지 않는 것은, 좀 과장해서 말하면 서정주가 '역사', '궤도', '욕구', '계단' 같은 현대어를 (시 작품에서) 사용할 때에 느껴지는 대조감 같은 것을 준다.

바람의 아들과 딸은
콧노래로 관동의 곡을 뜯으며
바람에 부벼 여윈 이래
성에 차지 않는 재즈를

바람에 묻어 띄워 보내는
희비의 얼굴은 다시
바람의 산조(散調)

—「설경」에서

어떻게 보면 모더니티의 피로에서 오는 타성처럼 보이지만 그의 작품을 오래 접해 보면 어휘의 패배가 그의 숨은 순진을 엿보여 주는 것 같은 감을 받는다. 그의 최근의 작품에는 이런 어휘가 풍기는 향수를 생활 현실에의 접근을 통해서 폭을 넓혀 보려는 기미가 보인다.

현대적인 착잡한 분장 속에 일관되어 온 그의 시의 본질은 인생의 감회다. 그러나 여태까지의 그것은 한국에 사는 이방인으로서의 인생의 감회다. 만약에 그가 「무교동」(《신동아》 10월호) 세계를 성공적으로 발전시킬 때 그는 한국인으로서의 인생시를 새로운 흘음으로 노래할 수 있는 독보적인 세계를 획득할 것이다. "안구의 일각이 쑤시고/ 충혈하는 곳/ 나의 고향……" 속으로 신사시(紳士詩)의 옷을 벗고 들어오라면 그는 화를 낼 것인가? 태진과 나와의 교우는 그가 시를 발표하기 전부터 시작되어왔다.

그가 "시의 난해성이 여태의 의미로 그칠 리 만무하고 또한 우리 시인들의 시 경험을 자극하는 레알리테가 불투명하다 치고 그러나 여태와 같은 의미에서 불투명할 수는 없다……. 그러므로 현대시의 난해성은 또한 새로운 의미에서 난해할 것이 아닐까"(그의 시 월평 「난해시에 대한 최종 시비」—(《사상계》 11월호))라고 말할 때 나는 그가 말하려는 의도를 알 수 있다. 그는 '새로움'이 무엇인가를 알고 있다. 그리고 이 '새로움'의 추구에서 그는 우리 시단의 누구보다도 현실에 접근할 수 있는 교양의 근거를 갖고 있다. 다만 그러한 입증이 작품을 통해서 뚜렷하게 서지 않는 것은, 위에서 말한 그의 흘음(吃音)에 아직도 정리되지 않은 점이 있기 때문이다. 그는 아직도 이 흘음의 여운과 싸우고 있다. 이러한 여운이 가신 진정한 오늘의 난해시가 어떤 것이냐? 그는 이 해답을 앞으로의 작품을 통해서 보여 주어야 할 것이다.

오늘날 모든 한국시의 카메라의 셔터는 작열하는 선진국을 보기 위해 구멍을 훨씬 오므려야 하지만 그의 셔터만은 어두운 한국의 시를 1965년으로 끌어올리기 위해 구멍을 좀 더 크게 크게 열어야 할 것이다.

1965. 2.

문맥을 모르는 시인들
—「‘사기’론」에 대하여

필자가 지난해 5월서부터 8월까지 《사상계》지에 시 월평을 게재했고, 동지(同誌) 12월호에 「‘난해’의 장막」이라는 제목의 1964년도 시 연평(年評)을 썼는데, 그중에서 일부의 시인의 난해한 시와 난해한 시론을 들어서 개략적인 비평을 시도해 보았다. 한정된 지면에 무딘 안식(眼識)으로 짧은 시간에 엮어 낸 글이라 뜻하지 않은 오해를 사기도 했을 것이고, 그릇된 판단을 내린 일도 있으리라고 생각되지만 필자로서는 평소에 품고 있던 현대시에 대한 소신과 우리 시단에 대한 불만을 일관성 있게 반영시켜 보느라고 노력했고, 될 수 있는 대로 생리적인 편견을 배제한, 타당성 있는 기준을 작용해 보려고 애를 썼다. 개개의 작품을 통한 간접적인 단편적 주장이기는 했지만, 우리 시단에 시다운 시가 지극히 희소하다는 것과 날조된 작품이 많다는 것과 현대성을 표방하는 작품에 특히 사이비성이 많다는 것을 4회의 월평을 통해서 강조했고, 연평에서는 이러한 옳지 않은 경향이 시론에까지 만연되어 있다는 것을 지적했다. 어떠한 비평이든 비평의 본의가 새로운 가치를 발견하고 그것을 독자에게 인식시키는 데 있다는 것을 모르는 바가 아니고, 그러한 즐거운 일을 할 수 있는 평자가 얼마나 행복한가를 모르는 바가 아니지만, 필자가 보기에는 불행히도 우리의 시단은 그러한 행복을 누리기에는 너무나 시기상조인 것 같고, 그러한 행복을 누리기 전에, 또한 그러한 행복을 누리기 위해서도 오늘날 우리의 시평은 악화를 구축하는 하기 싫은 일을 억지로라도 하지 않으면 아니 될 단계에 있다고 믿어 왔기 때문에, 비재(非才)를 무릅쓰고 그러한 소신의 일단을 피력해 보려고 애를 써 보았던 것이다.

그런데 지난 호의 본지*에 게재된 전봉건 군의 「'사기(詐欺)'론」을 읽어 보니 필자가 의도한 설명과 그가 받아들인 해석 사이에 너무나 엄청난 차이가 있는 것을 보고 경악을 금치 못했다. 그는 필자가 쓴 '사기'라는 말에 격분한 탓인지 도처에 불필요한 야유와 욕설을 농하고 있지만, 되도록 그러한 부분은 제외하고 논점의 줄거리만을 찾아서 피차의 견해의 차이점을 정리해 보기로 하겠다.

그러나 본질적인 차이점을 논하기 전에 우선 비평가의 태도에 관해서 밝혀 두어야 할 몇 가지 점이 있다. 필자는 시를 쓰는 사람으로서 시평을 했지만, 필자뿐이 아니라 시와 비평을 겸한 사람은 우리나라에만 해도 여러 사람이 있고 소설의 경우에도 흔히 볼 수 있는 일인데, 이러한 경우에 창작의 기능과 비평의 기능이 다르듯이 피차의 책임의 한계도 자연히 구분되어 있는 것이 사실이다. 시인이나 소설가가 비평을 할 때에도 그가 책임을 지는 것은 그의 평론의 부분만이다. 그런데 이러한 초보적인 상식을 알고 하고 있는지 모르고 하고 있는지는 몰라도 봉건 군은 필자의 평론뿐이 아니라 필자의 시 작품까지도 야비한 언사를 써 가면서 공격하고 있다. 따라서 필자는 그가 가한 필자의 시 작품에 대한 공박의 부분은 되도록 문제 삼지 않으려고 하며, 그러한 조목에는 답변할 의무를 느끼지 않는다.

비평가의 태도로서 또 한 가지 중요한 것은 독자에게 아부를 해서는 아니 된다는 것이다. 독자를 납득시키는 것은 필요한 일이지만 독자에게 아부를 하는 것은 피해야 할 일이다. 「'사기'론」을 훑어보면 말끝마다 존대를 써 가면서—"그렇지요? 그렇지 않습니까?" 식의 반문

---

*《세대》지 1965년 2월호를 말한다.

을 해 가면서—공감을 강요하는 아첨을 하고 있지만, 이것은 평문뿐이 아니라 모든 문장의 정도(正道)에서 벗어나는 일이다. 독자에게 존대를 써야 할 문장이 따로 있다.

그러면 이제부터 논점의 줄거리를 찾아 들어가야 할 터인데, 그러려면 우선 봉건 군이 어째서 필자에게 부치는 「'사기'론」을 쓰게 되었는가에 대한 간단한 경위의 설명이 있어야겠다. 앞에서 말한 졸평 「'난해'의 장막」 속에서 필자는 다음과 같은 말을 했다.

> 《세대》지의 「나의 신작 발표」 시리즈만 보더라도 그 '노트'와 '비평' 중에는 요령부득의 것이 너무나 많다. 시 쓰는 사람들의 평문이라는 사정을 고려에 넣고 보더라도 무슨 말인지 논리와 상식이 닿지 않는 말이 전부이니, 이래 가지고는 결코 '난해시'의 해설이 될 수 없다. 전형적인 예를 들어 보자면,
>
> ……현대까지의 모든 시론은 일반적인 상식이며 작품은 보다 오묘한 개성적인 것이라고 말한다면 충분할 것이다.
>
> 물론 창조와 지식을 분단하려는 것은 아니다. 그러나 이것을 어느 정도 분리해야 한다는 것은 시인에 있어서나 학문에 있어서나 가장 중요한 일이다. 왜 이런 말을 하는고 하면 문학사적으로 남는 작품과 작품 자체의 가치로서 남는 작품이 있다는 걸 내가 요즘 생각하고 있기 때문이다…….
>
> —「자연과 현대성의 접목」(《세대》 3월호)
>
> 이것은 「속의 바다」라는 시에 대한 비평 속의 구절인데, 이런 어처구니없는 독단은 '오묘한' 시라면 또 몰라도 '일반적인 상식'이라는 시론에서는 통하지 않는 말이다. 이 필자는 초현실주의적인 시를 쓰는 시인이다. (……) 이러한 시나 시평을 읽으면 정말 슬퍼진다. 《세대》지 11월호

의 「나의 신작 발표」란의 「한국어와 리리시즘」과 「환상과 상처」의 두 시론도 정도와 성질의 차이는 있지만 동류의 것이다. 「자연과 현대성의 접목」의 필자는 '모든 시론은 일반적인 상식'이라고 했지만 「환상과 상처」를 어떻게 일반적인 상식이라고 볼 수 있는가. 이 「환상과 상처」는 바로 그가 '공로와 가치를 겸한 작품'이라고 말한 시 「속의 바다」를 쓴 시인이 쓴 시론이다. 이렇게 소위 기성 시인이란 사람들이 허술하게 책임 없는 시론을 쓰고, 또 그런 시를 쓰는 신진들의 산파역을 하는 한 우리 시단의 장래는 암담하다. 나는 미숙한 것을 탓하지 않는다. 또한 환상시도 좋고 추상시도 좋고 환상적 시론도 좋고 기술시론도 좋다. 몇 번이고 말하는 것이지만 기술의 우열이나 경향 여하가 문제가 아니라 시인의 양심이 문제다. 시의 기술은 양심을 통한 기술인데 작금의 시나 시론에는 양심은 보이지 않고 기술만이 보인다. 아니 그들은 양심이 없는 기술만을 구사하는 시를 주지적이고 현대적인 시라고 생각하고 있는 모양이다. 사기를 세련된 현대성이라고 오해하고 있는 모양이다.…… (이상 「난해의 장막」 인용 — 편집자)

그런데 필자는 이 대목 속에 인용된 「자연과 현대성의 접목」, 「한국어와 리리시즘」, 「환상과 상처」, 「속의 바다」 등의 시론과 시작품의 작자의 이름을—독자들이 대체로 불편을 느낄 줄 알면서도—구태여 밝히지 않았는데, 그것은—봉건 군은 왜 투명하게 밝히지 않았느냐고 대들고 있지만—이 작자들이 모두 필자보다 젊은 사람들이어서 그런 경우에 신상 공격이나 감정적 처사 같은 인상을 되도록이면 주고 싶지 않았기 때문이다. 이름을 밝히지 않은 것은 이들뿐만 아니라, 여기에서는 중략된 대목에 인용된 「어떤 내 친구에게」와 「시에 있어서의 언어」의 작자들의 이름도 밝히지 않았는데, 봉건 군은 무슨 속셈에서인지 구태여 이름을 밝히지 않아도 될 남의 이름까지도 다 밝히어 놓았다. 앞에서 열거한 작품 중에서 봉건 군이 쓴 것은 「환상과 상처」(《세대》 11월호)라는 신진 시인 정모(鄭某)의 신작시에 붙인 비평과 그의 연작시 「속의 바다」뿐이고, 이만하면 더 이상 설명하지 않아도 그가 「'사기'론」을 쓰고 필자를 공박하게 된 경위를 알 수 있을 것이다.

그는 「'사기'론」의 (1)항에서, 장호의 시 「우리들의 얼굴은」과 김구용(전기(前記) 「자연과 현대성의 접목」의 필자)의 시 「거울을 보면서」를 평한 필자의 논평을 공박하면서, 무엇을 보고 장의 시가 김의 시보다 '일보 앞선 세계'라고 했느냐고 대들고 있다. 즉 그는,

> 김 시인은 《문학춘추》 7월호에 발표된 김구용의 작품 「거울을 보면서」보다도 여기에 적힌 장호의 것이 한 발자국 앞선 세계라고 하고 있습니다. 과연 그럴는지 모릅니다. 그러나 그렇더라도 과연 이것이 시라고 할 수 있는 것이겠습니까. 그가 '일보 앞선 세계'를 지녔다고 내세운 이것이 시라면 우리가 쓰는 대부분의 산문은 다 시가 될 수 있습니다. 행을 길고 짧게 떼어 적당히 시의 모양으로 늘어놓으면 말입니다.

라고 뇌까리고 있지만, 백 보를 양보해서 장호의 시에 대한 필자의 평이 틀렸다고 치고, 장호의 시도 산문이지 시가 아니라고 치자. 그리고 장호의 시를 그의 말대로 산문 형식으로 붙여 써 놓아 보자.

> 망건이라도 좋다. 도포 자락을 펄럭여도 그만. 어떤 차림이면 어떠랴. 계면쩍어 하지 말고 쳐다보게 서로 우리들의 얼굴을.
>
> 노새를 타거나, 새 나라를 타거나, 어떤 걸 몰고서든 거리에 나서서 잠시 거울 삼아 바라보게. 낭패한 얼굴들을.

그리고 그의 산문과 장호의 산문을 비교해 보자. 그가 산문으로 의도한 산문보다도 장호의 뜻하지 않은 산문이 나의 눈에는 훨씬 어색하지 않다. 남의 시를 마구 산문이라고 나무랄 바에는 산문이 무엇인지

나 알고 말해야 할 것이다. '과연 그럴는지 모릅니다. 그러나 그렇더라도 과연 이것이 시라고 할 수 있는 것이겠습니까'라는 식의, 어구의 구사도 제대로 할 줄 모르는 비평가가 무엇이 산문이고 무엇이 시인지의, 지난한 중에서도 지난한 문제를 어느 정도 식별할 수 있겠는가. 돌을 알지 못하는 사람은 돌과 옥을 구별할 수 없을 것이고, 옥을 보지 못한 사람도 옥과 돌의 구별을 할 수 없을 것이다. 이것은 시와 산문의 경우에도 마찬가지이다.

이 항의 나머지 부분은 '거의 산문이나 다름없는 것(장호의 작품)을 들고 나와서, (필자가) 왈가왈부한다는 것은 다만 난센스에 불과하다고 할 수밖에 없다'는, 필자에 대한 욕설로 그치고 있지만 필자의 답변은 이것으로 족할 것 같다.

(2)항에서는 장호의 같은 시 「우리들의 얼굴은」을 인용하면서, 필자가 그의 시에 대해서 가한 다음과 같은 논평,

> 이와 같은 너무나도 멜로드라마틱한 얼굴을 설명함으로써 모처럼 싹트려는 발언의 희망을 무참하게 깨뜨려 버리고 말았다. 그리고 이 작품은 끝까지 비참한 얼굴의 비속한 설명으로 그치고 말았다. 새삼스럽게 말할 필요도 없지만 설명은 발언이 아니다.

라고 한 구절을 인용하고 이것을 이용해서 다음과 같은 논점의 전환을 꾀하고 있다. 즉 그는,

> 이것 역시 김 시인의, 장호의 같은 작품의, 아마 후반부를 두고서 한 얘기입니다. 간단히 말해서 설명으로 그쳐서 작품이 덜됐다는 것입니다. 너무나도 멜로드라마틱하고 비속하다고까지 합니다. 그러면 다음의 경우(필자의 졸시 「강가에서」)와 비교해 보기로 합니다.

라고 말하고 있는데, 이 글줄 속에 나타난 문장상의 미스는 너무나 두드러진 것이기 때문에 구태여 지적할 필요도 없지만, 이 글의 전후를 자세히 읽어 보면 이상한 논리의 비약이 있다. 즉 그는 필자가 결론을 지은 (1)항의 의문에 대한 해답, 다시 말하자면 「우리들의 얼굴은」의 시가 어떤 성질의 작품이냐는 바로 앞에 인용된 필자의 논평 중에 나타난 해답이 있는데도 불구하고, 따라서 (1)항에서 그가 제기한 공박이 전혀 무의미한 것이라는 증명이 나타나 있는데도 불구하고, 그에 대해서는 일언반구도 없이 슬그머니 말부리를 돌려서 이번에는 '비속'하다는 필자의 말을 붙잡고 늘어지면서 그에 대한 반증을 필자의 작품(즉, 졸시 「강가에서」)에서 구하려고 든다. 너는 네 자신이 몇 배나 더 비속한 작품을 쓰는 주제에 무슨 얼굴로 남의 작품을 비속하다고 나무라느냐? 또한 몇 배나 더 설명적인 작품을 쓰는 주제에 무슨 얼굴로 남의 작품을 설명적이라고 나무랄 수 있느냐? 그는 이렇게 대들면서 마구 욕설을 퍼붓고 있다. 그러나 이것이 비평가의 본도에 위배되는 일이라는 것은 이미 앞에서 언급해 두었기 때문에 여기에서는 재설(再說)을 피한다. 또한 졸시 「강가에서」에 대한 변명도 하지 않기로 한다. 다만 그가 '비평의 지극히 초보적인 기초 지식'이라고 하면서 필자에게 계몽한 말이 과연 계몽을 받을 만한 가치 있는 것인지, 후일 전문적 비평가들의 심사를 바라는 의미에서도 일단 여기에 명기해 두는 편이 좋을 것 같다.

> 여기서 김 시인을 위해, 비평의 지극히 초보적인 기초 지식 한 가지를 제시해 둬야겠습니다.
>
> 그것은 비난을 하기 위해서는, 혹은 비난을 할 때에는 비난하는 측에 옹호되어 있는 것이 확실하게 있어야 한다는 것입니다. 가령 설명에 그쳤고 비속하다고 비난했습니다. 그러면 이때 그렇게 비난하는 자는 스스로 비설명적인 것을 그리고 비속지 아니한 것을 확실하게 지니고

있으며 그것을 굳게 옹호하고 있어야 한다는 것입니다. 옹호하는 것이 없이 비난이나 공격이 있을 수 없지 않습니까. 그렇지 않을 때 누가 그의 말을 신용할 것입니까.

(3)항에서는 역시 필자가 장호의 「우리들의 얼굴은」을 논한 끝에 매듭을 지은 다음과 같은 구절,

> 우리의 현대시가 겪어야 할 가장 큰 난관은 포즈를 버리고 사상을 취해야 할 일이다. 포즈는 시 이전이다. 사상도 시 이전이다. 그러나 포즈는 시에 신념 있는 일관성을 주지 않지만 사상은 그것을 준다. 우리의 시가 조석(朝夕)으로 동요하는 원인의 하나가 여기에 있다. 시의 다양성이나 시의 변화나 시의 실험을 나는 두려워하지 않는다. 오히려 그것은 어디까지나 환영해야 할 일이다. 다만 그러한 실험이 동요나 방황으로 그쳐서는 아니 되며 그렇지 않기 위해서는 지성인으로서의 시인의 기저에 신념이 살아 있어야 한다. 이러한 누구나 다 아는 소리를 새삼스럽게 되풀이하지 않으면 아니 되는 것도 사실은 우리 시단의 너무나도 많은 현대시의 실험이 방황에서 와서 방황에서 그치는 포즈 같은 인상을 주기 때문이다.

이 구절을 인용해 놓고, 필자가 말하는 '사상'과 '신념'이 무엇이냐고 대들고 있다. 이 점에 대해서는 봉건 군의 오해를 풀기 위해 약간의 설명이 필요할 것 같다.

그는 '시에 신념 있는 일관성'이 무엇이냐고 반문하고 있지만 필자는 '시에 신념 있는 일관성'이 있어야 한다는 말은 아무 데서도 한 일이 없다. 그는 시의 '실험이 동요나 방황으로 그쳐서는 아니 되'기 위해서 '지성인으로서의 시인의 기저에 신념이 살아 있어야 한다'는 필자의 말을 그렇게 오인하고 있는 것 같은데 '시에 신념 있는 일관성'

이 있는 것하고, '지성인으로서의 시인의 기저에 신념이 살아 있'는 것하고는 시를 논하는 데 있어서 하늘과 땅 사이만 한 거리가 있는 것이다. 전자의 경우에는 그가 말하는 '일정한 목적으로 일정한 연장에 의해서 찍어내는 블록' 같은 작품이 나오지만—더 구체적으로 말하자면 어떤 정당의 강령을 신봉하는 프로파간다 시 같은 것이 나오지만—후자의 경우에는 한국 같은 무질서한 시단의 모범이 될 만한 진정한 현대시가 나온다. 전자의 경우의 신념은 시를 죽이는 비참을 초래하지만, 후자의 경우의 신념은 아무리 혼란한 시대에도 굳건히 대지에 발을 붙이고 힘차게 일어설 수 있는 구원의 시를 낳는다. 또 오해가 있을까 보아 미리 주석을 달아 두지만, 필자가 말하는 구원의 시는 단테나 클로델 류의 종교시만을 가리키는 것이 아니다. 오든의 시, 디킨슨의 시, 포의 시에서부터 멀리 호머나 이태백의 시에 이르기까지의 진정한 시 작품은 모두가 구원의 시라고 볼 수 있다. 이러한 오독이나 오인은 시의 범위 안에서라면 몰라도 그밖의 경우에는 최악의 경우에 인명(人命)의 생사까지도 좌우할 수 있는 위력을 가진 것이니 각별히 조심해 둘 필요가 있다. (3)항에 대한 답변은 더 이상 지루하게 하지 않아도 될 것 같다.

(4)항에서는 필자가 졸평「모더니티의 문제」속에서 말한 다음과 같은 구절,

> 시인의 스승은 현실이다. 나는 우리의 현실이 시대에 뒤떨어진 것을 부끄럽고 안타깝게 생각하지만, 그보다도 더 안타깝고 부끄러운 것은 이 뒤떨어진 현실을 직시하지 못하는 시인의 태도이다. 오늘날의 우리의 현대시의 양심과 작업은 이 뒤떨어진 현실에 대한 자각의 모체가 되어야 할 것 같다. 우리의 현대시의 밀도는 이 자각의 밀도이고 이 밀도는 우리의 비애, 우리만의 비애를 가리켜 준다. 이상한 역설 같지만 오늘날의 우리의 현대적인 시인의 긍지는 '앞섰다'는 것이 아니라 '뒤떨

어졌다'는 것을 의식하는 데 있다. 그가 앞섰다면 이 '뒤떨어졌다'는 것을 확고하고 여유 있게 의식하는 점에서 '앞섰다'. 세계의 시 시장에 출품된 우리의 현대시가 뒤떨어졌다는 낙인을 받는 것을 두려워하기 전에 우리들에게는 우선 우리들의 현실에 정직할 수 있는 과단과 결의가 필요하다.

이 구절을 인용해 놓고, 졸시 「거대한 뿌리」와 비교해 가면서, 필자의 '현실을 직시'하라는 말이 무슨 말이냐고 빈정대고 있다. 그는 필자의 현실 직시가 '사회 참여'가 되어야 할 터인데, 「거대한 뿌리」를 보면 현실을 직시하고 있는 것 같지만, 사실은 그것이 포즈이며 속임수에 불과하고, 따라서 독자를 우롱하고 있다는 것이다. 그는 그 나름의 폭력적 논법으로 필자의 '현실'의 '직시'를 '사회 참여'로 전위시키고, 졸시가 '사회 참여'가 안 되었다고 하더니, 또 별안간에 '사회 참여'가 되었다고 하면서, 「거대한 뿌리」 속에 나오는 '반동(反動)'이란 말이, 거기에는 '뒤떨어진 현실의 비합리적이고 비정상적인 온갖 것으로 해서 짓눌려 허덕이는 사람들에 대한 애정과 신뢰가 담겨져 있을 것'이라고 추켜올린다. 그러더니 또다시 '현실 참여'를 단순한 '현실에 대한 관심'으로 전락을 시키고, 「거대한 뿌리」 속의 '나는 이자벨 버드 비숍 여사와 연애하고 있다'의 1행이 '그(필자)가 입으로 그 속에 끼어들어야 한다고 주장하는 그 층의 사람들의 이해를 거부하는 방법을 택하고' 있다고 준엄한 어조로 힐난하고 있다. 그는 결국 필자의 옳지 않은 시적 태도를 '입으로는 현실 직시를 말하고, 그림으로써 생기게 되는 시의 양심을 주장하면서도 마땅히 있어야 옳은 독자의 대상에의 생각을 포기한 데서 생긴 것이라고 볼 수밖에 없다'고 무시무시한 선언을 하면서, 결국 필자의 죄명이야말로 '반참여적인 작품을 만들어'낸 '모순'이라고 언도하고 있다.

그러나 이 항에 대한 답변은 간단하다. 봉건 군은 필자가 '시인'의

'현실'이라고 한 이 '현실'의 뜻을 외적 현실만으로 해석하고 있다. 그는 (3)항에서 '신념'의 뜻을 오독하듯이 이 '현실'의 뜻도 오독하고 있다. 그는 뒤떨어진 사회의 실업자 수가 많은 것만 알았지, 뒤떨어진 사회에 서식하고 있는 시인들의 머릿속의 판타지나 이미지나 잠재의식이 뒤떨어져 있는 것은 인정하지 않는 모양이다. 그의 시의 비평을 쓴 김 시인의 잠재의식이 1930년 전의 앙드레 브르통의 것인지는 모르고 있는 모양이다. 「모더니티의 문제」에서 필자가 한 말은 쉽게 말하자면 퇴색한 앙드레 브르통을 새것이라고 생각하고 무리를 하지 말고 솔직하게 분수에 맞는 환상을 하라는 말이다. 그처럼, 시인은 자기의 현실(즉 이미지)에 충실하고 그것을 정직하게 작품 위에 살릴 줄 알 때, 시인의 양심을 갖게 된다는 말이다. 좀 더 솔직하게 되란 말이다. 좀 더 극언을 하자면, 시인이 되기 전에 우선 인간 공부부터 먼저 하고, 시를 쓰기 전에 문맥이 틀리지 않는 문장 공부부터 먼저 하라는 말이다. 우리말도 제대로 구사할 줄 모르는 처지라면, 좀 더 자기 자신을 반성하고 신진 시인의 비평을 쓰는 따위의 싱거운 짓은 삼가란 말이다.

(5)항과 (6)항이 또 남아 있지만 이 이상 답변할 필요성을 느끼지 않는다. 정 모르겠다면 「환상과 상처」와 「한국어와 리리시즘」의 문맥이 통하지 않는 구절을 모조리 지적해 가면서 시인의 양심이 무엇인가를 더 상세하게 가르쳐 줄 수도 있다. 그러나 필자의 이 글의 의도는 「'사기'론」의 필자를 헐뜯기 위한 것도 아니며 그에게 반드시 이기겠다는 것도 아니다. 그가 제시하고 내가 지금 답변을 중지한 (5)항, (6)항에 대한 검산을 그 자신이 스스로 경건하게 할 줄 알 때, 필자는 그에게 던진 '사기'의 극언을 자진해서 취소할 것이다.

1965. 3.

연극하다가 시로 전향
—나의 처녀작

나는 아직도 나의 신변 얘기나 문학 경력 같은 지난날의 일을 써낼 만한 자신이 없다. 그러한 내력 얘기를 거침없이 쓰기에는, 나의 수치심도 수치심이려니와 세상은 나에게 있어서 아직도 암흑이다. 나의 처녀작 얘기를 쓰려면 해방 후의 혼란기로 소급해야 하는데 그 시대는 더욱이나 나에게 있어선 텐더 포인트*다. 당시의 나의 자세는 좌익도 아니고 우익도 아닌 그야말로 완전 중립이었지만, 우정 관계가 주로 작용해서, 그리고 그보다도 줏대가 약한 탓으로 본의 아닌 우경 좌경을 하게 되었다고 생각된다. 돌이켜 생각해 보면 지금도 그렇지만, 그때는 더한층 지독한 치욕의 시대였던 것 같다.

소위 처녀작이라는 것을 발표하게 된 것이 해방 후 2년쯤 되어서일까? 아무튼 조연현이가 주관한 《예술부락》이라는 동인지에 나온 「묘정의 노래」라는 것이, 인쇄되어 나온 나의 최초의 작품이다. 그때 나는 연극을 집어치우고 혼자 시를 쓰기 시작하고 있었지만 발표할 기회가 전혀 없었고, 《예술부락》에 작품을 내게 된 것도 그 동인지가 해방 후에 최초로 나온 문학 동인지였다는 것, 따라서 내가 붙잡을 수 있었던 최초의 발표 기회였었다는 것 이외에 별다른 의미가 없었던 것 같다. 그때 나는 연현에게 한 20편 가까운 시편을 주었고, 그것이 대체로 소

* tender point, 약점.

위 모던한 작품들이었는데, 하필이면 고색창연한 「묘정의 노래」가 뽑혀서 실렸다. 이 작품은 동묘(東廟)에서 이미지를 따온 것이다. 동대문 밖에 있는 동묘는 내가 철이 나기 전부터 어른들을 따라서 명절 때마다 참묘를 다닌 나의 어린 시절의 성지였다. 그 무시무시한 얼굴을 한 거대한 관공(關公)의 입상(立像)은 나의 어린 영혼에 이상한 외경과 공포를 주었다. 나는 어린 마음에도 그 공포가 퍽 좋아서 어른들을 따라서 두 손을 높이 치켜들고 무수히 절을 했던 것 같다. 그러나 「묘정의 노래」는 어찌 된 셈인지 무슨 불길한 곡성 같은 것이 배음으로 흐르고 있다. 상당히 엑센트릭(eccentric)한 작품이라고 생각된다. 지금도 일부의 평은 나의 작품을 능변이라고 핀잔을 주고 있지만, 「묘정의 노래」야말로 내가 생각해도 얼굴이 뜨뜻해질 만큼 유창한 능변이다. 그 후 나는 이 작품을 나의 마음의 작품 목록에서 지워 버리고, 물론 보관해 둔 스크랩도 없기 때문에 망신을 위한 참고로도 내보일 수가 없지만, 좋게 생각하면 '의미가 없는' 시를 썼다는 증거는 될 것 같다.

그 후 이 작품이 게재된 《예술부락》의 창간호는 박인환이가 낸 '마리서사'라는, 해방 후 최초의 멋쟁이 서점의 진열장 안에서 푸대접을 받았고, 거기에 드나드는 모더니스트 시인들의 묵살의 대상이 되고, 역시 거기에 드나들게 된 나 자신의 자학의 재료가 되었다. 「묘정의 노래」와 같은 무렵에 쓴 내 딴으로의 모던한 작품들이 「묘정의 노래」보다 잘되었다고 생각하는 것은 아니지만, 「묘정의 노래」가 《예술부락》에 실리지만 않았더라도—「묘정의 노래」가 아닌 다른 작품이 《예술부락》에 실렸거나, 「묘정의 노래」가 《예술부락》이 아닌 다른 잡지에 실렸더라도—나는 그 당시에 인환으로부터 좀 더 '낡았다'는 수모는 덜 받았을 것이라고 생각되고, 나중에 생각하면 바보 같은 콤플렉스 때문에 시달림도 좀 덜 받을 수 있었으리라고 생각된다.

그 후 나는 '마리서사'를 통해서 박일영, 김병욱 같은 좋은 시우(詩友)를 만나게 되었고, 인환이 '마리서사'를 그만둔 후에 김경린, 임호권, 양병식 그리고 인환과 함께 『새로운 도시와 시민들의 합창』이라는 사화집을 내게 되어서 지금도 나의 처녀작이라면 이 사화집 속에 수록된 작품들이 나의 처녀작인 것 같은 인상을 주고 있지만, 내가 생각하는 실질적인 처녀작은 여기에 수록된 「아메리칸 타임지」와 「공자의 생활난」도 아니고 「묘정의 노래」도 아니다.

『새로운 도시와 시민들의 합창』에 수록된 「아메리칸 타임지」와 「공자의 생활난」은 이 사화집에 수록하기 위해서 급작스럽게 조제남조(粗製濫造)한 히야까시* 같은 작품이고, 그 이전에 나는 「아메리칸 타임지」라는 같은 제목의 작품을 일본말로 쓴 것이 있었다. 그 당시에 우리 집은 충무로4가에서 '유명옥(有名屋)'이라는 빈대떡집을 하고 있었는데, 치질 수술을 하고 중환자처럼 자리보전을 하고 가게 뒷방에 누워 있는 나는 벽지 위에다 「아메리칸 타임지」라는 일본말 시를 써 놓고 쳐다보고 있었다. 그때 자주 우리 집엘 찾아온 병욱이가 어느 날 찾아와서 이 시를 보고 놀라운 작품이라고 칭찬하면서 무라노 시로(村野四郎)에게 보내서 일본 시잡지에 발표하자는 말까지 해 주었다. 병욱이가 경상도 기질의 과찬벽이 있다는 것은 모르는 바 아니었지만, 나는 그의 말을 듣고 눈물이 날 지경으로 감격했던 것 같다. 그 후 인환이가 『새로운 도시와 시민들의 합창』을 계획했을 때 병욱도 처음에는 한몫 낄 작정을 하고 있었는데, 경린이와의 헤게모니 다툼으로 병욱은 빠지게 되었다. 그러지 않아도 인환의 모더니즘을 벌써부터 불신하고 있던 나는 병욱이까지 빠지게 되었다는 말을 듣고, 나도 그만둘까 하다가 겨우 두 편을 내주었다. 병욱은 이때 내가 일본 말로 쓴 「아메리칸 타임지」를 우리말로 고쳐서 내주라고 했던 것 같다. 그래서 그에 대한 반발로 히야까시적인 내용의 작품을 히야까시 조로 내준 것 같다. 혹은 병욱이가 그런 말을 한 게 아니라, 내가 미리 병욱의 추측

* 놀리다, 희롱하다를 뜻하는 일본 말이다.

을 앞질러서 그의 허점을 찌르려고 황당무계한 내용에 「아메리칸 타임지」라는 같은 제목을 붙여서 내게 되었는지도 모르겠다. 좌우간 나는 이 사화집에 실린 두 편의 작품도 그 후 곧 나의 마음의 작품 목록으로부터 깨끗이 지워 버렸다.

이 일본말로 쓴 「아메리칸 타임지」라는, 내 딴으로의 리얼리스틱한 우수한(?) 작품 이전에 또 하나의 리얼리스틱한 우수한 작품으로 「거리」라는 작품을 나는 썼다. 이것은 치질 앓기 전에 동대문 안에 있는 고모 집에 기식하고 있을 때 쓴 것이다. 이때 병욱은 대구에서 올라오기만 하면 나를 찾아왔고, 기식하고 있는 나의 또 기식자가 되었다. 그는 현대시를 쓰려면 우선 육체의 단련부터 필요하다고 하면서 나에게 권투를 가르쳐 주려고까지 했다. 지금 생각해 보면 상당히 어리석었던 시절이었고, 또한 상당히 즐겁고도 괴로운 시절이었다. 나는 현대시를 쓴다고 자처하고 있었지만 사실은 상당히 로맨틱한 생활을 하고 있었다. 「거리」도 그러한 로맨틱한 작품이다.

> 마차마(馬車馬)야 뺑긋거리고 웃어라
> 간지럽고 둥글고 안타까운 이 전체의 속에서
> 마치 힘처럼 소리치려는 깃발……
> 별별 여자가 지나다닌다
> 화려한 여자가 나는 좋구나
> 내일 아침에는 부부가 되자
> 집은 산 너머가 좋지 않으냐
> 오는 밤마다 두 사람같이
> 귀족처럼 이 거리 걸을 것이다
> 오오 거리는 모든 나의 설움이다

지금 겨우 기억하고 있는 것은 끝머리의 요 몇 줄 정도다. 『달나라의 장난』이라는, 처녀 시집이라면 처녀 시집이라고 할 수 있는, 8년 전 인가에 나온 시집에 이 작품과 「꽃」이라는 《민생보(民生報)》에 실렸던 작품을 넣고 싶었는데 기어코 게재지를 얻지 못해 넣지를 못했다. 「거리」는 나의 유일한 연애시이며 나의 마지막 낭만시이며 동시에 나의 실질적인 처녀작이다. 나는 남대문시장 앞을 걷다가 이 이미지를 얻었는데, 병욱은 이 시를 읽고 이런 작품을 열 편만 쓰면 시인으로서의 확고한 기반을 가질 수 있다고 격려해 주었다. 그러나 나는 병욱에 대해서는 애증동시병발증(愛憎同時倂發症)에 걸려 있었고, 이런 그의 말을 신용하면서도 경멸했기 때문에 앞서 말한 것과 같이 「아메리칸 타임지」를 통해서 반격 내지는 배반을 하게 되었던 것이다. 이 「거리」를, 병욱의 말을 듣고 기림은 여기에 나오는 '귀족'이란 말이 좋지 않다고 하면서 이것을 다른 말로 고치자고 했다. 나는 그 말을 듣고 며칠을 두고 고민한 끝에 기어코 고치지 않기로 결심을 했다. 지금도 나는 가끔 이 '귀족'이란 말을 고치지 않은 것이 나의 시적 자기증명에 어떤 의미를 갖는 것인가 하고 무심히 생각해 볼 때가 있다. 기림은 이것을 '영웅'으로 고치면 어떠냐고 했다. 나는 그의 말을 듣지 않았다. 영웅—나는 그가 말하는 영웅이 무슨 뜻인지를 알 수 있었다. 그러나 그 작품에서 '귀족'을 '영웅'으로 고칠 수는 없었다. 그것은 모독이었다. 앞으로 나의 운명이 바뀌면 바뀌었지 그 말은 고치기 싫다고 생각했다. 이러한 나의 체질과 고집이 내가 좌익이 되는 것을 방해했다.

그러고 보면 나의 시적 위치는 상당히 정통적이고 완고하기까지도 하다. 「거리」는 이러한 나의 장점과 단점이 정직하게 반영되어 있는 작품이고, 현대시는 못 되지만 「묘정의 노래」에 비해서 그 나름의 수준에는 도달한 작품이다.

그러나 현대시로서의 진정한 자질을 갖춘 처녀작이 무엇인가 하고 생각해 볼 때 나는 얼른 생각이 안 난다. 요즘 나는 라이오넬 트릴링의 「쾌락의 운명」이란 논문을 번역하면서, 트릴링의 수준으로 본다면 나의 현대시의 출발은 어디에서 시작되었나 하고 생각해 보기도 했다. 얼른 머리에 떠오르는 것이 십여 년 전에 쓴 「병풍」과 「폭포」다. 「병풍」은 죽음을 노래한 시이고, 「폭포」는 나태와 안정을 배격한 시다. 트릴링은 쾌락의 부르주아적 원칙을 배격하고 고통과 불쾌와 죽음을 현대성의 자각의 요인으로 들고 있으니까 그의 주장에 따른다면 나의 현대시의 출발은 「병풍」 정도에서 시작되었다고 볼 수 있고, 나의 진정한 시력(詩歷)은 불과 10년 정도밖에는 되지 않는다. 그러나 트릴링도 떠나서 다시 나대로 또 한번 생각해 보면, 나의 처녀작은 지난 6월 2일에 쓴 아직도 발표되지 않은 「미역국」이라는 최근작 같기도 하고, 또 좀 더 깊이 생각해 보면 아직도 나는 진정한 처녀작을 한 편도 쓰지 못한 것 같다. 야단이다.

1965. 9.

예술 작품에서의 한국인의 애수

유행가나 속요에서는 애수를 찾기가 쉽다. 일제 시대에 유행한 수많은 우리말로 된 유행가들은 거의 전부가 애수에 찬 것이었다. 「황성 옛터에 밤이 되니」, 「피 식은 젊은이의 노래에 젖어」의 비탄조의 노래를 위시해서 이애리수, 나애심, 강홍식, 전옥, 백년설, 남인수, 고복수 들의 노래가 전부 구슬픈 노래였다고 해도 과언이 아니다. 그러고 보면 유행가의 풍조도 많이 변했다. 요즘 유행된 「노란 셔츠」니 「밤안개」니 그밖의 양키이즘의 본을 딴 무수한 노래들은 거의 왕년의 비감을 찾아볼 길이 없는 살벌할 만큼 활발한 곡들이다. 시대가 시키는 일이다. 「밤안개」만 해도 애수는 애수이지만 지난날의 노래가 가진 그런 청승맞은 것이 아니라 어디까지나 씩씩한 발악적인 감정이 짙다. 지금 20대의 젊은이들은 우리들이 「술이냐 눈물이냐」를 감격해서 듣던 고전적 애감은 도저히 이해하지 못할 것이다. 시대는 정서면에서만 보아도 무섭게 바뀐 것을 알 수 있다.

그런데 어찌 된 셈인지 이런 지난날의 애수를 요즘 저널리즘에서는 우리 민족의 고유한 특성처럼 과대평가하는 경향이 보인다. 출판업자들의 말에 의하면 요즘 독자들은 한국에 관한 연구 서적을 많이 찾는 경향이 있다고 하는데, 이러한 경향에 편승해서인지 민족 특성이라는 이름 아래 부질없는 왜곡된 해석을 내리는 견강부회의 이론이 적지 않이 나오는 것을 보게 된다. 애수의 해석도 그중의 하나이다. 얼마 전에 베를린 영화제인가에 갔다 온 어느 기자가 쓴 글을 보니 '한국 사람들은 어째서 이렇게 눈물이 많으냐'고 그쪽 사람들이 우리 영화를 보고 놀라더라는 것이다. 나도 이 글을 읽고 그렇게 생각할 것이라고 공감을 느꼈지만 이것은 저속한 영화 제작자들이 애수의 매너리즘에 빠진 죄이지 우리 현실의 죄는 아니다. 우리 현실은 물론 아직도 비참하지만 그것은 눈물을 흘리고 있는 비참이 아니다. 며칠 전에 통금 위반에 걸려서 즉결 재판을 받은 일이 있는데 그 자리에서 나는 근 40명의 사창가 여자들이 모조리 10일간의 구류 처분을 받는 광경을 보았다. 판사의 언도를 받고 돌아서는 그들의 얼굴을 나는 특히 유심히 보았지만 그들의 표정은 지극히 기계적이었다. 그중에는 웃고 있는 얼굴도 있었다. 그들의 감정은 기진맥진한 나보다는 오히려 10배는 더 강해 보였다. 그러고 보면 애수라는 감정은 어느 정도 여유가 있는 데서 생기는 것이다. 「세계의 여족(女族)」이라는 이탈리아 영화에는 통곡을 직업으로 하는 여자들이 나오는 장면이 있다. 이탈리아의 어느 지방에서 전해 내려오는 풍습 같은데 대여섯 명의 나이 먹은 '통곡녀'들이 번갈아 가면서 빨간 양말을 신긴 시체의 발밑에서 하늘이 떠내려가도록 울고 있었다. 한국 영화는 아직까지도 국제영화제에 이런 '통곡녀'를 출품하고 있는 셈이다. 일부의 출판업자도 마찬가지이다. 그들은 '통곡녀'의 '한국학'을 만들고 있다. 엄격한 의미에서 볼 것 같으면 예술의 본질에는 애수가 있을 수 없다. 진정한 예술 작품은 애수를 넘어선 힘의 세계다. 비근한 예가 요즘 나도는 「벙어리 삼룡이」라는 영화가 그렇다. 이것은 나도향의 작품 「벙어리 삼룡이」에다가 그의 「물레방아」, 「뽕」까지 섞어서 잡탕을 만들어 놓은 것인데, 내가 느낀 것은 신문의 영화평하고는 정반대다. 이런 것이 아직도 우리나라에서는 '문예 영화'로 통하고 있다. 삼룡이(김진규)가 방죽에서 주인 색시(최은희)를 위로하려고 재주를 넘고 허리를 삐는 장면을 비롯해서, 고반소에 불려 가서 심문을 당하는 장면, 마을의 종루에 올라가서 삼룡이가 종을 울리는 장면 같은 것들은 잡탕에다가 또 잡탕을 만든, 원작에는 없는 장면들인데, 이것은 영화의 효과를 노리기 위한 것이라고 널리 보더라도, 라스트 신에서 주인 색시가 삼룡의 환영과 함께 거니는 장면은 이 영화를 결정적으로 원작의 진수를 파악하지 못한—혹은 무시한—타작으로 만들어 버렸다. 나는 이 라스트 신에서 원작의 마지막 구절의 힘찬 예술적 승화를 느낄 수 없었다.

> ……그(벙어리 삼룡이)는 자기가 여태까지 맛보지 못한 즐거운 쾌감을 자기의 가슴에 느끼는 것을 알았다. 색시를 자기 가슴에 안았을 때 그는 이제 처음으로 살아난 듯하였다. 그는 자기의 목숨이 다한 줄 알았을 때 그 색시를 내려놓을 때에 그는 벌써 목숨이 끊어진 뒤였다. 집은 모조리 타고 벙어리는 색시를 무릎에 뉘고 있었다. 그의 울분은 그 불과 함께 사라졌을는지! 평화롭고 행복스러운 웃음이 그의 입 가장자리에 엷게 나타났을 뿐이다.

이러한 「벙어리 삼룡이」의 마지막 구절은 그 전의 대목과의 연결이 없이도 쉽사리 이해가 가는, 죽음을 초극한 사랑의 승리를 읊은 대목이다. 이것이 작가가 노린 철학이자 시다. 그런데 영화 「벙어리 삼룡이」는 이러한 시의 힘은 보지 못하고 「벙어리 삼룡이」가 가진 소재로서의 애수만을 군살까지 붙여서 패러프레이즈*해 놓았다. 애수에 그친 애수를 예술 작품으로 오인하고 있는 세큘러리즘의 가장 대표적인 예의 하나이다. 속세는 힘은 보지 못하고 눈물만을 보고, 이 눈물을 자기의 진정한 모습이라고 생각하고 있는 모양인데, 이러한 유구한 우매야말로 정말 눈물거리이다. 나도향의 이야기가 나온 끝에 한마디 더 하자면, 그의 「물레방아」는 다름 아닌 이러한 우매한 세큘러리즘에 대한

* 패러프레이즈(peraphrase). 글 속의 어구를 다른 말로 바꿔서 알기 쉽게 풀이한 것.

살인이며, 그의 「뽕」은 그에 대한 풍자라고도 볼 수 있다.

예술 이전의 애수의 표본은 영화나 유행가 이외에 소설이나 시에서도 우리들은 싫증이 나도록 보아 왔고 또 싫증이 나도록 보고 있다. 그런데 특히 시에 있어서는 애수에 그친 애수와, 힘에까지 승화된 애수와의 구별이 퍽 어렵게 되어 있다.

첫날에 길동무
만나기 쉬운가
가다가 만나서
길동무 되지요

날 긇다* 말아라
가장(家長)님만 님이랴
오다 가다 만나도
정 붙이면 님이지

화문석 돗자리
놋촉대(燭臺) 그늘엔
70년 고락(苦樂)을
다짐 둔 팔벼개

드나는 곁방의
미닫이 소리라
우리는 하룻밤
빌어 얻은 팔벼개

---

* '긇다'는 '그르다'의 평안북도 방언이다.

조선의 강산아
네가 그리 좁더냐
삼천리 서도(西道)를
끝까지 왔노라

삼천리 서도를 내가 여기 왜 왔나
남포(南浦)의 사공님
날 실어다 주었소

집 뒷산 솔밭에
버섯 따던 동무야
어느 뉘집 가문에
시집가서 사느냐

영남의 진주(晋州)는
자라난 내 고향
부모 없는
고향이라우

오늘은 하룻밤
단잠의 팔벼개
내일은 상사(相思)의
거문고 벼개라

첫닭아 꼬구요
목놓지 말아라
품속에 있던 님

길차비 차릴라

두루두루 살펴도
금강(金剛) 단발령
고갯길도 없는 몸
나는 어찌 하라우

영남의 진주는
자라난 내 고향
돌아갈 고향은
우리 님의 팔벼개

—「팔벼개 노래」

이것은 비교적 그리 알려지지 않은 소월의 작품인데, 소재상으로 보아서는 전형적인 한국적 애수가 담겨 있지만 소재의 승화면에서는 널리 회자되고 있는 「산유화」, 「진달래꽃」, 「초혼가」보다는 역시 아랫길에 속하는 작품이다. 그의 작품에는 이 밖에도 「접동새」, 「기억」, 「원앙침」 등, 우리 민족의 애수를 담은 것들이 많고, 누구보다도 가장 많이 성공한 작품을 남겨 놓았다. 이 「팔벼개 노래」는 정음사판 『소월시집』(정본)을 보면 「팔벼개 노래조(調)」(40쪽)라는, 이 시의 내력을 적은 재미있는 해설까지 붙어 있는데, 이 팔벼개의 애인은 진주 기생이다. 기생이라고 하면 김동인의 「운현궁의 봄」에 나오는 기생이 생각난다. 동인은 다듬이 소리의 정취를 누구보다도 잘 살린 작가라고 생각되지만 기생을 그리는 데도 과연 관록이 있었다. 이하응과 좋아 지내는 기생이 장구채로 버선코를 꼭 찌르는 장면 같은 것은 정말 좋다. 나는 이 평범한 기생의 동작에서 세계의 어느 나라에서도 찾아볼 수 없는 독특한 한국적 애수를 본다. 안서*의 「물레」라는 시에서 읊어진 고달픈 젊은 푸념도 이와 비슷한 한국적인 것이다.

> 물레나 바퀴는
> 실실이 시르렁
> 어제도 오늘도 흥겨이 돌아도
> 사람의 한생은 시름에 돈다오
>
> 물레나 바퀴는
> 실실이 시르렁
> 워마리 겹마리 실마리 풀려도
> 꿈같은 세상은 가두새 얽히오
>
> 물레나 바퀴는
> 실실이 시르렁
> 언제는 실마리 잡자든 도련님
> 언제는 못풀어 날 잡고 운다오
>
> 물레나 바퀴는
> 실실이 시르렁
> 원수의 도련님 실마리 풀어라
> 못풀걸 웨감고 날다려 풀라나

—「물레」

---

* 김억의 필명.

안서는 이밖에도 「세월아 네월아」, 「서관(西關) 아가씨」 같은, 소재상으로는 향토적인 색채가 진한 것을 즐겨 다루고 있지만 그의 애수는 한계가 있는 위태로운 것이다. 「서관 아가씨」 같은 것은 유행가의 가사나 별로 다를 게 없다. 이에 비하면 박용철의 애수의 세계는 예술이 되고도 남음이 있다. 한국적 애수와 그만큼 피나는 격투를 한 시인도 드물 것이다. 「밤기차에 그대를 보내고」 같은 시에는 온 겨레의 설움을 등에 지고 허덕거리며 비탈을 기어 올라가는 무거운 그의 신음 소리가 배어 있다. 그러나 「빛나는 자취」 같은 아름다운 시에서 그는 드디어 애수를 탈각하고 힘에 도달한다.

다숩고 밝은 햇발이 이같이 나려 흐르느니
숨어 있던 어린 풀싹 소근거려 나오고
새로 피어 수줍은 가지 우 분홍 꽃잎들도
어느 하나 그의 입맞춤을 막아 보려 안 합니다

푸른 밤 달 비친 데서는 이슬이 구슬이 되고
길바닥에 고인 물도 호수같이 별을 잠급니다
조그만 반딧불은 여름밤 벌레라도
꼬리로 빛을 뿌리고 날아다니는 혜성입니다

오 — 그대시여 허리 가느란 계집애 앞에
무릎 꿇고 비는 사랑을 버리옵고
몸에서 스사로 빛을 내는 사나이가 되옵소서

고개 빠뜨리고 마음 떨리는 사랑을 버리옵고
은비둘기같이 가슴 내밀고 날아가시어
다만 나의 흐린 눈으로 그대의 빛나는 자취를 따르게 하옵소서

—「빛나는 자취」

윤곤강은 한국적 애수에서 벗어나려고 애를 쓴 시인이라고는 할 수 없지만 그의 「지렁이의 노래」는 새로운 한국의 애수 속에서 몸부림치는 가장 처절한 작품의 하나라고 할 수 있다. 일제 시대하에서의 여유 있는 애수에서 벗어나 시대와 더불어 보다 더 급한 박자를 취하게 된 한국의 감성은, 좌냐 우냐의 혼란 속에서 새로운 진통을 겪게 되었다. '38선을 생각하며' 노래한 이 작품은, 그 당시의 작품 중 가장 우수한 작품은 아니지만 지금에 와서 보면 그 당시의 방황하는 현실을 소재로 한, 가장 뜨거운 열기를 토하는 기념할 만한 작품의 하나라고 느껴진다. 그런 의미에서는 그 당시에 인기 있던 작품들보다도 오히려 이상한 향수 같은 것이 느껴진다. 그러고 보면 임화의 「네거리의 순이」보다도 오장환의 「라스트 츄레인」 같은 것이 해방 후에 안목 있는 시 독자들에게 은근히 인정을 받고 있었다. 장환은 해방 후 「병든 서울」 등의 자극적인 시를 썼고, 곤강은 「지렁이의 노래」 같은 퇴폐적인 잔재 짙은 세계에서 벗어나지 못하고 죽고 말았지만, 내가 보기에는 그 당시에 굉장한 인기를 차지한 「병든 서울」도 이 「지렁이의 노래」나 마찬가지로 진정한 힘을 얻은 작품은 못 되었다.

아지못게라* 검붉은 흙덩이 속에
나는 어찌하여 한 가닥 붉은 띠처럼
기인 허울을 쓰고 태어났는가

나면서부터 나의 신세는 청맹과니
눈도 코도 없는 어둠의 나그네여니

* 알 수 없어라.

나는 나의 지나간 날을 모르노라
닥쳐올 앞날을 더욱 모르노라
다못 오늘만을 알고 믿을 뿐이노라

낮은 진구렁 개울 속에 선잠을 엮고
밤은 사람들이 버리는 더러운 쓰레기 속에
단 이슬을 빨아 마시며 노래 부르노니
오직 소리 없이 고요한 밤만이
나의 즐거운 세월이노라

집도 절도 없는 나는야
남들이 좋다는 햇볕이 싫어
어둠의 나라 땅 밑에 번듯이 누워
흙물 달게 빨고 마시다가
비 오는 날이면 따 우에 기어 나와
갈 곳도 없는 길을 헤매노니

어느 거친 발길에 채이고 밟혀
몸이 으스러지고 두 도막에 잘려도
붉은 피 흘리며 흘리며 나는야
아프고 저린 가슴을 뒤틀며 사노라

— (38선을 생각하며)

—「지렁이의 노래」

우리나라의 현대시사에서 김종한이 차지하는 위치는, 안서와 해방 후의 모더니즘을 연결시키는 중간역같이 생각된다. 「그늘」, 「살구꽃처럼」 같은 것은 모더니즘으로부터 올라가는 기차가 스쳐가는 역이고 「연봉제설(連峰霽雪)」, 「망향곡」 같은 것은 안서로부터 내려오는 기차가 스쳐오는 역이다. 그는 안서가 실패한 곳을 역시 사상이 아닌 기교의 힘으로 커버하면서 한국적 애수에 현대적 의상을 입히는 일에 골몰했다. 그의 힘은 기교다. 그는 애수를 죽이지도 않고, 딛고 일어서지도 않고, 자기의 몸은 다치지도 않고 올가미를 씌워서 산 채로 잡는다. 그러니까 과객들은 그가 제시하는 로컬색의 애수보다도 그가 그 애수를 사로잡는 묘기에 더 매료된다. 이것은 한편으로는 한국적 애수의 해체의 시초이기도 하다. 그 점에서는 이장희, 이상, 김기림 같은 선배들이 벌써 해체 작업을 시작하고 난 뒤이지만, 그들은 종한처럼 깨끗한 솜씨로 옷을 벗기지는 못했다. 나는 그가 남긴 몇 편 안 되는 시편 중에서도 특히 「연봉제설」을 머리에 그리면서 이런 말을 한다.

지도의 정맥처럼 전선(電線)은
하이얀 산맥을 기어 넘어가오

첫눈을 밟고 와야 할 배달부
오지 않아 그런 줄 없이 기다려지는데

총소리에 놀라 깬 마을이
돌아누워 다시 동면하오

고향은 아니었소…… 그것은
다방 벽에 걸린 풍경화였소

마을은 영원히 동면하는데

배달부는 영원히 오지 않는데

빼어나 빛나는 하이얀 산맥을
전선은 영원히 기어 넘어가오

—「연봉제설」

소설에 있어서도 마찬가지로 한국적 애수를 소재로 한 것은 너무나 많으나 작품으로 승화된 수준까지 끌어올린 것은 그리 흔하지 않은 것 같다. 최근의 것으로는 염상섭 씨의 만년의 단편들이 서민 생활의 페이소스를 그린 대표적인 것이 아닌가 하는 생각이 든다. 페이소스는 쉽지만 예술은 어렵다. 나는 20대 때 우리나라의 단편집을 접하면 내용을 보기도 전에 노랗게 결은 종이와 칙칙한 활자만 보고 그리고 제목만 겨우 보고 이상한 애감에 도취된 때가 있었다. 읽기도 전에 먼저 설워졌던 것이다. 이에 대한 반동으로 요즘의 나는 너무 작품의 힘의 가치에만 치중하고 있는지도 모른다. 그러나 애수의 흙탕물 속에서 예술의 흑진주를 건져내는 일은 앞으로의 우리의 문학과 예술을 정리하고 격려하는 가장 주요한 작업의 하나가 될 것이며, 그러한 의미에서 오늘의 긴급한 문제는 애수의 양적 나열보다도 질적 규정에 있다고 생각되는 것이다.

1965.

작품 속에 담은 조국의 시련
—폴란드의 작가 시엔키에비치

19세기 말엽에서 20세기 초두에 걸친 폴란드의 작가 시엔키에비치를 말하려면 우선 폴란드의 역사의 윤곽부터 말하지 않으면 아니 된다. 폴란드 국민은 10세기에 신화 시대로부터 기독교 시대로 들어갔으며, 따라서 그 시대서부터 폴란드 국민의 역사적 생활이 시작한다. 이웃 나라와의 격렬한 싸움을 겪어 가면서 그들은 자기들의 생존을 보존해 왔고, 그동안에 폴란드의 영토는 엘베 강에서 도니에블 강에까지와, 발트해에서 흑해에 이르기까지 확대되었다. 그리고 로마에서 기독교를 받아들인 것이 폴란드 문명의 특징을 유럽 문명의 그것과 똑같은 것으로 만들었다. 하기는 비잔틴 문화의 영향이 바로 폴란드의 접경까지 밀려든 일도 있기는 하지만 역시 이 나라의 문화의 특징은 기독교적인 것이다. 이런 특수한 지세(地勢) 때문에 이 나라의 문명은 진보를 보았고, 그 때문에 또한 이 나라는 전쟁을 겪고 피를 흘리지 않으면 아니 되었다. 13세기 이후 폴란드는 타타르인〔韃靼人〕의 침략을 막아 왔고, 이러한 폴란드의 노력으로 그 침략이 유럽에 퍼지는 것을 막을 수 있었다. 이처럼 유럽의 방어자로서 폴란드는 '기독교의 방패'라는 명예스러운 칭호를 얻게 되었다—그 당시 이 말은 '문명의 방패'와 똑같은 의미로 통할 수 있는 것이었다. 16세기 말엽에 리투아니아와 왕조의 연결로 동맹을 맺고 그 후 1569년에 자발적으로 영구적인 합병을 했다. 그러는 동안에 폴란드의 세력은 증대되고 국왕의 광대한 지배는

16세기에 전 유럽을 뒤흔든 동란을 무사히 막아 낼 수 있게 했다. 국내적으로는 신앙의 자유를 인정했기 때문에 잔인한 종교적 박해라든가, 영국, 프랑스, 독일 등 다른 나라들이 겪은 특수한 싸움도 겪지 않을 수 있었다. 이러한 폴란드의 융성을 시기하고 러시아, 프러시아, 오스트리아의 세 이웃 나라는 동맹을 맺고 폴란드의 독립을 박탈하려고 책동하기 시작했다. 그 후 세 나라는 전쟁으로 폴란드 정복에 성공하고 1773년에서 1795년까지 폴란드의 3국 분할을 이루어 놓았다. 이리하여 1795년에 폴란드는 3차에 걸친 분할을 겪은 뒤에 드디어 독립국가로서의 존재가 완전히 말살되었다. 나라는 멸망했었지만 국민들은 살아 있었다. 러시아와 프러시아와 오스트리아를 상대로 하는 전쟁에는 언제나 폴란드 병사들이 참가했다. 나폴레옹 휘하의 폴란드 군대의 용맹성에 의해서 그들은 불멸의 월계관을 차지했다. 그들이 피를 흘리고 싸운 보상으로 1807년에 바르샤바 대공국이 건설되었다. 그리고 그것이 후일 재생하는 폴란드의 중심을 이루게 되었다. 그런데 애처롭게도 나폴레옹 1세의 몰락과 함께 그들의 희망은 수포로 돌아갔다. 1815년에 원회의는 구 폴란드의 일부에 소위 협의왕국(協議王國)이라는 것을 만들고, 러시아 황제를 왕으로 하는 자치적 왕국을 세웠다. 러시아 황제의 지배는 폭정이었고 그 후 수많은 반란이 일어났지만 번번이 러시아의 강력한 무력으로 탄압되고 실패로 돌아갔다. 1830년, 1863년, 1905년의 봉기는 적에게 막대한 손해를 입혔지만 잃어버린 자유를 되찾지는 못했다. 그리고 폴란드가 독립 국가로 다시 재생한 것은 1918년, 즉 제1차 세계대전이 끝나고 나서였다. 그 후 1934년에 독일과 불가침조약을 체결하고, 1939년 9월에 독일군의 폴란드 침입으로 제2차 세계대전이 터지게 된 것은 너무나 유명한 일이다. 폴란드는 다시 소비에트와 독일에게 전 국토를 분할당했고, 1941년의 독일과 소비에트의 개전으로 독일이 전국을 점령하게 되었다. 그 후 1945년 1월에야 폴란드는 독일의 패망으로 다시 독립을 하게 되었고, 1952년에 인민공

화국을 수립하고 그 후 친소 사회주의 경제 계획을 추진하고 있다.

그런데 문화의 면에서 폴란드를 볼 때 이 나라는 그러한 불우한 국가적 운명 속에서도 거대한 인물을 수많이 배출했다. 우선 15세기 중엽에 태양의 주위를 회전하는 지구의 운행에 관한 이론을 발견한 유명한 세기적인 천문학자 니콜라스 코페르니쿠스가 폴란드 사람이며, 최근에는 방사성 물질을 발견하고 노벨물리학상을 탄 유명한 여류 물리학자 퀴리 부인이 폴란드 사람이다. 또한 1919년에 폴란드의 수상으로 취임한 저명한 피아니스트이며 작곡가인 파데레프스키가 있다.

퀴리 부인의 자서전에도 나오지만 자유를 빼앗긴 폴란드 국민은 아이들에게 자기 나라의 말도 가르치지를 못했고, 기도도 아이들이 자기 나라의 말로 드리면 피가 흐르도록 매를 맞았다. 국민들은 자기들의 땅을 소유할 권리가 없었다. 이러한 저주받은 구속된 기간 동안에 폴란드 국민은 정부도 없고 군대도 갖지 못했다. 이러한 절망에 빠진 폴란드 국민에게 정신적 지주를 부여할 수 있는 유일한 수단은 미술과 음악과 문학이었다. 폴란드의 시인은 고대의 예언자처럼 미래에 있어서의 국민의 재생을 예언하고, 자유를 잃고 기진맥진한 동포의 영혼을 격려하고 그들이 실행에 옮길 수 있도록 기도를 드렸다. 미츠키에비치(1798~1855, 폴란드의 대국민시인)와 수오바츠키(1809~1849)와 크라신스키(1812~1859)와 같은 시인들의 걸작, 작곡가 쇼팽의 작품, 위대한 화가 그로트거와 매티고의 그림, 이러한 것들은 압박당한 시대에 태어난 사람들에게 자유로운 폴란드와 정복해야 할 적(敵)에 대한 것을 열렬하게 호소했던 것이다.

헨리크 시엔키에비치(1846~1916)는 1863년의 실패한 반란 후에 폴란드 사회가 전반적으로 절망과 피폐에 싸여 있을 때에 청년기에 도달한 사람들 중의 하나이다. 여태껏 사람들이 의지하고 있던 희망은 꺼져 버렸다. 그리고 이제 그들에게 생기를 주기 위해서는 비범한 영웅적인 선례와 정의의 승리 같은 것이 사람들의 앞에 제시될 필요가 있었다.

이 점에서 헨리크 시엔키에비치는 노력을 아끼지 않았다. 더구나 모국에 대한 의무라고 생각되는 일을 가장 성공적인 방법으로 성취시켰다. 매력적인 처녀작 『황무지에의 탈주』(1872년), 최초의 단편집 『늙은 머슴』(1875년), 『음악가 양코』(1881년), 『정복자 발테크』와 『등대수』(1882년) 등이 그것이다. 그는 1883년에 당시 그가 편집하고 있던 일간신문 《스로워》를 통해서, 그 자신의 말을 빌리자면 동포의 "정신의 요새를 강화하기 위해서" 위대한 역사시 3부작을 발표하기 시작했다. 이 3부작은, 『불과 칼을 들고』(1884)와 『홍수』(1886)와 『판 미카엘』(1887~1888년)로서 각각 출판되었다. 그 후 1891년에 가련한 심리적인 장편 소설 『무신앙』을 발표하고 1895년에 교훈적인 소설 『폴란드 가족』을 발표하고, 유명한 역사 소설로서 로마 시대의 폭군 네로를 취재로 한 『쿠오바디스』는 1896년에 완성되었다.

'3부작'은 17세기 중엽의 폴란드의 서사시적 묘사로서, 스웨덴과 전쟁할 때 타타르인과 코자크들이 침입해 온 시대의 얘기다. 적은 사방에서 국내로 몰려들었다. 수도는 그들에게 점령을 당하고 국왕은 간신히 피신을 했다. 이 불바다 속에서, 이 불행과 재앙의 도가니 속에서 단 하나의 요새 야스나 구라(빛나는 언덕이라는 뜻)의 교회만이 정복당하지 않고 공격에 견딜 수 있었다. 거대한 대포는 탄알을 성벽에다 대고 퍼부었고, 연이어 공격에 공격을 가했지만 모두 다 허사였다. 그리고 이것을 방어하며 싸우는 용사들을 항복시킬 수 있는 것은 아무것도 없었다. 야스나 구라의 용감한 방어전의 모습에 감동을 받고 폴란드 국민들은 각기 힘을 얻기 시작했다. 그들은 적을 쫓아내기 위해서 무기를 들고 다시 새로운 조직을 만들기 시작했다. 적은 드디어 격퇴되어 폴란드의 국경 밖으로 도망쳐 나가고 야스나 구라는 무사하게 되었다.(이런 3부작의, 17세기 당시의 적에 대한 폴란드 국민의 전투의 모습의 묘사는 역사가에 따라서 의견이 구구하지만 그 문학적 가치에 대해서는 비평가들이 이구동성으로 찬사를 아끼지 않고 있다.) 이것이 3부작의 최후의 장면이다.

이 소설은 세계 문학의 걸작 중 하나에 드는 가장 높은 위치를 차지할 수 있는 작품이다. 1900년에 나온 『십자가의 기사(騎士)』는 국경 근처에서 폴란드를 공격한 독일 교단과의 전투를 그린 것이다. 이 이야기는 15세기 때의 것이고, 폴란드가 '십자가의 기사' 교단의 힘을 결정적으로 분쇄한 유명한 구룽왈트 싸움의 묘사로 끝을 맺고 있다. 우리나라에서도 책과 영화를 통해서 널리 알려지고 있는 『쿠오바디스』는 로마의 폭군 네로 시대에 있어서의 초기 기독교도들의 순교를 그린 작품으로, 이것은 1896년에 출판되자마자 당시 유럽과 미국에서 일대 선풍을 일으킨 것이다. 그 후 1905년에 시엔키에비치는 노벨문학상을 타게 되었다.

이상 열거한 전 작품에 공통되는 관념은 무엇인가. 또한 압박당한 시대에 있어서 폴란드에 대해서 어떤 목적을 갖고 있었나. 거기에는 투쟁이 있고, 정의에 대한 박해가 있고, 그리고 최후에는 정의의 승리가 있다. 적국의 검열관들의 엄중한 감시 밑에서 러시아와 프러시아의 압박에 대해서 공공연한 불만을 털어놓는 일은 폴란드 작가들에게는 불가능한 일이었다. 이것이 시엔키에비치가 그의 눈을 과거로 돌린 이유였다. 폴란드에서도 구속받은 백년 동안에 수많은 네로가 있었다. 로마의 네로를 빌려서 그는 이러한 네로들을 암시하고 규탄했다. 시엔키에비치의 고전적 작품은 폴란드 국민의 정신에 영향을 주고, 영광된 과거를 기억하게 하고, 미래를 의심하지 않게 하고, 그리고 믿음과 용기를 북돋아주었다. 시엔키에비치의 문학과 투쟁의 정신은 오늘날 우리의 현실에도 절실히 요청된다.

오늘날 우리들이 처해 있는 현실을 어떤 문학적 수법으로 어떻게 어디까지 싸워야 할 것이냐에 대해서 생각해 볼 때, 시엔키에비치의 시대에 비해서 오늘날의 상황이 급속도로 복잡하고 미묘하고 보다 더 불행해진 것도 사실이며, 어찌 보면 그의 역사적 방법이 낡은 감이 없지도 않지만 그의 정신은 아직까지도 유효한 것이며 조금도 낡지 않은 것이다. 오히려 그의 위대한 투지와 역량에 접할 때 우리들은 새삼스럽게 한없이 압도될 뿐이다.

1966. 1.

빠른 성장의 젊은 시들

> 금방이라도 눈이 밟힐 것같이 눈이 와야 어울릴, 손금만 가지고 악수하는 남의 동네를, 우선 옷 벗을 철을 기다리는 시대 여성들의 목례를 받으며 우리 아버지가 때 없이 한데 묶어 세상에 업어다 놓은 나와 내 형제 같은 얼굴로 행렬을 이루어 끌려가는 것이다. 온도에 속은 죄뿐, 입술 노란 개나리 떼.

이런 끝머리로 맺고 있는, 김재원의 「입춘에 묶여 온 개나리」(《세대》 4월호)는 이달의 가장 우리들을 즐겁게 해 준 작품일 뿐만 아니라 현대시의 풍자의 정착에 있어서 분명히 새로운 수준을 보여 주는 기념할 만한 작품이 될 것이다. 그의 지난 1월달의 작품 「무너져 내리는 하늘의 무게」보다도 명확한 의미의 제시와 정확한 조사(措辞)와 경연어(硬軟語)의 능란한 배합과 세련된 현대적 감각의 노출 등에 있어서 놀라운 성숙도를 보이고 있다. 지난달에 「발」을 쓴 신동엽과 함께 우리 시단의 지성의 갈증을 충족시켜 줄 수 있는 건강한 젊은 세대의 대표자로서 그의 앞으로의 활동이 지극히 주목된다. 이들에 비하면 훨씬 조심성 있는 발자취로, 역시 세련된 현대 감각을 부각시킨, 전진하는 모습을 보여 준 것이 마종기의 「연가 2」(《현대시학》 4월호)이다.

그의 「연가」 연작 중에서도 이번 것이 가장 효과를 거두었다고 생각된다. 개인적인 러브 어페어를 빌려서 오늘날의 비참한 세태감정을 애교 있게 시사한 풍자가 실감이 간다.

또한 이들보다는 좀 더 젊은 세대로서 조태일의 「나의 처녀막은 3」(《신춘시》 8호)과 이탄의 「소등(消燈)」(《신춘시》 8호)이 주목할 만한 자질을 보여 주고 있다. 이를테면 윤삼하의 「포장지」(《현대시학》 3월호) 같은 작품과 비교해 볼 때 이들의 작품은 훨씬 투박하고 미숙하지만 자기의 독창적인 세계를 모색하는 기백과 지성의 면에서 볼 때 우리들은 훨씬 더 비중이 큰 기대를 이들에게 걸 수 있다.

성춘복의 「파국」(《신동아》 4월호)과 「잊어버린 꽃」(《현대시학》 4월호)은 역시 작품상으로는 완성된 서정시라고는 볼 수 없지만 냉철한 생명의 대결을 추구하는 표독한 냄새가 풍기는 것이 매우 믿음직하다.

> 이제 나는
> 불하늘로
> 낡은 기림연(鳶)을 띄워 보내고
> 속 깊을 땅엔
> 차디찬 목숨을 묻어
> 이렇게 반듯이 누워 있다.

「파국」의 흠점은 전체적으로 같은 감정의 되풀이가 침체의 감을 주고 있는 것인데 이 작가가 이것을 뚫고 나가려면, 이를테면 김현승의 세계와 같은 정신계의 수립이 시급히 요청된다.

이달에는 신춘문예 당선 작가 특집을 《현대문학》과 《세대》지에서 마련해 주고, 《신춘시》지에도 '신인 특집'이라고 해서 금년도에 신문 문예작품 모집에 당선한 신인들의 작품을 게재하는 친절을 베풀어 주었다. 이들의 새 작품의 질을 여기에서 따지기는 아직 빠르고, 평자의 생각으로는 우선 이들의 앞으로의 작품 활동의 기회나 지면을 생각해 볼 때 지금의 상황으로는 역시 동인지나 시지를 통해서 수련을 쌓고 시단과의 접촉을 유지해 나가는 것이 첩경이 아닌가 생각된다.

권일송의 「도시와 넥타이 3」과 「이속(異俗)의 의상」(《신춘시》 8호)과 김영태의 「자화상」(《현대시학》 4월호)은 전달의 그들의 작품에 비해서 그다지 빛을 띠지 못한 것이 섭섭했다. 진정한 시인은 한 작품 한 작품마다 목숨을 걸어야 하고, 한 작품 한 작품이 새로워야 한다. 그런 의미에서는 요즘의 젊은 층들의 넘버를 붙인 연작시의 형식 같은 것은 각별한 각오가 있지 않으면 타성에 흐르기 쉽다.

'4월의 시'로는 박두진의 「4월만발」(《사상계》 4월호)과 신동엽의 「4월은 갈아엎는 달」(《조선일보》)이 '4월'이 죽지 않은 증후하고 발랄한 증거를 보여 주고 있다. 이런 시를 읽으면 우리들은 역시 눈시울이 뜨거워지고 우리에게 아직도 시인다운 시인이 살아 있고 이런 시인들이 건재하는 한 우리의 앞날은 결코 절망이 아니라는 즐거움을 느끼게 된다.

《서울신문》(1966. 4.)

본색을 드러낸 현대성

이달에는 새 문학지 《문학》이 창간호를 냈고 《시문학》지가 여느 때보다 빨리 나와서 다른 달보다 비교적 많은 57편가량의 작품을 상대로 했다. 그러나 볼품 있는 작품이 없다. 특히 젊은 층들에 대한 기대가 어긋났다. 겨우 신기선의 「정(靜)」(《사상계》)과 이성교의 「전주(電柱)」(《사상계》)가 눈을 끌 정도이다. 그러나 「정」도 정직한 작품이기는 하지만 별다른 새로운 것을 제시하지는 못하고 있고 「전주」는 당돌한 기상은 엿보이지만 작품으로서는 여문 것이 못 되었다. 그 밖에 고은의 「유미고백(唯美告白)」(《세대》)과 유경환의 「야(野)의 연가」(《세대》)가 노력한 흔적을 보이고 있지만, 이달에 발표된 전자의 또 하나의 작품 「내 손 풍금은 낡아서」(《현대시학》)나, 후자의 「활자들」(《현대시학》)과 「오솔길」(《시문학》)이 예상 외의 태작이기 때문에 「유미고백」 같은 솜씨를 부린 작품도 어느 정도 신용해야 좋을지 의문이 간다. 물론 한 사람의 작품에 우열이 있는 것은 정한 이치지만, 현대시를 평할 경우에 불가피하게 수반되는 좋은 의미의 우(優)의 애매성이 확증을 받기 전에 열(劣)의 흙발이 무딘 흔적을 투박하게 나타내게 되는 것은 젊은 세대에의 기대를 위해서 매우 슬픈 일이다. 이철범도 오랜만에 「비가」(《시문학》)와 「마치 벌레가 기고 있듯이」(《현대시학》)의 두 작품을 내놓고 있는데 두 작품 사이에 우열의 밸런스가 맞지 않는다. 「비가」는 지극히 하이블로한 문명비평의 스칼라 포엠인 데 비해서 「마치 벌레가 기고 있듯이」의 공허한 글발의 나열은 너무나 유치하다.

이러한 언밸런스의 현상은 시 작품과 시 작품 사이에서보다도 시 작품과 시론 사이에 더 두드러지게 나타나고 있는 것이 우리 시단의 통폐이다. 이달에도 김춘수의 에세이 「시의 예술성과 사회성」(《현대시학》)과 구자운의 「자크 마리탕의 시론」(《현대시학》)이 눈에 띄는데 이런 시론은 이들의 시에 대한 상식이 새삼스럽게 의심이 갈 정도의 치명적인 것이다. 분에 넘치는 논리를 구사하려고 되지도 않는 애를 써 가면서 권위를 붙이려고 하느니보다는 소박한 심정 토로같이 에세이라도 정직하게 쓰는 편이 어느 모로나 유익하다.

이동주의 「갈증」(《현대시학》)은 지난날의 그의 「나의 피리」와 마찬가지로 여전히 슬럼프를 면치 못하고 있고 오래간만에 접하는 김용호의 「너와 나는」(《현대시학》) 역시 저조에서 벗어나지 못하고 있다.

이인석의 「형제」는 그 나름의 절박한 외침을 계속하면서 남북 관계와 오늘날의 우리 현실을 고발하고 있는 뜻은 장하지만, 작품으로서 여전히 여물지 못했다.

이렇게 거의 전부가 작품으로서 수준 이하의 것이 되고 보니, 낡았느니 무어니 해도 작품으로 내세울 수 있는 것이라면 박목월, 유치환, 서정주를 들지 않을 수 없게 된다.

박목월의 「나의 배후」(《문학》)는 지난달의 「만년의 꿈」과 마찬가지로 자기의 고독의 승화에 관한 것인데, 「만년의 꿈」보다는 약간 덜한 듯도 하지만, 고독의 시정에 어쩐지 억지가 있는 것을 억지로 끌어나가려고 하는 피로가 보인다. 이것은 인생의 근원적인 피로라기보다는 그의 시정의 피로다. 이런 피로를 고갈로 보이지 않게 하기 위해서 그것을 인생론적인 허무로 연결시키려는 기교상의 노력이 어느 정도로 성공했는지는 모르지만, 이런 고갈을 기교로써 정당화시키려고 하는 데에 그의 비극이 있고 억지가 있고 이중의 고갈이 나오게 된다. 그는 고갈과 허무를 맞먹어 떨어지는 것같이 보이게 하거나, 고갈에서 허무를 뺀 차액(그것은 허무에서 고갈을 뺀 차액이라고 해도 마찬가지다.)을 현대성으로 보이게 하려고 한다. 즉 현대적 서정으로 보이게 하려고 한다. 그러나 이달의 작품에서도 볼 수 있듯이 그 차액에 오산이 생기는 경우에 그의 모처럼의 현대성의 밑바닥이 흘끗흘끗 들여다보이고는 한다.

1966. 5. 10.

안드레이 시냐프스키와 문학에 대해서

근년에 소련의 어느 곳에서 한 신진 작가가 비밀리에 현대의 러시아인의 생활에 대한 빛나는 풍자 소설을 써 왔다. 그는 자기의 작품이 공식적인 당국의 검열에 통과될 수 없고, 러시아에서는 출판될 수도 없으리라는 것을 자인하고 쓰고 있었다. 오늘날까지 그는 4권의 작품을 구라파에 밀수출해서 출판했다. 그는 아브람 테르츠(Abram Tertz)라는 필명을 사용해 왔는데, 이 이름은 사실은 모스크바대학에서 금지되고 있는 학생의 노래에 나오는 한 인물의 이름을 따 쓰고 있는 것이다. 그런데 지난 2월에 이 아브람 테르츠가 사실은 안드레이 시냐프스키라는 것이 판명되었고, 반소적(反蘇的)인 선전을 했다는 죄명으로 모스크바 재판소에서 7년간의 중노동형의 선고를 받게 되자, 그의 이름은 갑자기 전 세계적인 각광을 받게 되었다.

그의 최초의 작품이 1959년에 파리에 나타나고 나서부터 그의 저서는 구라파와 미국에서 일대 선풍을 일으켜 왔다. 철학적 우화인 그의 처녀작 「재판은 시작되다」는, 1960년에 《타임》지의 논평을 보면 '혁명 이후에 소련에서 나온 아마 가장 이색적인 소설'이라는 평을 받고 있는데, 사실상 이 소설이 소련의 현대의 다른 해빙기 문학—이를테면 차미아틴의 「우리들」이나, 에렌부르크의 「쥬레니또」나, 필냐크의 「마호가니」 같은 작품—하고 다른 것은 이것이 소련 당국의 검열을 전혀 무시하고 썼다는 것과 구라파에서 처음으로 출판되었다는 것이다. 이 작품은 우리나라에서도 수년 전에《사상계》지에 소개된 일이 있고, 그의 그 후의 환상적인 소설「고드름」은 역자가 재작년에《현대문학》지에 번역해 낸 일도 있었다. 소련 작가들이 당국의 검열의 한계를 벗어나는 길에는 여러 가지가 있지만, 시냐프스키는 우선 이 한계에서 도망쳐 나오는 길을 택하지 않을 수 없었던 모양이다. 그런 의미에서는 그는 차미아틴과 망명 중의 에렌부르크 전통의 여운을 고수하고 있다고 볼 수 있다.

그의 소설에는 마레크 후라스코의 세대의 절망적인 풍자의 터치와 도스토예프스키의『종교재판소장』이 주요한 기조를 이루고 있는데, 그의 작품을 이해하기 위해서는 우선 그의 비평 논문「사회주의 리얼리즘은 무엇인가?」(이 논문은 익명으로 불란서의《레스프리》지에 처음 발표되었고, 영국에서는《소비에트 서베이》지에 발표되었다.)를 살펴볼 필요가 있다. 이 논문을 보면 그 자신이 상당히 마르크스주의의 수련을 쌓은 작가라는 것을 알 수 있는데, 한마디로 말하자면 그의 문제는 공식적인 공산주의의 신조를 철학적으로, 심리적으로 또한 예술적으로 어떻게 극복해야 할 것이냐 하는 것이다.

사회주의 리얼리즘의 작품에는 여러 가지 주제에 대한 가지각색의 스타일이 있다. 그러나 그런 작품의 어느 것에서나—다소간 직접적으로, 또한 노골적이거나 은밀한 형태로—목적의 관념을 찾아볼 수 있을 것이다. 그것은 공산주의나 그와 관련되는 모든 것의 찬사로서 나타나거나, 그의 '혁명적 발전' 단계의 생활에 대한 풍자로서 나타나 있다. "우리들의 전반적인 문화나, 우리들의 전반적인 사회가 그렇듯이 우리들의 예술은 철두철미 목적론적이다. 그것은 보다 더 높은 운명에 복종하고 있고, 그 때문에 순화되고 있는 것이다. 사실상 그 일을 시작하게 되면, 우리들이 살아야 하는 전 목적은 될 수 있는 대로 하루속히 공산주의를 실현하는 일이다."

서구라파의 '성난 젊은이'들의 운동을 지지해 온 정신이 동구라파의 젊은 작가들에게도 여전히 살아남아서, 도덕적·심미적 본질 같은 것을 제공하고 있다는 것은, 우리들의 시대의 한결 기분 좋은 풍자의 하나일 것이다.

> 감옥소를 영원히 철폐하기 위해서 우리들은 새로운 감옥소를 구축했고, 국경선을 없애기 위해서 우리들은 우리들의 주위에 중국의 만리장성을 쌓았고, 우리들의 장래의 노동을 힘 안 드는 기분 좋은 것으로 하기 위해서 우리들은 강제 노동을 도입했고, 한 방울의 피를 흘리지 않기 위해서 우리들은 끝없이 죽이고 또 죽였다…… 우리들의 목표라는 이름 아래에서 우리들은 우리들이 물려받은 모든 것을 희생하지 않으면 아니 되었고 우리들의 적과 똑같은 방법을 사용하지 않으면 아니 되었다. 러시아의 전능을 주장하지 않으면 아니 되었고, 《프라우다》지에 거짓말을 쓰지 않으면 아니 되었고, 비어 있는 왕좌에 새로운 제왕을 앉히지 않으면 아니 되었고, 장교의 견장(肩章)을 유행하게 하지 않으면 아니 되었고, 그것으로 고문을 하지 않으면 아니 되었다…… 가끔, 공산주의의 최후의 승리를 위해서 필요한 것은, 결국은 하나의 마지막 희생 — 즉 공산주의의 포기 — 일 것이다, 하는 생각이 들 때가 있다…… 주여, 주여, 우리들의 죄를 용서해 주시오! 결국 이 세계는 신의 영상과 모습을 따라서 창조되었다. 공산주의는 아직 신이 되지는 못했지만, 그것은 거의 흡사한 데까지 와 있다. 그리고 우리들은 일어서서, 피곤한 몸으로 비틀거리면서, 우리들의 충혈한 눈으로 전 우주를 둘러보지만, 우리들이 찾으려고 원한 것이 하나도 없는 것을 알게 된다.

이 젊은 러시아의 작가가 '사회주의 리얼리즘'에 대한 결정적인 설명을 하고 있는 것은, 특히 그의 소논문의 종장(終章)에 잘 나타나 있다. 여기에서 그는 이렇게 설명했다.

스탈린의 죽음은 우리들의 종교적 미학의 제도에 치명적인 타격을 주었고, 따라서 레닌의 예찬을 부활할 수 있는 것은 어떤 종류의 대용품이 될 것인가. 레닌은 너무나도 평범한 사람같이 보이며, 너무나도 현실적인 인상을 준다. 그는 머리가 까진, 키가 작달막한 부르주아다. 그러나 스탈린은, 그를 기다리고 있는 과장법을 위해서 특히 생겨난 것같이 보였다. 신비적이며 전지전능한 그는 우리들의 시대의 기념상이었고, 그가 신이 되기 위해서 갖고 있지 않은 단 하나의 것은 영원성이었다. 아아, 우리들이 다만 머리를 좀 써서, 그의 죽음을 기적으로 둘러싸게만 했더라면! 우리들이 다만, 그가 죽은 것이 아니라 하늘로 승천을 해서, 거기에서 그가 그의 신비적인 수염 뒤에서 여전히 묵묵히 우리들을 지켜보고 있다고 무전(無電)으로 공포만 했더라면! 그의 유품은 중풍 환자와 정신이상자를 고칠 수 있었을 것이고, 잠자리에서 아이들은 크렘린 궁전의 빛나는 별들을 지켜보면서 창가에서 기도를 드렸을 것이다.

1962년에 아서 J. 슐레신저 2세는 시냐프스키의 이 논문을 "내가 본 소련 사회의 작가의 궁경에 대한 진단서 중에서 가장 계발적인 것"이라고 불렀다. 그 이듬해에 시냐프스키는 '환상적인 예술'에의 모험이라고 생각한 소설 「고드름」을 역시 구라파에 보내서 발표했다. 그는 그의 '환상적인 예술'에 대해서 이런 주장을 하고 있다.

나는 환상적인 예술에 희망을 두고 있다. 그것은 목적 대신에 가설을 갖게 되는 예술이며, 일상생활에 묘사에 있어서 그로테스크한 것이 사실적인 것에 대치되는 예술이다. 이것은 우리들의 시대의 정신에 가장 잘 부합할 것이다. 호프만과 도스토예프스키의, 고야와 샤갈의, 그리고 마야코프스키의 상상력…… 이런 것들은 우리들에게 환상적인 것과 황당무계한 것을 통해서 진실을 표현하는 방법을 가르쳐 줄 것이다.

여기에 역출한 『티호미로프의 실험』은 시냐프스키가 지난해 7월에 아브람 테르츠의 필명으로 역시 구라파로 수출해서 발표한 최신작이며, 미국에서는 만야 하라이의 번역으로 판테온 서점에서 작년에 출판되었다. 여기에 실린 부분은 이 『티호미로프』의 실험의 '머리말'과 '제1장'이며, 역시 만야 하라이의 영문을 의지할 수밖에 없었다. 하라이는 이 소설을 오웰의 『동물농장』과 같은 심각하고도 경쾌한 우화적인 소설이라고 말하고 있다. 이 작품은 체호프의 '벚나무골'의 근방에 있는, 궁벽진 신화적인 러시아의 거리에 사는 자전차 수선공인 렌야 티호미로프라는 불쌍한 청년의 정치적인 흥망을 다룬 것이다.

렌야 티호미로프라는 이 주인공의 이름은 러시아의 원어로 따져 볼 것 같으면 이 인물의 성격까지도 암시하는 특색을 가졌지만, 우리말로 고쳐 번역하려면 어색하게 되기 때문에 하는 수 없이 원명을 그대로 썼다. 그런데 렌야 티호미로프의 '티호미로프'라는 낱말은 '평화와 고요'와 '세계 평화'의 두 가지 뜻을 시사하는 것이며, '렌야'는 레닌과 관련성을 갖고 있기도 하고, '렌', '태만(怠慢)'이나, 러시아의 설화에 나오는 숲의 요정인 '레쉬'와 관련성을 갖고 있기도 하다.

이 소설의 주인공은, 근대의 농민 출신의 제왕과, 과학 시대의 어린아이와, 몇 명의 소련의 통치자들의 초상의 혼합물이다. 그는 '모든 다른 물건들처럼 인간은 개조될 수 있다'고 믿고 있다. 그의 인민들을 개조하려고 그는 그들을 교묘한 프로파간다의 비밀무기와 그 자신의 마술적으로 교화된 카리스마를 가지고 채찍질을 한다. 그리고 렌야는 시민들에게 그의 꿈을 먹인다—그들은 개울물을 샴페인으로 생각하고 마신다.—그리고 '이런 음식을 먹으면서 그들은 스탈린 치하에서 한 것처럼 유쾌하게 도랑을 파고 있다.'

렌야의 통치자로서의 종말은 비참하지만, 드디어 평화는 다시 회복되고, "도시는 또다시 경찰의 손에 장악되게 되고 노파들은 산 사람과 죽은 사람들을 위해서 기도를 드리고, 세계의 파멸은 당분간 모면되었다.” 그리고 러시아의 역사는 계속되어 간다.

시냐프스키의 유죄 선고에 대해서는 세계의 국제펜클럽이 항의문을 소련 정부에 속속 발송했고, 미국에서만도 백여 명의 학자들이 소련 수상에게 구제를 위한 서한을 보냈다고 하는데, 지난 2월 15일의 외신에 의하면 그는 준노동형에 복역하기 위하여 곧 시베리아의 노동수용소로 이송될 것이 예상되고 있다고 한다. 만약에 그렇게 되면 이 소설은 시냐프스키가 아브람 테르츠의 이름으로 서구라파로 수출한 마지막 소설이 될 것이다.

1966.

변한 것과 변하지 않은 것
—1966년의 시

올해에는 계간 문학지《한국문학》, 순문학지《문학》,《문학시대》, 시지《현대시학》이 새로 나오고,《사상계》,《현대문학》,《신동아》,《세대》,《청맥》,《시문학》,《문학춘추》 등을 합해서, 매달 평균 60~70편 가량의 시 작품이 생산되었다. 동인지로는《신춘시》,《현대시》,《영도》,《여류시》 등이 계속해서 나오고 있고, 계간 시지《사계》가 창간호를 내놓았다. 이에 비하면 시집 출간은 작년에는 약 60권에 달했는데, 올해는 10권 정도밖에는 안 되고, 특히 중견층 이상의 시집은 한 권도 없을 정도다. 에세이 붐이나 소설 붐에 비하면 서글플 정도의 불경기이지만 시문학의 본질상으로 보면 너무나 당연한 일이다. 그래도 신인들에게는 올해만큼 실질적인 수요가 많은 해는 없었고 상당한 수의 유망한 신진들이 개성적인 작품을 발표하기 시작하고, 논평의 대상에 오르게 된 것은 반가운 일이다. 작년만 해도 황동규, 마종기, 김영태, 이수익, 이유경 정도에 머물러 있던 신진의 선이 금년에는 이승훈, 이성부, 김광협, 박의상, 허소라, 이탄, 정진규, 권용태, 조태일 등에까지 급작스러운 확대를 보게 된 것 같은 인상을 받는다. 지난 1년 동안의 월평을 종합해 볼 때 가장 주목을 받은 신진으로는 신동엽, 김영태, 성춘복, 권일송, 이성교, 이성부 등이 있고, 그다지 눈에 띄지는 않았지만, 김재원, 조태일, 이탄, 오경남 등이 무시할 수 없는 소지를 지닌 이채로운 작품을 보여 주었다.

작품의 경향으로는, 한때 판을 치던 소위 '문맥을 고의적으로 무시하는' 난맥의 시들이 급작스럽게 자취를 감추고 '의미가 통하는' 시들로 대치되고 있는 현상이 두드러지게 나타나고 있다. 이런 현상의 전형적인 예를, 황동규, 박이도, 정현종, 김화영 등의 동인지《사계》에 발표된 작품에서 찾아볼 수 있다. 그밖에도 시지나 동인지에 발표된 가장 새로운 시인들의 작품에서 '문맥이 통하지 않는' 쉬르류(流)의 작품을 구경하기가 힘이 드는 것은, 쉬르의 아류들의 전성시에 문맥이 통하는 작품을 구경하기가 어려웠던 것만큼 어렵게 되었다. 이것은 시의 질적 정리의 초단계로서 우선 경하할 만한 일이라고 생각해야 할 것이다.

평론하는 사람에 따라서는 우리의 시단의 경향을 대분해서 '참여파'와 '예술파'라는 이름으로 나누어 보는 사람이 있고, 작년의 시단 연평의 대담(《사상계》 12월호)에서 필자도 박두진 씨와 그에 비슷한 구분을 말한 일이 있고, 실제로 그런 구분이 성립될 수 있는 시적 현실이나 여건이 있는 것도 사실이지만, 우리 시단이 당면한 오늘의 가장 중요한 문제는 이런 구분이나, 이런 구분의 의식이나, 이런 구분의 의식이 가져올 수 있는 어떤 성장의 기대에 있는 것이 아닌 것 같다. 지난 1년 동안의 월평이나 시론 같은 것을 살펴볼 때 '참여파'와 '예술파'의 싸움은 사실상 혼돈과 공전으로 흐지부지하게 되고 만 것 같다. '참여파'의 평자(조동일, 구중서 등)들은 현실 극복을 주장하는 데까지는 좋으나 우리 사회의 암인 언론 자유가 없다는 것을 과소평가하고 있고, '예술파'의 전위들(전봉건, 정진규, 김춘수 등)은 작품에서의 '내용' 제거만을 내세우지, 작품상으로나 이론상으로 자기들의 새로운 미학을 제시하지 못하고 있다. 이런 싸움이나 주장에서는 성장이 아닌 혼돈만을 자아내는 결과밖에 나오지 않는다. 시 작품도 그렇고 시론도 그렇고 '문맥이 통하는' 단계에서 '작품이 되는' 단계로 옮겨 서야 한다. 그러기 위해서는 신진들의 시급한 과제는 그들의 시나 시론이 정상적으로 발전해 나갈 수 있는 영양의 보급로를 찾아야 할 일이다. 우리의 현대시가 서구시의 식민지 시대로부터 해방을 하려는 노력은 물론 중요하지만, 그러기 위해서 서구의 현대시의 교육을 먼저 받아야 한다. 그것도 철저한 교육을 받아야 한다. 이 교육이 모자라기 때문에 '참여파'고 '예술파'고를 막론하고 그들의 작품이 거의 전부가 위태롭게 보인다. 이런 의구심은 20~30대의 시인들의 오히려 좋은 작품을 대할 때에 더 커진다. 결국 안심하고 칭찬할 수 있는 젊은 작품이나 젊은 시인이 아직 없다는 말이 된다.

이런, 눈에 띄는 변화 속에서 실질적인 변화나 향상이 박약한 젊은 층의 시 활동에 비하면, 그래도 기성층들은 표면상으로는 아무런 변화가 없는 것 같지만, 사실은 완만하고 고요한 심화의 길로 정진하고 있는 흔적을 보임으로써 그들의 체면을 충분히 유지하고 있다.

김현승은 「시의 맛」(《현대문학》), 「어린것들」, 「형설의 공(功)」(《세대》), 「병」(《시문학》) 등을 통해서 금년도의 우리 시단의 최고의 수준을 과시하는 빛나는 작품들을 보여 주었고, 박두진도 은근하면서도 줄기찬 기세로 「장미집 5제」, 「남해습유(南海拾遺) 3제」(《현대문학》), 「종아리」(《문학》), 「대결」(《시문학》), 「하일(夏日)」(《세대》), 「할렐루야」(《신동아》) 등 수많은 작품을 통해서 불굴의 시혼을 불태우는 폭넓은 업적을 보여 주었다. '참여시'니 '순수시'니 하기 전에 우선 작품의 수준에 달해야 한다는 좋은 표본을 우리들은 이 두 시인에게서 볼 수 있다. 권일송이나 김재원 같은 신예들이 「볼리비아의 기수(旗手)」(《신춘시》)나 「입춘에 묶여 온 개나리」(《세대》) 이후에 그보다 좋은 작품을 내놓지 못하고 있는 것을 볼 때 시인의 기초 작업이 얼마나 중요한 것인가 하는 것을 새삼스럽게 통감하지 않을 수 없다. 유치환도 「샤머니즘의 바람이여」(《문학》), 「해동녘」(《사상계》), 「원경(遠景)」, 「폐병(廢兵)」, 「이것과 이것이 무슨 상관인가」(《한국문학》) 등을 통해서 그의 관록을 견지하고 있고, 《한국문학》지의 작품에 붙은 「시작 노트」 중의 반전적(反戰的)인 조심성스러운 발언은 시인의 긍지를 위해서도 매우 무게 있게 느껴졌다.

김광섭은 「고향」(《문학》), 「황혼이 웃고 있다」(《사상계》), 「서울 크리스마스」(《현대시학》) 등 참신한 시도가 결부된 여유 있는 원숙한 경지를 보여 주어 여간 믿음직하고 유쾌하게 느껴지지 않았다. 이런 이들이 빈곤한 우리 시단 같은 데에서는 여간 귀중한 재산이 아니다.

박목월은 금년에도 「흰 장갑」(《현대시학》), 「나의 배후」(《문학》), 「무제」(《세대》), 「만년의 꿈」 등 그 나름의 수준을 유지하는 조촐한 일련의 작품을 내놓았고, 서정주는 「여행가2」(《문학》), 「여행가3」(《현대문학》), 「영산홍」(《문학》) 등으로 그의 단시행각(行脚)을 계속하고 있고, 김춘수 역시 「아침 산보」(《문학》), 「처용3장」(《한국문학》), 「유년시」(《한국문학》), 「K국민학교」(《세대》) 등 수많은 작품을 통해서 그의 짧은 시의 스타일을 견지하고 있다. 김춘수가 그의 압축된 시형(詩形)을 통해서 되도록 '의미'를 배제한 시적 경제를 도모하려는 의도는 짐작할 수 있는데, 그의 시나 그의 시에 대한 주장을 볼 때 아무래도 고개를 갸우뚱하지 않을 수 없다. 그는 자기의 입으로도 시는 난센스를 추구하는 것이라고 말하고 있는데, 이런 좋은 의미의 난센스는 진정한 시에는 어떤 시에고 있는 것이다. 그가 말하는 난센스는 시의 승화 작용이고, 설사 시에 그가 말하는 '의미'가 들어 있든 안 들어 있든 간에 모든 진정한 시는 무의미한 시이다. 오든의 참여시도, 브레히트의 사회주의 시까지도 종국에 가서는 모든 시의 미학은 무의미의 ―크나큰 침묵의 ―미학으로 통하는 것이다. 이것은 예술의 본질이며 숙명이다. 그런데 김춘수의 경우는 이런 본질적인 의미의 무의미의 추구를 하는 것이 아니라, 먼저부터 '의미'를 포기하고 들어간다. 물론 '의미'를 포기하는 것이 무의미의 추구도 되겠지만, '의미'를 껴안고 들어가서 그 '의미'를 구제함으로써 무의미에 도달하는 길도 있다. 그리고 실제에 작품 활동에 있어서 한 사람이 꼭 이 두 가지 방법 중에 하나만 지켜야 한다는 법은 없다. 필자의 상식으로는 대체로 한 사람이 이 두 가지 방법을 여러 정도로 다양성 있게 쓰는 것이 보통이라고 생각된다. 또한 작품 형성의 과정에서 볼 때는 '의미'를 이루려는 충동과 '의미'를 이루지 않으려는 충동이 서로 강렬하게 충돌하면 충돌할수록 힘 있는 작품이 나온다고 생각된다. 이런 변증법적 과정이 어떤 선입관 때문에 충분한 충돌을 하기 전에 어느 한쪽이 약화될 때 그것은 작품의 감응의 강도에 영향을 줄 뿐만 아니라 작품의 성패를 좌우하는 치명상을 입히는 수도 있다. 이런 폐단은 김춘수의 경우뿐만 아니라 전봉건, 박남수 등의 경우에도 정도의 차이는 있지만 적용되는 말이다. 구더기가 무서워서 장을 못 담글 수는 없다.

요컨대 사회 현실에 관심을 갖고 있는 시들이 새로운 시적 현실을 발굴해 나가는 것과 같은 비중으로 존재 의식을 상대로 하는 시는 새로운 폼의 탐구를 시도해야 하는데, 우리 시단에는 새로운 시적 현실의 탐구도 새로운 시 형태의 발굴도 지극히 미온적이다. 소위 순수를 지향하는 그들은 사상이라면 내용에 담긴 사상만을 사상으로 생각하고 대기(大忌)하고 있는 것 같은데, 시의 폼을 결정하는 것도 사상이라는 것을 잊어서는 안 된다. 이런 미학적 사상의 근거가 없는 곳에서는 새로운 시의 형태는 나오지 않고 나올 수도 없다. 그리고 이런 미학적 사상이 부르주아 사회의 사회적 사상과 얼마나 유기적인 생생한 연관성을 갖고 있는가 하는 것은 비근한 예가 뷔토르나 귄터 그라스를 보면 알 수 있다. 진정한 폼의 개혁은 종래의 부르주아 사회의 미―즉, 쾌락―의 관념에 대한 부단한 부인과 전복에 의해서만 이루어진다. 우리 시단의 순수를 지향하는 시들은 이런 상관관계와 필연성에 대한 실감 위에 서 있지 않기 때문에 항상 낡은 모방의 작품을 순수시라는 이름으로 제시하고 있다. 이들이 추구하고 대치하고 있는 것은 어제까지의 우리들의 현실이나 미의 관념이 아니라, 20~30년 전의―혹은 훨씬 그 이전의―남의 나라의 현실과 미의 관념이다. 요즘 나오는 철없는 신진들은 이런 모조된 아류의 시를 진정한 새로운 시라고 생각하고 이것을 또다시 흉내 내고 있다. 이를테면 허소라의 작품 「아침 시작(試作)」(《현대문학》) 같은 것은 언어의 참신한 구사력이나 작품의 구성면에 있어서 뛰어난 재치를 보이고 있음에도 불구하고 종말에 가서 타기할 만한 시대착오적인 유미적인 방향으로 흐르고 있다. 그리고 더 무서운 것은 이 작자 자신이 자기가 어디가 낡은지를 모르고 있다는 사실이다.

아침은 자본
바다에서 건져온 손으로
날쌘 이웃들을 견제하며
깃을 치는 새
와
비로소 눈을 뜨는 사태(事態)들과의
잔잔한 회유

노래하는 나뭇잎에
말씀이 걸리면
바위들도 서서히 하루의 발톱을
뽑고
신들린 나는
윤기 흐르는 여인의 머리 옆에서
사랑의 가위를
놀리고 싶어라

—「아침 시작」 마지막 2연

정도의 차이는 있지만 소위 '예술파'의 신진들의 거의 전부가 적당한 감각적인 현대어를 삽입한 언어의 조탁이나 세련되어 보이는 이미지의 나열과 구성만으로 현대시가 된다고 생각하는 무서운 과오를 범하고 있다.

그러면 이와는 대극적인 위치에 놓여 있다고 보는 '참여파'의 신진들의 과오는 무엇인가. 이들의 사회 참여 의식은 너무나 투박한 민족주의에 근거를 두고 있다. 미국의 세력에 대한 욕이라든가, 권력자에 대한 욕이라든가, 일제 시대에 꿈꾸던 것과 같은 단순한 민족적 자립의 비전만으로는 오늘의 복잡한 상황에 놓여 있는 독자의 감성에 영향을 줄 수는 없다. 단순한 외부의 정치 세력의 변경만으로 현대인의 영혼이 구제될 수 없다는 것은 세계의 상식으로 되어 있다. 현대의 예술이나 현대시의 출발점이 여기에 있다. 그런데 우리의 젊은 시가 상대로 하고 있는 민중—혹은 민중이란 개념—은 위태롭기 짝이 없다. 이것은 세계의 일환으로서의 한국인이 아니라 우물 속에 빠진 한국인 같다. 시대착오의 한국인, 혹은 시대착오의 렌즈로 들여다본 미생물적 한국인이다. 이것은 두말할 것도 없이 바라보는—즉, 작가가 바라보는—군중이고 작가의 안에 살고 있는 군중이 아니기 때문에 그렇게 되는 것이다. 이것은 작가와 함께 앞을 향해 세차게 달리고 있는 군중이 아니라, 작가는 달리지 않고 군중만 달리게 하는 유리(遊離)에서 생기는 현상인 것이다. 오늘의 민중을 대변하는 시는 민중을 바라보는 시가 아니다.

예를 들자면 신동엽의 「발」(《현대문학》) 같은 작품은 사회의식과 역사의식을 가진 시로서 근래에 보기드문 성공을 거둔 작품인데, 이 작품조차도 엄밀히 따지고 보면 그러한 유리감을 내포하고 있다. 이런 관점에서 보면 김소영의 모처럼의 역작인 농시(農詩) 「조국」(《청맥》)도 무참하게 실패를 본 작품이다. 높은 윤리감과 예리한 사회의식에서 소박하고 아름다운 고도한 상징성을 지닌 민중의 시가 태어나려면 우리 시단에서는 아직도 한참 수련의 기간이 필요할 것 같다.

이런 각축의 지대에서 대체로 멀리 떨어져서 재래적인 청초한 자기의 세계를 닦고 있는 시인으로, 박성용, 박재삼, 이동주가 올해에도 꾸준히 작품을 내놓고 있다. 이동주의 「춘한(春恨)」(《문학》), 「가을과 호수」(《사상계》), 박성용의 「산책길에서」(《한국문학》), 「조춘」(《자유공론》), 박재삼의 「소곡 3제」(《현대문학》) 등이 그것이다. 박희진은 양적으로는 수많은 중후한 작품을 발표한 데 비해서 질은 여전히 저조하고, 황금찬, 성찬경, 신동집, 김요섭도 적지 않은 양을 발표하고 있는데 별로 새로운 진전이 있는 것 같지는 않다. 정한모는 「꽃체험2」(《문학》)으로 그의 평균 수준을 유지하고 있고, 신석초는 「폭풍의 거리」(《현대문학》), 「바닷가에서」(《사상계》) 이외에 별로 두드러진 작품이 없고, 김해강, 김용호, 구자운도 한 편 정도의 작품이 있을 뿐 지극히 부진했다.

젊은 층의 작품으로는 신동엽의 「발」, 김재원의 「입춘에 묶여온 개나리」, 권일송의 「볼리비아의 기수」, 이외에 김영태의 「한겨울의 증언」(《현대문학》), 성춘복의 「변용」(《현대문학》), 이성교의 「전주(電柱)」(《사상계》), 조태일의 「나의 처녀막」(《신춘시》), 마종기의 「연가2」(《현대문학》), 유경환의 「야(野)의 연가」(《세대》), 고은의 「유미(唯美) 고백」(《세대》), 김광협의 「봄의 노동」(《시문학》), 신기선의 「정(靜)」(《사상계》), 이승훈의 「가담」(《현대시학》), 이탄의 「발바닥」(《세대》), 주문돈의 「바람」(《세대》), 오경남의 「석비(石碑)」(《신동아》), 이성부의 「지나친 설탕」(《현대시학》) 등이 눈에 띄었다. 이것이 올해의 새로운 젊은 시의 총 재산 목록이라고 해도 과언이 아니다. 이밖에도 황동규, 이제하, 박이도, 박의상, 권용태 등이 응분의 활약을 해 주었지만, 종래의 제각기의 경향에 큰 변동이 있거나 특이할 만한 새 현상을 보여 주지는 못했다. 여류시로는 김남조, 홍윤숙, 김지향, 김후란, 김윤희 등이 지극히 미미한 활약을 했다.

장시로는 김소영의 「조국」 이외에, 김구용의 「사곡(四曲)」(《한국문학》), 주성윤의 「제5계절」(《청맥》), 성춘복의 「공원 파고다」 등이 나왔지만, 필자가 보기에는 하나도 성공한 것이 없다.

여기에 언급된 것 이외에 양명문, 김종문, 김윤성, 전영경, 이상로, 젊은 층으로는 박봉우, 이유경, 황명, 강인섭, 이근배, 신세훈의 작품에 대해서 언급하고 싶었지만 매수 관계로 부득이 생략하게 된 것을 섭섭하게 생각한다.

1966. 12.

가장 아름다운 우리말 열 개

오늘은 하루 종일 아무 일도 안 하다가 저녁녘에 심심풀이로 초고 뭉치를 들춰 보다가, 재작년에 쓴 「거대한 뿌리」라는 시를 읽다가 평생 해 보지 않은 메모까지 두서너 줄 해 보았다.

> 지금의 과오도 좋고 앞으로의 과오는 더 좋다. 지금 저지른 나도 모르는 앞으로의 과오.
>
> 모든 과오는 좋다. 나는 시 속의 모든 과오를 사랑한다. 과오는 최고의 상상이다. 그리고 시간의 과오는 과오가 아니다. 그것은 감정적인 과오다. 수정될 과오. 그래서 최고의 상상인 과오가 일시적인 과오가 되어도 만족할 줄 안다.

졸작 「거대한 뿌리」라는 시 속에 "이 땅에 발을 붙이기 위해서는/ —제3인도교의 물속에 박는 철근 기둥도 내가 내 땅에 박는 거대한 뿌리에 비하면 좀벌레의 솜털/ 내가 내 땅에 박는 거대한 뿌리에 비하면 ……"이란 대목이 있는데, 여기에 '제3인도교'라고 한 것은 사실은 제2인도교를 내가 잘못 쓴 것이었다. 재작년만 해도 천호동과 덕소를 연결하는 지점에 제3인도교가 가설된다는 것은 정설로 되어 있었는데 왜 이런 미스를 했는지 모른다. 심리적인 이유를 붙이려면 그런 이유가 없지도 않을 것 같지만(제2라기보다는 제3이 시체풍으로 멋있게 들린다는 등) 주인(主因)은 역시 나의 습성인 건망증이다. 그 후 그 미스를 발견하고 고칠까 말까 하고 여러 번 망설이다가 그대로 내버려 두었다. 그것을 오늘 다시 보니 새삼스러운 느낌이 든다. 아직까지도 제3인도교는 착공을 하는 기색이 보이지 않는다.(또 모르지, 내가 모르는 사이에 벌써 철근 기둥이 몇 군데 박혀 있는지도 모르지. 어찌 생각하면 시멘트 기둥이 하나나 둘쯤 박혀 있는 것을 본 기억이 있는 것도 같다.) 그래서 앞으로 생길 제3인도교를 생각하니 이것을 미스라고 하지 않는 것이 더 상상적이고 효과적으로 느껴진다. 이런 순간적인 느낌에서 좀처럼 쓰지 않는 메모까지 쓰게 되었다.

그런데 이번에는 나의 상상은 다시 비약해서 이 메모를 다음과 같은 언어론으로 고쳐 본다.

> 모든 언어는 과오다. 나는 시 속의 모든 과오인 언어를 사랑한다. 언어는 최고의 상상이다. 그리고 시간의 언어는 언어가 아니다. 그것은 잠정적인 과오다. 수정될 과오. 그래서 최고의 상상인 언어가 일시적인 언어가 되어도 만족할 줄 안다.

이런 즉흥적인 수정의 유희를 하는 끝에 첫머리의 것까지도 고쳐 보려면 이렇게 고칠 수가 있다.

> 지금의 언어도 좋고 앞으로의 언어도 좋다. 지금 나도 모르게 쓰는 앞으로의 언어.

이렇게 고쳐 놓고 보니 '언어는 최고의 상상이다.'란 말은 소크라테스나 플라톤의 말의 어디에 있는 것도 같다. 동양 사람 중에도 이런 뜻의 말을 한 사람이 있을 것 같다. 현대 사람 중에도 이 정도의 말을 한 평론가가 얼마든지 있을 것 같다. 다행한 일은 그런 말을 한 사람을 내가 모른다는 것—기억하고 있지 않는다는 것—뿐. 이런 건망증의 약점을 알고 있기 때문에 나는 일체 메모라는 것—사색적인 메모이든 비망록적인 메모이든 간에—을 하지 않는다.

또한 졸시「거대한 뿌리」속에는 이런 구절이 있다.

> ……그러나
> 요강, 망건, 장죽, 종묘상(種苗商), 장전, 구리개, 약방, 신전,
> 피혁점, 곰보, 애꾸, 애 못 낳는 여자, 무식쟁이,
> 이 모든 무수한 반동(反動)이 좋다…….

이 중에서 진짜 우리 조상들의 상상력으로 꾸며진 낱말을 골라 보면, '요강', '곰보', '애꾸', '못 낳는', '모든', '좋다', '이', '—이'다. 이 중에서 이름씨인 요강, 곰보, 애꾸를 생각해 보면 이런 낱말들은 사회학적으로 사멸되어 가는 말들이다. 요강도 그 사용도가 실생활상으로 줄어들어 가고, 곰보나 애꾸도 의학상으로 발생도가 줄어들어 가는 말들이다. 이런 부류에 속하는 말로는, 쌈지, 반닫이, 함, 소박데기, 언청이, 민며느리, 댕기, 시앗 등이 있다. 언뜻 생각나는 말이 이 정도이지 이밖에도 수많은 말들이 죽어 갔고 수많은 말들이 죽어 가고 있다. 그리고 이밖에도 순전한 언어 감각상으로 쇠퇴해 가는 말들이 많다. 예를 들자면 '허발창이 났다'*, '양태가 다 된', '거덜이 난', '지다위질을 한다',** '녹초가 다 되었다' 같은 종류의 말들이다. 색주가집이나 은근짜 같은 용어는 실생활적인 면에서 없어져 가는 종류의 말들일 것이다. 요즘 대학을 나온 학생들은 '을씨년스럽다'는 말을 쓰지 않고, '음

* 만신창이가 되다.
** 자기 허물을 남에게 덮어씌우다.

산하다'는 말도 쓰지 않을 것이다. 그들에게 '각을 뜬다'*는 말이 무엇이냐고 물어보면 대답할 수 있는 사람이 열에 하나 있을지 모르겠다. 8·15 후에 문단에 나온 우리들의 세대만 해도 이런 말을 알고는 있지만 좀처럼 써 볼 기회는 없다. '눈이 맞다', '배가 맞다', '구색을 채운다', '막무가내' 같은 말은 아직도 우리들의 하나 앞세대나 장바닥 같은 데에서 쓰고 있는 말이지만 역시 사양권에 속하는 말 같다.

결국 이렇게 따지고 보면 순수한 우리말은 소생하는 말보다는 없어져 가는 말이 더 많다. '좀이 쑤신다', '오금에 바람이 들었다' 같은 말은 물론이고, '남사스럽다', '사위스럽다', '부정 탄다', 심지어는 '고단하다'는 말에서조차도 오늘의 세대는 어떤 아득한 향수를 느낀다. 나는 지금도 음식점에서 왕성하게 쓰이고 있는 '맛배기'란 말이 좋은데, 어찌된 셈인지 이 말은 우리말 사전에는 없다. '해장'이란 말은 지금도 한창 쓰이고 있고 사전에도 있는 말이니, 이것은 향수의 검속(檢束)에서 벗어난 억세고 아름다운 생어(生語)라고 할 수 있다. 이밖에도 없어질 것 같으면서 없어지지 않고 있는 말로는, '도마', '부엌', '엿', '몸살' 같은 것들이 있다.

이런 언어의 로테이션은 어느 시대이고 있는 일이지만, 다만 오늘의 시대는 박자가 빠른 시대라 그에 따라서 그 회전도가 갑자기 빨라져서 눈에 뜨일 따름이고, 때에 따라서는 비명까지도 날 정도인 것이다. 그런데 우리말의 경우에는 일제 시대의 저해로 회전을 하지 못하고 있던 낱말들이 요즘에 와서 새로 발동을 시작하고 있는 것들이 있어서 이것들의 처리가 힘이 들 때가 많다. 국민학교 아이들의 교과서나 자연학습도감 같은 데에 나오는, 동물, 식물, 광물 이름 같은 것 중에 그런 것이 많다. 이를테면 '바랭이풀' 같은 것도 보기는 많이 본 풀인데도 일단 글 속에 써 보려고 하면 어쩐지 서먹서먹하다. '개똥지빠

---

* 잡은 짐승을 머리, 다리 따위로 나누다.

귀'란 새 이름도 그렇다. 그러나 나는 이런 실감이 안 나는 생경한 낱말들을 의식적으로 써 볼 때가 간혹 있다. '제3인도교'의 '과오'를 저지르는 식의 억지를 해 보는 것이다. 이것은 구태여 말하자면 진공(眞空)의 언어다. 이런 진공의 언어 속에 어떤 순수한 현대성을 찾아볼 수 없을까? 양자가 부합되는 교차점에서 시의 본질인 냉혹한 영원성을 구출해 낼 수 없을까?

좌우간 나로 말하자면 매우 엉거주춤한 입장에 있다. '얄밉다', '야속하다', '섭섭하다', '방정맞다' 정도의 낱말이 퇴색한 말로 생각되고 선뜻 쓰여지지 않는 반면에, '쉼표', '숨표', '마침표', '다슬기', '망초', '메꽃' 같은 말들을 실감 있게 쓸 수 없는 어중간한 비극적인 세대가 우리의 세대다. 혹은 이런 고민을 느끼는 것은 내가 도회지산(産)이고, 게다가 무식한 탓에 그렇게 되는지도 모른다. 그러나 내가 보기에는 우리 시단에는 아직도 이런 언어의 교체의 어지러운 마찰을 극복하고 나온 작품이 눈에 띄지 않는다.

내가 아름답다고 생각하는 말들은 아무래도 내가 어렸을 때에 들은 말들이다. 우리 아버지는 상인이라 나는 어려서 서울의 아래대의 장사꾼의 말들을 자연히 많이 배웠다. '마수걸이',* '에누리', '색주가', '은근짜', '군것질', '총채' 같은 낱말 속에는 하나하나 어린 시절의 역사가 스며 있고 신화가 담겨 있다. 또한 '글방', '서산대',** '벼룻돌', '부싯돌' 등도 그렇다.

그러나 이런 향수에 어린 말들은, 현대에 있어서 '아름다운 것'의 정의—즉, 쾌락의 정의—가 바뀌어지듯이 진정한 아름다운 말이라고는 할 수 없다. 그런 것을 아무리 많이 열거해 보았대야 개인적인 취미나 감상밖에는 되지 않고, 보편적인 언어미가 아닌 회고 미학에 떨어

---

* 맨 처음으로 물건을 따는 일.

** 책을 읽을 때 글줄을 짚는 막대기.

지고 마는 것이 고작이다.

그러면 진정한 아름다운 우리말의 낱말은? 진정한 시의 테두리 속에서 살아 있는 낱말들이다. 그리고 그런 말들이 반드시 순수한 우리의 고유의 낱말만이 아닌 것은 물론이다. 이 점에서 보아도 민족주의의 시대는 지났다. 요즘의 정치 풍조나 저널리즘에서 강조하는 민족주의는 이것과는 다르다. 그것은 미국과 소련의 세력에 대한 대칭어에 지나지 않는다.

우리들의 실생활이나 문화의 밑바닥을 정밀경(精密鏡)으로 보면 민족주의는 문화에 적용되어서는 아니 된다. 언어의 변화는 생활의 변화요, 그 생활은 민중의 생활을 말하는 것이다. 민중의 생활이 바뀌면 자연히 언어가 바뀐다. 전자가 주(主)요, 후자가 종(從)이다. 민족주의를 문화에 독단적으로 적용하려고 드는 것은 종을 가지고 주를 바꾸어 보려는 우둔한 소행이다. 주를 바꾸려면 더 큰 주로 발동해야 한다.

언어에 있어서 더 큰 주는 시다. 언어는 원래가 최고의 상상력이지만 언어가 이 주권을 잃을 때는 시가 나서서 그 시대의 언어의 주권을 회수해 주어야 한다. 그런 의미에서 모든 시간의 언어는 언어가 아니다. 그것은 잠정적인 과오다. 수정될 과오. 이 수정의 작업을 시인이 해야 하는 것이다. 그래서 최고의 상상인 언어가 일시적인 언어가 되어서 만족할 수 있게 해야 한다. 아름다운 낱말들, 오오 침묵이여, 침묵이여.

1966.

새로운 윤리 기질
— 머독과 스파크의 경우

오늘날 영국 소설의 대표적 중견을 아이리스 머독, 그레이엄 그린, 앤거스 윌슨, 콤프턴, 버넷, C. P. 스노, 존 웨인, 뮤리엘 스파크의 선에서 생각해 볼 때, 이들의 공유점을 60년대의 영국 문학의 새로운 특징으로 간주할 수 있을 것이다. 이들의 커다란 공유점은 일종의 겸손이다. 이들은 자기들의 한계점을 강조할 뿐만 아니라, 대부분이 자기들의 일에 이익을 줄 수 있는 모든 커다란 주장을 무시할 수 있을 만큼 행복하다. 로렌스는 "소설가로서, 나는 나 자신을 성인보다도, 과학자나 철학자나 시인보다도 우위에 있다고 생각한다."고 호언했지만, 이들 중에 이런 묵시록적인 문학관을 믿고 있는 사람은 한 사람도 없다. 또한 이들은 낡은 자연주의 기준을 수정 없이 그대로 받아들이지도 않으며, "나는 모든 사물을 소설 속에 담아 보고 싶다."는 지드 식의 거만한 태도로 소설을 쓰고 있지도 않다. 낡은 리얼리즘도, 낡은 포멀리즘도 이들에게는 통하지 않으며, 도대체가 이들은 자기들 자신이 하나의 우주를 만들고 있다고 생각하고 있지 않다. 말하자면 이러한 이들의 겸손은 철학적인 면을 갖고 있다고 말할 수 있다.

이들은 모든 리얼리티의 이미지로서의 소설의 관념을 피하고 있고, 따라서 자기들의 상상력을 리얼리티의 구성 요소나 보충물로서도 생각하고 있지 않는 것 같다. 이러한 문제에 대한 이들의 관심은 총체적으로 인식적이라기보다는 강렬한 윤리적인 것이다. 이런 점에서 60

년대의 영국의 소설가들은 난삽한 인식론적인 것을 파고드는 프랑스의 전위 작가들과 판이하다. 이들에게서 프랑스적인 안티 노벨의 기치를 찾아볼 수는 없다. 이를테면 프랑스의 뷔토르 같은 작가는, 소설은 본질적으로 리얼리티에 기여하는 것이고, 새로운 소설가의 임무는 구세대의 소설가들이 과(課)한 낡은 리얼리티의 서술을 교정하는 일이며 따라서 모든 훌륭한 소설은 안티 노벨이라고 말할 수 있을 것이다. 그러나 대부분의 영국작가들은 감지자로서의 자기 자신에게 충실하고 교양 있는 상식의 눈으로써 감지된 사물에 충실하고자 하는 그들 자신의 분투적인 견지에서, 픽션과 리얼리티 사이의 관계를 전반적인 문제로 삼고 있다. 이런 관계의 문제를 가장 단적으로 드러내 보이고 있는 것이 아이리스 머독과 뮤리엘 스파크다.

아이리스 머독(Iris Murdoch, 1919~1999)은 제인 오스틴, 조지 엘리엇, 버지니아 울프를 연결하는 영국의 여류 소설의 전통의 빛나는 후계자로서, 아일랜드 태생인 그녀의 문학에는 제임스 조이스의 『더블린 사람들』의 영향이 뚜렷하게 나타나 있다. 최초의 저서는 『사르트르론』이고, 작가로서 출발한 것은 1954년에 사뮈엘 베케트와 레이몽 크노의 영향을 받은 장편 소설 『그물에 걸려서』를 발표하고 나서부터이다. 이 작품은 처녀작으로는 보기드문 호평을 받았고, 그 후 『매혹하는 사람을 피해서』, 『모래성』, 『종(鐘)』, 『잘라진 목』, 『영국의 장미』 등의 장편 소설을 속속 발표했다. 『종』은 그녀의 걸작으로서, 그녀를 현대 영국 소설의 대표자의 한 사람으로 만들었고, 문제작인 『잘라진 목』은 무지무지하게 많은 판매 부수를 올렸다.

그녀는 최근에 발표된 평문을 통해서 '투명한(crystalline)' 것과 '신문 기자적인(journalistic)' 것의 대조를 하면서 현대 영국 소설의 대부분의 이슈를 다루고 있는데, 그녀의 이 '투명한' 것과 '신문 기자적인' 것이라는 술어는 약간 진부한 감도 들지만, 픽션과 리얼리티의 관계를 비교적 알아듣기 쉽고 편리하게 해명하고 있다. 그녀의 말에 의하면, 자기의 강한 밀도의 소설에는 한편으로는 조심스럽게 구축된 대상(이 안에서는 사람들보다도 스토리가 중요하며 그런 스토리는 대체로 특수하고 뚜렷한 윤리를 시사하고 있다.)을 만들어 내려고 하는 경향이 있고, 또 한편으로 상당히 유쾌한 방식으로 우리들의 주위의 세계를 묘사하고 싶은 욕망이 있다. 그런데 오늘날에 와서는 이 상반되는 두 개의 목적을 초월하려는 비상이 자기의 소설 속에 엿보이는 듯하며 이 두 개의 장점을 결부시킬 수 있는 어떤 이상적인 상태가 있을 것 같다는 것이다. 그녀는 '윤리적이며 철학적인 우수한 특질을 가지고 있으면서 그것을 노골적으로는 드러내지 않는, 서정과 유머로 가득찬 풍속 소설'이라는 평을 받고 있는 자기의 소설의 성격을 이렇게 단적으로 말하고 있다. 그녀는 '투명한' 것을 예술에 있어서의 형태로 보면서, 형태에 대한 견해를 이렇게 말하고 있다.

"예술에 있어서의 형태가 어떤 의미에서는 위협이 된다고 하는 것은 우스꽝스러운 일이다. 왜냐하면 형태는 예술의 절대적인 에센스이기 때문이다.(……) 그러나 (……) 형태에 만족을 하게 되면 주제의 모순이나 역설이나 보다 더 고통스러운 국면으로 깊이 파고들어가지 못하게 되는 수가 있다." 결국 그녀는, 자기의 소설이 수많은 사람들을 묘사하려는 기도(企圖)와, 강력한 플롯이나 스토리에 굴복하려는 두 거점 사이에서 요동하고 있다고 생각하고 있는 모양이다. 예를 들자면 『잘라진 목』은 신화에의 굴복을 보여 주고 있는 대표적인 것이고, 『종』은 그보다도 더 많은 사람들이 등장하고 있다. 그녀의 소설을 윌리엄 골딩의 시적 소설의 연장같이 보면서, 사회 참여의 적극적 기질이 약하다고 보는 비평가도 있지만, 그녀 자신의 주장은 지극히 중도적인 것 같다. 그녀는 자기가 원하는 건전한 방향의 종합(신화와 플롯의 종합), 즉 '투명한' 것과 '신문기자적인' 것의 종합이 영원히 도달될 수 없는 숙제라고 하더라도 '강력한 스토리를 지니고, 인물을 희생시킴으로써 일종의 밀도를 획득하려는 충동과, 여러 인물을 수용하고 밀도를 희생시키려는 충동 사이에서 진동하는 경향'이 자기의 작품에 있는 것은 확실하다고 생각하고 있다.

머독 여사 자신의 다음과 같은 말은 그녀의 위치가 골딩류(類)의 시적 소설과 오히려 대척적인 입장에 있다는 것을 시사하고 있다. 즉 그녀는 "오늘날의 곤란한 문제는 지나치게 '신화'에 의존하려고 하는 습성이며, 따라서 이러한 조숙한 의존은 허위적인 위안밖에는 안 된다. 그러한 위안은 리얼리티의 쓰디쓴 맛을 제거하고, 작중 인물의 신원을 바꾸어 놓고, 도덕적으로 말하자면 작가의 입장에서는 방종에 속하는 것이다."라고 말하고 있다. 그녀의 유머는, 그러고 보면 '순수한 유희'이며 완전히 의식적인 것이다. 신화라는 말을 스토리나 플롯 속에 든 무의식적인 것을 은폐하는 것이라고 생각해 볼 때 수많은 사람들은 작가가 이 수준에 빨리 내려오면 내려올수록 좋은 작품이 나올 것이라고 생각하고 있지만, 아이리스 머독은 그런 수준에 내려가면 조야한 방종한 소설을 쓰기 시작하게 된다고 주장하고 있다. 이러한 방종에 대한 매서운 의식에서 우리들은 영국의 현대 작가의 현대성과 겸손의 특징의 일면을 찾아볼 수 있다.

머독은 신화와 플롯의 대립을 '투명한' 것과 '신문 기자적인' 것이라는 술어로 바꾸어 말하고 있지마는, 뮤리엘 스파크의 경우는 이러한 대립을 '진실'과 '절대적 진실' 사이의 차이로, 일종의 거짓말과, 소설이라고 불림으로써 무해한 것으로 되는 또 하나의 거짓말 사이의 차이로 보고 있다.

뮤리엘 사라 스파크(Muriel Sarah Spark, 1918~2006)는 스코틀랜드의 에든버러 출생으로서 문필활동은 19세기 문인들의 평전에서부터 시작되고 있다. 1951년에 『광명의 아들—메리 셸리 재평가』를 발표한 다음 『존 메이스필드 연구』, 『에밀리 브론테의 생애와 작품』(1953) 등을 발표하고 있다. 소설가로서의 스파크의 활동은 1951년에 《옵서버》지의 단편 소설 콩쿠르에서 일등상을 획득한 때부터 시작되며, 그 후 영미의 각 잡지에 단편을 발표하게 되고, 1957년에 장편소설 『수다쟁이』를 발표하고, 계속해서 1958년에 『로빈슨』을, 동년에 단편집 『날아가라, 새야』를, 1959년에 『메멘토 모리(그대여, 죽어야 할 몸임을 잊지 말라)』를, 1960년에 『페캄 라이 기담』, 『독신자』를, 1961년에 단편과 라디오 드라마를 모은 『연기하는 목소리』와 『진 브로디 양의 청춘』 등 연이어 문제작을 발표하고, 최근에는 『철학 박사』라는 희곡이 런던의 신예술 극장에서 상연되는 등, 영미 문단의 화제를 독차지하고 있다.

그녀는, 신화는 플롯이 바로 그것이며 그것은 작가가 리얼리티를 보상하는 것이라고 말하고 있다. 그런데 뮤리엘 스파크가 관심을 두고 있는 것은 신화 대 사실의 대조보다도 좀 더 순수한, 좀 더 근원적인 문제인 것 같다. 소설가는 거짓말쟁이인가? 아니면 작가는 어떤 종류의 진실을 말하고 있는가?

스파크는 1954년에 가톨릭에 입신하고 있는데, 그녀의 소설에는 어느 것을 보나 경쾌한 터치로 엑센트릭한 인간들이 그려져 있고 일상적인 생활을 미스테리한 분위기 속에 융합시키고 있지만, 독자들을 그 배후에 있는 세계로 이끌고 들어가지 않고는 못 배기고, 그런 세계의 밑바탕에는 역시 가톨릭 작가로서의 고민에 싸인 지성이 빛나고 있다. "나는 나의 소설이 진실한 것이라고 주장하지 않는다. 나는 그것이 거기에서 어떤 일종의 진실이 떠오르는 픽션이라고 생각하고 있다. 따라서 나는 진실—절대적 진실—에 내가 관심을 갖고 있기 때문에 소설을 쓰고 있다는 것을 특히 명심하고 있고, 내가 쓰고 있는 것이 진실의 상상적 연장(延長) 이상의 것—어떤 발견적인 것—인 체하지 않는다." 라고 그녀는 담담한 표정으로 말하고 있다. 머독이 말하는 일종의 '방종'에 흐르게 되면 나쁜 작품이 나오게 된다는 견해에는 스파크도 대체로 동조하고 있다.

스파크의 말에 의하면, 진실에는 두 가지 종류가 있다. 하나는 비유적 도덕적 진실이고 하나는 절대적 진실이다. 이 절대적 진실 속에서는 믿기 어려운 사물들을 믿게 되는데 그것은 그것들이 절대적인 것이기 때문에 믿게 된다. 그러나 사실상 우리들은 이성적 생물로서 이 세상에서 살아가야 되는 경우에, 우리들은 그것을 거짓이라고 부르지 않으면 아니 된다. 하지만 우리들이 소설 작품으로서 그것을 공표하고 있는 경우에는 그것을 거짓말이라고 할 수 없다. 이러한 그녀의 말 속에서 우리들은 그녀의 신화, 즉 플롯의 주장의 함축 있는 해명을 받게 된다. 스파크의 작품에서 머독과 같은 성질의 '순수한 유희'가 있고 완전한 의식의 유희가 있다. 스파크는 그에 대해서 이렇게 말하고 있다. "가장 좋은 일은 우리들이 쓰고 있는 모든 일을 의식하는 일이라고 생각한다. 그리고 우리들이 모르는 무의식적인 것은―그런 것이 만약에 있다면―스스로 다스리게 내버려 두어야 한다. (……) 우리들은 우리들이 하고 있는 일을 가능한 한 의식해야 하고, '아아, 나는 희한하게 그 일을 해치웠다. 이제부터 나는 계속해서 그 일을 무의식적으로 해나가지 않으면 아니 된다'는 식의 (대부분의 작가들이 빠지기 쉬운) 유혹에 굴복해서는 아니 된다. 그런 태도는 지극히 옳지 않은 태도다. 무의식적인 것은 완전히 무제한한 것이다. 가장 좋은 일은 우리들이 하고 있는 일이 무엇인가를 아는 것이라고 생각한다."

스파크의 생각으로는, 소설이란 작가가 그것을 쓰고 있을 때 그의 마음속에 생겨나는 일이기 때문에 참된 것이다. 이런 의미에서는 소설은 사건의 완전한 정확한 사본이며 따라서 인물에 대한 얘기라고 오해를 해서는 아니 된다는 것이다.

따라서 필연적으로 이런 종류의 작가들에게는 그때그때에 따라서 외부적인 세계는, 기이한 방식으로 움직이는 제한된 계급의 사람들만이 살고 있는 세계이다. 그러나 작가는 이것을 긍정하려고는 들지 않고, 다만 여하한 일이 있더라도 절대적 진실(드러난 종교)과 그보다는 덜 중요한 다른 종류의 진실(소설은 이 진실의 하나를 생산하게 된다.) 사이의 구별만을 한다. 이런 문제는 우리들이 절대적 진실을 믿는가 안 믿는가에 따라서 다르게 보일 문제다. 불가론자(不可論者)인 윌슨이나 가톨릭 작가인 스파크에게 있어서는, '신화'는 스스로 자기의 시종을 하도록 내버려 두는 것이 가장 상책이라고 생각되는 물건이며, 머독에게 있어서는 그것은 인간을 탐구하는 위대한 임무를 완성시키지 않고 폐기하려는 유혹이다. 그리고 자세히 살펴보면 머독 여사가 말하는 신화 속에는 스파크 여사의 '절대적 진실'이 포함될 수 있다. 스파크의 '절대적 진실' 역시 쓰디쓴 '복잡한 분노의 폭발성'을 지니고 있는 것이기 때문이다. 이러한 '복잡한 분노의 폭발성'이 그레이엄 그린의 작품 속에서는 그의 가장 중요한 중심적인 정밀(靜謐)한 신화에 손상을 입히고 있는 것이다.

좌우간 이런 작가들은 대부분이 제각기의 창(窓) 앞에 서서 "모든 창은 신화의 모양을 취하거나, 아니면 사실의 모양을 취해야 한다."고 말하려고 하지 않고, 오히려 "나의 창은 이러이러한 모양으로 생겼어요." 하고 말함으로써 만족하고 있는 것이다.

1966.

진정한 참여시

이중(李中)의 시 세계는 한 말로 어떻다고 그 특성을 규정짓기가 매우 어렵다. 그가 좋은 작품을 쓰고 있다는 것은 간혹 잡지에 나는 그의 작품을 통해서나 혹은 시 쓰는 친구들의 말을 듣고 알고 있는지 오래이고, 그의 시의 경향이 오늘날의 우리 시단의 젊은 지성들이 갈망하는 적극적인, 폭넓은, 기백에 찬 것이라는 것을 알고 있는지도 오래되지만, 그의 시 세계의 전경을 개괄해 보기는 이번이 처음이다. 그러고 나서 그의 시 세계를 한마디로 말해서 시단의 저널리즘의 용기를 빌려서, '참여시'라고만 간단히 특정 지을 수 없는 것이라는 것을 알았고, 동시에 기쁘게 생각했다.

우리들의 시단의 '참여시'의 속성의 하나가 우선 사회의식을 다루는 기백은 장하나 내용 면에 치중하는 나머지 문체 면에서 예술성이 약하다는 것이 거의 정평처럼 되어 있는 것 같다. 이런 정평을 그대로 다 곧이들을 수는 없지만, 시 쓰는 사람의 태도로서는 두꺼비만 한 칭찬을 개구리 새끼만큼 줄여서 듣고, 올챙이같이 보이는 나무람은 두꺼비만큼 확대해 듣는 게 약이 된다는 의미에서, 이중의 시도 진정으로 그것을 아끼는 뜻에서, 나 역시도 두꺼비의 해석을 적용해서 그의 기백과 지향은 좋으나 문체에 산문적인 거친 데가 있는 것이 흠이라는 정도로 생각해 왔다. 그런데 평소에 그다지 치밀하게 보지 못했던 그의 비교적 긴 시들을 읽어 보고, 나는 이중을 현재의 30대의 시 쓰는 사람들 중에서 특출한 자질을 가진 사람이라고 생각하는 것 이상으로, 진정한 시인이 지극히 희소한 우리 시단을 통틀어서, 안심하고 시인이라고 내세울 수 있는 사람이라는 발견을 한 기쁨에 압도되었다. 이쯤 되면 부분적인 흠점이 문제가 안 된다. 더군다나 두꺼비적인 해석의, 산문적인 거칠은, 운운의 트집 따위는 송사리들의 질투로 생각해서 마땅하다. 그들이 송사리 떼들이라는 산 입증의 하나를 우리들은 다음과 같은 그의 시에서 찾아볼 수 있다.

1
낙타여
행진곡이 들리는 내 귀의 주변을
반주에 굶주린 채
떠나가는 낙타여
열사 위를 물통 안고 떠나가는 낙타여
항아리 속 바늘방석
맨발의 평민 같은 일상의 벼랑에서
낙타여
내가 옥에 갇히는 날 희희낙락
절구질하며 달릴 낙타여
아랍의 중노가
이스라엘 젊은 여군의 총탄에 쓰러지던
그날 그 메마른 상황의 가슴팍에도
지금 너의 동족은 있는지
낙타여
행진도 끝나고 부재의 잔해만 오롯이 피어 남아
옥의 압력에 다만 내가 미칠 때
더욱 낙낙하여 일족을 불러 잔치할

오만한 동포 낙타여

2

기차게 부실한 피해자의 무릎에도
눈은 내려 지상이 무거운데
증언대를 끌고 가는
목이 갈한 낙타여
조포도 울리잖는 광양 기슭으로
지회를 끌고 가는 아 낙타여
아 낙타여
너는 언제나 네 입으로 나팔을 불 거냐
죽은 자의 입으로 나팔을 불 거냐
산 자의 입술 모아 나팔을 불 거냐
부실한 피해자의
두 눈에 비로소 전력이 들올 때
애이불상~나의 종언을 슬퍼 말라
남이 불러 주는 코리아
그 하늘 아래 타락은 언제 끝나며
코리아에선 너무나 먼
낙타 너의 근원은 또 어디냐
초겨울 귀로에서 낙타여
너는 겨우살이 풀꽃을 마구 뜯어라
보좌를 감춘 장막은 언제 펼쳐지려나
펄럭이는 그날의 장막에 밀려
지평으로 지평으로
사형대를 끌고 가는
아 낙타여

—「타락사초 I」에서

더한층 명확하게 지적하자면, 「낙타」의 알레고리의 처절함은 고사하고, "펄럭이는/ 그날의 장막에 밀려/ 지평으로 지평으로/ 사형대를 끌고 가는/ 아 낙타여"의 정확한 조사의 당당한 절규는 우리 시단에서 그 유례를 찾아볼 수 없는 빛나는 귀절이다. 이런 신나는 귀절은 세련된 호흡과 둔중한 톤으로 읊은 단시 「비웃지 말아다오」에서도 접할 수 있다.

그는 「낙타여」의 시대적 대결을 출발점으로 해서, 「타락사초 II·3」의,

어느 날
쥐틀에 잘못 걸린 내 왼손 엄지손톱
보라빛 피멍이 들었다
오래 앓다가 새 손톱이 났다
어느 날
한밤에 깨어나 전등을 켜고
쥐를 잡았다
도망치다 피 토하고 죽어 가는 쥐의
머리
그날 그때부터
탄핵을 배운
아무나 붙안고 탄핵하고픈
나의
머리

의 「탄핵」의 역도덕을 배움으로써 힘을 얻고, 「부교」(타락사초 Ⅱ·16)의 아이러니의 승리를 거쳐, 「기도는 가라앉는 것이다」(「타락사초 Ⅱ·18」)의 승화의 절정까지의 젊은 대결의 편력의 역사를 마무리하고 있다.

그의 시 세계의 특색을 한마디로 말할 수 없다고 애초에 미리 못을 박아 놓은 것을 다시 한 번 생각해 볼 때, 그런 첫눈의 인상은 그의 시의 읊는 면의 다양성과 읊는 세계의 크기에서 오는 것이지, 그의 시인으로서의 읊는 태도의 성질에서 보면 개괄적인 규정이 못 내려지지도 않을 것 같다. 특히 현대적인 시인으로서 그의 세계를 볼 때, 세계의 복잡성과 좋은 의미의 삭막한 산문성은 현대 사회의 요인의 의식에서보다도, 그의 사회나 민중이나 세계의 '전(全)'과 자아의 '개(個)'와의 줄기찬 조화에의 갈구에서 오는 것이라고 보아야 할 것이다. 이런 면에서 우리들은 이 시인의 오늘까지의 작품을 안심하고 연구할 수 있고, 앞으로의 작품에 기대를 걸 수 있다고 믿는다.

이중 시집 『땅에서 비가 솟는다』(1967. 10. 10.)

참여시의 정리
—1960년대의 시인을 중심으로

그 환도를 찾아 갈라
비수를 찾아 갈라
식칼마저 모조리 시퍼렇게 내다 갈라

그리하여 너희들 마침내 이같이
기갈 들려 미치게 한 자를 찾아
가위 눌려 뒤집히게 한 자를 찾아
손에 손에 그 시퍼런 날들을 들고 게사니같이 덤벼
남나의 어느 모가지든 닥치는 대로 컥 컥 찔러……

유치환의 이 「칼을 갈라」라는 시가 이승만 시대의 말기에 《동아일보》에 발표되었을 때 일반 독자는 이것을 저항시로 받아들였고, 시단에서도 그런 이 시의 반향에 동정적인 침묵을 지키고 있었다. 1950년대는 시단의 조류로 보면 '후반기' 모더니즘의 일파들이 창궐을 극하던 때다. 1955년에 박인환의 『선시집』이 나왔고, 이듬해 그가 죽고 난 뒤에도 김규동 등이 그의 뒤를 이어 4·19 전까지 잔광을 유지해 왔다. 그러나 후반기 모더니즘파 중에서는 「칼을 갈라」만한 정도의 뼈 있는 시도 나오지 못했다. 「자본가에게」라는 인환의 시가 있지만, 그리고 이것은 「칼을 갈라」보다 훨씬 전에 쓴 것 같은데, 그 당시 이것이 어디에 발표되었던가조차도 지금은 기억할 수 없을 만큼 반향도 희미했고, 작품 자체도 인환—류의 낙서 같은 것이다.

> 그러므로 자본가여
> 새삼스럽게 문명을 말하지 말라
> 정신과 함께 태양이 도시를 떠난 오늘
> 허물어진 인간의 광장에는
> 비둘기 떼의 시체가 흩어져 있었다.

이런 상식을 결한 비이성적인 그의 시가 청마(靑馬)의 침착한 이성과 논리 앞에 어떻게 맥을 출 수 있었겠는가. 그것은 청마의 시인으로서의 중량의 우위에서 오는 것만도 아니고, 시단의 전반적인 고루와 후진성에 연유하는 것만도 아니었다. 책임은 오로지 인환의 시 그 자체에 있었다고 보아야 할 것이다. 당시의 시단은 인환의 시의 이성을 부인한 스타일을 엄청나게 '새로운' 것으로 받아들였고, 「자본가에게」란 시만 하더라도 '자본가'라는 선동적인 어휘 이외에는 아무런 골자도 없는 시를 저항시 비슷하게 받아들였다. 이것은 인환의 시뿐만 아니라 당시의 모든 모더니즘을 자처하는 시들이 다 그랬다.

이성을 부인하는 프로이트의 정신분석의 혁명이 우리나라의 시의 경우에 어느 만큼 실감 있게 받아들여졌는가를 검토해 보는 것은 우리의 시사(詩史)의 커다란 하나의 숙제다. 프로이트의 무의식의 시에 있어서는 의식의 증인이 없다. 그러나 무의식의 시가 시로 되어 나올 때는 의식의 그림자가 있어야 한다. 이 의식의 그림자는 몸체인 무의식보다 시의 문으로 먼저 나올 수도 없고 나중 나올 수도 없다. 정확하게 말하면 동시(同時)다. 그러니까 그림자가 있기는 있지만 이 그림자는 그림자를 가진 그 몸체가 볼 수 없는 그림자다. 또 이 그림자는 몸체를 볼 수도 없다. 몸체가 무의식이니까 자기의 그림자는 볼 수 없을 것이고, 의식인 그림자가 몸체를 보았다면 그 몸체는 무의식이 아닌 다른 것일 것이기 때문이다. 따라서 이런 시는 시인 자신이나 시 이외에 다른 증인이 있을 수 없다. 그러나 시인이나 시는 자기의 시의 증인이 될 수 없다.

> 꽃이보이지않는다. 꽃이향기롭다. 향기가만개한다. 나는거기묘혈을판다. 묘혈도보이지않는다. 보이지않는묘혈에나는들어앉는다. 나는눕는다. 또꽃이향기롭다. 꽃은보이지않는다. 향기가만개한다. 나는잊어버리고재차거기에묘혈을판다. 묘혈은보이지않는다. 보이지않는묘혈로나는꽃을깜박잊어버리고들어간다. 나는정말눕는다. 아아꽃이또향기롭다. 보이지도않는꽃이 — 보이지도않는꽃이.

예컨대 이상(李箱)의 이 시에서, 꽃을 무의식으로, 향기를 의식으로, 묘혈을 증인으로 고쳐 놓으면, 내가 지금 말한 증인 부재의 도식이 그대로 나타난다. 그렇다고 증인 부재의 설명이 되어 있으니까 이 시는 진짜라고 할 수 있소? 하고 누가 묻는다면, 나는 진짜라고 당장에 자신있게 대답할 수 있을까.

좋은 이상의 시가 이런 가짜의 누명을 쓸 여지를 남겨 놓고 있는 반면에, 나쁜 아류의 모더니즘의 시가 실격의 집행 유예를 받을 수 있는 여지가 또한 생긴다. 1950년대의 모더니즘의 폐해는 이런 의미에서 아직도 그 뒤치다꺼리가 깨끗이 되어 있지 않다. '후반기' 동인으로 오늘날 그들의 세계를 발전시켜 나가고 있는 시인이 한 사람도 없는 것을 보면 알 수 있다. 1950년대에 이들의 시가 좀 더 생기를 띨 수 있는 것이었다면, 청마의 낡아빠진 「칼을 갈라」 같은 시가 저항시의 인상을 줄 수도 없었을 것이고, 어쩌면 4·19도 터지지 않았을지 모른다. 「칼을 갈라」에 동원된 '환도'와 '비수'와 '식칼'로는 이승만은 처리될 수 없었다. 이 칼들이 들지 않는 칼이라는 것은 청마 자신이 누구보다도 더 잘 알고 있었을 것이다.

나는 50년대의 모더니즘에게 그들이 칼을 쓰지 않았다는 것을 탓하는 것이 아니다. 그들이 진정으로 이성의 언어의 힘의 한계를 뼈저리게 실감하고 있었다면, 필연적으로, 쓰지는 않더라도 베어지는 칼을 가지고만은 있어야 했을 것이다. 그것이 없었기 때문에 청마의 들지 않는 칼이 내휘둘려지고는 했다.

4·19를 경계로 해서 그 이전의 10년 동안을 모더니즘의 도량기(跳梁期)라고 볼 때, 그 후의 10년간을 소위 참여시의 그것이라고 볼 수 있을 것 같다. 요즘 이중(李中)의 『땅에서 비가 솟는다』라는 시집이 나온 것을 계기로, 지난 7년간의 현실을 응시하는 적극적인 시들이 무엇을 남겨 놓았나 하는 것을 생각해 보게 되었다. 그러나 지난 7년 동안의 이 새 유파에 대한 반성과 전망은 1957년 당시의 모더니즘에 대한 그것들보다 별로 흐뭇하거나 밝을 것이 없다.

초현실주의 시대의 무의식과 의식의 관계는 실존주의 시대에 와서는 실존과 이성의 관계로 대치되었는데, 오늘날의 우리나라의 참여시라는 것의 형성 과정에서는 이것은 이념과 참여 의식의 관계로 바꾸어 생각할 수 있다. 우리나라와 같은 기형적인 정치 풍토에서는 참여시에 있어서의 이념과 참여 의식의 관계가 더욱 미묘하고 복잡하며, 무의식과 의식의 숨바꼭질과는 다른 외부적인 터부와 폭력이 개입하게 된다. 그런 의미에서는 우리나라의 오늘의 실정은 진정한 참여시를 용납하지 않는다. 그러니까 나쁘게 말하면 참여시라는 이름의 사이비 참여시가 있고, 좋게 말하면 참여시가 없는 사회에 대항하는 참여시가 있을 뿐이다.

그러나 진정한 참여시에 있어서는 초현실주의 시에서 의식이 무의식의 증인이 될 수 없듯이, 참여 의식이 정치 이념의 증인이 될 수 없는 것이 원칙이다. 그것은 행동주의자들의 시인 것이다. 무의식의 현실적 증인으로서, 실존의 현실적 증인으로서 그들은 행동을 택했고 그들의 무의식과 실존은 바로 그들의 정치 이념인 것이다. 결국 그들이 추구하고 있는 것은 하나의 불가능이며 신앙인데, 이 신앙이 우리의 시의 경우에는 초현실주의 시에도 없었고 오늘의 참여시의 경우에도 없다. 이런 경우에 외부가 허락하지 않기 때문에 없다는 것은 말이 안 된다. 외부와 내부는 똑같은 것이다. 그리고 그것은 죽음에서 합치되는 것이다.

50년대의 모더니스트에 대한 청마의 시의 대용품적 역할을 오늘날 소위 참여파의 시에 대해서 김현승의 죽음을 극복하는 시 같은 것이 하고 있다고 보는 것은 무리한 해석일까. 여하튼 요즘 젊은 시인들의 특히 참여시 같은 것을 볼 때, 그것이 죽음을 어떤 형식으로 극복하고 있는지에 자꾸 판단의 초점이 가게 된다. 이런 규준(規準)은 대체로 그리 빗나가는 일이 없다고 생각해 왔는데, 이중의 시집 속의 장시 「타락사초(墮落史抄)」 중의 「낙타(駱駝)여」를 보는 데는 암만해도 착오가 있었던 것 같다. 나는 그의 시집의 발문에서, 그의 이 「낙타여」의 시의 마지막 구절인 "초겨울 귀로에서 낙타여/ 너는 겨우살이 풀꽃을 마구 뜯어라/ 보좌(寶座)를 감춘 장막은 언제 펼쳐지려나/ 펄럭이는 그날의 장막에 밀려/ 지평으로 지평으로/ 사형대를 끌고 가는/ 아 낙타여"를 내 나름으로 죽음을 극복한 대목이라고 해석하고 기뻐한 나머지 "정확한 조사(措辭)의 당당한 절규는 우리 시단에서 그 유례를 찾아볼 수 없는 빛나는 구절"이라고 써 주었는데, 책이 나온 후에 다시 읽어 보니 그게 아니라고 느꼈다. 모처럼, 난생처음으로 외람되게 써 준 발문의 해석이 이렇게 빗나가서 저자에게도 독자에게도 여간 미안하게 생각되지 않는다. 구구한 사사로운 변명을 장소 아닌 장소를 억지로 비집고 하는 것 같아서 안됐지만, 참여시에 대한 갈구가 너무 크고 급해서 저지른 과오라고 생각해 주기 바란다.

이 작품은 사실은 아직 잘 알 수 없다. 오히려 이 시인의 본령은,

저 반지 낀 사나이의
불타는 가슴을
너는 모를 테지
저 불타는 사나이의
반지 낀 손을
너는 모를 테지
몸에 젖은 지진의 공포에
대밭으로 쏠리는 향수에
비틀대며 달리는
저 사나이의 반지를
너는 모를 테지
허파에 비낀 용암을 뚫고
해파리만큼 돋아나는
저 반지의 정체를
너는 모를 테지
무서워라
무서워라
저 반지의 미래를
너는 모를 테지

—「타락사초 III」— 별장(別章)에서

이런 작품에 있다고 생각된다. 이 「타락사초」는 어둡고 비통하고 답답한 4·19 이전의 '타락한 얼굴'들에 대한 현실 고발이 주제로 되어 있지만, 총체적으로 산만하고 설익은 구절의 허비가 많다. 피날레격으로 고민의 승화를 노래한—

가라앉는 것이다
기도(祈禱)는 가라앉는 것이다
잘 가거라
기도는 잘 가거라
고요한 저녁
고요한 새벽
기도는 살아 있으나
기도는 부딪치며 살아가고 있으나
가라앉는다
기도는 체포된 채로 가라앉는다
잘 가거라……

의 기도의 이미지만 하더라도 이것이 통과한 죽음의 보증이 도무지 불확실하다. 최근작에 속하는 「다목적 땜의 얼굴」 같은 작품은 섬진강댐의 건설을 소재로 '조국 근대화'를 읊은 것인데, 이런 것은 오히려 넣지 않는 것이 나을 뻔했다.

이중보다 좀 뒤져 나온 김재원은 5·16 후의 사회상을 풍자한 「입춘에 묶여 온 개나리」와 「무너져 내리는 하늘의 무게」 등으로 주목을 끈 유니크한 조숙한 시인인데, 요즘에 나온 「못 자고 깬 아침」 같은 작품을 보면 이제까지의 풍자를 위한 풍자가 많이 가시고, 사회의 일시적인 유동적 현실에 집중되어 있던 풍자의 촉수가 소시민의 생활 내면으로 접근해 들어가려는 차분한 노력이 보인다.

이름 석자
두간 방
기다리는 두 식구
가문의 비탈길

그 위에 하늘 무게
펼쳐진 나의 세대
버티고 선 바지랑대
나는 바지랑대였다
전신으로 나의 출생과
나의 땅, 나의 여자
그리고 나의 죽음을 버티고 선
나는 바지랑대였다

—「무너져 내리는 하늘의 무게」에서

이 시에 나오는 바지랑대도 그렇고, 「못 나고 깬 아침」에 나오는

수도꼭지에서
오전 4시
양철통에 뛰어내리는
내 노동의 기상

노동이 나를 깨우러 왔을 때
나는 이미 눈 뜨고 있었고
쪼그린 무르팍에선 한밤내
내 노동이 새어나와
밤을 밝히고 있었음을……

같은 철야하는 '수도꼭지'의 노동의 이미지도 그렇고, 그가 참여시의 뒷받침이 될 죽음의 연습을 잊지 않고 있다는 것이 무엇보다도 그의 장점이다. 이러한 죽음의 노동을 성공적으로 통과해 나올 때 그의 참

여시는 국내의 사건을 세계 조류의 넓은 시야 위에서 명확하고 신랄하게 바라볼 수 있는 여유를 얻게 될 것이다. 우리는 이제 불평의 나열에는 진력이 났다. 뜨거운 호흡도 투박한 체취에도 물렸다. 우리에게 필요한 것은 불평이 아니라 시다. 될 수 있으면 세계적인 발언을 할 수 있는 시다.

아니오
미워한 적 없어요,
산마루
투명한 햇빛 쏟아지는데
차마, 어둔 생각 했을 리야.

아니오
괴뤄한 적 없어요,
능선 위
바람 같은 음악 흘러가는데
뉘라, 색동눈물 밖으로 쏟았을 리야.

아니오
사랑한 적 없어요,
세계의
지붕 혼자 바람 마시며
차마, 옷 입은 도시 계집 사랑했을 리야.

—「아니오」 전문

신동엽의 이 시에는 우리가 오늘날 참여시에서 바라는 최소한의 모든 것이 들어 있다. 강인한 참여 의식이 깔려 있고, 시적 경제를 할 줄 아는 기술이 숨어 있고, 세계적 발언을 할 줄 아는 지성이 숨쉬고 있고, 죽음의 음악이 울리고 있다. 신동엽을 알게 된 것은 극히 최근에 「발」이라는 그의 작품을 읽고 난 뒤이다. 그는 이중이나 김재원보다도 나이가 위이지만 역시 60년대의 사람이다. 하지만 그의 업적은 소위 참여파의 다른 어떤 시인보다도 확고부동하다.

껍데기는 가라
4월도 알맹이만 남고
껍데기는 가라

이것은 「껍데기는 가라」라는 그의 시의 서두다. '4월'은 물론 4·19의 정신을 가리키는 것이다. 그의 카랑카랑한 여무진 저음에는 대가의 기품이 서려 있다.

껍데기는 가라
동학년 곰나루의, 그 아우성만 살고
껍데기는 가라

제2연에 가서는 '4월' 대신에 '동학 곰나루'가 들어앉는다. 이런 연결은 그의 특기이다. '동학', '후고구려', '삼한' 같은 그의 고대에의 귀의는 예이츠의 '비잔티움'을 연상시키는 어떤 민족의 정신적 박명(薄明) 같은 것을 암시한다. 그러면서도 서정주의 '신라'에의 도피와는 전혀 다른 미래에의 비전과의 연관성을 제시해 주는 것이다. 아니나 다를까 제3연은 이렇게 계속된다.

그리하여, 다시

껍데기는 가라
이곳에선, 두 가슴과 그곳까지 내논
아사달 아사녀가
중립의 초례청 앞에 서서
부끄럼 빛내며
맞절할지니

「아니오」의 시에서 "지붕 혼자 바람 마시며/ 차마 옷 입은 도시 계집 사랑했을 리야"로 죽음의 야무진 음악을 울리듯이, 여기에서는 "두 가슴과 그곳까지 내논/ 아사달 아사녀가" 울리는 죽음의 음악 소리가 들린다. 참여시에 있어서 사상(事象)이 죽음을 통해서 생명을 획득하는 기술이 여기 있다. 이쯤 되면 시로서 거의 완벽한 페이스를 밟고 있다. 보나마나 이 시는 종연에 가서 전연에서 보일락 말락 하게 비추었던 음부(陰部)의 증인을 다시 감추고, 그림자의 의식을 버리면서, 한 차원 더 높은 문명 비평에의 변증법을 완성할 것이 뻔하다.

껍데기는 가라
한라에서 백두까지
향그러운 흙가슴만 남고
그, 모오든 쇠붙이는 가라

이런 경향의, 소월의 민요조에 육사의 절규를 삽입한 것 같은, 아담한 작품으로는 이밖에도 「원추리」, 「3월」 같은 작품이 모두 성공하고 있다. 그러나 그의 작품에서 전반적으로 느끼는 어떤 위구감(危懼感)이 있다면, 그것은 그가 쇼비니즘*으로 흐르게 되지 않을까 하는 것이다.

* 나라의 이익을 위해서는 수단과 방법을 가리지 않는 광신적인 애국주의와 국수주의적인 이기주의.

그런 면에서 보면 그는 50년대에 모더니즘의 해독을 너무 안 받은 사람 중의 한 사람이다.

1967.

시여, 침을 뱉어라*
— 힘으로서의 시의 존재

나의 시에 대한 사유는 아직도 그것을 공개할 만한 명확한 것이 못 된다. 그리고 그것을 조금도 부끄럽게 생각하고 있지 않다. 이러한 나의 모호성은 시작(詩作)을 위한 나의 정신 구조의 상부 중에서도 가장 첨단의 부분을 차지하고 있는 것이고, 이것이 없이는 무한대의 혼돈에의 접근을 위한 유일한 도구를 상실하는 것이 되기 때문이다. 가령 교회당의 뾰족탑을 생각해 볼 때, 시의 탐침은 그 끝에 달린 십자가의 십자의 상반부의 창끝이고, 십자가의 하반부에서부터 까마아득한 주춧돌 밑까지의 건축의 실체의 부분이 우리들의 의식에서 아무리 정연하게 정비되어 있다 하더라도, 시작상(詩作上)으로는 그러한 명석의 개진은 아무런 보탬이 못 되고 오히려 방해가 되는 것이다. 시인은 시를 쓰는 사람이지 시를 논하는 사람이 아니며, 막상 시를 논하게 되는 때에도 그는 시를 쓰듯이 논해야 할 것이다.

그러면 시를 쓴다는 것은 무엇인가. 그리고 시를 논한다는 것은 무엇인가. 그러나 이에 대한 답변을 하기 전에 이 물음이 포괄하고 있는 원주가 바로 우리들의 오늘의 세미나의 논제인, 시에 있어서의 형식과 내용의 문제와 동심원을 이루고 있다는 것을 우리들은 쉽사리 짐작할 수 있는 것이다. 따라서 시를 쓴다는 것—즉, 노래—이 시의 형식으로

---

* 1968년 4월 부산에서 펜클럽 주최로 행한 문학 세미나에서 발표한 원고이다.

서의 예술성과 동의어가 되고, 시를 논한다는 것이 시의 내용으로서의 현실성과 동의어가 된다는 것도 쉽사리 짐작할 수 있는 것이다.

사실은 나는 20여 년의 시작 생활을 경험하고 나서도 아직도 시를 쓴다는 것이 무엇인지를 잘 모른다. 똑같은 말을 되풀이하는 것이 되지만, 시를 쓴다는 것이 무엇인지를 알면 다음 시를 못 쓰게 된다. 다음 시를 쓰기 위해서는 여태까지의 시에 대한 사변을 모조리 파산을 시켜야 한다. 혹은 파산을 시켰다고 생각해야 한다. 말을 바꾸어 하자면, 시작(詩作)은 '머리'로 하는 것이 아니고 '심장'으로 하는 것도 아니고 '몸'으로 하는 것이다. '온몸'으로 밀고 나가는 것이다. 정확하게 말하자면, 온몸으로 동시에 밀고 나가는 것이다.

그러면 온몸으로 동시에 무엇을 밀고 나가는가. 그러나 ―나의 모호성을 용서해 준다면 ―'무엇을'의 대답은 '동시에'의 안에 이미 포함되어 있다고 생각된다. 즉, 온몸으로 동시에 온몸을 밀고 나가는 것이 되고, 이 말은 곧 온몸으로 바로 온몸을 밀고 나가는 것이 된다. 그런데 시의 사변에서 볼 때, 이러한 온몸에 의한 온몸의 이행이 사랑이라는 것을 알게 되고, 그것이 바로 시의 형식이라는 것을 알게 된다.

그러면 이번에는 시를 논한다는 것이 무엇인가를 생각해 보자. 나는 이미 '시를 쓴다'는 것이 시의 형식을 대표한다고 시사한 것만큼, '시를 논한다'는 것이 시의 내용을 가리키는 것이라는 전제를 한 폭이 된다. 내가 시를 논하게 된 것은 ―속칭 '시평'이나 '시론'을 쓰게 된 것은 ―극히 최근에 속하는 일이고, 이런 의미의 '시를 논한다'는 것이 시의 내용으로서 '시를 논한다'는 본질적인 의미에 속할 수 없다는 것을 알면서도, 구태여 그것을 제1의적인 본질적인 의미 속에 포함시켜 생각해 보려고 하는 것은 논지의 진행상의 편의 이상의 어떤 의미가 있을 것 같기 때문이다. 구태여 말하자면 그것은 산문의 의미이고 모험의 의미이다.

시에 있어서의 모험이란 말은 세계의 개진, 하이데거가 말한 '대지의 은폐'의 반대되는 말이다. 엘리엇의 문맥 속에서는 그것은 의미 대 음악으로 되어 있다. 그리고 엘리엇도 그의 온건하고 주밀한 논문 「시의 음악」의 끝머리에서 "시는 언제나 끊임없는 모험 앞에 서 있다."라는 말로 '의미'의 토를 달고 있다. 나의 시론이나 시평이 전부가 모험이라는 말은 아니지만, 나는 그것들을 통해서 상당한 부분에서 모험의 의미를 연습을 해 보았다. 이러한 탐구의 결과로 나는 시단의 일부의 사람들로부터 참여시의 옹호자라는 달갑지 않은, 분에 넘치는 호칭을 받고 있다.

산문이란, 세계의 개진이다. 이 말은 사랑의 유보로서의 '노래'의 매력만큼 매력적인 말이다. 시에 있어서의 산문의 확대작업은 '노래'의 유보성에 대해서는 침공(侵攻)적이고 의식적이다. 우리들은 시에 있어서의 내용과 형식의 관계를 생각할 때, 내용과 형식의 동일성을 공간적으로 상상해서, 내용이 반, 형식이 반이라는 식으로 도식화해서 생각해서는 아니 된다. '노래'의 유보성, 즉 예술성이 무의식적이고 은성적(隱性的)이기는 하지만 그것은 반이 아니다. 예술성의 편에서는 하나의 시 작품은 자기의 전부이고, 산문의 편, 즉 현실성의 편에서도 하나의 작품은 자기의 전부이다. 시의 본질은 이러한 개진과 은폐의, 세계와 대지의 양극의 긴장 위에 서 있는 것이다.

그런데 여기에서 중요한 것은 시의 예술성이 무의식적이라는 것이다. 시인은 자기가 시인이라는 것을 모른다. 자기가 시의 기교에 정통하고 있다는 것을 모른다. 그리고 그것은 시의 기교라는 것이 그것을 의식할 때는 진정한 기교가 못 되기 때문에 그렇게 되는 것이다. 시인이 자기의 시인성을 깨닫지 못하는 것은, 거울이 아닌 자기의 육안으로 사람이 자기의 전신을 바라볼 수 없는 거나 마찬가지이다. 그가 보는 것은 남들이고, 소재이고, 현실이고, 신문이다. 그것이 그의 의식이다. 현대시에 있어서는 이 의식이 더욱더 정예화(精銳化)—때에 따라서는 신경질적으로까지—되어 있다. 이러한 의식이 없거나 혹은 지극히 우발적이거나 수면(睡眠) 중에 있는 시인이 우리들의 주변에는 허다하게 있지만 이런 사람들을 나는 현대적인 시인이라고 부를 수는 없다.

현대에 있어서는 시뿐만이 아니라 소설까지도 모험의 발견으로서 자기 형성의 차원에서 그의 '새로움'을 제시하는 것이 문학자의 의무로 되어 있다. 지극히 오해를 받을 우려가 있는 말이지만 나는 소설을 쓰는 마음으로 시를 쓰고 있다. 그만큼 많은 산문을 도입하고 있고 내용의 면에서 완전한 자유를 누리고 있다. 그러면서도 자유가 없다. 너무나 많은 자유가 있고, 너무나 많은 자유가 없다. 그런데 여기에서 또 똑같은 말을 되풀이하게 되지만, '내용의 면에서 완전한 자유를 누리고 있다'는 말은 사실은 '내용'이 하는 말이 아니라 '형식'이 하는 혼잣말이다. 이 말은 밖에 대고 해서는 아니 될 말이다. '내용'은 언제나 밖에다 대고 '너무나 많은 자유가 없다'는 말을 해야 한다. 그래야지만 '너무나 많은 자유가 있다'는 '형식'을 정복할 수 있고, 그때에 비로소 하나의 작품이 간신히 성립된다. '내용'은 언제나 밖에다 대고 '너무나 많은 자유가 없다'는 말을 계속해서 지껄여야 한다. 이것을 계속해서 지껄이는 것이 이를테면 38선을 뚫는 길인 것이다. 낙숫물로 바위를 뚫을 수 있듯이, 이런 시인의 헛소리가 헛소리가 아닐 때가 온다. 헛소리다! 헛소리다! 헛소리다! 하고 외우다 보니 헛소리가 참말이 될 때의 경이. 그것이 나무아미타불의 기적이고 시의 기적이다. 이런 기적이 한 편의 시를 이루고, 그러한 시의 축적이 진정한 민족의 역사의 기점이 된다. 나는 그런 의미에서는 참여시의 효용성을 신용하는 사람의 한 사람이다.

나는 아까 서두에서 시에 대한 나의 사유가 아직도 명확한 것이 못되고, 그러한 모호성은 무한대의 혼돈에의 접근을 위한 도구로서 유용한 것이기 때문에 조금도 부끄러울 것이 없다는 말을 했다. 그리고 이러한 모호성의 탐색이 급기야는 참여시의 효용성의 주장에까지 다다르고 말았다. 그러나 나는 아직도 '여태껏 없었던 세계가 펼쳐지는 충격'을 못 주고 있다. 이 시론은 아직도 시로서의 충격을 못 주고 있는 것이다. 그 이유는 여태까지의 자유의 서술이 자유의 서술로 그치고 자유의 이행을 하지 못한 데에 있다. 모험은 자유의 서술도 자유의 주장도 아닌 자유의 이행이다. 자유의 이행에는 전후좌우의 설명이 필요없다. 그것은 원군(援軍)이다. 원군은 비겁하다. 자유는 고독한 것이다. 그처럼 시는 고독하고 장엄한 것이다. 내가 지금—바로 지금 이 순간에 해야 할 일은 이 지루한 횡설수설을 그치고, 당신의, 당신의, 당신의 얼굴에 침을 뱉는 일이다. 당신이, 당신이, 당신이 내 얼굴에 침을 뱉기 전에—. 자아 보아라, 당신도, 당신도, 당신도, 나도 새로운 문학에의 용기가 없다. 이러고서도 정치적 금기에만 다치지 않는 한 얼마든지 '새로운' 문학을 할 수 있다는 말을 할 수 있겠는가. 정치적 자유를 인정하지 않는 사회에서는 개인의 자유도 인정하지 않는다. '내용'을 인정하지 않는 사회에서는 '형식'도 인정하지 않는 것이다. 이러한 문학의 성립의 사회 조건의 중요성을 로버트 그레이브스는 다음과 같은 평범한 말로 강조하고 있다. "사회생활이 지나치게 주밀하게 조직되어서 시인의 존재를 허용하지 않게 되는 날이 오게 되면, 그때는 이미 중대한 일이 모두 다 종식되는 때다. 개미나 벌이나, 혹은 흰개미들이라도 지구의 지배권을 물려받는 편이 낫다. 국민들이 그들의 '과격파'를 처형하거나 추방하는 것은 나쁜 일이고, 또한 국민들이 그들의 '보수파'를 처형하거나 추방하는 것은 마찬가지로 나쁜 일이다. 하지만 사람이 고립된 단독의 자신이 되는 자유에 도달할 수 있는 간극이나 구멍을 사회 기구 속에 남겨 놓지 않는다는 것은 더욱더 나쁜 일이다. 설사 그 사람이 다만 기인이나 집시나 범죄자나, 바보 얼간이에 지나지 않는다 하더라도." 이 인용문에 나오는 기인이나 집시나 바보 멍텅구리는 '내용'과 '형식'을 논한 나의 문맥 속에서는 물론 후자 즉, '형식'에 속한다. 그리고 나의 판단으로는, 아무리 너그럽게 보아도 우리의 주변에서는 기인이나 바보 얼간이들이 자유당 때하고만 비교해 보더라도 완전히 소탕되어 있다. 부산은 어떤지 모르지만 서울의 내가 다니는 주점은 문인들이 많이 모이기로 이름난 집인데도 벌써 주정꾼 다운 주정꾼 구경을 못한 지가 까마득하게 오래된다. 주정은커녕 막걸리를 먹으러 나오는 글쓰는 친구들의 얼굴이 메콩 강변의 진주를 발견하기보다도 더 힘이 든다. 이러한 '근대화'의 해독은 문학 주점에만 한한 일이 아니다.

그레이브스는 오늘날의 '서방측의 자유세계'에 진정한 의미의 자유가 없는 것을 개탄하면서, 계속해서 이렇게 말하고 있다. "그(서방측 자유세계의) 시민들의 대부분은 군거하고, 인습에 사로잡혀 있고, 순종하고, 그 때문에 자기의 장래에 대해 책임을 질 것을 싫어하고, 만약에 노예 제도가 아직도 성행한다면 기꺼이 노예가 되는 것도 싫어하지 않을 정도다. 하지만 종교적, 정치적, 혹은 지적 일치를 시민들에게 강요하지 않는 의미에서, 이 세계가 자유를 보유하는 한 거기에 따르는 혼란은 허용되어야 한다." 이 인용문에서 우리들이 명심해야 할 점은 '혼란은 허용되어야 한다'는 것이다. 나는 자유당 때의 무기력과 무능을 누구보다도 저주한 사람 중의 한 사람이지만, 요즘 가만히 생각해 보면 그 당시에도 자유는 없었지만 '혼란'은 지금처럼 이렇게 철저하게 압제를 받지 않은 것이 신통한 것 같다. 그러고 보면 '혼란'이 없는 시멘트 회사나 발전소의 건설은, 시멘트 회사나 발전소가 없는 혼란보다 조금도 나을 게 없는 것 같은 생각이 든다. 이러한 자유와 사랑의 동의어로서의 '혼란'의 향수가 문화의 세계에서 싹트고 있다는 것은, 그것이 아무리 미미한 징조에 불과한 것이라 하더라도 지극히 중대한 일이다. 그리고 이러한 문화의 본질적 근원을 발효시키는 누룩의 역할을 하는 것이 진정한 시의 임무인 것이다.

시는 온몸으로 바로 온몸을 밀고 나가는 것이다. 그것은 그림자를 의식하지 않는다. 그림자에조차도 의지하지 않는다. 시의 형식은 내용에 의지하지 않고 그 내용은 형식에 의지하지 않는다. 시는 그림자에 조차도 의지하지 않는다. 시는 문화를 염두에 두지 않고, 민족을 염두에 두지 않고, 인류를 염두에 두지 않는다. 그러면서도 그것은 문화와 민족과 인류에 공헌하고 평화에 공헌한다. 바로 그처럼 형식은 내용이 되고 내용은 형식이 된다. 시는 온몸으로 바로 온몸을 밀고 나가는 것이다.

이 시론도 이제 온몸으로 밀고 나갈 수 있는 순간에 와 있다. '막상 시를 논하게 되는 때에도' 시인은 '시를 쓰듯이 논해야 할 것'이라는 나의 명제의 이행이 여기 있다. 시도 시인도 시작하는 것이다. 나도 여러분도 시작하는 것이다. 자유의 과잉을, 혼돈을 시작하는 것이다. 모깃소리보다도 더 작은 목소리로 시작하는 것이다. 모깃소리보다도 더 작은 목소리로 아무도 하지 못한 말을 시작하는 것이다. 아무도 하지 못한 말을. 그것을—.

1968. 4.

반시론

문학에는 숙명적으로, 정도의 차이는 있지만 곡예사적 일면이 있다. 이것은 신이 날 때면 신이 나면서도 싫을 때는 무지무지한 자기혐오를 불러일으킨다. 곡예사란 말에서 연상되는 것이 프랑스의 시인 레이몽 크노의 재기발랄한 시다. 얼마 전에 죽은 콕토의 문학도 그렇다. 빨리 죽는 게 좋은데 이렇게 살고 있다. 나이를 먹으면 주접이 붙는다. 분별이란 것이 그것이다. 술을 먹을 때도 몸을 아끼며 먹는다.

그리고 젊었을 때와 다른 것이, 젊은 사람들과 대할 때면 완연히 체면 같은 것을 의식해서 말도 함부로 하지 않게 되고 주정도 자연히 삼가게 된다. 이쯤 되면 거지가 되거나 농부가 되거나 죽거나 해야 할 텐데 그것을 못한다. 나이가 먹으면서 거지가 안 된다는 것은 생활이 안정되어 가고 있다는 말이 된다. 불안을 느끼지 않는다. 그리고 불안을 느끼지 않는 눈으로 세상을 바라보고 남을 판단한다. 하다못해 술친구들까지도 자기하고 생활 정도가 비슷한 사이를 좋아하게 된다.

그렇지만 항산(恒産)이 항심(恒心)이라고, 생활에 과히 불안을 느끼지 않으면 정신의 불필요한 소모가 없어진다. 도시 마음을 쓸 데가 없는 것 같다. 약간의 사치를 하는 것도 싫지 않고, 남이 하는 사치도 자기의 사치보다 더 즐겁게 생각된다. 하늘은 둥글고 땅도 둥글고 사람도 둥글고 역사도 둥글고 돈도 둥글다. 그리고 시까지도 둥글다.

그런데 이런 둥근 시 중에서도, 하기는 이 땅에서는 발표할 수 없는 것이 튀어나오는 때가 있다. 최근에 쓴 「라디오계」라는 제목의 시가 그것이다. 이런 작품도 느닷없이 맨 작품으로 내놓기보다는 설명을 붙여서 산문 속에 넌지시 끼워 내는 편이 낫겠지만 시란 그런 것이 아니다. 위험을 미리 짐작하고 거기에 보호색을 입혀서 내놓는 것은 자살행위나 마찬가지이고 아예 발표하지 않고 썩혀 두는 편이 훨씬 낫다.

그리고 그전에는 이런 발표할 수 없는 작품을 쓰게 되면 화가 나고 분하면서도 오히려 흐뭇한 감을 느꼈는데, 요즘에 와선 그런 자존심도 없어졌다. 후일에 언제이고 발표할 날이 있겠지 두고 보자 하는 따위의 앙심도 없어지고, 영원히 발표할 날이 없다 해도 조금도 섭섭하지 않은 기분이다. 아니 오히려 발표될 수 없어서 잘되었다는 안도감까지도 든다.

그런데 아주 발표하지 못하는 경우보다도 더 기분 나쁜 경우가 있다. 그것은 수정을 해서 내놓는 경우다. 죽는 것보다도 못한 것이 병신이 되는 것이다. 나의 친척에 아들 다섯을 다 병신을 둔 사람이 있다. 이이는 검사 노릇을 하다가 4·19 후에 그만두고, 그래도 먹을 것은 있고 몸도 별로 약한 편이 아니었는데 얼마 전에 60도 다 못 채우고 갑자기 죽어 버렸다. 미친 자식을 두고 속을 썩인 분수로는 오래 산 셈이다. 그래도 글을 수정해 내는 것은 미친 자식을 둔 것보다는 나을는지.

그렇지만 화가 난다. 최근에는 모 신문의 칼럼에 보낸 원고가 수정을 당했다. 200자 원고지 다섯 장 중에서 네다섯 군데를 고쳤다. 음담의 혐의를 받고 불명예스러운 협상을 한 것은 이번이 처음이다. 그런데 고치자고 항복을 했을 때는, 나중에 나의 보관용 스크랩으로 두는 것만은 초고대로 고쳐 놓으면 된다고 생각하고 있었는데, 막상 며칠 후에 신문에 난 것을 오려 놓고 보니, 다시 원상대로 정정을 할 기운이 나지 않는다. 겨우 두서너 군데만 고치고 그대로 내버려 두었다. 그러고 보니 오히려 수정을 해 준 대목이 초고보다 더 낫게 보이기까지 하는 것이 이상스러웠다.

이왕 강간을 당하고 순결을 잃은 몸인데 하는 심사도 있지만, 요는 내 글보다도 내 글이 자유롭게 내놓여질 수 있는 세상이 정작 문제이지 내 글은 문제가 아니라는 심정이고, 그러고 보면 내 글보다 훌륭한 얼마나 많은 글이 파묻혀 있겠는가 하는 수치감이 들고, 이런 쪽지글에 신경을 쓰고 보관을 하려고 스크랩을 하는 것부터가 무거운 자책감이 든다. 언론의 자유란 이렇게 무서운 것이다. 그것은 수많은 천재의 출현을 매장하는 하늘과 땅 사이만 한 죄를 범하고 있다. 그리고 A윤리위원회에서 Z윤리위원회까지의 모든 윤리 기관을 포함한 획일주의가 멀쩡한 자식을 인위적으로 병신을 만들고 있다. 이런 풍토에서는 곡예사가 재롱만을 부리지 않고 사기를 하게 된다.

또 나는 흥분하고 말았다. 흥분도 상품이 되는 경우가 있다. 이것도 사기다. 그러나 이것만은 그만두어야 한다. 이것이야말로 진짜 죽느니만도 못하다. 그러나 상품으로서의 흥분을 의식하면서 흥분하는 익살광대짓도 있지만 좌우간 피로하다.

이런 때를 지일(至日)로 정하고 있다. 지일에는 겨울이면 죽을 쑤어먹듯이 나는 술을 마시고 창녀를 산다. 아니면 어머니가 계신 농장으로 나간다. 창녀와 자는 날은 그 이튿날 새벽에 사람 없는 고요한 거리를 걸어 나오는 맛이 희한하고, 계집보다도 새벽의 산책이 몇백 배나 더 좋다. 해방 후에 한 번도 외국이라곤 가 본 일이 없는 20여 년의 답답한 세월은 훌륭한 일종의 감금 생활이다.

누가 예술가의 가난을 자발적 가난이라고 부른 것을 기억하고 있는데, 나의 경우야말로 자발적 감금 생활, 혹은 적극적 감금 생활이라고 할 수 있을 것 같다. 그래서 나는 한적한 새벽 거리에서 잠시나마 이방인의 자유의 감각을 맛본다. 더군다나 계집을 정복하고 나오는 새벽의 부푼 기분은 세상에 무엇 하나 부러울 것이 없다.

이것은 탕아만이 아는 기분이다. 한 계집을 정복한 마음은 만 계집을 굴복시킨 마음이다. 자본주의의 사회에서는 거리에서 여자를 빼놓으면 아무것도 볼 게 없다. 머리가 훨씬 단순해지고 성스러워지기까지도 한다. 커피를 마시고 싶은 것도, 해장을 하고 싶은 것도 연기하고 발 내키는 대로 한적한 골목을 찾아서 헤맨다. 이럴 때 등굣길에 나온 여학생 아이들을 만나면 부끄러울 것 같지만, 천만에! 오히려 이런 때가 그들을 가장 있는 그대로 순결하게 바라볼 수 있는 순간이다. 격의 없이 애정으로 바라볼 수 있는 순간. 때묻지 않은 순간. 가식 없는 순간.

그런데 이런 지일의 중요한 휴식의 기회도 요즘에 와서는 놀라울 정도로 이용하는 도수가 적어졌다. 역시 뭐니 뭐니 해도 생활이 안정된 탓일 거라. 여유가 생기니까 이상하게도 여유가 없을 때보다도 덜 가지고 매력도 없어진다. 포옹의 매력도 그렇고 산책의 매력도 그렇다. 여유가 생기면 둔해진단 말이 맞다. 그리고 둔해지는 것도 좋다는 생각이 들고, 둔해지는 것을 좋다고 생각하는 것도 좋다는 생각이 들고, 자꾸 이런 식으로 무한대로 좋다는 생각이 드니 할 수 없다.

그러다가 얼마 전에 술을 마신 끝에, 간혹 좋지 않아도 좋다는 생각이 들어서 그 짓을 하고 부푼 마음으로 일찌감치 새벽 거리로 뛰어나왔다가 혼이 났다. 아직 행인은 얼마 안 되고 한길은 쓸쓸한데, 노란 돌격모를 쓴 도로 청소부의 한 떼가 보도에 일렬로 늘어서서 빗자루로 길을 쓸고 있다. 나는 종로 거리에서 자라나다시피 한 사람이지만 이렇게 용감한 청소부는 처음 보았다. 어찌나 급격하게 일사천리로 쓸고 나가는지 무서울 정도였다. 나는 새벽에 직장에 출근을 하지 않는 사람이라 처음 보는 풍경인 만큼 더욱 놀랐는지는 몰라도 아마 이 꼴을 자주 보는 사람도, 경기장에 들어온 관중을 무시하듯 행인을 무시하는 이들의 태도에 습관이 되려면 몇 달은 착실히 걸려야 할 것이라는 생각이 들었다.

낮에도 간혹 버스 정류장 부근 같은 데에 버스를 기다리는 사람들에게 마구 먼지를 퍼붓는 열성적인 소제부를 보기는 했지만 이런 처참한 광적인 청소부의 표정은 처음 보았다. 나는 먼지를 받으면서도 한

참 동안 먼발치에서 이 광경을 바라보면서 여러 가지 생각이 들었다. 저들은 자기 일의 열성의 도를 넘어서 행인들에 대한 평소의 원한과 고질화된 시기심까지도 한데 섞여서 폭발을 하고 있는 게 아닌가.

그렇다면 일종의 복수 행위인가, 복수 행위라면 소주에 유독소를 넣어서 파는 것도 복수 행위이고, 백화점 점원들이 정가의 두 배를 얹어서 돈 있는 손님들에게 바가지를 씌우는 것도 합법적인 복수 행위이다. 그러나 그것보다도 더 무서운 것은 내가 어느 틈에 시대에 뒤떨어져 가고 있는 게 아닌가 하는 생각이 드는 것이다. 그런 복수 행위를 예사로 생각하고 있는 듯한 행인들의 얼굴. 이들은 입에 손을 대고 지나가기는 하지만 별로 불쾌한 얼굴도 하지 않는다. 불쾌한 얼굴을 지을 만한 여유가 없는지도 모른다.

이들에게는 청소부에 못지않은 바쁜 직장의 아침 일이 기다리고 있어서 그런지도 모른다. 좌우간 나는 청소부의 폭동보다도 행인들의 무료한 얼굴에 한층 더 가슴이 섬뜩해졌다. 그리고 '거지가 돼야 한다. 거지가 안 되고는 청소부의 심정도 행인들의 표정도 밑바닥까지 꿰뚫어볼 수는 없다'고 새삼스럽게 생각하면서 재빨리 구세주같이 다가온 버스에 올라탔다.

지일의 또 하나의 탈출구는 노모를 모시고 돼지를 기르고 있는 동생들이 있는 농장에 나가 보는 일이다.

흙은 모든 나의 마음의 때를 씻겨 준다. 흙에 비하면 나의 문학까지도 범죄에 속한다. 붓을 드는 손보다도 삽을 드는 손이 한결 다정하다. 낚시질도 등산도 하지 않는 나에게는 이 아우의 농장이 자연으로의 문을 열어 주는 유일한 성당이다. 여기의 자연은 바라보는 자연이 아니라 싸우는 자연이 돼서 더 건실하고 성스럽다. 아니, 건실하니 성스러우니 하고 말할 여유조차도 없다. 노상 바쁘고 노상 소란하고 노상 실패의 계속이고 한시도 마음을 놓을 틈이 없다.

그들의 농장의 얼굴은 늙은 어머니의 시꺼멓게 갈라진 손이다. 이 손을 지금 40이 넘은 아우가 닮아 가고 있다. 그전에 비하면, 이렇게 내 개인의 집안 이야기를 서슴지 않고 쓸 만큼 된 것도 여유가 생겼다면 여유가 생긴 것이고, 불순해졌다면 그만큼 불순해진 것이다. 소설을 쓸 수 있을 만큼 불순해진 것이다. 그래도 여태껏 시를 긁적거리게 하고 있는 것은 어머니가 농사를 짓는 것 이외에 불교를 믿고 있다는 것이 또한 무언중에 나에게 영향을 주고 있는 것 같다.

그리고 아무리 곤란해도 거르지 않고 이어 온 제사. 그리고 제대로 담근 식혜와 제대로 만든 저냐. 절에 갖다 줄 돈이 있으면 반찬이나 해 잡수시라고 노상 타박을 하다가도 문인장(文人葬)의 식장 같은 데서 향불을 입으로 끄는 무식한 선배들을 보면 노모의 노후의 그나마의 마지막 사치를 그다지 탓하고 싶은 마음도 안 난다. 결국 나 자신의 되지 않은 문학 행위도 따지고 보면 노모가 절에 다니는 거나 조금도 다를 게 없다. 어머니는 절에도 다니지만 아직도 땀을 흘리고 일을 하는데 나는 땀도 안 흘리고 오히려 불공 돈의 몇 갑절의 술값만 낭비하고 있다. 언제 어머니의 손만 한 문학을 하고 있을는지 아득하다.

이제는 애를 써서 책을 읽으려고 하지 않는다. 책을 안 읽는다는 것은 거짓말이지만, 책이 선두가 아니다. 작품이 선두다. 시라는 선취자가 없으면 그 뒤의 사색의 행렬이 따르지 않는다. 그러니까 어떤 고생을 하든지 간에 시가 나와야 한다. 그리고 책이 그 뒤의 정리를 하고 나의 시의 위치를 선사해 준다. 정신에 여유가 생기면, 정신이 살이 찌면 목의 심줄에 경화증이 생긴다.

이런 때는 고생이란 고생을 다 써먹었을 때다—말하자면 수단으로서의 고생을 다 써먹었을 때다. 하는 수 없이 경화증에 걸린 채로 시를 썼다. 배부른 시다. 그것이 「라디오계」라는 작품이었다. 그 후 「먼지」, 「성(性)」, 「미인」 등의 3편을 썼는데 아직도 경화증은 풀리지 않고 있다. 만성 경화증인 모양이다. 이대로 나가면 부르주아의 손색 없는 시도 쓸 수 있을 것 같다. 그전에는 무엇을 쓸 때 옆에서 식구들이 누구든지 부스럭거리기만 해도 신경질을 부렸는데 요즘은 그다지 마음에 걸리지도 않고, 오히려 훼방을 좀 놓아 주었으면 하는 생각이다. 그것이 약이 되고 작품에 뜻하지 않은 구명대의 역할을 해 주기도 한다. 잡음은 인간적이다. 그것은 너그러운 폭을 준다. 잘못하면 몰살을 당할 우려가 있지만, 잡음에 몰살을 당할 만한 연약한 시는 낳지 않아도 후회가 안 될 것 같다.

그래서 나는 서재가 없다. 일부러 서재로 쓰던 방을 내놓고 안방에 와서 일을 한다. 그전에는 잡음 중에도 옆에서 밥을 먹거나 무엇을 씹는 소리가 가장 싫었는데, 요즘에는 그것에도 면역이 된 셈이다. 정 방해가 될 때면 일손을 멈추고 잡담을 한다.

로버트 프로스트의 "시는 지리(地理)에서부터 시작된다."는 말을 몹시 신봉하던 때가 있었는데 근자에는 그 신조를 무시하고 쓴 시가 여러 편 있다. 요즘의 강적은 하이데거의 「릴케론」이다. 이 논문의 일역판을 거의 안 보고 외울 만큼 샅샅이 진단해 보았다. 여기서도 빠져나갈 구멍은 있을 텐데 아직은 오리무중이다. 그러나 뚫고 나가고 난 뒤보다는 뚫고 나가기 전이 더 아슬아슬하고 재미있다.

아무리 해도, 자기의 몸을 자기가 못 보듯이 자기의 시는 자기가 모른다. 다만 초연할 수는 있다. 너그럽게 보는 것은 과신과도 다르고 자학과도 다르다. 그렇게 너그럽게 자기의 시를 보고 세상을 보는 것도 좋다. 이런 너그러움은 시를 못 쓰는 한이 있어도 지켜야 할 것인지도 모른다. 아니, 바로 새로운 시를 개척해 나가는 무한한 보고(寶庫)가 거기에 있을 것이다.

「성」이라는 작품은 아내와 그 일을 하고 난 이튿날 그것에 대해서 쓴 것인데 성 묘사를 주제로 한 작품으로는 처음이다. 이 작품을 쓰고 나서 도봉산 밑의 농장에 가서 부삽을 쥐어 보았다. 먼첨에는 부삽을 쥔 손이 약간 섬뜩했지만 부끄럽지는 않았다. 부끄럽지는 않다는 확신을 가지면서 나는 더욱더 날쌔게 부삽질을 할 수 있었다. 장미나무 옆의 철망 앞으로 크고 작은 농구(農具)들이 보랏빛 산 너머로 지는 겨울의 석양빛을 받고 정답게 빛나고 있다. 기름을 칠한 듯이 길이 든 연장들은 마냥 다정하면서도 마냥 어렵게 보인다.

그것은 프로스트의 시에 나오는 외경에 찬 세계다. 그러나 나는 프티 부르주아적인 '성'을 생각하면서 부삽의 세계에 그다지 압도당하지 않을 만한 자신을 갖는다. 그리고 여전히 부삽질을 하면서 이것이 농부의 흉내가 되어서는 안 되겠다고 생각한다. 나는 죽고 나서 저승에 가서 심판을 받게 되면 내 아우보다 꾸지람을 더 많이 들을 것은 물론 뻔하다. 그것은 각오하고 있다.

그리고 그렇기 때문에 섣불리 농부의 흉내를 내고 죄의 감형을 기대하는 것 같은 태도는 더욱 불순하다. 나는 농부가 아니다. 그렇기 때문에 부삽질을 한다. 진짜 농부는 부삽질을 하는 게 아니다. 그는 자기의 노동을 모르고 있다. 내가 나의 시를 모르듯이 그는 그의 노동을 모르고 있을 것이다.

「미인」은 가장 최근에 쓴 작품인데 이것은 전부 7행밖에 안 되는 단시(短詩)다. 낭독회의 청탁으로 되도록 짧은 작품을 달라는 요청에 따라서 쓴 것이다. 시는 청탁을 받고 쓰지 않기로 엄하게 규칙을 정하고 있는데 이것은 그 규칙을 깨뜨린 것이다. 터치도 매우 가볍다. 여편네의 친구 되는 미모의 레이디하고 같이 칭기즈칸 식이라나 하는 철판에 구워 먹는 불고기를 먹고 와서 쓴 것이다.

여편네의 친구들 중에는 상류 사회의 레이디나 마담 들이 많다. 그 중에서도 졸작 「미인」의 주인공은 그중 세련된 교양 있는 미인이라고 해서 같이 회식을 하러 갔다. 과연 미인이다. 나는 미인을 경멸하는 좋지 못한 습성이 뿌리 깊이 박혀 있는데, 이 Y여사는 여간 인상이 좋지 않다. 여유 위에 여유를 넓히려고 활짝 열어놓은 마음의 창문에 때 아닌 훈기가 불어 들어온 셈이다. 우리들은 화식집 2층의 아늑한 방에 앉아 조용히 세상 얘기를 하고 있었는데, Y여사는 내가 피운 담배 연기가 자욱해지자 살며시 북창문을 열어 준다. 그것을 보고 내가 일어나서 창문을 조금 더 열어 놓았다. 그때에는 물론 담배 연기가 미안해서 더 열어 놓았다. 집에 와서 그날 밤에 나는 그 들창문을 열던 생각이 문득 나고 그것이 실마리 돼서 7행의 단시를 단숨에 썼다.

이 작품을 쓰고 나서, 나는 노상 그러하듯이 조용히 운산(運算)을 해 본다. 그리고 내가 창을 연 것은 담배 연기 때문이 아니라 그녀의 천사 같은 훈기를 내보내려고 연 것이라는 것을 알았다. 됐다! 이 작품은 합격이다. 창문—담배·연기—바람. 그렇다, 바람. 내 머리에는 릴케의 유명한 「오르페우스에 바치는 송가」의 제3장이 떠오른다.

> 참다운 노래가 나오는 것은 다른 입김이다.
> 아무것도 바라지 않는 입김. 신(神)의 안을 불고 가는 입김.
> 바람.

또한 하이데거의 「릴케론」 속에 인용된, 요한 고트프리드 헤르더(1774~1803, 독일의 사상가이며 문학자)의 「인류의 역사 철학적 고찰」에서 따온 다음의 문구가 밀어처럼 울린다.

> 우리들의 입의 입김은 다른 사람들의 영혼 속에서 세계의 회화(繪畵)가 되고, 우리들의 사상과 감정의 기본형이 된다. 인간이 일찍이 지상에서 생각하고, 바라고, 행한 인간적인 일, 또한 앞으로 행하게 될 인간적인 일, 이러한 모든 일은 한 줄기의 나풀거리는 산들바람에 달려 있다. 왜냐하면 만약에 이런 신적인 입김이 우리들의 신변에서 일지 않고 마법의 음색처럼 우리들의 입술 위에 감돌지 않는다면 우리들은 필경 모두가 아직도 숲 속을 뛰어다니는 동물에 지나지 않을 것이기 때문이다.

또한 아름다운 Y여사와의 회식이 천한 것이 되지 않고, 나의 평소의 율법을 깨뜨린 것이 되지도 않고, 그녀에게 조그마한—아니 티끌만치도—결례도 되지 않았다는 또 하나의 확실한 증거로서, 역시 「오르페우스에 바치는 송가」 제3장의, 방금 인용한 것의 바로 앞에 나오는 다음과 같은 시구의 복습은 한없이 즐거운 것이 아닐 수 없다.

> 노래는 욕망이 아니라는 것을 곧 알게 될 것이다.
> 그것은 급기야는 손에 넣을 수 있는 사물에 대한 애걸이 아니라는 것을 알게 될 것이다.
> 노래는 존재다. 신으로서는 손쉬운 일이다.
> 하지만 우리들은 언제 존재할 수 있겠는가? 그리고 우리들은 언제
> 신의 명령으로 대지와 성좌로 다시 돌아갈 수 있게 되겠는가?
> 젊은이들이여, 그것은 뜨거운 첫사랑을 하면서 그대의 다문 입에
> 정열적인 목소리가 복받쳐 오를 때가 아니다. 배워라
> 그대의 격한 노래를 잊어버리는 법을. 그것은 아무짝에도 소용없는 것이다.

내가 읊은 「미인」이 릴케의 「천사」만큼은 되지 못했을망정, 그다지 천한 미인은 아니 되었다고 생각하는 것은 지나친 과신일까. 좌우간 나는 미인의 훈기를 내보내려고 창문을 연 것이다. 그리고 우리가 내보낸 것은 담배 연기뿐이 아니라 약간의 바람도 섞여 있었을 것이다. 바람이 없이는 어떻게 연기인들 나가겠는가.

그전에는 산문 중의 인용문도 너무 파퓰러한 것은 피했다. 여기에 인용한 릴케의 시구 같은 것도 옛날 같으면 막무가내로 인용하지 않았을 것이다. 도대체가 파퓰러한 것이든 그렇지 않은 것이든 간에 남의 글을 인용하기가 싫었다. 그것이 요즘에 와서는 파퓰러하고 안 하고 간에 필요에 따라서는 마구 인용을 한다. 그리고 그전에 비해서 요

즘의 나는 훨씬 덜 소피스트케이티드해졌다고 생각한다. 「먼지」 같은 작품은 나 자신도 상당히 난해한 작품이라고 생각하고 있다. 이제는 난해와 소피스트케이션의 구별을 분명히 가릴 수 있게 되었다. 필요에 따라서 소피스트케이션이라는 욕을 먹더라도 주저하지 않고 쓸 작정이다.

파퓰러하다면, 원죄설처럼 정통적이고 파퓰러한 전거(典據) 취미가 없는데, 이런 데까지 서슴지 않고 소급해 올라갈 만한 용기가 생겼다. 나의 릴케는 내려오면서 만난 릴케가 아니라 셰익스피어의 부근을 향해 더듬어 올라가는 릴케다. 그러니까 상당히 반어적인 릴케가 된 셈이다. 그 증거로 나의 「미인」의 검정 미니스커트에 까만 망사 나일론 양말을 신은 스타일이 얼마나 반어적인 것인지 살펴보기 위해서, 부끄럽지만 졸시 「미인」의 전문을 인용해 보자.

미인을 보고 좋다고들 하지만
미인은 자기 얼굴이 싫을 거야
그렇지 않고야 미인일까

미인이면 미인일수록 그럴 것이니
미인과 앉은 방에선 무심코
따놓는 방문이나 창문이
담배 연기만 내보내려는 것은
아니렷다

이 시의 맨 끝의 '아니렷다'가 반어이고, 동시에 이 시 전체가 반어가 돼야 한다. Y여사가 미인이 아니라는 의미의 반어가 아니라, 천사같이 아름답다는 것을 강조하기 위한 반어이고, 담배연기가 '신적인', '미풍'이라는 것을 암시하기 위한 반어다. 그리고 나의 이런 일련의 배부른 시는 도봉산 밑의 돈사(豚舍) 옆의 날카롭게 닳은 부삽날의 반어가 돼야 할 것이다. 그럴 때 우리의 시에서는 남과 북이 서로 통일된다.

우리 시단의 참여시의 후진성은, 이미 가슴속에서 통일된 남북의 통일 선언을 소리 높이 외치지 못하고 있는 데에 있다. 이것은 우리의 참여시의 종점이 아니라 시발점이다. 나는 천 년 후의 우주탐험을 그린 미래의 과학 소설의 서평 같은 것을 외국 잡지에서 읽을 때처럼 불안할 때가 없다. 이런 때처럼 우리들의 문화적 쇄국주의가 저주스러울 때가 없다. 이런 미래의 꿈을 그린 산문이 시를 폐멸시키고 말 시대가 불원간 올는지도 모른다.

지금도 우주 비행을 소재로 한, 우리들은 감히 상상조차 못할 만한 거대한 스케일의 과학시가 벌써 나타나기 시작하고 있다. 지구를 고발하는 우주인의 시. 우주인의 손에는 지구에서 갖고 온 찝찝한 빵이 한 조각 들려 있다. 이 찝찝한 빵에서 그는 지구인들의 눈물을 느낀다. 이 눈물은 성서에 나오는 아담과 이브의 최초의 눈물과도 통한다. 우리의 시의 과거는 성서와 불경과 그 이전에까지도 곧잘 소급되지만 미래는 기껏 남북통일에서 그치고 있다. 그 후에 무엇이 올 것이냐를 모른다. 그러니까 편협한 민족주의의 둘레바퀴 속에서 벗어나지를 못한다. 우리의 미래에도 과학을 놓아야 한다.

그리고 미래의 과학 시대의 율리시즈를 생각해야 한다. 나는 아까 '이제는 애를 써서 책을 읽으려고 하지 않'아도 될 것 같은 말을 했지만 이것도 결과적으로 반어가 되고 말았다. 때로는 책도 선두에 세우고 가야 한다. 아직 늙기는 빠르다. 종로의 새벽 거리의 청소부의 광태와 그 옆을 태연하게 지나가는 행인들의 무표정한 얼굴이 이제는 꿰뚫려 보인다. 간신히 바늘구멍은 터진 셈이다. 또 한번 Y부인을 만나서 점심을 같이하게 되면, 그리고 그녀가 나의 담배 연기를 내보내려고 북창문을 열게 되면 이번에도 나는 신사처럼 마주 그 문을 열면서 제

2의 「미인」을 쓸 구상이나 할 것인가. 아니다, 그때는 좀 달라야 할 것이다. 그때까지는 적어도 때늦은 릴케식의 운산만이라도 홀가분하게 졸업해야 할 것이다.

귀납과 연역, 내포와 외연, 비호(庇護)와 무비호, 유심론과 유물론, 과거와 미래, 남과 북, 시와 반시의 대극의 긴장. 무한한 순환. 원주(圓周)의 확대. 곡예와 곡예의 혈투. 뮤리엘 스파크와 스푸트니크의 싸움. 릴케와 브레히트의 싸움. 앨비와 보즈네센스키의 싸움. 더 큰 싸움, 더 큰 싸움, 더, 더, 더 큰 싸움…… 반시론의 반어.

1968.

죽음에 대한 해학

— 뮤리엘 사라 스파크의 작가 세계

오늘날의 영국 소설의 대표적 중견을 꼽으라면 그레이엄 그린, 앵거스 윌슨, 콤프턴 버넷, C. P. 스노, 존 웨인에다가 여류 작가로서 아이리스 머독과 뮤리얼 스파크를 빼놓을 수가 없다. 1960년대의 영국 문학의 새로운 특징으로서의 이들의 공유점을 생각해 볼 때, 이들에게 한결같이 어떤 겸손(modesty) 같은 것이 깔려 있는 게 눈에 뜨인다. 이들은 문학가로서의 자기들의 한계점을 강조할 뿐 아니라, 대부분이 자기들의 일에 이익을 줄 수 있는 모든 엄청난 주장을 행복스러울 정도로 무시하고 있다. 이를테면 로렌스는 "소설가로서 나는 나 자신을 성인(聖人)보다도, 과학자나 철학자나 시인보다도 우위에 있다고 생각한다."고 호언했지만, 이들 중에 이런 묵시록적인 문학관을 믿고 있는 사람은 한 사람도 없다. 또한 이들은 낡은 자연주의의 기준을 무턱대고 그대로 받아들이지도 않고, 이를테면 지드 같은 "나는 모든 사물을 소설 속에 담아 보고 싶다."는 식의 거만한 태도로 소설을 쓰고 있지도 않다. 낡은 리얼리즘도, 낡은 포멀리즘도 이들에게는 통하지 않고, 도대체가 이들은 자기들 자신이 하나의 우주를 만들고 있다고 생각하고 있지 않다. 말하자면 이들의 이러한 겸손은 철학적인 면을 갖고 있다고 볼 수 있는 것이다.

이들은 모든 리얼리티의 이미지로서의 소설 관념을 피하고 있고, 따라서 자기들의 상상력을 리얼리티의 구성 요소나 보충물로 생각하고 있지 않는 것 같다. 이런 문제에 대한 이들의 관심은 총체적으로 인식적이라기보다도 강렬하게 윤리적인 것이다. 이런 점에서 1960년대의 영국의 소설가들은 난삽한 인식론적인 것을 파고드는 프랑스의 전위 작가들과는 판이하게 다르다. 이들에게서 프랑스적인 안티 노벨의 가치를 찾아볼 수는 없다. 이를테면, 프랑스의 뷔토르 같은 작가는 소설이 본질적으로 리얼리티에 기여하는 것이고, 새로운 소설가의 임무는 구세대 소설가들의 과한 낡은 리얼리티의 서술을 교정하는 일이며, 따라서 모든 훌륭한 소설은 안티 노벨이라고 말할 수 있을 것 같다고 했다. 그렇지만 대부분의 영국 작가들은 감지자로서의 자기 자신에게 충실하고, 교양 있는 상식의 눈으로서 감지된 사물에 충실하고자 하는 그들 자신의 분투적인 견지에서, 픽션과 리얼리티 사이의 관계를 거의 전반적인 문제로 삼고 있다. 이런 관계의 문제를 가장 단적으로 드러내 보이고 있는 작가 중의 한 사람이 뮤리엘 스파크라고 볼 수 있다.

뮤리엘 사라 스파크는 스코틀랜드의 에든버러 태생으로서, 문필 활동은 19세기 문인들의 평전에서부터 시작되었다. 1951년에 『광명의 아들—메어리 셸리 재평가』를 발표한 다음 『존 메이스필드 연구』(1953), 『에밀리 브론테의 생애와 작품』(1953) 등을 발표하고 있다. 소설가로서의 스파크의 활동은 1951년에 《옵서버》지의 단편 소설 콩쿠르에서 일등상을 획득한 때부터 시작되고 있는데, 그 후 영미의 각 잡지에 단편들이 발표되고, 1957년에 장편 소설 『위로하는 사람들』을 발표하고, 계속해서 1958년에 『로빈슨』을, 동년에 단편집 『날아가라, 새야』를, 1959년에 『메멘토 모리』를, 1960년에 『페컴 라이 기담』과 『독신자』를, 1961년에 단편과 라디오 드라마를 모은 『연기하는 목소리』와 『진 브로디 양의 청춘』 등, 연이어 문제작을 발표하고, 최근에는 「철학박사」라는 희곡이 런던의 신예술 극장에서 상연되는 등, 영미 문단의 화제를 독차지하고 있다. 메멘토 모리라는 라틴어의 뜻은 '죽음을 잊지 말라'는 것인데, 이 말이 유럽 문명 속에 뿌리를 내리게 된 관념의 기원은 적어도 고대 이집트에까지 소급되고 있는 것 같다. 이집트에서는 잔치를 베푸는 자리에 미라나 사람의 해골을 갖다 놓는 습관이 있었다. 손님들이 그것을 구경하고 있으면 주인은 '죽음을 잊지 말라'라는 주지(主旨)의 인사말을 한다. 어원적으로는 사람에게 죽음의 운명을 상기시키는 물건(이 경우에는 미라나 사람의 해골) 자체를 메멘토 모리라고 불렀다.

피라미드국의 왕족들은 영원한 생명에의 가능성을 잡아 보려고 온갖 노력과 비용을 아끼지 않은 반면에, 죽음에 대한 공포를 삶 그 자체의 긴장과 고양을 위해서 살려 보려는 기술을 몸에 붙이고 있었다. 그리고 이 전통은 조금씩 형태를 바꾸어 가면서 지중해와 그 주변의 문명권 속에서 오랫동안 이어 내려왔다.

로마의 장군들은 개선(凱旋)을 해 가지고 행진해 들어올 때면, 자기의 전차에 노예를 하나 태워 가지고 들어왔다. 영광에 싸인 장군의 귓전에서, 노예는 끊임없이 이런 말을 속삭인다.—"뒤를 돌아다보아라. 그대가 단지 하나의 인간이라는 것을 잊지 않기 위해서." 제정 러시아에서는 대관식 때에 여러 종류의 대리석을 날라 들여오는 관례가 있었다. 새 황제는 즉위하는 날 신중하게 자기의 묘석을 고르는 것이다.

"그대는 흙이니라. 머지않아 그대는 흙으로 돌아갈 것이니라."(창세기), "삶의 한복판에서 우리들은 죽음에 둘러싸여 있다."(찬미가) 등의 시구에 있어서는, 드높은 결정도(結晶度)의 말 그 자체가 지극히 효과적인 메멘토 모리였다고 말할 수 있을 것이다. 희랍의 서정시에서도, 이를테면 아나크레온의 "우리들은 한 줌의 재로 화해 버린다."라는 아름다운 단장(斷章)이 있다. 테렌티우스의 희극에 나오는, 뼈를 넣는 고항(古缸)에는 그 후에 니체가 즐겨 쓴 그 소름이 끼치는 명(銘)—"인간에 관한 어떠한 일도 나에게는 무연(無緣)치 않으니라."—이 새겨져 있었다. 햄릿은 엘시노아의 무덤 앞에서, 그 전날에 쾌활한 익살을 부리던 어릿광대인 요리크의 두개골을 바라보면서 외친다. "어서 부인네들의 방에 가서 일러 주고 와. 부지런히 1인치나 되도록 처바르고 싶겠지만, 머지않아 이런 얼굴이 되는 거라구." 요리크의 두개골과 햄릿의 대사에는 두 개의 강렬한 메멘토 모리의 무참한 이중창이 있다.

하지만 이것을 무참하다고 생각하는 것은 너무나도 근대적인 감상일 것이다. 고약한 취미의 불쾌한 장난이라고 생각하는 것은 더욱 천박한 반응일 것이다. 분명히 모든 메멘토 모리는 냉수를 등골에 끼얹으려는 의도를 포함하고 있고, 냉수가 가장 유효한 순간에 끼얹어지게 꾸며져 있다. 축제의 술이나 환성에 취해 들어가려는 마음에, 그것은 한 조각의 정기(正氣)를 불러일으켜 줄 것이다. 그렇지만 그것은 결코 연회 행진의 중지를 바라는 소리는 아니다. 편안한 체념과 무위에의 유혹은 아니다. 오히려 끊임없이 각성된 생명을, 끊임없는 새로운 출발을 독려하고 있는 것이다. 다소의 악의가 깃들여 있다 하더라도, 그것은 말하기 어려운 것을 말하기 위한—너무나도 자명한 기본적인 진실을 납득시키기 위한 양념 정도로 생각해야 할 것 같다. 아무튼 그런 종류의 진실을 확보하기 위해서 먼 고대의 장군들은 노예를 사용하고, 왕후들은 일부러 입이 건 어릿광대를 고용했다.

그런 점에서 보면 뮤리엘 스파크라는 소설가는 현대 사회에 있어서 솜씨가 능란한 어릿광대라고 생각할 수 있다. 탁월한 어릿광대가 될 수 있는 조건을 모조리 그녀는 갖추고 있다. 첫째로 재미있고 익살스러운 것. 둘째로 간결한 말투를 잘 쓰는 명수라는 것. 셋째로 착상이 기묘하다는 것. 그리고 넷째로 인간 세계의 여러 가지 진실을 직시하는 통찰력과 용기를 갖추고 있다는 것.

재미있고 익살스럽다는 점에 있어서, 스파크는 이미 정평이 있다. 그녀의 작품에 대한 서평이나 광고문에 가장 빈번히 나오는 형용사는 '익살스러운(funny)'일 것이다. 정신적인 고민으로부터 곤란한 배설 행위에 이르기까지 그녀의 세계에 있어서는 모든 것이 웃음의 대상이 된다. 그것도 아주 익살스러운 돌발적인 웃음의 대상이 된다. 불쌍하다,

웃는 것은 좋지 않다는 식의 상냥하고 따뜻한 예의범절은 그녀의 세계에서는 통하지 않는다. 아마 카톨릭 작가인 스파크로서는 연민은 그러한 데에 있지 않은 모양이다.

간결한 말투는 스파크의 특히 장편 소설의 커다란 특징과 연결되어 있다. 처녀작 『위로하는 사람들』 이후, 그녀의 소설에는 똑같은 어구와 똑같은 문장의 반복이 여간 많지 않다. 가장 최근에 쓴 『자력(資力)이 빈약한 아가씨들』 같은 것에는 몇십 행의 문장이 두세 번씩 되풀이되는 곳이 여러 군데 있다. 이런 반복 부분을 잘라 버리면 소설의 길이가 아마 삼분지 일도 더 줄어들 것 같다. 원래가 그녀의 장편은 영구적인 표준에서 보면 약간 긴 중편 정도의 분량이기 때문에, 그것은 참말로 안하무인 격의 반복이지만 조금도 그것이 지루한 감을 주지 않는다. 오히려 극도로 간결한 인상을 준다. 물론 반복의 기술이 능란하기 때문에 그렇게 느껴진다고 볼 수 있다. 전후 관계에 따라서 똑같은 문장이 번번이 뜻하지 않은 새로운 의미와 반향을 불러일으키고 있으니까. 그러나 좀 더 큰 비밀은 그녀의 문장의 질 그 자체에 있는 것 같다. 그것은 반복에 견딜 수 있는 문장인 것이다.

착상의 그 묘한 점에 대해서는 '죽을 운명을 잊지 마시오.'란 전화의 예만으로도 충분할 것 같다. 지극히 현대적이고 일상적이고 과학적인 소도구에다가 지극히 비현대적인 신비적 관념을 갖다붙이는 수법은, 말하자면 스파크 세계의 기초 구조다. 이런 스파크적인 발상 속에서 현대 풍속에 대한 그녀의 활발한 호기심과, 카톨릭에의 개종자로서의 그녀의 발랄한 탐구심이 과부족 없이 결합되어 가지고, 기상천외한 부조리한 웃음을 낳는다.

네 번째의 조건인 스파크의 통찰력과 용기에 대해서도 역시 개종자로서의 그녀를 고려에 넣지 않으면 안 된다. 영국에 있어서는 로마 가톨릭의 신앙을 택한다는 것은 대다수의 사람들에게 받아들여지고 있는 여러 가지 기준에 대한 근본적인 불신을 의미하는 것이 된다. 가톨릭 제국, 이를테면 프랑스 같은 나라에 있어서의 프로테스탄트와 거의 같은 위치라고 말할 수 있다. 그리고 스파크는 분명히 소수자로서의 가톨릭의 전투성이나 혹은 전위성을 다분히 갖고 있다. 그녀의 처녀작 『위로하는 사람들』은 소설이라는 표현 형식 그 자체를 문제 삼은 소설이었다. 앙드레 지드의 『사전(私錢)꾼』의 가톨릭이라고 할 수 있을 것 같다. 처음 소설을 쓰기 시작했을 때 그녀는 소설이라는 것, 소설을 쓴다는 것의 의미, 다시 말하자면 픽션과 리얼리티와의 관계를 묻는 일에서부터 출발하지 않으면 안 되었다.

그러나 전체적으로 볼 때, 그녀의 소설에는 거의 전투적인 분위기가 없다. 똑같은 가톨릭 작가인 그레이엄 그린과 비교해 보면 그 차이점을 분명히 알 수가 있다. 기독교적인 여러 가지 관념이 스파크의 세계에서는 거의 언제나 그린의 그것과 정반대되는 방향으로 움직이고 있다.

"네가 어떤 죄를 저지르든 간에, 수많은 성인들이 벌써 그것을 저지르고 있단 말야."

"위대한 성인들의 병과 쇠약을 이 몸이 맛볼 수 있다면 얼마나 큰 위안이 될까."

전자의 날카로운 아이러니는 그린의 취미에 맞는 것이고, 후자의 기발한 진지성은 스파크의 취미다. 그런데 이 두 작가의 개성을 가장 잘 나타내고 있는 것은 그들이 제각기의 작품 속에서 이런 인자스러운 관념에 부여하고 있는 역할일 것이다. 그린은 전자를, 자기는 이미 구원을 받을 여지가 없는 죄인이라고 굳게 믿고 있는 한 등장인물의 정신 착란에 걸린 마지막 자존심을 때려부수기 위해서 사용한다. 스파크는 여명이 얼마 남지 않은 노인 환자들의 비참하고도 익살맞은 생활을 가차없이 묘사하는 문장 속에서, 어쩌다 새어 들어온 밝은 햇빛처럼, 아무렇지도 않게 살며시 후자를 삽입하고 있다.

몸부림을 치며 괴로워하고 있는 사람 앞에서 가짜 구원의 밧줄을 잘라 버려 주는 것도, 뜻하지 않은 구원을 던져 주는 것도 두 쪽이 다 틀림없이 기독교적 연민일 것이다. 똑같은 신앙 속에서 그들은 제각기 다른 종류의 통찰력과 용기를 끌어내고 있다. 그린의 그것에는 숨이 막힐 듯한, 지극히 현대적인 준엄성이 있고, 스파크에게는 오히려 고대적인 솔직성과 관대한 품격이 있다.

아무리 비참한 상황을 그리더라도 결코 웃음을 잊지 않는 스파크의 강인한 자세는 그런 너그러운 용기에서 우러나오는 것이라고 생각된다. 매일의 생활 속에서 우리들이 잊어버리고 싶은, 구태여 보고 싶지 않은 불쾌한 진실을 그녀는 가차없이 파헤쳐 내지만, 자칫하면 심술이 고약한 힐난처럼 되기 쉬운 아슬아슬한 곳에서 분방한 웃음과 익살스러운 힘으로 그녀의 발언은 상쾌한 뒷맛을 남겨 준다. 그것은 깊은 밑바닥으로부터 이상하게도 우리들의 정신을 고무해 준다. 진짜로 최상급의 익살 배우라고 말할 수 있을 것 같다. 그 점에 있어서도 그녀는 아마 먼 옛날의 탁월한 어릿광대들의 정통적인 후계자일 것이다.

1968.

4

시작(詩作) 노트

시작 노트 1

폭포

폭포는 곧은 절벽을 무서운 기색도 없이 떨어진다

규정할 수 없는 물결이
무엇을 향하여 떨어진다는 의미도 없이
계절과 주야를 가리지 않고
고매한 정신처럼 쉴 사이 없이 떨어진다

금잔화도 인가도 보이지 않는 밤이 되면
폭포는 곧은 소리를 내며 떨어진다

곧은 소리는 소리이다
곧은 소리는 곧은
소리를 부른다
번개와 같이 떨어지는 물방울은
취할 순간조차 마음에 주지 않고
나타와 안정을 뒤집어놓은 듯이
높이도 폭도 없이

떨어진다

살아가기 어려운 세월들이 부닥쳐 올 때마다 나는 피곤과 권태에 지쳐서 허술한 술집이나 기웃거렸다.

거기서 나눈 우정이며 현대의 정서며 그런 것들이 후일의 나의 노트에 담겨져 시가 되었다고 한다면 나의 시는 너무나 불우한 메타포의 단편들에 불과하다.

우리에게 있어서 정말 그리운 건 평화이고 온 세계의 하늘과 항구마다 평화의 나팔 소리가 빛날 날을 가슴 졸이며 기다리는 우리들의 오늘과 내일을 위하여 시는 과연 얼마만한 믿음과 힘을 돋우어 줄 것인가.

1957.

시작 노트 2

시 행동을 위한 밑받침. 행동까지의 운산(運算)이며 상승. 7할의 고민과 3할의 시의 총화가 행동이다. 한 편의 시가 완성될 때, 그때는 3할의 비약이 기적적으로 이루어질 때인 동시에 회의의 구름이 가시고 태양처럼 해답이 나오고 행동이 나온다. 시는 미지의 정확성이며 후퇴 없는 영광이다.

과학이 우주 정복을 진행하고 있다고 해도 시인은 조금도 놀라지 않는다. 그는 오히려 그의 주변의 쇄사(憦事)에 만족하고 있을 수 있다. 따라서 시의 제재만 하더라도 세계적이거나 우주적인 것을 탐내지 않아도 될 듯하다. 우리나라의 국내적인 제 사건이 이미 충분히 세계성을 띠고 있기 때문이다. 요즈음 보라. 신문 독자들은 우선 국내 기사부터 보고 그다음에 해외 기사는 매우 요긴치 않은 표정으로 훑어보고 있지 않는가. 이런 새 현상은 4·19를 분수령으로 해서 획 달라졌고 5·16 후에 더 자심해졌다. 시의 서정면도 동일. 우선 우리나라가 가지고 있는 서정을 찾아보자는 경향이 자연히 짙어지고 8·15 후까지도 농후하던 보헤미안적인 기분은 많이 탈피되었다. 이제 우리나라의 시는 어떻게 하면 멋진 세계의 촌부가 되는가 하는 일이다.

시의 형식 나는 시의 형식 문제에 대해서 지극히 등한하다. 나의 경험으로 비춰 볼 때 형식은 '투신'만 하면 간단히 해결될 수 있는 것이기 때문이다. 형식상의 모방도 있을 수 있는 일인데, 한 가지 주의할 점은 심각하게 모방하면 실패하지만 유쾌하게 모방하면 성공할 수 있다는 것을 알아야 한다. 이와 유사한 소리를 엘리엇이 한 것 같고 또 실천하고 있다고 보는데 엘리엇의 고시(古詩)로부터의 인용은 훨씬 의식적인 것이라고 생각된다. 사람마다 모양을 내는 법이 각각 다르지만 나의 취미로서는 모양을 전혀 안 내는 것이 가장 모양을 잘 내는 법이라고 생각된다. 물론 5·16 이전의 우리 사회의 통속성에 대한 반발도 있었겠지만 나는 거지꼴을 하고 다니는 것이 퍽 좋았던 것만은 사실인데, 실은 일반 사회가 건전하고 소박해야지만 시인도 색깔 고운 수건쯤 꽂고 싶은 생각이 들 것이다.

시의 내용 종교적이거나 사상적인 도그마를 시 속에 직수입하고 싶은 충동을 느껴 본 일은 없다. 시의 어머니는 어디까지나 언어. 따라서 나는 시의 내용에 대해서 고심해 본 일이 없고, 나의 가슴은 언제나 무. 이 무 위에서 파괴와 창조가 동시에 이루어진다. 앞으로 남은 문제는 어떻게 하면 생활을 더 심화시키는가 하는 것. 그러나 다음 작품에 대한 기대는 언제나 어그러진다. 이러한 기대가 어그러질수록 작품의 질은 더 좋아질 수 있는 것이 아닐까. 그렇게 속으면서도 기대는 본능적으로 생겨나게 마련이고 창조를 위해서는 이 기대란 놈은 우주 로켓이 벗어 버리는 투겁과 흡사하다.

시어 내가 써 온 시어는 지극히 평범한 일상어뿐이다. 혹은 서적어와 속어의 중간쯤 되는 말들이라고 보아도 될 것이다. 고어도 연구해 본 일이 없고 시조에 대한 취미도 없다. 어느 서구 시인이 시어는 15세까지 배운 말이 시어가 될 것이라고 한 말을 기억하고 있는데, 나의 시어는 어머니한테서 배운 말과 신문에서 배운 시사어의 범위 안에 제한되고 있다.

스승 없다. 국내의 선배 시인한테 사숙한 일도 없고 해외 시인 중에서 특별히 영향을 받은 시인도 없다. 시집이고 일반 서적이고 읽고 나면 반드시 잊어버리는 습관이 있어서 퍽 편리하다. 시인이라는, 혹은 시를 쓰고 있다는 의식을 가지고 있는 것처럼 큰 부담이 없다. 그런 의식이 적으면 적을수록 사물을 보는 눈은 더 순수하고 명석하고 자유로워진다. 그런데 이 의식을 없애는 노력이란 똥구멍이 빠질 정도로 무척 힘이 드는 노력이다.

환경 시의 환경을 만들려고 노력하는 친구도 있는 모양 같은데 나는 오히려 그런 친구들을 경멸한다. 시를 쓸 때는 색색이 잉크를 사용하거나 사치스러운 원고지를 쓰거나 해서 기분을 내는 사람도 옛날에는 있었다고 하지만 나는 그런 장난은 해 본 일이 없다. 나의 기벽이라면 나는 절대로 원고지에 시의 초고를 쓰지 않는다는 것이다. 대체로 휴지에 가까운 종이에 쓰는 것이 편하고 거의 습관처럼 되어 있다. 한마디로 말해서 나의 환경은 지극히 평범하다. 평범한 남편이요, 평범한 아버지요, 평범한 국민이요, 평범한 경제 상태요, 평범한 옷차림이요, 평범한 인인(隣人)이다.

독자 시의 독자. 가장 곤란한 존재는 필리스틴들이다. 소위 대학교육이나 받았다는 친구들, 시를 쓴다는 친구들, 시를 사모한다는 친구들, 글줄이나 쓴다는 친구들, 이들이 시를 교살하고 있다. 신문사의 문화부, 라디오의 시 감상 시간, 하물며 문학지의 편집인들이나 대학의 문학과 선생님들까지. 그리고 시의 월평. 시를 가장 이해한다는 축들이 사실은 밤낮으로 어떻게 하면 시를 가장 합법적으로 독살시킬 수 있을까 하고 구수회의(鳩首會議)를 열고 있다. 그렇지만 그들은 나를 볼 때에는 누구보다도 자기가 가장 많이 시에 대한 이해력을 가지고 있는 것 같은 은근한 추파를 던진다. 나도 모르는 나의 시에 대해서까지도.

비평 나는 여지껏 나의 작품에 대해서 정확한 판단을 내린 비평을 본 일이 없다. 거기다가 우리나라의 소위 월평이라는 것이 전부가 한결같이 심미적인 것뿐이다. 우리나라의 비평가들처럼 사회성을 과도히 주장하고 있는 사람들도 없지만 우리나라처럼 심미적인 시평이 산적한 나라도 세계에 그 유례가 없을 것이다. 그런데 이들이 실천하는 심미주의가 어떠한 것이냐 하는 문제……. 좌우간 시단 월평이라는 것이 10년 동안만 신문이나 잡지에서 완전히 자취를 감춘다면, 나의 생각 같아서는 시의 질이 에누리 없이 한 백년은 진보할 것 같다.

시 아아, 행동에의 계시. 문갑을 닫을 때 뚜껑이 들어맞는 딸각 소리가 그대가 만드는 시 속에서 들렸다면 그 작품은 급제한 것이라는 의미의 말을 나는 어느 해외 사화집에서 읽은 일이 있는데, 나의 딸각 소리는 역시 행동에의 계시다. 들어맞지 않던 행동의 열쇠가 열릴 때 나의 시는 완료되고 나의 시가 끝나는 순간은 행동의 계시를 완료한 순간이다. 이와 같은 나의 전진은 세계사의 전진과 보조를 같이한다. 내가 움직일 때 세계는 같이 움직인다. 이 얼마나 큰 영광이며 희열 이상의 광희(狂喜)이냐!

예언 시의 예언성. 나는 사후 백년 후에 남을 시를 쓰려고 노력할 수는 없지만, 작품이 끝난 후 반년 정도의 앞을 예언할 만한 시는 쓰고 싶다. 반년 정도의 예언이지만 여기에도 피해가 많다. 원래가 예언자란 들어맞을 때는 상을 안 주고 안 들어맞을 때는 화형을 받는다. 아냐, 그는 들어맞을 때도 안 들어맞을 때도 한결같이 화형을 당하게 마련이다.

장시 장시 같은 것은 써 보려고 한 일도 없다. 시는 되도록 짧을수록 좋다는 것이 나의 지론이고, 장시를 써낼 만한 역량도 제재도 없다. 장시를 쓸 바에야 희곡을 쓰고 싶다. 희곡에는 고료가 정해져 있지만 장시에는 지정된 고료가 없으니 우선 이것부터 불편하다. 또 우리나라에는 몇 매 이상이 장시라는 상식조차도 없다. 엘리엇이 우리나라에서 「황무지」를 발표하였다면 원고료는 역시 잘해야 3000환밖에는 못 받았을 것이고, 그것도 매우 떳떳하지 못하게 받았을 것이다. 나의 동료 중에는 시의 고료는 일체 받지 않기로 작정하고 있는 드문 미덕을 가진 분도 있어서 나도 한번쯤은 흉내를 내 본다 내 본다 하면서 아직까지도 실행을 해 본 일은 한번도 없다.

시를 쓰는 시간 일정하지 않다. 성북동에 셋방살이를 할 때 그 집 주인이 이은상 씨와 동경에서 같은 하숙에 있었다고 하면서 씨의 미담을 많이 들려주었는데, 씨는 꼭 밤을 파 가면서 시작(詩作)을 하였다고 해서 나도 흉내를 내 볼까 했는데 한번도 성공해 본 일은 없다. 이유는 내가 씨보다 몸이 약한 탓이라고 생각하고 있다. 나의 버릇으로는 술을 마시고 난 이튿날 시를 쓰는 기회가 비교적 많았다. 물론 시를 써 보려는 불순한 동기로 술을 마신 일은 한번도 없었고 나는 시보다도 술을 더 좋아한다. 술은 우리 집 내력이라 아버지는 소주로 돌아갔고 증조할아버지는 마나님이 술을 못 마시게 하느라고 옷을 감추어 놓았더니 마나님의 베속곳을 입고 나가서 술을 마셔서 별명이 '베바지'였다고 한다. 나한테는 무슨 별명이 붙을지 모르겠다.

1961. 6. 14.

시작 노트 3

후란넬 저고리

낮잠을 자고 나서 들어 보면
후란넬 저고리도 훨씬 무거워졌다
거지의 누더기가 될락 말락 한
저놈은 어제 비를 맞았다
저놈은 나의 노동의 상징
호주머니 속의 소눈깔만한 호주머니에 들은
물뿌리와 담배 부스러기의 오랜 친근
윗호주머니나 혹은 속호주머니에 들은
치부책 노릇을 하는 종이쪽
그러나 돈은 없다
— 돈이 없다는 것도 오랜 친근이다
— 그리고 그 무게는 돈이 없는 무게이기도 하다
또 무엇이 있나 나의 호주머니에는?
연필쪽!
옛날 추억이 들은 그러나 일년 내내 한번도 펴 본 일이 없는
죽은 기억의 휴지
아무것도 집어넣어 본 일이 없는 왼쪽 안호주머니

— 여기에는 혹시 휴식의 갈망이 들어 있는지도 모른다
— 휴식의 갈망도 나의 오랜 친근한 친구이다……

내 시는 '인찌끼'*다. 이 「후란넬 저고리」는 특히 '인찌끼'다. 이 시에는 결구가 없다. "낮잠을 자고 나서 들어 보면 후란넬 저고리도 훨씬 무거워졌다"에 기간적(基幹的)인 이미지가 걸려 있기는 하지만 이것이 과연 결구를 무시한 흠점을 커버해 줄 만한 강력한 투영을 가졌는지 의심스럽다. 나는 이 시의 후반은 완전히 절단해 버렸고 총 40여 행의 초고가 청서를 하고 났을 때는 19행으로 줄어 버렸다. 너무 짧아진 것이 아깝고 분해서 고민을 한 끝에 한 행씩 떼 가면서 청서를 할까 하다가 너무 장난이 심한 것 같아서 그만두었다.

다음에는 '친근'이란 말이 세 번 나오는데 이것이 두 번이 아니고 세 번 나오는 게 도무지 불만스럽다. 세 번째의 "나의 오랜 친근한 친구이다……"는 완전한 타성이다. 도대체 친구면 친근한 것인데 구태여 '친근한 친구'라고 불필요한 토를 박은 것이 싱겁다. 이것도 궁여지책으로 '친구'를 고딕체로 할까 하다가 비겁한 것 같아서 그만두었다.

그러면 이 시의 기간적인 이미지인 벽두의 제1, 2행 자체는 완전한 것이란 말인가? 그러나 그것도 장담할 수 없다. 맨 처음에는 "낮잠을 자고 나서 들어보니/ 후란넬 저고리도 무겁다"로 되어 있던 것이, '보니'가 '보면'이 되고, '무겁다'가 '무거워졌다'라는 과거로 변하고, 게다가 '훨씬'이라는 강조의 부사까지 붙게 되었다. 그러고 보니 이 이미지의 OK 교정이 나왔을 때는 이것은 교정이 아니라 자살이 되고 말았고, 본래의 '이데아'인 노동의 찬미는 자살의 찬미로 화해 버렸다. 그래서 나는 에스키스의 윗난에다 아래와 같은 낙서를 했다.

---

* 멍텅구리낚시.

갱생＝변모＝‘자기 개조’ 생리의 변경 ＝력(力)＝생＝자의식의 괴멸 ＝애정

그러나 내 시가 그래도 ‘인찌끼’인 줄 모르는 ‘인찌끼’ 독자들에게 참고로 몇 마디 더 해 둘 말이 있다. 나의 후란넬 저고리는 ―정확하게 말해서 후란넬이라는 양복지는 ―색이 변하지 않는다. 적어도 6년 이상을 입어서 팔뒤꿈치가 허발창이 났는데도 색만은 여전히 푸르다. 그리고 여전히 가볍고 여전히 보드럽다. 당신들의 구미에 맞게 속시원히 말하자면 후란넬 저고리는 결코 노동복다운 노동복이 못 된다. 부끄러운 노동복이다. 그러면 그런 고급 양복을 ―아무리 누더기가 다 된 것 일망정 ―노동복으로 걸치고 무슨 변변한 노동을 하겠느냐고 당신들이 나를 나무랄 것이 뻔하다. 그러나 당신들의 그러한 모든 힐난 이상으로 소중한 것이 나의 고독 ―이 고독이다.

1963.

시작 노트 4

적

제일 피곤할 때 적에 대한다
바위의 아량이다
날이 흐릴 때 정신의 집중이 생긴다
신의 아량이다

그는 사지의 관절에 힘이 빠져서
특히 무릎하고 대퇴골에 힘이 빠져서
사람들과
특히 그가 가장 사랑하는 사람과의 관련을 해체시킨다

시는 쨍쨍한 날씨에 청랑한 들에
환락의 개울가에 바늘 돋친 숲에
버려진 우산
망각의 상기다
성인(聖人)은 처를 적으로 삼았다
이 한국에서도 눈이 뒤집힌 사람들
틈에 끼여 사는 처와 처들을 본다

오 결별의 신호여

이조 시대의 장안에 깔린 기왓장 수만큼
나는 많은 것을 버렸다
그리고 가장 피로할 때 가장 귀한
것을 버린다

흐린 날에는 연극은 없다
모든 게 쉰다
쉬지 않는 것은 처와 처들뿐이다
혹은 버림받은 애인뿐이다
버림받으려는 애인뿐이다
넝마뿐이다

제일 피곤할 때 적에 대한다
날이 흐릴 때면 너와 대한다
가장 가까운 적에 대한다
가장 사랑하는 적에 대한다
우연한 싸움에 이겨 보려고

절망

풍경이 풍경을 반성하지 않는 것처럼
곰팡이 곰팡을 반성하지 않는 것처럼
여름이 여름을 반성하지 않는 것처럼
속도가 속도를 반성하지 않는 것처럼

졸렬과 수치가 그들 자신을 반성하지 않는 것처럼
바람은 딴 데에서 오고
구원은 예기치 않은 순간에 오고
절망은 끝까지 그 자신을 반성하지 않는다

적

우리는 무슨 적이든 적을 갖고 있다
적에는 가벼운 적도 무거운 적도 없다
지금의 적이 제일 무거운 것 같고 무서울 것 같지만
이 적이 없으면 또 다른 적 — 내일
내일의 적은 오늘의 적보다 약할지 몰라도
오늘의 적도 내일의 적처럼 생각하면 되고
오늘의 적도 내일의 적처럼 생각하면 되고

오늘의 적으로 내일의 적을 쫓으면 되고
내일의 적으로 오늘의 적을 쫓을 수도 있다
이래서 우리들은 태평으로 지낸다

세계 여행을 하는 꿈을 꾸었다. 김포 비행장에서 떠날 때 눈을 감고 떠나서, 동경, 뉴욕, 런던, 파리를 거쳐서(꿈속에서도 동구라파와 러시아와 중공은 보지 못하게 되어 있었기 때문에 착륙하지 못했다.) 홍콩을 다녀서, 다시 김포에 내릴 때까지 눈을 뜨지 않았다. 눈을 뜬 것은 비행기와 기차와 자동차를 오르내렸을 때뿐, 그리고 호텔의 카운터에서 돈을 지불할 때뿐 그 이외에는 일절 눈을 뜨지 않았다. 말하자면 나는 한국에서도 볼 수 있는 것만은 보았지만 그 이외의 것은 일절 보지 않았다.

꿈에서 깨어서, 김포에서 내려서 집에 올 때까지의 일을 생각해 보았다. 꿈에서와는 달리 나는 여간 마음이 흐뭇하지 않았다. 요컨대 나는 이런 속물이다. 역설의 속물이다.

시에서도 이런 치기가 아직 가시지 않고 있다. 여편네를 욕하는 것은 좋으나, 여편네를 욕함으로써 자기만 잘난 체하고 생색을 내려는 것은 치기다. 시에서 욕을 하는 것이 정말 욕이 되는 것은 아니지만, 하여간 문학의 악의 언턱거리*로 여편네를 이용한다는 것은 좀 졸렬한 것 같은 감이 없지 않다. 이불 속에서 활개를 치거나 아낙군수** 노릇을 하기는 싫다. 대개 밖에서 주정을 하는 사람이 집에 들어오면 얌전하고, 밖에서는 샌님 같은 사람이 집 안에 들어오면 호랑이가 되는 수는 많다고 하는데 내가 그 짝이 아닌지 모르겠다.

아무튼 요즘은 집에 들어앉아 있는 시간이 많고, 자연히 신변잡사에서 취재한 것이 많이 나오게 된다. 그래서 그 반동으로 '우리'라는 말을 써 보려고 했는데 하나도 성공한 것이 없는 것 같다. 이에 대한 자극을 준 것은 C. 데이 루이스의 시론이고, 《시문학》 9월호에 발표된 「미역국」 이후에 두어 편가량 시도해 보았는데, 이것은 '나'지 진정한 '우리'가 아닌 것 같다. 엘리엇이 '나'도 여러 가지 '나'가 있다는 말을 어디에서 한 것을 읽은 일이 있는데, 지금의 나의 경우에는 그런 말은 호도지책(糊塗之策)도 되지 못한다. 진정한 해답은 좀 더 시간을 두고 기다려 봐야겠다. 그런 의미에서는 「잔인의 초」(《한양》에 발표)가 작위(作爲)가 없이 자연스럽게 나온 것 같지만 역시 소품이다.

아직도 한 1, 2년 침묵을 지키고 준비를 갖출 만한 환경도 안 되어 있고 용기도 부족하다. 한 달이나, 기껏해야 두 달의 간격을 두고 쓰는 것이 큰 작품이 나올 수가 없다. 나는 보통 한 달이나 보름에 한 편은

---

* 억지로 떼를 쓸 만한 핑계.

** 늘 집 안에만 있는 사람.

쓰는 꼴인데, 어쩌다 한 달이 못 되어서 나오는 작품이 있고, 이런 작품은 후에 보아도 그 무게가 드러난다.

요즘 시론으로는 조르주 바타유의 『문학의 악』과 모리스 블랑쇼의 『불꽃의 문학』을 일본 번역책으로 읽었는데, 너무 마음에 들어서 읽고 나자마자 즉시 팔아 버렸다. 너무 좋은 책은 집에 두고 싶지 않다. 집의 서가에는 고본옥에서도 사지 않는 책만 꽂아 두면 된다. 이왕 속물근성을 발휘하려면 이류의 책이나 꽂아 두라.

나는 한국말이 서투른 탓도 있고 신경질이 심해서 원고 한 장을 쓰려면 한글 사전을 최소한 두서너 번은 들추어 보는데, 그동안에 생각을 가다듬는 이득도 있지만 생각이 새어 나가는 손실도 많다. 그러나 시인은 이득보다도 손실을 사랑한다. 이것은 역설이 아니라 발악이다.

노상 느끼고 있는 일이지만 배우도 그렇고, 불란서 놈들은 멋있는 놈들이다. 영국 사람들은 거기에 비하면 촌뜨기다. 바타유를 보고 새삼스럽게 그것을 느낀다. 그러나 당분간은 영미의 시론을 좀 더 연구해 보기로 하자.

1965.

시작 노트 5

잔인의 초

한번 잔인해 봐라
이 문이 열리거든 아무 소리도 하지 말아 봐라
태연히 조그맣게 인사 대꾸만 해 두어 봐라
마룻바닥에서 하든지 마당에서 하든지
하다가 가든지 공부를 하든지 무얼 하든지
말도 걸지 말고 — 저놈은 내가 말을 걸 줄 알지
아까 점심때처럼 그렇게 나긋나긋할 줄 알지
시금치 이파리처럼 부드러울 줄 알지
암 지금도 부드럽기는 하지만 좀 다르다
초가 쳐 있다 잔인의 초가
요놈 — 요 어린놈 — 맹랑한 놈 — 6학년 놈 —
에미 없는 놈 — 생명
나도 나다 — 잔인이다 — 미안하지만 잔인이다 —
콧노래를 부르더니 그만두었구나 — 너도 어지간한 놈이다 — 요놈 — 죽어라

*

포기의 소리가 들린 뒤에 시작된다. '한번 잔인해 봐라'의 첫 글자, '한' 이전에 포기의 소리가 들렸다. 죽음의 총성과 함께 스타트한 시.

요 시초의 계시가 들리기 전에, 다음과 같은 글이 나의 초고에 적혀 있는 것이 있다.—

우리는 아무것도 안 하고 쳇바퀴 속에서
돈다
또 다른 머리카락이 튀어든다
그럼 그렇지
잔인의 말단—용케 내가 서 있다
그럼 그렇지
적은 벌써 저렇게 죽어 있다—콧노래를 부르고 있다
잔인도 절망처럼 끝까지 그 자신을 반성하지 않는다

말하자면 '한번 잔인해 봐라' 이전의 말살된 부분이다. 말살의 직접적인 원인은 '적'이라는 낱말과 '잔인도 절망처럼 끝까지 그 자신을 반성하지 않는다'이다. '적'이라는 낱말이 불가한 이유는 이 「적」이라는 제목으로 된 작품이, 이 「잔인의 초」보다 전 작품으로, 지난 2개월 내에 된 것으로 두 편이 있다. 그러니까 다시 이 이미지를 사용하는 것이 시들해졌다. 그리고 '잔인도 절망처럼 끝까지 그 자신을 반성하지 않는다'의 구절이 불가한 이유는—이것은 좀 복잡하다. 「잔인의 초」의 전 작품이 「적」이고 「적」의 전 작품이 「절망」이라는 것인데, 이 「절망」이라는 작품 속의 끝줄이 '절망은 끝까지 그 자신을 반성하지 않는다'로 되어 있다. 그런데 「잔인의 초」의 초고의 말살된 부분의 최종행이 '잔인도 절망처럼 끝까지 그 자신을 반성하지 않는다'로 되어 있으니까, 이 다른 두 작품의 비슷한 두 시 행간에는 나의 비밀의 통화가 있다. 아니, 이것은 비밀의 통화이기도 한 동시에 비밀의 통화의 공개이기도 하다. 그리고 '비밀의' '공개'는 자살을 뜻한다. 그것은 「절망」을 죽이고 지금 진행되는 작품(즉, 「잔인의 초」가 되려다가 만 것 —그러나 「잔인의 초」라는 제목은 먼저 붙인 게 아니라 작품을 다 쓴 뒤에 붙인 제목이고, 나는 작품의 제목에 대해서는 그다지 신경을 쓰지 않는 사람이다.)을 죽이고 나 자신을 죽인다. 아니 죽여야 한다. 그런데 이 초고의 시행, '잔인도 절망처럼……'은 나 자신을 죽이지 못했다.

여기에서 막혀서 고민하고 있는 나를 구제해 준 것이 이웃집에서 공부하러 오는 6학년 놈이다. 이 6학년 놈은 자기 집이 시끄럽다고 저녁 6시부터 9시까지 우리 집에 와서 공부를 하다가 가는, 우리 여편네의 사업 관계의 친구의 조카뻘 되는 아이이다. 이놈이 들어왔다. 나는 또 난도질을 당한다. 난도질의 난도질이다. 포기의 소리는 이때 들렸다. 엄격히 말하자면 이것도 포기를 포기하라는 소리, 포기의 포기다. 포기의 포기의, 또 포기도 되고 그 뒤에 '……또 포기'가 무수히 계속될 수 있는 마지막 포기다. 이것을 김춘수 같은 사람은 '역설'이라고 간단히 말해 버리지만 그는 현대에 있어서의 역설의 진정한 의미를 모른다. 역설의 현대적 의미를 아는 사람이 우리 평단에는 한 사람도 없다. 내가 보기에는 직접 문예 평론은 안 했지만 이것을 알고 있는 것은 죽은 박기준 정도였다.

그러나 나는 이 「잔인의 초」에 대해서는 사실 자신이 없다. 이 작품은 지옥에서 천사를 만난 것처럼 일사천리로 써 갈겼다. 약간 막힌 곳은 12행의,

에미 없는 놈 — 생명

의 '생명'에서하고, 맨 끝줄의 '죽어라'뿐이다. 그리고 '생명'보다도

'죽어라'에서 좀 더 오래 망설인 것 같다. 그리고 '죽어라'의 뒤에 또 한 2행가량(가량이라고 한 것은 이 말살된 2행 이외에 '……이 시를 쓰고 나서' 운운의 전혀 알아볼 수 없는 말살된 글자가 몇 자 더 있기 때문이다.)이 있는데, 이것은 상당히 망설인 끝에 지워 버렸다. 그리고 '생명'과 '죽어라'를 대치시키려는 내심이 있었다. 이것으로 이 작품의 리얼리즘의 백본을 삼으려는 음흉한 내심이 있었다. 내가 싫은 것은 이것이다. 이 공리성이 싫다. 그런데 풋내기 평론가들과 나의 적들은, 사실은 나를 보고 이 공리성이 모자란다고 탓하고 있는 것이다. 말하자면 나의 작품에는 '시'가 없다는 것이다. 그리고 나는 '대담한' '시도'를 하고 있다는 것이다. 이 '시도'라는 말이 얼마나 의미심장한 말인가! 그리고 이 '시도'라는 말이 우리 평단에서는 얼마나 헤프게 쓰이고 있는가. 아무래도 이것은 선의의 낱말은 아닌 것 같다. 미안하지만 나는 좋은 의미에서나 나쁜 의미에서나 시도를 하고 있다는 생각이 없다. 이것이 작품으로 됐느냐 안 됐느냐 그것뿐이다.

이 「잔인의 초」는 나의 최신작이다. 아직 운산(運算)의 시기가 미흡하다. 그러나 나는 이 미흡한 시간 동안이 가장 행복하다. 작품이 되었는지 안 되었는지 모르는 이 불안의 시간은 나의 궁극의 용기를 필요로 한다. 하지만 이 궁극의 용기도 지나친 용기가 되어서는 안 된다.

몇 년 전의 「만용에게」라는 제목의 작품을 쓴 것이 있는데, 생명과 생명의 대치를 취급한 주제면에서나 호흡면에서나 이 「잔인의 초」는 그 작품의 계열에 속하는 것이라고 생각된다. 너와 나는 '반반(半半)'이라는 의미의 말이 그 「만용에게」의 모티브 비슷하게 되어 있는데, 그러한 일 대 일의 대결 의식이 이 「잔인의 초」에도 들어 있다. 그리고 「만용에게」를 쓰고 나서 이 대결 의식이 마야코프스키의 「새로 1시에」라는 작품에서 온 것이라고 생각했는데, 이 「잔인의 초」에서 무의식중에 그것이 또 취급된 것을 보니 그것은 아무래도 나의 본질에 속하는 것 같고 시의 본질에 속하는 것 같다.

그러나 물론 이런 대결 의식이 시의 본질에 속한다고 해서 이 「잔인의 초」가 성공을 했다는 말은 아니다. 「만용에게」와 비교해 볼 때, 이 작품은 리얼리즘의 냄새가 상당히 엷게 되었다. 공리성이 상당히 희박해졌다. 성공이라면 이런 점이 성공이다. 불안의 책임 ―이제 나는 이 책임을 정면으로 지고 혹은 딛고 일어설 단계에 와 있다.

이 「잔인의 초」는 나의 가장 아끼는(출판사에서 '가장 아끼는 자작시 한 편'이라고 요구한 것은 나의 해석으로는 가장 자신 있는 시라는 뜻으로 생각되지만) 작품도 아니고 가장 자신 있는 작품도 아니고 가장 불안한 작품도 아니다. 다만 가장 최근에 쓴 작품이기만 할 뿐이다. 「잔인의 초」의 '초'는 초(醋), 즉 식초의 뜻이라는 것을 노파심에서 적어 둔다.

1965. 11. 1.

시작 노트 6

이 한국문학사

지극히 시시한 발견이 나를 즐겁게 하는 야밤이 있다
오늘 밤 우리의 현대문학사의 변명을 얻었다
이것은 위대한 힌트가 아니니만큼 좋다
또 내가 '시시한' 발견의 편집광이라는 것도 안다
중요한 것은 야밤이다

우리는 여지껏 희생하지 않는 오늘의 문학자들에 관해서
너무나 많이 고민해 왔다
김동인, 박승희 같은 이들처럼 사재(私財)를 털어놓고
문화에 헌신하지 않았다
김유정처럼 그밖의 위대한 선배들처럼 거지짓을 하면서
소설에 골몰한 사람도 없다……

그러나 덤핑 출판사의 20원짜리나 20원 이하의 고료를 받고 일하는
14원이나 13원이나 12원짜리 번역일을 하는
불쌍한 나나 내 부근의 친구들을 생각할 때
이 죽은 순교자들을 어떻게 생각해야 하나

우리의 주위에 너무나 많은 순교자들의 이 발견을
지금 나는 하고 있다
나는 광휘에 찬 신현대문학사의 시를 깨알같은 글씨로 쓰고 있다
될 수만 있으면 독자들에게 이 깨알만한 글씨보다 더
작게 써야 할 이 고초의 시기의
보다 더 작은 나의 즐거움을 피력하고 싶다

덤핑 출판사의 일을 하는 이 무의식 대중을 웃지 마라
지극히 시시한 이 발견을 웃지 마라
비로소 충만한 이 한국문학사를 웃지 마라
저들의 고요한 숨길을 웃지 마라
저들의 무서운 방탕을 웃지 마라
이 무서운 낭비의 아들들을 웃지 마라

H

H 는 그전하곤 달라졌어
내가 K의 시 얘기를 했더니 욕을 했어
욕을 한 건 그것뿐이었어
그건 그의 인사였고 달라지지 않은 것은 그것뿐
그밖에는 모두가 좀 달라졌어
우리는 격하지 않고 얘기할 수 있었어
훌륭하게 훌륭하게 얘기할 수 있었어
그의 약간의 오류는 문제가 아냐
그의 오류는 꽃이야
이 무엇이라고 말할 수 없는 나라의 수도의

한복판에서

우리는 그 또 한복판이 되구 있어
그도 이 관용을 알고 이 마지막 관용을 알고 있지만
음미벽(吟味癖)이 있는 나보다는 덜 알고 있겠지
그러니까 그가 나보다도 아직까지는 더 순수한 폭도 되고
우리는 월남의 중립 문제니 새로 생긴다는 혁신정당 얘기를
하고 있었지만
아아 비겁한 민주주의여 안심하라
우리는 정치 얘기를 하구 있었던 게 아니야

우리는 조금도 흥분하지 않았고
그는 그전처럼 욕도 하지 않았고
내 찻값까지 합해서 백 원을 치르고 나가는
그의 표정을 보고
나는 그가 필시 속으로는 나를 포기하고
있다는 것을 알았어

그는 그전하곤 달라졌어
그는 이제 조용하게 나를 경멸할 줄 알아
석 달 전에 결혼한 그는 그전하곤 모두가 좀 달라졌어
그리고 그가 경멸하고 있는 건 나의
정치 문제뿐이 아냐

눈

눈이 온 눈이 온 뒤에도 또 내린다

생각하고 난 뒤에도 또 내린다

응아 하고 운 뒤에도 또 내릴까

한꺼번에 생각하고 또 내린다

한 줄 건너 두 줄 건너 또 내릴까

폐허에 폐허에 눈이 내릴까

There is no hope of expressing my
vision of reality. Besides, if I did,
it would be hideous something to
look away from

내 머리는 자코메티의 이 말을 다이아몬드같이 둘러싸고 있다. 여기서 hideous의 뜻은 몸서리나도록 싫다는 뜻이지만, 이것을 가령 '보이지 않는다'라는 뜻으로 해석하여 to look away from을 빼 버리고 생각해도 재미있다. 나를 비롯하여 범백의 사이비 시인들이 기뻐할 것이다. 나를 비롯하여 그들은 말할 것이다. 나는 말하긴 했지만 보이지 않을 것이다. 보이지 않으니까 나는 진짜야, 라고. 이에 대해 심판해 줄 자는 아무도 없다. 정동의 지방 법원에 가서 재판을 받는 것과 비슷하다. 말도 되지 않는다. 그 증거로는 신문사의 신춘문예 응모 작품이라는 엉터리 시를 오백 편쯤 꼼꼼히 읽은 다음에 그대의 시를 읽었을 때와, 헤세나 릴케 혹은 뢰트커의 명시를 읽은 다음에 그대의 시를 읽었을 때와는 그대의 작품에 대한 인상·감명은 어떻게 다를 것인가. 그대는 발광해 버릴 것이다. 그러나 이 발광을 노래하라.

요즘 보부아르의 『타인의 피』를 읽으면서 그중에서 가장 감격한 문구는 이것이다.

> 요 몇 해 동안 마르셀은 생활을 위한, 타인의 눈을 즐겁게 해 주는 그런 그림을 그리는 일을 중지해 버렸다. 그는 참된 창조를 하고 싶어했다…….

이것을 읽고 그대는 말라르메와 간조를 상기할 것이다. 이런 때에는 너무나 많은 상념이 한꺼번에 넘쳐 나와 난처하다. 나는 자본주의보다도 처와 출판업자가 더욱 싫다. 그대는 사실주의적 문체를 터득했을 때 비로소 비사실에로 해방된다. 웃음이 난다. 이 웃음의 느낌. 이것이 양심일 것이다. 나는 또 자코메티에게로 돌아와 버렸다. 말라르메를 논하자. 독자를 무시하는 시. 말라르메도 독자를 무시하지 않았다—단지 그만이 독자였었지 않았느냐는 저 수많은 평론가들의 정석적인 이론에는 넌더리가 났다. 제기랄! —정말로 독자를 무시한 시가 있다. 콕토 류의 분명히 독자를 의식한 아르르칸의 시도—즉, 속물주의의 시도—독자를 무시하는 시가 될 수 있는 성공적인 경우가 있다. 그러나 정말 독자를 무시한 시는 불성실한 시일 것이다. 침묵의 한걸음 앞의 시. 이것이 성실한 시일 것이다.

나는 이 시 노트를 처음에는 수전 손택(Susan Sontag)의 「스타일론」을 초역한 아카데믹한 것을 쓰려고 했다. 그러고는 쓰지 않으려고 했다. 다시 손택을 초역(抄譯)하려고 했다. 그러나 스티븐 마커스(Steven Marcus)의 「현대영미 소설론」을 번역한 후 생각해 보니 손택이 싫어졌

다. 게다가 잊어버렸다. 손택의 「스타일론」은 한마디로 말한다면 Style is the soul이다. 메리 매카시(Mary McCarthy)는 이를 Style—non style이라 말하고 있다. 나는 번역에 지나치게 열중해 있다. 내 시의 비밀은 내 번역을 보면 안다. 내 시가 번역 냄새가 나는 스타일이라고 말하지 말라. 비밀은 그런 천박한 것은 아니다. 그대는 웃을 것이다. 괜찮아. 나는 어떤 비밀이라도 모두 털어내 보겠다. 그대는 그것을 비밀이라고 생각할 것이다. 그것이 그대의 약점이다. 나의 진정한 비밀은 나의 생명밖에는 없다. 그리고 내가 참말로 꾀하고 있는 것은 침묵이다. 이 침묵을 지키기 위해서라면 어떤 희생을 치러도 좋다. 그대의 박해를 감수하는 것도 물론 이 때문이다. 그러나 그대는 근시안이므로 나의 참뜻이 침묵임을 모른다. 그대는 기껏 내가 일본어로 쓰는 것을 비방할 것이다. 친일파라고, 저널리즘의 적이라고. 얼마 전에 고야마 이도코〔小山いと子〕가 왔을 때도 한국의 잡지는 기피했다. 여당의 잡지는 야당과 학생 데모의 기억이 두려워서, 야당은 야당의 대의명분을 지키기 위해서. 《동아일보》라면 전통 때문이라고 할 것이다. 《사상계》도 사장의 명분을 위해서. 이리하여 배일(排日)은 완벽이다. 군소리는 집어치우자. 내가 일본어를 쓰는 것은 그러한 교훈적 명분도 있기는 하다. 그대의 비방을 초래하기 위해서이기도 하다. 그러나 인기 때문만은 아니다. 어때, 그대의 기선을 제(制)하지 않았는가. 이제 그대는 일본어는 못 쓸 것이다. 내 다음에 사용하는 셈이 되니까. 그러나 그대에게 다소의 기회를 남겨 주기 위해 일부러 나는 서투른 일본어를 쓰는 정도로 그쳐 두자. 하여튼 나는 해방 후 20년 만에 비로소 번역의 수고를 던 문장을 쓸 수 있었다. 독자여, 나의 휴식을 용서하라.

그러나 생각이 난다. T. S. 엘리엇이 시인은 2개 국어로 시를 쓰지 말아야 한다고 말한 것을. 나는 지금 이 노트를 쓰는 한편, 이상(李箱)의 일본어로 된 시 「애야(哀夜)」를 번역하고 있다. 그는 2개 국어로 시를 썼다. 엘리엇처럼 조금 쓴 것이 아니라 많이 썼다. 이것을 어떻게 생각해야 할 것인가. 내가 불만스럽게 생각하는 것은 이상이 일본적 서정을 일본어로 쓰고 조선적 서정을 조선어로 썼다는 것이다. 그는 그 반대로 해야 했을 것이다. 그는 그렇게 할 수 있었을 것이다. 그러함으로써 더욱 철저한 역설을 이행할 수 있었을 것이었다. 내가 일본어를 사용하는 것은 다르다. 나는 일본어를 사용하고 있는 것이 아니라 망령(妄靈)을 사용하고 있는 것이다. 아무도 사용하지 않는 것에는 동정이 간다 — 그것도 있다. 순수의 흉내 — 그것도 있다. 한국어가 잠시 싫증이 났다. — 그것도 있다. 일본어로 쓰는 편이 편리하다. — 그것도 있다. 쓰면서 발견할 수 있는 새로운 현상의 즐거움, 이를테면 옛날 일영사전을 뒤져야 한다. — 그것도 있다. 그러한 변모의 발견을 통해서 시의 레알리테의 변모를 자성하고 확인한다.(자코메티적 발견) — 그것도 있다. 그러나 가장 새로운 집념은 상이하게 되는 것이 아니라 동일하게 되는 것이다. 약간 빗나간 인용처럼 생각키울지 모르지만 보부아르 가운데에 이러한 일절(一節)이 있다.

> "프티 블의 패들은 모두 독창적으로 되려는 버릇이 있다."라고 볼이 말했다. "그것이 역시 서로 닮는 방식이라는 것을 모르고 있어." 그는 치근치근히 또한 기쁜 듯이 자기 생각을 되풀이하고 있었다.
>
> "노동자는 독창성 같은 건 문제 삼지도 않고 있어. 나는 내가 그치들과 닮아 있다고 느끼는 것이 오히려 기쁘단 말이야."

발뺌을 해 두지만 나는 정치사상을 이야기하고 있는 것은 아니다. 시의 스타일에 관해 이야기하고 있는 것이다. 상이하고자 하는 작업과 심로(心勞)에 싫증이 났을 때 동일하게 되고자 하는 정신(挺身)의 용기가 솟아난다. 이것은 뱀 아가리에서 빛을 빼앗는 것과 흡사한 기쁨이다. 여기 게재한 3편 중에서 「눈」이 그것이라고 생각된다. 이 시는 '폐허에 눈이 내린다'의 여덟 글자로 충분하다. 그것이, 쓰고 있는 중에 자코메티적 변모를 이루어 6행으로 되었다. 만세! 만세! 나는 언어에 밀착했다. 언어와 나 사이에는 한 치의 틈서리도 없다. '폐허에 폐허에 눈이 내릴까'로 충분히 '폐허에 눈이 내린다'의 숙망(宿望)을 달(達)했다. 낡은 형(型)의 시다. 그러나 낡은 것이라도 좋다. 혼용되어도 좋다는 용기를 얻었다. 완전한 희생. 아니 완전한 희생의 한걸음 앞의 희생. 독자여, 우쭐거려 미안하다. 그러나 내가 의외로 '낡은 것'만은 확실하다. 이 시에서도, 그밖의 시에서도 나는 앨런 테이트의 시론을 충실히 지키고 있다. Tension(긴장)의 시론이다. 그러나 그의 시론은 검사(檢査)를 위한 시론이다. 수동적 시론이다. 진위를 밝히는 도구로서는 우선 편리하지만 위대성의 여부를 자극하는 발동기의 역할은 못한다. 이것은 오히려 시론의 숙명이다. 이런 때는 시를 읽는 게 최상이다. 예를 들자면 보들레르의 「고양이」를 읽어 보라. 「파리의 우울」보다도 「고양이」가 더욱 위대하다. 「파리의 우울」도 「고양이」도 둘 다 모두 Tension의 시론의 두레박으로 퍼낼 수 있지만, 「고양이」는 「파리의 우울」보다도 팔이 아프도록 퍼내지 않으면 바닥이 보이지 않는다.

독자여, 시의 이야기를 생각하면서 지금 비로소 내가 이것을 일본어로 쓰는 진정한 의의를 발견한 것을 끝으로 보고하지 않으면 안 된다. 나는 시 노트를 쓰기가 쑥스러운 것이다.

1966. 2. 20.

시작 노트 7

풀의 영상

고민이 사라진 뒤에
이슬이 앉은 새봄의 낯익은 풀빛의 영상이
떠오르고 나서도
그것은 또 한참 시간이 필요했다
시계를 맞추기 전에
라디오의 시종(時鐘)이 나오기를 기다리는 것처럼
안타깝다

봄이 오기 전에 속옷을 벗고 너무 시원해서 설워지듯이
성급한 우리들은 이 발견과 실감 앞에 서럽기까지도 하다
전 아시아의 후진국 전 아프리카의 후진국
그 섬조각 반도조각 대륙조각이
이 발견의 봄이 오기 전에 옷을 벗으려고
뚜껑이 열렸다 닫히는 소리

라디오의 시종을 고하는 소리 대신에 서도가(西道歌)와
목사의 열띤 설교 소리와 심포니가 나오지만

이 소음들은 나의 푸른 풀의 가냘픈
영상을 꺾지 못하고
그 영상의 전후의 고민의 환희를 지우지 못한다

나는 옷을 벗는다 엉클 샘을 위해서
아시아와 아프리카의 무거운 겨울옷을 벗는다
겨울옷의 영상도 충분하다 누더기 누빈 옷
가죽옷 융옷 솜이 몰린 솜옷……
그러다가 드디어 나는 월남인이 되기까지도 했다
엉클 샘에게 학살당한
월남인이 되기까지도 했다

엔카운터지(誌)

빌려드릴 수 없어. 작년하고도 또 틀려.
눈에 보여. 냉면집 간판 밑으로 — 육개장을 먹으러 —
들어갔다가 나왔어 — 모밀국수 전문집으로 갔지 —
매춘부 젊은 애들, 때묻은 발을 꼬고 앉아서
유부우동을 먹고 있는 것을 보다가 생각한 것
아냐. 그때는 빌려드리려고 했어. 관용의 미덕 —
그걸 할 수 있었어. 그것도 눈에 보였어. 엔카운터
속의 이오네스코까지도 희생할 수 있었어. 그게
무어란 말야. 나는 그 이전에 있었어. 내 몸. 빛나는
몸.

그렇게 매일을 믿어왔어. 방을 이사를 했지. 내

방에는 아들놈이 가고 나는 식모아이가 쓰던 방으로
가고. 그런데 큰놈의 방에 같이 있는 가정교사가 내
기침소리를 싫어해. 내가 붓을 놓는 것까지
자리에서 일어나는 것까지 문을 여는 것까지 알고
방어작전을 써. 그래서 안방으로 다시 오고, 내가
있던 기침소리가 가정교사에게 들리는 방은 도로
식모아이한테 주었지. 그때까지도 의심하지 않았어.
책을 빌려드리겠다고. 나의 모든 프라이드를
재산을 연장을 내드리겠다고.

그렇게 매일을 믿어왔는데, 갑자기 변했어.
왜 변했을까. 이게 문제야. 이게 내 고민야.
지금도 빌려줄 수는 있어. 그렇지만 안 빌려줄 수도
있어. 그러나 너무 재촉하지 마라. 이 문제가 해결
되기까지 기다려봐. 지금은 안 빌려주기로 하고
있는 시간야. 그래야 시간을 알겠어. 나는 지금 시간
과 싸우고 있는 거야. 시간이 있었어. 안 빌려주
게 됐다. 시간야. 시간을 느꼈기 때문야. 시간이
좋았기 때문야.

시간은 내 목숨야. 어제하고는 틀려졌어. 틀려
졌다는 것을 알았어. 틀려져야겠다는 것을 알
았어. 그것을 당신한테 알릴 필요가 있어. 그것
이 책보다 더 중요하다는 걸 모르지. 그것을
이제부터 당신한테 알리면서 살아야겠어 — 그게
될까? 되면? 안 되면? 당신! 당신이 빛난다.
우리들은 빛나지 않는다. 어제도 빛나지 않고,

오늘도 빛나지 않는다. 그 연관만이 빛난다.
시간만이 빛난다. 시간의 인식만이 빛난다.
빌려주지 않겠다. 빌려주겠다고 했지만
빌려주지 않겠다. 야한 선언을
하지 않고 우물쭈물 내일을 지내고
모레를 지내는 것은 내가 약한 탓이다.
야한 선언은 안 해도 된다. 거짓말을 해도
된다.

안 빌려주어도 넉넉하다. 나도 넉넉하고,
당신도 넉넉하다. 이게 세상이다.

전화 이야기

여보세요. 앨비의 아메리칸 드림예요. 절망예요.
8월달에 실어 주세요. 절망에서 나왔어요.
모레면 다 돼요. 200매예요. 특종이죠.
머릿속에 특종이란 자가 보여요. 여편네하고
싸우고 나왔지요. 순수하죠. 앨비 말예요.
살롱 드라마이지요. 반도호텔이나 조선호텔에서
공연을 하게 돼요. 절망의 여운이에요.
미해결이지요. 좋아요. 만족입니다.
신문회관 3층에서 하는 게 낫다구요. 아녜요.
거기에는 냉방장치가 없어요. 장소는 200명가량
수용될지 모르지만요. 절망의 연료가 모자
란다구요. 그래요! 반도호텔 같은 데라야

미국놈들한테서 입장료를 받을 수 있지요.
여편네하고는 헤어져도 되지만, 아이들이
불쌍해서요, 미해결예요.

코리언 드림이라구요. 놀리지 마세요.
아이놈은 자구 있어요. 구원이지요. 나를
방해를 안 하니까요. 절망의 물방울이
튄 거지요.
내주신다면, 당신의 잡지의 8월호에 내주신다면,
특종이니깐요, 극단도 좋고, 당신네도
좋고, 번역하는 사람도 좋고, 나도 좋은
일을 하는 폭이 되지요.
앨비예요, 앨비예요. 에이·엘·삐·이·이 네.
그래요. 아아, 그렇군요.
네에, 그러실 겁니다. 아뇨. 아아, 그렇군요.

이런 전화를, 번역하는 친구를 옆에 놓고,
생색을 내려고, 하고 나서, 그 부고(訃告)를
그에게 전하고, 그 무지무지한 소란 속에서
나의 소란을 하나 더 보탠 것에 만족을
느낀 것은 절망에 지각하고 난 뒤이다.

소음에 대해서 한 편의 논문을 너끈히 쓸 수 있을 것 같다. 소음이라면 너무 점잖다. 시끄러운 것이다. 시끄럽다는 것도 추상적이다. 우리 집 바로 옆의 철창 만드는 공장의 땜질하는 소리다. 이 공장이 무허가로 선 지가 자유당 말기 때니까 여러 해 된다. 그동안에 소음의 철학을 얻었다. 소음에 초연할 수 있는 사람은 참 드물다. 땜질하는 소리는 매미 우는 소리보다 좀 더 큰데, 그것이 계속적으로 들리기 때문에 골치가 아프다. 여름에는 바깥 창문을 열어 놓기 때문에 더 크게 들린다. 지잉—지이잉—지이이잉—잉잉잉잉. 이 소리가 나면 문학 하지 말라는 소리로 들어야 한다. 이 소리를 듣고도 안 들릴 만한 글을 써야 한다.

나의 시 속에 요설(饒舌)이 있다고들 한다. 내가 소음을 들을 때 소음을 죽이려고 요설을 한다고 생각해 주기 바란다. 시를 쓰는 도중에도 나는 소음을 듣는다. 한 1초나 2초가량 안 들리는 순간이 있을까. 있다고 하기도 없다고 하기도 말하기 어려운 문제다. 이것을 말하면 '문학'이 된다. 그러나 내 시 안에 요설이 있다면 '문학'이 있는 것이 된다. 요설은 소음에 대한 변명이고, 요설에 대한 변명이 '문학'이 된다고 말할 수 있다. 「시 노트」 같은 것을 원수같이 생각하는 이유가 여기 있다.

그들은—그들이란, 출판업자나 잡지 편집자나 신문 기자들—우리들이 얼마만큼 시를 싫어하는지를 모른다. 공연히 겸손해서 하는 말로 생각하고 있다. 현대의 작가들은 자기들의 문학을 불신한다는 카뮈의 선언은, 시는 절대적으로 현대적이어야 한다는 랭보의 말만큼 중요하다. 이것이 오늘의 척도다. 그러나 이런 건 말로 하면 싱겁다. 그냥 혼자 알고 있으면 된다. 이런 고독을 고독대로 두지 않기 때문에 '문학'이 싫다는 것이다. 침묵은 이행(enforcement)이다. 이 이행을 용서하지 않는다. 이오네스코는 이것을 '미친 문명'이라고 규탄하고 있다. 좀 비약이 많은 것을 용서해 준다면, 나에게 있어서 소음은 훈장이다. 그래도 수양이 모자라는 나는 글 쓰는 친구들이 우리 집에 간혹 놀러 와서 너의 집도 조용하지 않구나 하는 소리를 하면 본능적으로 부끄러워진다. 불안해지는 것이다. 역시 내 머릿속에는 내가 글 쓰는 사람이라는 선입견이 뿌리 깊이 들어 있는 모양이다. 아직도 나는 이 정도로 허영이 있고 속물이다.

「전화 이야기」에 나오는 '절망에 지각'한다는 말은 이런 속물의 변명이다. 글을 쓰는 것과 돈벌이를 혼돈하지 않은 지드 같은 문인에 대한—즉 돈에 대한—선망은 피상적이다. 글을 써서 돈을 벌 필요가 없을 만큼 돈이 있다 해도 편안하지 않을 것이다. 그 돈은 어디서 생겼는가? 누가 어떻게 해서 번 것인가? 그러니까 역시 글을 써서 돈벌이를 하면서, 글을 써서 돈벌이를 하는 자기 자신과 싸워 가는 수밖에 없다. 요는 휴식을 바라서는 아니 되고 소음이 그치는 것을 바라서는 아니 된다. 싸우는 중에, 싸우는 한가운데에서 휴식을 얻는다. 이 말도 말로 하면 싱겁게 된다.

「엔카운터지」 중의 소음은 '모밀국수'를 먹는 '매춘부 젊은 애들'이나 '식모'와 '가정교사'의 얘기뿐만이 아니다. 가장 귀에 거슬리는 소음은 '시간의 인식만이 빛난다'의 '시간의 인식' 같은 말이다. 우리 동네의 소음에 비한다면 그것은 땜질하는 소리가 아니라, 급행 버스 주차장에서 들려오는 배차계의 스피커 소리다. 아니면 다리 건너 언덕 위에 있는 농아 학교의 스피커의 음악 소리다.

「풀의 영상」 중의 스피커 소리는 '엉클 샘에게 학살당한 월남인'이다. 로버트 프로스트의 시론에 이런 말이 있다. "More than once I should have lost my soul to radicalism if it had been the originality it was mistaken for by its young converts." 나도 이런 과오를 많이 저지른 셈이다. 그러나 그렇다고 앞으로 이런 과오를 다시 저지르지 않겠다는 장담은 할 수 없고, 그런 과오를 더 저지르게 될 것을 두려워하지도 않는다. 어떻게 하겠다, 이런 말이 시의 제작에서는 일체 통하지 않기 때문이다. 다만 역시 프로스트가 말한 이런 말은 기억해 둘 필요가 있다. "For myself the originality need be no more than the freshness of a poem run in the way I have described: from delight to wisdom." 여기에서 '희열에서 지혜로—라는, 내가 말한 방식으로'가 어떤 방식인지는 그의 시론의 앞부분을 읽어 보지 않은 독자에게는 이해가 안 가겠지만, 그런 독자는 '신선(freshness)'이라는 말만 보아 두면 된다. 여기의 '신선'이라는 것이 감각적인 의미가 아닌 것은 물론이다. 시에 있어서의 진정한 신선은 직관과 감동이 분리되지 않은 신선이다. 그때에 그것이 독창적인 것이 될 수 있다.

나는 아직도 나의 시론을 전개할 만한 준비가 되어 있지 않다. 나의 운산(運算)은 내 작품을 검토하기 위한 것인데, 시론을 꾸밀 만한 주밀한 운산이 되어 있지 않다. 시론도 문학이다. 그런데 나의 운산은 침묵을 위한 운산이 되기를 원하고 그래야지만 빛이 난다. 시론이 빛이 나는 것이 아니라 시가 빛이 난다. 이런 말도 해서는 아니 되는 말이다.

하나 더 프로스트의 말을 인용하면, 이런 것이 있다. "Our problem is, as modern abstractionists, to have the wildness pure; to be wild with nothing to be wild about." 이런 말을 「풀의 영상」의 스피커 소리에 적용해 볼 때, 어떨까? 독자 여러분의 감정을 바랄 뿐이다.

그러나 아직도 나는 떠 있다. 가라앉아 있지 않다. 문학에 시에 진정으로 절망하고 있지 않다. 진정으로 절망해야겠다는 것조차가 벌써 야심이 있어서 하는 말이다. 우리들은 발가벗어야 한다. 부단히 발가벗어야 한다. 이 부단히 발가벗어야겠다는 욕구조차도 없어질 때까지 발가벗어야 한다. 이것은 이오네스코의 말이다. 나에게 있어서는 역시 다음의 작품을 쓰기 위한 몸부림 정도로 그치는 것이 고작이다.

1966.

시작 노트 8

판문점의 감상

31일까지 준다고 한 3만 원

29일까지는 된다고 하고 그러나 넉넉잡고 내일까지 기다리라고 한 3만 원
이것을 받아야 할 사람은 1·4후퇴 때 나온
친구의 부인
이것을 떼먹은 년은 우리 여편네가 든
계(契)의 오야가 주재하는
우리 여편네는 들지 않은 백만 원짜리
계의 멤버로 인형을 만들어 파는 년이라나
이 3만 원을 달러 이자라도 내서 갚아 달라고 대드는 바람에
집문서를 갖고 가서 무이자로 15개월만
돌려 달라고 우리가 강청한 사람은 이 돈을 받을 사람과 한 고향인 함경도 친구
이 돈이 31일까지 나올 가망성이 없다
전화를 걸어 보니 아직도 해결이 안 됐느냐고
오히려 반문하는 품이 벌써 이상스럽다

이것이 안 되면 어떻게 하나 그 생각을
그 마지막 대책을 나는 일부러 생각하지
않고 있다
31일까지!

31일 오오 나의 판문점이여
벌판이여 암흑의 바보의
장막이여 이 돈은 원은 10월 말일이
기한이고
내 날짜로는 그것이 기한이고
38선의 날짜로는 8월 15일이 기한인데
3만 원을 돌려 달라고 우리가 부탁한 친구가
돈을 받을 1·4후퇴의 친구 부인하고
한 고향이라는 것을
31일까지 돌려 주겠다고 아니 29일까지
돌려 주겠다고 집문서를 가지고 간 친구에게
말한 것이 잘못이었나 보다
이것이 이남 사람인 우리 부부의 오산이었나 보다
38선에 대한
또 한 해의 터무니없는 감상이었나 보다
그렇지?

범한 진실과 안 범한 과오

— 시 「판문점의 감상」에 대한 비시인(非詩人)들의 합평에 작자로서

졸시 「판문점의 감상」은 신문사의 '송년시'를 써 달라는 주문을 받

고 쓴 것이다.* 사진 밑에 넣을 것이라고 해서 무슨 사진이냐고 물으니 판문점의 벌판의 야경을 찍은 것이라고 한다. 주문을 받고 쓰는 것은 산문은 또 몰라도 시라는 이름이 붙는 것은 일절 거절하는 것을 원칙으로 삼고 있으나 의지가 약한 탓인지 때가 묻어 가는 탓인지 그것마저 지킬 수가 없다. 이번에도 주제넘은 송년시를 쓰게 되기까지에는 내 딴에는 피치 못할 그만한 이유가 있었다. 이런 내막 얘기까지 늘어놓는 것은 모처럼 호의를 베풀어 준 신문사 측에 대해서는 매우 미안하지만, 이것은 어디까지나 시 얘기를 하기 위한 것이니 양해해 주기 바란다. 이번의 송년시를 쓰기 전에 나는 이 신문사의 지난해의 여름의 '계절시'를 써 달라는 청탁을 사양하였고, 신춘문예의 심사를 보아 달라는 요청을 사양하여서, 이번의 청탁은 차마 거절할 수 없는 궁지에 놓여 있었다. 그래도 거절을 하려면 못하는 것은 아니었지만, 작년에 다른 신문사에 '신년시'도 쓴 전과가 있는 몸이라 행사시는 못 쓰겠소 하고 크게 나올 수가 없었고, 또 한편으로는 무슨 잘난 지조라도 지키겠다고 그렇게 도사리고만 앉아 있겠느냐는 반순수의 자학벽이 작용한 것도 있었다.

시트웰 여사는 한국의 고아의 사진을 보고 시를 쓴 일도 있고, 그녀의 유명한 히로시마의 원폭에 대한 시도 사진 정도를 보고 쓴 것이다. 그런데 미국에 산 시트웰과 히로시마와의 관계를 서울에 사는 서푼짜리 시민과 판문점과의 관계에 비해 보는 것은 좀 이상하지만, 사실은 나는 여태껏 판문점을 실제 육안으로 본 일이 한번도 없다. 글 쓰는 친구들 중에는 수없이 38선을 구경한 친구들이 많은데 나한테는 한번도 그런 기회가 없었다. 그런 의미에서는 시트웰이 히로시마를 사진으로 본 인상으로만 읊은 이방감이나 거리감은 나의 판문점에 대한 경우에도 다를 게 없다. 오히려 오늘날의 정치적 상황에서 보면 상상 속

* 「판문점의 감상」은 《경향신문》 1966년 12월 30일자에 게재되었다.

에서의 나와 판문점과의 거리는 시트웰의 히로시마와의 거리보다도 더 멀지도 모른다.

그러나 판문점에 대한 작시상(作詩上)의 고민을 한 것은 시간적으로는 훨씬 후의 일이고, 신문사에서 판문점의 사진 밑에 들어갈 송년시를 써 달라는 전화 연락을 받고 나는 우선 또 행사시를 써야 할 것이냐 아니냐의 문제를 해결하지 못해 하룻밤을 꼬박 고민했다. 이튿날 아침에 술이 깬 머리로 다시 생각을 해 보고 나는 이 시를 쓰기를 단념했다. 그러자 신문사에서 또 독촉의 전화가 왔다. 9시 반경이었을 것이다. 못 쓰겠다고 나는 손을 들었다. 상대방의 반응은 뻔하다. 오정까지 꼭 써 주어야지, 아니면 큰 낭패라는 것이다. 이런 절망의 자극은 시를 쓰는 경우에 잘만 이용하면 전화위복이 되는 수도 있다. "시야 안 되겠지만 시 비슷한 거라면 어디 써 봅시다." 하고 마지막 반승낙을 하고 한 시간가량 걸려서 쓴 것이 지난 호의 《주간한국》에서 뜻밖에 시비의 대상에 오른 「판문점의 감상」이다. 하찮은 작품답지도 않은 작품으로 소란을 끼치게 된 데 대해서 평을 해 주신 여러분이나 독자들에게 면구스럽고 죄송하다.

이 글 역시 쓸까 말까 하고 몇 번이나 망설인 끝에 붓을 들게 된 것인데 처음부터 이것은 '시 비슷한' 것이지 시가 아니라고 발뺌을 하고 나오면, 필자의 시인으로서의 망신은 어찌 되든 간에 평을 해 주신 분들이 우선 모욕감을 느낄 것이고, 필자 한 사람만이 욕을 먹는 것이 아니라 다른 동업 시인들에게까지, 나아가서는 역대의 시인들에까지 크나큰 누를 끼치게 될 것 같아 지나치게 저자세로만 임하는 것도 옳지 않을 것 같다. 그러나 이런 경우에 내 시가 시가 아니라고 간단히 말할 수는 없는 반면에 내 시가 시라고도 말할 수 없는 것이 또한 시인의 예절이요, 숙명이다. 또한 창작을 하는 사람의 긍지로서 남의 시비를 받을 때에 칭찬은 물론이고 비난에 대해서도 다소곳이 듣고 있는 것이 ―비난의 경우일수록 더한층 약으로 삼고 겸손하게 듣고 있는 것이 ―원칙이지만 이번 경우에는 필자의 개인적인 공과(功過)의 문제 이상의 어떤 오늘의 시의 본질 문제와 겹쳐지는 데가 있어, 그 정도의 해명을 시도하는 짓은 무익한 일이 아니라고 느껴지기 때문에 감히 붓을 들게 된 것이다.

그러나 이 글을 쓰면서도, 외국의 경우를 생각해 볼 때, 시의 문제를 토의하는 데는 오늘날의 신문이란 것이 합당치 않다는 생각을 떼어 버릴 수가 없다. 신문에서는 기껏해야 북 리뷰 난에 시집 소개 정도나 해 주면 되지, 차분한 시문학의 문제는 역시 문학잡지나 시지에서 다루는 것이 좋을 것 같다. 오늘의 사회에 있어서는 매스컴을 대표하는 신문이나 라디오나 텔레비전은 시와 문학과는 대적 관계에 놓이게 되는 것이 정칙처럼 되어 있고, 이런 관념을 낡은 것이라고 생각하고 매스컴을 역이용해서 대중에 시를 근접시키려는 적극적인 운동이 있어야 한다고 주장하는 존 웨인 같은 사람들의 주장도 없는 것은 아니지만, 우리나라의 경우에는 우선 문학 잡지나 시지의 진지한 기반부터 만들어 놓는 것이 순서라고 생각된다. 문학지나 시지의 착실한 소지(素地)가 없기 때문에 매스컴이 시의 문제에까지 과대하게 개입하는 간섭이 생겨나는지 모르고, 결과적으로 이런 현상이 유해하다고만 볼 수 없을지도 모르지만, 이번의 졸시 「판문점의 감상」의 경우처럼, 대부분의 경우는 매스컴과 뮤즈의 시의 거래는 후자가 반드시 손해를 보게 마련이다.

「판문점의 감상」의 송년시만 하더라도 이쪽이 버질까 보아 상당히 조심성스럽게 준비를 했는데도 역시 이쪽 연이 버지고 말았다. 30일날 석간에 신문이 나온 것을 보니 송년시 「판문점의 감상」 위에 나온 사진은 내가 염두에 그리고 있던 판문점의 야경이 아니라 서울 장안의 만화경 같은 야경의 사진이었다.

나중에 알고 보니, 애초에 청탁을 할 때 신문사 측의 계획은 사진은 판문점의 사진을 내되 시는 판문점이 아닌 다른 주제를 원한 것인데, 판문점의 사진을 낸다는 말을 듣고 이쪽에서는 시도 판문점에 유관한 것을 쓰라는 줄 알고, 제목까지 판문점 운운이라고 해 준 것이다. 그런데 「판문점의 감상」이란 제목을 보고 신문사에서는 사진과 시의 제목이 부합되는 것을 피하기 위해서 사진을 바꾸어서 서울의 야경의 사진을 내놓은 모양이다.

그러니까 결과적으로는 나의 「판문점의 감상」은 사진의 설명을 겸한—좋게 말하면 사진에서 인스피레이션을 받은—시가 되지 않고 순전한 독자적인 발상으로 된 판문점에 관한 송년시가 되었다. 그런데 피해는 시의 발상에만 그친 것이 아니라 내용에까지 뿌리 깊이 미치었다.

이제부터가 시의 얘기로 들어선다. 나는 판문점의 사진에 첨부될 시라는 상대방의 말을 듣고, 내 연이 버지지 않게 하려고 사금파리를 갈아 넣은 아교물을 든든하게 연실에다 먹여 놓았다. 될 수 있으면 판문점에 관한 것을 정면으로 쓰지 않고 오늘의 판문점의 현실을 그려 보려고 했던 것이다. 이것이 종래의 행사시의 매너리즘을 깨뜨리는 효과도 있을 것이라고 생각했다. 판문점, 38선, 이런 말은 자유니 정의니 하는 말처럼 우리의 머릿속에서는 이제 너무나 진력이 나는 케케묵은 추상어같이 되었다. 민족의 지상 과제라는 남북통일보다도 우리들의 머릿속에는 돈에 대한 걱정이 더 크다.

이것이 오늘날의 실감이며 아이러니다. 적어도 나는 그렇게 생각을 하고 그런 생각을 송년시의 내용으로 삼으려고 했다. 우리의 38선은 돈이다. 돈을 앞에 놓고 이남과 이북이 싸우고, 이남과 이남이 싸우고, 이북과 이북이 싸운다. 38선은 반발의 경계선인 동시에, 그만큼 치열한 친화력의 경계선이다. 돈도 그렇다. 이 송년시를 쓰려는 나의 몸부림도 그렇다. 송년시 같은 행사시를 쓰지 않으려는 힘과 쓰려고 하는 힘이 나의 내부에서 피투성이가 되어 싸우고 있다. 그것은 우리들의 외부에서 벌어지는 연극인 동시에 우리들의 내부에서도 또 같은 양상으로 벌어지고 있는 희비극이다. 이런 아우트라인을—의식적이라기보다도 무의식적으로—대충 세우고, 판문점의 사진의 안티테제로 삼으려던 것이 사진의 변경으로 연출을 서로 대보기도 전에 TKO를 당했다.

그러나 우수한 시의 경우에는 이런 따위의 좌절 같은 것이 문제가 되지 않을 것이다. 사진이 나든 안 나든, 무슨 사진이 붙든 간에, 시는 시로서 독립된 구실을 해야 한다. 따라서 이런 외적 경위를 설명한 것이 작품의 변명을 위한 것이 아닌 것은 물론이다. 그런 의미에서는 이 송년시에 붙을 사진이 변경된 것이 오히려 다행한 일이다.

행사시에 대해서는 사람에 따라서 여러 가지 의견이 있겠지만, 나로서는 행사시는 시로서 인정하지 않으려는 것이 솔직한 고백이다. 그러면 나는 시인으로서 하지 못할 일을 한 폭이 된다. 아까 '반순수의 자학벽'이란 말을 했지만, 사실은 행사시가 싫어서 써 보았는지도 모른다. 그러나 이런 말은 함부로 해서는 안 될 말이다. 시인의 진지성이란, 남이 인정해 주는 것이 좋은 때도 있고 나쁜 때도 있다.

시인은, 너는 진지하지 않은 시인이라는 말을 듣기도 싫지만, 너는 진지한 시인이라는 말도 듣기 싫어한다. 시인과 독자, 시인과 평론가와의 관계는 이 진지성을 에워싼 숨바꼭질이다. 위험하다, 위험해, 진지성에 대해서 일체 함구할 것이다.

이 졸문을 쓰고 나서, 나도 판문점의 상징이 좀 빈약하지 않았나 하는 감이 없지 않았다. 빚 타령과 38선과의 연결도 좀 억지가 있지 않았나 하는 불만도 있었다. 그러나 사실은 그보다도 단결심이 강하다는 이북 친구가 이북 친구를 돕겠다는 선의에 응하지 않는 현실에 대한 배반감을 읊으려고 한 것인데, 그것이 철저하게 노출되지 않은 것이 가장 큰 불만이었다. 그러나 이 작품을 쓰고 난 뒤의 정신상의 소득이라면, 여태까지 품고 있던 이북 친구들에 대한 어떤 외경감—이것은 38 이북 전체에서 오는 전 압력이 부지중에 작용하고 있었던 것에 틀림없다—이 난센스였다는 것을 느낀 것이다.

나로서는 이것은 커다란 지혜다. 거의 혁명에 가까운 지혜다. 도대체가 나라는 사람은 어찌나 약한지 내 고향을 바른 대로 대지 못할 정도로 수줍고 겁이 많다. 함경도 사람이고 경상도 사람이고를 막론하고 도대체가 타도 사람들을 대할 때면 이상한 중압감을 느끼고 콤플렉스를 느낀다. 이런 허약의 타성에 메스를 집어넣기 시작한 것만 해도 이 송년시의 덕을 보았다. 나를 욕하는 사람이, 「판문점의 감상」을 욕하는 사람이 경애하는 함경도 출신의 친구들이 아니기를 바랄 뿐이다. 그들에 대한 허구의 외경심을 없애려고 하는 것은 진정으로 그들을 사랑해 보고 싶기 때문이니까.

1967. 1. 15.

5

시평

모더니티의 문제

모 문학잡지사에 가서 오래간만에 일본 문학지를 들춰 보다가《분가카이》에 나온 시 평론을 읽어 보았다. 필자도 제명도 기억에 없지만 시를 대하는 겸허하고 친절한 노력에 대한 감명만은 술에서 깨어나지 않은 아침의 두통처럼 가슴에 얼얼하다. 자성(自省)하건대 나는 나 자신에 가혹·자학하듯이 우리 동료들을 너무 지나치게 학대만 한 것 같아 한없이 부끄럽다. 이것은 우리네 시를 무조건 아첨하겠다는 의미가 아니라 좀 더 섬세하고 따뜻하게 보살펴 주지 못했고 보살펴 줄 수 없었던 것에 대한 뉘우침이다. 얼마 전에 박남수 씨는 신문의 시평란을 통해서 졸자가 작년도 연평(《사상계》, 1963년 12월호)에서 우리 시단이 폐일언하고 썩었다고 한 말을 가리켜, 아닌 밤에 홍두깨 내놓는 식으로 증거도 제시하지 않고 그런 폭언을 하면 모르는 독자들이 오해를 할 게 아니냐고 꾸지람을 하셨지만, 나는 지금도 우리 시단이 썩었다는 시적 소신에는 변함이 없고 그러한 말이 독자의 오해를 살 것을 두려워하는 생각은 더욱 없지만, 다만 증거를 제시하지 않았다는 씨의 비난이 나의 뿌리 깊은 우리 시단에 대한 불신에 연유된 비평적 델리커시(delicacy)의 결핍이나 무의식적인 태만을 지탄한 것이라면 나는 스스로 나의 투박한 오기(傲氣)와 태만에 겸허한 책임감을 느끼지 않을 수 없다. 나는 어쩌면 빈약하고 불성실한 우리 사회에 대한 불만의 책임을 과람하게 우리 시단에다 쏟았는지 모르고, 정치인의 영역에 속하는 책임을 성급하게 시인에게 뒤집어씌우려는 시대착오를 범했는지도 모르지만, 우리나라와 같은 뒤떨어진 미숙한 사회에서는 아무래도 시인의 현실적 책임이 시의 기술면에만 치중될 수 없는 애로와 불행이 있지 않은가 한다.

시인의 스승은 현실이다. 나는 우리의 현실이 시대에 뒤떨어진 것을 부끄럽고 안타깝게 생각하지만, 그보다도 더 안타깝고 부끄러운 것은 이 뒤떨어진 현실을 직시하지 못하는 시인의 태도이다. 오늘날의 우리의 현대시의 양심과 작업은 이 뒤떨어진 현실에 대한 자각이 모체가 되어야 할 것 같다. 우리의 현대시의 밀도는 이 자각의 밀도이고, 이 밀도는 우리의 비애, 우리만의 비애를 가리켜준다. 이상한 역설 같지만 오늘날의 우리의 현대적인 시인의 긍지는 '앞섰다'는 것이 아니라 '뒤떨어졌다'는 것을 의식하는 데 있다. 그가 '앞섰다'면 이 '뒤떨어졌다'는 것을 확고하고 여유 있게 의식하는 점에서 '앞섰다'. 세계의 시 시장에 출품된 우리의 현대시가 뒤떨어졌다는 낙인을 받는 것을 두려워하기 전에, 우리들에게는 우선 우리들의 현실에 정직할 수 있는 과단과 결의가 필요하다. 우리의 현대시가 우리의 현실이 뒤떨어진 것만큼 뒤떨어지는 것은 시인의 책임이 아니지만, 뒤떨어진 현실에서 뒤떨어지지 않은 것 같은 시를 위조해 내놓는 것은 시인의 책임이다.

얼마 전에 비하면 소위 모더니스트들의 비현대적인 시도 많이 줄어진 것 같고, 영월파(詠月派)의 색채가 진한 젊은 시인들의 모더니티에 접근하려는 은근한 기도가 엿보이게 된 것도 같은데, 이달의 시만 보더라도 확고한 우리의 모더니티의 기반에서 우러나온 시라고 볼 수 있는 것이 없다. 시의 모더니티란 외부로부터 부과하는 감각이 아니라 내면에서 우러나오는 지성의 화염(火焰)이며, 따라서 그것은 시인이 —육체로서— 추구할 것이지, 시가 —기술면으로— 추구할 것이 아니다. 그런 의미에서 젊은 시인들의 모더니티에 대한 태도가 근본적으로 안이한 것 같다.

이수복의 「나목」(《현대문학》) — 이 시를 읽는 사람은 우선 첫머리의,

> 孑孑
> 지리국 사막쯤에라도 가 있어 보면

의 '孑孑'에 놀란다. 이것이 '혈혈'이라고 읽는 것이며 뜻은 우뚝하게 외로이 선 모양이라는 것을 자전을 보고 비로소 알았다. 그런데 종련(終聯)에 가서,

> 휴식은 대지
> 위
> 나목에는
> 나목으로 있게 하며 있는 공간감이 차게 열리다.

의 "나목으로 있게 하며 있는 공간감이 차게 열리다"가 독자를 또 당황하게 한다. 이런, 문법을 무시한 시구는 이 작품뿐 아니라 이 작자의 다른 작품 — 「바다의 율동」, 「……아려 앓다 자다」, 「황소 사설」 등 — 에도 허다하게 나타나 있다. 이를테면 「황소 사설」의 "허리에 장검(長劍) 대신 청을 처로이 뽑던", 「……아려 앓다 자다」의 "금요일의 해 질 녘을 심방 돌고 돌아와/ 발바닥에 못질하는 티눈이 아려 앓다 자다", 「바다의 율동」의 "말곳 말곳 별들 맑는 자정(子正)"이라든가 "되풀이 되풀이하여 노래 불러 무장 깊어 드는" 같은 것이 그것이다. 이러한 불가해한 구절은 신동집의 작품에도 가끔 나오는데 이번 달 작품 「또 한번 대지여」(《사상계》)만 하더라도 그 초련의

> 사람은 언제
> 펄럭이지 않는 그것이 되는가

낳아야 할
가장 아름다운 말이 달라졌을 때
사람은 할 수 있는 그것이 되고 만다

중의 "사람은 할 수 있는 그것이 되고 만다"라는 구절이 그 대표적인 예다. 그런데 이상한 것은 똑같이 알 수 없는 구절이면서도 전자의 경우는 자기만은 알고 쓴 것 같은 감이 드는데, 후자의 경우는 자기도 모르고 쓴 것 같은 인상을 준다. 전자는 단순히 자구(字句)와 문맥을 무시하고 있는데, 후자는 이미지를 무시함으로써 문법을 무시하는 결과를 낳고 있다. 위에 인용한 구절만이 아닌, 양자의 작품의 나머지 부분을 통합해 볼 때 느껴지는 전체적인 인상이 그렇다. "나목으로 있게 하며 있는 공간감이 차게 열리다"만 하더라도 '있게 하며 있는'은 이미지의 필연성이 뒤에 스며 있다면 있다고 볼 수 있고 이런 수법으로 성공할 수 있는 가망성도 시적 상식으로 충분히 인정할 수 있는데, "사람은 할 수 있는 그것이 되고 만다"의 '할 수 있는'과 '그것'은 무엇을 '할 수 있는'지 '그것'이 무엇인지 이미지의 기반이 결핍되어 있다.

따라서 전자의 경우에는 전지(全知)·독단적인 자구의 사용보다도 그러한 부호(符號)가 어떤 모티브에서 나온 것인지 그 모티브의 중량이 시의 중량을 결정하게 된다. 그것은 모티브의 중량과 부분적인 자구의 횡포 사이의 밸런스 정도가 시의 성공 여부를 결정한다는 말도 된다. 그런 점에서 보면 「황소 사설」, 「영춘부(迎春賦)」 같은 것이 비교적 성공한 편에 들어가고, 「……아려 앓다 자다」, 「풍우석(風雨夕)」은 시가 모더니티를 추구하고 있는 폐단의 일례로 볼 수 있다.

박성룡의 「동양화집일(東洋畵集1)」(《문학춘추》) —시가 아닌 시인이 추구하고 있는 자세에 있는 작품은 그것이 문법이나 이미지에 재래적인 책임을 지고 있다는 점에서 우선 안심하고 읽을 수 있다.

그를 표출하려는 아버지의 언어는
흩어진 화투짝 같은 그 선명한 혼돈에서부터 시작되어
때로는 유·무한의 화서(花序)를 이루어 갔으나
반 고호의 귀처럼
나는 자꾸 내 언어를
학대할 수밖엔 없었다

"그를 표출하려는 아버지의 언어는/ 흩어진 화투짝 같은 그 선명한 혼돈에서부터 시작되어"로 시작되는 이 작품은 위와 같은 반복이 붙은 종련으로 끝나고 있다. 그런데 이 작자의 집요한 '내 언어'의 추구와 '학대'가 "튤립 혹은 앉은뱅이 화판(花瓣)만 한 그 표정을/ 나는 끝내 알뜰히는 그려낼 수가 없다"의 염원을 전제로 한 것이라고 볼 때, 우리들은 이 작자가 추구하는 것이 모더니티가 아니라는 것을 확지(確知)할 수 있다. 다른 작품에서도 그렇지만 이 작품에서도 현대적인 단어 —'표출', '선명한 혼돈', '유·무한', '천체', '가구류', '반 고호', '표정'—를 과부족 없이 배합해서 소기의 성과를 거두고 있지만, 이러한 맵시 있는 신선한 표면적인 모더니티는 사실상 이 작자가 모더니티를 추구하지 않고 있는 데 대한—의식적이든 무의식적이든 간에—변명이나 장식 같은 인상을 준다. 그런 점에서는 김해강의 「조카」(《현대문학》)가 좀 더 시크하고, 구자운의 「주(酒)」(《계간 시문》, 1호)가 훨씬 성실하다. 구자운은 의식적으로 현대어를 쓰는 법이 없고, 「주」에만 하더라도, 오히려 '신라'니 '무릉도원색(武陵桃源色)' 같은 낡은 것을 표시하는 단어가 거리낌없이 나와 있다. 그러나 박성룡이 '내 언어'를 '학대'하는 자기를 객관시할 수 있는 여유를 갖고 있는 데 반하여, 구자운은 스스로를 학대하는 바로 '내 언어' 그 자체가 되고 있다. 구자운을 성실하다고 한 것은 이런 의미이다. 물론 이 성실과, 이 성실을 효과적으로 작품으로 형성시키는 문제는 다른 문제이지만 그러나 이런 성실성이 없이는 진정한 모더니티는 바라볼 수 없는 것이다.

김해강 씨의 「조카」는 이런 방향으로 좀 두드러진 의도의 풍자시를 쓰면 성공할 것 같다. 이 작품에도 희미한 풍자의 기미는 엿보이지만 전체적으로 풍자시로 보기에는 불경제적인 데가 너무 많다. 허술한 낭비 속에도 숨은 진주의 비밀이 있지만 이 작품만 보고는 그것을 대중 잡을 수 없다.

김춘수의 「붕(鵬)의 장(章)」(《문학춘추》), 김남조의 「기쁨」(《문학춘추》)은 평범한 이미지의 답보 같은 따분한 감을 주며, 박목월의 「동정(冬庭)」은 일본식 단가(短歌)의 복귀 같은, 아무런 새로운 것도 느껴질 수 없는 것이다. 김광림의 「석쇠」(《사상계》)는 착안은 알 수 있는데 미숙하다. "몇 토막의 단죄(斷罪)가 있은 다음"의 '단죄', "고기는 젓가락 끝에서/ 만나는 분신(分身)이지만"의 '분신', "나란히 선/ 계집아이들의 종횡"의 '종횡'의 사용 등이 어색하다. 이 점에서는 박성룡은 좀처럼 이런 실수를 하지 않는다. 박성룡은 자기의 한계를 잘 알고 있다. 다만 그가 앞을 향한 과감한 전진을 못하는 것은 이러한 자기의 한계를 의식하고 있는 것 이상으로 거기에 애착(내지는 자랑)을 느끼고 있기 때문이다. 그의 한계는 언어가 아니라 '내 언어'이며, 자기가 요리할 수 있는 내용과 대척될 수 있는 언어인데, 이런 기술상의 변증법적인 언어는 배경의 역할을 하는 내용(그의 경우에는 낡은 내용)이 없이는—즉, 내용이 새로워지면 생채(生彩)를 띨 수 없게 된다. 그의 딜레마가 여기 있다고 본다.

1964. 4.

즉물시(卽物詩)의 시험

이번 달 주요 잡지를 통독하고 가장 인상적이었다고 생각되는 작품은 박목월의 「동물시초(動物詩抄)」(《현대문학》)이다. 모르면 몰라도 내가 읽어 본 그의 작품 중에서는 이만큼 맵시 있는 현대적 화장을 한 작품을 여태껏 보지 못했다. 아니 그의 작품 중에서뿐만 아니라 우리나라의 시 중에서도 이런 작품은 처음 보았다. 자타가 인정하고 있듯이 그가 '얄밉도록 세련된' 언어를 쓰고 있다는 것 이외에 그는 이번 작품을 통해서 부각된 현대적 즉물시를 우리 시단도 제조해 낼 수 있다는 것을 과시했다. 즉물시라는 것은 대체로 벌써 1차 대전 후에 독일에 그 기원을 두고 있지만, 그리고 일본에서는 1930년대에 벌써 소화(消化)·결실했지만, 우리나라에서는 내가 알기에는 한 사람도 이런 경향에서 성공한 작품을 내지 못했다. 뒤떨어진 현대시의 거리를 단축시키려는 노력으로서 이러한 기도와 성공은 그 가치를 아무리 높이 평가해도 과찬이 되지 않을 것이다. 그렇게 허다한, 소위 모더니즘 시인 중에서 명료한 사상을 명료한 형태에 넣는다는 현대시의 가장 초보적인 명제를 실천한 시인이 없고, 오히려 그와는 대척적인 길을 걸어온 청록파 중에서 이런 작품이 나왔다는 것은 이유야 어찌 되었든 웃을 수 없는 현상이다. 보는 사람에 따라서는 이러한 그의 경향을 의상을 바꾸어 입은 여전한 청록(靑鹿)이라고 평할 사람도 있겠지만 그것이 다만 의상을 바꾸어 입은 기술상의 문제에 그쳤다 할지라도 그의 기술의 근면은 그리 간단히 볼 것이 아니다. 내가 보기에는 그가 이런 경향의 노력을 의식적으로 시작한 것이 벌써 오래된 것 같고 작품상으로 흔적을 보여 준 것이 5·16 후(지금 제명(題名)을 잊어버렸지만, 버스 안에서 스쳐가는 세상을 보고 혁명을 삽입한 작품이었다.)이었고 그때 그 작품을 보고 나는 그가 무엇을 노리고 있는가를 짐작할 수 있었다. 그러니까 작자 자신의 편에서 보더라도 이번 작품은 오랜 숙제를 풀어 놓은 것이다. 나는 이 동물시를 읽고 대뜸 일본의 동물시인 히라다〔平田內藏吉〕를 연상하고 후자의 작품을 다시 한번 검토할 기회까지 얻었지만 자세히 보면 둘이 형태는 같지만 내용이나 생리는 전혀 다르다. 나는 우리 작자의 생리가 일본 시인에 비해서 퇴영적(退嬰的)이라고 보고 싶지는 않다.

빨래 나온 동녀(童女)의
다리만 스치고도 포태(胞胎)
하게 한 잉어〔鯉魚〕가 초립(草笠)에
산호(珊瑚) 동곳을 박은 굵은
상투를 틀어올리고 도
련님 행색을 했다

같은 것은 모던한 형태에 비하면 퇴색한 생리라고도 볼 수 있지만 나는 이 작자가 자기의 이러한 약점을 의식하지 못하고 있을 리가 없다고 본다. 오히려 내가 염려하는 것은 이러한 약점보다도 이러한 약점 ― 이것은 생리의 성질과 처리에서 나오는 문제이기 때문에 이에 대한 교정(矯正)은 형태의 변화보다도 좀 더 시간을 요한다. ― 을 극복하는 시간을 이 작자가 그 자신에게 허용하느냐 하는 것이다. 그리고 이러한 위구심은 그의 근면한 기술적인 시행성(試行性)에서 오는 것이다. 너무 시험적인 작업을 하지 않는 시인도 답답하지만 그의 경우처럼 너무 시험이 잦아도 불안하다. 이만하면 내가 노리던 동물시는 됐으니까 이 다음에는 이 다음 빼닫이에 들은 것을 꺼내 보자 하는 식으로 그의 변모는 어떤 사무적인 인상을 준다.

그러나 내용의 현대성으로 보자면 그는 역시 내용적으로도 많은 탈피를 했다. 이것은 그가 늘 말하는 '연륜'의 지혜가 현대의 '절정'의 모색과 융화되는 데서 오는 것일 것이다. 일례를 들자면,

> 그러나 원숭이의 얼
> 굴이 두 개만 포개지면
> 사뭇 억만의 얼굴이 모
> 인 것처럼 슬픔의 강
> 물이 된다

같은 것은 훌륭히 현대적인 이미지다.

그러나 이러한 계획적인 일련의 동물시보다도 나는 그의 「우회로」(《사상계》)가 좀 더 자연스럽게 중화된 점으로 마음에 든다. 형태의 조소미(彫塑味)를 잃지 않으면서 그의 본질이 잘 담겨져 있다.

> 응결하는 피

를 중심으로 정연하게 배치된 전후 각 9행이,

> 병원으로 가는 긴 우회로.

와,

> 흔들리는 남편의 모습

의 중복으로 거의 동일한 이미지의 중복 같은데 사실은 그게 아니다. 그것은 죽음의 전후의, 가사(假死)의 전후의, 종교의 전후의 대척(對蹠)이다.

다음에는 구자운의 「벌거숭이 바다」(《현대문학》)를 좋게 보았다.

죽은 이의 기(旗) 언저리 산 사람의 뉘우침의 한복판에서
뒤안 깊이 메아리치는 노래 아름다운 렌즈
헌 옷을 벗어버린 벌거숭이 바다.

에서 받는 더블된 이미지의 의미가 분명히 선명을 결하고 있지만 전체적으로 묵직한 톤이 좋다. 좀 더 카오스를 정리하면 누구보다도 무게 있는 현대시를 쓸 수 있는 소질이 있는 시인이다. 황금찬의 「오늘 나는 슬프다」(《현대문학》)는 카오스의 미정리는 없는데 '믿을 것은 종교도 없다', '이기면 죽어도 무덤이 크고 약자는 살았어도 코가 작다', '한강은 수심이 깊어 좋다' 등의 상식적인 독단으로 손해를 보고 있다. 내가 보기에는 「추상화」(《현대문학》 1963년 3월호) 계열의 능변조의 작품보다는 「20원짜리 세계」(《사상계》 1963년 12월호) 같은 구체적인 작품이 그의 본질을 잘 나타낼 수 있는, 발전의 여지가 있는 길이라고 본다. 그는 상당히 뚝심이 강한데, 이 좋은 소질을 경제적으로 쓸 줄을 모른다. 「20원짜리 세계」도 형태적으로는 매력이 있었지만 모더니티의 입장에서 볼 때는 어디인지 핀트가 좀 맞지 않는 데가 있었다. 「오늘 나는 슬프다」의 독단적인 토설(吐說)도 모더니티의 파악의 착오에서 오는 것이라고 느껴진다. 이와 비슷한 착오에 저회(低徊)하고 있는 사람으로 장호가 있다. 장호도 다이내믹한 것을 열심히 노리고 있는데 거의 성공해 본 일이 없다. 이런 이들의 작품을 읽을 때마다 이들이 어째서 이렇게 자기의 장점을 살릴 줄 모르나—혹은 당치 않은 낭비를 하고 있나—하고 안타깝다 못해 화가 난다. 장호의 「채석장」이나 황금

찬의 「20원짜리 세계」 같은 세계는 흔히 갖고 있는 사람이 없는 세계이며 오늘날 우리 시단이 절실하게 요청하고 있는 시적 변경(邊境)이다. 나는 이 두 시인에게 양복과 넥타이를 벗어 버리고 흙 묻은 작업복을 입기를 권한다. 거기에서 자기의 본질을 정확하게 심화시켜 주기를 바란다.

신석초의 「처용은 말한다」(《현대문학》)는 씨의 수고에 비하면 거의 소득을 거두지 못하고 있는 작품이다. 이 작품은 내용보다도 작자가 처해 있는 고답적인 자세가 낡은 것이고 이러한 자세에서 자연적으로 나오게 되는 관념성이 이 작품을 치명적으로 해치고 있다. 비현대적도 아닌 반현대적인 작품이다. 서정주를 낡았다고 하지만 그는 이런 관념시는 쓰지 않는다.

이동주의 「도박」(《현대문학》)과 「수렵」(《문학춘추》)은 너무 일찍 안주하는 것 같다. 나는 이 작자에게 모더니티를 강매하고 싶지는 않고 또 그가 그런 강매를 당할 사람도 아니지만 그의 세계 나름으로 보더라도 그야말로 너무 빨리 늙는 것 같다.

> 으시시 추운 햇살에
> 흰 머리가 고울 나이
>
> 술안주로 꽃을 가꾸며
> 허허 웃고들 살자.

이런 대목 같은 것은 이 작자의 안주 운운보다도 그의 시적 상식이 의심스러워진다.

1964. 5.

‘현대성’에의 도피

이달에는 송욱의 작품이 「포옹무한(抱擁無限)」(《문학춘추》)과 「찬가」(《사상계》) 두 편이 나와 있다. 그의 「하여지향(何如之鄕)」, 「혁명 환상곡」 같은 계열의 작품이 적극적 · 풍자적인 것이라면 이 두 작품은 「내가 다닌 봉래산」, 「영자(影子)의 안목」, 「알림 어림 아가씨」 등의 계열에 속하는, 소극적 · 정서적인 것들이다. 평자들이 흔히 쓰는 말을 빌리자면, 전자는 실험적인 것들이고 후자는 순수시에 속하는 것들이다. 그런데 이 두 갈래의 작품을 볼 때, 그의 경우에는 그 사이의 차질이 너무 심하다. 「포옹무한」이나 「찬가」를 「하여지향」과 비교해 볼 때 그것이 같은 작자의 작품이라는 것이 좀처럼 납득이 안 간다. 그다지도 다변하고 스피디하고 래디컬한 스타일을 가진 「하여지향」의 작자가 어떻게 그 왕성한 외향적인 의욕을 죽이고 이렇게 숨소리도 안 들릴 정도로 소극적 내지는 고식적(姑息的)인 작품을 쓸 수 있는지 의아스럽다. 그의 작품의 질을 따지기 전에 우선 그의 변모의 방식이 그의 작품을 주시해 보는 독자들에게 그리 유쾌한 인상을 주지 않는다는 것을 이 작자는 알고 있는지 모르겠다. 지난달 월평에서 박목월의 작품의 변모에 대해서 잠깐 언급했지만 가령 그의 「동정(冬庭)」과 「동물시초」를 비교해 보더라도 그의 변모는 순전한 형태상의 변모이며 아무리 변모의 차도가 심한 경우에도 언제나 그 작품 속에 스며 있는 생리나 시의 핵에는 변질이 오지 않는다. 나는 변하기 어려운 그의 생리에 대한 교정을 말하기까지도 했지만 그는 앞으로도 그의 시의 핵이 위태로울 정도의 생리의 변모는 하지 않을 것이다. 단적으로 말해서 그는 송욱과 같은 스테이트먼트는 기도하지 않을 것이다. 그에 비하면 송욱의 변모는 형태상의 변모라기보다는 시의 핵, 즉 시질(詩質)의 변모이다. 그의 변모의 방식이 불쾌한 인상을 주는 것은 이런 데서 오는 것이다. 이와 비슷한 변질을 한 것으로 김구용이 또 있다. 그가 초현실주의를 기도했을 때도 이런 이상한 비약을 했다. 그런데 김구용은 순수시에서 초현실주의로 옮겨 오고 아직은 다시 순수시로 재변모한 것 같지는 않은데, 송욱은 내가 알기에도 여러 차례 실험적인 시에서 순수시로 옮겨 왔다. 그리고 그럴 적마다 그는 신기하게도 실험적인 작업이 주는 유산을 하나도 지니고 있지 않다.

「포옹무한」과 「찬가」를 보더라도 여기에는 주지주의적인 실험을 겪고 나온 흔적이 너무나도 없다. 「찬가」만 해도,

그대는 말없이 새롭게
늘 서 있다
그대는 시간을 막고
공간을 빚어낸다
그대는 공간을 마시고
시간과 합쳐
몸짓을 잃는다
그대는 내 몸을 알려 준다
그대는 내가 설 땅을
점지해 준다
별들에게
자리를 잡아 주는
그대이기에……

내용으로 보아서는 이렇다 할 새로운 특질이 조금도 보이지 않는 너무나도 재래적인 정서가 풍기는 것이다. 「포옹무한」에서는

> 두 팔을 펴 든 넓이가
> 삼천육천세계보다
> 오히려 알찬데

의 '삼천육천세계' 같은 것도 「하여지향」 같은 데에서 구사되는 모던한 낱말의 대조가 없이는 고색창연한 효과밖에는 안 난다. 이렇게 되면 순수시의 질로 따져볼 수밖에 없게 되는데, 그럴 때에 그의 작품이 한 세대 전의 순수시의 노장들의 중량 있는 작품과 신선한 주지주의적인 신진들의 작품 사이에서 얼마만한 관록을 유지해 나갈 수 있을지 의심스럽다. 서정주는 「시의 체험」(《문학춘추》)에서 송욱의 이런 경향의 작품을 '체념의 지혜의 내용'이 들은 '이 나라에선 새로운 정신 부면(部面)의 노력'이라고 했지만, 내 생각으로는 '체념의 지혜의 내용'은 어떨지 몰라도 '새로운' 정신 부면의 노력은 분명히 아닌 것 같다.

내가 보기에는 송욱도 실험을 위한 실험을 난행(亂行)하다가 지쳐 떨어진 수많은 소위 모더니스트들과 정도의 차이는 있지만 똑같은 실수를 범하고 있는 것 같다. 만약에 그의 실험이 실험을 위한 실험이 아니라면 그는 당연히 그의 스테이트먼트의 장기(長技)를 발전시켜 나가야 할 것이다. 그리고 그의 발전은 순수시로의 퇴보가 아니라, 풍자적인 스테이트먼트의 순화(세련)의 방향을 취해야 할 것이다. 오늘날 우리들의 시적 풍토가 스테이트먼트의 시를 발전시켜 나가는 데 가장 불리하고 힘이 든다는 것을 우리들은 잘 알고 있다. 우선 우리들은 세계문제와 직결되어 있지 않다. 우리들의 주위에는 불필요한 장벽이 너무 많고 언론의 자유도 충분한 것이 못 된다. 그러나 그런대로 우리들은 장벽의 조건과 맞서서 제대로의 스테이트먼트를 할 수 없다는 스테이

트먼트라도 해야 한다. 혹자는 오늘날의 세계시의 유행이 진술의 시의 단계를 졸업한 지 오래라고 하지만, 그것은 세계시(즉, 서구시)의 사정이지 우리들의 사정은 아니다.

이제하의 「밤의 추억(抄)」(《현대문학》)은 그런 의미의 기백의 새로운 호흡을 보여 준 믿음직한 감을 주는 작품이었다.

> 죽은 애기들은 알지
> 밤은 마지막 그 살 한복판에서
> 희디흰 한줌의 뼈를 게운다
>
> 거울 속에서 뼈는 자란다
> 죽은 장님들은 다 알고 있지
> 세계는 밤이 보던 한 장의 거울
> 칠색(七色)의 넥타이를 자꾸만 매는
> 나는 옆구리에서 삐어진 허무한 사나이
> (왜 이런 생각만 하는 것일까?)
> 헛청, 헛청, 헛청, 헛청, 찾아서 간다

로 시작되는 이 작품은 끝까지 호흡으로 그치고 있다. 엄격한 의미에서 스테이트먼트라기보다는 꿈의 독백에 가깝지만, 요설이 아닌 이 독백의 뒤에는 뜨거운 발언의 의욕이 숨어 있다. 마종기나 박이도가 갖고 있는 정리감(整理感)은 없지만, 미친 말처럼 거센 호흡이 어디인가 우리의 주위의 현실과 같은 오욕과 위기에 찬 숨막힐 듯한 미해결의 매력을 준다. 여기서 말해 두어야 할 것은, 스테이트먼트가 시에 노출될 때 그 작품의 현대성의 성질과 방향과 진위가 가장 뚜렷하게 파악될 수 있는 기회를 제공한다는 것이다. 대체로 신진들의 작품을 볼 때 호흡의 시까지는 좋으나 그것이 발언의 영역으로 좀 더 발전을 보게 되면, 현대성이 터무니없이 동떨어진 기형적인 작품을 낳는다. 4월 월평의 서두에서도 지적한 것처럼 그것은 시가 모더니티를 추구하고 있는 데서 오는 치명적인 결함이다. 장일우가《한양》에서 매번 강조하고 있듯이, 우리 시단은 '현대가 제출하는 역사적 과제를 해결'하려는 열의가 희박하며, 이것이 우리 시단이 전체적으로 썩었다는 인상을 갖게 한다. 기성인들은 모두가 이 과제를 고의적으로 회피하고, 신진들의 작품은 아직 제대로의 발언을 할 만한 성숙에까지 도달하지 못했다.

박이도의 「모자(帽子)」(《현대문학》)만 하더라도 솜씨는 제법 깔끔하고, 이제하에 비해서 발언도 되어 있어 보이는데 시의 내용이 도무지 한국의 현실 같지가 않다.

> 나의 친구
> 나의 숙녀
> 나의 선생들에게
> 엄숙한 인사를 하고
> 다시 바라보는 그들을 위해서
> 나는 모자를 벗어 들고
> 열변을 토해야지
> 그러나 나의 결론은
> 아듀!
> 하늘 높이 모자를 흔들며
> 작별을 고해야지

이것이 한국의 현실이라고 볼 수 있는가? 어릿광대의 유희도 분수가 있다. 이러한 시대착오는 단적으로 말해서 '신라'에의 도피나 '순수'에의 도피와 유(類)를 같이하는, 현대성에의 도피라고 볼 수밖에 없다. 그리고 이 현대성에의 도피 안에도 구색은 제대로 다 차있다. 「모자」에의 도피를 위시해서 「토요일」에의 도피, 「매축지(埋築地)」에의 도피, 「온실」에의 도피, 「하여지향」에의 도피 등등.

1964. 6.

요동하는 포즈들

지난 호에서는 송욱의 시의 변모를 이야기했는데 이번 달에는 김구용이 역시 종래의 형태와 일변한 작품을 두 편 발표하고 있다. 그는 한동안 1930년대의 오소독시컬한 쉬르레알리슴*의 시를 그대로 본받은 것 같은 작품들을 발표해 왔다. 이번 달에 나온 「거울을 보면서」(《문학춘추》)나 「맹(盲)」(《사상계》)을 보면 우선 작품의 길이가 종래의 것보다 상당히 단축되고, 어구의 구사나 밀도나 성질이 훨씬 묽고 유하고 부드러워진 것이 눈에 뜨인다. 정신분석적인 파괴성도 훨씬 가다듬어지고, 제법 의식면에서의 포즈를 취하려는 기미도 엿보인다. 이 작자에 한한 일만이 아니라, 색다른 실험을 거듭하던 시인이 형태를 바꾸게 되면 우선 개의하게 되는 것은, 그가 종래의 실험 단계에서 어떠한 자양분을 몸에 지니고 나왔느냐 하는 것이다. 그리고 송욱의 경우와 같이 김구용의 경우도 실험 후의 작품의 시적 가치가 실험 기간 중의 미평가 작품들의 성질을—심한 경우에는 그 진위까지도—판단하는 척도의 역할까지도 하게 된다는 것은 어찌할 수 없는 일일 것이다. 표면상으로 보면 김구용의 실험은 송욱의 그것보다 한층 더 파괴적인 것이었지만, 블루프린트가 내다보일 정도의 직수입적인 작품 형태를 강행했다는 점에서는, 전자는 후자보다 어느 면에서는 훨씬 순진

* 초현실주의.

하고 생경했다. 그런데 실험 후의 작품을 볼 것 같으면 김구용의 경우는 송욱보다 순진하거나 생경하지가 않다. 이것은 말을 바꾸어 하자면 송욱의 작품이 결과적으로 실험기의 흔적을 전혀 유지하지 않고 있는데 비해서, 김구용의 것은 실험기의 유산을 상당히 물려받고 있고 새로운 방향으로 그 유산을 활용해 보겠다는 어느 정도의 능동적인 노력이 엿보인다는 것이다. 송욱의 경우는 변모가 아니라 시질(詩質)이 바뀌었다는 인상을 받게 된다는 말을 했지만, 김구용의 경우는 시질이 돌변한 것 같은 인상은 없다. 오랫동안 껍질 속에 몸을 옹크리고 있던 달팽이가 우후(雨後)의 진창으로 서서히 고개를 내밀고 뿔을 솟쳐보듯이 김구용의 이달의 두 작품은 모두가 상당히 조심성 있는 것들이다. 얼마 동안 '무의식'의 유희에 젖어 있던 붓으로 의식의 세계를 그려보려고 할 때 그의 붓에서는 갑자기 무의식의 녹이 슬기 시작한다. 어찌 할까? 거북하니 다시 돌아갈까? 이왕 여기까지 왔는데 더 좀 밀고 나가 볼까? 이런 식의 주저와 회의가 군데군데 엿보이지만 오히려 그러한 의식의 수치 같은 것이 「거울을 보면서」에서는 신선한 매력을 발산하고 있다. 그런데 이러한 매력은 어쩐지

녹빛 귀를 기울이면
피곤한 날개는 돌아온다.
거울 속에서…….
이리하여 말〔言〕은
스스로 부정하면서 생겨난다.

의 종련에 가서 별안간 김이 빠져 버렸다. 수치가 강간을 당한 것 같고, 의식이 다시 파산을 선고한 것 같다. 작자는 어떻게 생각하고 있는지 모르지만 이 시는 의미의 연결을 찾아서는 아니 된다. 아직도 이 시는 의미의 연결을 담당할 만한 구조의 전제나 기조적 자세를 갖추지

못하고 있다. 그런 데다가 성급하게

애초에 말〔言〕은 섬〔島〕처럼 눈을 뜬다.

의 초행의 모멘트를 '이리하여 말〔言〕은 스스로를 부정하면서 생겨난다'의 종2행과 연결시켜 보려고 했으니까 될 리가 없다.

「거울을 보면서」에 비하면 「맹」이 오히려 이 작자의 본질이 비교적 정직하게 나타나 있다. 여기에서는 무리한 연결의 책임을 포기하고 그저 둔주곡적인 수법으로 엮어 나가고 있는데, 그러나 이러한 수법은 현대시의 과정에서 볼 때는 벌써 오래전에 한풀 꺾인 유행이다. 지금 이 작자가 처해 있는 곤경은 단적으로 말해서 우리나라의 현대시 전체가 처해 있는 곤경이라고 볼 수 있다. 전호(前號)에서도 말한 것처럼 우리의 현대시는 아직도 제대로의 발언을 못 갖고 있다. 자기의 언어를 못 갖고 있다. 피부 속까지 스며드는 뼈저린 언어를 못 갖고 있다. '이리하여 말은 스스로를 부정하면서 생겨난다'—우리들이 필요한 것은 이러한 말의 규정이 아니라 이러한 말을 하는 우리들 자신이다.

장호의 「우리들의 얼굴은」(《현대문학》)은 그런 의미에서 「거울을 보면서」보다는 일보 앞선 세계다.

망건이라도 좋다
도포 자락을 펄렁여도 그만
어떤 차림이면 어떠랴
계면쩍어하지 말고 쳐다보게 서로
우리들의 얼굴을.

노새를 타거나
새나라를 타거나

어떤 걸 몰고서든 거리에 나서서
잠시 거울 삼아 바라보게
낭패한 얼굴들을.

지극히 의젓한, 우리들의 공명을 자아낼 수 있는 다정스러운 호흡의 발언이다. 그런데 이 시는 곧 계속해서

흡사, 달이 안 찬 애기를 낳아 놓고
어쩔 줄 몰라하는 산모의 얼굴,
아니면 인도교 위에서 오줌을 누이다가
애기를 떨어뜨린 엄마의 얼굴,

혹은 또, 복징어* 알을 주워 먹고 돌아온 열 살배기 앞에,
눈에 흰 창을 들내는 엄마의 얼굴.

과 같은 너무나도 멜로드라마틱한 얼굴을 설명함으로써 모처럼 싹트려던 발언의 희망을 무참하게 깨뜨려 버리고 말았다. 그리고 이 작품은 끝까지 비참한 얼굴의 비속한 설명으로 그치고 말았다. 새삼스럽게 말할 필요도 없지만 설명은 발언이 아니다. 그리고 설명이 아닌 발언을 하기 위해서는 사상과 사상의 여과가 필요하다. 우리의 현대시가 겪어야 할 가장 큰 난관은 포즈를 버리고 사상을 취해야 할 일이다. 포즈는 시 이전이다. 사상도 시 이전이다. 그러나 포즈는 시에 신념 있는 일관성을 주지 않지만 사상은 그것을 준다. 우리의 시가 조석으로 동요하는 원인의 하나가 여기에 있다. 시의 다양성이나 시의 변화나 시의 실험을 나는 두려워하지 않는다. 오히려 그것은 어디까지나 환영해

* 복어.

야 할 일이다. 다만 그러한 실험이 동요나 방황으로 그쳐서는 아니 되며 그렇지 않기 위해서는 지성인으로서의 시인의 기저에 신념이 살아 있어야 한다. 이러한, 누구나 다 아는 소리를 새삼스럽게 되풀이하지 않으면 아니 되는 것도 사실은 우리 시단의 너무나도 많은 현대시의 실험이 방황에서 와서 방황에서 그치는 너무도 얄팍한 포즈 같은 인상을 주기 때문이다.

김현승의 「무형의 노래」(《현대문학》)는 과욕한 그 나름의 표정이 잘 나타나 있다. 이것저것 힘에 겨운 작품들을 읽다가 이런 작품을 보면 우선 자기의 분수를 안다는 것만 해도 여간 크고 어려운 미덕이 아니라는 생각이 든다.

고국에서나
이역에서도
그 하늘을 내 검은 머리 위에,
고요한 꿈의 이바지같이
내게 달린 풍물과 같이
이고 가네!
이고 넘었네!

한국 사람만이 가질 수 있는 이 탈속한 애감은 거짓말이 아니다.

빛이 잠드는
땅 위에
라일락 우거질 때
하늘엔 무엇이 피나,
아무것도 피지 않네

거짓말이 아니다. 이 시에서 문명 비평이니 잠재의식이니 발언이니 하는 것은 찾을 수 없지만, 거짓말이 없다는 것만 해도 얼마나 다행한 일이랴. 거짓말이 없다는 것은 현대성보다도 사상보다도 백배나 더 중요한 일이다.

1964. 7.

진지하게 다룬 생명과의 격투
— 김현승의 「파도」

파도

아, 여기 누가
술 위에 술을 부었나.
이빨로 깨무는
흰 거품 부글부글 넘치는
춤추는 땅 — 바다의 글라스여.

아, 여기 누가
가슴을 뿌렸나.
언어는 선박처럼 출렁이면서
생각에 꿈틀거리는 배암의 잔등으로부터
영원히 잠들 수 없는,
아, 여기 누가 가슴을 뿌렸나.

아, 여기 누가
성(性)보다 깨끗한 짐승들을 몰고 오나.
저무는 도시와,
병든 땅엔

머언 수평선을 그어 두고
오오오오 기쁨에 사나운 짐승들을
누가 이리로 몰고 오나.

아, 여기 누가
죽음 위에 우리의 꽃들을 피게 하나.
얼음과 불꽃 사이
영원과 깜짝할 사이
죽음의 깊은 이랑과 이랑을 따라
물에 젖은 라이락의 향기
저 파도의 꽃떨기를 7월의 한 때
누가 피게 하나.

"저무는 도시와,/ 병든 땅엔/ 머언 수평선을 그어 두고"(「파도」 제3연에서)

"언어는 선박처럼 출렁이면서/ 생각에 꿈틀거리는 배암의 잔등으로부터/ 영원히 잠들 수 없는,"(「파도」 제2연에서)

파도의 생명을 "이빨로 깨무는 흰 거품 부글부글 넘치는 춤추는 땅바다의 글라스"와 "영원히 잠들 수 없는" "꿈틀거리는" "가슴"과, "성(性)보다 깨끗한 짐승"의 세 가지로 이미지를 변전(變轉)시켜 가면서, 마지막 연에 가서 "죽음 위에" 핀 "우리들의 꽃들"로 부리를 앙글인 작품 「파도」는 이미 일부의 평자들의 '이미지의 논리'가 어설프다는 논란의 대상이 되고 있는 것을 알고 있지만, 그러나 시의 근원인 생명과의 격투를 이만큼 진지하게 전개한 작품이나 시인이 우리 시단에 매우 희귀하다는 점에서 우리들은 이 작품의 가치를 소홀히 할 수 없다. 분석파의 평자들이 쏘아붙이는 시적 사고가 불철저하다느니, "이미저리의 남용, 내지 그 맥락의 결여"가 있다느니 하는 등의 결점을, 일례를 들자면 "얼음과 불꽃 사이 영원과 잠깐 사이"(「파도」 제4연에서) 같은 범속한 구절에서 인정하지 않는 것은 아니나, 그들은 이 작품이 '죽음'을 절정으로 한 생명과의 서정적 경간(徑間)에서 그들이 말하는 소위 이미지의 혼란이 이 시의 근원적인 차원 밑에서 얼마나 소화될 수 있고, 또 소화돼야 하는가 하는 것을 실감하지 못하고 있는 것 같다.

그들은 이 시의 허점이 혹은 과거의 '지식의 피해'에서 왔다고 하지만, 이런 해석을 내리는 것 자체가 과거의 '지식의 피해'라고 생각할 수 있다. 시적 사고를 선(線)적 사고에만 국한시켜 오던 '피해'에서 점(点)적 사고의 보상으로 치켜 올리는 시의 현대성의 인식이 이 시에서 이루어졌다고 보기는 힘들지만, 적어도 '죽음'이라는 이 시의 기조가 그런 현대적 인식의 가능성을 암시할 수 있는 생명의 소재를 담고 있다는 점에서 이 시의 가치는 좀 더 신중하게 평가될 여지가 있다고 생각된다.

《현대문학》(1965. 10.)

현대시의 진퇴

1월호 시평을 써 달라는 명령을 받고《현대문학》,《세대》,《신동아》 등을 구해 보았고《사상계》는 게라*로 보았고 정작《시문학》은 사 보지를 못했다. 도합 26편 중에서 작품이 되었다고 장담할 수 있는 것은 김현승의「형설의 공」(《세대》) 한 편. 주제면에서 이와 똑같은 '언어'를 대상으로 한 것으로 박남수의「무제」(《사상계》)가 있는데 이 작품은 관념적인 주제를 피로 다루지 않고 머리로 다룸으로써 그가 노상 되풀이하는 또 하나의 실패작.

문제 삼을 수 있는 작품으로는 김재원의「무너져 내리는 하늘의 무게」(《현대문학》)와 김영태의「첼로」(《세대》). 전자는 매우 호감이 가는 작품인데,

> 한여름의 남루는
> 삐라처럼 가을의 들판길 위에
> 뿌리고 혼자서 떠나갔지만
> 이 가을 내가 버티고 선 남루는
> 손톱인가, 내 육신에,
> 나는 대지로 하여 자라는

---

* 교정쇄.

하나의 풋풋한 수목이었다
나는 버티고 선 바지랑대였다

이 대목이 불투명한 이미지의 혼란—아니면 전달의 기술상의 혼란—을 자아내고 있어 흠이다. 그래도 전반적으로 잘 짜여 있고 종래의 그의 작품에 비해서 산만한 감을 주는 요설이 요설로 그치지 않은 것만 해도 상당히 구제되고 있다.

이와 비슷한 현대적 체질과 풍자를 풍기는 전영경의 「한국적 빵」(《세대》)은 여전히 이번에도 그의 투박한 표면의 뒤에 숨어 있는 '시'의 소재를 내탐해 보려는 평자의 노력을 헛된 것으로 하고 있다.

박이도의 「북향」은 훨씬 얌전한 체질을 갖추고 할말도 많은 것 같은데, 이 작품만을 두고 보면 아직도 '시'의 알리바이가 선명치 않다. 김영태의 「첼로」는 재치 있는 작품이다. 「권태」(《사상계》)도 그렇다. 두 작품이 다 끝머리가 좋다.

나는 살 빠진 빗으로
내리훑으는
칠흑의 머리칼 속에
삼동(三冬)의 활을 꽂는다

박성룡, 김춘수, 김광림에 비해서 심미적으로 언어를 다루고 있는 점은 같으나, 현대적 파이버는 훨씬 소화된 본질적인 것이라고 생각된다.

이러한 메타포가 좀 더 감동적인 것이 되려면 감추어진 지성과 고민의 볼륨이 병행해서 커져 가야 한다. 우리나라에서는 소설도 시도 이런 주지적인 경향의 것이 성장하기가 퍽 힘이 든다. 여태까지의 예를 보면 전부가 실패로 돌아갔다고 해도 과언이 아니다.

이 이유가 어디에 있는가를 새로 출발하는 심미적 기교적 주지파들은 다시 한번 생각해 보라.

성찬경의 「봉황부(賦)」(《세대》)와 「환이에게」(《사상계》)는 현대시의 과제를 해결하는 시점에서 볼 때 분명히 후퇴다.

작품으로는 성공했을지 모르지만—혹은 성공하려고 하는지 모르지만—그가 만약에 현대시를 지향하고 있다면 현대시로서는 매우 위험스러운 타락이다. 그는 출발할 때부터 이런 듀얼리티를 가지고 있었고, 작년의 「노가수(老歌手)」 같은 작품도 그런 위험성을 증명한 전형적인 작품이었지만—이렇게 나가면 송욱의 재판밖에는 안 된다.

송욱은 「하여지향」과 「해인사」 사이의 모순을 해결하려고 했는지 모르지만 그가 타개해야 할 모순은 「하여지향」과 「해인사」 사이에 있는 것이 아니라 「하여지향」 속에 있었다. 현대시의 시점에서 볼 때는 「해인사」는 그에게 있어선 불필요한 부분이다.

그런 의미에서 「노가수」나 「봉황부」나 「환이에게」 같은 계열의 작품은 현대시를 지향하는 사람으로서는 불필요한 부분이다. 아니, 오히려 적으로 삼아야 할 부분이다.

성찬경의 경우, 이것을 고의적인 반동이라고 생각하고 싶지는 않고 어디까지나 건설적인 몸부림의 한 표현이라고 생각하고 싶지만 잠정적인 궁여지책으로 보더라도 현대시의 주지주의의 보루를 위해서는 매우 당황할 일이다.

1966. 1.

윤곽 잡혀 가는 시지(詩誌)·동인지

이달의 시단의 특기할 만한 일은 시지 《현대시학》이 새로 나왔다는 것과 동인지 《신춘시》가 뜻밖에도 정진하는 뚜렷한 흔적을 보여 주었다는 것이다.

《현대시학》은 편집 솜씨나 체재상으로는 신선미를 풍겨 보려는 노력이 엿보이기는 하지만 내용면으로 별로 이렇다 할 만한 참신한 것이 보이지 않는 것이 섭섭하다. 앞으로는 좀 더 동인지 중에서 실력 있는 필자를 발굴해 내는 데 중점을 두는 것이 좋을 것 같고 기성인과 신인의 배합을 반반 정도로 해서 시지로서의 전진하는 비전을 보여 주었으면 좋겠다. 이번 호에 게재된 작품만 하더라도 한두 사람을 제외하고는 나머지 근 열 명이 전부 기성인이고, 이 기성인들 중에서도 작품이라고 내세울 수 있을 만한 것은, 미안하지만 김광섭, 서정주, 박목월의 소위 구세대인의 작품뿐이다.

이에 비하면 《신춘시》는 실속에 있어서 확실히 전진하는 자세를 보여 주고 있다. 권일송의 「볼리비아의 기수(旗手)」를 위시해서 조태일의 「나의 처녀막」과 황명, 강인섭, 이근배, 신세훈 등의 여러 작품이 문학지나 종합지를 능가하는 수준을 보여 주고 있다는 것은 동인지의 발전을 위해서 지극히 반가운 일이다.

특히 권일송의 '도쿄 올림픽의 이시카와 다쓰조(石川達三) 씨에게' 부친 인류의 미래상을 노래한 과감한 시 「볼리비아의 기수」는, 평자로서는 이러한 때묻지 않은 진정한 시의 제시를 무엇이라고 격찬해야 좋을지 격찬할 말을 모르겠다. 이런 시를 앞에 놓고는 시의 기교 문제 같은 것은 정말 문제가 되지 않는다.

> — 당신은 그때,
> 인간과 그 인간이 만들며 모여 사는
> 나라와 세계가 무엇이며
> 그것들을 다 털어도 메꾸어지지 않을
> 깊은 고독이란 것을,
> 7만 5천 개의 가슴을 한데 묶어도
> 채워지지 않을 그 거대하고
> 장엄한 고독을 위해……
> 당신은 조용히 울고 있었다

이 구절에서도 보이듯이 군데군데 말발이 어색한 듯한 데가 있기는 하지만 이런 흠점은 이 시가 주는 전체적인 감동에 비하면 문제가 되지 않는다. 한국 시정신 만세!

박목월의 작품은 「흰 장갑」(《현대시학》)과 「무제」(《세대》)가 둘 다 종전의 그의 작품에 비해서 현대적 현실의 구심점을 향해서 한걸음 더 가까이 접근해 보려는 탐색의 노력이 엿보이기는 하지만 「흰 장갑」보다도 비교적 끝머리가 무난하게 맺어진 「무제」도 "노끈으로 질끈 포박된 채/네거리를 매달려 가고" 있는 "이글거리는 눈"의 잉어가 "푸줏간이 즐비한/ 네거리를/ 푸줏간마다 푸들푸들 떨리는/ 무수한 고깃덩이가/ 쇠갈고리에 즐비하게 걸리고/ 어느 갈고리는 비었는데/ …… / 돈으로 호가(呼價)되었다"의 비평적 정의의 귀결이 역시 약해 보인다. 이런 약점은 김광섭의 「서울 크리스마스」(《현대시학》)에서도 노정(露呈)되어 있다. 이런 작품을 보면서 느끼게 되는 것은 우리가 오늘날 비평적 지성을 시에서 발동시킬 때 특히 주의해야 할 것은, 공룡 같은 현대의 매머드 문명은 가까이 머리를 디밀면 디밀수록 점점 더 보기 어려워진다는 것이다. 하물며 우리는 여기에 여간한 신념이 없이는 그에 대한 개괄적인 정의나 귀결을 내려서는 아니 된다.(다시 말하자면 이런 스탠자를 취한 작품의 경우에는 정의나 귀결을 작자가 '내리지' 말고 독자로 하여금 '얻게 하는' 편이 대체로 안전하다.) 「무제」의 '돈'의 역설이나 「서울 크리스마스」의 "발 벗은 거지가 끌고 세계의 아침으로 가"는 "예수의 헌 짚세기 한 켤레"의 리뎀프션(redemption)이 상식과 관념의 귀결 같은 경화된 인상을 주는 것은 그 점에 대한 극복이 약한 데서 오는 거라고 생각된다.

이밖에 인상 깊은 작품으로는 이일기의 「눈에 관한 각서」(《현대문학》)와 이성교의 「해협」(《신동아》)을 들 수 있다. 「해협」은 특히 잘 정리된 산뜻한 인상을 준다.

평자는 요즘 미국의 평론가 스티븐 마커스의 「오늘의 소설」이란 논문을 번역하면서 오늘날 우리의 시단의 젊은 세대들의 작품이 유별나게 심미적 내지 기교적으로 흐르는 원인으로도 해석할 수 있는 재미있는 시사를 얻을 수 있었는데, 이달의 작품만 보더라도 자기의 체질에 맞지 않게 지나치게 심미적으로 흐르는 사람으로 이를테면 김요섭의 「각서」(《현대시학》) 같은 작품을 보면 도무지 이상한 느낌이 든다. 이런 하이칼라한 오토너머스(autonomous)한 경향은 요섭의 본질이 아니다. 변모가 어디까지나 자기의 본질의 발전체라야 된다는 기본 명제를 잊지 말아 주기 바란다.

1966. 2.

젊은 세대의 결실

이달에는 문학지와 시지와 종합지에 나온 시 작품이 약 70편가량이다. 지난달에 비해서 약 두 배나 되는 작품을 대상으로 했다. 새로 나온 계간 문학지《한국문학》에 김구용의 장시「사곡(四曲)」이 나오고《세대》에 홍윤숙, 김지향, 김후란, 허영자 등 여덟 명의 '여류 시단'이 마련되고《사상계》도 다른 달보다 많은 작품을 게재하고 또한 김종길의 시론「의미와 음악」(《사상계》)이 게재되기 시작하고 있다. 개인별로 보면 박성룡이「겨울 화병(花甁)」등 여섯 편, 유치환, 김춘수, 전봉건, 허영자, 김수영이 세 편 이상, 김소영, 정진규가 두 편씩 발표하고 있다. 그러니까 이번 달에는 얘기를 하려면 할 것이 상당히 많다.

특히 신진의 작품들을 비교적 자세하게 읽어 본 셈인데 예상 외로 눈에 띄는 작품이 별로 없었다. 여류시도 유의해서 훑어보았지만 특기할 만한 새로운 변화를 감지할 수 없었다. 노상 느끼는 일이지만 우리나라의 여류시는 좀 더 피부적인 것을 탈피해야겠다. 김남조의「봄 사연(事緣)」(《현대시학》) 같은 것은 그런 흠은 분명히 벗어나 있지만 이것은 또 너무 고유의 서정에 안주하고 있어서 답답한 감을 준다.

이달에 가장 많은 생산량을 올린 박성룡은「산책길에서」(《한국문학》) 같은 것이, 평자의 눈에는, 그의 정체(停滯)를 뚫고 나갈 수 있는 가능성을 가장 많이 보여 주고 있는 작품 같다.

오늘도 끊임없이 내 친구 녀석들 — 그 석유 묻은 손들이 돌출을 시켜 놓은 특호활자처럼 부정(不正)의 빌딩이며 1단짜리 판자촌 그리고 오식(誤植)된 공업지대의 고딕체 굴뚝들이 거기 즐펀히 낯익은 그 자리에들 펼쳐져 있다.

…………

…………

— 돌아가야 한다. — 돌아가야 한다.

— 다시 그 소용돌이 속으로 돌아가야 한다.

이 구절에서 평자가 느낀 가장 이채로운 변화는 '부정의 빌딩' 같은 이미지인데, 이 작자의 이 작품에 첨부된 「시작 노트」를 보면 '부정의 빌딩', '1단짜리 판자촌', '오식된 공업지대의 고딕체 굴뚝'들이 오히려 '가장 싫어하는 어군(語群)들'이고 '이 시를 살리기 위해서는 할 수 없었다'고 말하고 있으니, 평자가 그에게 기대하는 비평적 지성의 여과를 거친 사회성 있는 건설적인 시는 아무래도 그의 방향이 아닌 것 같다.

지극히 조심스럽게 이달의 작품들을 개괄해 볼 때 황동규, 이제하, 박봉우, 김춘수, 박두진, 신동엽, 김영태 등의 작품이 논의의 대상이 될 수 있는데, 그중에서도 특히 뚜렷한 감동을 받은 작품으로는 우선 신동엽의 「발」(《현대문학》)을 들 수 있고, 박두진의 「그대여 어찌하여 나를 아니 재우시나이까」(《현대시학》)와 김영태의 「한겨울의 증언」(《현대문학》)을 들 수 있다.

6·25 이후 우리 시단의 현대시의 주요한 추세가, 최근에 와서 《한양》의 장일우의 시론(평자는 그의 시론이 우리 시단에 은연중에 미친 영향과 충격을 결코 과소평가할 수 없다.)을 전후해서 특히 추구해 온 현실 극복의 과제는 그것이 작품으로서 성공적으로 결정(結晶)되는 일이 사실상 너무나 당연한 일이면서도 가장 지난한 일로 되어 왔다. 수많은 사람

들이 이 목표를 위해서 분투해 온 것을 우리들은 알고 있는데 특히 정공적(正攻的)인 자세로 이 목표를 달성한 작품은 거의 한 편도 없었다고 해도 과언이 아니다. 신동엽의 「발」은 이런 정공법으로 그 목표에 도달한 최초의 작품이라고 평자에게는 생각된다.

일어서야지,
양말 신은 발톱 흙물 떨고 와
논밭 위 세워논, 억지 있으면
비벼 꺼야지,
열 번 부러져도 그 사랑
발은 다시 일으켜 세우기 위하여 있는 것
발은 인류에의 길
멀고 멀음을 증명하기 위하여 있는 것,
다리는 절름거리며 보리수 언덕 그 미소를 찾아가려 나왔다.
다시 전화(戰火)는 가고
쓰러진 폐허
함박눈도 쏟아지는데
어디서 나왔을까, 너는 또
뚜벅뚜벅 걸어오고 있었다

평범한 이미지에 풍자까지 섞어 가면서 정형적인 구성 속에 강인한 미래상을 제시하는 데 성공하고 있다. 경하할 일이다.

김영태의 「한겨울의 증언」은 존재에의 갈구를 노래한 참신하고 가벼운 그의 독특한 터치가 여전히 잘 나타나 있다.

밤마다
골반 속에 등피(燈皮)를 켠다

벌거벗은 시계와 대화를 한다
언어는 보이지 않는다
흰 눈 속에는 탄력이 들어 있다
어떤, 절대적인 하얀
손 안에
시한폭탄이 들어 있었다.

같은 구절은 발랄한 매력을 준다. 그런데 이 작품은 가장 중요한 끝 대목이 좀 미흡하다. 기술과 감성의 반경(半徑)은 동연적(同延的)인 사상의 반대 반경의 신장(伸長)을 동시에 정리해 나가야 하는 것이 이상적이라는 평자의 평소의 그에 대한 개인적 요구는 이런 면에서 다시 한 번 강조되어야 할 증좌를 보이고 있다.

박두진의 「그대여 어찌하여 나를 아니 재우시나이까」는 꾸준히 쉬지 않는 그의 진경(進境)을 보여 주는 일상 수기 같은 평범하면서도 훌륭한 작품이다. 이 작품에 대해서도 그렇고 황동규, 박봉우의 이달의 작품에 대해서도 좀 더 언급하고 싶지만 벌써 소정 매수를 훨씬 초과했다.

1966. 3.

지성의 가능성

필자는 요즘 신문의 월평란을 3, 4회가량 담당해 쓰면서 새삼스럽게 소위 이 '시 월평'이란 것의 비신중성을 느낀다. 그것은 아무래도 정치성을 면할 수가 없다. 신문의 '신춘문예' 심사의 경험을 참작해서 월평 같은 것에서도 필자는 되도록 최대한으로 필자의 개인적 시적 기호를 판단의 기준 속에 삽입시키지 않으려고 하고 있지만 그것이 그렇게 잘되지 않는다. 평자의 개인적 기호를 혼입시키지 않는다는 것은 (평자가 시를 제작하는 사람의 경우에는) 자기의 에피고넨을 막는다는 말이 되고, 또 그 점에서는 극도로 결백할 수 있지만 그렇다고 평자의 시적 주장까지를 주저시킬 수는 없고, 그런 의미의 독단이 비평의 숙명인 이상 어떤 면에 주장의 강조됨을 두느냐 하는 의미에서, 특히 우리나라와 같은 미발달한 시적 풍토 위에서는 '월평' 같은 것이 필연적으로 정치성을 띠게 된다. 그리고 또 하나의 이런 수동적 정치성이 불가피하게 작용하는 것은 개개인의 작품의 찬반의 '정도'이다. 즉, 어느 정도로 칭찬을 하고 어느 정도로 욕을 해야 하느냐 하는 것이다. 이런 어느 '정도'에 대한 고민은 결국은 앞에서 말한 어느 '면(面)'에 대한 고민과 맞먹어 떨어지는 문제이지만 이런 문제가 역시 우리들의 경우와 같은 미발달한 과도적인 시적 풍토에서는 필요 이상의 고민거리가 된다. 작품의 질이 낮다고 욕만 하다가는 매달 계속해서 쓸 얘기가 도대체 없어지고, 가망성의 맹아(萌芽)가 보이는 작품을 평자의 주장의 강조점에 따라서 칭찬을 하게 되면 작품이 따라오지를 못하고 평자는 결과적으로 과찬의 과오를 범하게 된다.

이것이 '월평'의 고민이며 한계점이다. 그러나 이런 한계점을 의식하면서도 (오히려 그것 때문에 더한층) 평자는 자기의 시적 주장의 반영을 버릴 수 없다. 오늘날 우리의 시가 세계적인 시야에서 보충되어야 할 공백 지대는 지성의 작업이다. 비평적 지성은 우리 시단에서는 아직도 응결되지 못하고 있다. 따라서 평자는 이런 방향의 노력이 아직도 미약하고 미숙은 하지만 '새로운' 시의 제시의 가능성이, 가장 많이 이런 작업을 의식적으로 수행하는 젊은 시인층에 있다는 것을 확신하는 나머지 그들의 작품을 위해서 때에 따라서는 진가 이상으로 북을 치는 일을 계속하기를 주저하지 않을 작정이다.

평자의 주장의 강조점에 따라서 칭찬을 하게 되면 작품이 따라오지 못한다는 이 미흡감은 이달의 작품을 읽어 보면서 다시 새삼스럽게 느끼지 않을 수 없었다. 권일송의 「도시의 넥타이(3)」, 「이속(異俗)의 의상」(《신춘시》 8호), 박봉우의 「니가 나의 동족인가」(《신춘시》 8호), 김영태의 「자화상」(《현대시》)이 기대했던 것만한 새 수준을 보여 주지 못했다.

권일송, 김영태와 거의 동질의 미정리된 자아의 혼돈의 찌꺼기를 가지고 있으면서도 그 힘찬 발효의 톤을 높여서 호소력이 있는 이미지의 윤곽을 잡은 점에서 조태일의 「나의 처녀막(3)」은 이달의 주목할 만한 작품이다.

> 피 묻은 피 묻은 처녀막을 나부끼며
> 아프고 피비린 냄새를 풍기며
> 광화문 네거리 한복판에
> 내가 섰다 내가 섰어.

삼천만 개의 쌍눈을 번뜩이며
삼천만 개의 쌍귀를 세우고
삼천만 개의 가슴을 비벼
불꽃 튀는 단일화된 외침을 가지고
삼천만의 기념비처럼
내가 섰다 내가 섰어.

어찌 보면 '나르시시즘'에 빠질 위험성이 있는 성대의 과장이 눈살을 찌푸리게 하는 데도 있지만, '파열된 처녀막'을 고함치면서 파열되지 않은 처녀막의 순결이 밑바탕에 깔려 있는 '처녀막'의 이미지가 은근한 호소력을 발휘하고 있는 점이 이 작품의 실력이다. 이 작품의 진정한 단점은 마지막 연의 "무서운 예언처럼 무겁게/ 바리케이드를 바리케이드를 치자"의 '무서운 예언처럼'이다. 이 비유가 약하다. 이 허약한 비유 때문에 모처럼의 전체의 중후한 톤이 상당히 손해를 보고 있다. 같은 시대 고발적인 내용이면서, 그리고 군데군데 진부한 용어가 섞여 있기는 하지만, 역시 작품 형성면에 있어서는 박두진의 「4월 만발」(《사상계》)이 무난하다. 그렇게 많이 다룬 '4월의 시'의 주제를 가지고 그는 오늘의 4월의 의미를 고발하는 데 또 한번 성공하고 있다.

꽃 젖어
피로 지던
사월은 만발
우리 모두 가슴속 깊이
뜨겁고 아픈 것
치밀어
이 치밀음 하늘 안 사무치면
하늘 무심하리

그 피의 넋 땅 안 울리면
땅이 무심하리……

평자의 편견으로는 박목월의 허무를 위한 「만년의 꿈」(《현대문학》)의 '섬세하게 건조한' 기술의 성공보다는 「4월만발」의 고지식한 풍요가 좋다. 평자는 「4월만발」을 읽으면서, 이 시인이 기술의 희생을 좀 더 의식적으로 수행하면, 말하자면 풍자를 이제 의식적으로 도입하게 되면 그에게서 노상 느끼게 되는 모럴의 제시를 넘어선 모럴의 현대성의 제시가 가능하지 않을까 하는 안타까움을 금치 못한다.

마종기의 「연가12」(《현대시학》)는 그의 여태까지의 평자가 접한 어떤 작품보다도 강한 인상을 준다.

> 현관이 있는 집을 가지면, 소리 은은한 초인종을 달고, 지나가던 친구를 맞으려고 했었지. 파란 항공 엽서로는 연상 편지를 쓰면서 겨울을 사랑하고, 테 없는 안경을 끼고 수염을 조금만 키운 뒤, 조용히 가라앉은 목소리로 헤세의 아우구스투스를 읽으려고 했었지. 이제 당신은 알고 말았군. 길어야 6개월의 대화만이 남은 것, 6개월의 사랑, 6개월의 세상, 6개월의 저녁을, 그리고 나에게 남은 6개월의 상심을, 6개월의 눈물을 알고 말았군.

이제 이 「연가」의 작자는 자기의 체질을 알게 되었다고 생각되고, 그런 자기의 체질 위에 풍자의 현대성을 도입한 점에서 이 작품은 그 나름의 추구해 온 방향에서 일단 성공하고 있다.

이런 세련된 현대 감각의 방향에서 보면 성춘복, 윤삼하, 이탄 등을 문제 삼을 수 있다. 윤삼하의 「포장지」(《현대시학》)는 그의 종래의 재래적인 서정의 세계를 벗어나지 못한(그리고 그런 재래적인 세계에서 그의 작품이 얼마만큼 성공을 했든 안했든 간에 평자는 그다지 관심이 없다.) 작품이지만, 그의 「1965년의 두 가지 기억」(《신춘시》 8호)은 새로운 관심의 방향이 엿보이는, 그로서는 이색적인 작품이다. 그러나 이 작품에서는 "뜸직한 뚝사발 위에/ 산더미처럼 푸짐한/ 흰 쌀밥……"의 "투박한 한 장의 그림"이 스틸로서는 인상적이지만 전체의 작품의 승화면에서는 결국 소생되지 못하고 말았다. 이에 비하면 이탄의 「소등(消燈)」(《신춘시》 8호)이 좀 더 전체적인 균형이 잘 짜여져 있고, 시적 개성의 모서리도 날카롭게 보인다.

> 어둠 속에서
> 과학보다도 앞서가는
> '전진'의 빛을
> 한참 바라보다
> 그때 시점은
> 소등한 손가락에
> 무한히 뻗어간다.

모놀로그의 취기(臭氣)가 가시지 않은 것이 흠이지만 천품적(天禀的)인 예각(銳角)은 드러나 있는 구절이다. 이들에 비하면 성춘복의 「잃어버린 꽃」(《현대시학》)과 「파국」(《신동아》)은 매우 성숙한 안정된 세계다. 두 작품이 다 끝머리가 좋다.

> 이제 나는
> 봄하늘로
> 낡은 그림연(鳶)을 띄워 보내고,
> 속 깊은 땅엔
> 차디찬 목숨을 묻어
> 이렇게 반듯이 누워 있다

—「파국」에서

오늘날의 서정시에서 우리들이 타기(唾棄)해야 할 것은 시대착오적인 상상인데, 그것이 그렇게 되지 않으려면 인생의 본원적인 문제—즉 생명—와의 대결이 스며 있어야 한다. 그리고 이것을 할 수 있는 것이 시인의 지성이다. 가령 이달의 작품에서만 보더라도 이동주의 「나의 피리」(《현대문학》)나 문덕수의 「공간」(《현대문학》, 4월호) 같은 작품을 「파국」과 비교해 보면 대체로 알 수 있다. 「나의 피리」는 생명을 다룬 서정이기는 하지만 생명의 냉엄성을 무시한 안이한 태도가 염증을 주고, 「공간」은 백일몽인 공상이 공상으로 그쳐 버리고 말았다. 이런 점에서는 우리 시단에서 김현승이 훨씬 세련돼 있다.

다만 이달의 김현승의 「백지」(《현대시학》)는 그의 종래의 경향을 벗어난 작품이기는 하지만 매우 실패한 작품이다. 자기의 세계를 과분하게 이탈한 것 같다. 그의 왕성한 의욕은 살 만하지만 서정시에 바탕을 둔 시인들이 문명 비평에 손을 댈 때 빠지기 쉬운 우리나라의 기성인들의 무력한 전철을 밟는 또 하나의 작품이라고 볼 수 있다.

노인들은?
노인들은 백지에다 애오라지
백지를 그린다.
너는?
나야 그냥 백지를 들어 눈을 가리울 수밖에,
나는 지성이니까, 나는 이 나라의
젊은 지성이니까

의 풍자가 도무지 약하다. 윤삼하의 「1965년의 두 가지 기억」의

찌푸려 가는
이맛살이 채 굳어지기 전
더욱더 많은 시대의 종(鐘)을,
모든 종을 울려 다오

와 똑같은 공포가 되고 말았다.

1966. 4.

진도(進度) 없는 기성들

이달에는 《문학》이 새로 탄생하고 《시문학》이 여느 때보다 일찍 나와서 각 잡지에 발표된 작품 54편을 상대로 했다. 그런데 양에 비해서 칭찬할 만한 작품이 한 편도 없다. 주로 젊은 세대의 것에 역점을 두고 보았는데 신기선의 「정(靜)」(《사상계》)과 이성교의 「전주(電柱)」(《사상계》), 고은의 「유미고백(唯美告白)」(《세대》)과 유경환의 「야(野)의 연가」(《세대》) 이외에는 별로 눈에 뜨이는 것이 없다.

신기선의 「정」은 내용면에서 박이도의 「저 울음」(《현대시학》)과 비슷한데 작품의 됨됨이 「정」이 훨씬 윗길이다. 생명과 실재와 시를 상징하는 호흡의 비유와 묘사가 자칫하면 맥없이 풀어져 버리기 쉬운 것을 모면한 것은 그의 시적 성실과 소화된 현대 감각 때문이다.

시간에 나사못처럼
몸을 틀어막고 있는 호흡이다.
수억만 톤의
무서운 분노를 꾸기고 있는
생각하는 열(熱)의 호흡이다.

끝이 없는,
무한을 파먹고 수염 하나 나지 않은

신선한 육체로
움직이는 거대한 호흡이다.

이런 대목을 읽으면 정말 자기의 소리인가 아닌가의 분별이 금방 선다. 다만 이 작품에는 「정」이라는 케케묵은 제목은 붙이지 않는 게 좋을 뻔했다. 이성교는 그의 시집에서 받은 전체적인 인상이 낡은 감을 풍겨서 평자의 생리에는 그다지 맞지 않아 보였는데, 이번의 「전주」는 그의 작품 경향에서는 처음 보는 재미있는 작품이라고 생각된다. 「전주」의 연상으로는 갈피를 잡을 수 없이 뻗어나간 데가 오히려 신용이 간다. 자그마한 세계이지만 이런 당돌한 독창성은 두고 볼 만하다.

영둥날
지연(紙鳶)이
옷자락에 매달려
가는 바람을 울린다
그런 날은 머리끝이
사뭇 쭈빗해진다.

참 팔자도
이럴 수가 있을까
전주(電柱)는 하루아침에
부스럼을 훨훨 털고
고무줄처럼 몸을 늘였다.

여기에 인용된 구절 중에서도 "영둥날"이란 낱말이라든가, 그밖에 "마금쟁이" 같은 말이 무슨 방언인지 모르겠는데, 그것을 몰라도 "머리끝이 사뭇 쭈빗해진다"라든가, "고무줄처럼 몸을 늘였다"의 구절이 주는 경악감이 이 작품에 생명감을 돋워 주고 있다.

고은의 「유미고백」은 제목부터가 지나치게 효과 계산을 하고 있다. 이런 식의 변모를 하면 그의 재주로는 할 수 있겠지만 시의 사명은 재주의 유희가 아니다. 대본(大本)을 잊지 말라. 이 작품은 야드르르하게 손질을 해서 대체로 무난히 넘어갔지만, 「내 손풍금은 낡아서」(《현대시학》)는 형편 없는 작품이다.

유경환도 이달에 고은처럼 《세대》에 「야의 연가」가, 《현대시학》에 「활자들」이란 작품이 나와 있는데, 「야의 연가」에 비해서 「활자들」이나 「오솔길」(《시문학》)은 너무나 미숙하다.

이철범의 경우도 그렇다. 그는 「비가」(《시문학》)와 「마치 벌레가 기고 있듯이」(《현대시학》)의 두 편을 발표하고 있는데 두 작품 사이에 격차가 고은의 경우처럼 심하다. 「마치 벌레가 기고 있듯이」 같은 작품을 읽으면 그의 특유한 패댄틱한 여느 때의 작품 경향의 비밀이 어떤 성질의 것인지 점수를 놓을 수 있다.

권일송의 「빗속에 황량한 1965년의 시」는 믿을 만한 자기의 소리이기는 하지만 전체적으로 산만하다. 권일송이나, 조태일의 「나의 처녀막」(《신춘시》 최근호) 같은 작품이 무엇이 좋아서 그렇게 두둔을 하느냐고 평자를 비방하고 있는 젊은 패들이 있는 것을 알고 있는데, 평자가 이들을 격려하는 것은 이들은 투박은 하지만 거짓말은 안 한다. 이달의 작품만 보더라도 내가 보기에는 여기에 언급되지 않은 대부분의 작품들이 적극적인 거짓말을 하고 있다. 「마치 벌레가 기고 있듯이」나 「내 손풍금은 낡아서」처럼 일찌감치 자기의 정체를 간헐적으로나마 드러내 보이는 것은 아직도 순진한 편이다. 몇 년씩 몇십 년씩 한번도 탄로가 안 나게 적극적으로 거짓말을 해 오는 사람들이 있으니 우리나라처럼 우리 시단도 아직도 참말로 어수룩하다.

이렇게 조악한 작품들만 읽다가 보면 신석초의 「춘설」(《시문학》) 같은 유미적인 작품도 구수하게 좋게 보인다. 구세대인들 중에서는 역시 박목월의 「나의 배후」(《문학》)가 읽을 만하다.

나의 등뒤에도
넘치는 물빛 세계.
허지만 그것은
실없이 주는 젊은 날의 꿈.
누구나
등뒤는 허전하다.
적막하게 건조한
운명의
얼룩을 느낄 뿐.
나의 배후에는
아무도 없다.

이 시와 같은 호흡의 시로, 지난달에 발표된 「만년의 꿈」을 박두진은 "인생의 지난날의 과오와 실수, 진하고 아팠던 운명의 상처를 담담한 체념으로 극복하며 있다"고 하면서, "인생이 도달해 깨닫지 않으면 안 될 '죽음'의 세계를 예감하는 현대인적인 체관(諦觀)을 보여 주고 있다"(《현대문학》의 월평)고 규정하고 있는데 그의 이러한 해석은 이 작품에도 통할 수 있다. 다만 이 작품도 그렇고 「만년의 꿈」도 그렇고 도시 박목월의 모던한 시의 현대성이 어떠한 것인가 하는 것을 다시 한번 생각해 보지 않을 수 없다. 박두진이 말하는, 그의 시에 보이는 '표상 감각이 주는 건조하고 차가운 즉물성'은 평자도 인정한 그것이 현대적인 것이라는 것까지도 인정할 수 있다. 그런데 문제는 이 현대적인 즉물적 도구를 가지고 그가 무엇을 노래하고 있는가 하는 것이다. 누구보다도 이 시인 자신이 이런 자가당착을 너무도 잘 알고 있다. 이

시에서만 보더라도,

> 나의 배후에는
> 등을 기댈 빽이라곤 없다.
> 다만 혼자 빳빳이
> 내 길을 걸어왔을 뿐.
> 실로 신앙조차
> 등을 기댈 벽이기보다는
> 발등을 밝히는
> 희미한 불빛.

에 나타난 '희미한 불빛'의 신앙관에서 우리들이 느끼게 되는 것은 그의 눈치다. 그것은 솜씨 있는, 그가 매번 사용하는 현대적인 제스처이지 진정한 현대성의 호소력을 발휘할 수 있는 것이 못 된다. 그러니까 "다만 혼자 빳빳이/ 내 길을 걸어왔을 뿐"이라는 그의 진짜 자기 소리가 어찌 보면 우습기까지도 한, 아주 약한 효과밖에는 내지 못하고 있다. 그리고 이러한 구절이 그의 시의 모던 의상 밑에 감추어진 낡은 살을 엿보이게 하고 있다. 정확한 언어의 구사력을 가지고 있으면서 이런 안타까운 본질의 변모를 하지 못하는 데에서 오는 낡은 감을 벗어버리지 못하는 점에서는, 세대는 다르지만 박성룡도 마찬가지이다.

그러나 박목월도 박성룡도 시의 점화의 마지막 기술은 체득하고 있는 데 비해서, 같은 유(類)의 현대적 의상을 좋아하는 박남수의 경우는 번번이 이 점화에 실패하고 있다. 이번 달에도 「병동의 긴 복도」(《문학》)는 완전히 실패작이다.

《현대문학》에 나온 6편의 작품 중에서는 서정주를 빼놓으면 성춘복의 「변용」이 읽을 만하다. 신석초의 작품과 비슷한 내용의 세계이고 무난한 점도 비슷하지만, 작품으로는 영글지 않았다.

《자유공론(自由公論)》에는 김춘수의 「유년시」, 박성룡의 「조춘(早春)」, 이제하의 「야경」의 세 편이 실려 있는데, 오래간만에 접하는 이제하 작품도 그렇고 모두 다 별로 진경(進境)이 없다. 서정주도 김춘수도 요즘은 주로 짧은 것만 쓰고 있는데, 김춘수는 어찌 보면 위축되어 가는 감조차 든다.

그의 에세이 「시의 예술성과 사회성」(《현대시학》)은 평자로서는 무슨 말을 썼는지 하나도 모르겠다.

"시인이 비교적 시적으로 세련된 독자를 대상으로 시를 쓰고 있을 때는, 재능만 있다면 자기의 윤리적 입장을 비교적 작품을 해치지 않고 보일 수도 있을 것이다." 등의 무모한 말들은, 그의 논지가 무엇인지 대중도 잡을 수 없을 정도로 요령 없는 말들이다. 이런 식의 무책임한 글은 모처럼의 김춘수의 이미지까지도 흐리게 할 만한 것이다.

근본적인 자중이 필요하다고 말하지 않을 수 없다.

1966. 5.

포즈의 폐해

이달의 젊은 층들의 작품을 읽고 나서 느끼게 된 것은, 이들의 작품에 전반적으로 어느 틈에 이상한 변화 같은 것이 생겼다는 것이다. 아직도 단정을 내리기는 빠르고, 전반적인 현상이라 다소 막연한 점도 있지만, 한때 범람하던 무질서한 난맥의 시가 차차 자취를 감추어 가고 있는 듯한 인상이다. 이것이 사실이라면, 반가운 현상으로서 정리되어 가는 모습이라고 생각할 수 있을 것이다. 이달에 발표된, 이를테면 이승훈, 이성부, 이유경, 이수익, 권용태, 박의상, 허소라의 작품들만 보더라도 이들은 모두가 '알 수 있는 말'로 작품을 쓰고 있다. 생각하기에 따라서는 이것은 작게 볼 문제가 아니다. 기성측의 작품들이라는 것이 거의 변화가 없는 우리의 시단 같은 경우에는, 젊은 층들의 작품의 동향이나 변화가 시단 전체의 현상으로 싫건 좋건 간에 부각되게 마련이기 때문에 이들의 변화는 그것이 어떠한 성질의 것이든 간에 신중히 취급해야 할 문제일 것이다. 소위 난해시에 대한 지난 몇 년 동안의 비난을 생각해 볼 때 이러한 변화는 가히 짐작할 수 있는 것이고, 그런 의미의 정리는 시사적인 입장에서 보아도 필연적인 것이고, 시간적으로 보아도 그만한 시기에 와 있다고 볼 수 있다. 그러나 총체적으로 보아서 단적으로 말하자면, 아직은 이들의 변화는 '알 수 있는 말', 즉 문맥이 통하는 말로 쓰게 되었다는 것뿐, 아직도 난맥적인 작품들이 갖고 있는 근원적인 포즈는 버리지 못하고 있는 것 같다. 재언할 필요도 없이, 난해시의 논의의 궁극적인 귀결은 난해시가 나쁘다는 것이 아니라 난해시처럼 꾸며 쓰는 시가 나쁘다는 것이다. 말을 바꾸어 하자면, 좀 시니컬하게 들릴지 모르지만 우리 시단에 가장 필요한 것이 진정한 난해시이다. 그러니까 진정한 정리가 오려면 우선 포즈가 없어져야 한다. 그리고 포즈가 없는 시란 두말할 것도 없이 견고한 자기풍의 시가 될 것이다. 나는 방금 '근원적인 포즈'라고 말했지만 이것은 그런 의미에서는 근원적인 폐해로서의 포즈가 된다.

위에 열거한 신진들의 작품의 공통적인 현상인 '알 수 있는 말'로 쓴 작품들이 진정한 의미의 정리된 작품이라고 확언할 수 없는 것은, 거기에 부수된 또 하나의 공동현상인 그러한 포즈의 폐해가 가시지 않고 있기 때문이다. 이승훈의 「흔들리는 커튼을」(《현대시학》) 같은 작품들을 보면 요즘의 변화된 경향의 그런 특징이 어떠한 것인가를 짐작할 수 있다. 문맥도 통하고, 감성도 신선하고 소박해 보이고, '의식'의 세계의 심부의 실재를 추구하고 있는 듯한데, 읽고 난 뒤에 아무런 감동이 없다. 이러한 '의식'의 세계의 심오한 추구가 실감이 오지 않는다. 그의 포즈는 실패한 포즈다. 오해받을 염려가 있을 것 같아서 좀 더 자세히 말하자면, 시에 포즈가 없는 것이 아니다. 크게 말하자면 시도 그렇고, 인생도 그렇고, 모두가 커다란 의미의 포즈다. 그러나 여기에서 말하는 것은 그런 포즈 철학이 아니다. 그렇다고 풋내기 문학도들이 풍기는 초기적인 허세로서의 포즈의 현상만을 지적하는 것은 아니다. 현대시에 있어서 포즈라는 것은 좋게 말하면 스타일로 통할 수 있는 것이다. 우리들은 그러한 시니컬하거나 아이러니를 풍기는 것으로 성공을 거두는 포즈를 현대시에서 얼마든지 보아 왔다. 그러면 그런 포즈는 어떠한 것인가. 포즈가 성공을 거두고 실패를 하는 분기점이 되는 것은 무엇인가. 대답은 지극히 간단하다—진지성이다. 포즈 이전에 그것이 있어야 한다. 포즈의 밑바닥에 그것이 깔려 있어야 한다. 콕토의 포즈를 보면 안다. 요즘에는 크노의 포즈를 보면 안다. 진지한 자세가 쑥스러워서 애교로 부리는 포즈와 패댄틱한 포즈와는—혹은 무의식적인 포즈와는—다르다. 「흔들리는 커튼을」 같은 작품들의 경우의 포즈는 무의식적인 것은 아니고, 오히려 상당히 의식적인 것이고, 어느 정도의 계산도 서 있는 것이다. 한말로 말해서 패댄틱하다고 일소에 붙일 수 없는 작풍 형성 면의 어떤 끈덕진 노력도 보인다. 그러면서도 그것이 취급하고 있는 의식의 심부의 실재가 독자의 가슴에 안겨오지 않는다. 이승훈의 경우를 보면 이달에 「흔들리는 커튼을」과 함께 「어휘」, 「가담」 같은 작품을 발표하고 있다. 세 작품이 취급하고 있는 소재가 비슷비슷하다—'삐걱대는 의식'이며 '의식의 가장 어두운 헛간'이며, '멀고먼 의식의 달빛'이 '가늘게 녹고' 있는 '시간의 캄캄한 헛간'이다. 세 작품 중에서 「가담」(《현대시학》)이 비교적 짜임새 있게 쓰여져 있다.

> 누군가 나의 뒤에서 성냥을 긋고 배치는 문득 애처로이 흔들리기 시작한다. 초록커튼을 젖히고 들어간 하오에 재떨이와 찌그러진 의자 쇠의자, 멀고먼 의식의 달빛은 가늘게 녹고 있다. 구두를 벗은 채 떨리! 떨리! 저 앞을 볼 수 없는 시간의 캄캄한 헛간에서 손을 내밀며 그대 이름을 부른다. 오 안 보이는 시간의 가장 어두운 플래카드여, 나에게 파문은 날갯죽지를 다오.

이 작품을 분석해 보면, '멀고먼 의식의 달빛은 가늘게 녹고 있었다'가 이 작품의 분수령이 되고 있다는 것을 쉽사리 알 수 있다. 그 분수령까지는 의식이고 그 뒤는 무의식(말하자면 무의식을 바라보는 또 하나의 의식)이다. 그리고 이 작품에서는 포즈는 후반인 무의식 속의 동작에 있다. 그리고 이 후반에서의 포즈의 동작이 생경한 나머지 모처럼 절규가 허사가 되었다. 그의 포즈는 서술(무의식 속에서의 순수한 생명, 즉 시의 갈망에 대한 서술)의 윤곽을 제시하는 데 그치고 말았고, 승화된 진정한 시의 감동을 주기에는 미흡하다. 그리고 이 작품은 「가담」이라는 제목부터가 지나친 포즈의 그것이다.

이성부의 「지나친 설탕」(《현대시학》) 같은 작품에 나타난 아이러니에서 역시 우리들은, 「가담」의 경우보다도 더 진한 포즈의 냄새를 맡을 수 있다. 이성부의 경우도 '알 수 있는 말'로 쓰고 있기는 한데, 그러니만큼 그것이 상징하고 있는 것이 뚜렷해져야 할 작품에서도 뚜렷한 무엇이 나타나지 않는 것은 역시 포즈의 폐해에서 오는 것이라고 생각할 수밖에 없다. 아이러니는 말하는 태도이며, 말하고 싶은 그 무엇을 효과 있게 강조하기 위한 수단에 불과한 것이라고 볼 수 있다. 따라서 주된 작업은, 말하고자 하는 그 무엇을 어떻게 시의 수준에까지 올려놓느냐 하는 것이고, 이런 경우에 아이러니는 그러한 적하(積荷) 작업을 수월하게 해치울 수 있는 역할을 할 수 있는 것이다. 이러한 주객 관계가 전도되고 그럼으로써 작품이 작품의 수준에 도달하지 못하는 것은 그만큼 진정한 현대적인 지성의 정리가 작품 이전에 준비되어 있지 않기 때문이다. 혹은 분에 겨운 소재를 다루고 있기 때문이다.

여기에서 두 신진의 작품의 경우를 인용한 것은 이들의 작품의 시비를 하기 위한 것이 아니라, 요즘의 신진들의 보편적인 폐해의 경향이 어떤 것인가를 살펴보기 위한 것이다. 전반적으로 보면 오히려 「지나친 설탕」이나 「가담」 같은 작품은 그런 폐해가 비교적 덜 들어 있는 예라고도 볼 수 있다.

이달의 신진들의 작품 중에서는 허소라의 「아침 시작(試作)」(《현대문학》)과 박의상의 「새벽에」(《현대시학》)가 그런 폐단이 가장 적은 현대 감각적인 작품의 성과를 보여 주었다. 박의상의 경우는 「전후(戰後)8」(《현대시학》)과 「새벽에」에 다 같이 포즈 이상의 어떤 리얼리티의 제시가, 어느 정도 선명하게 감지될 수 있다.

저 별들보다 더 빨리

친구여 서로를 감싸지 못하는
우리는 이 밤
얼마나 얇은
느릅나무잎이 되었는가,
손 대어 보면 천칭인 양
벌레의 울음에도
멈칫 뛰는 두 가슴,
그 먼 성층의 틈……

달이 술잔 밑에 뚝 떨어지는
새벽까지
우리는 쿠퍼 소령만큼
진지한 우주통신을 한 양
비틀대며 돌아와
누웠다, 그리곤 또 구름 조각
이불솜에 휘감겼다.
진부한 것에 얽매여 갔다.

—「전후8」에서

허소라의 「아침 시작」은 현대 감각의 질이나 정도가 박의상의 경우보다는 소극적이지만, 작품의 형성면이나 포즈의 위험을 벗어난 점에서는 가장 솜씨 있는 성과를 보여 주고 있다. 다만 「아침 시작」의 경우의 헛점은 그것이 유미적인 방향으로 흐르고 있는 것이다.

아침은 자본.
바다에서 건져온 손으로
날쌘 이웃들을 견제하며

깃을 치는 새.
와
비로소 눈을 뜨는 사태(事態)들과의
잔잔한 회유.

노래하는 나뭇잎에
말씀이 걸리면
바위들도 서서히 하루의 발톱을
뽑고
신들린 나는
윤기 흐르는 여인의 머리 옆에서
사랑의 가위를
놀리고 싶어라

—「아침 시작」에서

여기에 인용된 끝머리 두 연에 나타난 아침 풍경의 시각적인 아름다운 이미지에 놀라면서도, 이 작품이 골인하는 마지막 3행이 풍기는 비현대성에 우리들은 배반당한 느낌을 품게 된다.

비단 이 작가뿐이 아니라, 박목월, 박남수의 계열을 타고 있는 자칭 예술파의 젊은 신진들의 대부분이 이런 빗나간 착각에 사로잡혀서 재능을 낭비하고 있는 것이다.

1966. 6.

평균 수준의 수확

이달에는 기성층들이 자기 나름의 세계에서 수준이 떨어지지 않는 상당히 견고한 작품들을 보여 주었다. 김광섭의 「고향」(《문학》), 박두진의 「종아리」(《문학》), 이동주의 「춘한(春恨)」(《문학》), 김현승의 「시의 맛」(《현대문학》), 김해강의 「기구(祈求)」(《현대시학》) 등이 그것이다.

그다지 자주 발표하지 않는 김해강은 그런 그의 과묵이 허실이 아니라는 것을 보이고 있어 매우 흐뭇한 감을 준다. 심오한 시인의 고독과 강인한 극복의 의지를 소박하게 읊고 있는 점에서, 박두진의 「우이령(牛耳嶺)에서」(《시문학》)와 비슷한 내용이지만 차분한 감동의 여운은 후자의 「종아리」보다도 더 진하다. 낡은 세계이면서도 이런 작품이 반갑게 안겨 오는 것은 모던한 시가 될수록 보기 힘들어지는 우리 시단의 그 성실성의 결핍 때문이리라. 김현승의 「시의 맛」도 그런 성실면에서는 흠 잡을 데 없는 착실한 작품이다.

> 아무도 모를 마음의 빈 들
> 허물어진 돌 가에 아무렇게라도 앉아
> 썩은 모래껍질에 코라도 비비며
> 내가 시를 쓸 때,
> 나는 세계의 집 잃은 아이
> 나는 이 세상의 참된 육친.

김광섭의 「고향」은 현대적인 아이러니까지 섞은 형태적인 실험을 엿보이면서 망향의 분노를 무난히 소화시키고 있는 점이 믿음직하고 호감이 간다.

이동주의 「춘한」 역시 그 나름의 유미적인 로컬의 세계에서 넉넉히 수준을 유지할 수 있는 실력을 보여 주고 있다. 그에게서 우리들이 받는 불만은 이런 '작품'에 있는 것이 아니라 이런 '작품만' 쓰는 데에 있다.

젊은 층의 작품에서는 허소라의 「아침 시작」(《현대문학》), 박의상의 「새벽에」(《현대시학》), 권용태의 「손오공 선생」(《현대시학》)이 각자의 참신한 시도에서 출중한 수준을 보여 주고 있고, 이수익의 「모래밭에서」(《현대시학》)가 진지한 호흡을 풍기는 작품이라고 할 수 있다. 허소라는 요즘 현대시에서 논의되는 형태(예술성)와 내용(사회성)의 양극을 두고 볼 때 온화한 중용의 길을 택하고 있어 보이며 그러면서도 산뜻한 현대적 감각미를 풍길 줄 아는 것이 특색이다. 김영태와 비슷한 체질을 갖고 있지만 후자보다 조심성은 더 많아 보인다.

> 눈 뜨자
> 달구지는 비늘 달린 발.
>
> 덫에 걸린 아침을
> 한 마장씩 풀어 주며
> 생선 냄새를 밀고 올 때
> 머리맡의 사과 껍질은
> 꽃뱀처럼 움직이는
> 해안선.

「아침 시작」은 세련된 현대 감각의 유미주의로 그치고 있지만 이 작자의 생리의 플렉시빌리티(flexibility)로 보아서 앞으로 그의 작품이 갈 방향은 아직 단정할 수 없다. 좌우간 유망주다.

박의상은 「새벽에」를 포함해서 도합 세 편을 내놓고 있는데 「새벽에」가 그중 특색이 잘 나타나 있다. 조급한 고민의 호흡을 마구잡이로 끌고 나가는 모습이 거칠면서도 매력이 있다. 어느 대목에서는 이제하보다도 시원스럽게 트여 있는 데가 보이기도 하는데 이미지의 연결에 아직도 불안한 점이 있어 보이는 것이 흠이다.

권용태의 정치를 풍자한 「손오공 선생」은 조그만 규모 안에서 비교적 견고한 수준을 보여 주고 있다. 조그만 규모라고 한 것은 이런 유의 풍자시가 현대시로서의 수준을 확보하려면 '정치'에 대한 풍자로 그치는 것이 아니라 '현대의 정치'에 대한 풍자로 그쳐야 할 것이기 때문이다. 그러기 위해서는 시인의 지성은 우선 세계를 걸쳐서 우리나라로 돌아와야 한다. 오늘날 우리 시단의 모든 참여시의 숙제가 여기에 있다. 작은 눈으로 큰 현실을 다루거나 작은 눈으로 작은 현실을 다루지 말고 큰 눈으로 작은 현실을 다루게 되어야 할 것이다. 큰 눈은 지성이고 그런 큰 지성만이 현대시에서 독자를 리드할 수 있다. 이수익의 「모래밭에서」는

> 미세한 눈들이 나를 보는 동안
> 나는
> 나를 보는 것이다.

의 '모티프'로 시종하는 현대적인 배열로 생명을 노래한, 진지한 서정시로서 신뢰감이 가는 작품이지만 별다른 새로운 것은 없다.

1966. 6.

체취의 신뢰감

시평에서 한때 체취라는 말을 유행처럼 흔히 쓰던 때가 있었던 것을 기억하고 있다. 시뿐이 아니라 소설을 평할 때나 소설가를 평할 때도, '체취가 강한 소설'이니 '체취가 강한 소설가'니 하면서, 개성이 투박한 작가들을 가리켜 말하고는 했다. 요즘은 이 말이 좀처럼 쓰이지 않는 것 같은데, 비평 용어의 변화 때문인지, 진정 체취를 가진 시인이나 작가가 없어져 가서 그렇게 되었는지 나 같은 뜨내기 월평을 하는 사람에게는 좀 가려내기 힘든 까다로운 문제다. 그러나 나의 독단적인 생각으로는 비평 술어의 변화와, 진정으로 체취를 가진 작가들이 없어져 가고 있는 현상의 두 가지에 다 원인이 있는 것 같다. 체취가 풍기는 작품, 하면 개성이 강한 작품이라는 것 외에 어딘지 세련되지 않은 데가 있는 작품이라야 하고, 그런 세련되지 않은 데가 오히려 매력이 있다는 뜻이 은연중에 포함되어 있다. 간단히 말하면 땀내가 배어나는 작품이라고 해도 무방할 것이다. 그리고 그 땀내는 자기의 땀내라야 한다. 자기의 땀내. 나는 땀내보다도 '자기의'에 언더라인을 한다. 그러니까 내가 쓰는 '체취'의 뜻은, 작품의 내용에 보다도 작품의 질에 지난날보다 더 강세를 둔 수정된 그것이라고나 할까.

이런 아리송한 말을 쓰는 것은 유별난 비평적 기준을 강요하기 위한 설정이 아니라 작품의 기준을 모색하고 강조해야 할 오늘날의 시단의 엄청난 과제 의식에서 나오는 것이다. 신뢰할 만한 새 시인은 없는

가, 이것은 월평을 쓸 때마다 모든 평자들이 기도처럼 외우고 있는 오늘의 시단의 공통된 함성일 것이다. 오늘날도 간혹 체취를 풍기는 작품이 있기는 있는데, 그것이 얼마만큼 자기의 것으로 되어 있느냐, 얼마만큼 발전할 수 있는 것이냐 하는 점까지 가면 그리 장담을 할 만한 신진들이 없다. 그리고 그럴수록 평자의 안타까움은 더해지는 법이다.

이달의 작품을 통독하고 나서 김광협의 「봄의 노동」, 「밀감꽃 피는 마을」(《시문학》)과 조태일의 「너의 눈앞에 서서」(《신춘시》)를 다시 살펴보면서, 필자는 체취라는 말이 머리에 떠올랐다. 그리고 이들의 작품에는 체취라는 말이 그대로 어울린다고 생각했다. 특히 「봄의 노동」 같은 작품은 독특한 체취를 풍기는 점에서 필자 나름의 어떤 향수까지도 느꼈던 것이다. 이런 싱싱한 감성과 건강한 젊음은 좀 드문 것이다.

> 석회 가루 훔치기가 시작되는 달 4월에는 우리 서귀포 하늘 위에 귤꽃 향기가 은은한 고전이 되어 봄의 영화(榮華)에 뛰어든다.
>
> 바다에 흰 갈매기떼 별살같이 내리어 선잠에 취했던 젊은 장정이 우거진 녹음의 수염을 하고 향그러운 나무처럼 일어난다.
>
> ―「봄의 노동」에서

「밀감꽃 피는 마을」은 「봄의 노동」보다도 더 싱싱하고 거센 낙천감이 흐르고 있다. 다만 「밀감꽃 피는 마을」은 끝머리가 시원치 않은 것이 흠이고, 이 두 작품과 함께 발표된 「새 연가」라는 작품이 가락도 다르고 작품으로도 맥이 풀려 있어 의아심을 갖게 한다. 그러나 분명히 체취는 갖고 있고, 요즘 젊은 시들 중에서 이런 이채로운 낙천적 성격을 발휘하고 있는 것은 좀 신기할 정도다.

이에 비하면 조태일의 경우는 이번의 「너의 눈앞에 서서」와 「개구리와 파수병」(《신춘시》)을 읽고, 몇 달 전의 그의 작품 「나의 처녀막」을 칭찬한 것이 부끄럽지 않게 되었다는 안도감부터 우선 느꼈다. 조태일의 체취는 김광협의 그것과는 다른 절망적인 현대의 상상 위에 선 의지적인 것이다. 후자가 고생을 안 할 수 있는 체취를—그리고 고생을 안 할수록 좋은 작품이 나올 수 있는 체취를—갖고 있어 보이는 데 비해서 전자는 고난 속을 뚫고 갈수록 빛을 발할 수 있는 체취이다. 그것은 말을 바꾸어 하자면 효과 있는 작업을 계속해 갈 때 후자의 낙천주의적 체취는 점점 더 중량이 늘어 갈 수 있지만, 전자의 체취는 연마를 거듭해 갈수록 여위어 갈 체취이다. 그런 체취의 본질면에서는 전자가 보다 더 본격적인 체취의 시인이 될 수 있는 소질을 갖고 있다. 그러나 작품의 질적 면에서 볼 것 같으면 조태일의 체취는 자기의 체취이며 신뢰할 수 있는 체취이다. 「너의 눈앞에 서서」는 「나의 처녀막」에 비해서 그만큼 성숙도를 보여 주고 있는 작품이다.

> 뼈마디 마디마다에 부딪치며 포성(砲聲)처럼 우는
> 내가 빼앗긴 유년의 시간을 보는가
>
> 국민학교 적, 꿈을 놓으며 징검다리를 건너던
> 순이 이쁜이 영이 복돌이 개똥이의
> 소꿉장난 땅뺏기의 싸움 일어 피로 얼룩진 땅 위에서
> 어메들의 옷고름에 매달리던 유년을 보는가.
>
> 백조가 죽음을 느낄 적엔 하얀 나래
> 퍼덕퍼덕 퍼덕이며
> 가장 아름다운 목소리를 뽑는다 했지
> 위태위태한 성년으로 내 여기 서 있네
>
> 지금 너의 옷자락에 무수히 꽂히는

나의 눈물로는
너의 상흔을 씻을 수 없다만
용해되어 흐르는 나의 유년사를 아프게 보는가.

몸을 보채며 많은 밤을 문지르던 나날의
어메의 눈물은 어디서 주의(主義)를 재우고
아배의 기침은 어디서 포성을 잠재우고 있는가
조용하던 시절을 벗어내리면서
강한 품안을 세우기 위해 내 여기 서 있네

—「너의 눈앞에 서서」에서

투박하고 서투르고 그야말로 위태위태한 구절의 연결이 전편을 통해 억지로 이어져 가면서, 그래도 끝까지 꺾이지 않고 벅찬 톤으로 독자의 머리를 후려갈길 수 있는 것은 그의 진실한 체취의 힘이다.

이런 체취적인 신진들과는 정반대의, 세련된 고답적인 방향을 걷고 있는(이들보다는 대체로 시력(詩歷)이 좀 오래되지만) 황동규, 박이도, 정현종 등의 계간 시동인지 《사계》가 이달에 창간호를 내놓고 있다. 이 동인들 중에서 정현종만은 처음 대하지만, 황동규, 박이도, 김화영은 필자의 이미지로는 각각 경향이 다른 것으로 보고 있었는데, 그들의 작품이 한데 묶여 나온 동인지를 보니 네 사람의 작품이 모두가 같은 색깔로 보인다. 좋은 의미로도 그렇고 나쁜 의미로도 그렇고 좋지도 나쁘지도 않은 의미로도 그렇다. 이 동인지를 일독하고 나서 우선 느끼게 되는 것은 여기에 수록된 28편의 시 작품이 하나도 문맥이 통하지 않는 것이 없다는 것이다. 그리고 모두가 우리 말에 유창하다는 것이다.(유창하다는 말에 어폐가 있다면 잘 다듬어진 말이라고 해도 좋다.) 이것은 다른 동인지나 문학지의 작품들과 비교해 보면 금방 눈에 뜨이는 (우리나라의 경우에는 놀라울 만한) 사실이다. 이것은 좋은 의미의 공통점이다. 그런데 나쁜 의미의 공통점은, 이들에게는 한결같이 앞에서 말하는 체취를 찾아볼 수 없다는 것일 것이다. 이렇게 되면 "도대체 당신이 말하는 체취란 뭐요?" 하고 필자의 체취의 설명이 미흡한 데에 대한 공박을 오히려 받게 될 것 같다. 여기에 대한 성급한 답변으로, 이들에 대해서 전체적으로 육성(肉聲)이 모자란다는 말을 나는 감히 할 수 있을 것 같다. "그러면 당신이 말하는 육성이란 어떤 거요?" 이에 대해서는 나의 말이 아닌 그들의 동인의 한 사람인 김주연의 명석하고 진지한 시론 「시와 진실」에 나오는 말을 빌려 하자면, 그것은 '진실의 원점'이다. 그는 '진실의 원점으로 가려는 피나는 고통 앞에서 언어는 부활하는 것이며, 언어와 시와 진실은 모두 하나의 디멘션에 늘어서 있다는 것'을 '말할 수 있다'고 말하고 있다. 지당한 말이다. 그런데 평자가 《사계》 동인들의 작품에서 일률적으로 받은 인상은 '언어'의 조탁에 지나치게 '피나는 고통'을 집중하고 있는 듯하다는 것이다. 《사계》의 동인들이 우리 시단의 신진들 중에서 가장 교양 있는 젊은 역군들이라는 것을 나는 누구보다도 잘 알고 있다. 그리고 그들이 내가 요청하는 이런 초보적 시의 지식을 안 가지고 있을 리가 만무하다는 것도 잘 알고 있다. 또한 그들이 시는 지식으로 쓰는 것이 아니라는 것을—시를 지식으로 쓰는 것이 아니라는 것을 알면서도 지식으로 쓰게 되는 것 같은 결과를 낳게 되는 것의 원인이 나변에 있는가 하는 것까지도—누구보다도 잘 알고 있다는 것도 알고 있다. 그러면서도 나는 그들에게 감히 말한다. 고통이 모자란다고! '언어'에 대한 고통이 아닌 그 이전의 고통이 모자란다고. 그리고 그 고통을 위해서는 '진실의 원점' 운운의 시의 지식까지도 일단 잊어버리라고. 시만 남겨놓은 절망을 하지 말고 시까지도 내던지는 철저한 절망을 하라고. 그러나 아직도 이들은 젊고 이들은 이제부터 노력할 사람들이다.

이달에는 《사상계》와 《현대시학》이 아직 나오지 않아서 하는 수 없이 동인지의 작품만을 중시한 결과가 되었다. 《현대문학》과 《문학》에 나온 작품 중에서는 유치환의 작품 정도가 체면을 유지하고 있고, 김춘수가 「아침 산보」(《문학》), 「처용3장」(《한국문학》)에서 그의 수준을 지키고 있을 뿐, 그 밖에는 별로 주목할 만한 작품이 없다.

이상로의 「격절교교(隔絶交交)」(《시문학》)는 오래간만에 접하는 그의 작품으로 재미있게 읽기는 했지만 너무 경하다. 성춘복의 「박제(剝製)와 새장수」(《시문학》)는 애는 쓴 흔적은 보이는데 새장수와 박제의 새의 상징이라든가, 박제의 새의 비상과 강하의 의미가 뚜렷하지 않은 것이 결정적인 흠이다.

1966. 7.

젊고 소박한 작품들

이달의 가장 인상적인 작품은 조태일의 「야전국(野戰國) 딸기밭 이야기」(《현대문학》)와 낭승만의 「미명(未明)의 신앙」(《문학》)이다.

전자는 '야전국 딸기밭'에서 '성난 수컷들'인 사나이와 '수줍음 많은 암컷들'인 계집아이가 성교를 하는 이야기인데 천한 것 같으면서도 천하지 않게, 거칠면서도 거칠지 않게 커다란 본원적인 톤으로 수습하는 데 실수하지 않은 작품이라 매우 재미있게 읽혔다.

이런 통속적인 주제를 시의 품격을 잃지 않고 살려 나갔다는 것이 여간 믿음직스럽게 느껴지지 않는다. 성을 통해서 문명권 밖으로의 해방을 시도하고 성공한 것이 좋고, 이런 성공은 '야전국 딸기밭 가의 거친 이야기'라고 자기 규정을 한 것이 여유가 있어 좋다. 자기 고유의 굵은 톤을 발전시켜 나가면서 이제는 자기를 바라볼 수 있는 여유까지도 갖기 시작하고 있는 이 젊은 시인의 앞으로의 작품이 더욱 기대된다.

「미명의 신앙」은 영원에의 갈망과 동경을 벅찬 호흡으로 노래한 작품으로서 「야전국 딸기밭 이야기」의 작가에 못지않게 소박하고 억센 것이 좋다. 다만 낭승만은 종래의 작품이 지나치게 격동하는 감정을 수습하지 못하는 데에서 오는 절규와 혼돈의 지리함에 있어 그것이 노상 흠이었는데 이번 작품에서 그런 낭만의 흔적이 많이 가시어졌다.

무엇으로 가벼이 이름지을 수 없는 당신 앞의 암흑을

나도 하나 넘치게 담고,

오직 풀잎처럼 성장을 발원하는 마음으로

기다리는 당신과 나의 새벽을

가장 아득한 지평선에서부터

예감하고 있습니다

—「미명의 신앙」에서

다음은 노영수가 「새벽의 장(章)」(《현대문학》)과 「다리〔橋〕」(《시문학》)를 발표하고 있는데 두 편이 다 잔잔하고 섬세한 여성적인 정서가 잘 다듬어진 것에 호감이 간다. 다만 착상이 너무 특색이 없는 것이 흠이다.

신동엽의 「산에도 분수(噴水)를」(《신동아》)은 물론 소품이기는 하지만 그의 전작 「발」에 비하면 남북 통일과 민족의 기백의 '분수'를 노래한 수맥이 너무 얕다. '속 시원히 낡은 것 밀려가고 외세도 근접 못하게'라든지 '침략도 착취도 발 못 붙이게'라든지 하는 구절이 이제는 너무 정석적으로 되어서 감동을 주지 못한다. 김춘수의 「K국민학교」(《세대》)는

오후 세 시나 되었을까,

선생님의 눈은 충혈하고 마침내 새금파리에 찔린 듯 피를 흔들린다.

그때, 어디선가 날아온 한 마리 새는 한 아이의 머리에서 다음 아이의 머리 위로 차례차례 옮아 앉는다.

이런 식으로 전반부를 이루고 있는 시인데 전편이 환상으로 차 있는 깨끗한 스케치이기는 하지만 이 스케치는 소생하기를 거부하는 스케치다. 다 읽고 나서 이 여러 토막의 스케치가 하나의 의미로서 소생하지 못하고 그대로 인상적인 단편의 스케치로 머물러 있다. 이 시인은

시에서 의미를 제거하려는 작업을 의식적으로 추구하고 있는지 모르지만 시에서 의미를 제거하려는 본질적인 목표는 부차적인 의미를 정화시키려는 것이지 시를 진공 상태에 놓기 위한 것이 아니다.

이제하의 「사랑에 대하여」(《시문학》)는 의도는 충분히 알 수 있으나 작품으로는 실패한 것이다. 그의 카오스는 좀 도가 넘친다. 좀 더 생산적인 카오스를 도입할 필요가 있다.

박두진은 「남해습유3제(南海拾遺三題)」(《현대문학》)와 「대결」(《시문학》) 등 도합 네 편을 발표했고 질적으로도 역시 이달의 가장 우수한 작품들이었다. 이 밖에 눈에 띄는 작품으로는 조남익의 「관(冠)」(《현대문학》)이 소박하고 좋았다.

1966. 11.

진전 속의 실패

이달에는 《현대문학》과 《문학》 이외에 계간 《한국문학》과 동인지 《신춘시》, 《시와 시론》이 나왔고 《신동아》까지 합해서 약 95편의 작품을 접할 수 있었지만 질적으로는 별로 두드러진 새 발견을 볼 수가 없었다. 그중 좋은 진전을 보인 작품으로 황동규의 「남천호(南川湖)」(《현대문학》)와 「밤헤엄」(《현대문학》)을 들 수 있는 것이 기껏 즐거울 정도다.

그의 여태까지의 작품이 「구가(謳歌)」와 「비가(悲歌)」를 비롯해서 거의 전부가 두뇌적인 밀도와 구조적인 배열에의 부자연한 집착에서 오는 생경감을 벗어나지 못하고 있던 것에 비해서 이번의 두 작품은 시의 생명에의 개안을 충분히 암시하면서 종래의 그의 개성적인 구성미를 잃지 않은 점으로 보아 그로서는 괄목할 만한 진전이라고 보지 않을 수 없다.

다섯 달 겨울
사면에서 싸움의 자세로 깃 높이 펴고
구애하는 들기러기를
탄대(彈帶) 안의 무서운 조망(眺望)
보고 울고 웃다 기합받았다

포신 높이 쳐든

166 밀리 포의 구애 자세를
없는 지도를
전 생애로 꿈꾸고 꿈꾸었다……

—「남천호」에서

머리에 에도는 물결
숨찬 원통(圓筒)의 항해
바다의 갓을 허물고
살과 뼈와 슬픔을 허물고
한없이 떠도는 모든 생명을
잠시 한 몸에 집중시킨다

—「밤헤엄」에서

여기의 "보고 울고 웃다 기합받았다"의 구절도 과히 어색하지 않게 어울려 들어갔고 "없는 지도" 같은 것은 그가 항용 즐겨 쓰는 대위법인데 이번에는 다음 줄의 "전 생애로 꿈꾸고 꿈꾸었다"와 어울려서 그로서는 희유한 성공을 거두었다. "한없이 떠도는 모든 생명을/ 잠시 한 몸에 집중시킨다"도 동질의 희귀한 성공이었다.

최원의 「꽃의 소고(小考)」(《현대문학》)는 작품으로는 무난하게 잘 다스려 나간 폭인데 '꽃'이라는 주제와 그의 상징이 너무 흔해빠진 것이어서 불만이다. 이에 비하면 오경남의 「벽」과 「폭풍」(《문학》)은 작품으로는 아직 미흡한 데가 많지만 자기의 세계를 구축해 보려는 상당히 깐깐한 저력이 엿보이는 것이 좋게 생각된다.

유치환의 「폐병」, 「원경」, 「이것과 이것이 무슨 상관인가」(《한국문학》), 「노송」(《신동아》), 「체육대회」(《문학》) 중에서는 「폐병」, 「원경」, 「노송」이 그의 관록에 손색 없는 무게 있는 작품이었다.

전전반측하는 고독한 지표(地表)의 일변(一邊),
소슬히 허공을 향하여 하늘 여울을 부르며
세기의 계절 위에 정정히 치어 든
이 불사의 검은 상념을 알라!

—「노송」에서

이원수의 「방황」(《현대문학》)은 근래에 드문드문 접하는 그의 작품에서 볼 수 없었던 인생의 황혼에 몸부림치는 어떤 소박한 치열감 같은 것이 느껴져서 잠깐 놀라지 않을 수 없었다. 동시 작가라고 깔보아서는 안 될 것 같다. 장수철의 「침대차」(《현대문학》)도 특이한 경험을 주제로 한 힘들인 흔적이 보이는, 그의 근래 작품에서는 보기 드문 산뜻한 작품인데 끝머리에 가서 강한 종합을 이루지 못했다.

이밖에도 월남전이라는 이채로운 주제를 힘들여 다루었음에도 불구하고 소기의 성과를 거두지 못한 안장현의 「공동탕에서」(《문학》)가 여간 애석하지 않다. 젊은 층의 작품으로는 이탄의 「소등(消燈)8」(《신춘시》)과 조태일의 「눈깔사탕」(《신춘시》)이 이채로웠다.

1966. 12.

다섯 편의 명맥

《현대문학》의 13명의 20편의 작품, 《문학》의 14명의 17편의 작품, 《한국문학》의 7명의 15편의 작품, 《신춘시》의 17명의 26편의 작품을 훑어보았다. 이달은 대체로 시원치 않다. 모두 78편 중에서 읽을 만한 것은 크게 잡아서 18편인데, 작품이 되었다고 생각되는 것은 겨우 5편, 유치환의 「원경」, 「폐병」, 이원수의 「방황」, 황동규의 「남천호」, 「밤헤엄」밖에 없다.

이원수의 「방황」(《현대문학》)은 그의 드문드문 발표하는 종래의 작품에서 받아온 어떤 여기적(餘技的), 파적(破寂) 취미를 비통하게 벗어났다고도, 이쁘게 완성했다고도 볼 수 있는, 잠깐 놀라지 않을 수 없는, 된 작품이다. 이 작품을 읽으면 그를 단순한 동시 작가로만 얕볼 수 없는 것을 알게 된다. 별로 야심을 부린 데도 없고 소재도 단순하고 치열한 맛이 있지만, 조금도 꾸밈없는 자연스러운 자기의 생활에서 나온 몸에 붙은 치열미에 호감이 간다. 누구더러 보아 달라는 작품이 아니다. 이런 작품이 사실은 아쉽다. 다만 이와 함께 발표한 「코스모스」는 끝머리가 약해서 작품으로서 설익은 것이 유감이다.

황동규의 「남천호」와 「밤헤엄」(《현대문학》)은 여태까지의 그의 작품벽(作品癖)인 응축된 구조본위가 생명의 호흡을 받아들이는 셔터를 조금씩 열어 갈 줄 아는 기술을 습득해 가고 있는 기미가 보이는 것이 좋았다. 두 작품이 다 끝머리를 성공적으로 여미고 있다. 이것은 그가 종래의 작품에서 한 번도 보여 주지 못했거나 혹은 어설프게밖에 보여 주지 못한 것이다. "포신 높이 쳐든/ 166밀리 포의 구애 자세를/ 없는 지도를/ 전 생애로 꿈꾸고 꿈꾸었었다"와 "바다의 갓을 허물고/ 살과 뼈와 슬픔을 허물고/ 한없이 떠도는 모든 생명을/ 잠시 한 몸에 집중시킨다"의 "전 생애"와 "모든 생명"의 효과는 구조의 기술을 완성하면서 생명의 기술을 완성할 수 있다는 시사를 보여 준 점에서 의의가 있다. 이런 식으로 그가 어디까지 얼마나 밀도 있게 그 나름의 구조의 미학을 밀고 나갈 수 있을는지 두고 볼 만하다.

유치환의 「폐병」(《한국문학》)은 그의 예의 반골 정신의 화신을 그린 것으로서 이달의 가장 무게 있는 작품이다. '폐병'이라고 하지 않고 '상이군인'이라고 했더라면 어땠을까 하는 생각이 든다. '폐병'이라면 어쩐지 1차 대전 때의 어휘 같고 '상이군인'이라고 하면 6·25 때가 연상된다. 이 시의 폐병은 6·25 때 부상을 당한 상이군인 같은데, 이 시의 제목을 '상이군인'이라고 고치면 내용이 달라져야 할 것 같고 오히려 '폐병'보다도 소재상으로 더 낡은 감을 주게 될 것 같다. 보편화된 중후한 감을 주는 역사성을 띠기 위해서 폭넓은 '폐병'이 이 시의 제목으로는 어울린다. 이 시의 의도가 사실상 역사적인 시점에 역점을 두었다기보다도 그의 적극적인 인류적 허무 철학을 내세우는 것이 본질로 되었으니만큼 이런 각도의 지나친 천착은 부당할지 모르지만, 안장현의 월남파병을 주제로 한, 작품 형성면에서는 민망스럽게 실패한 「공동탕에서」를 생각해 볼 때, 「폐병」만 한 작품적인 성공이 「공동탕에서」와 같은 월남전의 상이군인을 취급하게 되면 좀 더 박력 있는 오늘의 감동을 줄 수 있는 좋은 작품이 될 수 있을 텐데 하는 아쉬움이 없지 않다.

안장현의 「공동탕에서」(《문학》)는 아들과 함께 공동탕에 들어가 목욕을 하는 아버지가 자기가 겪은 일제시대의 전쟁과 6·25와 월남전을 생각하면서, "어느새 어른이" 다 된 아들을 "몇 해가 지나면 백년전쟁이라는 월남 땅으로" "아비의 자유 위해 자식"을 보낼 것을 생각하고, "차라리 이 지구를 몽땅/ 바다 아닌 커다란 바닷속에/ 처넣을 힘은 없는가/ 아니면 사람이 사람을 죽이는 노릇만은/ 영원히 그만두게 할 힘은 없는가" 하는 개탄으로 그치고 있는 내용의 작품인데, 새로운 소재를 발전시켜 가는 기백은 살 만하지만, 전쟁에 반대하는 철학의 깊이가 「폐병」의 경우와 비교가 안 된다. 이런 점에서는 신세훈의 「비에뜨남기여」(《신춘시》)나 김원호의 「전쟁이 끝나면」(《신춘시》) 같은 소수의, 전쟁을 주제로 한 작품들이 하나도 이렇다 할 반전(反戰)의 모랄을 제시하지 못하고 있다.

장수철의 「침대차—입원기1」(《현대문학》)은 주제가 주제인 관계도 있지만 근래의 그의 작품으로는 눈이 반짝 뜨이는 구절도 있고 진전도 순탄하게 되어 있는데, 이원수의 「코스모스」의 경우처럼 종구(終句)의 마무리가 약하다. 환자의 각성이 '응급환자'의 '실감'으로 그치지 말고, 본원적인 삶의 각성으로 그쳐야지만 작품으로의 영원성을 획득할 수 있었을 텐데 그것이 모자랐다.

오경남의 「벽」과 「폭풍」(《문학》)은 작품으로는 아직 미숙하지만 이 작자의 근래의 작품을 보면 시인으로서의 최소한도의 기골이 엿보이는 것이 매력이다. 약하지만 진지한 점을 살 수 있다.

윤삼하의 「조개의 보석」(《신춘시》)과 최원의 「꽃의 소고」(《현대문학》)는 작품의 됨됨이는 무난한데 소재가 흔해빠진 것이다. 이에 비하면 조태일의 「눈깔사탕」과 「미인」(《신춘시》)이나 이탄의 「소등8」과 「나의 언어」(《신춘시》)가 촉망될 수 있는 자질을 보여 주는 세계라고 생각된다.

이달의 작품 중에서 작시상(作詩上)의 논의의 가장 흥미 있는 대상이 될 수 있는 것은, 실은 유치환의 「이것과 이것이 무슨 상관인가」(《한국문학》)의 끝줄 "돌아오는 길, 누구인가 언제 가려 가졌던지 죄끄만 뼈토막을 포켓에서 내던져버리는 것이었다"라는 구절이다. 이 작품은 화장장에서 화장을 하는 것을 주제로 한 생사관(生死觀)을 읊은 것이고, 이 구절은 화장을 하고 나서 잿가루를 뿌리고 돌아오는 길에 "누구인가 (……) 뼈토막을 포켓에서 내던져버"린다는 것인데, 작자는 이 작품에 첨부된 "시작 노트"에서, 사실은 "골편(骨片)을 내버린다고 하였는데" "그날 누구인가 언제 집었는지 그것을 넣고 오던 것을, 작품상의 효과를 노려서 내던져버리더라고 꾸민" 것이라고 자주(自註)를 달고 있다. 평자는 처음에 이 작품을 읽고 "뼈토막을 포켓에서 내던져버리는" 것이 이상하다고 느꼈던 참에 이 작자의 자주를 읽고 과연 옳다고 생각했다. 그리고 웃음이 나왔다. 기쁜 웃음이었다. 작자가 말하고 있듯이 '내던져버'린 것이 '작품상의' 소기의 '효과'가 있는지 없는지는 모르겠다. 평자의 의견으로는 있는 것 같지 않게 보인다. 평자도 자신이 없다. 작자가 그런 자주를 쓴 것만큼 평자도 효과가 없다고 자신 있게 말할 수 없다. 그러나 지금은 작자도 알고 있을 것이다. 나도 알고 있다. 이것이 무슨 부합(符合)인지 모르겠다. 작자의 판단이 틀려도 좋고 평자의 판단이 틀려도 좋을 것 같다. 서로 누가 져도 웃을 수 있을 것 같다. 이만한 애교 있는 효과를 평자는 그의 훌륭한 '시작 노트'의 자주에서 읽었다. 그러나 만약에 자기의 '효과'가 어디까지나 들어맞은 것이라고 우긴다면 이것은 또한 시단의 전 시 평가와 시인을 동원해서 한바탕 논의해 보아도 좋을 만한 재미있는 시법(詩法)의 문제가 될 것 같다.

1967. 1.

시적 인식과 새로움

이달에는 《현대문학》과 《문학》만의 25명의 30편의 작품을 읽고 나서, 김광섭의 「생의 감각」(《현대문학》), 이원수의 「승천」(《현대문학》), 성춘복의 「출발」(《문학》)을 고를 수 있었다.

> 아픔에 하늘이 무너지는 때가 있었다
> 깨진 그 하늘이 아플 때에도
> 가슴에 뼈가 서지 못해서
> 푸르던 빛은
> 장마에 황야처럼 넘쳐흐르는
> 흐린 강물 위를 떠갔다
> 나는 무너지는 둑에 혼자 서 있었다
> 기슭에는 채송화가 무더기로 피어서
> 생의 감각을 흔들어 주었다

「생의 감각」의 후반부인 이런 구절에서 우리들은 이 시인의 독특한 개성을 읽는다. 여명의 몽롱한 고통의 연무(煙霧)를 헤치고 나와 처음이자 마지막으로 잡는 것 같은 생의 감각은 곧 기도를 담은 시의 생명으로 통하는 것이지만, 이 시의 가치는 몽롱한 과정을 통한 독특한 접근법에 있다고 볼 수 있다. 이런 몽상은, 실패를 하면 작품의 핵에 조화되지 않는 동떨어진 몽상으로 그치지만, 이 작품에서는 몽상의 뒤에 육체적인 떠받침 같은 것이 느껴져서 과정으로서의 몽상인 동시에 몽상 그 자체가 이 작품의 오리지널리티의 구실을 하고 있는 것이 묘하다. 시에 있어서의 새로움이란 이런 것을 말하는 것이라고 생각된다.

이원수의 「승천」은 전달의 「방황」보다도 더 거침없는 시원맛을 안겨 주는 멋있는 작품이다. 이 시인의 요즘의 호조(好調)에는 새삼스럽게 놀라지 않을 수 없는 것이 있다.

선녀의 행렬은
지구를 스쳐 다시 오르고
나는 순이의 가슴에 안겨
옥이의 불룩한 젖을 빤다
쾌적히 들먹이며
불쑥불쑥 자라나는
내가 즐겁다

—「승천」 종련(終聯)

하늘에 대고 도리질을 하면서 "불쑥불쑥 자라나는" 그의 시가 즐겁다. 그는 잘하면 조로증의 폐습이 아직도 농후한 우리 문학풍토에서 보기 드문 무서운 노(老)악동이 될 수 있을 것 같다.

성춘복의 「출발」은 작품으로서의 성공 여부는 고사하고, 우선 그의 괴기한 판타지의 유희가 남의 것의 모방이 아니라는 점에서 좋게 생각된다.

바람이 부는 날은
증기탕 앞의 벌거숭이로
쓰러져 뒹굴다가

외발로 회오리의 계단을 딛고
하늘의 빛살도 스미는
회의(懷疑)의 옷을 짜거나,
더욱 축축한 날
내 눈알에 깊은 계곡과
둔덕이 따로 있어
별밭을 이고
잔나비의 장난을 보일 테지만,

이런 환상은 사뭇 싱싱하고 발랄해 보이는데, 끝머리에 가서 정리나 자성의 분별이 생기면서 끝까지 뻗어나가지 못한 것이 유감이다. "그것은 움직임이 아니라/ 거울 속 같은/ 환한 내 그림자/ 치마 속 같은 어두움이겠지" 하고 끝을 맺고 있는데, 이것을 「승천」의 끝머리와 비교해 보면 얼마나 지루한 답보인가를 알 수 있다. 이 작품은 필경 '출발'을 하지 못한 '출발'이다.

서정주의 「토함산 우중(雨中)」, 「경주 소견」, 「무제」(《현대문학》)는 별로 새로운 데가 없고, 김춘수의 「영혼」(《문학》)도 「유년시」(《한국문학》)보다는 '의미'를 담고 있지만 아무런 새로운 진전을 찾아볼 수 없다.

베란다로 나와
등나무 그늘에 앉은 그녀는
아까 햇볕에서 본
그녀가 아니다
쟁반에 그려진 목련처럼 계절 밖에서
꽃잎을 오므린다
난형(卵形)의 갸름한 꽃잎을
무릎 위에서 단정하게 오므린다

구름이 일고
먼 산이 흔들린다

—「영혼」 전문

이런 세계를 "시가 스스로의 힘으로 존재하고 그 자체가 절대자의 노래를 부를 수 있는 행복한 순간으로 가기 위해 가장 가까운 자리에" "놓여 있다"고 김주연은 「시에 있어서의 의미 문제」(《문학》)에서 보고 있지만, 이런 말은 서정주의 「토함산 우중」 같은 작품에도 통할 수 있고 이원수의 「승천」에도 통할 수 있는 지극히 막연한 시의 본질을 시사하는 말밖에는 되지 않는다. 또한 그는 김춘수를 가리켜서 "철저한 인식의 시인"이라고 하고, "일체의 비유라든가 이미지의 상징성은 말끔히 가셔져 있으며 인식은 감상의 범주를 조금 상회하고 있을 뿐이라는 느낌으로 시의 인식은 멈추어 있다."고 그의 인식의 성질을 규정하고 있는데, '감상의 범주를 조금 상회하는' 인식이 시적 인식이 될 수 있는지, 도대체 시적 인식을 그렇게 너그럽게 보아서 좋은 것인지 근본적인 의아심이 나지 않을 수 없다. 시적 인식이란 새로운 진실(즉 새로운 리얼리티)의 발견이며 사물을 보는 새로운 눈과 각도의 발견인데, '감상의 범주를 조금 상회하는', 말하자면 감상과 비슷한 인식이 있을 수 있는지 지극히 의아스럽다. 이달의 「영혼」만 놓고 보더라도 평자는 여기에서 아무런 새로운 것도 느낄 수가 없다. 그의 시에 '의미'가 있든 없든 간에, 시에 있어서 인식적 시의 여부를 정하려면 우선 간단한 방법이, 거기에 새로운 것이 있느냐 없느냐, 새로운 것이 있다면 어떤 모양의 새로운 것이냐부터 보아야 할 것이다. 인식은 본질적으로 새로운 것이다. 나는 이 말을 백 번, 천 번, 만 번이라도 되풀이해 말하고 싶다.

1967. 2.

새로운 포멀리스트들

《현대시》의 최근 호(제11집)에 나온 이수익, 김영태, 주문돈, 이해녕 등의 작품을 열심히 훑어보고, 《현대문학》의 김지향, 조유경의 작품을 흥미 있게 읽었다. 《현대시》는 말미의 총목차를 보니, 제7집부터 기성인들을 제외하고 순전히 이유경, 박의상, 이승훈 등의 신예들만의 작품으로 충당되어 있어 순수한 동인지의 성격을 굳게 하고 있고, 가령 《신춘시》 같은 것을 대척적인 동인지로 볼 때 포멀리스트로서의 그 성격이 한층 더 두드러지게 부각되어 있는 것이 좋았다.

이런 《현대시》의 젊은 동인들이 갖고 있는 포멀리즘의 족보를 새삼스럽게 따질 필요는 없지만, 필자는 요즘 독일의 홀투젠의 시를 찾아보다가 이동승의 「전후 독일시 개관」(『세계 전후 문제시집』, 신구문화사, 335쪽)이란 글을 읽어 보고, 우리나라의 순수 상징적인 존재의 시의 위치에 대해서 다시 한번 검토와 평가가 내려져야 할 시기가 되지 않았나 하는 느낌을 갖게 되었다. 이런 반성의 직접적인 자극을 준 것은 이들 동인들이나, 이들과 같은 방향에 있는 김지향의 「약혼 시절」(《현대문학》) 같은 작품들이 기술면에 있어서 현저하게 세련되어 가고 있다는 사실이다. 김영태의 「실수」, 이수익의 「암실에서」, 주문돈의 「새벽」, 이해녕의 「손님」 같은 작품은, 이를테면 신동집, 박남수, 전봉건 등이 실패하고 있는 고질적인 매너리즘과 기술의 좌절을 무난히 빠져나갈 수 있는 충분한 가능성을 제시하고 있다. 도대체가 박목월을 위시한 우리나라의 포멀리스트들의 과오는 '현대시는 매혹과 곡예를 전제로 하는 언어의 유희이다.'라든가 '시는 표현하기 이전에 존재해야 한다.'는 절대시의 명제를 너무나 소극적으로 안이하게 받아들인 점에 있었다. 독일시에서만 보더라도 고트프리트 벤이나 알베르트 아놀드 숄 같은, 언어의 마술과 형태의 우위를 주장하는 시인들이 사회적 윤리나 인간적 윤리는 고사하고라도 언어의 윤리를 얼마나 준엄하게 적극적으로 지키고 있는가를 우리나라의 포멀리스트들은 모르고 있는 것이다. 언어의 윤리라면 좀 이상하게 들릴지 모르지만, 현대시에 있어서의 언어의 순수성이 현대 사회에 있어서의 시인의 절대 고독과 동의어의 관계에 있다는 것은(이것은 숄의 「부호」나 「시」 같은 작품을 읽어 보면 알 수 있을 것이다.) 두말할 것도 없이 현대적인 시인이 이행하고 있는 언어의 순수성이 사회적 윤리와 인간적 윤리를 포함할 수 있을 만한(혹은 배제할 수 있을 만한) 적극적인 것이어야 한다는 말이 된다. 필자가 언어의 순수라고 평이하게 말할 수 있는 것을 구태여 언어의 윤리라는 얄궂은 말을 쓰는 것도 이런 양자 간의 미묘한 뉘앙스를 강조하기 위한 것이고, 이런 뉘앙스의 식별의 감도가 우리나라의 존재파 시인들에게 지극히 무디게밖에 반영되어 있지 않은 것을 지적하고 싶은 마음에서이다. 《현대시》에 발표된 작품 중에서만 보더라도, 박의상의 「HOOD·WINK」나 이승훈의 「사물A」 같은 작품에 단안을 내릴 수 없는 것은, 이런 언어의 윤리의 결백성이 어느 정도로 실천(표시가 아니라 실천)되어 있는가의 보증이 아직도 모호하기 때문이다. 다시 말하자면 그들의 시인으로서의 절대 고독을 어느 정도 신용해야 좋을지 모르기 때문이다. 이러한 보증은 시 작품만을 통해서가 아니라 시론을 통해서 얻어지는 수가 많은 시인의 경우를 모르는 것은 아니지만, 우리나라와 같이 시론의 자위(自衛) 내지 후원이 미약한 풍토에서는 자연히 시 작품만을 가지고 따지게 되고, 그러다 보면 결과적으로 「암실에서」나 「실수」 정도의 최소한도의 내용을 가진 존재시의 선에서 비평의 데드라인이 그어지는 것도 어찌할 수 없는 일일 것이다.

그러고 보면 우리에게는 진정한 참여시가 없는 반면에 진정한 포멀리스트의 절대시나 초월시도 없다고 보는 것이 타당할 것이다. 브레히트와 같은 참여시 속에 범용한 포멀리스트가 따라갈 수 없는 기술화된 형태의 축도(縮圖)를 찾아볼 수 있고, 전형적인 포멀리스트의 한 사람인 앙리 미쇼의 작품에서 예리하고 탁월한 문명비평의 훈시를 받을 수 있는 것을 생각해 볼 때, 참여시와 포멀리즘과의 관계는 결코 간단하게 구별할 수 있는 문제도 아니고 고정된 정의를 내릴 수 있는 문제도 아니다. 그러나 이러한 막중한 시론의 문제는 제쳐 놓고라도, 《현대시》의 최소한도의 내용을 가진 김영태, 주문돈, 이수익, 이해녕의 작품에서 우리가 미흡하게 느껴지는 것은 언어적 윤리 이전에 사회적 윤리와 인간적 윤리와의 격투의 자죽*이 너무나 희박하다는 것이다. 이것은 이들의 성장을 위해서 거의 암적인 불리한 제한이다. 이런 제한은 고의적으로 가해도 안 되고 무의식적으로 가해도 안 된다. 고의적으로 가하게 되면 그것은 역사의식을 망각하는 것(역사의식이나 사회의식이라는 말이 싫다면, 시사적 의식을 망각하는 것이라고 해도 된다.)이 되고, 무의식적으로 가하게 되면 지식인이 아니면서 현대시를 쓰는 착오를 범하고 있는 것이 된다. '현대시는 역사적인 면에서 볼 때는 과거와의 단절의 시' 운운의 말을 하는 포멀리즘의 무수한 현대시론이 범람하고 있는 것을 알지만, 이것은 역사의식을 근절하라는 말이 아닌 것은 물론이다. 특히 우리나라와 같이 완전한 언론의 자유가 없는 데에서 파생하는 역사의식의 파행을 누구보다도 먼저 시정해야 할 것이 지성을 가진 시인의 임무인 것을 생각할 때, 젊은 시인들의 편파적인 존재시의 이행은 어찌 보면 경계해야 할 일이기까지도 하다. 우리의 현실 위에 선 절대시의 출현은, 대지에 발을 디딘 초월시의 출현은, 서구가 아

* 자국의 방언.

닌 된장찌개를 먹는 동양의 후진국으로서의 역사의식을 체득한 지성이 가질 수 있는 포멀리즘의 출현은 아직도 시기상조인가? 아니 오히려 이런 고독감이 오늘의 포멀리즘의 출발점이 될 수 없겠는가? 이런 점에서 보면 오히려 기술면에서는 아직도 약한 이해녕의 「손님」 같은 작품의 흘음(吃音)이, 무엇인지 모르게 자기의 소리를 찾고 있는 것 같은 몸부림을 엿보이고 있어 반갑게 생각된다.

이달의 작품으로는 《문학》과 《시문학》 등이 안 나와서, 하는 수 없이 《현대문학》만을 상대로 했고, 김지향의 변모와 조유경의 「통금 속의 자유」를 말하고 싶었지만 지면 관계로 부득이 할애한다. 유치환의 「괴변」과 김현승의 「마음의 집」이 이달에도 역시 굳건한 관록과 정진의 표적을 보이고 있는 것이 여간 믿음직스럽지 않다.

1967. 3.

새로운 '세련의 차원' 발견

낡은 소재를 낡은 수법으로 다루어서 비록 안정된 효과를 거두었다 하더라도 그것이 시원치 않게 느껴지던 낡은 소재와 낡은 접근법의 작품이 판을 치던 시대와는 달리, 한 잡지의 작품의 3분의 2 이상이 새로운 소재와 새로운 수법을 남용해서 낡은 안정된 효과보다도 더 나쁜 혼란의 결과밖에는 가져올 수 없다면 오늘의 시의 '새로운' 것과 '낡은' 것의 기준이 이렇게 나가다가는 약간의 역설적인 풍자까지도 섞어서 완전히 반전될 위기에 처해 있다고 볼 수 있다. 이달의 《현대문학》의 12편의 작품을 놓고 볼 때 시조 형식의 「산거(山居) 일기」를 빼놓으면, 박기원의 「기도에의 나무 5」와 권국명의 「무명고(無明考)」의 두 편만이 소위 낡은 것이고 그밖의 것이 전부 소위 새로운 것이다. 이 새로운 것들을 아무리 좋게 읽어 보려고 해도 동정은 도저히 이 새로운 다수파에 가지지 않는다.

「기도에의 나무 5」 같은 작품을 보면 오히려 매너리즘도 철저히 밑바닥까지 가라앉아 버리면 소생할 가능성이 없지도 않다는 이상한 희망까지도 안겨 주고, 어설픈 '새로운' 탈을 쓴 낡은 것보다는 '낡은' 탈을 사수하는 똥고집 속에 뜻밖의 새로운 것이 담겨질 수도 있다는 높은 자각까지도 안겨 준다.

이러한 자기도 모르는 수동적인 새로움이 시적 생명의 본질을 밑바닥으로 깔고 나갈 때, 「기도에의 나무 5」 같은 작품은 잘하면 풋내

기 '현대시'가 까맣게 따를 수 없는 멋진 성공을 거둘 수 있다. 그런데,

> 터지는 포성은 끝내 무너뜨릴 수 없는 절벽을 딛고 서서.
> 발밑을 굽어 보고 차라리 자살을 포기한 채.
> 손아귀에 잡힌 풀포기이게 하소서……
> 벌판에 고인 흥건한 흙탕물이 단숨에 한데 모여.
> 상여 뒤를 따르는 호사스런 호곡(呼哭)처럼.
> 죄 없이 흐르는 강물이게 하소서.

같은 구절에서 엿볼 수 있는 대위법적 시적 긴장의 전개가 효과를 거두고 있는 반면에, '마녀', '선혈', '기폭', '호곡', '노목' 같은 비유가 시적 의식의 충분한 계산 없이 — '수동적인 새로움'의 각도에서 볼 때, 그 수동성이 덜 철저하게 — 씌어진 것이 이 작품의 큰 숙제라고 생각되고, 동시에 이런 유의 작품의 숙명적인 결함이라고도 생각된다.

박기원의 작품을 수동적인 시의 자세라고 볼 때, 이와는 거의 정반대의 능동적인 체질을 보여 준 조태일의 「모처녀전(某處女前) 상서(上書)」(《신동아》)가 이달의 가장 눈에 띄는 작품이라고 볼 수 있다.

본란*을 통해서도 전에 평자가 언급한 일이 있지만, 조태일은 아류적인 '새로운' 것이 아닌 자기만의 새로운 목소리를 찾으려고 애를 쓰는 가장 촉망되는 신진의 한 사람으로서, 이달의 그의 작품만 보더라도 그 소재는 변해 가고 —사회 고발적인 것에서 성(性)의 에로틱한 것으로 —있지만 그의 독특한 체질의 순수성을 줄기차게 고수하고 발전시켜 나가고 있는 점이 호감이 간다.

「기도에의 나무 5」 같은 나이 먹은 작품과 달리 이런 젊은 작품은 끝없이 능동적으로 나가는 길밖에는 없고 그렇게 나감으로써 양자의

---

* 《서울신문》의 「시단」란을 말한다.

수동과 능동이 합치되는 도달점에 오늘의 우리 시단의 새로운 세련의 차원이 발견되어야 할 것이다.

1967. 7.

새삼 문제된 '독자 없는 시'

'시는 왜 안 읽히나?'

이런 제목으로 얼마 전에 S대학의 문학회에서 심포지엄을 벌여서 참석한 일이 있는데 이와 똑같은 제목을 며칠 전에 S일보 문화면에서 전화로 문답을 청해 왔다. 전화를 통한 신문사와의 문답이, 어설프게 욕을 보는 결과가 될 줄 알면서 약 20분 동안을 정성껏 설명을 해 주었는데 지면에 난 것을 보니 아니나 다를까 필자가 한 말은 전부 합해서 200자도 안 되는 용두사미 격이 되어 나왔다. 이것을 보고 필자는 두 가지 문제를 새삼스럽게 느꼈다. 하나는 시가 안 읽히는 문제를 왜 이렇게 야단을 하는가 하는 것이고, 또 하나는 저널리즘과는 시의 문제를 논의하는 것을 지극히 삼가야겠다는 것이다. 이것은 지극히 반동적인 언사같이 들릴 것이다. 그것을 알면서도 감히 이런 생각을 갖게 된 또 하나의 계기가, 며칠 전에 도하(都下) 각 신문에 발표된 소위 '한국 신시 60년 기념사업회'의 창립 취지문이다. 이 취지문 안에서도 "한국의 시에 침체의 암운이 덮이어 온 것은 이 수년래(數年來)의 일이다. 시를 써도 발표할 곳이 없고 읽어 주는 독자가 없고 지나간 날의 시인에 주어졌던 찬양과 공감은 사라지고 비웃음과 모멸만이 그에 대신하려 한다"는, 시를 쓰는 사람들 자신의 애수조(調)의 호소가 나와 있고 이것을 비평한 S일보가 이 대목을 비판하면서 "독자의 문제는 이차적인 것이라 하더라도 독자 없는 시를 생각할 수 없는 이상 많은 사람들이 시와 거리를 둔 채 살아간다는 것은 한번 따져 볼 만한 것이다."라고 시와 독자와의 유리 현상을 역시 개탄하고 있다.

이 걱정을 하는 시인이나 저널리스트들에게 필자는 '시는 왜 안 읽히나?'의 문제로 고민하기 전에 우선 두 가지 문제를 먼저 생각해 보라고 권하고 싶다. 그것은, 하나는 요즘 책은 왜 안 읽히나? 하는 것과 시 쓰는 사람들끼리도 시를 안 읽는 것은 웬일인가? 하는 것이다. 문제는 본질적으로 '회화는 왜 안 보는가?', '음악(즉 현대 순수 음악)은 왜 안 듣는가?', '연극은 왜 관객이 없는가?' 등으로 통하는 현대 문명의 지옥상(地獄相)에 대한 회의에까지 귀결하는 문제이고, 뒤의 문제는 예술을 창조하는 당사자들의 작업 내용의 허실에 귀착하는, 그야말로 예술가의 권위에 대한 문제이다. 그런데 이 외적 문제와 내적 문제로 구분해 볼 수 있는 이 두 문제는 사실은 오늘날의 현대시가 짊어지고 있는 과제 그 자체이며, 내용 그 자체이며, 표현 그 자체이며, 형식 그 자체라고 해도 과언이 아니다. '시는 왜 안 읽히나?'—이것은 진정한 시인이 걱정할 문제가 아니다. 또한 기삿거리에 옹색한 저널리즘의 문화면이 구색을 채우느라고 주기적으로 들먹거릴 문제도 아니다. 하물며 시를 쓴다는 사람들이 행사를 빙자해서, 매스컴을 이용하여 이 문제를 해결하려는 듯한 인상을 주는 것은 지극히 경박한 일이다. 예술의 권위는 탈환할 수 있는 것도 아니며 박탈당한 일도 없다. 이런 관료적인 경솔한 취지문을 새삼스러운 자각이라도 한 듯이 강조하고 선전하는 것은, 시 쓰는 사람 스스로가 자기의 평소의 태만을 고백하는 것밖에 아니 되고 오히려 자신의 권위를 추락시키는 결과밖에는 안 될 것이다. 신시 60년의 시정신을 더럽히지 않기 위해서라도 이런 구태의연한 '자유당 시대'식의 행사주의는 그만 좀 탈피하는 것이 좋을 것 같다.

1967. 8.

'낭독반(朗讀盤)'의 성패

이달에는 문학지와 종합지에 게재된 20명의 작품 30편을 읽어 보았다. 이밖에 시집으로는 이탄의 처녀 시집 『바람 불다』, 이추림의 『탄피 속의 기(旗)』, 김대규의 『양지동 946번지』가 나왔고, 권오운, 김광협, 이탄, 최하림 등의 사화집 『시학』이 나왔다. 또한 우리나라에서는 최초의 기도(企圖)인 시 낭독 레코드가 LP 4장을 한 벌로 국내외 저명 시인들의 작품을 수록해서 발간되었다.

레코드를 통해서 독자의 범위를 확대하고 거리를 단축시켜 보려는 현대시의 시장 확장을 위한 시도는 미국 같은 데에서는 이미 상당한 성과를 거두고 있고, 시인이나 비평가 들의 진지한 논의 대상으로 되고 있는 것을 알고 있는데, 외국시와는 달리 음률이나 한자 혼용에서 오는 '읽는 시'로서의 핸디캡을, 현대시의 고유한 본질적 난해성과 더불어 활자 위주의 시각 본위에서 오는 핸디캡과 함께 어떻게 극복 · 발전시켜 나갈 수 있느냐 하는 문제가 여기에 필연적으로 수반된다. 종래의 라디오를 통한 시 낭독 프로나 간혹 열리는 기념행사 같은 때의 낭독회 같은 것이 좋은 표본이 될 수 있는데, 그런 낭독회가 구색이나 쇼 정도로 그치고 독자의 광범위한 획득을 위한 의식적인 운동으로까지 발전하지 못한 것은 시인들의 낭독시에 대한 무지와 참여 의식의 결핍에 우선 큰 원인이 있었다고 볼 수 있다. 따라서 시 낭독 레코드의 아이디어만 하더라도 이것이 기(奇)를 노리는 영리적인 상가의 뜨내기 제물로 타락하지 않기 위해서는 시인들의 '읽을 수 있는 시'를 위한 적극적 노력이 병행되어야 할 것이고, 필자의 생각으로는 우선 이런 운동에 관심이 있는 시인들의 시 낭독회가 자주 열려 거기에서 어느 정도 성공을 거둔 작품들을 레코드로 해서 보급하는 것도 한 방법이 될 수 있다고 본다. 좌우간 시 낭독 레코드의 성과는 시인들의 작품의 본질적 반성과 발전적 변형 없이는 기대하기 어렵고, 이런 성과는 단시일에 이루어질 수 있는 것도 아니며, 한두 출판사의 자의적 상행위로 시정될 간단한 문제가 아니라는 것을 감히 말해 두고 싶다.

이달의 작품에서는 양명문의 「민락기(民樂記)」(《동서춘추》), 황명걸의 「Seven days in a week」(《세대》), 신동엽의 「우리가 본 하늘」(《현대문학》), 김재원의 「못 자고 깬 아침」(《자유공론》), 이탄의 「소등24」(《현대문학》), 김춘수의 「부두에서」(《현대문학》)가 눈에 띄었다.

이탄의 작품은 재치 있는 발랄한 단편적 이미지의 발산이 매력적이기는 하지만 이제는 좀 그 매력을 훨씬 절제해야 할 시기에 와 있다는 것을 알아야 진전이 있을 것 같고, 김재원의 「못 자고 깬 아침」은 오래간만의 그의 역작이 뚜렷한 윤곽을 갖지 못한 것이 애석하다. 이에 비하면 황명걸의 무절조한 오늘의 세태상을 여유 있게 풍자한 「Seven days in a week」는 과부족 없는 지적인 세련된 희화로서 그 나름의 뚜렷한 진전을 보여 준 근래에 보기 드문 반가운 작품이다. 양명문의 「민락기」도 그의 본령이 유감 없이 발휘된 생기에 찬 원숙한 경지를 과시한 작품으로서 이달의 귀중한 수확임에 틀림없다.

1967. 9.

'죽음과 사랑'의 대극은 시의 본수(本髓)

사랑과 죽음의 소재는 우리나라의 시에 있어서도 무수히 취급되어 왔고 또 오늘날도 취급되고 있지만 그중에 성공한 작품이 지극히 희소하고, 또한 그중에서도 자기 나름으로 성공한 작품이 전 시사를 통해서 가뭄에 콩 나기 정도밖에 없는 것을 보면, 이 흔한 소재가 얼마나 어렵고 높은 시의 절정인가를 새삼스럽게 깨닫고 놀라지 않을 수 없다. 죽음과 사랑의 문제는 말할 필요도 없이 만인(萬人)의 만유(萬有)의 문제이며, 만인의 궁극의 문제이며, 모든 문학과 시의 드러나 있는 소재인 동시에 숨어 있는 소재로 깔려 있는 영원한 문제이며, 따라서 무한히 매력 있는 문제이다. '사람은 죽을 곳을 알아야 한다'고 하지만 이 말은 시에도 통한다. 어떻게 잘 죽느냐—이것을 알고 있는 시인을 '깨어 있는' 시인이라고 부르고, 이것을 완수한 작품을 '영원히 남을 수 있는 작품'이라고 우리들은 항용 말한다.

그런데 조금 더 따지고 보면 '사람은 죽을 곳을 알아야 한다'는 말은, 사람은 자기만이 죽을 수 있는 장소와 때를 알아야 한다는 말이 되는데 이 말을 시에다 적용하는 경우에는 '자기 나름'으로, 즉 자기의 나름의 스타일을 가지고 죽어야 한다는 말이 된다.

이렇게 말하면 영리한 독자는 또 독창성에 대한 '다람쥐 쳇바퀴 도는' 식의 강화(講話)로구나 하고 눈살을 찌푸릴지 모르지만 모든 시는—마르크스주의의 시까지도 합해서—어떻게 자기 나름으로 죽음을 완수했느냐의 문제를 검토하는 방법이라고 해도 과언이 아니다. 그리고 모든 시론은 이 죽음의 고개를 넘어가는 모습과 행방과 그 행방의 거리에 대한 해석과 측정의 의견에 지나지 않는다. 죽음과 사랑을 대극(對極)에 놓고 시의 새로움이라는 것을 생각해 볼 때 시라는 것이 얼마만큼 새로운 것이고 얼마만큼 낡은 것인가의 본질적인 묵계를 알 수 있다. 이렇게 말하는 것을 보고 필자의 말을 너무나 정통파적이고 고루하다고 반박할 사람이 있을지 모르지만 사실은 필자의 갈망은 훨씬 미래의 편에 서 있다. 그리고 그러한 실험적인 미래의 시의 관점에서 들여다볼 때, 우리 시단의 작품들이 주는 환멸을 미연에 방지하기 위해서 자기도 모르게 소위 정통파적인 방어적 위장을 쓰고 있을는지는 모르지만 이것이 막상 고의적인 것이라 치더라도 그다지 유해한 것이 아니라는 것을 필자는 알고 있다.

이러한 인내를 가지고 이달의 작품을 살펴볼 때에도 급제점에 달하는 작품은 겨우 한 편.

김현승의 「파도」(《현대문학》) 정도이다. 이 정도의 작품이면 죽음을 딛고 일어선 자기의 스타일을 가진 강인한 정신의 소산이라고 말할 수 있다.

이보다 훨씬 젊은 층의 작품으로는 이성교의 「산으로 올라가는 집들을 위하여」(《현대문학》)가 미숙한 대로 알찬 내용을 보여 주고 있다. 너무 급한 호흡을 한꺼번에 내쏟느라고 그런지 단속(斷續)의 부자연한 점이 보이기는 하지만 서민 생활의 건전한 '궁상(窮狀)'을 '통일'에의 꿈으로 치켜올린 뜨거운 정열이 차디찬 억제의 스타일 사이로 귀엽게 점화되고 있다. 그의 종래의 고식적인 세계에 뚜렷한 균열이 생긴 것 같고 그것만으로도 스타일에의 접근에 진전이 있었다고 보아야겠다.

1967. 10.

불성실한 시

이달같이 논평의 대상이 될 작품이 없는 달에는 '시단 월평' 같은 것도 사보타주를 하는 편이 오히려 나을 것 같다.

《현대문학》에 발표되어 있는 작품이 15편이나 되는데 한결같이 태작(馱作)이다. 잡지사도 이런 작품을 시라고 해 가지고 낼 바에야 아예 휴란(休欄)을 하는 것이 체면이 설 것 같다. 안 그러면 좀 더 작품 선정을 하든지 어떻게 하든지 해야지 이런 식의 편집 태도는 아무리 보아도 불성실하다. 작품의 시시한 화풀이를 부당하게 잡지사에도 돌리는 것 같아서 미안하고. 그러면 다른 종합잡지 같은 데에서는 매달 신통한 작품만 내놓느냐고 반문을 받아도 할말은 없지만, 그러나 문학지가 많다면 또 모르되 둘도 없는 단 하나밖에 없는 실정에서 이렇게 한 편도 논평할 만한 것이 없는 시란을 꾸며 낸다는 것은, 그런 작품 자체의 책임에 못지않은 어떤 매너리즘의 책임이 잡지사 측에도 있는 것같이 생각된다.

15편 중에서 4편을 한데 묶은 「근업시초(近業詩抄)」라는 것이 벽두에 나와 있는데 이런 것을 중견 시인의 이름만 보고 아까운 지면에 4편씩 내 준다는 것은 문학 잡지의 체면이나, 지면이 없다고 불평을 하는 문학청년들을 생각해서라도 너무나 지나치게 인심이 후하다고 하지 않을 수 없다.

작품을 비평하는 사람으로서 제일 불쾌하게 생각되는 것은 미숙한 작품도 아니고 실패한 작품도 아니고 또한 미친 작품도 아니다. 그런 작품은 얼마든지 좋게 볼 수 있고 논평의 대상으로 삼을 수도 있다. 그러나 불성실한 작품은 도저히 좋게 볼 수 없다. 난삽한 하이브로우의 현대시의 시집을 다섯 권씩이나 낸 중견 시인이라고 자처하는 사람이 20여 년의 작업 끝에 어린아이의 작문보다도 싱거운 글을 시라고 내놓는다면 이것을 성실한 태도라고 볼 수 있겠는가.

잔서(殘暑)의 미련도 가실 무렵
손잡이가 나간 물주개 하나
마당귀 모서리 꽃밭에 뒹굴고 있다.
여름날 아이가 물을 주다가
어느 날 간데없이 떠났나 부다.
잠자리채 하나만 손에 들고서.
찾아도 마당귀엔 보이지 않으니.

그런대로 물주개를 줏어들어
못고리에 잘 보이게 걸어 놓는다.
여름이 오면 또 아이는 돌아오리라,
손에 다시 장대를 들고서.
들어서면 제일 미리 물주개를 찾을 테니
안 보이면 섭섭하리라.
혹시는 도로 집을 나갈지도 몰라.

이것은 「근업시초」 중의 「여름 아이」라는 시의 전문인데 평자는 아무리 분석을 해 보아도 이 글의 어디에 시가 담겨 있는지 알 수가 없다. 시가 아닌 날글로 따져 보더라도 "잔서의 미련도 가실 무렵"이란 어떤 여름날을 말하는 것인지 모르겠고, 무엇 때문에 '제일 먼저'라고 해도 될 것을 "제일 미리"라고 썼는지 알 수가 없다. 이런 글을 쓰는 사람이 '중력', '오브제', '광원(光源)', '현훈(眩暈)', '후조(候鳥)' 등의 아무리 어려운 낱말을 써 가면서 시를 꾸며 보았대야 그것이 곧이 들릴 수가 없다. 이런 글을 쓰는 사람의 진가가 불성실한 것은 물론이려니와 이런 글을 10여 년을 두고 실어 준 잡지사의 풍습도 성실한 것이라고는 볼 수 없다.

1967. 11.

지성이 필요한 때

이달에는 겉으로 보기엔 시가 매우 융숭한 대우를 받은 달 같다. 신시 60년 기념으로 《현대문학》이 작고·현역을 합한 100인 시선을 특집으로 내놓고 H일보가 제1면에 매일같이 현존 시인들의 기성 작품과 신작품을 게재하고 있고 《주간한국》과 한국시인협회 주최로 시민 회관에서 시 낭독회가 열렸다. 그러나 100인 시선이 전부 기성 작품이고 낭독회 역시 김종문의 「서시」(《주간한국》) 이외에는 모두 그랬을 것이고 보면, 결국 이달의 새 작품은 H일보의 시란에 이따금씩 나온 몇 편의 짧은 작품과 《신동아》의 몇 편의 단시 정도이다. 동인지 《신춘시》 12집 안의 작품을 다 합해 보더라도 작품으로서 언급할 만한 것이 이 달에는 거의 한 편도 눈에 띄지 않는다. 박목월의 「승부」(《한국일보》)와 김현승의 「조국의 흙 한 줌」(《시와 시론》)이 약간의 생채(生彩)를 띠고 있지만 새삼스럽게 논의할 만한 것은 못 된다.

신시 60년 기념행사에 대해서는 얼마 전에 본란*을 통해서 언급한 바도 있지만, 시 낭독회에 인기 배우와 성우들을 동원시키고 시 낭독 콩쿠르까지 열어서 청중을 꾀게 하는 것이 시의 독자를 개척하고 계몽하는 효과적인 방법이라고 생각한다면 그것은 신시 60년의 정신을 모독하는 더할 나위 없는 슬픈 일이다.

금년에는 《문학》이 안 나오게 되고 그나마 《현대시학》, 《시문학》의

* 《서울신문》의 8월 월평란을 말한다.

두 시지가 경영난으로 폐간이 되고, 결국 문학 월간지로는《현대문학》하나가 남게 되었는데, 이런 곤경과 위축된 시 영토를 '노래자랑'식의 '쇼' 형식으로 부활시켜 보려고 하는 것은 하나의 도피이며 비참한 타락이다. 낭독회나 라디오나 신문을 통한 광범한 독자층에게 시를 전파하는 운동은 문학지나 시지나 진지한 시 서적의 출판이 밑받침이 되어야만 권위를 발휘할 수 있다는 것은 두말할 나위도 없다. 예이츠에서 시작되는 현대시의 대가들의 시집이나 시론 하나 제대로 나온 것이 없고, 일본말을 모르고 원서도 못 읽는 '신춘문예' 출신이나 문학지의 추천을 통과한 병아리 시학도들이 읽을 책이 없는 오늘날의 쇄국주의적 문화 실정에서, 기성 시인이란 사람들이 고작 하는 일이 5단 신문 광고에 나오는 수상집이나 만들어 내고 낭독용에도 맞지 않는 난삽한 시를 읊어 내느라고 땀을 빼고 있는 광경은, 링게르도 안 들어가는 중환자에게 제삿밥을 먹으라고 들이대는 식의 어처구니없는 일이다. 지금 우리 시단의 초미의 긴급사는 독자나 청자에게 줄 영양이 문제가 아니라 빈사 상태에 놓인 시인 자신의 영양이 문제다.

그러기 위해서는 우려먹을 대로 다 우려먹은 작고 시인의 대표작을 묶어 내는 따위의 일보다도 산더미같이 밀린 외국시의 고전과 전위적인 시론집 같은 것이라도 하나둘 번역해 내는 편이 훨씬 효과적일 것이다. 그것은 신시 60년의 시정신을 위한 일일 뿐만 아니라 실로 국운에 관계되는 일이라고 감히 말해 두고 싶다. 지난 1년 동안의 우리 시의 실적을 생각해 볼 때 우리에게 가장 결핍되어 있는 것이 지성이다. 지성이 없기 때문에 오늘의 문제점의 소재를 파악하지 못하고 있다. 진정한 현대시가 안 나오는 이유가 여기 있다. 그리고 외부적인 여건으로는, 매번 말하고 있는 일이지만 창작의 필수조건인 충분한 자유 분위기가 보장되어 있지 않다. 그리고 바로 이 자유의 문제가 오늘의 지성의 문제인 것이다.

1967. 12.

6

일기초(抄)·편지·후기

일기초(抄)1

—1954. 11.~1956. 2.

1954년 11월 22일

침착한 사람

소설을 배 속에 내포하고 사상의 성장을 기다리는 듯이 보이면서

사무를 처리하고, 사리를 가리고 남하고 이야기하되 친절을 기대(基台)로 하고

그러나 그 친절이 그것을 받는 사람에게 치욕이 되지 않게 하기 위하여

충분한 조심성을 잃지 않고

시간을 기다리고 그 안에서 시간을 삭이어 가면서

그는 어디까지 침착하려 하는가.

침착의 용사여.

시간과 소설이 그의 배 속에 무지개와 같이 다리를 놓고 있다.

(유주현을 만나고)

11월 24일

청춘사에 원고료를 받으러 갔다가 《신태양》에 게재된 최태응의 「태양의 수고」를 여기저기 읽어 본다. 산만하기 짝이 없는 소설이지만 평범하게 매만진 무난한 소설에서보다 오히려 자극을 주는 것이 있다. 이것을 읽고 무엇인지 모르게 유쾌한 것을 느낀다. 나의 안에서 자라

고 있는 소설에의 사상(?)이 눈에 보이는 것같이 성장한 것 같은, 그리고 그것을 들여다볼 수 있는 기회를 얻었다고나 할까—이상한 나 자신의 성장감을 의식하는 데서 오는 희열.—최고의 희열이다!

청춘사에서 울다시피 하여 겨우 700환을 받아 가지고 나와서 로 선생을 찾아갔다. 장사에 분주한 그 여자를 볼 때마다 나는 설워진다. 도대체 미도파 백화점에 들어서자 그 휘황한 불빛부터가 나는 비위에 맞지 않는다. 침이라도 뱉고 싶은 것을 억지로 참고 나와서, 로 선생의 말대로 '상원'에 가서 기다렸으나 그는 오지 않았다.

그를 기다리는 동안 출입문을 등지고(서쪽을 향하고 앉아서) Hemingway(헤밍웨이)의 *The Snows of Kilimanjaro*(킬리만자로의 눈)를 읽었다. 순수한 시간이었다. 애인은 오지 않았지만, 애인을 만나고자 기다리는 순수한 시간을 맛보았다는 것만으로 나는 만족할 수 있다.

누가 무엇이라고 비웃든 나는 나의 길을 가야 한다. 애인이, 벗들이 무엇이라고 비웃고 백안시하든 그것이 문제일 까닭이 없다.

이 산만한 눈앞의 현실을 어떻게 형상화하고, "미-라"와 같은 나의 생활 위에 살과 피가 한데 뭉친 거대한 걸작을 만들 수 있느냐?

나는 이 이상 더 눈앞의 현실을 연구할 필요가 없다. 이것들을 어떻게 '담느냐?'가 문제이다.

오늘은 나의 생일날이다. 수환에게 만년필을 고치라고 100환을 주고 나머지 200환을 어머니에게 내놓았다.

11월 25일

명동 골목 설렁탕집에서 이××를 만났다. 임××가 자기를 '깠다'고 나도 한패라고 한바탕 생주정을 하는 바람에, 기가 질려서가 아니라 옛날 정을 생각하고, 그리고 이제는 '당신한테도 이겨야 하겠다'는 굳은 전투 정신에서 그의 점심 대금까지 선선히 물어주었다. 신태양사에서 2000환을 받은 것이 아직 안호주머니에 한 장도 아니 쓴 채 남아 있었던 것이다.

돈이 아깝다 하면서도 우정은 더 아깝고 또 우정보다는 문학이 더 소중한 것은 물론이다. 임××하고 어울리게끔 지금도 되어 있었다면 지금 이××에게 점심값쯤 내주는 요만한 사소한 액수로는 당하지 못할 것이라고 생각하니 쓴웃음이 나온다. 그러나 임××와 떨어지려 하는 것은 결코 돈 때문이 아니리라. 나는 나를 가다듬을 시간이 필요한 것이다! 시간을 나대로의 시간으로 하는 것이 이렇게 어려운 일이다. 그렇기 때문에 사실은 취직도 하고 싶은 마음이 정말 없으나, 그래도 없는 용기를 내어서 조××를 찾아갔던 것이 아니냐.

부슬비가 온다.

다방 '행초'에 앉아 있으려니 조××이 들어온다. 나는 차를 권하였다. 차를 그에게 권하면서 이것이 또한 내가 약한 징조가 아닌가 하고 자문하여 본다.

*

(전략)

'프린스'라는 다방에 처음 들어가 보았다. 지-아이*들이 드나드는 것이 보이고 여자 손님들의 질도 그리 좋지 못하다.

그래도 비가 내리는 것을 핑계 삼고 오래 앉아서 책을 읽었다.

나의 머리 안의 많은 부분을 아직도 차지하고 있는 여자에의 관심을 나는 없애야 한다.

오직 문학을 위하여서만 내 몸은 응결(凝結)되어야 하고 또 그렇게 되리라고 믿는다.

---

* GI. 미국 육군병사의 속칭.

사실 오랜 시간을 나는 허비하고만 온 것 같다.

그러한 생각은 나를 절망으로 이끈다.

나는 무엇을 따라가고 있는지 모르겠다.

그리고 지금의 내가 추궁하고 있는 것은 저 눈먼 당나귀 앞에 걸린 인삼 같은 것이 아닐까.

죽는 날까지 이것이 완전히 나의 것이 되는 날이 올는지 아니 올는지, 삭막하고도 고통스러운 이 인삼을 얻기 위하여 나는 결국 맴을 도는 불쌍한 당나귀가 아닌가?

오늘의 자랑이라면 '프린스' 다방에서 오래 앉아 책을 읽었다는 것.

내일은 오늘보다 더 좀 오래 앉아 있을 만한 인내심이 생겨야 할 터인데.

이것은 강인한 정신이 필요하다.

오래 앉아 있자!

오래 앉아 있는 법을 배우자.

육체와 정신과 통일과 정신과 질서와 정신과 명석과 정신과 그리고 생활과 육체와 정신과 문학을 합치시키기 위하여 오래 앉아 있자!

11월 27일

"내달부터 신문사 일을 보게 되었습니다."

구두끈을 매면서 나는 어머니한테 이렇게 이야기할 수밖에 없었다. 이것은 밤낮 나의 약한 성격이 시키는 일로서, 언제나 상대편에게 지고 들어가는 치욕의 언사라는 것을 의식하고 있기 때문에 그렇게 기분이 좋은 감을 주지 않는 것이었다마는 내가 이렇게 하는 말에 어머니는 "무엇으로 들어가니?" 하고 선뜻 물어본다. 이러한 물어봄도 필요 없는 일이거니 느끼면서 나의 증오감은 이중으로 되고, 그래도 나는 여전히 대답을 한다. "번역두 하구, 머어 별것 다아 하지요. 내가 못하는 일이 있나요!"

참패의 극치다. 인제는 완전히 나 자신을 버리고 들어가는 것이라 알면서 어머니의 다음 말이 나올 것을 기다린다. "너야 머, 그것만 있으면 어디 가도 굶지는 않는다……" 하고 그 나중 이야기는 들을 필요도 없다고 생각하며 나는 바지 뒤의 먼지를 털고 일어난다. 어머니는 이 기회를 놓치지 않고 말을 이었다. "너는 나하고 같이 살면 안 된대. 너 왜 수성이하고 같이 가서 본 점쟁이 생각나지? 거기서 그러지 않았니? 너는 집을 떠나야지 잘살고 출세한다고." 이것은 어머니가 한두 번 한 이야기가 아니다. 귀에 못이 박히도록 들은 이야기며 들을 때마다 아픈 상처에 닿는 것처럼 괴로움을 주는 이야기다. 관상, 사주, 점…… 어머니는 이것을 떠나서는 살지 못하는 사람이다.

나는 아까 아침을 먹을 때 어머니가 밥상머리에서 한 이야기를 생각한다. "얘! 총선거가 되면, 수강이나 수경이 만나 볼 수 있으까!" 6·25 후에 없어진 아우에 대한 염려다. 이것도 한두 번 듣는 이야기가 아니다. "알 수 있나요. 돼 보아야지 알지요." 나는 이렇게 시무룩하게 대답하여 두었지만, 이것도 나에게는 적이 불쾌한 일이었다. 그래도 나는 쭉 참고 내 방으로 쫓기듯이 건너가 버렸던 것이다.

며칠 전 이야기다. 시인 P를 만나고 그의 말의 불쾌한 쇼크를 받고 들어온 날 밤 나는 또 참을성 없이 어머니한테 "나는 총선거가 되면 일본으로 가야겠어요." 이런 말을 하였다. 그때도 어머니는 "너는 외국에 가야지 출세를 한다드라." 하고 내가 떠나가는 것에 찬성하는 것 같은 빛을 보이었다. 어머니의 이야기가 아니라도 항상 집을 떠나야겠다고 마음먹고 있는 터이다. 있으라고 해도 있고 싶지 않은 집이지만 그렇다고 막상 이런 말을 듣고 보니 기분이 서운하기 짝이 없고 한없이 서글프고 불안해지는 것을 어찌할 도리가 없었다.

*

(전략)

집에서 나오는 길에 이모집에를 들렀다. 별 볼일이 있어서가 아니다. 서글픔에 쫓기기 시작하는 나는 진정할 수 없는 마음을 쉬우기 위하여 갑자기 누구의 얼굴이라도 보아야만 할 것 같았다.

양식 도아를 열고 시어머니와 동네 여편네들과 앉아서 이모는 잡담을 하고 앉았었다.

"아주머니 왜 어머니는 자꾸 집에서 나가라구만 하우. 내가 그렇게 보기 싫은가?"

하고 속으로 지나친 말을 한다고 생각하면서 응석 비스듬히 이런 말을 던져 본다.

이 말을 들은 이모의 시어머니가 옆에 앉았다가 창을 는다.*

"아니 왜 장가는 아니 가는 거야? 나이 먹어 늙으면 어떻게 한담."

야멸찬 어조다.

내가 무엇이라 여기 대항하기 위하여 말을 만들기도 전에 이모가 시어머니의 말을 받아

"정말 그러더라 요전에 어디 물어보러 간 데서도 그러던데. 너는 어머니하고 따로따로 살아야지 출세한다고!"

나는 이제 이러한 공격들에 정면으로 대항할 힘을 잃었다.

그래서 할 수 없이 무슨 말을 만들어 볼까 하고 망설이고 있을 때에 이모는 젖먹이를 끌어안으면서 이렇게 말을 한다.

"너 왜 어머니한테 붙어 있니? 집식구들을 벌어먹이려고 있니?"

"아 그럼 돈으로 벌어야 꼭 버는 거요. 정신으로도 버는 수가 있지."

하는 나의 말은 사소한 효력도 발생하지 못하는 것이다.

이러한 종류의 모욕, 아니 이것보다 더 큰 모욕에라도 버틸 수 있

---

* '창을 는다'는 '창을 넣는다'의 구어로 '참견을 한다'는 뜻.

다고 생각하면서도 나는 공연히 마음이 뒤숭숭하여진다.

"그렇다고 나는 반드시 어머니를 부려먹기 위하여 집에 붙어 있는 것일까? 나의 이익만을 위하여 어머니 밑에서 갖은 싫은 소리를 들으면서 떠나지 않고 있는 것인가?"

하고 나는 이모의 집을 나와 거리를 걸으면서 홀로 생각하여 보았다.

길가에 늘어선 오동나무는 잎을 다 잃고 노랗게 마른 땅 위에 그림자도 없이 서 있다.

뿌옇게 색을 잃은 초겨울 하늘을 힘없이 우러러보는 나의 머리는 한없이 답답하기만 하였고 어떻게 하면 금방 눈물이라도 흘러나올 것 같이 마음이 엷어지기만 한다.

동경? 출가? ……그러나 어저께 이 길을 걸어나갈 때에 나는 극히 무심하게 살자고 결심한 일이 있지 않았던가.

아무것도 생각하고 싶지 않았으며 아무것도 느끼기도 싫은 내 마음에 사람들은 아예 돌을 던져 주지 말았으면 하고 나는 가슴 위에 두 손을 모아서 기도라도 하고 싶어졌다.

쓰라린 아침이었다.

어머니! 나에게 아무 말도 하지 마세요. 나를 그냥 내버려 두세요.
나의 목숨은 저 풀 끝에 붙은 이슬방울보다도 더 가벼운 것입니다.
나에게 제발 생명의 위협이 되는 말을 하지 마세요.
어머니의 말을 듣지 않아도 나는 돈을 벌어야 할 줄 알고
나의 살림이 어머니와는 떨어져서 독립을 해야겠다는 것도 알고
나의 길을 씩씩하게 세워야겠다고 결심하고 있는 나에게
더 이상 괴로움을 주지 마세요.

어머니가 무엇이라 나에게 괴로운 말씀을 하여도 아예 바보같이 화내지 않기로 마음먹은 나에게

제발 모른 척하고 있어 주세요.

내가 지금 살고 있는 이 상태를 비참하다고도 보지 마시고

걱정도 하지 마시고 간섭도 하지 마시고 그냥 두세요.

애정이라 해도 그것이 괴로운 나는 지금 내가 얼마큼 타락하였는지 그 깊이를 나도 모를 만큼

한정 없이 가라앉아 버렸습니다.

(하략)

11월 28일

중국인 소학교 운동장에 있는 '이런 운동기구'에 매어달리어서 아이들이 째째거리며 놀고 있는 것이 보인다. 우윳빛 황혼 유리창 문 앞을 스쳐 가고 이 초겨울 메마른 운동장에는 어느덧 아이들의 자체가 없어지고 만다. 운동장 저편에는 서울의 유수한 빌딩들이 두부 조각같이 서 있고 그 아래 고깃점같이 깔려 있는 벽돌집에는 전깃불이 금가락지 같은 테를 두르고 비치고 있다.

식은 이 한 점 전깃불을 보려고 시선을 모은다. 그러나 그가 두 번째 생각하던 고개를 고쳐서 들어 볼 때 그 불은 꺼져 버리고, 소학교 마당에는 다시 아이들의 검은 그림자가 어정댄다. 어느 놈은 연회색 시멘트 층계 위에 드러누워 있는 놈도 있고 어느 놈은 층계를 올라서서 학교 교사 안으로 들어간다. 모두 열닷을 넘지 못한 어린아이들이로구나 생각하며, 식은 눈에 짚이는 대로 그의 나이를 점쳐 본다.

암만 보고 있어도 이 평범한 풍경이 싫지가 않다. 오늘은 일요일이다.

식의 생각도 저 풍경들과 같이 특색이 없으며 구스한 것뿐이다.

'어디 시골 학교에 교원 노릇이나 하러 갈까?'

이렇게 자문하여 보았으나 이런 장래에의 계획도 오래 계속되지 못한다.

열흘이고 한 달이고 이렇게 한정 없이 앉아서 저 풍경 속에 빨려 들어가 보고 싶은 의욕밖에는 없는 것 같았다.

사람이라든가, 그들의 움직임이라든가, 그들의 주고받는 말 같은 것도 그러하였다.

식은 그냥 그것을 보고 듣고만 있고 싶은 것이다. 그러면 그 안에서 무한한 향기가 풍겨 나오는 것 같다고 그는 느끼는 것이었다.

오늘은 일요일이다.

11월 30일

결론은 적극적인 정신이 필요한 것이다. 설움과 고뇌와 노여움과 증오를 넘어서 적극적인 정신을 가짐으로 (차라리 획득함으로) 봉사가 가능하고, 창조가 이루어질 수 있는 것이다.

산다는 것 전체가 봉사가 아닌가 생각한다.

여기에서 비로소 생활이 발견되고 사랑이 완성된다.

비록 초 끝에 묻어 나오는 그을음같이 연약한 것일지라도 이것을 잡는 자만이 천국을 바라볼 수 있는 것같이 느껴진다.

아름다운 마음에는 모-든 것이 아름답게 비치는 것이다.

비참과 오욕과 눈물을 밟고 가는 길이지만, 나는 오늘이야말로 똑바로 세상을 보고 걸어갈 수 있다는 자부심을 의식하게 되었다. 말론 쉽고 평범한 것이지만 여기까지 오기에도 무한한 고통과 남모르는 노력이 숨어 있었던 것이 아니냐. 그러나 지금 나는 지나간 일을 헤아릴 틈이 없다. 앞길이 바쁘기 때문이다.

아직도 기지(旣知)의 '나'보다는 미지(未知)의 '나'가 더 많이 남아 있다는 것을 깨달을수록 더한층 앞길이 바쁘다는 초조감에 빠지는 것이다.

나무를 보더라도 검은 진창을 넘다가도 바람이 뺨을 스치고 가는 것에 눈이 뜨이듯이 모-든 것이 감사하다는 생각에 온몸이 떨린다. 이러한 감정이 일시적 감상(sentiment)이 되지 않기를 원할 따름이다.

희망은 구태여 찾을 것이 아니지만, 다가오는 희망을 애를 쓰고 버릴 필요는 없다.

자기에게 희망이 없다고 생각하던 자에게 처음 희망의 의식이 돌아올 때에 그것은 가을의 새벽 햇빛보다도 맑고, 부드럽고, 산뜻하고 반가운 것이다.

희망을 의식한다는 것은 '사는 권리'를 얻었다는 의미가 되고, 삶을 찾아야겠다는 의무감을 준다.

창밖에서는 늦은 가을 궂은비가 덧없이 내리지만, 지금 나의 가슴 속에는 봄의 새싹이 터오르는 것 같다. 나는 지금 희망의 지평선 위에 두 다리를 버티고 크게 서서 두 손을 훨씬 치키면서 기지개라도 켜고 있는 셈이다.

생활을 찾아가자. 나의 길 앞에 원자탄보다 더 무서운 장애물이 있으면 대수이냐! 지금이야말로 아깃자깃한, 애처로운, 그리고 따스하고, 몸부림치고 싶은, 코에서는 유황 냄새 같은 것이 맡아 오는, 와사등 밑에 반사되는 물체처럼 아련하고도 표독한 생활을 찾아가자. 자유는 나의 가슴에 붙은 흰 단추와 같다.

아름다운 여자와 신(神)을 꿈꿀 필요는 없다.

너의 앞에는 깊은 너의 업이 있나니 너의 온몸을 문대고 나가야 할 억센 업이 있나니

작고 속되다고 남을 비웃기 전에 너 자신의 작음을 부끄러워하고

도달하지 못할 우주의 미개지를 향하여 사람의 무기가 아니고 무슨 신(神)의 무기처럼 날아가거라.

너의 모-든 말이 없어질 때, 너의 소설이 시작한다.

소아과 병실에서 일하는 여의사는 어떠한 생활을 하고 있는가? 그들의 너무나 말쑥하게 보이는 생활. 저것을 해부하고 저것을 로마네스크화하는 방법은?

흡사 원숭이같이 생긴 갓난아이가 간호원의 팔에 안겨 있는 것을 보았다. 살빛도 짐승같이 까무잡잡하고 얼굴이 앙상하게 뼈만 남은 데다가 쌍꺼풀이 진 큰 눈이 도무지 사람의 눈같이 보이지 않는다. 그래도 그 조그마한 생물은 살아 있었다. 살아 있어서는 아니 될 것이 살아 있는 것만 같아서 자꾸 눈이 가더라.

그의 부모는 어떠한 사람일까? 역시 이 어린아이와 같이 그렇게 뼈만 남은 해골같이 생긴 사람일까?

장사하는 사람일까?

어디 회사의 중역일까?

군인일까? 혹은 부모가 없는 아이인가?

아침을 먹다가 목에 가시가 걸렸다. 국 말아 뜨던 숟가락을 멈추고 맨밥을 떠서 눈을 꾹 감고 먹어 보았으나 도무지 효력이 없다. 목에 가시가 걸린 지도 참 오래간만이라고 생각하면서 밥 덩어리를 입속에 넣고 침을 발라서 흙덩어리 삼키듯이 몇 번 고생하여 넘겨 보았지만 가시는 영 깐작깐작 목에 걸려 넘어가려 들지 않는다.

하루 종일 집에 붙어 앉아서 일을 하려던 것이 이렇게 되면 불가부득 또 거리로 나가야 한다.

차라리 속에 가시나 걸렸으면 다행이지만 그렇지 않고 다른 고장이라도 생겼으면 큰일 날 노릇이다.

부랴사랴 옷을 갈아입고 수도육군병원을 찾아갔다. 이 병원에 친구가 군의관으로 근무를 하고 있는 것이다.

문화동에서부터 광화문 네거리까지 버스를 타고 가면서 나는 속으로 몇 번이고 싱거운 웃음을 짓지 않으면 아니 되었다. 목구멍에 걸린 가시 하나 때문에 이렇게 먼 길을 수고를 하고 와야 할 생각을 하니 나 자신이 무슨 희극배우 모양으로 여간 우습게 생각이 들지 않는다.

광화문 네거리에서 자동차를 내려서 중앙청 앞까지 다다랐을 때 소설가 H씨 부인을 우연히 만났다. 어디를 가시느냐고 묻는 말에 부인은 어저께 저녁에 어린아이가 자동차에 치여서 지금 세브란스병원에 입원 중이라는 난데없는 소식을 고하면서 눈자위가 붉어지면서 눈물까지 글성글성하여진다.

"……하마터면 죽는 줄 알았어요!"

하면서 부인은 호소하는 듯이 놀란 나의 얼굴을 치어다본다.

"어서 가 보세요. 저도 이따가 가 보지요."

하고 나는 우선 나의 목의 가시부터 빼야 할 생각으로 부지런히 경복궁 앞을 지나 수도육군병원을 찾아 들어갔다.

수술 중이라는 C 중위를 나는 복도 위에서 20분 동안이나 기다렸다. 오래간만에 병원에 와 보니 어깨의 기운이 탁 풀리고 기분 좋은 한숨까지 나오는 것이 방정맞은 소리지만 고향에 돌아온 것 같은 친애감이 드는 것이다. 이것은 나만이 혼자만 느낄 수 있는 감정이 아니리라.

C 중위는 내 손을 붙잡고 아니 무슨 바람이 불어서 여기까지 산보를 왔느냐고 너털웃음을 웃는다.

"아냐 목구멍에 가시가 박혔어! 이것 좀 빼 주게!"

C 중위는 한번 더 너털웃음을 웃고 나를 데리고 2층으로 올라간다. 층계를 올라가다가 C는 나를 돌아보고

"H씨 어린아이가 자동차에 다쳤네."

하고 그는 내가 모르는 줄 알고 말하는 것이다.

"나도 알어, 지금 막 요 앞에서 H씨 부인을 만났어."

하면서 무표정으로 그의 뒤를 따라서 이비인후과를 찾아가 보니 당번 군의는 보이지 않았다.

기어코 나는 나의 목적은 달성하지 못하고 C와 같이 병원을 나왔다. 둘이서 같이 세브란스병원으로 가자는 데 우리는 의견이 일치하였다.

병원을 나오다가 병원차가 개천 한복판에 빠져 있는 것을 보고 C도 나도 웃었다.

빠진 자동차를 건져 내기 위하여 군인 둘이 출동하여 삽과 곡괭이를 들고 방축에 치켜 쌓은 돌벽을 뭉개고 있었다.

침을 연거푸 삼켜 보았으나 여전히 가시는 목에 걸린 채 좀체로 내려가지 않았다. 그것도 눈물이 나오도록 뜨끔뜨끔하게 아픈 것이 아니라 어떻게 침을 삼키면 아무렇지도 않다가 또 어떻게 침을 삼키면 딱작딱작거리는 것이 기분이 상하기 똑 알맞을 정도이어서, 이렇게 감질을 내면서 걸려 있는 놈의 가시가 더 괘씸한 생각이 든다.

그래도 나는 이것을 참고 C의 뒤를 따라 하이야를 타지 않으면 아니 되었다.

세브란스병원 앞에서 차를 내리자 궂은비가 내리기 시작한다.

가시 때문에 이렇게 고생을 하는 생각을 하니 귀찮다는 생각보다는 차라리 웃음이 나온다.

세브란스병원에는 소아과가 4층에 있었다. 우리는 4층의 8호실을 찾아갔다. H씨와 아주머니가 아이가 누워 있는 침대 옆에 섰다가 우리를 보고 반색을 하여 맞아 준다.

나는 나의 목의 가시를 다행히도 세브란스병원 아래층에 있는 이비인후과에서 빼게 되었으나 이 가시를 빼기까지 나는 근 한 시간 반이나 기다리지 않으면 아니 되었다.

그동안에 C와 H씨와 같이 역 앞에 다방에 가서 차를 마시고 들어왔으며, C는 H씨의 일로 의사들을 찾아다니며 여러 가지 일을 보아 주었다.

그러나 이 가시를 빼는 데 상당한 힘이 들었다.(미완)

(하략)

?월 ?일*

불을 끄고 드러누웠다가 다시 일어나서 이 글을 쓴다. 염상섭 씨의 소설 「흑백」이 자꾸 머리에 떠오르더니—그리고 춘원의 소설 「사랑」을 읽고 있는 중—유 노인이 체커를 하러 다니는 자기 아들에게 옳지 못한 기대를 가졌던 것을 후회하듯이, 지나간 오늘 하루 낮을 내가 헤매고 있던 혼미에서 기어코 깨어났다.

C 중위가 말해 준다는 여의사와의 혼담이 그것이다.

물욕에 탐이 없다고 자신하고 있는 내가 나이도 늙지 않았으니 망령도 아니요 술이 취하지 않았으니 취중의 환상도 아닐진대 돈 있는 여의사한테 장가를 가고 싶다는 욕심에 나 자신을 잊어버린다는 이것이 웬 말이냐?

문학을 위해서라고?

턱없는 소리요, 한없이 어리석은 소리다.

C 중위를 만나더라도 다시 이런 유혹에 귀를 기울여서는 아니 된다. 일소해 버릴 것이다.

또 하나는 규동이 시를 달라는 것이다. 이것도 거절해야 한다. 소극적인 거절이면 족하다.

내가 언제 남의 문학독본이나 시론에 나오기 위하여 시를 썼던가?

---

* 이 일기는 11월 31일과 12월 3일 사이에 쓰인 것인데 중간에 한 장이 찢겨 나가 날짜가 분명치 않다.

그리고 ××군에게 주는 시도 그만두자. 성가신 일은 그만두자. 시 고료를 받기 위하여 시를 쓴 것은 아니지만, 고료도 안 나오는 것을, 그것도 ××따위에게 줄 필요는 없다.(이것은 이×× 형의 충고에서 새겨들을 것이 있었다.)

꾸준히 이 어려운 가운데에서 글공부를 하자. 문학은 이 안에 있는 것이다. 부족한 것은 나의 재주요, 나의 노력이다.

부디 돈 많은 여자를 바라서는 아니 된다. 더러운 일이다.

이름 팔려고 하지 않을 것이다. 그것은 값싼 광대의 근성이다. 깨끗한 선비로서의 높은 정신을 지키자.

12월 23일

처음 철범*을 알았다.

그도 역시 나와 같이 고민을 하고 있는 사람이었다.

시와 문학 이야기를 오래간만에 흉금을 털어놓고 이야기하였을 때 나는 한없이 시원한 마음이 들었다.

이만한 사람도 지금 여기 환경 속에서는 가뭄에 콩 나기같이 어려운 일이다.

그와 이야기하는 동안에 나는 돈에 대한 근심을 잊어버렸다고 생각한다.

이렇게 침잠하고 깨끗한 마음으로 세차게 '업'을 계속하여야 한다.

순수와 인내와 의지와 절약과 냉정은 영원할지어다.

---

* 평론가 이철범.

엣징그*(12월 28일, 화)

다방 '카나리아'**

소설가 C씨와 이른 점심을 먹고 찾아 들어가 본 집. 여기는 K의 옛날 고향 같은 곳이었다.

"마치 정거장 대합실 같고먼."

하면서 C씨의 시선은 다방의 주인이며 가극계의 여왕 역을 하는 카나리아가 앉아 있는 카운터— 뒤로만 흔히 날아갔다.

카운터 앞에 있는 테이블에서 회색 외투에 진한 화장을 하고 개선장군처럼 의기양양하게 차를 마시고 주위의 사람들에게 이야기를 걸고 있는 것이 유명한 박연마다.

"저것이 박연마야."

하고 C씨는 나에게 약간의 자랑스러운 입김을 일러 준다.

"어느 미국놈하고 같이 살았대요. 그리고 지금 그 어린애까지 있다는데요."

하고 K는 자기도 모르는 말로 이렇게 대답하지 않으면 아니 되었다. K는 이 호화스러운 허영의 분위기에 자기도 조금쯤은 동화하여도 무관하다고 느꼈던 것이다. K가 여가수 박에게 대한 말은 수일 전에 집에서 나오는 길에 버스 창 너머로 가수 박이 혼혈아 같은 나이 열아문 살 되는 사내하고 같이 하이야를 타고 가는 것을 본 데에 기인하였던 것이다. 그 이상의 아무 특별한 지식이 있었던 것은 아니다.

"우리도 이렇게 한데서 모여 있는 것으로 남이 보면 무슨 짐승들이 서로 놀고 있는 동물원 우리 안의 풍경같이 이상하게 보일 것입니다."

---

* 영어 'edging'을 말하는 것인지 'etching'을 뜻하는 것인지 불분명하다. '윤곽 그리기'의 뜻으로 해석할 수 있으며, 구상 중인 소설을 위한 습작으로 보인다.

** '나비의 무덤'이란 제목의 노트에 1954년 12월 28일자로 쓴 글이지만, '콩트'라고 이름 붙여 부인이 원고지에 청서한 글이 따로 있다.

하는 K의 말에 C씨도 그렇다는 동의의 웃음을 지었다.

"나머지 원고는 이삼 일 내로 써다 드리겠어요."

하고 말하려다가 C씨의 모습이 너무 비참하게 보이어서 말을 하지 않았다. 뿐만 아니라 원고료를 탔으니까 이런 말을 하는구나 하고 속이 들여다보이는 것같이 생각이 되어서 그것이 싫어서 일체 원고에 대한 이야기를 꺼내지 않으려고 K는 결심하였다.

지금 K는 C씨가 주간 하고 있는 잡지사에서 원고료를 받아 가지고 나오는 길에 C씨를 청하여 점심을 대접하겠노라고 데리고 나온 것이다.

K와 C씨는 나이의 차도 있지만 어디인지 쑥스러운 사이다. K는 그저 선배이거니 하고 C씨를 대접하고 있었다. K가 C씨를 싫어하는 것은 아니다. C씨도 물론 K가 싫은 것은 아니다. K는 C씨의 소설이 싫었다. 그뿐이었다.

"여봐라! 여기 차 아니 가지고 오니?"

하고 맞은편 구석에 앉은, 지금 막 들어온 굵은 안경을 쓰고 한복 두루마기를 입은 중년 남자가 소리를 벌컥 지르는 바람에 K도 C씨도 그 소리나는 쪽을 바라보았다.

가수도 아니며 배우도 아니다. 뚱뚱한 몸집이며 기름 낀 두 볼이 나온 미련한 얼굴이 예술가 같다기보다는 실업가에 가까운 것이었다.

K는 그것이 흥행업자라고는 미처 생각하지 못하였다. K의 감각은 그러한 것을 분석할 시간이 없었다. 그는 바빴다. 무엇인지 모르게 바빴다. K는 언제나 바쁜 사람이다. 때로는 돈으로 바쁘고 때로는 원고로 바쁘고 때로는 사색으로 바쁘고 때로는 사랑으로, 때로는 불안으로 바쁜 사람이다. 이러한 K인지라 지금은 허영에 바쁜 것이었다.

그리고 또한 추억에 바쁜 것이었다.

K의 눈앞에 비치는 다방 '카나리아'의 광경은 모두가 지나가 버린 광경이다. 그리고 또한 썩은 광경이다. K의 썩어 없어진 과거와 같이 이 다방도 벌써 오랜 기억 속에 매장되어 있어야 할 광경이었다.

"이 집 주인이 카나리아지요?"

하고 K는 자기는 모른다는 듯이 C씨에게 물어보았다. K는 C씨에게 이러한 질문을 함으로써 일종의 승리감을 느낄 수 있었던 것이다.

K는 자기가 모르는 것은 없다고 생각하였다. 적어도 이 '카나리아' 다방 안에서 일어나고 있는 일에 한하여서는.

K는 6·25 전에 정화라는 가극단의 댄서와 사랑을 한 일이 있었고, 그때 K는 정화의 외삼촌인 김인이와 친하게 되었다. 정화와 김인이는 미아리고개 넘어 싸그러진 오막살이집에서 같이 살았고 K는 매일같이 아침만 먹으면 이 집을 찾아가서 놀았다.

정화가 지방 순행에 나가서 집에 없을 때는 그는 김인과 같이 산보도 하고 토론도 하였다.

K는 정화와 김인을 통하여 가극단과 그 허영에 관한 것을 하나서부터 열까지 배울 수 있었다.

그때 김인은 K에게 이런 소리를 하였다.

"'마스키슴'이라는 것을 내가 가르쳐 줌세. '마스키슴'이란 우리말로 고치면 '가면주의(假面主義)'란 의미이지. 우선 우리는 가면을 써야 한단 말이야. 때는 이른 봄서부터 늦은 가을까지……."

하면서 철학자다운 열성을 띠면서 김인이 K에게 설득한 '마스키슴'의 신조는 대략 다음과 같은 것이었다.

맵시나게 옷을 입어야 한다. 모양을 내는 데 돈을 아끼지 말아야 한다…… 그러나 우리는 돈이 없으니까 이러한 수단을 써야 한다. 고물상 업자하고 친하여야 한다……

문 들어오는 편 구석에 작당을 지어서 앉아 있는 희극배우 이철이가 손을 휘두르면서

"차를 차를 차를 자꾸 가지고 오라!"

하고 무대 억양을 붙여서 손짓까지 하여 가며 넌센스를 피운다.

이 바람에 안경을 쓴 중년 사나이도 껄껄대고 웃었다.

다방 안은 C씨의 말과 같이 정거장 대합실 같은 활기가 사라지지 않았다.

유행가수 남윤식이 필그림 가죽 가방을 들고 나가면서

"내일 와! 내일."

하고 검정 낙타 외투를 입고 칼멘같이 머리를 웨이브한 여가수를 보고 웃는다.

12월 30일(목)

그냥 구걸을 하러 갔다 해도 이렇게 실랑이를 받지 않을 것이다. 일해다 준 돈 받기가 하늘의 별 따기보다도 더 어렵다. 시월 달 원고료가 아직 미불된 것이 있다는 둥, 당신이 일해 오는 것은 무서운 생각이 든다는 둥 편집자는 별의별 이야기를 하면서 돈 재촉을 하러 온 나를 압박한다.

시재 구두 고칠 돈도 없으니 달라러 오는 것이며 돈 재촉을 하러 다니지 않으면 아니 되는 것이 국문(鞠問)을 받는 것보다도 더 싫다. 그러나 세상은 이러한 양심을 알아줄 이가 없는 것이다.

쓰고 싶은 글을 써서 파는 것이라면 또 모른다. 순전히 담뱃값 벌기 위하여 어쩌다가 얻어걸리는 미국 잡지의 번역물을 골라 파는 일이다. 은행 뒷담이나 은행 길모퉁이에 벌여 놓은 노점 서적상을 배회하여 다니며 돈이 될 만한 재료가 있는 잡지를 골라 다니는 것은 고달픈 일이 아닐 수 없지만 그래도 구하려던 책이 나왔을 때는 계 탄 것보다도 더 반갑다.

책은 있는데 호주머니에 가지고 있는 돈이 한푼도 없을 때는 하는 수 없이 돈을 꾸러 누이를 찾아가서 사정을 하고 회사 돈이라도 꾸어다가 살 수밖에 없었다.

이제는 일만 하면 된다, 돈이 생긴다 생각하면 저으기 불안한 마음이 줄어진다. 그래도 곧 일을 시작하게 되는 것은 아니다. 우선 이 책을 들고 잡지사 편집자한테로 찾아가서 의논을 해야 한다.

"어느 것이 좋을까요?" 하고 의논을 하는 것인데 이것이 재판을 받는 죄수 모양으로 맘이 조바심이 나고 입술이 타는 일이다.

"이것은 20매가량 해 주시고, 이것은 기사가 퍽 재미있을 것 같으니 25매만 해 주시고……." 하면서 잡지를 뒤적거리고 있는 편집자는 동대문시장의 포목상이 자질을 하는 것과 조금도 다름이 없이 인색하고 더러워 보인다.

마음이 약한 나는 편집자의 심판이 내리기 전에 미리 앞질러서, "이것은 재미가 없으니 그만두지요. 이것은 15매로 줄이지요." 하고 오히려 자기가 감독자의 입장이 되어 있는 것처럼 될 수 있도록 적게 매수를 지정하여 말하기도 한다.

그러면 이러한 소심한 태도가 가엾다는 듯이 편집자는 빙그레 웃어보인다. 이러한 편집자를 나는 무척 인간적이라고 생각하면서 서글픈 생각이 든다.

그러면 편집자는, "참 딱하오, 형도…… 딱한 사정이야." 하고 한숨을 쉰다.

그러나 이 한숨이 진정 나를 위한 한탄이 아니라는 것을 나는 곧 직각할 수 있다. 비록 나를 위한 동정의 한숨이라손 치더라도 나는 조금도 고맙게 생각할 이유가 없다. 내가 사서 하는 고생이기 때문이다.

이 책을 무슨 보물처럼 소중하게 안호주머니에 넣고 나와서 나는 다방으로 간다. 안국동 뒷골목에 있는 쓸쓸한 다방을 찾아가서 앉는다. 다방 창밖에는 무슨 아름다운 풍경이 있는 것이 아니다. 검은 기왓장 위에 앉은 뿌연 먼지를 바라보고 있는 것이 일이다. 이것이 나에게는 유일한 낙이기도 한 것이다.

자기 자신을 죽이는 시간이 계속된다. 창밖에 보이는 뿌연 하늘과 기왓장 위에 보이는 먼지와 그리고 나밖에는 없다. 축음기 소리도 없는 다방에는 동쪽 벽에 투계 한 쌍을 그린 큰 동양화 한 폭이 있고 난로 가장자리에는 불량 학생들이 앉아서 하루 종일 잡담을 하고 있는 매우 쓸쓸한 다방이다.

카운터는 남쪽 구석에 ㄱ자로 붙어 있으며 그 뒤에 걸린 기둥시계는 언제고 깜깜히 졸고 있다. 카운터 바른편에 변소 문이 달려 있으며 그 문을 열고 나가면 맞은편에 인가가 보이고 그 앞으로 골목길이 가로놓였으며 저쪽으로 붉은 벽돌로 된 교회당 머리가 높다랗게 솟아오른 것이 주위의 평범한 풍경에 조화와 무게를 주고 있다. 소변을 보러 나가서는 잠시 동안 넋없이 이 특색 없는 인가의 위치와 사람들의 왕래를 보고 들어오기도 한다. 이렇게 함으로써 나는 내 몸이 조금이나마 위대해지는 것같이 느껴지는 것이다.

책을 끼고 집으로 와서도 곧 일을 시작하는 것이 아니다. 적어도 일을 시작하기까지는 2, 3일의 시간이 경과하지 않으면 아니 된다. 돈을 버는 일에 게을러야 한다는 것이 하나의 의무와 같이 생각이 드는 것이다. 책을 책상 위에 놓는 것도 불결한 일같이 생각이 되어서 일부러 선반 위의 외떨어진 곳에 격리시켜 놓고 시간이 오기를 기다리는 것이다.

일을 시작하는 시간은 제일 불순한 시간이어야 한다. 몸과 머리가 죽은 사람 모양으로 기운이 없어지고 생각이 죽은 기계같이 돌아갈 때를 기다려서 시작해야 한다. 나는 이것을 세상에서 제일 욕된 시간이라고 단정하고 있다. 이렇게 마지못해 하는 일이라 하루에 서른 장(200자 원고지)을 옮기면 잘하는 폭이다. 그것도 날이나 추워지고 하면 더 하기가 싫다.

"언제나 이 일을 그만두나! 어느 날에나 의무로 하는 이 답답한 일을 그만둘 수 있을까." 하는 불평과 바람이 잠시도 머리에서 떠날 사이가 없다. 그래도 스무 장이고 서른 장이고 일이 끝이 나면 두 발에 엔진이 달린 것보다도 더 바쁘게 잡지사로 뛰어간다. 그러나 돈 받아내기는 일하는 것의 몇 배나 더 어렵고 고통스러운 일이다. 하늘의 별 따기보다도 더 어려운 일이다.

돈을 받아 가지고 물끄러미 들여다보고 있으면 웃음이 나온다. 그리고 그다음에는 전연 무감각한 상태로 돌아간다. 무엇에 돈을 써야 할지 얼른 생각이 나지 않는다. 어쩌다가 다정한 친구와 술을 마시게 되어서 흥이 나돌라치면, "나는 돈이 반가운 줄 몰라, 남이 돈을 벌어야 한다고 날뛰니까 나도 덩달아서 날뛰어 보는 것이야." 하고 껄껄 웃는다. 이것은 날이 갈수록 기계같이 늙어 가는 나 같은 사나이들이 누구나 한번쯤은 생각해 보았을 서글픈 회의일 것이다.

1955년 1월 2일(일) 밤

乘夜圖

어둠을 일주하고 돌아왔다
나는 죽음을 걸고 청춘을 지켜야 한다
어둠을 일주하고 돌아왔다는 것은 어둠이 끝이 났다는 의미는 아니다
속된 마음이란 남과 나의 관계를 생각하기에 타락하여 버린 마음이다
죽음을 일주하고 돌아왔다는 말을 차마 쓰지 못하고
어둠을 일주하고 돌아온 것으로 영원히 내가 오인을 받더라도 나는 가만히 이대로 있어야 할 것이다

나의 가슴에 청춘이 있으면
청춘과 죽음이 입을 맞추고 있으면 그만이다?

"여보게 나도 한몫 끼우세. '첼로'를 옆의 약방집에서 빌려 가지고 왔으니 밤이 늦었더라도 나와 같이 삼중주를 하여 보세. 어서어서 열어 주게." 하고 영원이라는 놈이 문을 두드리면서 야단법석이다.

"당신은 여기에 들어올 자격이 없어요. 당신은 바른쪽 어깨가 성하니까 문을 두드릴 힘이 있겠지만 우리는 둘이 다 왼쪽 발과 궁둥이가 없으니 당신에게 문을 열어 주러 나갈 수가 없어요." 하고 청춘 여사는 한층 더 힘 있게 죽음을 껴안는다.

"조금만 더 기다려 보게. 비행기가 날아와서 자네의 어깨를 떼어 갈 걸세. 적어도 평명까지는 그렇게 될 것이야. 그때가 되면 어떻게 해서든지 문을 열어 주지." 하는 죽음의 말에

"평명이 무엇인가?" 하고 영원이 물어보니

"평명이란 평할 평 자에 밝을 명 자이지. 그리고 그 뜻은……."

평명에 대한 해석은 죽음이 한 대답이 아니라 하늘이 돌멩이 던지듯이 가벼웁게 던져 준 말이었으며

그 뜻은 바늘이라는 것이라나.

1월 5일(수)

감기가 가서 이틀 동안을 누워 있다가 시 한 편을 써 가지고 동아일보를 찾아갔다.

새해에는 번역 일을 아니하려고 하나 어찌 될 것인지.

희망사 사장에게 20환을 선불을 받아 가지고 '오-레오-마이신'을 사고《하퍼스》와《애틀랜틱》을 사 가지고 다방 '행초'에 와서 앉는다.

그저께 밤에 쓴 시「나비의 무덤」이 안 호주머니에 그저 들어 있다.

앉으나 서나 글을 쓰고 싶은 마음이 용솟음친다. 좋은 단편이여, 나오너라.

방 안에 있을 때의 막다른(절박한) 생각과 밖에 나와 보고 느끼는 세계는 너무나 딴판이다.

세상은 겉도는 것이다.

이런 그림이 아니다.

무슨 기계의 치차 같은 것이 나의 몸 위에서 돌아간다.

문학은 나의 복부와 이 기계와의 사이에 있다고 생각한다.

기침이 나고 넓적다리가 차고 시리다.

문학을 위하여서는 의식적으로 몸에 병을 만들어도 상관이 없으리라고 생각한다.

1월 7일(금)

모험(아반출*)

○ 매춘부 집에 가서 '패스포트'를(이것은 나의 분신이다.) 맡기고 잠을 자고 나왔다.

생리적인 쾌락이 나로 하여금 여기에 침윤시키는 것이 아니다.

요는 이것을 통하여 방생되는 모험이 단조로운—너무나 단조로운—생활을 하고 있는 나를 미혹하는 것이다.

○ 내가 쓰는 글은 모두가 거짓말이다.

* advanture를 뜻한다.

1월 10일(월)

동백꽃

"전라도에서 동백꽃을 38만 환어치를 사 가지고 왔대요. 그것이 몽땅 얼어서 원 손해를 보았대요."

라고 하면서 동백꽃을 사노라고 다방 마담에게 권하는 사나이를 추운 아침에 차를 마시러 들어가서 보았다.

어제는 '호영'이를 만나서 '진수'와 더불어 계동 어느 술집에서 대포를 마시고 낙원동 S여관에서 잤다.

같은 방에서 자고 있던 젊은 사나이에게서 짝사랑에 대한 고민을 들었다. 그리고 모자간의 트러블에 관한 무슨 이야기를 들었는데 오늘 아침에는 그것이 무슨 이야기였던지 생각이 나지 않는다.

노 선생과 「인생유전」을 본 어젯밤 일이 아직 생각이 남아 있어서 나의 명석한 머리의 흐름을 방해한다.

나의 사랑(노 선생과의)도 바로 언 동백꽃이나 마찬가지라고 생각하고 나는 혼자 웃는다.

남자도 그렇지만 여자는 더욱 미웁다. 미워서 죽겠다.

1월 11일(화)

「인생유전(人生流轉)」*이 시시한 영화라고 생각했기 때문에 나는 그 영화를 본 이후 오늘까지 기분이 좋지 않았다. 그래서 영화를 만드는 친구를 길에서 만나더라도 "여보게 앞으로 영화를 만드는 데 그러한 영화 따위를 목표로 하여서 만들어서는 아니 되네." 하고 말하기까지 하였다.

---

* 「Children of Paradise」(1945), 마르셀 까르네 감독, 장 루이 발로, 마리아 카자레스, 피에를 르노와르 주연. 누벨바그 이전 프랑스 문예 영화의 정점을 보여 주는 기념비적인 작품으로 평가된다.

실상 나는 그 영화가 싫어서 집에도 들어가지 않고 이틀 동안을 계속하여 술을 마시었다. 그 영화에서 받은 불유쾌감을 털어 버리려는 듯이. 그러나 그 추억은 용이하게 씻겨지지는 아니하였다. 그 영화의 주인공(무언극단의 배우)의 이름은 파치스트*인데 어느 시인이 이 영화를 보고 파치스트라는 주인공이 파시즘을 실증한 것이라고 생각하였다나. 그러나 나는 이제 이러한 종류의 무식에 대해서는 그 전과 같이 분노를 느끼지 않는다. 아니 분노를 느낄 수 없게 되었다. 무지는 그것이 완전한 무지라고 생각할 때에는 성이 나지 않는 법이다. 나는 무지도 하나의 현상으로 보고 있다. 섧지도 않고 성이 나지도 않고 우습지도 않다.

아무튼 「인생유전」은 시시한 영화다. 그 제목부터가 고색창연하고 내용도 구태의연하다. 나는 이 종류의 불란서적 리얼리즘을 극도로 싫어한다. 결국 「인생유전」은 불란서적 영화 협잡이다. 이것을 모르고 아직도 불란서 영화라면 모두가 예술영화이며 일류 영화라고 생각하는 무리들이 나의 주위에 있다는 사실은 나를 질식시킨다. 그런데 로 선생(나의 애인)까지 이 영화를 보고 좋다고 한다.

"그 영화 좋지요?" 하고 물어보는 그의 말에 나는 두말없이,

"네."

이것이 사랑이다.

2월 2일

하오 2시 40분 이리 발(發). (하오 1시경 군산 발 '승합자동차')

삼일여관 변소간에서 강의를 하기 위하여 적어 놓았던 메모를 모조리 밑씻개로 삼다. 구우(舊友) 송기원을 비롯하여 많은 새 벗들과 알게 되었다.

* 시인이 여기서 이야기하는 극중 인물 '파치스트'는 '밥티스트'의 오기인 듯하다.

가람 이병기 선생을 뵙고 온 것이 뜻깊은 일이라고 생각하면서 기차 안에서도 그와 신석정 씨와 같이 박은 사진을 신기롭게 꺼내 본다. 예술의 힘으로 커진 사람은 인간으로도 큰 사람이 된다는 표본 같은 이가 가람 선생이라고 생각한다. 일주일 동안 연거푸 마시게 된 술 때문에 몸은 매우 피곤하지만 이번 군산 여행은 기대했던 바와 같은 정신의 청량제를 넣어 주었다고 할 수 있다.

가람 선생의 수집력(문학적)에 새삼스러이 감탄한다. 역시 여러 가지를 보아야 한다.

① 설화(민족) ② 외담(猥談)

지용, 상허를 칭찬하는 가람은 역시 예술지상주의적인 경향이 농후하지만 그가 가지고 있는 '자료'(민족설화 같은)가 한없이 탐이 난다. 그와 같은 환경 안에 2, 3년 푹 파묻혀 보는 것도 결코 무익한 일은 아니라고 생각하지만…….

또 하나 가람은 '대우(大愚)'를 아는 사람이다. '겸손'—그것도 고도의 겸손을 가지고 그리고 '청춘'과 '인간'을 가지고 있었다. 과연 가람 선생이라고 경탄하였다.

군산에서 이리까지 오는 도중에 어느 돌다리에 '옥야명건(沃野明健)'이라고 새겨 놓은 것을 보았다. 호남 풍경이었다. 2등차 안에서 어두운 차창을 내다보며 이 글을 쓰고 있다. 가까워 오는 서울이 무슨 분말기(粉末機)와 같은 인상을 준다. 고병조라는 청년에게서 들은 배 이야기며 죽도라는 섬 이야기며 '씹골'이라는 곳에서는 '보지값'이 선박의 출입에 따라서 오르고 내린다는 많은 재미있는 이야기를 생각한다.

(중략)

귀가 교훈

① 독서와 생활을 혼동해서는 아니 된다. 전자는 받아들이는 것이다. 그러나 후자는 뚫고 나가는 것이다.

② 확대경을 쓰고 생활을 보는 눈을 길러야 할 것이다.

2월 3일(목)

"서울에 들어오면 서울의 풍습에 따라야 한다." 하고 집을 나왔지만 아직도 나는 서울이 무엇인지 모르겠다. 슈바를 벗어 버리고 텁텁한 미군복 겨울 바지 대신 구레파 회색 바지를 입고 저고리도 엷은 여름것을 걸치고 나왔는데 마음이 암만해도 서먹서먹하다. 단 일주일 동안 서울을 떠나 있었던 것이고 그것도 멀리나 간 것인가, 불과 군산 항구까지 왕복 열네 시간밖에 걸리지 않는 조그마한 여행을 하고 온 것인데 이다지도 서울이 서먹서먹하다. 내가 난 서울, 내가 자라난 서울은 이모저모 위로 아래로 혹은 옆으로 구멍이 뚫어지라 하고 보아도 몇 번씩 다시 보고 하여도 도무지 남의 것만 같다.

집을 나와서 버스를 잡아타고 언제나 내리는 을지로 입구에서 차를 내린다. 여전히 명동 쪽으로 가기가 싫어서 종로 네거리를 돌아서 '뷔엔나'로 왔다. '뷔엔나'에 오기까지 나는 나의 걸음걸이와 나의 눈초리에 극히 조심하였다. 그리고 구태여 남을 보지도 않으려고 하였으며 남의 눈에 뜨이지 않으려고 극히 평범한 걸음걸이로 걸어왔다.

서울 사람들, 서울 거리를 걷는 사람들의 표정, 당초에 마음이 놓이지 않는 그 표정들이 몹시 마음에 걸린다. 그래서 나의 눈은 나도 모르게 그들의 하나하나의 지나가는 모습 위로 가는 것이다. 놀란 눈, 초조한 눈, 독에 맺힌 눈, 그리고 가늘고 섬세한 발, 무표정한 얼굴, 무색한 피부…….

어젯밤에 서울역에서 기차를 내려서 마지막 버스를 타고 그 안에 앉아 있는 루주를 바른 매춘부 같은 계집을 보고 제일 처음 내가 느낀 인상은 '서울 여자들은 기운이 없다'는 것이었다. 이러한 여자들은 규방에서의 인생 최대의 쾌락과 행복까지도 빼앗긴 사람들이다. '못난 년들 같으니!' 하고 나는 속으로 그들을 저주하였다. 그러나 그다음 순간에 출입구 편에 서 있는 술이 취한 양복쟁이들이 서너 명 작당을 하여 차장과 싸움을 하고 있다. "이 자식아, 손님더러 ×같은 자식이 무엇이냐? 응, 너 이놈아!" 하고 소리소리 지르면서 차장을 꾸짖는다. 차장은 이따위 술주정쯤이야 아무렇지도 않다는 듯이 도무지 대꾸가 없다. 나는 이러한 차장의 얼굴 표정을 보지 않아도 짐작할 수 있었다. '이것이 서울인가? 그러면 서울이란 무엇인가? 커다란 집인가? 서로 스스럼도 없이 싸우는 곳, 가장 체면을 존중하는 듯한 서울은 사실은 체면 같은 것은 전혀 무시하고 있는 곳. 이것이 서울인가?' 이렇게 속으로 혼자 생각해 보았지만 나는 역시 서울이 알 수 없다.

'뷔엔나'에 들어와서는 언제고 내가 앉는 동편 구석 외떨어진 자리에 가서 앉는 수밖에 없었고 그래도 그동안 서울을 떠나고 있었다는 기쁨이 조금쯤은 가슴속에서 불길을 일으키고 있었기에 차를 나르는 소녀에게 고개를 숙이어 인사를 하니 의외하게도 소녀의 표정은 냉담하였다. 그럴 성싶은 일이다. 여기는 서울이다. 내가 지금 소녀에게 한 인사는 서울의 풍습이 아니었고 이것은 군산 항구에서 가지고 온 것이다. 서울의 풍습은 다방에 들어오면 그냥 묵묵히 돌부처처럼 앉아 있는 것이다. 일주일 전의 내가 이 자리에서 하듯이 눈살을 찌푸리고 소가 풀을 씹는 듯이 고민을 씹고 앉았으면 되는 것이다.

'서울은 차디찬 곳이다.' 나는 새삼스러이 느끼면서 홀로 지그시 웃어 보려 했으나 끝끝내 웃음은 나오지 않았다.

서울, 서울, 서울에 오래 살면서 나는 서울이 무엇인지 모른다. 내가 소설을 써 보려는 것도 이 알 수 없는 서울을 알려고 하는 괴로운 몸부림일 것이다. 알 듯 알 듯 하면서도 도저히 이해할 수 없는 이 서울은 무엇인가? 이 결론이 없는 인생 같은 서울, 괴상하고 불쌍한 서울, 이 길고긴 '서울'에까지의 숨 가쁜 노정에서 잠시 땀이라도 씻고 가기 위한 짧고 안타까운 휴식 같은 것이 나의 소설일 것이다.

— '뷔엔나'에서

2월 8일(화)

PEONIES

牡丹(모란)

「자살한 황정란과 작가 최태응」의 원고 청탁을 기어코 거절하고 나니 큰 전란(戰亂)을 치르고 난 것처럼 기분이 청명(晴明)하다.

나의 정신은 봄 창 앞에서 아무 비밀도 없이 투명한 내부를 노출시키고 있는 유리병 같다고 생각한다.

—자칫하면 무색의 압력으로 금방이라도 그 작은 병이 산산조각이 날 것만 같다.

'뷔엔나'에 가서 외젠 다비의 『북호텔』을 읽다. 3장까지 읽으니 권태스러워 집어치우고 나오다.

어린아이가 만화책을 보듯이 나는 이 소설을 읽어 가야겠다. 심심하다.

동아일보에를 들러서 용찬을 만나 보다.

다방 '매란(梅蘭)'에서 다섯 시 반에 만나자고 한다. 찬과 만나 보아야 뻔한 일이다.

그저 묵묵히 술이나 마실 따름이다. 그리고 나는 술을 마시면서 약간의 (저울추만 한) 불안과 부자유를 느낄 것이다…….

그래도 그의 약속을 거절할 이유는 하나도 없는 것이다.

약속 시간이 되기까지는 아직도 한 시간 반은 착실히 남아 있다.

이 시간을 죽이려고 나는 덕수궁에 들어온 것이다.

PEONIES

牡丹

나는 무엇을 하고 있는 것인가?

무엇을 찾으려고 봄도 아직 다가오기 전의 빈 덕수궁을 찾아서 들어왔나?

PEONIES

牡丹

이라는 빈 말뚝만이 박혀 있는 박물관 뒷동산 모란밭을 돌아서 아까 앉아 있던 벤치에 와서 다시 앉다.

중학생들이 오륙 명 사진기를 가지고 옆의 풀잔디 위에서 장난을 치고 있는데 그들이 떠드는 소리가 대단히 신경에 거슬린다.

정원을 산책하는 여인들도 있다. 여자를 볼 적마다 R선생의 생각이 난다. ……그리고 내일부터 또 계속하여야 할 그 지긋지긋한 '번역일'하고……

PEONIES

牡丹

이라는 간판을 보니 내일부터는 아침 일찍이 일어나서 도서관에를 통학을 할까 하는 생각이 들고 그러면 이 정체된 지금의 생활에서 무슨 새로운 빛과 기운이 생길 것 같은 생각이 든다.

그러나 이것도 하나의 착각에 불과한 것이다.

PEONIES

牡丹

LIBRARY

圖書館(도서관)

아아 무슨 비약이 있어야겠다. 기적 같은 큰 비약이 와야겠다.

오늘 아침 이불 속에서 나는 지나간 날 P가 한 이야기를 몇 번이고 생각하여 보았다.

그는 이렇게 말하였다.

"나는 아무것도 하지 않고 있을 날을 바랄 따름이다."

책도 읽지 않고 여행도 하지 않고 연애도 하지 않고 벗과도 사귀지 않는 그러한 생활.

그가 원하고 있었던 것은 필경 이것이었을 것이다.

2월 16일(수)

(전략)

경험이란 한 번만 하여서는 아니 된다. 적어도 열 번 스무 번씩 되풀이하여야만 비로소 그 경험이 내 것이 되고 소설의 소재 위에 오를 수 있게 되는 것이라고 느낀다.

인내가 용서하는 한 침묵을 지키고 3년이고 4년이고 5년이고 오래 준비의 기간을 가져야 하겠는데…….

2월 17일(일) 낮

일류 정치가의 딸이 장사를 한다, 영화배우같이 생긴 젊은 놈 하나를 끼고 다니며 40만 환짜리를 사서 그 자리에서 50만 환을 받고 팔았다니 하며, "30분 동안에 10만 환 벌이하는 것이 아니겠어요……." 하고 웃어보이는 혜순의 말.

새로 나온 월간 잡지를 모처럼 갖다 주었더니, "아유 참 고맙습니다." 하고 불령(不逞)한 표정(!)으로 감격도 아닌 감격에 찬 인사를 하지 않으면 아니 되는 로 선생.

그들이 나쁜지 내가 나쁜지 모르겠다. 혹은 그들의 환경이 할 수 없이 그러한 구정물을 그들에게 강요하는지. 혹은 그르다 옳다 말을 하지 않고 보고 있어야 할 것을 이렇게 나만 쓸데없는 걱정을 일삼고 있는지.

현상이다. 하나의 현상이다. 현상이라고 보고 있으면 될 일이다.

(후략)

12월 21일

〈수필〉
열등감

어째서 이렇게 현기증이 나는가 하였더니 겨울의 기후가 시키는 소작(所作)이 있었다. 계절의 추이가 주는 원시적 비감에 몸을 위탁하기에 익숙하여진 내가 '또 한번 무엇에 속았구나' 하고 생각하니 새삼스러이 나 자신의 우둔을 비웃지 않을 수 없다. 사람의 변화란 그렇게 빨리 돌아오는 것이 아니다. 사람의 현명도 마찬가지다.

나는 요즈음 명령하는 버릇이 생겼다. 이것도 겨울이 준 선물이라고 생각한다. 추위를 몸에서 떨어 버리기 위하여, 몸의 새로운 온기와 활력을 얻기 위하여, 그러나 그보다도 ○○적인 불안을 털기 위하여 나는 명령을 한다. 그리고 이러한 경우에 나의 소심한 명령을 후뚜루 받아야 하는 것이 나의 아내이어야 한다는 것은 생각하면 한없이 창피한 일이 아니겠느냐.

이러한 날에 생각나는 것은 특히 벗들이다. 벗이라 하지만 나의 벗들은 모두가 나 모양으로 매사에 자신이 없는 사람들뿐이다. 그들은 외양만 어른이지, 마음은 어린 아해보다도 연약하고 우둔한 사람들이다.

나는 올해에 난생처음으로 외투를 샀다. 어느 고마운 친구가 황송하게도 기십만 엔짜리 큰일을 맡아 주어서 덕분에 빈혈증이 걸리기는 하였지만 그만 엔짜리 고물 낙타외투가 생겼다. 사흘에 물 한 통을 사 먹는 (아내는 물장사에게 지불하는 돈이 아깝다고 삼동(三冬)에도 사흘에 한 통씩 물을 대어 놓고 먹는다.) 우리 집 형편으로는 도저히 국산신조외투를 사 입을 수가 없어서 아내가 고물 시장에 가서 미제 고물을 사 온 것인데, 이러한 외투도 나의 소중한 벗들 앞에 입고 나가기는 정말 미안하기 짝이 없었다.

그러지 않아도 집도 가족도 없는 그들에게 나는 지난겨울에 처음 이러한 사과를 한 일이 있었다고 기억한다. 왈 "미안하이, 나만 가족을 가져서 미안하이." 하고. 그리고 "그러나, 가족을 갖게 되었다고 내가 자네들보다도 행복한 것은 결코 아닐세, 응" 하고 말하고 싶었으나, 이 말은 차마 나오지 않았다. 이러한 벗들이다. 외투를 입고 나가서 미안한 감을 느끼지 않을 수가 없었다.

그래서 그런지 어째서 그런지, 나날이 추워서 그런지, 혹은 빈혈증이 생긴 탓인지, 도무지 거리에 나갈 용기가 아니 난다. 나가면 소중한 벗들을 만나지 않을 수 없고, 만나면 또 술을 마시지 않고는 못 배기겠지만, 그리고 '나만 외투를 입었다'는 열등감을 느끼는 것이 싫은 것이지만, 그러나 이러한 모든 이유에서부터가 아니라, 어째서 그런지 나는 밖에 나가기가 싫어졌다.

구혈탄로(九穴炭爐) 옆에 앉아서 나는 나도 모르는 웃음을 짓고 있다.

옆방에서 버선을 꿰매고 있던 아내가,

"난로에 구공탄을 새로 넣어서 냄새가 날 터이니 조심하세요."

12월 23일

구라파로 떠나는 벗을 비행장이 아닌 숨은 뒷골목에서 손을 잡고 헤어졌다. 그도 섭섭한 표정이라곤 손톱만치도 없고 나의 얼굴도 그의 얼굴과 극히 동일하였을 것이다.

"편지를 꼭 한 장 할 터이니, 형의 주소를 가르쳐 주시오."라고 하는 벗의 말에 나는 무엇이라고 대답하였던가, 생각하기도 싫은 말을 던지고 나는 기어코 나의 주소를 가르쳐 주지 않았다.

1956년 2월 9일

사람은 저마다 자기의 눈에 보이지 않는 그림자를 지니고 있는 것이고 이 그림자를 장소와 때를 가리지 않고 시든 낙엽처럼 가는 곳마다 뚝뚝 떨어뜨리고 다니면서 그것을 모르는 것이고
그렇다고 내가 그대들을 나무라는 것은 아니지만
(눈동자여
새싹이 틀 때에는 잠시 갈피를 잡으라)

오한이 전신을 사뭇 뒤흔든다
나는 나무 위에서 떨어진 새 모양으로
지저귀는 소리도 잊어버리고 하늘을 향하여 일어서려 하였다
그리고 내가 이 처참한 추락에서 일어섰을 때 무엇을 할 것인지
그 순서와 조목을 나는 번개같이 알아차렸다
그러나 신은 내 가슴에서
달아나고
나뿐만 아니라 나의 시야에 비치는 사람들은 나와 같이 시체가 되었다
—이러한 시체와 같은 그림자를 사람들은 저마다 지니고 있으며 이것을 볼 눈이 있지 않다
행복과 봄의 영광이 충만되* 방에서 탈출하는 법을 내가 배운 것은
이때부터이며
내가 쓰고 싶은 글을 쓰지 않기로 맹세한 것도 이때부터이다

더러운 향로

길이 끝이 나기 전에는
나의 그림자를 보이지 않으리

* '충만된'의 오기인지 '충만되어'의 오기인지 불확실하다.

적진을 돌격하는 전사와 같이
나무에서 떨어진 새와 같이
적에게나 벗에게나 땅에게나
그리고 모든 것에서부터 나를 감추리

검은 철을 깎아 만든, 고궁의 흰 댓돌 위의 더러운 향로 앞으로 걸어가서
잊어버린 애아(愛兒)를 찾은 듯이
너의 거룩한 머리를 만지면서 우는 날이 오더라도
철망을 지나가는 비행기의 그림자보다는 훨씬 급하게 스쳐 가는 나의 고독을
누가 무슨 신기한 재주를 가지고 잡을 수 있겠느냐

향로인가 보다
나는 너와 같이 자기의 그림자를 마시고 있는 향로인가 보다

내가 너를 좋아하는 원인을,
너가 지니고 있는 긴 역사이었다고 생각한 것은 과오이었다

길을 걸으면서 생각하여 보는
향로가 이러하고
내가 그 향로와 같이 있을 때
살아 있는 향로
소생하는 나
덧없는 나

이 길로 마냥 가면 이 길로 마냥 가면 어디인지 아는가

티끌도 아까운, 더러운 것일수록 더한층 아까운 이 길로
마냥 가면 어디인지 아는가.

더러운 것 중에도 가장 더러운,
썩은 것을 찾으면서 비로소 마음 취하여 보는 이 더러운 길
(於 다방 '월궁')

무엇을 하러 나왔는지 우암동(예전 삼판통)을 거쳐서 여기까지 나왔다. 시를 쓰러 나온 것이 아닌데 또 쓰지 않겠다고 결심한 시를 썼다.

어제 덕수궁에서 본 '향로'를 생각하니 어느 고독한 사나이가 하루에 한 번씩 '향로'를 만지러 가서 거기에서 위안을 받는…… 환상이 떠오르고 이것을 실마리로 한 소설을 구상하여 보려 한 것이다.

써 놓은 시가 의미가 있는 것이 아니라 여기까지 걸어 나온 것이 뜻깊은 일이라고 생각하여 본다.

서울의 중앙지대에서 떨어져 나와서 요마큼만 와도 이향(異鄕)의 냄새가 난다.

『북호텔』을 읽으려 하나 모가지만 꼿꼿하게 되고 책을 읽을 마음이 도저히 나오지 않는다.

무슨 이변이 있어야 하겠다. 다가오는 봄과 더불어 나의 생활에도 무슨 변함이 생겨야 하겠다.

그리고 그 이변은 내가 만들어야 하는 것이기에 한층 더 안타깝다.

(하략)

(於 용산 '월궁')

2월 15일

도회의 기름 위에 떠 있는 여자의 모습

바른손에 종이 묶음을 들고 왼손에는 핸드백과 X레이를 들었으며 나일론의 엷은 봄 목도리를 감았는데 작은 눈과 짧은 코가 도회의 지성을 대변하는 듯이 어디인지 싸늘한 감을 주었으며 자기의 의식과 남이 볼 의식을 통합하여 또 하나의 고도한 의식을 지향하는 듯한 시선의 방향과 호리호리한 몸맵시—

무엇을 생각하고 있는 듯도 하면서 아무것도 생각하는 것이 없는 것같이도 보이며 어떤 '밋숀' 계통의 여의사같이도 보이며 고급 관리의 젊은 부인같이도 보이는 자존심이 어지간히 강한 여자—이런 여자가 전차를 기다리고 섰다.

도무지 '독립된 존재'같이 보이지 않으며 소속이 불선명하고 모든 범주에서는 벗어난 듯한 여자—

결국 비밀을 가지고 있는 여자이다. 현대의 비밀이라고 할까 투명한 비밀이라고 할까.

그렇다…… 여자에게는 비밀이 있다!

삼류 극장 뒤에서 낮잠을 자는 듯이 혹은 버림을 받은 여자같이 시들어 가는 다방 안의 식은 난로 옆에서 손등을 쓰다듬고 생각에 잠겨 있는 여자.

건너편 모란집 여주인 같기도 하고 상업학교 어귀에 있는 문방구점 주인 여편네 같기도 한 허름한 옷차림을 한 중년 부인이 차도 아니 마시고 앉아서 이 찻집 주인 여자하고 무슨 용무가 있는지 모르지만 하여간 이런 여자가 와 앉아도 어색하지 않은 다방 안에서 생동하는 사람(손님)들의 모양이 실제 이상으로 야비하게 보이는데

나는 책을 읽을 때 기운도 없이 맥을 놓고 앉아서

'여자'를 생각한다.

아까 남대문 옆에서 서 있던 '레디'이며 지금 나의 건너편에 쭈그리고 앉은 목덜미가 허여멀건 여자이며 왼쪽 구석 의자에 등을 보이고 앉아서 슈샤인보이에게 구두를 내어주는 눈이 똥그란 여자이며 이 다방 주인같이 썩은 얼굴을 한 여자이며 이러한 여자들의 운명과 고독을 나는 나의 마른 손바닥에 쥐어 본다.

이 여자들도 모다 아무런 결론이 없는 여자들이 아니냐?

'양키' 상대의 음매부들 많이 살고 있는 적산가옥이 많은 골목에 오면 나는 마음을 놓고 여러 가지 인생을 관찰한다.

결론이 없는 여자들과 지평선.

아아 검은 지평선.

(於 '월궁')

'미스 최'(다방 '돌체')

병으로 드러누웠다고 창문을 여는 레지의 표정

아래층에서 유리 깨어지는 소리.

마담이 불안한 표정으로 뛰어나가서 문을 열고 보다.

'임축옥' 씨가 웃는 낯을 지으며 슬며시 들어온다.

그의 얼굴에는 멋쩍은 빛도 없다.

2월 16일(수)

파릉초(菠薐草)*

(ホウレンソウ)

숲이 창밖에 있다는 믿음이 이다지도 마음을 편안하게 한다.

---

* 시금치를 뜻한다.

만족이 지나쳐도 웃음이 나오는가 보다.

남산을 돌아서 내려오는 길에 혜숙의 집을 들렀다. 내가 문학을 안 한다면 같이 살아도 좋겠지만 나의 앞에는 문학이 있고 이 거츠러운 길에 그를 끌고 들어올 용기는 나지 않고 또 그가 끌려 들어오지도 않을 것이다.

명동에 나와 이활을 만났더니 돈은 아니 되고 그가 사 주는 저녁만 얻어먹었다.

이활과 헤어진 후에도 혜숙의 일이 자꾸 떨어지지를 않아 검은 숲이 고요한 창밖에 있는 빈 다방에 와서 혼자 앉아 있다.

눈이 떠 있는 한 '글'을 생각하고만 있어야 행복할 수 있는 요즈음의 고독한 생활에 혜숙의 일은 부풀어 오르는 봄의 꽃봉오리같이 따스하다.

(하략)

일기초 2

—1960. 6.~1961. 5.

1960년 6월 16일

'4월 26일' 후의 나의 정신의 변이 혹은 발전이 있다면, 그것은 강인한 고독의 감득과 인식이다. 이 고독이 이제로부터의 나의 창조의 원동력이 되리라는 것을 나는 너무나 뚜렷하게 느낀다. 혁명도 이 위대한 고독이 없이는 되지 않는다. 두말할 나위도 없이 혁명이란 위대한 창조적 추진력의 복본(複本, counterpart)이니까. 요즈음의 나의 심경은 외향적 명랑성과 내향적 침잠 혹은 섬세성을 완전히 일치시키는 데 성공하고 있다. 졸시 「푸른 하늘을」이 약간의 비관미를 띠고 있는 것은 역시 격려의 의미에서 오는 것이리라.

그리고 또 하나의 변이 —.

시의 운산(運算)에 과거처럼 집착함이 없다. 전혀 거울을 아니 들여다보는 것은 아니지만 놀라울 만치 적어진 것이 사실이다. 기쁜 일이다. 투박해졌는지? 확실히 투박해졌다. 아니 완전한(혹은 완전에 가까운) 스데미*이다. 그 대신 어디까지나 조심해야 할 것은 스데미를 빙자로 한 안이성이나 혹은 무책임성!

---

* 포기, 자포자기를 뜻하는 일본말이다.

6월 17일

말하자면 혁명은 상대적 완전을, 그러나 시는 절대적 완전을 수행하는 게 아닌가.

그러면 현대에 있어서 혁명을 방조 혹은 동조하는 시는 무엇인가. 그것은 상대적 완전을 수행하는 혁명을 절대적 완전에까지 승화시키는 혹은 승화시켜 보이는 역할을 하는 것이 아닌가.

여하튼 혁명가와 시인은 구제를 받을지 모르지만, 혁명은 없다.

—하나의 현대적 상식. 그러나 좀 더 조사해 볼 문제.

6월 21일

다음은 빈곤과 무지로부터의 해방.

6월 30일

제2공화국!

너는 나의 적이다.

나는 오늘 나의 완전한 휴식을 찾아서 다시 뒷골목을 들어간다.

그리고 거기에는 어제의 나는 없어!

나의 적,

나의 음식,

나의 사랑,

나는 이제 일체의 사양(謝讓)을 내던진다.

적이여

그대에게는 내가 먹고 난 깨끗한 뼈다귀나 던져 주지,

반짝반짝 비치는, 흡사 보석보다도 더 아름다운 뼈다귀를……

오오, 자유. 오오, 휴식.

오오, 허망.

오오, 그럼 나의 벗들.

제2공화국!
너는 나의 적이다. 나의 완전한 휴식이다.
광영이여, 명성이여, 위선이여, 잘 있거라.

7월 4일

이러한 민주정치 혹은 인민정치의 정부만큼, 내란이나 국내의 선동에 움직여지기 쉬운 정부는 없다는 것도 함께 말해 두기로 한다. 왜냐하면 이 정체(政體)만큼, 정치의 변경에 대해서 강하고 또 부단히 응하기 쉬운 정체는 없으며 또한 이 정체만큼, 정체 유지에 열심과 용기가 필요한 정체도 없기 때문이다. 더구나 그런 정체 밑에서는 각 공민은 강한 실력과 확고한 정신으로 무장하고, 저 유덕한 파테에노 백작이 폴란드 의회에서 한 말, "우리들은 평온한 노예보다도 위험한 자유를 택한다."를 매일, 그의 배 밑으로부터 외우지 않으면 아니 된다. 만약에 신들의 국민이 있다면, 그것은 민주적으로 다스려질 것이다. 그다지 완전한 정부는 인간에게는 적합하지 않은 것이다.

—루소『민약론(民約論)』, 제3편 제4장「민주정치」에서

어제 창동에 나가는 길에 다방 '세르팡'에 들렀다가 쓰게 된 시「만시지탄(晩時之嘆)은 있지만」을, 수명이 청서해 준 것으로 오늘 '동방'에 들러서 경향신문 기자를 만나 가지고 주긴 주었지만 내어주려는지 의아. 안 내준다면 한국일보에 줄 작정이다.

7월 5일

「7월 재판」 초일이라 구경 겸 나가서, 경향신문에 들러 가지고 어제 준 시를 찾아서 세계일보에 갖다 줄 작정을 하였는데 들르자마자

고료를 준다. 이겼다! 내가 이긴 게 아니라 저쪽이 이겼다. 간밤에 성급하게 자포자기한 것이 미안하다.

7월 8일

에렌부르크의 글(동아일보 게재)을 읽는다. '예술이 과연 필요 있는가?'의 시대적 의문에 대해서 무게 있는 해답. 저쪽 사람들도 모두 에렌부르크만 같다면 무엇이 무서우랴.

우선 저쪽을 무서워하는 마음이 없어져야 한다고 박××의 말. 누가 아니라나.

커피와 양담배를 배격하는 학생들의 데모. 좋다. 이러다가는 머지않아 ○○○○도 있을 것 같다는 아내의 예언.

앞으로 경제 논문을 번역해 보고 싶다—《재정(財政)》지를 보면서 얻은 힌트.

7월 12일

Vladimir Dudintsev(블라디미르 두딘체프)의 소설 『*A New Year's Fable*(신년 이야기)』을 독료(讀了). 그들이 사는 물질세계의 수인적(囚人的) 상황을 탐지해 가면서 읽어 가는 이그조틱한 맛. '인간은 같다'는 재확인.

강인성에도 그럴 만하고 기교면에도 그럴 만하다.

「병풍」, 「푸른 하늘을」을 반성하면서, 발자크의 「あら皮」*의 기술면(D씨는 B씨의 '정신' 대신에 '과학'을 놓음으로써 현대적 의상으로 행세하고 있을 뿐 그밖에는 별로 다를 점이 있을 것 같지 않다.)을 연상하면서—역시 소련은 과학 만능을 추구하고 있다는 재확인. 아, 과학, 정신, 정치—혁명은 도처에 불시로 부단히 있는 것. 무어 신통할 것도 없지 않은가!

---

* '걷껍질'이라는 뜻의 일본말이다.

7월 29일

동시(童詩)

저 행길에서 놀고 있는 아이들을 보라, 저들이 동시를 읽을 만한 가정에 있는 아이들인가. 새 세상이 되어도 '가장평화(假裝平和)'적 사회 아래에서 읽지 못할 동시만이 신문사의 돈벌이나 빈궁한 아동작가들의 푼돈벌이에 보탬이 되기 위해서 산출된다면 그것은 고급 식료품이나 해외 사치품이 백화점 진열장 속에 사장(死藏)되어 있는 것과 조금도 다름이 없는 일. 어처구니없는 일이고 격분할 일이다.

일전에 ××일보 아동신문에서 동시의 청탁이 와서 난생처음으로 써 준 작품이 내용이 과격(?)하다는 이유로 퇴짜를 맞았는데, 앞으로는 사회 상태가 동시가 읽혀질 만큼 되기까지는 동시를 쓰느니보다는 동시 무용론을 주장하고, 있는 힘을 다해서 사회 개혁을 위해 혈투해야 할 것이다.

우선 아이들이 동시를 읽을 만한 윤택 있는 사회를 만들어 놓아라, 그리고 그보다도 먼저 의무교육만이라도 철저히 성취해 보아라. 그때에 나오는 동시는 지금 것과는 좀 다를 것이 아니냐. 동시뿐이랴. 이러한 맹목이 하나둘이겠느냐. (하략)

8월 7일

禁煙(금연)

禁酒(금주)

禁茶(금다)

('합법적인 도적들'에게 자진해서 납공(納貢)을 하지 말아라.)

9월 5일

과학적 무장(평론)의 중량이 시 제작의 선에까지 서서히 다가서게 되었다. 김××나 조×× 등의 부르주아 시인들을 무시하는 것은 그들의 이념의 무지(즉 인간적 이념의 무지)가 과학적 무장(지성)의 결여와 동일한 의미를 갖기 때문이다.

……이 과학적 무장이 현재의 시 제작의 결실만 한 성과를 갖게 되려면 적어도 앞으로 10년이 필요하다.

Abram Tertz(아브람 테르츠)의 「The Trial Begins……(심문)」를 읽고, Kingsley Amis(킹슬리 에이미스)의 「Lone Voice……」를 집어들었지만 영국 문단의 지적 상식의 높이에 압도되어 중단.

창동에 가서 수명에게 2000환을 꾸어 가지고 오는 길에, 중희를 만나고, 그레이엄 그린의 『권력과 영광』과 키르케고르의 『불안의 개념』을 샀다.

모두가 전도요원하다!

9월 9일

中庸ハ ココニハ ナイ ソヴェットニハ アル ココニ アルノハ 中庸デハナク 踏步(アップミ) デアル 死 ンダ平和デアル 懶惰デアル 無爲デアル ミンナ 適當ニ 假面ヲ カブッテヰル

(중용은 여기에는 없다. 소비에트에는 있다. 여기에 있는 것은 중용이 아니다. 답보다. 죽은 평화다. 나타다. 무위다. 전부 적당히 가면을 쓰고 있다. ―엮은이 역)

베개에 머리를 대어 보라 들리지 않느냐 최초의 행동

그것은 발자죽 소리다 고요한
발자죽 소리에 태양이 고인다 혹은
서리인지도 모른다 내가 가는 곳은
모두가 처음 길이다

그러나 이 처음 길을 정부(政府)와 온
겨레가 막고 있을 때 어떻게 하는가

나의 가는 길은 원시림에도 아니요 군문(軍門)에도
아니다
사람이 있는 곳이다 사람이 공명(共鳴)하는
곳이다 사랑이 이는 곳이다

솔직한 마음은 재판소의 지붕의 먼지처럼 이미 먼지가 끼였다
오늘도 내일도 거기에는 먼지가 끼여 있으라
나의 마음은 내부에서부터 나가는 길이다
용기 아닌 용기의 길
평범한 행동이여

그러나 나는 오늘 아침의 때묻은 혁명을
위해서 어차피 한마디 할 말이 있다
이것을 나는 나의 일기첩에서 찾을 수밖에 없었다.

중용은 여기에는 없다
(나는 여기에서 다시 한번 수고한다
계사(鷄舍) 건너 신축가옥에서 마치질하는
소리가 들린다)
쏘비에트에는 있다
(계사 안에서 우는 알 겯는
닭소리를 듣다가 나는 마른침을 삼키고
담배를 피워 물지 않으면 아니 된다)
여기에 있는 것은 중용이 아니라

답보다 죽은 평화다 나타(懶惰)다
무위다
(但 "중용이 아니라"의 다음에 "반동
이다"라는 말은 지워져 있다
끝으로
"모두 적당히 가면을 쓰고 있다"
라는 한 줄도 빼어 놓기로 한다)
담배를 피워 물지 않으면 아니 된다고
하였지만 나는 사실은 담배를 피울
겨를이 없이 여기까지 내리 썼고
일기의 원문은 일본어로 쓰여져 있다

글씨가 가다가다 몹시 떨린 한자가 있는데
그것은 물론 현정부가 그만큼 악독하고 반동적이고
가면을 쓰고 있기 때문이다.

9월 13일

일을 하자. 번역이라도 부지런히 해서 '과학 서적'과 기타 '진지한 서적'을 사서 읽자.

그리고 읽은 책은 그전처럼 서푼에 팔아서 술을 마셔 버리는 일을 하지 말자. 알았다. 이제는 책을 사야 한다고. 피로서 읽어야 한다고. 무기로서 쌓아 두어야 한다고. 책을 쌓아 두어도 조금도 양심의 가책을 느끼지 않고 오히려 떳떳이 앉아 있을 수 있다고.

불어도 배우자. 부지런히 배우자. 불란서 잡지를 주문해서 참고로 하자. 오늘뿐만 아니라 내일의 참고로도 하자.

힘이 생긴다. 힘이 생길수록 시계 속처럼 규격이 째인 나의 머리와 생활은 점점 정밀하여만 간다. 그것은 동시에 나의 생활만이 아니기 때문에 널리 세상 사람을 고려에 넣어 보아도 그 시계는 더 정밀해진다. 진정한 힘이란 이런 것인가 보다. 오오 창조.

일하자. 일하자. 두말 말고 일하자.
어서어서 일하자. 아폴리네르의
교훈처럼 개미처럼 일하자.
일하자. 일하자. 일하자. 민첩하게
민첩하게 일하자.

9월 20일

(전략)

언론 자유나 사상의 자유는 헌법 조항에 규정이 적혀 있다고 해서 그것이 보장되었다고 생각해서는 큰 잘못이다. 이 두 자유가 진정으로 보장되기 위해서는 우선 자유로운 환경이 필요하고 우리와 같이 그야말로 이북이 막혀 있어 사상이나 언론의 자유가 제물로 위축되기 쉬운 나라에서는 정부가 적극적으로 이 두 개의 자유의 창달을 위하여 어디까지나 그것을 격려하고 도와주어야 하지 방관주의를 취한다 해도 그것은 실질상으로 정부가 이 두 자유를 구속하게 된다는 결과를 초래하게 되는 것이다.

역설적으로 말하자면 정부가 지금 할 일은 사회주의의 대두의 촉진 바로 그것이다. 학자나 예술가는 두말할 것도 없이 국가를 초월한 존재이며 불가침의 존재이다. 일본은 문인들이 중공이나 소련 같은 곳으로 초빙을 받아 가서 여러 가지로 유익한 점을 배우기도 하고 비판도 자유로이 할 수 있게 되어 있다. 언론의 창달과 학문의 자유는 이러한 자유로운 비판의 기회가 국가적으로 보장된 나라에서만 있을 수 있는 것이다.

9월 23일

スベテノ理念ノ敗北カラ

スベテノ誘惑カラ立テ!

("모든 이념의 패배로부터, 모든 유혹으로부터 독립하라!")

서독 혁신 세력(정치)의 당면한 투쟁의 상대는

'빈곤'과

'폭력'이라고.

아, 폭력의 말살을?

사회주의로부터도 폭력의 말살을?

9월 25일

「허튼소리」를 쓰다.

이 작품은 예의 '언론의 자유의 희생자'를 자처하고 나서려는 제스처의 시에 불과하다.

10월 6일

시 「잠꼬대」를 쓰다. 나는 아무렇지도 않게 썼는데, 현경한테 보이니 발표해도 되겠느냐고 한다.

이 작품은 단순히 '언론 자유'에 대한 고발장인데, 세상의 오해 여부는 고사하고, 현대문학지에서 받아줄는지가 의문이다. 거기다가 거기다가 조지훈도 이맛살을 찌푸리지 않는가?

* 이 작품의 최초의 제목은 「金日成萬歲」. 시집으로 내놓을 때는 이 제목으로 하고 싶다.

미(美)는 선(善)보다 강하다.

10월 18일

시 「잠꼬대」를 《자유문학》에서 달란다. 「잠꼬대」라고 제목을 고친 것만 해도 타협인데, 본문의 '金日成萬歲'를 '김일성만세'로* 하자고 한다.

집에 와서 생각하니 고치기 싫다. 더 이상 타협하기 싫다.

하지만 정 안 되면 할 수 없지. ' ' 부분만 언문으로 바꾸기로 하지.

후일 시집에다 온전하게 내놓기로 기약하고.

한국의 언론 자유? Goddamn이다!

사르트르의 『殉教と反抗(순교와 반항)』을 대충 독료하다.

내일부터 어서어서 삼중당 일이나 해치우자.

10월 19일

なぜなち 彼(ジュネ)は すべての 社會に 對抗してぬるからだ

— サルトル, 『殉教と反抗』

(왜냐하면 그(쥬네)는 모든 사회에 대항하고 있기 때문이다.

— 사르트르, 『순교와 반항』)

"이상적인 사회에서는 문학하는 사람은 하등의 단체를 필요하지 않게 될 것입니다. 저는 우선 저만이라도 혼자 나가겠습니다. 한국문협뿐만 아니라 모든 단체에서 탈퇴할 결심입니다."

— 이종환에게 보낸 엽서의 끝꼬리에서

"과거의 문학단체를 무형의 사회적 압력에 대한 피신처로 이용한 것을 미안하게 생각하며, 현재 '한문협'만이라도 선선히 탈퇴할 수 있

---

* 한글로 고치는 것을 말한다.

는 것은 그만큼 사회적 압력이 경감된 때문이며, 앞으로 그런 악질적인 것이 완전히 제거되었을 때는 나는 '시협'마저 탈퇴할 수 있을 것이다."라는 말과 동일.

시 「잠꼬대」는 무수정(無修正)으로(언문 교체 없이) 내밀자.

10월 29일

「잠꼬대」는 발표할 길이 없다. 지금 같아서는 시집에 넣을 가망도 없다고 한다.

오늘 시 「피곤한 하루의 나머지 시간」을 쓰다. 전작과는 우정 백팔십도 전환. '일보 퇴보'의 시작(試作). 말하자면 반동의 시다. 자기 확립이 중요하다. 다시 뿌리를 펴는 작업을 시작하자.

10월 30일

'전체'와 '개인'과의 사이에 이다바사미.* 이것이 고작 '4월' 이후에 틀려진 점(재산이라면 재산)이니…….

10월 31일

작품 「그 방을 생각하며」를 쓰다. 「피곤한 하루의 나머지 시간」은 이것에 비하면 역시 에스키스에 불과하다. 후자를 보류하고 전자를 《현대문학》에 보내다. 마음이 흐뭇하다.

11월 9일

역사 안에 산다는 건 어렵다.

---

* 사이에 끼여 꼼짝을 못한다는 뜻의 일본말이다.

12월 4일
문은 열리고 있다.
언동을 분명히 하라.
타협을 말라!

12월 9일
「나가타 겐지로〔永田絃次郎〕」를 쓰다.

12월 11일
「나가타 겐지로」, ××신문에서 또 퇴짜를 맞다.

12월 25일
「나가타 겐지로」와 「○○○○○」를 함께 월간지에 발표할 작정이다.
우선 앨런 테이트 것을 빨리 하고 다시 전선(戰線)을 갖추자.
대구의 이××이란 사람한테서 독려의 편지를 받았다.
크리스마스 카드로서는 최상급이다.

암만해도 나의 작품과 나의 산문은 퍽 낡은 것같이밖에 생각이 안 든다. 내가 나쁘냐 우리나라가 나쁘냐?
………….

12월 27일
인간적. 김이석의 어젯밤의 이야기는 진심에서 우러나온 것이다—그 '평정한 시력과 안정된 기분'이 인간적이다.

Spiritus Mundi—예이츠의 The Second Coming의 세계와 호진(虎鎭)에 대한 나의 연민(혹은 연민에의 노력)—여기에 또한 무한한 평면이 있다.

「○○○○○」는 '인간 본질에 대해서 설치된 제제한(諸制限)'을 관찰하는 데 만족하고 있는 시이다.

"……그와 같이 조직된 도덕감은 인간의 본질에 제한을 두고, 그것(제한)을 관찰하는 데 만족하고 있다."

— 앨런 테이트의 「엘리엇론」에서

1961년 1월 17일

김홍식과 종로 네거리에서 만나서 '시온'에 가서 차를 마시면서 청담을 하다. 고결한 인격과 준엄한 모럴과 열화의 기백. 그는 학이리라.

'동방'과 '아리사'에서 발을 끊자. 다시 한번 우주의 안경을 바꾸어 써보자는 것이다. 이제는 정말 '세계적'인 놈으로.

눈이 오더니 날이 잠시 따스해졌다. 일도 안 하고 책도 안 읽고 '배'를 쉬면서 드러누워 있다.

열렬한 인간 관계가 필요하다.

2월 3일

In love, as in all things, Mayakovsky favoured the impossible.

2월 10일

僕ハ 僕ニ 死ネトダケイヘバ 死ヌシ, 死ヌナトイヘバ 死ナナイコトモ 出來ル ソウイウ 馬鹿ナ 瞬間ガアル.

ミンナガ 夢ダ.

コレガ 「疲レ」トイフモノカモ 知ラナイシ, コレガ 狂氣トイフモノ

カモ 知ラナイ.

ボクハ 話ニナラナイ 低能兒ダシ, ボクノ詩ハ ミンナ芝居デ, 嘘ダ. 革命モ 革命ヲ 支持スル 僕モ ミンナ 嘘ダ. タダ コノ 文章ダケガ イクラカ 眞實味ガ アルダケダ. 僕ハ「孤獨」カラ 離レテ 何ト長イ 時間 生キタンダラウ. 今 僕ハ コノ 僕ノ部屋ニ居リナガラ 何處カ 遠イトコロヲ 旅行シテイルヤウナ 氣ガ スルシ, 鄕愁トモ 死トモ 分別ノ ツカナイモノノナカニ 生キテヰル. 或ハ 日本語ノナカニ 生キテイルノカモ 知レナイ.

ソシテ 至極 正確ダト 自分ハ 思ッテイル コノ 文章モドコカ 少シハ 不正確ダシ 狂ッテイル.

マサニ 僕ハ 狂ッテイル. ガ 狂ッテイナイト 思ッテ 生キテイル.

僕ハ シュルリアリズムカラ アマリニ 長イ間 離レテ 生キテイル. 僕ガ コレカラ先(何時カ) 本當ニ 狂フトシタラ ソレハ 僕ガ シュルリアリズムカラ アマリ 長イ間 離レテイタ セイダト 思ッテ呉レ. 妻ヨ, 僕ハ 遺言狀ヲ 書イテヰル 氣分デ イマ コレヲ 書イテヰルケレドモ, 僕ハ 生キルゾ. *

* 나는 내게 죽으라고만 하면 죽고, 죽지 말라고 하면 안 죽을 수도 있는 그런 바보 같은 순간이 있다.

모두가 꿈이다.

이것이 '피로'라는 것인지도 모르고, 이것이 광기라는 것인지도 모른다.

나는 형편없는 저능아이고 내 시는 모두가 쇼이고 거짓이다. 혁명도, 혁명을 지지하는 나도 모두 거짓이다. 단지 이 문장만이 얼마간 진실미가 있을 뿐이다. 나는 '고독'으로부터 떨어져 얼마나 긴 시간을 살아온 것일까. 지금 나는 이 내 방에 있으면서, 어딘가 먼 곳을 여행하고 있는 듯한 기분이 들고, 향수인지 죽음인지 분별이 되지 않는 것 속에서 살고 있다. 혹은 일본말 속에서 살고 있는 건지도 모른다.

그리고 나 자신은 지극히 정확하다고 생각하고 있는 이 문장도 어딘가 약간은 부정확하고 미쳐 있다.

정말로 나는 미쳐 있다. 허나 안 미쳤다고 생각하고 살고 있다.

나는 쉬르레알리슴으로부터 너무나 오랫동안 떨어져서 살고 있다. 내가 이제부터 앞으로(언젠가) 정말 미쳐 버린다면 그건 내가 쉬르레알리슴으로부터 너무 오랫동안 떨어져 있었던 탓이라고 생각해 다오. 아내여, 나는 유언장을 쓰고 있는 기분으로 지금 이걸 쓰고 있지만, 난 살 테다!

3월 24일

이것은 '시작'에도 물론 간접적인 영향을 가지고 온다.*

그처럼 R. 아롱의 『지식인의 아편』은 그것이 사회주의를 반대하고 있다는 것이 중요한 것이 아니라

그것이 사회주의의 현대적 상황을 전제로 하고 있다는 것이 중요하다.

시 「숫자」를 쓰다. 전작 「연꽃」에서 이루지 못한 '비상(飛翔)'을 드디어 수행하였다. 마음이 가뿐하다.

3월 25일

소수자가 폭력을 사용하는 것은 국가의 무력화, 엘리트의 몰락, 혹은 시대착오적인 제도 등으로 때때로 불가피하고 필요하게 생각될 때도 있다. 이성을 가진 사람, 특히 좌익의 인사들은 보통 치유법보다 외과의의 메스를 써야 한다. 전쟁보다 평화를, 전제정치보다 민주정치를

---

* 이 문장 앞에 여섯 줄가량 지워져 있다.

존중해야 하며 또 혁명보다도 개혁을 존중해야 한다. 때때로 혁명적인 폭력은 그들이 희구(希求)하는 변화를 얻기 위해서는 피할 수 없는 것 같고 또는 불가결의 조건인 듯이 보일지도 모른다. 그러나 혁명적 폭력 자체는 옳은 것이 아니다.

—R. 아롱 『지식인의 아편』

3월 26일

좁은 범위의 지식인에 한정된 보수주의는 경제의 발전에 대해서가 아니고 영구적인 정신적 가치의 분산에 저항하려 애쓰고 있다.

—E. 버크

4월 14일

시 「'4·19' 시」를 쓰다.

소위 행사시를 본격적으로 쓰기는 이것이 난생처음.

안 쓰려고 하다가 《민국일보》에서 '놈'의 두 자(字)가 깎인 데 대한 반발이 성해서 된 것 같다.

그러나 이 시도, 민국일보의 「4·19 1주년을 맞는 감회」(이것은 수필이 아니다.)도 아무것도 아니다. 다 아무것도 아니다.

정말 문학을 해야겠다. 생활에 여유와 윤택을 가져야겠다는 것을 진심으로 느낀다. (다카미 준〔高見順〕의 「左かかった話」를 생각하여 보라. 문학이란, 수필이란 그런 것이다. 또 홋타 요시에〔堀田善衛〕의 소설 「悔嘲のうねりの底から」도.)

모욕만 당하고 손해만 보는, 기분이 나빠서 안 쓴다 안 쓴다고 하면서 또 《××일보》 때문에 「'4·19' 시」를 썼다. '신문의 아편'의 말로가 어떤 것인가 생각해 보아라. 신××가 되지 마라. 우치무라 간조〔內村鑑三〕가 되라. H. G. Wells가 되라.

너 자신의 Anti-Roman을 찾아가라, 철학을 자꾸 하라, 생활에 여유를 가지면서…….

4월 14일

신문을 보지 마라. 신문만 보는 머리에서 무엇이 나오겠느냐!

5월 1일

『들어라 양키들아』(C. 라이트 밀스 저) 독료. 뜨거운 마음으로, 무수한 박수를 보내면서 읽었다.

사상계사에 Book Review를 썼다. 아아, '들어라 양키들아'.

5월 7일

이성(理性)의 변호자에 의한 그 변호의 약점은 이성이 유효하게 작용할 조건이 현재의 제도에는 존재하지 않는다는 결정적인 사실이다.

왜냐하면 그것은, 거의 희생을 무시하고 제멋대로 하려는 이익 집단의 활동에 의해서 독기가 스민 분위기 속에서 작용하지 않으면 안 되는 그런 '이성'이기 때문이다. 이런 분위기 속에서 우리는 믿을 수 있는 뉴스의 공급을 받을 수가 없다. 이런 분위기 속에서는, 로이드 조지가 말했듯이 그레이 경 같은 존경할 만한 정치가조차, 정책에 대한 책임을 함께 지는 동료에게조차도 중요한 보고를 들려주지 않는다. 또 이런 분위기 속에서 우리의 교육제도는 국제 정세의 비교적 큰 문제에 대한 지식 — 이것이 없이는 이성은 무력한 것이다 — 도 대중에게 주어지는 일이 결코 되지 않는다. 더구나 또, 이러한 분위기 속에서는 외교적 교섭의 진행방식은 마키아벨리와 홉스의 세계의 특색을 이루는 사상에 의해서 여전히 침투되어 있는 것이다…….*

— 라스키, 『국가』에서

* 이 인용문과 다음 러셀의 인용문은 일어로 적혀 있다.

5월 14일

세계가 공업적으로 조직화되면, 거기에 경계하지 않으면 안 될 통제 내지 획일의 위험이 생기므로 적당한 대책이 강구되지 않으면 안 된다. 시인이나 예술가와 같은 특수한 사람들은 자유롭게 제작에 종사할 수 있는 기회가 주어지지 않으면 안 된다. 이러한 사람들은 결코 나이 먹은 관료들에게서는 인정을 받지 못하는 일이 많다. 나에게는 이러한 사람들을 위하여 예술원과 같은 것을 둬야 한다고 생각된다. 다만 그것은 훌륭한 작품을 내놓는 데 대한 보수로서가 아니다. 그것은 이미 늦었으며, 오히려 같은 일에 종사하고 있는 젊은 사람들에 한하고, 그 선거권은 35세 이하의 회원에 한정하는 편이 좋다고 생각된다. 이러한 제한을 두면, 예술원이 자칫하면 빠지기 쉬운 시대에 뒤떨어진 노인들의 화석화된 집단으로 되는 것을 막을 수 있는 것이다.

— 러셀, 『원자(原子) 시대에 살며』에서

편지

유정(柳呈)에게 보낸 편지 다섯 통

유 형

시내에 나갔다가 방금 다녀 들어와 보니 경이놈이 왈, 유정 씨가 민이하고 개를 가지고 오가셨다고 왜 빨리 들어오지 않았느냐고 호통을 받고 보니, 과연 견공이 개장에서 깽깽거리고 있군요. 미안합니다. 우처(愚妻)를 만나고 가셨다니 좀 마음이 놓입니다만, 우처가 아직 돌아오지 않아 하회를 듣지 못하고 있습니다. 우표딱지를 사러 나가다가 호방에 빠져서 찬물에 발을 씻고 앉으니 시내에서 받고 들어온 불안감이 약간 가셔지고, 찬물에 담갔던 발이 후끈후끈 뜨거워지는 바람에 마음도 저으기 활발해집니다. 만용이놈 보고 강아지를 가지고 오래서 보니 중희 형한테 간 놈이 도루 온 것 같은데 그렇지요? 바른쪽 뺨에 검은 점이 붙은 것이 틀림없이 그런 것 같아요. 중희 형한테 고맙다고 말씀해 주세요.

형한테 일전에 들은 형의 위대한 계획은 진척이 있는지요? 좀 만나서 그런 이야기라도 좀 했더라면 좋았을 것을……. 어제는 김이석 형과 석영학 거사를 만나 술을 마셨어요. 마음이 불안하니까 친구들까지도 공연히 원망스럽고 매정하게만 생각되는군요. 좋지 못한 현상이지요. 이럴 때는 그저 아무도 안 만나고 있는 게 제일 좋겠지요. 왜 요전에 형하고 이야기하던 로버트 프로스트의 시가 생각이 납니다. 번뇌에 차 있는 머리에 가지에서 눈이 떨어지니까 마음이 깨이더라는 그 시 말예요. 그러고 보면 형은 나보다 훨씬 강한 사람이라고 생각돼요. 언제나 그렇게 친절하고 언제나 한결같이 자상하니 말이오. 확실히 형은 나보다 강하오.

1월 10일 하오 7시

김제(弟) 수영

아주머님께 안부 전하시오. 경이놈이 하는 말이 무슨 말인지는 확히 몰라도 아주머님이 목이 아프시다고 하는 말 같은데, 부디 조심하시도록 보살펴 드리시오. 감기 같으면 코푸시럽이 제일 좋지만 그렇지 않으면 지체없이 약 쓰시오. 나 아는 사람도 요즘 편도선으로 고생을 하고 있는데 아무튼 조심이 제일이오.

*

유 형

일전에 사(社)로 들렀더니 공(孔)만 있고 안 계십디다. 아주머니랑 민이랑 다 무고하시오? 소생은 덕분에 그저 그럭저럭 지내고 있소. 좋은 것도 없고 나쁜 것도 없고 완전히 무감각 상태요. 막걸리값도 없으니 제대로 나가지도 못하오. 벌긴 좀 버는 것 같은데도 갈수록 태산이니 웬일인지 모르오. 종군 기자 자리나 하나 뚫어 보시오.

함 형의 시 번역건! 아아! 참 딱하오! 거긴 무엇하러 내겠다구 그러우. 유 형도 물론 안 내겠지만 나도 물론 안 내요. 저주요! 그런 개수작들은 무엇하러 하고 있소. 그걸 문화 교류라고 생각하고 있는 모양이지. 우리말 시로도 제대로 되지 않은 것들을 알량한 영어 실력으로 번역해 내놓을 것을 생각하니 소름이 끼치오. 함 형도 좀 이상하오. 그런 데 내놓으면 여태까지의 의젓한 스타일이 꾸기오. 좀 그렇게 얘기하슈. 밥벌이나 열심히 합시다. 한번 가리다.

*

유 형

오늘은 일요일. 댁에 계시겠구려. 날이 퍽 좋아요. 좀 쌀쌀하지만 '마포바람'이 불지 않는 것만 해도 살 것 같고, 마음이 화창해져요. 여편네가 민이 모에게 쓴다고 하는 것을 가로채서 쓰고 있으니 그리 아시고 아주머니께 안부드리시오.

조금 있으면 청명-한식이라니까, 이석 형 산소에나 가 볼까 해요.

요즘 스피드(속도)와 빈곤에 대해서 생각하고 있어요. 스피드＝욕망＝양(量)의 존중＝출판사의 요구＝낙오하지 않기 위한 현대 수신(修身)의 제1과＝빈곤을 초래하는 특효약＝유정 씨가 일찍이 터득하고 계신 현대문명의 진단서＝김수영이 고집하고 있는 질의 향상의 불구대천지구(不俱戴天之仇). 이만하면 아시겠지요. 인제 원고를 어떻게 거칠게 많이 쓰나 하는 공부를 느지막이나마 시작해야 할 판입니다. 각설하고, 살기 어려운 세상이오. 암만해도 요전의《문학춘추》의 유 형의 번역 원고료를 너무 적게 받은 것 같소. 적어도 30씩은 받아내시오.

* 그런 전례를 만들면 좋지 않아요. 정정하시오. 다음 사람들을 위해서.

일을 하다 말고 하도 날이 좋아 이 편지를 쓰다. 정말 날이 좋다. 여편네는 창호를 바르고 있다. 그러지 않아도 그저께는 영화(연산 폭군이라나 폭군 연산이라나)를 보고 온 답례를 당신한테 써 보내야겠다고 해서, 말하자면 지금 내가 편지를 쓰게 된 동기의 일부가 그런 그치의 발설에 일단이 있다는 것을 알아 두라. 어제 겨우(돈이 아쉬워서) 신구문화사에 써 줄 것을 써다 주었다. 유 대감의 '거서(巨書)들'이 상당히 큰 도움을 주었지만, 직접 표절한 것은 한 줄도 없으니 기우하지 말라. 어제 즉석에 고료도 받아서, 당신을 찾아가서 개장이라도 할까 했는데 하도 오래간만에 돈을 만져 보는 처지라 망연자실할 만큼 너무 좋아서 드디어 가지를 못했다. 그래도 '고안과(高眼科)' 2층에 나와 있는 것이 확실하다면 틀림없이 버스를 집어타고 찾아갔을 것이다. 하기는 이 머리맡에 쌓여 있는 '거서들'이 틀림없이 당신의 분신만 같아서 매일 밤 일이 끝나면 이것을 들추어 보는 것이 당신 보는 것만큼 반갑다. 아니, 이 당신의 분신하고 밤에 짧은 시간이나마 이야기하는 것이 고대가 되어서, 나는 낮의 일을 보다 더 빨리빨리 서두르지 않으면 아니 된다고 말하는 편이 더 정확할 것이다. 여편네가 아주머니와 민의 안부를 전한다. 틈이 있거든 아무때나 한번 오라. 요전에는 주정 참 잘 받았다…….

*

정월 초하룻날, 오후 3시. 여편네도 애새끼들도 모조리 외출. 짐(朕)은 홀로 앉아 눈 내리는 것에 재미를 붙이고 있다. 이렇게 눈이라도 풍성하게 오니 마음이 좋다. 닭 모이를 주고 알을 줍고, 마당의 눈을 대강 부삽으로 쓸어 올리다가 생각하니, 또 화가 치밀어서 고만두었다. 바깥의 밭에서 문간 앞까지는 아마 무릎까지 빠지도록 되어 있다. 발자국 하나 안 났다. 처녀설이다! 감히 행인도 없다. 여편네년 들어오려면 애 좀 쓸걸 하고 생각하니 고소하다. 더 왔으면 좋겠다.

어제 《자유문학》에 들렀더니 광섭군이 '평신저두(平身低頭)'*다. 통쾌하다. 번역을 해 달란다. 원고료를 어떻게 해 주겠다고 미리 발뺌을 한다. 그런데도 작년치 밀린 고료에는 일언반구도 없다. 개새끼. 그 수에는 안 넘어간다. 그길로 '신구'에 들렀다. 80원쯤 호주머니에 있었다. 아시다시피 유정 장군 부재. 백철이 와서 부리나케 전화를 걸더니, 종일 군도 있는 앞에서 《동아일보》에서(심사료겠지.) 단돈 천 원을 보내

* 저두평신. 머리를 숙이고 몸을 낮춤.

서 지금 돌려보내겠다고 공갈을 때렸다고 하면서, 어지간하면 공개문(公開文)으로 이놈들 혼을 내 주어야겠다고. 이것은 분명히 '신구' 사장 놈한테 효과를 노리는 공갈이렷다. 이 새끼도 개새끼! 모두 개새끼!

*

지난 말복날은 절망이었습니다. 8시까지 기다려도 아무도 오지 않아 우처하고만 둘이서 쓸쓸히 저녁을 먹었습니다. 우처는 차려 놓은 게 아깝다고 증거로 사진이라도 찍어 놓자고 농담을 하지 않아요! 하는 수 없이 속죄 겸 내가 고스란히 다시 쏟아 넣은 접시들의 뒷설거지를 했지요. 처제는 이 모양을 보고 "아마 사는 것이 요사이 너무 어려울 줄 알고 폐가 될까 보아 오시지들 않는 거지요." 하고 위로의 말을 했지만 나는 그 말이 지금까지도 잊혀지지 않고 그 생각을 할 때마다 눈시울이 뜨거워집니다.

그저께 현대문학사에를 들렀더니 문화당의 한용덕 씨란 분이 유형을 곧 만나고 싶어하더라고 전해 달라는 부탁입니다. 곧 가보십시오. 오늘 직접 찾아가려다가 집이 바빠서 못 나갑니다. 아주머니께 안부 전하시오.

김이석에게 보낸 편지

형님 앞

어제는 한전(韓電)까지 나가서 연희 형까지 만났으나, 너무 빠른 시간에 갔던 관계로 유정이 있는 방에서 우물쭈물하다가 함윤수 씨가 와서 또 어떤 사람하고 넷이서 한잔하러 갔다가, 5시까지 잠깐 있다가 빠져나오겠다고 한 것이 8시가량까지 이취(泥醉)해 버리고 유정이 싸움을 걸어서 파출소에까지 가는 소동을 연출했습니다.

'믹싸'는 25일에 수금원이 1차 수금을 하러 옵니다. 이 편지 받으시는 대로 곧 좀 마포까지 오셨으면 좋겠습니다. 될 수 있으면 25일 오전 중에 오세요. 월부 인계가 필요합니다. 500원을 가지고 오세요. 그럼—.

박순녀 여사에게 보낸 편지

오늘 아침 신문을 보고 맨 처음으로 찾아보았더니 됐더군요. 형이 살아 있었더라면 얼마나 좋아했을까요. 그러께* 박(朴) 동회장(洞會長) 대표를 찾아가서 학교 전학이 되었노라고 부산하게 좋아하던 일이 엊그제 같은데, 땅속에서도 알고 퍽 기뻐하고 있을 겁니다. 정말 기뻐하고 있을 겁니다. 작년에 우리 준이가 입학했을 때도 황소를 그린 그림을 보내고 공부 꾸준히 하고 좋은 일꾼 되라고 축하해 주었는데, 지금 생각하면 그 그림 형이 그린 게 아니라 수강이가 그린 것 같아요, 그렇지요? 나도 대신 무슨 답례라도 해야 할 터인데, 준이놈은 요새 시험이라 여간 바쁘지 않아요. 그리고 저도 번역인가 무엇인가에 여전히 바빠서 찾아가 뵈옵지도 못하고 마음만 졸이고 있었습니다. 그 수심이야 언제 가실 날이 있겠습니까마는 우선 이 기회에 마음과 몸을 함께 푹 쉬게 하세요. 정말 기쁘지 않습니까!

형도 수강이에게 퍽 기대를 걸고 있었지요. 우리 동네에서는 조애실의 조카가 서울중학을 지원했는데 안 됐어요. 그 애도 작년 1년 내 거의 가산을 기울이다시피 해서 수험 공부를 시켰지요. 그뿐이 아닙니다. 서강국민학교에서 3찌를 한 놈이 강남중학인가 강서중학인가에 가서 떨어졌는데, 이 애는 국민학교 1학년에 다니는 동생을 학교에 보내지도

---

* 재작년.

못하고 뒷바라지를 했는데 떨어졌어요. 우리 집 앞의 구멍가게를 하는 집 딸에 덕아라는 아이는 상명여중에 붙었습니다. 나는 이 덕아라는 아이를 퍽 사랑했는데 정말 이 애가 된 것도 여간 기쁘지 않습니다.

지난 호에 《현대문학》에 실린 글 보시고 화나 내지 않으셨습니까. 졸지에 쓰느라고 정말 왜곡된 점이나 미흡한 점이 한두 가지가 아니니 용서해 주세요. 《여상》에 실린 박 여사의 글은 감명 깊게 읽었습니다. 나는 그만큼 쓰지 못했어요. 역시 사랑이 모자랐습니다. 빨리 만나뵈옵고 사죄도 축하도 드리고 싶습니다. 이만.

전병순 여사에게 보낸 편지

오늘은 날이 너무 화창해서 편지를 씁니다. 일전에 장충동의 그 집에 가서 술 마실 때에 전 여사가 나보고 하던, "나한테는 신경을 쓰지 말고(저 여자들한테만 마음을 쓰라는 뜻에서)……" 하던 말이 생각이 나서 죽겠구먼.

난 그동안에 부산에 갔다가 불국사 구경을 하고 왔어요. 아주 딜럭스하게 놀았죠. 그 반동이 와서 요즘은 치질이 또 도져서, 마음을 가다듬어 번역 일을 하고 있지요. 역시 우리들에겐 고독과 가난이 무이(無二)의 약이군요. 게다가 수모(受侮)까지 곁들이면 더 좋고.

건필하세요.

고은에게 보낸 편지

사화집 『이삭을 주울 때』에 나온 고은의 시와 노트를 지독하게 재미있게 읽었다. 그중에선 내가 보기엔 고은, 김영태, 이수복, 이제하가 좋더라. 그중에서도 고은을 제일 사랑한다. 부디 공부 좀 해라. 공부를 지독하게 하고 나서 지금의 그 발랄한 생리와 반짝거리는 이미지와 축복받은 독기가 죽지 않을 때, 고은은 한국의 장 주네가 될 수 있다. 철학을 통해서 현대 공부를 철저히 하고 대성하라. 부탁한다.

1965년 12월 24일

김영태에게 보낸 편지 네 통

제번하옵고*

다름 아니라 오늘은 사과를 드려야겠습니다. 보셨는지 어쩐지 모르지만, 《사상계》 12월호에 게재된 「1965년도 시단 총평」 중의 김영태 형에 대해서 언급한(230쪽 맨 상단 9~10행) 부분은 터무니없는 과실이었습니다. 다른 이들에게 대한 것도 그렇지만 김 형의 것은 전혀 정반대의 뜻으로 되어 있는 것 같습니다……. '있는 것 같다'고 하는 것은 사실은 불쌍하게도 무슨 말을 했는지 똑똑한 기억이 없기 때문입니다. 그러나 대체로 '미숙한 데가 너무 없어서 미흡한 감이 든다'는 뜻의 말을 한 것 같아요. 언제 한번 만나서 시 얘기 좀 해 봅시다. 할 말이 많을 것 같습니다, 피차…….

1965년 12월 23일

*

어제 띄운 엽서로 부족한 것 같아서 새것을 사서 연하장 겸 보냅니다. 어제 박두진 씨에게도 오랜만에 편지를 쓰고 영태 씨에게 사과를 했다는 말을 했습니다. 그리고 「유태인이 사는 마을의 겨울」이 놀라운

---

* 번거로운 인사말을 덜고 할 말만 적다.

테크닉을 구사하고 있고 어떤 점에서는 목월보다도 더 우수하다는 말을 했습니다. 그런데 밤새 다시 곰곰이 생각해 보았어요. 그런데 영태 씨의 작품은 이 시집 하나만으로도 J씨나 K씨 따위를 훨씬 능가하는 주밀한 재주를 보인 것은 장담할 수 있어요. 앞으로는 김춘수나 목월보다도 현대적인 것을 쓸 수 있는 전망이 보이는 것도 사실입니다.

그러나 일본의 무라노 시로(村野四郎) 정도와 맞서려면 이 정도로는 모자랍니다. 철학 공부를 좀 더 하세요. 샤갈을 좋아하니 말이지만 샤갈이 사상적으로 얼마나 세련되었습니까. 프로이트나 파블로프나 마르크스 정도를 다 졸업했거든요. 그리고 영태 씨는 좀 예술적인 냄새가 짙어요. 샤갈, 바흐, 뷔페 등등을 좀 더 시의 재료면에서 좀 더 의식적으로 쓰세요. 좀 더 지식인이 되세요. 좀 더 고민을 하세요. 영태 씨의 대성을 위해서 감히 되잖은 고언을 사서 합니다. 새해 좋은 것 많이 쓰세요.

1965년 12월 24일

*

영태 씨

영태 씨답지 않은 딱딱한 글을 접하고 보니 내 글이 아마 그런 나쁜 영향을 준 것 같아 가슴이 뜨끔해지는구먼.

나는 수일 전에 자유극장의 공연 「따라지의 향연」이라 하는 걸 보았지요. 보았어요? 표를 두 장 보내와서 영태 씨 생각도 했는데, 토요일이라 복생(福生) 마마젤하구 같이 필시 약속이 있을 것 같아서 그만두었지요.

연극은 그저 그랬습디다. 경희극(輕喜劇)이야. 여자들이 하는 거니까 그저 그 정도겠지. 나는 권옥연의 부인을 잘 알아요. 그리고 그 부인의 동생도 잘 알고. 영태 씨도 아는지 몰라. 왜 —충무로의 빅토리아 다방의 비스듬 건너편에 얼마 전까지 '사라'라는 아동복 전문 디자이

너가 있었죠. 그 집의 경영자가 병정이라고 아주 이그조틱하고 익센트릭한 여자예요. 그 여자하고는 친구예요. 그래서 연극을 보고 난 뒤에 그 여자들하고 오래간만에 맥주를 먹은 것이 말하자면 정신적 식상(食傷)을 일으킨 모양인지 자꾸 신경질이 잦아지고 해서 요즘은 키르케고르를 며칠 걸려서 읽고 난 뒤입니다.

영태 씨의 편지를 아침에 받고《문학시대》에 보낼 앙드레 지드의 그전에 번역해 둔 구고를 다시 한번 읽고, 그러고는 낮잠을 한잠 늘어지게 자고 나서, 이제 이 구고를 청서를 하기 전에 잠깐 행복스러운 틈을 내서 이 글을 씁니다.

달력에 붙은 대여섯 마리의 젖소가 거닐고 있는 푸른 목장 그림을 보고, 여편네와 아이놈에 대한 생각을 한참 하고 나서 생각하니, 무한히 행복하게 될 수 있는 가능성이 보이는 것 같군요. 여편네하고는 며칠 동안 냉전을 거듭하고 난 끝이거든요. 심리적 원인은 '사라' 마담에게도 물론 있었지요…… 키르케고르는 상당히 애처가였던 모양예요.

영태 씨도 복생 씨하고 싸우지 않으려면 키르케고르를 꼭 준비해 두세요. 여러 가지로 유익할 거라고 생각합니다. 키르케고르가『이것이냐 저것이냐』를 쓴 것이 30세라고 하니까. 이런 천재야 될 수 없지만, 우리 같은 범재(凡才)들이라도 더딘 걸음으로 뒤늦게나마 부지런히 따라가 봅시다. 언제 틈 있으면 복생 씨하고 같이 한번 만납시다.

1966년 6월 23일

*

벌써 입원하셨다는 얘기를 듣고도 시시한 일에 매여서……. 그러던 차에 일전에 편지를 주신 것 받고도 역시 답장도 못 드릴 정도로 머리에 여유가 없어서 오늘에야……. 어제 술을 마시고 들어와서 아직 머리가 무거워서 붓끝이 잘 안 돌아갑니다.

나는 요즘 어떤 구저분한 위스키 바의 갈보년하고 정을 맺었는데,

어제 오래간만에 찾아가 보니 벌써 변심을 했는지 태도가 애매해서, 그런 것도 연애라고 간밤에는 혼자서 이부자리 속에서 여러 가지 생각이 들고 오랜만에 아련한 슬픔조차도 느끼고는 했습니다. 그 여자는 나이 25세가량인데, 나를 어려워해서 경원하는지 무력해서 무시하는지, 정말 조금 생각은 있는지 도무지 알 수 없어요. 돈이 없어서인가, 나이가 먹어서 그러는가, 여러 가지 자책지심이 드는데 이런 중년의 딜레마는 영태 씨는 실감이 안 가고 재미도 없겠지요.

이번 달 영태 씨의 「자화상」 읽어 보았어요. 요전 달 것만 못해요. 혹시 시작 시일이 요전 것보다 먼저 것이 아닌가요. 산만해요. 좀 더 간추린 매운 것을 쓰세요.

1967년 4월 12일

송지영에게 보낸 편지*

송 선생!

그렇게 오랫동안 가 계신데도 한번 찾아가 뵙지도 못하고 있습니다. 노상 소식은 듣고 있고, 가 뵙지는 못해도 간다 간다 하고 벼르기는 벌써 수없이 했을 겁니다. 그러다가 아시겠지만 이석 형도 진수 형도 그렇게 됐으니 생각하면 세상일이 아무것도 아닙니다. 이석 형하고 송 선생하고 명동에서 정종을 마시던 것이 엊그제 일 같습니다만, 그의 대상(大喪)을 치른 지도 벌써 2년이 지났나 봅니다. 석영학, 이봉구, 심연섭, 김광주, 유정하고는 노상 만나고 있고, 머지않아 꼭 한번 가 뵈올 작정입니다. 그래도 《맨체스터 가디언》지의 시 작품을 오려 보내

* 송지영은 《민족일보》 사건으로 사형선고를 받고 복역 중이었다. 1969년 출소. 김수영은 《민족일보》의 주요 필자였다.

주실 만한 여유가 있으시니 안심했습니다. 그전에 비해서 달라진 것이 현저하게 바빠졌다는 것입니다. 무슨 뾰죽한 일이나 제대로 문학이라도 해서 바빠진 게 아니라 지저분하게 바빠졌어요. 명동에 나가도 아는 얼굴이 거의 없어요. 겨우 이봉구 정도가 하얀 머리에 얼굴을 빨갛게 해 가지고 앉아 있지만 무슨 주고받을 얘기가 있어야지요.

광화문에는 광주 씨가 나오고, 석 형이 가끔 술을 마시러 나오고, 심연섭은 몸이 좋지 않아서 술을 끊은 지 오래됩니다.

송 선생의 편지 받은 얘기 친구들에게 전했더니 모두 깜짝 놀라면서 반가워해요. 그래도 어서 빨리 나오셔야지, 저는 나이 먹은 세대가 쓸쓸하게 되어 가는 요즘도 예나 다름없이 왕성하게 마시고 있습니다.

곧 한번 뵈러 가겠습니다. 몸 조심 하세요.

1967년 11월 26일
김수영

조카에게 보낸 편지

훈아

오늘 훈이는 무슨 장난을 하고 또 엄마 말을 일리고 있을까. 지금도 나의 머리는 오성정에 가서 그림을 그리면서 네가 좋아하던 얼굴이 대문만 하게 크게 떠오르고 있어. 영이가 치는 슈만의 피아노 곡이 귀에 선하고, 승이놈이 "고이야, 고이야." 하고 떼를 쓰는 모습도 한없이 귀엽게만 생각된다. 오늘 낮에도 우리 집에서는 승이 흉내를 내고 한참 웃었다. 나는 그래도 훈이가 제일 좋아. 씩씩하고 남자다운 훈이가 제일 좋아.

넬슨 게임을 사 보내겠다고 약속했지만, 장난감 가게를 다 돌아다녀 봐도 없어서 연필 깎는 기계만 삼촌 편에 보낸다. 건넌방 책상 끝에 나사못으로 달아 달라고 해라. 쓰는 법도 삼촌이나 엄마한테 배우면 금방 배울 수 있어. 이 기계로 깎은 연필로 열심히 공부해서 서울 학교에 올 준비를 튼튼히 해야 한다. 영이 연필도 싸우지 말고 잘 깎아 주어라. 큰외삼촌은 훈이랑 영이랑 승이랑 너무 귀여워서 한시도 잊어버릴 수 없어. 필요한 학용품으로 강릉에서 살 수 없는 것이 있으면 무엇이든 엄마한테 말해서 전화로 알려다오.

아빠 엄마 말 잘 듣고 몸 성히 부지런히 개학 준비 해야 해요.

8월 20일 큰외삼촌

장남에게 보낸 편지

준에게

지금 현대문학사에 와서 큰고모를 만나고 나서 한두 가지 느낀 점이 있어서 적어 보낸다.

1. 고모의 말과 대조해 보니, 그동안에 —시험 준비하는 동안에 — 이틀 동안이나 밤을 새웠다고 하는데, 사실에 어긋나는 것 같으니 차후에는 그런 사소한 거짓말도 하지 않게 했으면 좋겠다.

잘 보았든 잘못 보았든 참말을 듣는 것이 좋지, 거짓말로 아무리 잘 보았다는 말을 들어도 아버지는 반갑지 않다. 오히려 화만 더 난다. 좌우간 평상시 때 공부 좀 더 자율적으로 열심히 하고, 누구에게나 거짓말은(혹은 흐리터분한 말은) 일절 하지 않도록 수양을 쌓아라.

2. 저고리에 단 배지에 대한 일. 아무리 생각해도 푸른빛 —책받침을 오려 댄 —밑받침을 댄 것은 좋지 않다. 학교에서도 보면 좋아하지 않으리라. 정 나사가 맞지 않거든 하얀빛 책받침을 구해서 오려 달거

나 그렇지 않으면 하얀 헝겊을 밑에 받치도록 해라. 색깔이 있는 것은 피해라. 순경의 견장 같기도 하고 인상이 좋지 않다. 조그마한 일이니까 어떠랴 하지만, 그게 그런 게 아니다. 복장은 어디까지나 학교의 규칙대로 단정히 해라. 모자를 부디 꼬매 써라. 농구화도 앞이 떨어지거든 꼬매 신어라.

3. 하모니카 연습을 한다고 그러던데, 고모 얘기를 들어 보니 한번도 부는 것을 들어 본 일이 없고, 하모니카가 있는지조차도 모르는 모양인데 어찌 된 얘기냐? 이것도 실없는 말이었으면 반성해서 고쳐라.

4. 버스 부디 조심하고 숲 속을 다닐 때면 뱀 조심해라.

5. 이것저것 종합해 보니 암만해도 오늘 용돈을 너무 허술히 내준 것 같은데 엄마한테 지청구 듣지 않게 절약해 써라.

6. 시험 성적 발표되거든 정확하게 알려라.

7. 엄마 보고 가라고 했는데, 왜 안 보고 갔느냐.

8. 마음 턱 놓고 학업에 열중하고 집의 일도 간간이 도와드려라.

아버지

『평화에의 증언』 후기*

살아가기 어려운 세월들이 부닥쳐 올 때마다 나는 피곤과 권태에 지쳐서 허수룩한 술집이나 기웃거렸다.

거기서 나는 우정이며 현대의 정서며 그런 것들이 후일의 나의 노트에 담겨져 시가 되었다고 한다면 나의 시는 너무나 불운한 메타포의 단편들에 불과하다.

우리에게 있어서 정말 그리운 건 평화이고, 온 세계의 하늘과 항구마다 평화의 나팔소리가 빛날 날을 가슴 졸이며 기다리는 우리들의 오늘과 내일을 위하여 시는 과연 얼마만한 믿음과 힘을 돋구어 줄 것인가.

---

* 이 글은 1957년 삼중당이 간행한 현대시 9인집 『평화에의 증언』에서 김수영 작품 앞면에 실려 있는 것이다.

『달나라의 장난』 후기*

이 시집은 1948년부터 1959년에 이르기까지의 여러 잡지와 신문 등속에 발표되었던 것을 추려 모아 놓은 것이다.

그러나 「토끼」, 「아버지의 사진」, 「웃음」의 세 작품을 제외하고는 모두가 6·25 후에 쓴 것이며, 그중에도 최근 3, 4년간에 쓴 것이 비교적 많이 들어 있다.

낡은 작품일수록 애착이 더해지는 것이지만, 해방 후의 작품은 거의 소실된 것이 많고, 현재 수중에 남아 있는 것 중에서 간신히 뽑아낸 것이 이상의 세 작품이다.

특히 《민경》지에 실린 「거리」와 《민생보》에 실린 「꽃」은 꼭 이 안에 묶어 두고 싶었지만 지금은 양지가 다 구할 길이 없다.

목차는 대체로 제작 역순으로 되어 있다.

1959. 11. 10.

---

* 이 글은 김수영의 첫 개인 시집 『달나라의 장난』(춘조사)의 저자 후기다.

의용군(미완성 장편소설)

7

의용군*

그들은 이튿날 아침에 의정부에 도착하였다. 길가의 건물들은 벌써 공습으로 태반이 파괴되어 있는 것이다. 몇십 년 전에 무너진 폐허처럼 보이는 것도 있으며 연방 연기가 나는 곳도 있다. 그들은 비행기를 피하여 ○○정미소라고 쓴 간판이 붙은 길에서 훨씬 들어간 빈 창고 안에서 아침을 먹었다. 물론 주먹밥이다. 재수가 좋아야 양은 대접의 국이 한 그릇 차례가 왔다.

순오는 마룻방에서 밥만 한 덩이 얻어먹었다. 순오 건너편 벽에 기대어 양다리를 쭉 뻗고 앉은 사나이의 얼굴을 보고 순오는 자기가 존경하고 있는 시인 임동은 같다고 생각하였다. 좁으면서도 양편이 모가진 이마, 호수같이 고요하고 검은 눈동자, 이쁘게 닫혀진 입, 그 얼굴 모습이 쌍둥이라 하여도 좋을 만큼 비슷하였다. 순오는 자기도 모르게 자꾸 임동은과 비슷한 얼굴의 사나이에게로 시선이 간다. 어쩔 수 없는 일이었다.

순오가 동경에서 학병(學兵)을 피하여 학교에는 휴학계만 내놓고 서울의 집으로 돌아와 연극 운동을 해보겠다고 극단을 따라다닐 때에 윤이라는 연출가를 알았다. 그 윤이라는 연출가를 통하여 부민관(府民館) 무대 위에서 순오는 임동은을 안 것인데 임동은이가 좌익 시인이

* 이 작품은 김수영이 1953년경에 쓰다가 묵혀 뒀던 장편소설의 앞부분으로 미완성작이다.

라는 것을 안 것은 8·15 때이었다. 만주에서 소인극단을 조직하여 가지고 이리저리 지방을 순회하여 다니던 순오는 해방이 되자 서울로 돌아왔다. 임동은은 순오를 ○○○동맹에 소개하였다. 순오는 전평 선전부에서 외신 번역을 맡아보기도 하였고 동대문 밖 어느 세포에 적을 놓고 정치강의 같은 회합에는 빠짐없이 출석하였다.

그러다가 임동은은 어느덧 이북으로 소리도 없이 사라지고 말았다. 윤이라는 연출가도 임동은이가 없어진 후에 순오와 서대문 안 어느 조그마한 다방에서 차이코프스키의 「비창」을 마지막으로 듣고 나서 그 후 서글프게 종적을 감추었다. 순오가 아는 김모, 최모, 심모 같은 유명한 배우들도 하나둘 닭의 털 뽑히듯이 눈에 볼 수 없게 되었다. 순오는 그것을 쉽고 용감하다 생각하면서도 자기는 차마 이북으로 건너갈 용기가 나지 않았다.

6·25가 터지자 임동은은 서울에 나타났다. 옛날의 임동은이 아니었다. 그는 좌익 문화인들의 지도자적 역할을 맡아보고 있었다. 순오는 임동은을 만나 보니 부끄러워 얼굴이 들어지지 않았다. 월북도 하지 않고 그렇다고 이남에 남아 그동안에 혁혁한 투쟁도 한 것이 없는 순오는 의용군에 나옴으로써 자기의 미약한 과거를 사죄하는 수밖에 없다고 생각하였다. 임동은은 순오가 의용군에 나오기 일주일 전에 대전 전선으로 중대한 사명을 띠고 내려갔다.

순오는 바지 호주머니에서 담배를 꺼내 피워 물고 임동은과 쌍둥이 같은 사람이 이야기하는 것을 듣고 있다.

"나는 작은마누라 집에서 자고 나오는 길에 창경원 앞을 지나오다가 걸렸어! 어떡해? 안 나가겠다고 하는 도리가 있어야지? 이대로 돈 한푼 못 가지고 끌려 나왔는데…… 허, 큰일났어! 인제 할 수 없이 고생줄에 든 거지!" 그는 이렇게 수다를 떨고 있다.

그는 간사한 웃음을 지으며 이야기를 하는데 순오는 그 웃는 얼굴이 싫었다. 제발 웃지 말고 저렇게 너무 떠들지도 말고 가만히 아래만 보고 점잖게 앉아 있어 주었으면 하였다. 그렇게 점잖게 앉아 있어야만 그의 얼굴은 순오의 우상인 임동은의 얼굴에 가장 접근할 수 있었기 때문이다.

순오와 같이 앉아서 밥을 먹고 있는, 스무 명가량이나 앉아 있는 널찌막한 방에는 저명한 소설가 박성집이도 앉아 있었으며 그는 행길이 보이는 높은 창 아래에 턱을 받치고 다리를 꼬고 앉아서 싱글싱글 남의 이야기에 웃고 있다. 박성집이는 비행기가 요란한 폭음을 뿌리고 지나갈 적마다 일어나서 발돋움을 하여 창밖을 내다보며,

"구라망*이로군! (9자 생략) 에이, 쨰쨰쨰쨰……" 하고 혀를 찬다.

비행기가 저공비행을 하여 국도 위를 따라서 지나갈 때마다 양철 지붕이 드르륵드르륵 울린다.

순오의 일대가 의정부를 떠나서 군가를 부르며 전곡에 도착할 때까지 구라망기는 악마의 그림자같이 그들의 머리 위에서 떠나지 않았다.

"정찰이야, 정찰! (3자 생략) 우리들을 따라오는 거지!"

"저희들이 쏘지는 못 할걸!"

"야이, 이 자식아! 쏠 테면 쏘아 봐라!"

이러한 욕설이 대열 중에서 쏟아져 나오기도 하였다.

벌써 다리가 아파 오기 시작하는 순오는 어젯밤에 밤을 새서 걸어온 피로가 새벽이 되자 새로운 용기로 바뀌는 느낌은 있었으나 그 대신 눈꺼풀이 유난히 뻣뻣하다.

그는 눈을 꿈적꿈적하며 모두들 놀리고 있는 비행기를 쳐다본다. 순오는 이 비행기가 퍽이나 아름다워 보였다. 그러나 지금은 그 아름다운 비행기도 순오에게는 소용이 없다. 아침해를 쌍익(雙翼)에 받으

---

* 제2차 세계대전 중후반의 미 해군 주력 함상 전투기 F6F를 이르는 말이다. 일명 헬캣(Hellcat). 일본인들은 이 비행기 제조사 이름 그루먼(Grumman)을 따서 구라망이라고 불렀다.

며 불을 마신 은붕어 모양으로 반짝거리는, 미국이 자랑하는 최신식 전투기도 지금의 순오의 눈에는 가을을 만난 모기와 같은 존재밖에는 되지 않았다. 자기가 걸어가는 방향과는 정반대의 방향으로 (2자 생략) 군대는 진격하고 있는 것이다. 오늘 새벽은 또 어디를 해방시켰을까? 이런 생각을 할 때마다 자기가 의용군에 나온 것을 조금도 후회하지 않았다. 오히려 누구보다도 자기가 장한 것 같은 생각이 들었다.

(9행 96자 생략)

순오는 신이 난다. 다리가 아픈 것도 잊어버리고 발을 꽝꽝 구르며 장단을 맞춰 걷는다. 순오의 앞에서 날쌘 걸음걸이로 걸어가는 소대장을 보니 요까짓 걸음에 다리가 아파지는 자기가 부끄럽다.

「빨치산의 노래」를 ○○○동맹 2층에서 처음 가르쳐 준 것도 이 소대장이다. 순오는 이 소대장의 뒤를 따라 소대의 최전열에 서서 삼팔선을 넘었다.

"야, 이것이 삼팔선이로구나!" 하고 반겨하는 소리가 이곳저곳에서 솟아나왔다.

딴은 어마어마한 토치카가 이곳저곳에 박혀 있다. 보기만 하여도 무시무시하다. 신비스러운 감조차 든다. 먹〔墨〕을 먹은 것 같은 토치카 속은 한없이 고요할 따름이었다. 그 속에는 아무도 사람은 없을 것이라고 순오는 단정하였다. 모두 다 진격을 하러 전선에 나가 있는 것이라고. 순오의 일대는 고요한 삼팔선을 유유히 넘어서 북의 땅으로 들어갔다. 어째서 빨리 넘어오지 않았을까? 임동은이 없어졌을 무렵에 자기도 넘어왔더라면 이번 6·25 통에 좀 더 지금과는 달리 되었을걸 하는 한탄이 순오에게 든다. 그래도 아직 기회는 있다. (4자 생략) 임동은이같이 훌륭하게 될 기회는 이북땅 어딘가에서 필시 자기를 기다리고 있는 것이라고 굳게 믿었다. 그렇게 믿으면서 자꾸자꾸 걸었다. 한없이 걸었다. 다리가 아픈 것도 배가 고픈 것도 참아라 참아라 타이르면서 자꾸 걸어가기만 하면 되었다.

해가 푸른 서산에 비스듬히 기울어질 무렵에 순오의 일대는 임진강을 넘었다. 무슨 역사의 한 구절을 장식할 수 있는 영웅의 부대처럼. 순오는 집에서 새로 신고 나온 지카타비*를 벗어서 발바닥을 맞추어 한쪽 손에 쥐고, 아랫바지를 벗고 건널까 말까 잠시 망설거리다가 귀찮은 생각이 들어 그냥 입은 채 물속으로 들어갔다. 물속에 들어가 보니 짐작한 것보다 훨씬 물살이 세다. 강 한복판으로 들어갈수록 물은 깊어져서 순오의 큰 키의 젖가슴까지 차랑차랑 차오른다. 다른 데도 그렇게 깊은가 하고 고개를 돌려 보니 역시 자기가 들어온 곳이 제일 깊다. 얕은 곳을 택하여 자리를 옮기려고 상류 쪽을 향하여 더듬어 올라가려 하니 물살이 온몸을 껴안고 있는 것같이 거세서 좀체로 위로는 올라가기 어렵다. 할 수 없이 물결에 쓸려 내려가는 듯이 몸을 맡기고 나룻배가 강을 건너는 식으로 비스듬히 하류를 향하여 발을 옮긴다. 물이 더 깊어질 것만 같아 금방이라도 아악 하고 비명이 터져 나올 것 같다. 그래도 끝끝내 소리를 지르지 않고 강을 건넜다. 순오는 스스로 가슴이 흐뭇해졌다. 알프스를 토파한 영웅적인 등산가나 남극의 탐험가 모양으로 자기가 생각되는 것이다. '강해져야겠다.' 이것이 순오의 의용군을 지원할 때부터의 신념이었다. 그렇게 생각함으로써 자기가 공산주의를 잘 인식하고 파악하고 있는 한 사람이라는 자랑도 생기었다. 강을 무사히 넘어서 순오는 뒤를 돌아다보았다. 공연히 누구 빠진 사람이나 없나 하는 생각이 순오의 머리에 무의식중에 떠올랐던 것이다. 그러나 강 위에는 순오의 뒤에 건너오는 사람이라고는 아무도 없다. 순오는 뒤를 돌아다본 자기가 별안간에 부끄러워진다. 모두들 벌써 모래사장을 걸어서 제가끔 대열이 모인 데로 개미처럼 몰려들고 있었다.

'여기는 삼팔 이북이니까 이남과는 틀리다. 이남 의용군이 어떠한 것인지 이북 사람들은 우리의 행동 하나하나에 대하여 소홀히 여기지

* 엄지와 집게발가락 사이가 갈라진 일본 전통 버선 모양에 고무 밑창을 댄 신발.

않을 것이다. 이남 의용군이 얼마나 모범적이며 늠름하고 용감한 것인지 보여 주어야 한다.' 이런 생각이 누구의 가슴에도 아침 새암처럼 솟아오르는 것이다. 대원들의 얼굴에는 누구의 얼굴에도 이상한 긴장이 떠돌았다.

모래사장이 끝난 곳에 엉성한 소나무 숲이 조그마한 언덕을 이루고 있고 양쪽 소나무 숲 사이에 길이 뚫려 있다. 그 길 입구에 지붕을 한 우물이 보인다. 그런데 그 길을 흰 뺑끼칠을 한 작대기로 막아 놓았기 때문에 옆에 있는 우물집이 보초막처럼 보인다. 백색 군복 상의를 입은 보초는 우물이 있는 쪽과는 반대편에 서 있었다. 순오에게는 이 국경 아닌 국경 풍경이 러시아식 목장을 연상시키었다. 멀리서 보아도 길을 얼마나 깨끗하게 치우고 쓸고 하였는지 알 수 있었다. 길 옆에는 일자로 색색이 깃발을 든 소년들이 서 있었으며 이 소년의 일대들이 자기들을 환영하러 나온 것이라고는 상상하기 어려울 만큼 그 표정이 엄숙한 나머지 무표정하였기 때문에 작대기가 가로막힌 길 앞까지 걸어가서 깃발과 플래카드에 적어 놓은 글씨를 보기까지는 대원들은 아무도 이 행렬이 자기들을 위하여 서 있는 것이라는 것을 알 길이 없었던 것이다.

박성집이가 일중대 일소대 일분대 최전열에 가슴을 펴고 앞을 쏘아보고 서 있다. 순오는 박성집의 열에서 세 줄 뒤에 자리를 잡고 섰다. 의정부를 떠날 때와는 모두 위치가 바뀌었다. 적어도 다섯 번은 편성이 변경되었기 때문이다. 순오는 무엇 때문에 이렇게 행군 중에서까지 대열 편성이 시시로 바뀌는지 그 이유를 알 수 없었다. 그러나 그런 것을 구태여 규명해 보자는 마음도 아니 났다. 지금 순오가 생각하고 있는 것은 자기가 소설가 박성집이 서 있는 열에서 세 줄 떨어진 뒤에 서 있다는 사실에 대해서이다. 여태껏 이남땅에서 행군하고 올 때는 누구보다도 앞에 서서 크게 군가를 부르며 온 순오는 지금 이북땅을 눈앞에 두고 보고 박성집이처럼 최전열에 서 있을 마음이 아니 난다.

순오가 ○○○동맹에서 하고 싶었던 초지는 남으로 가는 문화공작대이다. 싸움지로 나가는, 그리하여 직접 전투에 참가하는 의용군은 아니었다. 순오는 자기가 억센 전투에 목숨을 걸고 싸울 만한 강한 체질을 가지고 있지 못하니까 자기는 문화공작대에 참가하여 후방 계몽사업 같은 것에 착수하는 것이 제일 타당하고, 자기의 역량을 발휘할 수도 있을 것이라고 믿었기 때문이다. '나도 시인 임동은이같이 되어야 한다.' 이것이 그때도 그의 머릿속에 굳게 뿌리박고 있었기 때문에.

그리고 ○○○동맹 사무국에서 동원 관계를 취급하는 책임자로 있던 이정규가 하는 말이, 지원자는 어디든지 마음먹은 고장으로 문화공작사업을 하기 위하여 보내 줄 것이라고 하였기 때문에 순오는 지원용지의 목적지라고 기입된 난에다 안성이라고 써넣었던 것이다.

그래서 문화사업을 하러 안성으로 가게 될 줄만 알았던 것이 이렇게 뜻하지 않게 북으로 오게 된 것이다. 순오는 할 수 없는 일이라 생각하면서 그래도 반드시 무슨 특별 대우가 있을 것이라는 믿음을 가지고 있었다. 이왕 문화공작대가 아니고 의용군이 된 바에야 전선에 나가 싸움을 시킬 것인데 그러지 않고 전선과는 달리 북으로 데리고 오는 것이 의아한 마음도 들었지만 오히려 믿음직한 마음이 훨씬 많았던 것은 사실이다.

행군을 해 오면서 땀이 나고 목이 마르고 다리가 아프고 하여 기분이 우울해지거나 하면 '전선에 나갔더면 이 연약한 몸으로 어떻게 싸웠을까 보냐?' 하는 다행한 마음조차 들어 그러한 괴로움에 대치되는 만족감이 구세주를 만난 것 같았다. 그럴 때면 남달리 큰소리로 「빨치산의 노래」를 신이 나라고 불렀다.

그러나 그러한 행복이나 만족도 일시적인 것이었다. 순오에게 부닥치는 공산주의의 현실이 모두 새롭고 신기하고 흥분에 찬 것이었다면 그러한 의미에서 삼팔 이북을 앞에 두고 느끼는 순오의 마음도 또한 새로울 것이었다.

순오의 가슴에는 이제 생명의 안도감 대신 새로운 공포의 싹이 솟아나오고 있었다. '싸움터에 끌려 나가는 위험은 제거되었지만 다른 사람과는 달리 특별 취급을 받겠다는 가망은 있을 수 없는 것이 아닌가?' 이런 의문이 생기었다.

막대기는 철도 연선(沿線)에 있는 것처럼 위로 들릴 줄 알았는데 그렇지가 않고 옆에 선 내무성 군인이 이남 의용군 일동의 경례를 받더니 인솔자와 두서너 마디 무슨 말을 하고 나서는 두 손으로 번쩍 들어서 길 옆으로 치워 놓는다. 그 작대기에는 양옆에 나지막하고 묵직한 발이 달려 있었던 것이다.

일대가, 환영차 나온 소년들의 앞을 지나려니 소년들은 비 오듯이 창가를 한다. 이북의 국가였다. 용감한 의용군의 일대도 이에 보답한다는 의미에서 노래를 부른다. 여태까지 행군하여 오던 어느 때보다도 장엄하고 씩씩하고 우렁차게. 대원들은 본능적으로 가슴이 뜨거워졌다.

황혼 속에 가라앉은 전곡 시가(市街)는 조그마하면서 물에 씻은 듯이 깨끗하고 아름다웠다. 기와지붕 문간에 '전곡인민위원회'라는 간판이 걸려 있고 길가에는 '강북식당'이라고 쓴 냉면집도 보였다. 우편소와 소비조합이 있는 네거리에는 '진주 해방'이라고 그 전날의 전과를 알리는 벽보가 게시판에 붙어 있다. 일대는 네거리를 지나서 전곡 시가지에서 좀 떨어진 언덕 위의 전곡인민학교에 집결되었다. 인민학교의 교사(校舍)는 일본식으로 지은 목재 건축이었다. 교정에는 조그마한 철봉틀이 하나 있고 삼면은 버드나무가 심어져 있었으며 그 버드나무 밑으로 연달아서 방공호가 있다. 이 방공호 속에만 '김일성', '스탈린'의 초상화가 붙어 있지 않았다. 교사 중앙에는 물론 교원실 안에도 물론 각 교실마다 '김일성', '스탈린'의 초상화가 붙어 있다. 일동은 인솔자의 주의를 받고 열 명씩 각각 반을 짜서 저녁을 먹으러 거리로 내려갔다. 순오의 일행은 냉면집으로 배치되었다.

이 냉면집에도 가게와 방 안의 것까지 합하여 '김일성'과 '스탈린'의 초상화가 여섯 개나 붙어 있었다. 밥이 나왔다. 주인, 심부름꾼, 동네집 아낙네까지 와서 일을 하고 있다.

순오는 피로한 몸을 온돌방 벽에다 배암같이 철썩 붙이고 바깥 모양을 하염없이 바라다보고 있었다. 오래간만에 인가에 들어와서 그들의 풍습에 접하는 것 같다. 집을 나온 지 며칠이 되었나 하고 손을 꼽아 보니 닷새째다.

오이짠지가 반찬으로 들어왔다. 일행은 와악 하고 함성을 지른다. 호박국이 큰 양푼에 하나 가득 들어왔다. 또 함성인지 감탄인지 신음인지 구별하기 어려운 소리가 와악 일어났다. 순오는 밥을 먹으면서 전곡 시가지가 꿈같이 혹은 그림같이 아름답게 보인 것은 배가 고파 허기가 진 까닭이라고 생각하였다.

이튿날 아침 교사의 마룻바닥 위에서 자고 일어난 일행은 처음 공습을 받았다. 구라망은 교정에 모여 있는 대원에게 기총 사격을 시작하였다. 다르륵 다르륵…… 다르륵 다르륵……. 아침 하늘에 울리는 기총 소리는 유달리 잘 울리었다. 총성은 임진강 남쪽의 울창한 산맥에 부닥쳐서 다시 돌아온다. 비행기는 좀처럼 떠나가려 하지 않았다. 학교 상공을 선회하며 연달아 쏘고 있다.

대원들은 제각각 방공호 속으로 대피하였다. 어느 대원은 나무 그늘에 앉아서 하늘을 보고 있다. 버드나무 아래 낭떠러지 풀숲에 재빠르게 의장(擬裝)을 하고 드러누운 사람도 있다.

순오는 방공호 입구의 흙으로 다져 놓은 층계에 서서 비행기를 따라 하늘을 보고 있다. 자기 몸이 죽는 것보다 집에 두고 온 가족 생각이 번개처럼 그의 가슴을 흔드는 것이다.

'어떻게 되었나? 피난을 나갔나? 그대로 서울에 남아 있나? 혹은 지금쯤은 저런 비행기에 맞아서 죽지나 않았는가?'

'에이! 차라리 모두 죽어 버렸으면…….'
하는 생각도 든다.

'그리고 나도 죽어 버렸으면…….'

그러자 어디선지 "들어가!" 하는, 순오가 머리를 밖으로 내어놓고 있는 것을 호령하는 소리가 들린다.

순오는 꿈찔하고 컴컴한 방공호 속으로 들어가 땅바닥 위에 턱을 고이고 드러눠 버렸다.

행진은 미친 듯이 계속되었다. 철도 둑을 따라가면 공습이 위험하다고 논두렁과 산그늘을 이용하여 가는데 비행기는 이남땅을 걸어올 때와는 다르다. 군복을 입은 것이 하나라도 보이면 독수리가 병아리 노리듯 따라다닌다.

그래서 대원들은 같은 방향으로 가는 군인이 옆을 걸어가거나 하면 하늘을 치어다보고 비행기가 보이지 않아도 일부러 천천히 걸음을 늦구어 가거나 논 속으로 훨씬 들어가 앉아 있다가 군인이 보이지 않게 된 후에야 다시 나와서 걸음을 계속하였다. 대열은 자연히 지리멸렬의 상태이다. 순오에게는 비행기는 무서웠지만 그 때문에 대열이 질서정연하게 발을 맞춰 가는 것보다 이렇게 각자가 자유스럽게 뿔뿔이 헤어져서 허정허정 걸어가는 것은 고마운 일이었다.

마음 맞는 길동무와 이야기도 할 수 있었으며 마음대로 공상에도 잠길 수 있었다. 집 생각이 그의 머리에서는 잠시도 떠나지 않았고 그 중에도 Y국민학교에 있을 때 담 밑으로 몰래 먹을 것을 들여 주던 아내의 마지막 얼굴이 눈 위에 붙은 사마귀 모양으로 거추장스럽고 귀찮을 정도로 떠올랐다.

대학교수라 하는, 개똥모자를 깊숙이 쓰고 흰 전대를 원족(遠足)*을

---

* 소풍.

가는 학교 아이 모양으로 어깨에 멘 사나이가 순오와 앞서거라 뒤서거라 하고 어정어정 걸어간다. 그 이외에도 학교 교원이나 회사원이나 학생같이 보이는 도수가 높은 안경을 쓴 퇴물들이 허다하게 침묵을 지키며 걸어가고 있었으나 순오는 자기도 침묵을 지키기 좋아하는 족속이면서 그러한 사람들과는 이야기를 나누고 싶지 않아서 순오의 말동무란 모시적삼을 입은 장돌뱅이 같은 사나이였다. 이름도 모른다. 무식하면서도 재미있는 이야기를 곧잘 한다. 그리고 불평도 잘한다. 무식하니까 마음에 먹은 대로 노골적으로 불평도 할 수 있을 것이다. 그렇다! 순오가 좋아하는 것은 이러한 경우에서 불평을 기탄없이 하는 동무였을 것이다. '이 시대의 영웅은 스탈린도 김일성도 아니고 가장 불평을 잘하는 사람이다.' 이런 실없는 생각도 든다.

"이거 대체 어디까지 가는 거야? 에이, 이놈아데는 자동차도 없는 모양이로군! 다리가 인제는 지게작대기 같어!"

모시적삼을 입은 길동무의 말이다.

이런 하잘것없는 말이 순오에게는 어머니의 사랑처럼 따뜻하게 들린다. 또 이런 불평이야 여태껏 걸어오면서 수없이 되풀이된 것이다. 그러면서도 배가 고프고 발이 아픈 것을 잊어버리기 위해서는 이러한 말이라도 필요하였을는지 모른다.

"글쎄 알 수 있나! 시베리아까지 데리고 간다는 말이 있던데." 하고 순오가 대답하니,

"시베리아가 어디요?" 하고 순오의 거짓말을 곧이듣고 모시적삼은 눈이 휘둥그레진다.

"시베리아는 죄인들만 가는 데야. 우리는 남이 다 나간 후에 맨 꼬래비로 의용군을 지원했다고 그 벌로 시베리아에 데리고 가서 단단히 훈련을 시킨대." 하고 순오는 절망한 얼굴에 미소를 띠우며 모시적삼을 치어다본다.

모시적삼은 새삼스럽게 눈살을 찌푸리며,

"될 대로 되라지! 나는 밥만 좀 실컷 먹었으면 좋겠어!" 하고 바지춤을 치켜올리고 이마의 땀을 씻는다.

전곡에서 연천까지 가는 길가에는 누우런 벼가 고개를 늘어뜨리고 바람에 날리며 호화스럽게 춤을 추고 있다. 그러나 그러한 찬란한 황금빛 벌판의 거창한 춤도 순오들에게는 아무 매력이 없었다. 그저 시원한 바람만이 좀 더 자주 불어왔으면 하고, 이남땅에서나 이북땅에서나 세계 어느 곳에서든지 시원하게 느낄 수 있는 바람만, 그 바람만 한 가닥이라도 더 많이 불어왔으면 하고 고대되는 것이었다.

"벼를 벨 사람이 없는 모양이지?" 하고 순오가 물어보니 모시적삼은 "여자래도 있겠지요." 하면서

"정말 어디로 가는지 이거 발이 아파 탈났군! 기차를 태워 준다더니 기차는 안 태워 주나요?" 하고 또 짜증이다.

"기찬들 군대 운반이 바빠서 우리들 타는 몫은 없는 거지." 하고 순오가 한숨을 타악 쉬니,

"머 철원에서 우리들 탈 차가 기다리고 있다던데." 하고 흘러내리는 바지춤을 치켜올리고 손등으로 땀을 씻으며 혼잣말 비슷하게 중얼거린다.

"그런데 이거 봐! 어디 새로 지은 문화주택이 있나? 이북에는 8·15 후에 새로 진 멋진 집이 즐비하다더니 맨 헌 집뿐일세." 하고 순오의 물어보는 말을 들은 모시적삼은 그것이 무슨 의미인지 모르는 모양이다.

"이 동네는 모두 부촌이에요! 나오는 사람들 보구료! 모두 얼굴이 번질번질하지 않은가?"

순오는 공산주의에도 부촌이 있고 빈촌이 있는 것인가 잠시 생각해 보았으나 순오가 책에서 본 공산주의의 지식으로는 판단하기 어려웠다. 책에서 읽은 지식 이외의 이곳 실정에는 무슨 알지 못하는 신비한 점이 가득 차 있는 것같이 서먹서먹하고, 보는 것 듣는 것마다 무서운 감이 자꾸 든다. 이남에서 공산주의의 투사들을 생각할 때에는 어

디인지 멋진 데가 있다고 동경하고 무한한 동정을 그들에게 보냈으며, 순오가 알고 있는 배우들이나 연출가들이 이곳을 향하여 월북할 때에도 이제는 이남 연극계도 완전히 망했다고 생각하고 그 좋아하는 무대생활도 자기도 모르는 사이에 열이 식어서 아침부터 저녁까지 으슥한 술집을 찾아다니며 술만 마시고 해를 보냈던 것이다.

그것이 이북에 발을 실제 들여놓고 보니 모오든 것이 틀리다.

'여기는 너무나 질서가 잡혀 있다!' 이런 결론이 순오의 머리에 대뜸 떠오른다. '질서가 너무 난잡한 것도 보기 싫지만 질서가 이처럼 너무 잡혀 있어도 거북하지 않은가?' 이런 의문이 물방아처럼 그의 머릿속에서 돌기 시작하는 것이다. 그러나 사람이 생각하는 머리는 하나요 걸어가는 발은 둘이다. 그러한 일 대 이의 세력으로 순오의 발은 북으로 북으로 향하여 자꾸 들어만 갔던 것이다.

해 질 무렵에 일동은 연천에 도착하였다. 시가지를 본다는 것은 자기 집을 들어가는 것처럼 반가운 일이었다. 시가지는 무조건하고 고달픈 행군을 그치고 휴식을 하고 무엇보다도 밥을 먹을 수 있는 희열의 신호이기도 했기 때문이다.

점호도 귀찮았다. 나중에 떨어져 오는 낙오자를 기다려서 인원이 다 차지 않으면 해산을 시키지 않았기 때문에 먼저 와서 서 있는 대원들이 뒤떨어진 사람들을 기다리며 서서 있는 고생이란 이루 말할 수 없다. 단 1분이 10년같이 길게 생각되는 법이다.

"어이! 이 새끼야 빨리 와!"

"저런! 저게 왜 저렇게 우물쭈물하고 있어 바보같이……." 하는 욕설들이 빗발치듯 쩔룩거리고 뛰어오는 낙오자들에게 집중된다.

대열은 2열 횡대로 서게 되어 순오는 우연히 박성집의 뒤에 서게 되었다. 박성집은 어떻게 걸어왔는지 옷에 흙 하나 안 묻고 신발도 말짱한 것이 옆 동네에 잠깐 나들이 온 것처럼 옷맵시가 서울을 떠날 때와 조금도 변함이 없다. 그러나 그의 얼굴에는 상당한 피로와 권태가 얼크러져 있다는 것을 잠잠히 아래만 보고 있는 그의 머리 뒷모습만으로 순오는 어렵지 않게 짐작할 수 있었다.

그러나 낙오자가 다 따라와서 열에 선 후에 인원 점검이 끝이 나도 해산은 아니 되었다. 남에서부터 데리고 온 괴뢰군 인솔자가 대열 앞에 나와 자기의 임무는 여기서 끝이 났으니 이제부터는 대원 중에서 인솔자를 선출하라는 훈시와 여기서 장질부사* 예방주사가 시행되니 빠짐없이 맞으라는 말을 30분이나 걸려서 몇 번씩 되풀이하여 연설하고 나서 대열 앞에 우뚝 서 있는 붉은 벽돌집으로 꿈같이 서글프게 들어가 버린다.

인솔자가 들어간 문에는 '연천국립병원'이라는 먹으로 쓴 간판이 붙어 있었다.

"여기서 기차를 타게 되는 거야."

이런 말이 대내에서 들려왔다.

"아니 기차를 타고 어디까지 가는 거야?"

이런 질문이 또 나왔다.

"내일 아침차를 타게 된다지요."

"아냐, 오늘 밤차로 간다는데?"

이런 출처 불명한 이야기도 나왔다.

"빨리 어디든지 가서 자리를 잡아야지, 이런 고생이 어디 있어? 이게 무어야. 도대체 이남 사람 대접을 이렇게 해야 옳아!" 하고 박성집이가 별안간 순오를 돌아다보고 넋두리를 한다.

순오가 잠자코 대답이 없이 아래만 보고 있는 것을 보고 담배를 하나 꺼내어 주면서

"대관절 인솔자란 뭐야? 이남 의용군 대장을 정한단 말인가?" 하고

---

* 장티푸스.

성냥을 꺼내서 붙여 주며 "당신 한번 해 보지?" 하고 빙그레 웃는다.

이런 분대장이나 소대장이나 중대장 같은 선출이 있을 때마다 박성집은 긴장하는 표정이 얼굴에 역력히 나타났다. 그것은 자기를 뽑아 주었으면 하고 원하고 있는 사람의 긴장이 아니었다. 자기는 그러한 종류의 간부 추천에는 항상 초월할 수 있다는 너무나 많은 여유를 마음속에 가지고 있는 사람이 지불할 수 있는 긴장이다. 자칫하면 거만한 것처럼 보일 수 있었으나 그것은 거만은 아니었다. 순오가 이러한 때에 언제나 취해 온 태도는 그러한 것과는 달랐다. 사십이 가까운 박성집보다 순오가 나이가 어린 탓도 있었지만 순오의 표정은 확실히 무관심을 넘어서 경멸에 가까운 것이었다. 그는 손을 바지 호주머니에 꽂고 대열에서 빙그르 뒤로 돌아서서 돌부리를 차거나 큰 눈을 디굴디굴 굴리며 입을 따악 벌리고 서 있는 것이었다. 그것은 곡마단에 나와서 손님을 웃기기 위한 희극배우의 얼굴—꼭 그것이었다. 어찌되었든 박성집도 순오도 이러한 간부 선출 같은 벅차고 악착스러운 자리를 맡아보기에는 부적당한 인물이고 대원들도 아예 계산에 넣으려고도 하지 않았고. '박성집은 너무 점잖은 까닭에, 나는 못나게 보이는 까닭에' 하고 싶어도 못하는 것이다. 그러나 '사회주의 사회도 저렇게 보기 싫은 놈들이 날뛰고 득세하고 잘난 체하는 사회라면 어떻게 하나?' 하는 진심에서 나오는 걱정이 순오에게 불같이 치밀어 올랐다.

한 시간가량이나 걸려서 이남 의용군 대표가 선출되었다. 순오에게도 낯이 익은 치다. 광대뼈가 나오고 콧날이 오뚝 서고 앞머리가 까진, 행군을 해 오면서 노래를 가르치던 어느 중학교 교원이라고 하는 대단히 거만한 치였다. 새로 뽑힌 대장은 대열을 정돈시키고 차돌로 만든 풀잔디 위의 칠판 앞에 나가서 취임 인사를 한다.

무슨 말인지 하나도 들리지 않았다. 칠판이 있는 곳과 대열이 서 있는 곳이 너무 멀기도 하였고 취임 인사 같은 것이 순오의 귀에 들리기에는 그는 너무 배가 고팠다.

"언제 떠납니까?"

"여기서 기차를 탑니까?"

"상부와 타협을 해 봅시다!"

하는 소리가 이곳저곳에서 새로운 대장에게 연발된다.

대장은 두 손을 들어 떠들지 말라고 제지시키며 알아보겠다고만 하고 우물쭈물하더니 단을 내려갔다.

저녁이 끝난 후에 기차가 올지도 모르니 식사 전에 모였던 병원 앞으로 모이라는 명령이 전달되었다. 바깥의 외등이야 물론 꺼져 있었지만 공습경보가 나서 방 안의 남폿불까지 다 끄고 나니 지척을 분간할 수도 없어 앞에 앉은 사람의 얼굴도 아니 보이는 시골집 토방 안에서 대원들은 놋순가락을 치면서 좋아하였다. 캄캄한 속에서도 그들의 좋아하는 얼굴이 순오에게는 눈에 보이는 듯했다. 한 집 속에 배치된 다른 방의 대원들도 웅성웅성하고 떠들고 있는 것이 들렸다. '인제는 되었다! 인제는 제대로 대우를 받는가 보다!' 모두들 이렇게 생각하였다.

그것은 단지 기차를 타게 되었다는 즐거움뿐이 아니었다. 더 큰 즐거움이었다. 기차를 타게 됨으로 하여 제대로 대우를 받게 되고 제대로 대우를 받음으로 하여 더 큰 앞으로의 희망이 막연하나마 약속되는 것 같은 생각이 들었다. 그리고 여태껏 행군과 기아와 학대와 강압과 공포에서 받은 자기들의 고생은, 마루 안에 켤 전등의 스위치를 잘못 누른 까닭에 변소의 전등이 켜지는 수가 있는 것 같은 뜻하지 않은 간단한 실수나 착오에서 나온 것이라고 사과할 수 있는 그러한 좀 더 광명에 찬 장래가 올 것 같은 생각이 들었다.

공습경보가 해제되고 다시 남폿불이 켜지고, 도수가 높은 안경을 쓴 대학생은 웃목 구석에서 낡은 궤짝에 기대어 눈살을 찌푸리고 틈만 있으면 언제나 호주머니에서 꺼내어 거울 보듯이 보는 『로서아어(露西兒語) 학습서』를 또 꺼내서 보기 시작하는 것이었다.

한 시간만 있으면 온다던 기차가 두 시간이 되어도 아니 오고 세 시간이 되어도 아니 온다. 기적 소리가 날 때마다 길가에 앉아서 기다리는 대원들은 일제히 그쪽으로 고개를 돌린다. 수많은 차가 올라가고 내려가고 엇갈리고 하였으나 모두가 객차는 없고 기관차뿐이다. 천오백 명가량 되는 대원들이 기차가 올 때마다 좌로 우로 고개를 돌리고 있는 모양이란 운동장에서 축구를 구경하고 있는 관객들이 고개를 움직이는 모습과 흡사하게 보이는 것이었지만 그들의 마음속은 그것과는 너무나 거리가 있는 것이었다. 졸린 눈을 까뒤집으며 어디로 갈는지는 모르지만 우선 기차를 타야겠다고, 처량한 방울 소리를 떨치며 어둠을 차고 소구루마를 끌고 가는 노인이나 머리 위에 짐을 이고 어디로인지 쏜살같이 달음질쳐 가는 부인네밖에는 아무것도 아니 보이는, 절벽이 끊어진 시골 길모퉁이에 쭈그리고 앉은 그들의 마음은 용해로보다도 더 뜨거웠고 땅 위에 잡아 놓은 물고기보다도 더 팔닥거렸으며 끊어진 연줄보다도 더한층 안타까웠던 것이다.

기차가 아니 오니 병원으로 다시 돌쳐 가라는 전달이 온 것은 대원들이 기진맥진하여 어느 사람은 앞에 있는 사람의 등에 업드려 자고 어느 사람은 길 위에 그냥 네 활개를 벌리고 코를 골기 시작한 때이었다. 자고 일어난 눈을 부비면서 술 먹은 사람처럼 비틀거리며 다시 온 길을 찾아 병원에까지 가 보니, 병원 뜰은 새로 이남에서 건너온 의용군들이 막 도착하여 발 하나 들여놓을 틈이 없이 차 있기 때문에 들일 수가 없으니 달리 방도를 강구하라는 것이다.

이 소리를 들으니 몽둥이로 이마빡을 맞은 것같이 얼얼하다. 그러나 병원 마당도 땅바닥이요, 행길도 땅바닥이지 무엇이 다를 것이 있겠느냐고, 하룻밤을 기차를 기다리던 길모퉁이까지 되돌아와서 밝히었다. 내일 아침 몇 시에 차가 들어오느냐고 물어보니 그것도 내일 아침이 되어 봐야지만 알겠다는 매정한 역 사람들의 대답이다. 그날 밤을 울다시피 하고 새운 것은 약한 체질을 가진 순오 한 사람뿐이 아니었을 것이다.

새벽녘 날이 훤해질 무렵에 순오는 깜빡 잠이 들었고 잠이 들자마자 꿈을 꾸었다. 잠인지 꿈인지 분간할 수 없는 것이 새벽잠이다. 짧은 새벽잠은 그 전부가 꿈이라고 해도 좋았고 그것이 으레 뒤숭숭한 꿈인 경우가 많은데 순오는 그러한 꿈 중에도 더한층 비참하고 불길한 꿈을 꾸었다. 눈이 뜨여서 보니 어젯밤에는 보이지 않던 썩은 초가집이 깎아진 낭떠러지 위에 오뚝 서 있다. 바람을 받기 위하여 일부러 지은 것 같이 생각되는 낭떠러지 위에 홀로 서 있는 집이었다. 그런데 막 지금 꾸고 난 순오의 꿈속에서 어머니가 울고 있던 집이 꼭 그 낭떠러지 위에 선 집과 조금도 다름이 없는 것처럼 순오에게는 생각이 들었다. 때가 묻어 까맣게 결은 쪽마루 위에 앉아서 어머니는 맥을 놓고 울고 있다. 순오가 들어가서 거지같이 갈갈이 찢어진 등신만 남은 옷에서 뼉다귀만 앙상해진 손으로 어머니를 붙잡으며 왜 우시느냐고 물어보니 동생들이 모두 없어졌다고 하면서 모두가 돈이 없는 탓이라고 순오를 보더니 더한층 엉엉 소리를 높여서 운다. 누가 나갔느냐고 물으니 순칠이와 순영이 둘이 다 자원을 하여 갔다고 하며, 이것이 모두 돈이 없는 탓이라고, 밤낮 하는 말이지만 뇌까리며 뇌까리며 원망을 하고 있는 것이, 오늘은 둑이 무너지자 흘러내리는 물처럼 순오에게도 한없이 서러웠다. ……꿈을 여기까지 다시 상기하고 있을 때다. 기차가 조금 있으면 들어오니 대열을 집합하라는 구령이 내리었다. 순오는 바지의 먼지를 털고 일어서며 꿈의 계속을 생각하려고 애를 썼으나 그 나중은 안개가 끼인 듯 깨어 있는 현실에 깨져 어느덧 벌써 희미해졌다. 울고 있던 어머니가 별안간, 순오의 뼈만 남은 팔로 쥐는 것이 아프다고 뿌리친 것까지도 생각이 났고 순오가 어머니의 그 말이 야속하여 화를 내고 문 밖으로 나와 버린 것만도 전보의 부호처럼 생각이 나는데 어머니가 어떻게 죽었는지 그것이 알 수 없었다.

순오는 머리를 설레설레 흔든다. 개꿈이라고 웃어 버리며 대열이

서 있는 쪽으로 걸음을 옮기었다. 그러나 복사뼈 있는 데가 꾸부러지지 않아, 다리를 쇠갈쿠레기 모양 질질 끌고 갈 수밖에 없었다. 발톱 끝에서부터 혓바닥 끝까지 안 아픈 데가 없다. 아침 날씨는 구지지하게 흐려 있었으며 먼 산 위를 바라보니 긴 하늘은 잠뿍 비를 담고 있는 것이 벌써 오수수하고 소름이 돋친 살갗에 느껴지는 습기가 있다.

기차가 또 시간에 안 올 것 같으니 아주 아침을 먹고 기다리고 있는 것이 어떠냐는 의견도 나왔으나 아침을 먹으러 연천 시내까지 갔다가 그동안에 차가 들어오면 곤란하니 배가 고파도 그냥 기다리고 있자는 의견이 옳은 것 같아서 일대는 어제부터 앉았던 자리에서 어제와 똑같은 초조한 마음으로 기다리고 있는 것이었으나 역시 어젯밤 모양으로 홀애비 같은 기관차만 아무 목적도 없이 오르락내리락할 뿐이었다.

할 수 없이 주먹밥을 시내에서 시켜다가 먹기로 되었다. 뿌우연 하늘에는 구름이 아직도 가실 줄을 모르고 바람도 없는 날씨이다. 그래도 하늘 한가운데, 바로 일대가 앉은 머리 위에는 구름을 훤하게 적시고 있는 태양의 번진 윤광이 보였다. 시골 마나님들이 자배기에 주먹밥을 이고 궁둥이를 흔들며 왔고 바께쓰에다는 국을 넣어 가지고 대여섯 명의 일꾼들이 날라 왔다.

지긋지긋한 공포와 조직과 억압의 도시 연천을 떠난 것은 오후 세 시도 훨씬 넘어서였다. 일동이 탄 것은 객차―내부를 보니 그것도 옛날에 일본 사람들이 남기고 간 그대로다.

순오는 대체 사회주의 사회의 발달이란 어떤 곳에 제일 잘 나타나 있는지 아직 모르지만 기차 안 구조로 보아 이것이 사회주의 사회의 진보의 진상이라면 침을 뱉고 싶었다. 일제 시대라면 누구보다도 제일 먼저 저주하고 일본을 제국주의라고 욕하는 그들이 어찌하여 이러한 것에는 무관심한 것인가? 예술을 좋아하고 르 코르뷔지에의 새로운 양식의 건축을 좋아하고 불란서 초현실주의 시인의 작품을 탐독하던 시절도 있었고, 초현실주의도 낡은 것이라고 술만 퍼먹고 다니던 순오의 날카로운 심미안에서 판단하여 볼진대 객차 속에 남아 있는 구태의연한 일본식 구조 이것은, 라이프 잡지 같은 것을 통하여 본 미국의 문명보다도 훨씬 더 앞서 있을 것이라고 꿈꾸고 있었던 사회주의 사회의 문명이라고는 도저히 생각할 수 없을 만큼 빈약한 것이었다. 이 전쟁 전에는, 아니 불과 서너 달 전까지 우상같이 생각하고 행복스러울 것이라고 동경하고 있었던 이북 인민들이 타고 다니던 차는 이런 차가 아니고 따로 더 훌륭하고 멋진 장비를 갖춘 차이었을 것이며, 지금 달리고 있는 레일이 아닌 다른 레일이 반드시 또 어디 있어서 그 호화차는 그 철로 위를 지금 이 시간에 이 기차와 똑같은 방향으로 달리고 있을 것이라고밖에는 생각이 들지 않았다. 창가에 끼여 앉아 창 언저리에 턱을 고이고 순오가 유리창 안에 흘러가는 풍경 속에서까지 재빠르게 무엇을 찾아내려고 정신을 잃고 바라다보고 있을 때, 창 안의 나무살창을 내려서 유리창을 가리라는 전달이 소대장을 통하여 들어왔다. 순오는 시키는 대로 나무살창을 고이 내리었다.

날은 금방 어두워지고 다시 암흑의 세계는 닥쳐왔다. 기차 안에는 공습 때문에 물론 불을 켜지 않는 것이다. 성냥도 손으로 가리고 켜거나 걸상 아래에 감추고 켜지 않으면 아니 되었다. 기차가 가는 중에도, 대원들은 마음을 긴장하고 비행기 떠오는 소리에 귀를 기울이라는 억지 같은 명령이 내린다. 순오도 그것이 되는 일인가 하고 몇 번이나 시험을 해 보았지만 폭포 같은 기관차 달려가는 소리 속에 비행기 떠 오는 소리란 모깃소리보다도 더 가늘은 것이었다.

부록

번역 작품 목록

시

1 엘리엇(Thomas Stearns Eliot), 「공허한 인간들」, 「앨프릿 푸르푸로크의 연가」, 『노벨상문학전집』(신구문화사)

2 파스테르나크(Boris L. Pasternak), 「코카사스」, 「처음 보는 우랄산맥」, 「영혼의 정의」, 「봄」, 「나뭇가지를 흔들면서」, 『노벨상문학전집』(신구문화사) 『공로(空路). 후방(後方)』(신구문화사, 1964)

3 예이츠(William Butler Yeats), 「사라수(沙羅樹) 정원 옆에서」, 「이니스프리의 호도(湖島)」, 『노벨상문학전집』(신구문화사)

4 엘리자베스 비숍(Elizabeth Bishop), 「맘모스」, 「상사(想思)의 빙산」, 「조반(朝飯)을 위한 기적」, 『세계전후문제시집』(신구문화사)

5 시어도어 로스케(Theodore Roethke), 「비애」, 「불의 형상」, 「죽어가는 사람」, 『세계전후문제시집』(신구문화사)

6 델모어 슈왈츠(Delmore Schwartz), 「다섯 번째의 해의 발레에」, 「플라토의 동굴의, 벌거벗은 침상에서」, 「나하고 같이 가는 무거운 곰」, 「결론」, 「시」, 『세계전후문제시집』(신구문화사)

7 로버트 로웰(Robert Lowell), 「숲에서」, 「참새언덕」, 「술꾼」, 「에왈드스 씨와 거미」, 「무지개가 끝나는 곳」, 『세계전후문제시집』(신구문화사)

8 스티븐 스펜더, 「교훈」, 《현대문학》 1964년 12월호

9 파블로 네루다, 「고양이의 꿈」 외 5편, 《창작과 비평》 1968년 여름호

10 제레미 인갤스, 「고려 —두고. 안려(高麗—頭高. 眼麗)」, 《자유문학》 1957년

11월호

11 바논 와트킨즈, 「생명의 두 근원」, 《자유문학》 1962년 5월호

12 D.J. 엔라이트, 「잘 있거라」, 《자유문학》 1962년 4월호

13 티보르 테리, 「두 여인」, 《현대문학》 1965년 5월호

시극

예이츠, 「데어드르(Deirdre)」, 『노벨상문학전집』(신구문화사)

희곡

버나드 쇼(George Bernard Shaw), 「운명의 사람(The Man of Destiny)」, 『노벨상문학전집』(신구문화사)

소설

1 파스테르나크, 「공로(空路)」(단편) 「후방」(단편), 『노벨상문학전집』(신구문화사)

2 아브람 테르츠(원명(原名) 안드레이 시냐프스키), 「펜츠(Pkhents)」(단편), 「고드름」(중편), 『노벨상문학전집』(신구문화사) 「고드름」은 《현대문학》 1963년 12월호에도 수록

3 버나드 맬러머드(Bernard Malamud), 「정물화」(단편)

4 티버 데리(Tibor Déry), 「두 여인」(단편), 《엔카운터》지

5 리처드 스턴(Richard Stern), 「이〔齒〕」(단편), 원고에는 제목이 「五월」로 되어 있음. 《문학춘추》 1964년 8월호 ―《파르티산 리뷰》지, 《엔카운터》지

6 월푸 만코위츠, 「챠야 아주머니가 매장된 날」(단편), 「초상화」(단편)

7 월터 V. T. 클라크(Walter Van Tilburg Clark), 「바람과 겨울눈」(단편), 1954년판

8 M. I. 하우스피안, 「토요일날 밤」(단편)

9 유리 카자코프(Yuri Kazakov), 「아담과 이브」(단편), 원고에는 제목이 「오토라」로 되어 있음.

10 제임스 볼드윈(James Baldwin), 「또 하나의 나라」(장편), 『현대세계문학전집 9』(신구문화사)

11 뮤리엘 스파크(Muriel Spark), 「메멘토 모리(Memento Mori)」(장편), 『현대세계문학전집 1』(신구문화사, 1968)

12 월터 V. T. 클라아크, 「바람과 겨울과 눈」, 《문학예술》 1957년 7월호

13 버얼 아이브스, 「아리온데의 사랑」(중앙문화사, 1958)

14 스잔느 라방, 『황하는 흐른다』(중앙문화사, 1963)

15 올더스 헉슬리, 「미용소설」, 《세대》 1964년 11월호

16 안드레이 시냡스끼, 「팬츠」, 《사상계》 1966년 4월호

17 나타니알 호오손, 『주홍글씨』(창우사, 1967)

18 버나드 말라머드, 「정물화」, 《현대문학》 1967년 5월호

19 괴테, 『젊은 베르테르의 슬픔』(신양사, 1959)

20 國木田獨步 『소녀의 슬픔』, 일본대표작가백인집1, 丹羽文雄 「추억」. 일본대표작가백인집3, 大岡昇平 「아가」 일본대표작가백인집4, 伊藤桂一 「반디의 강」 일본대표작가백인집4(희망출판사, 1966)

21 김수영 안동림 최상규 박석기 공역, 아스투리아스, 『대통령각하』(신구문화사, 1967)

평문

1 리처드 P. 블랙머(Richard Palmer Blackmur), 1952년 간(刊) 같은 제목의 문학평론집 서두. 「제스츄어로서의 언어」

2 이브 본느푸아(Yves Bonnefoy), 「영·불 비평의 차이」, 《현대문학》 1959년 1월호

3 아치볼드 맥클리쉬(Archibald Macleish), 「시인과 신문」, 《애틀랜틱》지, 《현대문학》 1959년 11월-12월호

4 아치볼드 맥클리시, 「시의 효용」, 《애틀랜틱》지 3월호, 『시와 비평』 제2집, 1956년 7월호

5 앨프리드 카잰(Alfred Kazin), 「정신분석과 현대문학」, 《파르티산 리뷰》지, 《현대문학》 1964년 6월호

6 라이오넬 트릴링(Lionel Trilling), 「쾌락의 운명 —워즈워드에서 도스토예프

스키까지」, 《파르티산 리뷰》지, 《현대문학》 1965년 10월, 11월호

7 죠셉 프랑크, 「도스토예프스키와 사회주의서들」, 《파르티산 리뷰》지

8 유진 이오네스코(Eugène Ionesco), 「벽 —철학적 문학노트」 원명(原名) 「일지」의 초역, 《문학》 1966년 10월호, 11월호

9 죠지 스타이너(George Steiner), 「막스주의와 문학비평」, 《엔카운터》지, 《현대문학》 1963년 3월-4월호

10 데니스 도노휴(Denis Donoghue), 「예이츠의 시에 보이는 인간영상(影像)」, 《The London Magazine》(1961. 12.), 《현대문학》 1962년 9월호

11 스티븐 마커스(Sreven Marcus), 「현대영미소설론」, 《한국문학》 2호, 1966년 6월

12 존 웨인(John Wain), 「셰익스피어의 이해」, 《문학춘추》 2권 3호, 1965년 3월호

13 칼톤 레이크(Carlton Lake), 「자코메티의 지혜」(자코메티 생전의 방문기)

14 토마스 만(Thomas Mann), 「지드의 조화를 위한 무한한 탐구」, F. 브라운 편 『20세기 문학평론』 공동 번역집에 들어 있음. 《문학예술》 1957년 5월호

15 엘리어트, 「문화와 정치에 대한 각서」(신구문화사, 1964)

16 피터 비어레크, 「쏘련 문학의 분열상 — 로보트 주의에 항거하는 새로운 감정의 음모에 대한 목격기」, 《사상계》 1962년 5월호

17 리오넬 아벨, 「아마추어 시인의 거점 — 워레스 스티븐스의 시세계를 중심으로」, 《현대문학》 1958년 9월호

18 S. P. 얼만, 「테네시 윌리암스의 문학」, 《사상계》 1958년 11월호

19 장 부로쉬 미셸, 「최근 불란서의 전위소설」, 《조선일보》 1958년 9월 20일-23일

작가 · 작품론

1 「도덕적 갈망자 파스테르나크」
영국 시인 조지 리베이(George Reavey)의 소개글을 기초로 하여 엮음. 『노벨상문학전집』(신구문화사) 중 작가 소개

2 「신비주의와 민족주의의 시인 예이츠」, 『노벨상문학전집』(신구문화사) 중 작가 소개

3 「안드레이 시냐프스키와 문학에 대하여」
필명: 아브람 테르츠, 《자유공론》, 1966년 5월호

4 「죽음에 대한 해학 —뮤리엘 사라 스파크의 작가세계」, 『현대세계문학전집 1』 (신구문화사, 1968)

해외 문단

1 가이 뒤뮈르(Gay Dumur), 「불란서문단외사」
2 J. M. 코헨(J. M. Cohen), 「내란이후의 서반시단」
3 「미국의 현대시 —전후 15년 시사」
「현대미국시가집」의 편자 제프리 무어(Geoffrey Moore) 씨의 서문에서 발췌한 글.
4 「해외문단, 영국 새로운 윤리」, 《문학》 1권 3호, 1966.7

에세이

1 엘리엇, 「문화와 정치에 대한 각서」, 『노벨상문학전집』(신구문화사)
2 파스테르나크, 「세익스피어 번역소감」, 『노벨상문학전집』(신구문화사, 1964)
3 헤밍웨이, 「싸우는 사람들」, 『노벨상문학전집』(신구문화사, 1964)
4 예이츠, 「임금님의 지혜」, 『노벨상문학전집』(신구문화사, 1964)

기타

A. 베크하아드, 『아인쉬타인』(전기)(신구문화사, 1963)
올가 카알리슬, 「예프투생코와의 대화: 개혁자의 운명」, 《사상계》 1965년 9월호
프란시스 브라운, 김수영 소두영 유령 공역, 『현대인의 문학』(창우사, 1967)
던 나웨이 에반즈 공편, 『세계일기전집』(상·하)(코리아사, 1956)
김수영 편저, 동양역대위인전기선집 6권 『백낙천/소동파』(신태양사, 1968)

1921년(1세)

11월 27일(음력 10월 28일) 서울 종로2가 58-1에서 아버지 김태욱(金泰旭)과 어머니 안형순(安亨順) 사이의 8남매 중 장남으로 태어나다. 증조부 김정흡(金貞洽)은 종4품 무관으로 용양위(龍驤衛) 부사과(副司果)를 지냈으며, 할아버지 김희종(金喜鍾)은 정3품 통정대부(通政大夫) 중추의관(中樞議官)을 지냈다. 당시만 해도 집안은 부유했던 편으로, 경기도의 파주, 문산, 김포와 강원도의 홍천 등지에 상당한 토지를 소유하고 있어서 연 500석 이상의 추수를 했다. 그러나 김수영(金洙暎)이 태어났을 때는, 일제가 조선 지배 정책의 일환으로 실시한 조선 토지조사 사업의 여파로 인해 가세가 급격히 기울어지기 시작하여, 종로6가 116번지로 이사한다. 김수영의 아버지는 그곳에서 지전상(紙廛商)을 경영한다.

1924년(4세)

조양(朝陽) 유치원에 들어간다.

1926년(6세)

이웃에 사는 고광호(高光浩)와 함께 계명서당(啓明書堂)에 다닌다.

1928년(8세)

어의동(於義洞) 공립보통학교(현 효제초등학교)에 들어간다.

1934년(14세)

보통학교 6년 동안 줄곧 성적이 뛰어났으나 9월, 가을 운동회를 마치고 난 뒤 장질부사에 걸린다. 폐렴과 뇌막염까지 앓게 되었고, 이로 인해 서너 달 동안 등교하지 못함은 물론 졸업식에도 참석하지 못하고 진학 시험도 치르지 못한다. 1년여 요양 생활을 계속한다. 그 사이 집안은 다시 용두동(龍頭洞)

으로 이사한다.

1935년(15세)
간신히 건강을 회복하여 경기도립상고보(京畿道立商高普)에 아버지의 강권으로 응시하나 불합격한다. 2차로 선린상업학교(善隣商業學校)에 응시하나 역시 불합격한다. 결국 선린상업학교 전수부(專修部, 야간)에 들어간다.

1938년(18세)
선린상업학교 전수부를 졸업하고 본과(주간) 2학년으로 진학한다.

1940년(20세)
용두동의 집을 줄여 다시 현저동(峴底洞)으로 이사한다.

1941년(21세)
태평양전쟁이 발발한다.

1942년(22세)
영어와 주산, 상업미술 등에서 우수한 성적을 거두며 선린상업학교를 졸업한다. 이후 일본 유학차 도쿄로 건너간다. 선린상업학교 선배였던 이종구(李鍾求: 영문학자)와 함께 도쿄 나카노(中野區街吉町54)에 하숙하며 대학입시 준비를 위해 조후쿠[城北] 고등예비학교에 들어간다. 그러나 어떤 까닭에서였는지 곧 조후쿠 고등예비학교를 그만두고 쓰키지[築地] 소극장의 창립 멤버였던 미즈시나 하루키[水品春樹] 연극연구소에 들어가 연출 수업을 받는다.

1943년(23세)
태평양전쟁으로 서울 시민의 생활이 극도로 어려워지자 집안이 만주 길림성(吉林省)으로 이주한다.

1944년(24세)
2월 초, 김수영은 조선학병(朝鮮學兵) 징집을 피해 귀국하여 종로6가 고모집에서 머문다. 쓰키지 소극장 출신이며 미즈시나에게 사사받은 안영일(安英一)을 찾아간다. 안영일은 당시 서울 연극계를 주도하고 있었고, 김수영은 한동안 그의 밑에서 조연출을 맡았던 듯하다. 겨울, 가족들이 있는 만주 길림성으로 떠난다. 그곳에서 길림극예술연구회 회원으로 있던 임헌태, 오해석 등과 만난다. 그들은 그때 조선, 일본, 중국의 세 민족이 참가하는 길림성예능협회 주최의 춘계 예능대회에 올릴 작품(연극) 준비를 하고 있었다.

1945년(25세)

6월, 길림 공회당에서 「춘수(春水)와 함께」라는 3막극을 상연한다. 김수영은 이 작품에서 권 신부 역을 맡는다. 8월 15일, 광복. 9월, 김수영 가족은 길림역에서 무개차를 타고 압록강을 건너 평안북도 개천까지, 개천에서 트럭을 타고 평양으로, 평양에서 열차를 타고 서울에 도착하여 종로6가의 고모집으로 간다. 서너 달 뒤 충무로4가로 집을 구해 옮겨간다. 시 「묘정(廟庭)의 노래」를 《예술부락(藝術部落)》에 발표. 이 작품의 발표를 계기로 연극에서 문학으로 전향한다. 아버지의 병세가 악화되어, 어머니가 집안 살림을 도맡기 시작한다. 11월 연희전문 영문과에 편입했다.

1946~1948년(26~28세)

1946년 6월 연세대 영문과를 자퇴하고, 이종구와 함께 성북영어학원에서 강사, 박일영과 함께 간판 그리기, ECA통역 등을 잠깐씩 한다. 김병욱, 박인환, 양병식, 김경린, 임호권, 김경희 등과 친교. 그들은 곧 〈신시론(新詩論) 동인〉을 결성하고, 동인지를 내려고 작품(시)을 모았다. 그러나 김병욱과 김경린의 주도권 다툼으로(이것은 해방 공간의 좌우 대립과 관련된 것이었다) 김병욱, 김경희가 탈퇴하고, 김수영도 탈퇴하려 하나 임호권의 만류로 남는다. 이 시기, 김수영은 신시론 동인 외에도 배인철, 이봉구, 박태진, 박기준, 김기림, 조병화, 김윤성, 이한직, 김광균 등 많은 문인들과 만남을 가지며, 임화를 존경하여 그가 낸 청량리 사무실에서 외국 잡지 번역을 하기도 한다.

1949년(29세)

김현경(金顯敬)과 결혼, 돈암동에 신혼 살림을 차린다.

1950년(30세)

서울대 의대 부속 간호학교에 영어 강사로 출강한다. 6월 25일, 한국전쟁 발발. 28일, 서울이 이미 점령되고, 월북했던 임화, 김남천, 안회남 등이 서울로 돌아와 종로2가 한청 빌딩에 조선문학가동맹 사무실을 연다. 김수영은 김병욱의 권유로 문학가동맹에 나갔고, 8월 3일 의용군에 강제 동원되어, 평남 개천군 북원리의 훈련소로 끌려가 1개월간 군사 훈련을 받는다. 9월 28일 훈련소를 탈출했으나 중서면에서 체포, 10월 11일 다시 탈출, 순천에서 미군 통행증을 받아 걸어서 평양을 거쳐 신막까지 내려와 미군 트럭을 타고 개성을 거쳐 서울 서대문에 10월 28일 오후 여섯 시경 도착. 서울 충무로의 집 근처까지 걸어갔으나 경찰에 체포당해, 부산의 거제리 포로수용소에 11월 11일 수용된다. 거제리 14 야전병원에서 브라우닝 대위와 임 간호사를 만나 마음의 안식을 얻다. 거제도 포로수용소에로 얼마간 이송되었으나 다시 거제리로 돌아오다. 12월 26일, 가족들은 경기도 화성군 조암리(朝巖里)로 피난한다. 12월 28일, 피난지에서 장남 준(儁)이 태어난다.

1951～1952년(31～32세)

이때 미 군의관 피스위치와 가깝게 지냈으며, 그에게서 《타임》, 《라이프》 지 등을 받아보게 된다. 1952년 11월 28일 충남 온양의 국립구호병원에서 200여 명의 민간인 억류자의 한 명으로 석방.

1953년(33세)

부산으로 간다. 가서 박인환, 조병화, 김규동, 박연희, 김중희, 김종문, 김종삼, 박태진 등과 재회. 《자유세계》 편집장이었던 박연희의 청탁으로, 「조국에 돌아오신 상병(傷病) 포로동지들에게」를 썼으나 발표하지 않는다. 박태진의 주선으로 미 8군 수송관의 통역관으로 취직하지만 곧 그만두고 모교인 선린상업학교 영어 교사를 잠시 지낸다.

1954년(34세)

서울로 돌아온다. 주간 《태평양》에 근무. 신당동에서 다른 가족과 함께 살다가, 피난지에서 아내가 돌아오자 성북동에 분가를 해 나간다.

1955~1956년(35~36세)

《평화신문사》 문화부 차장으로 6개월가량 근무. 1955년 6월, 마포 구수동(舊水洞)으로 이사, 번역일을 하며 집에서 양계를 한다. 한강이 내려다보이고 채마밭으로 둘러싸인 구수동 집은 전쟁을 겪으면서 지친 김수영의 몸과 마음에 큰 안정을 가져다준다. 「여름뜰」, 「여름아침」, 「눈」 등은 그런 배경 속에서 쓰였다. 안수길, 김이석, 유정, 김중희, 최정희 등과 가까이 지낸다.

1957년(37세)

김종문, 이인석, 김춘수, 김경린, 김규동 등과 묶은 앤솔로지 『평화에의 증언』에 「폭포」 등 5편의 시를 발표한다. 12월, 제1회 〈한국시인협회상〉 수상.

1958년(38세)

6월 12일, 차남 우(瑀)가 태어난다.

1959년(39세)

그간 발표했던 작품들을 모아 첫 시집 『달나라의 장난』을 춘조사(春潮社)에서 출간한다(시인 장만영이 경영했던 춘조사에서 〈오늘의 시인 선집〉 제1권으로 기획한 것이다).

1960년(40세)

4월 19일, 4·19혁명이 일어난다. 김수영은 「하…… 그림자가 없다」, 「우선 그놈의 사진을 떼어서 밑씻개로 하자」, 「기도」, 「육법전서와 혁명」, 「푸른 하늘은」, 「만시지탄(晩時之歎)은 있지만」, 「나는 아리조나 카보이야」, 「거미잡이」, 「가다오 나가다오」, 「중용에 대하여」, 「허튼소리」, 「피곤한 하루의 나머지 시간」, 「그 방을 생각하며」, 「나가타 겐지로」 등을 열정적으로 쓰고 발표한다. 그는 활화산처럼 터져나오는 혁명의 열기와 보폭을 같이하면서, 규범적 의미의 시를 부정하고, 시를 넘어서 자유에 이르고자 했다.

1961년(41세)

5·16군사 쿠데타 발발. 김춘수, 박경리, 이어령, 유종호 등과 함께 현암사에

서 간행한 계간 문학지《한국문학》에 참여하고 동지에 시와 시작(詩作) 노트를 계속 발표한다. 이 무렵 김수영은 일본 이와나미 문고에서 나온 하이데거의『횔덜린의 시와 본질』을 읽었던 듯하다.

1965년(45세)
6·3한일협정 반대시위에 동조하여 박두진, 조지훈, 안수길, 박남수, 박경리 등과 함께 성명서에 서명한다. 신동문과 친교.

1968년(48세)
《사상계》 1월호에 발표했던 평론「지식인의 사회참여」를 발단으로,《조선일보》 지상을 통하여 이어령과 뜨거운 논쟁을 3회에 걸쳐 주고받는다. 이 논쟁은 문학계에 큰 반향을 불러일으킨다. 4월, 부산에서 열린 펜클럽 주최 문학세미나에서「시여 침을 뱉어라」라는 제목으로 주제 발표. 서울로 돌아오는 길에 경주에 들러 청마 유치환의 시비를 찾는다.
6월 15일, 밤 11시 10분경 귀가하던 길에 구수동 집 근처에서 버스에 부딪힌다. 서대문에 있는 적십자병원에 이송되어 응급치료를 받았으나 의식을 회복하지 못하고 다음 날 아침 8시 50분에 숨을 거둔다. 6월 18일, 예총회관 광장에서 문인장(文人葬)으로 장례를 치르고, 서울 도봉동에 있는 선영(先塋)에 안장된다.

1969년
6월, 사망 1주기를 맞아 문우와 친지들에 의해 묘 앞에 시비(詩碑)가 세워진다.

1974년
9월, 시선집『거대한 뿌리』출간(민음사).

1975년
6월, 산문선집『시여, 침을 뱉어라』출간(민음사).

1976년
8월, 시선집『달의 행로를 밟을지라도』출간(민음사). 산문선집『퓨리턴의 초상』 출간(민음사).

1981년

6월, 『김수영 시선』 출간(지식산업사). 9월, 『김수영 전집 1 — 시』, 『김수영 전집 2 — 산문』 출간(민음사). 전집 출간을 계기로 〈김수영 문학상〉을 제정하고, 김수영이 태어난 날인 11월 27일에 제1회 〈김수영 문학상〉 시상식을 갖는다.

1988년

6월, 시선집 『사랑의 변주곡』 출간(창작과비평사).

1991년

4월, 시비를 도봉산 국립공원 안 도봉서원 앞으로 옮긴다.

2001년

9월, 최하림이 쓴 『김수영 평전』 출간(실천문학사). 10월 20일, 〈금관 문화훈장〉을 추서받는다.

2003년

『김수영 전집 1, 2』 개정판 출간(민음사).

2009년

『김수영 육필시고 전집』 출간(민음사).

일본어 역 『김수영 전시집』 출간(채류사).

2012년

『김수영 사전』 출간(서정시학사).

2013년

11월, 김수영문학관 개관.

2016년

김수영 시선집『꽃잎』출간(민음사).

2018년

2월,『김수영 전집 1, 2』사후 50주년 기념 결정판 출간(민음사).

5월,『달나라의 장난』사후 50주년 기념 초판 복간본 출간(민음사).

8월 31일, 입학 73년 만에 연세대학교 명예 졸업장을 받는다.

엮은이
이영준

경남 울주에서 태어났다. 연세대학교 국어국문학과를 졸업하고 민음사 편집부에 입사해 편집장, 편집주간으로 일했다. 1997년에 도미, 뉴욕대학교 비교문학과 방문학자로 있다 이듬해 하버드대학교 동아시아문명학과에 입학, 김수영 연구로 2006년 박사학위를 받았다. 버클리의 캘리포니아대학교, 하버드대학교, 어바나샴페인의 일리노이대학교에서 한국 문학을 가르쳤으며, 2007년부터 하버드대학교 한국학연구소에서 발간하는 영문 문예지 《AZALEA》 편집장으로 활동하며 영어권 독자들에게 한국 문학을 소개하고 있다. 2011년 귀국, 현재 경희대학교 서울캠퍼스 후마니타스칼리지 학장 겸 교양교육연구소장으로 재직 중이며 한국연구원 이사장이다. 『김수영 육필시고 전집』(민음사, 2009) 김수영 시 선집 『꽃잎』(민음사, 2016)을 편집해 발간했으며, "Howling Plants and Animals"(*Harvard Journal of Asiatic Studies*, 2012), "Sovereignty in the Silence of Language: The Political Vision of Kim Suyoung's Poetry"(*Acta Koreana*, 2015), 「꽃의 시학: 김수영 시에 나타난 꽃 이미지와 언어의 주권」 등의 논문과 한국 문학에 대한 다수의 평문을 발표했다.

김수영 전집 2
산문

1판 1쇄 펴냄 1981년 9월 30일
2판 1쇄 펴냄 2003년 6월 25일
3판 1쇄 펴냄 2018년 2월 26일
3판 9쇄 펴냄 2024년 5월 29일

엮은이 이영준
발행인 박근섭, 박상준
펴낸곳 (주) 민음사

출판등록 1966. 5. 19. 제16-490호
주소 서울시 강남구 도산대로1길 62(신사동)
강남출판문화센터 5층 (우편번호 06027)
대표전화 02-515-2000 | 팩시밀리 02-515-2007
홈페이지 www.minumsa.com

ISBN 978-89-374-0715-4 (04810)
ISBN 978-89-374-0713-0 (세트)